馆员文库

广东省人民政府文史研究馆

海天新语——于力作品选

HAITIAN XINYU

YULI ZUOPING XUAN

于 力 著

广东省人民政府文史研究馆 编

SPM

南方出版传媒

广东人民出版社

· 广州 ·

图书在版编目（CIP）数据

海天新语：于力作品选 / 于力著，广东省人民政府文史研究馆编 . —广州：广东人民出版社，2015.12

（馆员文库）

ISBN 978-7-218-10649-6

Ⅰ．①海…　Ⅱ．①于…②广…　Ⅲ．①中国文学-当代文学-作品综合集

Ⅳ．①I217.2

中国版本图书馆 CIP 数据核字（2015）第 301381 号

HaiTian XinYu——YuLi ZuoPin Xuan

海天新语——于力作品选

于力　著　广东省人民政府文史研究馆　编　　　版权所有　翻印必究

出 版 人：曾　莹

责任编辑：陈其伟　林　冕
装帧设计：友间文化
责任技编：周　杰

出版发行：广东人民出版社
地　　址：广州市大沙头四马路 10 号（邮政编码：510102）
电　　话：(020) 83798714（总编室）
传　　真：(020) 83780199
网　　址：http://www.gdpph.com
印　　刷：珠海市鹏腾宇印务有限公司
开　　本：787mm×1092mm　1/16
印　　张：29.75　字　数：550 千
版　　次：2015 年 12 月第 1 版　2015 年 12 月第 1 次印刷
定　　价：60.00 元

如发现印装质量问题影响阅读，请与出版社（020－83795749）联系调换。
售书热线：(020) 83793157　83795240

《馆员文库》编委会

《馆员文库》总序

　　文化艺术的传承是人类智慧和民族精神的传承，是"成孝敬，厚人伦，美教化，移风俗"的必要途径；是陶冶道德情操，抒发美好理想，丰富人们生活，推动社会进步的重要领域；是一项益于今人，惠及后世的经久不衰的事业。

　　优秀的文化艺术作品记载历史，展现未来，静憩在书本之中，发力于现实之间，弘扬主流价值观和核心价值体系。观今易鉴古，无古不成今。对文化艺术研究成果的整理、总结与利用，是国运昌隆、社会稳定的表现，是为党和政府决策提供参考、借鉴的要务，是保存民族记忆、推动社会发展的大事。

　　广东省人民政府文史研究馆，以文化传承为核心，以弘扬民族精神和时代精神为己任，汇聚群贤编史修志，著书立说，文研艺创，齐心描绘祖国辉煌灿烂的历史画卷，共同谱写文化发展的生动篇章，不断挖掘中华文化开拓创新、博采众长的精神内涵。

　　广东省人民政府文史研究馆馆员享有盛誉、造诣深厚，在投身改革开放和现代化建设的伟大实践中，留下了大量的著述和研究成果，是独特艺术魅力与社会进步思想的完美结合，是文化艺术研究者对时代、生活的深刻思考和感悟。正是通过这些作品的表达和学术成果的积累，馆员将自己渊博的理论知识、丰富的实践经验传给后人，使优秀传统文化不断延伸和发展。

　　为了使这笔珍贵的学术成果得以保存并充分发挥作用，让经典涵养道德，让智慧启迪人生，我们将馆员的文史、艺术等各类研究成果精华编纂成《馆员文库》，不定期地持续出版，以飨读者。《馆员文库》是人生哲理的文库：从不同角度反映馆员专家对历史和现实的认识与研究，蕴含着宝贵的人生经验，有利于我们冷静地观察和反思各种历史文化现象，从中获取解决现实问题的智慧和力量；《馆员文库》是文化基因的文库：深入挖掘历史文化资源，力求探索优秀传统文化基因，展现中华民族解放思想、实事求是、与时俱进、开拓创新的精神风貌，增添人民群众全面建设小康社会的精神力量；《馆员文库》是道德标尺的文库：与中华民族传统美德相承接，与社会主义市场经济相适应，与社会主义法律规范相协调的社会主义思想道德体系，让文化艺术成为价值标尺上最明晰深刻的衡量尺度和践行坐标。

在《馆员文库》付梓之际，我们期冀敬老崇文之风历久弥新，优秀传统文化精华薪火相传，文史阵地翰墨飘香。

广东省人民政府文史研究馆

序：涅槃凌霄，海天翱翔

洪三泰

　　我和于力相处近四十年，他的文学自觉和凤凰涅槃式的自我更新精神使我深受感动。《海天新语——于力作品选》作为广东省人民政府文史研究馆馆员文库之一即将在广东人民出版社出版，他约我写序，我欣然应允。

　　于力的作品想象力丰富，上天入地，天马行空，冠以"海天"二字，很贴切；其文体跨越文学与影视，堪称"两栖"，冠以"海天"二字也很贴切。

　　要进一步了解这两点，则要从作者谈起。

　　那是四十年前的深冬夜半，我与于力等人踏着厚厚的积雪，经过11个小时的徒步攀登，终于到达井冈山的茅坪。我们近一天一夜没进水米，到达住地时十个脚趾都冻黑了——作为广东和广西的青年诗人，我和于力受中国作家协会之托在诗刊社主编葛洛的带领下到湖南、江西采访，和湖南、湖北、江西的几位诗人一起写作并出版了两本诗歌合集。次晨日出，大雪封山的井冈山一片银白，到处是冰雕玉砌，到处是玉树银花。想到先烈们就是在这样的奇境和危峰中开始征程的，堪称绝景的画面让我们更加终生难忘。

　　同样难忘的是来自天南地北的诗友在这样的奇境里谈诗论艺，每个人都觉在艺术视野里也满目奇观，获益匪浅，同样堪称是"冰雕玉砌""玉树银花"。

　　我和于力就是这样相识的。

　　他60年代毕业于北京广播学院（今中国传媒大学）新闻系本科，70年代在北京电影学院编剧进修班又深造了一年，后任职珠江电影制片公司。此前做过《南宁晚报》记者、南宁市文学工作者协会主席。他原来搞文学，后来为扩大受众面又搞起了影视。迄今发表了大量诗歌、散文、小说、报告文学、戏剧，文学作品曾入选国内各选集及大中学教材；长篇小说与长篇纪实文学《走方调》《梦之岛的菩提树——孙道临传》《汽车梦》等三部；单行本有《远方有条爱情河》等五部；发表电影剧本二十余部，拍片十余部，包括《张衡》《元帅之死》

《詹天佑》《远山情》《广州来了新疆娃》《喜相逢》《阿罗汉神兽》《云朵上的羊角花》《瓜棚女杰》《黑色狂人》《未来的定位》《孙中山》（上集作者之一）等；拍摄大中型电视连续剧八部二百余集，如《鸦片战争》《惠安女》《千秋家国梦》等，专题片数十部。成片与文学作品曾多次获奖，包括华表奖、百花奖、金鸡奖、童牛奖、夏衍电影文学鼓励奖、五个一工程奖、全国汇演一等奖、哈尔滨冰雪艺术节金杯奖、《解放军文艺》诗歌奖、上海文化基金会奖、广东鲁迅文艺奖、中南五省电视剧金帆奖等。

新时期以来，尤其是在文学艺术新潮迭起的年代，于力一一跟踪，研究文学艺术的新进展。对众说纷纭的文学艺术现象，于力常常向我传递一些信息并加以分析，做出自己的判断。多年前，我发表的文章《S型冲击波》，就是记述当时于力对于中国文坛热潮的慨叹和独特见解。文章发表后引起了同行的共鸣。有人问我，文章中的S君是谁，我只是淡然一笑，不想直说。因为于力叮嘱我不写他的真名，于是只说代号S君。他为人低调，那时《文学报》《广州日报》等报刊也曾拟介绍他，他都谢绝了。

经过对文学创作出现"假、大、空"的深刻反思之后，于力在创作实践中有意识地对人性作更深层次的开掘，努力赞美生命存在的价值，崇尚真实崇高的灵魂。如电影《张衡》就是当时电影界的亮点。张衡是我国东汉时期的伟大科学家。他发明制造的地动仪、浑天仪，在世界科学史上占有重要地位。于力笔下这些人物，直到今日仍闪烁着夺目的人性光辉。写现实题材的作品如中篇小说《半边渡》，同名剧本改编为电影《远山情》，影片既直面现实，深接地气，在人性最隐微之处发现了灵魂的最闪亮之点。人性的真、善、美，是人物的真切追求，是人类永恒的价值取向。无论是古代、近代，还是现代题材，于力的作品总是体现鲜明的反思精神，寻找人性最美的深处，让人触摸到生命无与伦比的力量。电视剧剧本述"古"者如《鸦片战争》等，道"今"者如《惠安女》等，都是爱国情怀与瑰丽人性合二而一的作品。他在和我及其他朋友的交流中，常说人间最可贵的品质总是在关键时刻体现在最平凡、最普通的细节里。世界民族的竞争说到底是民族素质、灵魂高下的竞争。他对自己和作家朋友的作品常常提出更高的要求。

于力曾和我谈起文学上的种种倾向。谈及近年来有的作品人物挤向矮、小、缺，热衷于书写卑琐、低下，为了"贴近生活"不敢再触及崇高，特别是灵魂的崇高。应该指出，这与以往某个历史时期文学作品充斥着"高、大、全"，是两个极端。他认为，人的自然属性和社会属性，正向追求与逆向制约，在每个具体的个人身上总是对立统一地结合在一起。作家的责任就是不断地对人物进行深层的开掘。有了理性的自觉，于力的创作就更加从容，得心应手。

收集在《海天新语——于力作品选》中的长篇小说《走方调》，是其近作。小说描写作者熟悉的中国南部边陲抗日战争时期的生活，堪称"破壁而出"的诗体小说与"写意文学"。小说塑造了七鬼、妮妮、米歇尔、老马等人物，个性鲜明、形象生动，人性挖掘深刻。几个人物各有各的复杂性，但最后都在与日本法西斯拼死搏斗的同时战胜了各自人性上的弱点，实现了心灵的升华，一个个都"破壁而出"了。小说像俄罗斯套娃一样有多层蕴藉，颇耐含英咀华。

于力的文学作品从银屏实践中吸收了丰富的影视营养，有多姿多色的声画空间，而其影视剧本，又从文学积累中获益多多，有深厚的文学性。于力在创新探索中自觉致力于文学与影视的优势互补，这是于力的一大特点，也是本选集的一大特色。

在新时期，文学艺术的长廊更现"冰雕玉砌""玉树银花"的新貌。为使自己笔下涌出更感人的倾诉，作家必须不断进行凤凰涅槃式的自我更新，于力在这一点上坚持不懈，这是作家的责任，愿与于君共勉。权为序。

2015 年 1 月 24 日凌晨于羊城泰然居

目　录

于力作品选

Y

U LI ZUO PIN XUAN

长篇小说

走方调

我本是，赶脚仔，冷暖尝透，
才把这，走方调，唱给众侪，
做一只，林中鸥，飞上云头，
伴着那，马帮友，闯荡瀛洲！

——《走方调》

第一章

1. 美丽的金花茶，你在哪里？

几十年了，他一直忘不了那双摄人魂魄的眼睛，忘不了那张眉眼实在够特别，而感情流露却又总是近乎于零的面孔，忘不了那朵牢牢扎根在他心上的金花茶——那个叫妮妮的女孩子。

几十年了，他更一直忘不了那个叫七鬼的情敌，那张丑陋的南瓜脸和那个圆滚滚的冬瓜身子。

"我美丽的金花茶，你在哪里？"

他站在游艇的甲板上，两手合成喇叭筒仰天发问。

和我说话的是米歇尔·艾格莱特（Miecel Aigrette），法国东方艺术沙龙董事会主席。他满头的银发，已经是耄耋之年。他在电子相册上点击，一片蓊郁葳蕤的女儿杉出现了，沉吟了很久，虔诚备至地说："我要回中国去找她……半个世纪了，我一天也没平静过……"

我们是在塞纳河上米歇尔的私人游艇"中国公主号"上见面的。米歇尔是个洞穴地质学家，更是个资深中国通。一头积雪似的银发衬着红扑扑的脸庞，银发下的思维却仍像永远十八岁那样敏锐而清晰。飞越的神思如这条宽阔的母亲河，打着漩涡，长久激荡在一个世纪前的往事里。

他的眼睛变得格外激动，电子相册里是一系列油画的照片。我知道米歇尔先生是个洞穴地质学家，但酷爱绘画：第一幅画是他根据回忆画的中国南部边陲鹭江沿岸的雀儿山壁画，他画得几乎像照片一样酷肖——壁画是我们史前先民不知用什么方法绘出的。壁画分布在鹭江两岸群山多处绝壁上，最大的一幅绵延了半座山。米歇尔盯着我的眼睛问："这是全人类共同的财富！你们猜得出史前就有的这些花山岩画、鹭江岩画是怎么画上去的吗？"

我茫然摇头。

他激动而深沉："说来不可思议，至少，我目睹了一个小小的局部是怎么画上去的，那是上个世纪战火纷飞的抗日战争年代……"

我很意外。

他递过录音笔和笔、纸："我要说的一切，和我那个中国兄弟分不开，你最好把我说的记下来，让后来人牢牢记住那只白鹭——Aigrette！"

我思绪纷飞，向遥远的故乡望去，我看到一个雕刻般的面孔，从古老的鹭江壁画里抬起眼睛来望着我——他从容斜倚在岩画的山壁上，憨厚地对我傻傻一笑。更加奇异的是，居然从那里远远传来一长串白鹭的低鸣。

我很惶恐，无法确保能记录好他们的往事。岩画上的面孔却大大咧咧一笑，为了让我放松，大度地摆摆手，向我投来信任目光。我对他点点头，默祷："好，放心吧，也请米歇尔主席放心吧！我虽然无法确保，但会努力记下你们这一段往事！"

米歇尔先生用略带中国南方口音的流利的汉语娓娓动听地谈起了往事——

2. 雀儿山枪声

雀儿山耸立在中国南部边陲，山上是茂密的原始森林，山腰是原始次生林，山下立着苔痕斑驳的界碑。往南边看，厚厚的云层下边就是那时的法属安南，也叫法属交趾支那。

这天上午，林子里传来刺耳的枪声。先是一枪，接下来又连着三枪："啪——！啪啪啪——！"

枪声很近，是在雀儿山那边鹭江南岸开的，来来回回荡起了三波回声。林海上扑棱棱惊起了一群鸟，也惊动了好几只松鼠。一条吹风鳖（眼镜蛇）也神经过敏地窜了过去。

气氛立刻显得紧张起来。

七鬼正背着鸟嘴铳在一片雀仔榕下的石海乱石堆和茅竹丛里放铁猫，也吃了一惊。他断定：这不是他们雀儿山常用的粉枪打的。火药枪开枪的声音闷闷的，没这么脆，分明是鬼子的三八枪打的。

鬼子打枪一枪一个准，倒霉的又会是什么人呢？

刚这么想，竹子丛就沙沙作响，山坡低处的竹梢沿山坡从下向上、从远到近一路摆动，有人拨开竹丛慌慌张张逃了过来。

从更远的地方传来日本鬼子的追捕声："站住！花姑娘的站住！"

一只小白鹭像在前边带路，飞飞停停，还惊慌失措地往后看看，像在等什么人。

白鹭还真是在等人。七鬼看清楚了，一个姑娘背了个采药篓，不顾一切地冲了过来，一脚踩空，摔在雀仔榕气根抓住的一块大石头前。

"站住！'花嫁'姑娘的！站住！"

鬼子追捕的声音更近了！七鬼冲上去，扶起女孩子，拉上她就往老林深处跑。

"啪——！"鬼子又打了一枪。石海中间的一块大石头被打得裂成了几块。

七鬼拉着女孩子贴着山壁飞跑，三钻两钻，拐进了一个溶洞。他是钻地鼠，对这里的每个山缝、每条暗河闭着眼睛也能钻。进了石海尽头的大溶洞，他带着女孩子七拐八绕，过了一道地下暗河，又钻进一个洞中洞，再往上爬十几步，是一小块平地。地上铺着厚厚的榕叶，是七鬼平时打猎歇脚的地方。离这儿不远有个小山缝，既能像小窗户那样透进光来，还能像千里耳那样传进地面的声响。

鬼子的脚步声匆匆跑过去，远了。

"进到这里就平安了！"他小声安慰女孩子。

女孩子长长松了口气。

可是，话刚说完，山缝顶上就出现了两张鬼子窥视的面孔。他们扒着山缝，两双眼睛贼溜溜地向里张望。

七鬼拉住女孩子尽量往黑暗处躲。两个人都大气不敢出。

俩鬼子还叽里呱啦商量着什么，这两张面孔七鬼后来都记住了，其中凶神恶煞的那个叫左门卫太郎，另一个高个子的是鬼子杏花渡司令部的副官，在后来的日子里七鬼和他们不断过招。

左门卫太郎会说中国话，虚张声势地向下喊："看见你们了！花姑娘，你的不要怕，皇军待你优待优待的！"

七鬼怕女孩子沉不住气，使劲捂住女孩子的嘴巴。

洞里很暗，从外往里看只能是漆黑一团，鬼子是吓唬人的。叽里呱啦了一阵，他们又匆匆跑远了。

七鬼悄悄道："别出声，鬼子抓住女人没好事！"

女孩子就着微弱的光线感激地看看他。

面对女孩子一对很好看的大眼睛，七鬼本能地又往暗处一躲——七鬼心虚，他模样让人实在不敢恭维，是个如假包换的丑仔堆里 PK 出来的大丑仔！丑八怪群里选拔出来的超级丑八怪！

女孩子抬眼这一看，让七鬼心里直发毛，其胆虚程度不亚于刚才被鬼子追捕。他嘟嘟囔囔辩解："这，这么近看不像我，远处看才像……"

话没说完，鬼子的脚步声又折回来，好像不把女孩子找到不肯罢休。女孩子急得眼泪也出来了。

七鬼急劝："别，别怕，你，你就住在我这里……保你没事！"

话一出口七鬼也觉得有点别扭，这不是趁火打劫吗？

女孩子戴一顶绣花头帕，瑶族打扮，上白下黑，可衣服有腰身，和多数瑶家妇女通常穿的直筒瑶服又不太一样。这一来显得更好看水灵了。

七鬼的心跳加快了。

他转念又一想：这是月下老人送上门来的大礼呀！机会不逮住，不但是笨蛋一个，也对不住月老呀！

于是觍着南瓜面孔，厚脸皮地补充道："嘻，哥二十了，三月三桃花江四月八大巫梁都白费了口水吼山歌，还没对上妹子成家呢！"

他忍不住庆幸而得意，竟然得意忘形地"嘻嘻嘻"笑了三声，几乎笑得有牙没眼了。

姑娘不说话，按了按头帕，默默摇了摇头，站起来就要走。

七鬼绝对不是省油的灯，一脸无赖相，拦在前边，唬道："不要命啦？这么放你走，哥不成了不仁不义把你往虎口里送吗？"

七鬼很仁义吗？绝对不！

他是个不折不扣的烂仔头——

3. 金花茶与烂仔头

雀儿山附近流传一支山歌：

> 有女莫嫁雀儿寨，
>
> 后生模样个个衰；

蚂拐鼻子驴仔脸，

招个猪八戒算头彩！

七鬼正应了这首山歌，他是"个个衰"里的头一号。

这个衰仔矮脑门，塌鼻梁，蒜头鼻子，南瓜脸，外加一对兜风耳。身子呢？小肚瓜向前腆着，两个大铁锅似的"屙筏"（屁股，发音近"西发"）蛋子向后撅着，活像个特大号冬瓜。你看那走路的架势，像哪样？鸭行鹅步，猛一看，乖乖，像不像一个特大号南瓜架在一根特大号冬瓜上！他一歪一扭从岭上滚下来，你担不担心一个石头的磕碰就能让那个大南瓜从大冬瓜上掉下来，滚落洞底去？

他模样怪，衣着也怪：一头浓密的披肩发下，上身是蓝黑色立领对襟衣，胸前两侧各绣一个鸡仔花图案。白布裤，裤裆又大又宽，裤腿刚过膝盖就用黑布收边，裤口绣着红丝线和三长两短五道直直的红花纹。这是古老的白裤瑶男人装，原本当在天气较凉的红水河那边才有人这么穿，在炎热的桂南的雀儿山这么穿，就显得有点怪。也难怪他这两年夏天把那蓝黑色立领对襟的贯头衣改成白色的了。

寨子里采药、打茅回来的姑娘们，见到这个丑冬瓜，都会扭过头去，嘻嘻嘻，哈哈哈，一个个笑弯了腰。昨日，走在最前边一个胖妹一边偷偷学他走路，一边用花帕掩着嘴，哧哧哧，笑出了眼泪！后来脚一崴，竟噗通一下，笑得坐了个屁股墩儿！

可这个丑八怪呢？根本不在乎，会正一正肩上的那杆鸟嘴铳，紧一紧腰间的那个火药牛角，吹着口哨走远。每天，人家总这么挺胸腆肚，风里来，雨里去，山歌不断，笑话不绝——

"穷下南洋急走方"，七鬼一家是从红水河那边的白裤瑶寨"赶脚走方"过到这边来的，无田无地，靠赶脚走方为生。"赶脚"指的是给马帮当苦力，"走方"是指走他乡谋生。和走方郎中、走方和尚的"走方"同一个意思。"走方"和找地方刀耕火种的过山瑶不同，主要靠卖苦力，境内外都走。对雀儿山来说，走的是"夷方"：既包括界河这边的远山远地，也包括界河那边的番邦番乡。七鬼论模样扶不上墙，可论"赶脚"给烟帮掌柜赶马帮，在走南洋的古道上，那可够条汉子！这尊大号"鹭仔七"、绰号"烂仔七"、正名"七鬼"的欢喜佛，各路马帮的马锅头都喜欢雇他。

他力气好，扛一百几十斤的山货翻雀儿山，从七燕岭走到"打鸟界"，再一下一上登上"光棍好苦岭"，竟然不歇脚！又年纪轻轻，天不怕地不怕，特别绝的是会钻山洞，这一带属石灰岩地貌（喀斯特地貌），从六万大山到十万大山，每座山山下都布满神秘的岩洞。这些岩洞大的能撑排，小的能藏宝。而且洞洞相连，地下河蜿蜒曲折，变化莫测，是个如假包换的大迷宫。可七鬼从小钻山洞，三月桃花汛，八月桂花潮，地下河会在半夜里的子时、丑时两个时辰从溶洞口往外吐禾花鲤鱼，他自小就到各洞口去等鱼，把每个岩洞都钻得滚瓜烂熟，熟得像他自己指甲上的黑泥疤和脚板底的厚鸡眼。马帮运私货遇到界桩两边的官兵边检，他能当《封神榜》里的"土行孙"——扛着"芙蓉膏"（鸦片）篓子往岩洞里一钻，阴阳怪气地喊一声"不打搅了"，呼的一家伙，一眨眼，鬼似地，没影了！不管是界河这边桂系"钢军"的模范营，还是界河那边安南交趾的高鼻子法国鬼，都拿这个鬼没办法。

还有个让他远近闻名的是，这个衰鬼枪法好，他拿起那杆祖传的打鸟粉枪鸟嘴铳，从不瞄准，打猎物却弹不虚发。更奇的是能打一手好弹子——石头子儿在他手里就成了神物，打猎物指鼻子不打眼！喊一声从"北佬"嘴里学来的"喝你个稀饭吧"，一抬手，"嗖——"，一只松鼠滚了下来；再一抬手，"嗖——"，又一只老肥的果子狸到手了！有了他，马帮不愁没野味吃，连难得的野猪仔、竹锦鸡都常下锅。有次赶脚碰上要买路钱的强人，他八个石弹子打中了七个，从此七鬼的山名就叫得山响。

"七鬼"这个尊号能叫开，有人说是因为他模样傻，是个"痴仔"，当地的雀儿山话，"痴"和"七"发音差不多，"七鬼"就是"痴鬼"，这个解释大概才正宗。还有种说法是，他们老金家老姆（老妈）一连生了七个仔女，另六个都让阎王爷早早叫回去了，没活下来。第七个生了他，宝贝得不得了，老姆笑得嘴巴从左耳根咧到右耳根："我想好了，大名就叫金七贵。"老爸一听吓了一跳："莫莫莫！担不起担不起！名字太富贵了阎王爷听来又不顺耳了，赶紧给他改成贱名！"

"七贵"一改就成了"七鬼"。

他好打鸟，但大家发现他从来不打白鹭，见了白鹭还会远远抛食过去，还一次把一只受伤的小鹭仔带回家护理好，又放回林子边的洼地里。寨子的人就叫他"鹭仔七"。

叫他"鹭仔七"还因为他会学鹭仔鸟鸣叫，学得惟妙惟肖，能把真鹭仔鸟哄得飞过来。他见了模样出众的女孩子，也往往在人家背后学鹭仔鸟"嘎嘎"猛叫一声，每每把妹仔吓得大呼小叫，他才得意洋洋地大笑离去。

别看他对从鬼子虎口下救出来的女孩子不仁不义，一脸骚样，可各路赶脚人对他刮目相看的，却恰恰是"鹭仔七"讲义气。

烟老板桑康靠软硬两手把七鬼哄得最服帖。一次桑康的马帮从北暹罗回来，进到交趾"小板那"地界，被法国鬼拿了。穿短裤、戴斗笠的安南兵拷问赶脚的七鬼："说话！谁是烟老板？不开口就砸断你的狗脊梁！"躲在人群里的烟老板桑康吓得当场尿了裤子，眼见碗口粗的竹杠子轮番抡到七鬼脊梁上，"啪！"打裂了一根，"啪啪！"又打裂了一根！

七鬼的脊梁骨渐渐变成了红黑斑斓的紫葵树干，他昏死过去。安南兵把七鬼咕咚一声丢落"小板那"水牢，关了两天一夜，肉都泡白了，可他始终没吭一声。

事后，桑康把木瓜粗的一卷"绿包袱"（日占时期的伪钞）往七鬼眼前一丢："你这回是狗仔跌落粪屎坑——任吃吧！兄弟，要多小（要多少）随你拿！"

桑康外号"桑大嘴"，他大嘴里吐出的官话南腔北调。

说到讲官话这里要插几句：在雀儿寨，人赶着马帮来自四山八岭，很少谈自己的来历，也忌讳问别人的来历。马帮的好汉多属走私军火的，走私鸦片的，走私翡翠玉石的，走私妇人婴孩的，历来都得一躲官家二躲同行，不愿跟陌生人谈自己的来路。为了不让别人猜出自家的来历，各人不但小心翼翼藏起自家的方言，还往往学两句其他地方的方言好让人摸不到底，甚至会冷不防冒出一句从"北佬"口里学来的口头禅。七鬼的"喝你个稀饭吧"，就是从北边来的马锅头老马那里学来的——其实是一句与本地话谐音的骂人粗口，这么一改就又文明又幽默了。时间久了，这里成了个语言的"特区"：雀儿寨流行的是汉语官话，可是南腔北调混杂，摸不准哪一号才是字正腔圆的正宗。

刚才说了桑康把木瓜粗的一卷"绿包袱"往七鬼眼前一丢，任七鬼拿。可七鬼不多要，只抽出了小拇指那么粗的一小卷，那是每个脚夫都该得的一小份。

桑大嘴有点意外，变通奖励他，带他到湄公河的花艇上找女人过夜。

七鬼那条小尾巴立时翘得老高，兴冲冲划着小舢板去了。

他一边划船一边扯着嗓子傻吼：

我鹭仔七鬼卵尖尖，

碰到石板冒火烟，

碰到大树连根铲，

碰到妹仔喊半天！

那一夜，他在花艇上喝得酩酊大醉，苦战得把花艇搞得东摇西颠，差一点儿翻船。完了事，醉醺醺地要把花艇上的丑女人带回雀儿山当老婆。桑康把他的脑袋往河水里一按，拉起来，成了水葫芦。再一按一拉，沾了满头水草，成了长毛老水龟。桑康戳着那水淋淋的南瓜脑袋骂道："让湄公河的冷髓（冷水）帮你醒醒酒吧！你小尾巴还真翘到雀儿山山顶去了！缴得出赎身银得把你卖掉！"

唉！你桑康也真是！骂人家干什么！七鬼虽说是个丑八怪，可也是个汉子嘛，他缺女人嘛！

如果不是日本鬼子来了，七鬼再痴再穷，也早该抱着老婆当阿爸了。

你明白了这些，就该明白，七鬼救了女孩子可又动了歹心，一点也不奇怪。

在七鬼的山洞里，被救的女孩子看穿了七鬼的坏心眼，赶紧走。

七鬼还想拦，可他不会来横的，七鬼毕竟不是歹人。他挠挠头，嗫嚅道："走？就走呗……那，你得换个装呀！"

女孩子一愣："怎么换？"

七鬼拿过一件贯头衣往她肩上一披，又拿过一条缠头布把她的鼻子眼睛嘴胡乱一缠，又从冷火堆上扒出一捧炭灰乱七八糟往她脸上一抹，拉到山缝下的亮处打量了一番："嗯，这回认不出来了！也像我七鬼了！咦？怎么看你有点脸熟啊？"

山缝外有声音在喊什么。女孩子应了一声："唉！在这里！"

七鬼颇意外："谁喊你？"

女孩子："小白！"她沿来路磕磕碰碰往外跑。

七鬼跟着她来到地面。

外边，一只小鹭仔正在山缝处探头探脑往里看，见到女孩子，立刻扇动翅膀扑进她怀里。

出到地面，七鬼彻底看清了女孩子的模样，他突然间咦了一声，发现这张面孔几天前他见过。

那天他遇上一桩怪事——

4. 七鬼自白：我走狗屎桃花运了！

这事让人没法相信——他说撞上了神仙鸟，那神仙鸟儿会字正腔圆地讲人话！

寨子里的各路神仙正赌"番摊"——一种用玉米粒做赌具的赌摊，靠押最后一把玉米粒是单数或是双数来计输赢。大家听七鬼这一说，十个人里有八个撇嘴冷笑。另外一个清清嗓子，一边押注一边笑道："哈，你七鬼是马尿灌高了'讲大话'吧？"——"讲大话"就是讲假话。

剩下的一个正起面孔做色道："咦呀呀！要么就是你七鬼撞上鬼了！"

早就挤进来赌"番摊"的七鬼一听到别人这么怀疑加嘲弄，气就不打一处来，呸的一声向地下啐了一口，骂一句"喝你个稀饭吧"，他边抓玉米粒边大叫：我起誓下边每个字都说得板上钉钉——

撞上鬼了？我鹭仔七什么时候说过假话？

鬼子才讲假话！

（这一把番摊我押单数！）

你不信雀仔会像人一样讲话？你摇头没什么要紧！我也没要你点你那烂猪头！可我七鬼没撞鬼！我七鬼讲话一个吐沫星子一颗钉！

爱讲假话的人下辈子要么变成旮杂（蟑螂），要么变成粪虫（屎壳郎）！要么变成小日本儿的狼狗尾巴上的虱蛆！为一句话毁了自己的下一辈子，划不来！我要是讲大话，就让我这把番摊输个干干净净！

小雀仔像人一样讲话的怪事出在我到"打鸟界"那一日早上。我想顺便到墟顶看看杏花渡口平安不平安，你晓得日本鬼子的飞机专在界河两岸打转，一边转一边"下蛋"。听说法国佬和日本鬼子火拼之后，有一架要在法国小火轮上"下蛋"的日本飞机被法国佬在界河上边揍了下来，我要去看看，解解恨！——喝你个稀饭吧！日本鬼子除了杀人放火，还把我鹭仔七的诨名七鬼占去一个字！日本鬼和我七鬼一笔写不出两个"鬼"字来！晦气！

（唉唉，七鬼你手里怎么藏着三颗玉米粒？你莫搞鬼"出千"啊！）

去去去！你才"出千"！——我拐过鹊桥岩，抄近道攀山壁想上通天路，过了那里就能远远看到杏花渡。果然，鬼子还有飞机正在界河上下蛋！炸弹一丢，烟雾蹿得比千嶂崖还高！山好陡，腾起来的烟尘还是往鼻子眼儿里钻，后来又见到法国佬的小火轮向鬼子的飞机打连发的西洋粉枪——不，该是叫……叫机关枪，小鬼子的飞机就向界河入海的方向夹起尾巴逃了。

可我刚刚攀回摩崖石刻"破壁而飞"那四个字，就见到一架小飞机鬼头鬼脑地钻了出来——钻出山缝，竟向一只小鹭仔鸟扑去——我定睛一看，咦，不是飞机，竟是一只二郎鹫，它口水流得几长！要逮那只小鹭仔当点心就木薯酒吃！小鹭仔吓得嘎嘎乱叫。

那是一只刚刚学飞的小小鹭仔仔。

只听云彩里有个妹仔对着小鹭仔撕心裂肺地惨叫："小白快跑……"

那小鹭仔也真通人性，听了女仔的喊叫就向女仔飞去。二郎鹫虽说凶狠可到底不敢近人，盘旋了一下，只好忍下馋虫，钻进云彩低声下气飞走了。可那只跟鬼子的飞机长得一个模子的"鬼打棍"二郎鹫滑得很！它藏进一片云彩里，又偷偷钻进山缝，其实是在等机会，果然，过了一会儿，那只小鹭仔以为没事了，又飞出来找虫虫和雀仔榕种子吃。就那么一眨眼，那只二郎鹫又神不知鬼不觉地沿着山壁溜了过来，像鬼子的飞机一样，只一扑，就把小鹭仔鸟抓到了！

"小白——"挖药的妹仔惨叫。

可她也喊迟了，小鹭仔腿长个大，在沼泽地来去自如，在树林子里就有点儿发笨，只见二郎鹫那两个大爪子像铁钩子一样，一家伙就把小鹭仔鸟紧紧抓牢了。那只小鹭仔嘎嘎叫得好苦，云彩里妹仔的声音叫得更惨，我听了，想都没想就飞出一个石蛋子，嗖的一下，打中了二郎鹫的翅膀，哈！一片灰翎子被打离了身子，风一卷飘走了，只见它翅膀一哆嗦，爪子松了，小鹭仔掉了下去！好彩它死里逃生！

（七鬼，你小手指莫夹那颗玉米粒，想搞鬼啊？）

闭上你的狗嘴！你才搞鬼！——嘿嘿，我好解恨，像打中了一架日本飞机一样解气！可那二郎鹫也一歪一斜地匆匆逃了！

我跑下山，捡起受伤的鸟，小鹭仔鸟毛茸茸的，腿挺长，两个翅子极好看，吓得浑身哆嗦不停。肚子两边被二郎鹫抓伤了两处。我还没细看，眼睛被林子里闪闪发亮的东西吸引过去——我发现五更天东边山顶上蒙蒙亮时才有的两颗姐妹星竟落到林子里来了，竟流星似地急急忙忙移了过来，又变成大清早荷叶上滚动的两颗大露水珠！再一细看，不对，竟是一个妹仔的一双大眼睛！好亮，好大，好照人！

刚刚在林子里喊小鹭仔鸟的就是她。

一个药篓在背后摇摇摆摆，满满当当全是草药。妹仔是挖药的。她接过小鹭仔鸟，心疼得像自己挨了抓，从采药篓子里翻出一棵七叶一枝花，急急忙忙嚼碎，尽着小心敷在小鹭仔鸟的伤口上。

小鹭仔不抖了，偎依在妹仔的胸口上，紧紧挨这她颈项上的有点发光的贝壳项链，像找到鹭妈妈一样，叽叽叽叽地悄声诉着委屈，还不时发出鸹鸟独特的叫声："嘎嘎咧咧……"这是雀儿山一带特有的一种小鹭仔，站在雀仔榕梢头喜欢"嘎嘎咧咧……嘎嘎咧咧"地叫，大家也叫它嘎嘎咧咧鸟。

妹仔对她的小鹭仔鸟说："小白，快谢谢阿哥！"

那小鹭仔竟然真的像八哥，不！竟像人一样跟我说起话来，怯怯地："谢，谢……嘎……"

我呆住了。

妹仔："大声点儿！"

小鹭仔提高了嗓门儿："谢谢！嘎……"

我依旧呆在那里。

妹仔又纠正："谢谢您！"

小鹭仔有样学样："谢谢您！嘎嘎……"

然后，妹仔认真向我谢过："阿哥，谢谢您了！"

她没再多停，低低勾着头，捧着小鹭仔鸟，背正箩筐，走进林子，一步一步钻进半山的云彩里，消失了。

我还像傻子一样愣在那里。

（唉唉，七鬼你是押单数嘛！一，二，三，四……这一把我赢定了！）

自始至终，七鬼我木头墩一样呆戳着，竟是没答她一个字！真成了你们刚刚形容我的：一个特号大冬瓜！

知道为什么吗？

刚才碰到她，讲了那么多句话，我一直定定看着她，她呢？那星星似的眼睛竟是一次也没往我这里落，那露水珠似的目光竟然一次也没向我这边流！分明是在躲闪，不，是在避开我的目光！

为什么？我的眼睛扎人吗？烫人吗？是蛇眼、虎眼、山猪牙、老鹰爪吗？

她越是不看我，我越是想看她！

（唉唉！你讲你的妹仔呀，莫偷放玉米粒呀！）

不过，七鬼我的目光变得一定发直，发傻。

是——是呀是呀，我是被妹仔的漂亮惊呆了，我看傻了！

不瞒你说，我七鬼走南闯北见过的妹仔也不少，大波妹、肥臀婆、甜嘴嫂、细腰女都见过，可像她这么水灵的，从来没见过。

（像你七鬼这么"古滑"的番摊罗汉我也真没见过！）

从见到她的第一眼，我的魂儿就被她勾走了！

后来我才知道她叫蓝鹭鹭，小名鹭妮妮、妮儿。妮儿是很远很远的北京（那时叫北平）的叫法，妮儿两个字拼成一个音，老北京人就这么叫小姑娘。我们这里都是叫阿鹭、阿芬、阿妮、妮妮、阿梅。也没人说"您"的，都是说"你"。"多谢你""多谢啦"。"您"，也是京腔。

后来我才知道她真是从北平回来的，而且是从靠皇城根不远的大宅门回来的。

那天我头一次见到鹭妮妮，我没想到她长得这么靓！靓得让我不敢正眼看她可又一直用眼角斜盯着她！没想到人间会有这般模样的天仙！更想不到我们大山里会藏一个这么水灵的妹仔！

当时我想：这妹仔一定不是凡间的女子！要么是妖精变的，要么是茶马古道上逃来的精灵——我随老板桑康跑过茶马古道，那里有的寨子妹仔不许嫁出本寨子，而且最漂亮的姑娘活不过十八岁——他们说漂亮姑娘都是妖精变的，一到十八岁就要当着全寨子老少的面把她活活烧死！

要活就得逃！

这个妹仔一定来历不寻常！

她那只鸟也一定不寻常！

同样的事别处有过吗？有。——隔着七十年的时空我忍不住边记录边插嘴：2014 年 4 月 18、19 日两天，搜狐、百度快照、京城在线、川北在线和 BBC 等网站的新闻栏报道了一宗相似的奇闻：新闻公开的 18 个小时前，有人在奈及利亚马库尔迪（Makurdi）集市上准备宰一只公鸡，这只面对屠刀吓走了形的公鸡竟然急得喊出了人话，嚷起了阿拉伯语。小镇乱作一团，人们四散惊逃。警察赶来，把这只鸡带去了警察局。这只公鸡顿时成了当地的"明星"。大家纷纷挤到警察局想一睹这鸡的风采。围观者越来越多，导致交通混乱，为防止意外，警察不得不用催泪弹来疏散人群……

这个雀儿山的妹仔如果带着她那只小白鹭出现在众人面前，人们会更吃惊！

（赢了赢了，七鬼你银纸也拿过来，这一把我赢了！银纸归我！）

5.　贝壳项链

岩洞外，鹭妮妮再次让小白谢过我七鬼："说呀，该说什么啦？"

小白鹭鸟很精灵，立刻说："谢，谢谢阿哥！"

鹭妮妮对我欠身鞠了三个躬，作了三个揖，满脸是对不住的神情，默默告辞了。

她带着小白一起走远了。我呆望着她的背影，小了，远了，淡了，慢慢溶化在雀儿山白茫茫的云雾里。

我一尊钟乳石似地呆呆戳在那里。

就在这时，我眼前突然一亮。

——那是什么？

老……老天爷！可……可了不得！

喝你个稀饭吧！我……我……

乖乖，我走了上上等的狗屎桃花运了！

——七鬼我发现了一桩大事！

她走去的羊肠小道上分明有一个闪闪发光的东西——是什么？是——

老天爷！竟是一条贝壳项链！

是她的，鹭仔鸟刚才偎依在她胸口上，我七鬼还见到！

可是奇怪，戴得好端端的，又没人扯它！怎么会平白无故地掉下来？

奇怪奇怪真奇怪，和尚庙里有裙晒！

是不是她故意丢的？

啊！——我是做梦吧？

我咬咬大拇哥，喝你个……疼哪！不，不是梦！再说，梦也不会这么美啊！

我扑过去，把贝壳项链小心翼翼地捧在手里。闻了闻，还沾着她身上的汗香哪!

我笑了,哈哈的笑声在云彩里飘散开来,笑得对面的燕子峰山壁上甚至传来了回声。几对燕子被惊飞了。

你大概不明白我为什么笑——在我们雀儿山,一个妹仔如果在三月三赶街或是四月八大巫梁歌圩上遇到让她心动的小伙子,她就在你前边故意掉下一个东西——那就是定情物了!让你拿上它悄悄去姑娘房幽会,或者就大大方方去她家里说亲!

我正想入非非,一声巨响惊醒了我——

"轰!"山那边又传来爆炸声!日本鬼子的飞机在界河又"下蛋"了!

老林子里引发了一片山火!

接着,烟雾弥漫的山路上传来急匆匆的脚步声。

两个人影钻出云彩:是老药王和我们这里的头一号马锅头老马。

老药王神色焦急:"七鬼,看到我孙女了吗?"

"孙女?是……"

"妮妮!——就是鹭妮妮啊!"

我们这里民族混杂,有时候一家人可以有两三个,甚至三四个民族。鹭妮妮是半瑶半汉的混合名。在雀儿山出生,后来随给西鹤年堂当药工的阿爸去了北京,后来又改叫北平。她大名蓝鹭妮,北京人把"鹭妮"叫成"鹭妮儿",这个名字在雀儿山也就叫了起来,可山腔发不出"妮儿"的"儿化韵",成了"妮妮"。

老马追问:"看到她了吗?"

"没,没看到……"我茫然摇头。

老马发现了我手掌里的贝壳项链,眼睛一愣,霎时眼神又有点疑惑,正想说什么却被老药王打断了,老药王急似火烧眉毛地嚷道:"过这边来挖药,讲话带北平调门。"

我明白了他们要找的是谁。

我下意识地指了指云雾深处。

老马道:"再见到她就让她快回家,就说她爷爷有急事要找她!"

老药王急不可耐:"就说鬼子在到处找她!抓她!"

我吃惊,急急忙忙点点头。

老马看看我手中的项链,还想问什么,老药王却两手合正喇叭筒,向云雾深处喊:"妮妮——!鹭妮儿——!"

大山回声袅袅。

老药王急匆匆钻进云彩,老马也急急忙忙跟去,两个人霎时不见了。

一听七鬼说的女孩子是鹭妮妮，正赌"番摊"的各路神仙就没人再敢讪笑了。

鹭妮妮在雀儿寨算得上是二十七个铜钱摆三份——九文九文又九文（久闻），名气大得很！

要把鹭妮妮的事讲明白，得扯远一些，要先从雀儿山说起——

6. 雀儿寨的金凤凰

雀儿山山高林密，大大小小七十二峰，均被无边无际的茫茫林海覆盖。还没进山，已经可以感到浸透你骨髓的绿意，苍天赋予的绿意与心灵上的绿意在这里交汇。一进林子，你会感到有无数热情好客的绿精灵在欢迎你，呵护你。它们无迹无形却无处不在。山坡上婆娑的树影后藏着它们迷人的眼睛，风儿掠过的枝柯间有它们绵渺的呼吸，颤动的叶梢上是它们在喊喊嚓嚓低语，从绿苔上泛上来的清香是它们独一无二的气息……

雀儿山七十二峰的名称大多和鸟族离不开：过雁岭、野鸽子坪、鸡爪坡、斑鸠弄、鹅山、七燕岭、八哥坡、三鸟峒、二郎鹫峰、光棍好苦岭、椋仔巢、鹊桥岩、鸭公谷……连水的名称都离不开：鹧鸪江、鹭江、鹅舅舅潭……

唯独最高峰雀儿峰上的一个岩洞叫王圣岩，那是远古先民搞悬棺葬的地方。王圣岩乍听似乎与鸟族无关，可是如果细听来历，也离不开那些迷人的鸟雀。

与此相连，当地老百姓给孩子起名字，也就多是从各种鸟名变化而来：鸽仔、鸪妹、燕妮、鹭仔……

林海里绿得最醒目的是雀仔榕。雀儿山漫山的雀仔榕是鸟族的天堂、咧咧鸟、知更鸟、啄木鸟、绿翅莺、燕子、鹧鸪鸟、斑鸠，甚至平地上才多的红嘴绿尾的椋鸟和沼泽地才有的白鹭，都喜欢在这里做窝。白鹭江边尤其多，所以叫鹭江。一早，它们向东南方向飞去，到云雾茫茫的远方沼泽地，甚至到海边湿地的红树林里去觅食，傍晚归巢，雀儿山和鹭江茂密的树林是它们的家。

可雀儿山真正的金凤凰出在寨子里。

雀儿寨一带，古时候叫百越。那是中原一带对"南方蛮夷"——包括"湘楚蛮夷"的统称。后来叫百越的人不多了，一是雀儿山曾经有过的百越寨渐变荒凉，二是因为马帮使这寨子再度兴旺之后，寨子里女孩子们像鸟雀一样的好嗓子让雀儿寨的名字很快就叫响了。

雀儿山的妹仔几乎个个是金嗓子：开口唱起山歌，连林子里的雀仔群也会闭上嘴巴，屏息静听，等到该和声的时候，会一齐张开歌喉，絮语顿止，鸣琴

海天新语——于力作品选

齐奏，那真是奇妙的天籁！而合唱中高一声直抵苍穹、低一曲潜入谷底的，则是雀儿山妹仔的金嗓子！

比金嗓子更出众的是，雀儿山妹仔钻石般的眼睛。姐妹们长得也个个端正水灵，和山下的白孔雀有一比，和山脊的金花茶更有一比，往往要招来极高的回头率！人家说山妹子从小挑担子把腿压短了，把腰身压粗了，可雀儿山的阿妹奇了！大多腰细腿长，小屁股圆而翘，胸脯高而挺，而且细腰在全身的位置往往很靠上，几乎处在全身高四分之一稍多一点的位置，简直就是黄金分割，个个是亭亭玉立的女儿杉！一群群雀儿山的妹仔在收谷子季节挑着谷担子、摆着腰肢、扭着圆滚滚的小屁股，摇摇摆摆走在田埂上，衬着梯田水面云彩的倒影，哈！简直就是从云彩里娉娉袅袅走下来的七仙女！人家说古时候出了名的美女绿珠，就是从雀儿山的女儿杉寨走出去的。

什么是女儿杉？对，忘了告诉你什么是女儿杉了——

你向北边看，我说的不是那片树皮发白的小叶桉，它们是一群没心没肺的傻大个儿。我说的是它们之上的山顶那边、土层较厚、在石海与红土相间的云雾山中的那一大片望不到边的浓荫——在那片无边无际的绿色里，女儿一生下来，当阿爸的就要在有土的山上种一片杉树。十八年后，女儿长大成人了，杉树也成材了，阿爸就用这一片杉树为女儿盖一栋吊脚木楼，打一套嫁妆。这种树就叫十八杉，也叫女儿杉。

因为这些树，大家也把雀儿寨叫女儿杉寨。

女儿杉大都有主，当爸的常来护林、防火，所以长得格外青葱翠绿。可女儿杉林子里最喜人的一片，要数岭顶那一片，郁郁葱葱，又挺又直——早就夺人眼球了，可还没派上用场。谁家有女初长成哪？

那是老药王给他孙女妮妮种的。

他孙女鹭妮妮出落得百里难挑一，六七岁时，让她在北平西鹤年堂当药工的阿爸带去北平了。以后随阿爸过年时回过雀儿山两次，两次暂短的露面，就像金花茶两度在云朵上盛开一样，给寨子里的后生留下了品不完的回味。

她已经出落成大姑娘了，寨子里的小伙子把她夸成了雀儿山独有的金茶花。可说这些话的后生哥个个唉声叹气，为啥？雀儿山的后生哥那些模样大都让人不敢恭维——包括正在赌"番摊"的各路神仙，一提鹭妮妮他们就自卑得唉声叹气，所以七鬼讲到"神仙鸟"的主人是鹭妮妮，就没人再敢讪笑了。

可私下里，十个人里有九个半不服气，咬着耳朵窃窃道："妮妮会把项链给他？那才叫撞鬼呢！那项链谁晓得是怎么到他手里的？不是偷的怕也是捡的！"

这话，也有一句没一句传到了七鬼耳朵里，阴阳怪气地灌了他一耳朵。

7. 他那个下巴活像老娘们的脚后跟

七鬼三天没说话，光灌酒。

第四天把竹酒筒望火里一扔，发誓说："喝你个稀饭吧！谁个爱跑舌头尽管到雀儿山去跑吧！我鹭仔七今后不再拈花惹草，七鬼要成家了！"

竹筒酒烧爆了，"呼"的一下，火苗蹿得老高。

他一本正经去找老板桑康。

桑康是南洋马帮雇的马锅头，一身酒气。四十郎当岁，却已经肥得赛头老母猪。老是用两个古铜钱把下巴颏上那几根稀稀落落的黄胡子茬儿夹住，拔得精光，那个光溜溜的下巴看上去煞像老娘们儿洗干净的脚后跟。

七鬼既开门见山，又拐弯抹角，还没开口头上就憋出一头屋檐水似的汗珠子，道："老板，七鬼跟随你走南闯北，老大不小还是单身寡仔，不能憋急了等着跑湄公河的破花船，我该成家了！"

桑康鬼得很，七鬼一翘屁股他就晓得要拉什么屎。他边用古铜钱拔胡子，边斜睨着小眼睛道："老弟，介事（这事）老哥我早就放在心上了！你阿爸不在了，老哥我自然会为你小鸡（小子）安排。"

七鬼嘴巴张大了，一个南瓜脸上就像被柴刀横横地砍了一个大豁口。他愣了半天，结巴起来，嗫嚅道："老老老板你……"

桑康："介事（这事）我早就安排好了！你老大不小，现在再提亲不是正月十五贴门神吗！好在无福之人跑断肠，有福之人不用忙，你小鸡（小子）命好，有个现成的家等着你——去了不但有脱光了屁股等着你上床的老婆，还有两个满地追着你喊阿爸的仔仔！你小鸡（小子）一边去偷着笑吧！"说着，"叭"一声把两个古铜钱往八仙桌上出力一扣。

七鬼却笑不起来："老…老…老板，你讲…讲…讲的莫…莫…莫不是石…石…石寡妇？"

桑康一笑："介个，介个（这个，这个），真是有缘分哪！你老弟一猜就中！老哥我说的就是石寡妇。"

七鬼的喉咙"咯噔"了一下，突然间不结巴了，挠挠头："哼！我晓得老板你还欠她一笔大烟棵子的钱，莫非要我去充烟棵子银？"

桑康被搔到了痛处，脸一红，嘴巴一撇："你介个（这个）模样还想充烟棵子银？能充两担猪笼草钱就不错了！莫非你还想挑拣？不识抬举！"

七鬼愣了片刻，欲言又止，欲止又言，不知不觉拿出了那个贝壳项链，又不知不觉说出了"鹭妮妮"三个字。

桑康脸拉长了，最后扯成一个怪模样，他哧哧冷笑起来。

"你啊你！说你什么好？明摆着是竹篮打水一场空嘛！丑八怪迷上了金凤凰，你系（是）玉皇大帝还系（是）太白金星？凭什么要娶她？莫让你七鬼这个'鬼'字迷了心窍呦！"他又拿起铜钱在下巴上找胡子茬。

七鬼听到这里有点火了——可是还按捺得住，他不吭声。

桑康却句句紧逼字字赛刀："你呀！凭什么要娶妮妮？"

七鬼喏嚅："她拿眼睛看我……"

桑康脑门锃亮，瞪大眼睛道："废话！不拿眼睛看银（看人）还拿耳朵看银（看人）？"

七鬼："她……她的眼睛好像想笑……"

桑康："废话！哪个妹仔见了你这矮冬瓜不笑？连我都要笑呕！……你啊你！说你什么好？你狗尾巴撅上雀儿山也还是一条狗屌！"

七鬼听到这里终于有点按不住火了——要紧的是那句"狗尾巴撅上雀儿山也还是一条狗屌"。瑶族人视狗为神，谁骂狗谁就是骂瑶家的祖先！七鬼忽地站了起来，一手戳指："你…你…你讲什么？不…不…不答应帮我也就罢了……"

桑康见七鬼的手指几乎要戳到自己鼻子尖了，也来气了，可想想七鬼的好处又按捺住："唉！介个，介个（这个，这个）……"他又讪笑，又晃头，那个脑袋晃得又像是点头，又像是摇头。那个胖下巴活像脚后跟那样翘起来一摆一摆。

七鬼嘴巴旁的八字纹一跳一跳地抽动，他放下手时，竟把桑康那里的一条木板凳碰翻。忍了片刻，起身抱拳，说了声："好，老板，两便了！"就站起身，大步走出门。

桑康纳闷，火了："你傻瓜蛋讲这话什么意思？少了狗肉也成席！有种你从我马帮里滚！"

又骂到狗！七鬼连回过身揍人的劲儿都上来了。气越喘越粗，可最后终究还是压下火，丢下一句硬邦邦的话，出了门："滚就滚！不打扰了！"

一直为桑康两肋插刀的他，竟因为这个，破天荒跳槽了。

桑康气得两个铜板掉到了地上。

"喝你个稀饭吧！那光光的下巴更像老娘们儿的脚后跟了！"——七鬼暗自骂道。

第二章

8. 为喝马尿找老马

七鬼爬到雀儿山半山腰，钻进一个岩洞，拐两拐在一个洞口外边找到一个马厩，看到一个人正向马槽里填草料。

七鬼冲那人拍了两下巴掌，算是打招呼了，那是另一个马锅头。

不错，就是老马，他就是七鬼要找的另一个马锅头了。七鬼要跳槽到老药王看重的这个马锅头的马帮"走方帮"里赶脚。

"走方"是边境一带对赶脚、外出谋生，甚至出境跑生意的统称。雀儿山九分石头一分土，人多地少，"穷下南洋急走方"，走方成了某些人发财，特别是穷人找活路的选择。刚刚说了，走方既是指走"夷方"，也包括国内的外省外方。马帮有的相对固定，有的有散有合。能常聚在一起的马帮或有老板打理的马帮大都有个约定俗成的名号：比方桑康帮、大嘴蛤蚧帮、槟榔帮。

老马这个帮被大家叫"走方帮"。

这么叫他们有些缘由：

凡马帮，都走方。可老马这一帮走得与众不同：他们专门跨界走方，走海外援华的秘密跨国小道——几十年后被人称为跨国走私走廊，但那时不算什么。这个走廊一部分和后来越南战争中的胡志明小道重叠。"走"什么货也与众不同：有人说他们走大米，有人说他们走药材，还有人说他们"走人"——南洋的抗日学生经他们的输送去了桂北游击队，香港的文化人经他们的护送撤到大后方。更有人压低嗓门儿咬着耳朵说："真正走的是军火！海外华侨陈嘉庚他们捐献的！"提起他来大家就神神秘秘："老马的底细呀，哼，谁也别想摸透！来路深了去啦！"

叫他们"走方帮"，还因为他们的人都会唱，也都爱唱《走方调》。

这是一种在云桂西康边境的茶马古道上流传了几百年的官话小调。把历朝历代走方人的酸甜苦辣都编到了里边，有的赶脚人感叹《走方调》字字都凝聚着血泪。当然也唱走方该注意的事项：天灾人祸，饮食男女，瘴气毒泉，防盗防骗……就这么说吧，这是走方人必读的走方百科全书。

这一日，七鬼先问老马道："鹭妮妮回她爷爷家里了吧？没事儿了吧？"

马锅头怀着好感打量着七鬼："家是回了，可不能说没事儿。后边的事，难搞啊！"

　　这个马锅头三十二三岁，看上去要更老一点。一脸黑不溜秋的络腮胡子，最个色的是竹壳帽下那一头乱蓬蓬的头发，挺长，还打着自来弯儿，像个杂种，也像个卷毛狮子狗。他那双眼睛尤其深邃，竟显得深不可测。这种类型的人好像天生就有一种领袖的气度，不会茫然失措，不会犹豫不决。他不但精、气、神和别的马锅头不同，连穿着打扮也不太一样：上身一件在边境地区很常见的破西服，腰杆子上系一条瑶家人的黑腰带，裤子又肥又大，当兵的那样打着裹腿，脚下竟踏一双虽说破烂，却只有鬼子才穿的矮腰破皮靴，那是在安南——也就是法属印度支那才能买到的。

　　七鬼追问："什么事？莫非日本鬼真要打妮妮的主意？"

　　马锅头恨恨地说："那帮狗杂种的慰安所到处拉良家妇女，有点模样的都逃不过！"

　　七鬼抽了口气，更加急不可耐地开门见山："那……我得——马老哥，我改换门庭，来投奔大哥你！"

　　老马惊奇地停了一下，改成开玩笑的口吻："稀客稀客！老弟爬到我这里来接马尿喝啊？"

　　马锅头是这一带对马帮领头人的统称，一路上掌管全马帮的吃喝拉撒，所以叫马锅头。可在雀儿寨这一称呼好像专门称这个老马。他大名叫什么很少有人知道。叫他马锅头，一来他是雀儿山最叫人信得过的大马帮的领头人，二来是他老说他在北平喝过的一种好酒叫"二锅头"，怎么怎么有劲头，他一提起喝酒老是二锅头二锅头，众人就笑称他马锅头。他在雀儿山住的就是这么一个半山腰的岩洞，很有来头的几匹马也养在岩洞里。

　　七鬼开门见山："就是来喝你马尿的，来找你入伙。"

　　马锅头定定打量着他："老弟，奇啦！你为什么忽然要跳到我这里来受苦？"

　　七鬼走上来，拿起葫芦瓢舀了半瓢水帮着拌马料："我看上你这马锅头大家信得过。"

　　马锅头笑笑："信得过？信哪些？"

　　七鬼又抓了一把咸盐粒，撒在马槽里："帮里边烟酒不分家，帮外边吃饭不欠账，还好救济人！——不知是真是假！"

　　马锅头摇头："假的！你来这儿，怕不合适——你不怕赶脚路上鬼子的飞机下蛋炸人？"

　　七鬼眼睛红了："我怕——我怕你个稀饭！我阿妈就是这么被鬼子炸死的，阿妈三十大几才生下我，可没享我一天的福就被鬼子炸飞了头，我……（他声音发颤了）我找了半条江才把阿妈的脑袋捧回来……埋在了鹅舅舅潭！我得报仇啊——！"七鬼是个孝子，一想起阿妈眼就红，最后一句几乎是哭喊出来的。

紫骝马争着舔咸盐粒，七鬼把挤过来的马头狠狠拨开，一失手，把马料拨出去不少。

马锅头按住他的胳膊，盯住他看了很久，也愣了很久。发现七鬼眼睛红红的，老马心里咯噔动了一下，知疼知热地点点头，小声轻轻道："对不起。……你不怕官家说我是这个匪那个匪？"

七鬼想说什么又把话尾又咬住了，他想到：我也是从小就被人叫钻地老鼠，叫小山匪呀！他想呆了，半天说不出话。

马锅头以为他害怕了，把水瓢从七鬼手里夺回来，往木桶里一扔，笑笑，想说两句玩笑话冲淡气氛，道："算啦！你还是回桑康那儿到花艇上去爬母马吧！"

七鬼急了，眼一瞪："你！你说这话就该剐脷胘（舌头）！"

老马："我是说，回桑大嘴那里去享福！"

"享福？"七鬼老大委屈，"嘶啦"一声扯开了自己的上衣襟，把两个竹扣子全扯飞了，露出一身黑得发紫的腱子肉。那肉晒得黢黑，还布满了山蚂蟥、马鹿虱、毒蚊子和野牛蜂"赏"的血疙瘩——走方的人赶马帮遇到杂草丛生，人和马过不去的时候，就得靠七鬼这样的苦力在前面开路了。赶脚的地方多在深山老林之中，常常需要在山中搭棚住下来，有时一住就是几天才走出山外，赶马人得耐得住寂寞，和他们做伴的常常只有山蚂蟥、马鹿虱。"行舟走马三分命，走方赶脚一线悬"，赶马帮，就是拎着脑袋找饭吃。"看看我这一身吧，是享福的命吗？"七鬼几乎是喊道，"喝你个稀饭吧！好马不吃回头草，我再也不想看那个老娘们的脚后跟似的肥下巴了！回桑康那儿我还要不要面皮？都说你们替天行道，看样子你马锅头容不得人！替天行道是瞎说！"

老马笑了："要是没瞎说哪？"

"那就把马尿分给我喝！"

"分马尿？舍不得给你！"老马先是打趣，后来认真起来，"我这个马帮，不抽大烟，不睡女人，没母马给你爬，你受得了？"

七鬼："从今以后我只要一个女人！我七鬼走了狗屎桃花运了！你老马帮我做媒吧！我找你就是为这个！"

"赫！你老弟看上了哪个七仙女？"

七鬼脸上堆满幸福："还真是个七仙女呢！"

七鬼终于开门见山，捧出那串贝壳项链，虔诚地四目相对，求老马找老药王说合他和鹭妮妮。

老马呆呆地看着那串贝壳项链，愣住了，久久说不出话。

9. "八少爷"深水无声

马锅头老马在雀儿山是说一不二的汉子，是燕赵侠士和梁山好汉的混合体，外带三分南洋混混的油滑。其他马锅头镇山的十全武功他都有，却比别的马锅头还多了一条：他识文断字！别的马锅头都是粗人，他粗犷里掺着斯文，斯文里透着精明，精明里又藏着神秘。有人说他有来路，是三省坡的强人；更有人私下里神秘兮兮地暗传，说老马是深水无声，真水无香，"老马这潭水，深不见底呕！什么'三省坡'？——远啦！"

他们传，这位马锅头本来在北平上燕京大学。那时，燕京大学的校长就是后来当了美国驻华大使的有名的司徒雷登。司徒雷登力主美国援华抗日，九一八事变后，他亲自带领数百名燕京大学的师生上街游行，抗议日本对中国的侵略。但那时日美尚未正式开战，北平沦陷后，美国人办的这所大学就成了北平抗日学生的安全岛。不料小日本太张狂，太平洋战事爆发、日美交战的次日，日军一夜之间占领了燕园。连司徒雷登都被日军关在集中营，关了三年零四个月，直到小日本战败才放出来，其他抗日学生的处境就更可想而知。老马家里是"四大名医"里的头一号，他本姓萧，是萧家的八少爷，这位化名"大陆"的八少爷和西山抗日游击队关系密切，被开进燕园的日军抓捕。老马开头还想蒙混过关，不可思议的是日军头目竟拿出了一本老式的日记簿——红竖格、高粱纸，里边用行书密密麻麻写满了"天书"：那竟是老马暗藏在家中米花糖盒子里的绝密，里边用只有他自己看得懂的草字和暗语记录了他和西山游击队交往的备忘录。日军头目拿出这个，想幕后交易，用英语向"大陆"——也就是萧家八少爷劝降。"大陆"也用英语回答，只说了两个简简单单的单词："fuck！Nuts！"

翻译成汉语就是"呸！疯子！"

甚至是"×你妈！傻逼！"

日军头目怒不可遏，当场把"大陆"的五窍打成了八窍——多开了三个口子。关了些日子后，他被投进死牢。

临枪毙前两日，八少爷接到"表姐"送来的给死人专备的"孟婆渡鞋"。八少爷从鞋底夹层搜索到一小段钢锯条和一个小纸卷，纸卷上面写了十六个字："午后两点，晒台南端，煤铺顶面，目标西山。"

他看明白了。

悄悄锯断脚镣，趁吃午饭的混乱时间冒死从死牢的三楼楼顶上跳过南牢墙的铁丝网，落到墙外边煤厂的席棚顶上，把棚顶砸了个洞，掉在席棚下的煤末子堆上。万幸的是他深深陷进了煤末子堆的深部，这一来从上从下都看不到他，他倒是因为震昏了直到黄昏才醒过来，瞎猫碰上死耗子躲过了最危险的时分，趁暮色昏暗溜出了煤厂。

他在狱里就听到家里的药工老蓝师傅——鹭妮妮的阿爸因为拒绝向日军交出刀枪药的秘方而遭到不幸，在这个生死关头还没忘了老蓝留下的苦孩子，在夜色的掩护下，他跑回家接出妮妮，两个人化了装，靠他模样出老和妮妮样子显小，扮成一对父女，雇洋车逃出西直门，竟逃到西山游击区，死里逃生了！

因为懂番鬼话，更因为四大名医之首萧家又常派人到安南采买药材，他就被游击队的人派到这里来当了跑安南的马锅头，专门给三省坡的游击队从南洋陆路运货。这一来，他真假萧、陆两个姓大伙都忘了，只叫他老马。

老马腰上藏一把驳壳枪，他们来一路与鬼子打一路。碰到危险，就用身子护住"女儿"，终于把鹭妮妮完整无缺地交回到雀儿山爷爷手中。

那一日，他手上只剩九根指头，脑门上有个跳墙时留下的刺眼的伤疤。第一次出现在雀儿寨时还挂着彩，身上血淋淋的，老药王把他绑在门口的雀仔榕上，嘴巴上塞了一个大番薯，从他左肩膀上抠出一颗花生米大小的子弹，他关公刮骨疗毒般没叫一声，那个大大的紫皮番薯却咬成了碎渣渣。一边偷看的鹭妮妮眼见八少爷被爷爷活剥皮似地取出子弹，一步步从阎罗殿逃了出来，她吓出了一身又一身冷汗，把自己的裙角都咬烂了："爸……"

一路上，鹭妮妮叫他"爸"。不过她喊的"爸"不是按京腔喊"阴阳上去"的第四声，也不是按雀儿山山腔喊第二声，而是喊第一声——听上去就像喊"八"："八（爸），小心点儿！""八（爸），拉着我！""八（爸），这块榆叶饼子留给你……"

打那以后，八少爷就成了"老马"，选雀儿山当他马帮的落脚地。至于京城的世家子弟是怎么从文质彬彬的少爷变成了边陲线上野气十足的老马，那是在另一篇作品里再细说的事。

10. 丑冬瓜迷上了金凤凰

日本鬼子妄图鲸吞世界的"大陆政策"不分国界，各国人民反法西斯的战斗也就没有国界。各国友人纷纷倾力援华，各地的侨胞更是倾囊报国！

欧战爆发后，法国顾不上印度支那，日军逼法国印支总督卡特鲁切断了经越至华的铁路运输，还由西原一策少将率海、陆、外务三省组成的军事监督团执行禁运。在这种情况下，老马竟能率马帮在国境的深山老林中穿梭，他的马帮来无影去无踪，上路从不挂马铃铛，爬绝壁没二话！上走云贵三省坡，下闯安南暹罗湾，军火、药材、桐油、钨砂、茶砖都走，还多次运过新加坡侨领陈嘉庚主持的"南侨总会"捐给游击队的几大骡子光洋。

因为送回鹭妮妮，也因为祖传中医，老马和老药王成了生死相知。所以七鬼想求这个马锅头当红娘，去找老药王说和。

岩洞里，石头搭成的火塘上冒出了浓浓的香气，除了有蒸南瓜的味道，还有粽叶的清香。七鬼一愣，老马也觉得奇怪。七鬼也不客气，伸手就去掀锅盖，揭开一看，果然是蒸南瓜，蒸南瓜旁还蒸着个绿豆粽——虽说不大，在那个战火纷飞的特殊时期也成了非常稀罕的珍品。老马也纳闷地咦了一声，明显也不知道是哪里来的。

七鬼笑道："你这里莫非真出了田螺女不成！"

老马却没吭声。

七鬼撅了两根竹枝当筷子，夹了半块南瓜捧到嘴巴边上，吹吹热气狼吞虎咽就吃。然后把这双竹枝筷子又递给老马。老马却没接，他另撅了两根——这位八少爷也许还是嫌山里人不卫生吧？

老马把小绿豆粽也解开："不管是人送的还是鬼送的，咱们吃！"

老马给七鬼又斟满一牛角穷人才喝的木薯酒，自己也斟满一杯，碰杯道："来，灌马尿！"

老马低头喝闷酒，显得有了心事。

两个人几牛角木薯酒下肚，老马道："七鬼老弟，响鼓不用重锤，在桑康那儿为他走私大烟卖命，图个啥？来这里才是正道！你就来我们这儿一块儿受苦吧，不过红娘我当不了！"沉默了一会儿又道，"鹭妮妮爷爷的心事你多少也应当知道一点儿！"

鹭妮妮回到雀儿山，在爷爷的呵护下，短短一年就成了七十二峰的金凤凰！山葡萄和织女星争相把夺目的光泽汇进她瞳仁里，那双眼睛让雨后的蓝天也嫉妒。鹧鸪泉和木薯粑粑喂养的山妹子长得白里透红，让第一抹霞光也显逊色。而七十二峰的画眉鸟和金丝雀把迷人的歌喉毫无保留地传给了她，那是白裤瑶琴也无法比拟的。她是盘古天王集古都风采、燕赵侠气及百瑶山天地精华的惊世之作！一个半世纪以后，确切地说是21世纪的第二个十年中的一个春节，雀儿山歌舞团把我记录的这个故事编成音乐剧到境外演出，媒体评论女主角形象的俗话是"天使的容貌，魔鬼的身材"，带队的老团长说，这么说过头了吗？没！这也就说出了鹭妮妮艳丽的几分之一吧！

有没有人讲鹭妮妮的小话呢？有，特别是寨子里的姑娘。妮妮在北平皇城根儿下待久了，又是在萧家给九小姐做丫环，沾了不少大宅门的"小姐气儿"，乡亲们说是"皇城味儿"。她回雀儿山后开初不会干粗活，说话细声细气，像个病西施。见人还脸红，别人以为她看不起人，其实不然，她把自个看轻了，老觉得处处不如人，老怕别人嫌自己，和姐妹们开初也就不大合群。再加上老药王把孙女儿看得很严，不许她三月三去赶街，不许她到芦笙坪去踩堂，她就显得更与众不同。可远远近近还是都晓得了老药王家里藏着一朵金花茶。孙女儿刚长到十六岁，到鹭妮妮家找老药王提亲的，把门槛石也磨出了两个凹凹。

可老药王把孙女儿当成心头肉，一直不松口。

原来，鹭妮妮爷爷的爷爷有血海深仇，留下一条发誓报仇的祖训，成了蓝家的传家家法。可一代又一代报仇的祖训一直无法兑现。老药王本来把兑现祖训的期望寄托在儿子身上，可儿子不幸被日本人杀害。鹭妮妮成了老兰家能续香火的半根独苗，老药王要找一个能帮孙女完成祖宗遗训的孙女婿。对这门心思，他守口如瓶，对外半滴水也不漏。

他暗中对接触到的后生哥筛来筛去，一直没有筛入眼的。老药王拒人千里之外的态度，让鹭妮妮在后生仔心中的位置就更高不可攀了。

后来，连杏花渡的日本人都风闻这里有个绝世女子，指名道姓要找她。

老药王呵护孙女小心翼翼，择婿也更加有了紧迫感。现在，七鬼也鬼迷心窍地迷上了雀儿山的金凤凰！老药王能看上他吗？

七鬼一边向老马吐心里话一边连连灌酒，醉醺醺地笑道："喝你个稀饭吧！我七鬼总算走了上等狗屎运了！你老马要成全我！"

老马听七鬼吐完心事，沉默了很久。

他给七鬼又递上两块蒸南瓜，竟哼起了《走方调》：

> 众乡亲，请稍停，听我此论，
> 听我把，天下事，细论古今。
> 卢沟桥，起狼烟，抵抗日本，
> 血和肉，筑长城，万众一心！
> ……

停了一会儿，老马才慢慢道："是大英雄自风流！哪里用找什么红娘绿娘？小鬼子从松花江打到岭南，再到咱们鹭江，已经是强弩之末，山蚂蟥跌落石灰坑——翻不了几个跟头了！你先和大家齐心合力把鬼子赶出雀儿山，以后自见分晓！她鹭妮妮就算是仙女儿下凡又怎么样？乱世出豪杰，杂种出好汉，乱世佳人爱上绿林豪杰的事儿多着呢！谁能说你七鬼老弟不能成为乱世英雄？谁又能说金凤凰不能看中你这个英雄好汉呢？老弟，别泄气，真能帮你的只有老弟你自己！加油吧！"

一席话说得七鬼两眼放光，他脖子一仰，又一盅牛角酒一饮而尽，把牛角杯往地下狠狠一摔，大声喝道："好！盘王老天神在上，老马你也来见证：自显风流的大英雄、大杂种我鹭仔七当定了！"

从此他就在老马的马帮里死心塌地赶脚。

11. 鹭仔鸟报信：十万火急！

米歇尔主席，这件事我这么记录走样了吗？

米歇尔先生笔立在"中国公主号"的船头，瞳仁里有亮光闪烁。

我好奇地向米歇尔拿出的一个金闪闪的烟盒看了一眼。猜想事情的某个关节点与刻在这个镀金烟盒上的图案也许密不可分——一个遥远年代法国"佩剑贵族"之家的族徽：

那小巧的带火柴盒的长方形盖子上，镂刻着一匹双翅骏马，火焰般的马鬃高高扬起，兜起旋风的四蹄撒欢飞奔，一柄宝剑斜斜地横亘在烟盒盖儿的对角线上，甩起长穗，倾吐着一个贵族之家不可一世的荣耀。

米歇尔先生沉湎在回忆里，看着镀金烟盒低低道："这不是原件了，原来的那个也许还埋在雀儿山的某个角落。我要说的一切，和这个族徽也很有点关系。"

他嘴角浮出一丝微笑，问我："听说你与江南电视台《上前一步是幸福》的节目主持人相熟？可以帮我报名上这个节目吗？"

我挺意外，以为自己听错了。这是个"大型生活服务类节目"，是相亲和征婚的。米歇尔一大把年纪，上这个节目干什么？

可是，没等我在游艇甲板上把话问完，一阵鹭仔鸟嘎嘎的惊叫声把我们谈话的思绪又拉回到雀儿山——

那个傍晚，在山脊升腾到晚霞里，七鬼还没离开老马的窝棚，一道白色的闪电突如其来地飞到七鬼头上，"嘎嘎！咧咧！"小鹭仔撕心裂肺的惊叫声把他和老马的对话打断了。

飞来的正是七鬼救过的那只鹭仔鸟！

它在七鬼脑瓜顶上扇着翅膀大叫："嘎嘎！嘎嘎！快！快！姐姐被日本鬼子抓走了！抓去杏花渡慰安所，嘎！"

七鬼听到，两眼瞬间瞪成了牛眼睛，整个人霎时成了一个火药桶！

他毒火燎原那样，一个鲤鱼打挺跳起来，二话没说，抄起自己从不离身的鸟嘴铳和老马岩洞里的砍柴刀，从马槽边上拉出了那匹刚刚吃过粗盐粒的紫骝马，咯吱咯吱咬着牙，咬紧嘴巴，飞身上马，一夹马肚子就要跑。

老马拉住缰绳："怎么回事？刚才是谁跟你说话？你这是去哪儿？"

七鬼根本来不及解释，他一刀背把老马的手砍开，不顾老马追过来的高喊大叫，向杏花渡一拍马屁股，两腿一夹马肚子，一溜风似的烟尘，升腾到晚霞里，不见了。

鹭仔鸟呼啦啦飞，在前边带路——

12. 妮妮身陷慰安所

杏花渡是界河鹚鸪江一带南进的日军近卫混成旅团下属的一个联队司令部所在地，此联队兼顾的任务之一就是截断经过界河的"援华国际通道"，特别是神出鬼没的马帮——为了抬高南京的汪伪政府，日本称"援华国际通道"为"援蒋国际通道"。联队司令部有一定规模，日本军官的慰安所也在这里——他们平日里称杏花渡慰安所为"大店"，这是日本人对高级妓院的称呼。

抓到鹭妮妮，日本军官人人惊艳，把她押到司令部里，从"上长官"到"军曹、伍长"个个争看，称她为"花嫁"——这是日本人对新娘子的称呼。

鹭妮妮被抓到这里，一进大门就看到院子里血淋淋的一幕。可是她没被吓呆：一个被打得奄奄一息的中国青年被吊在一棵大叶榕的粗树杈上，头垂下来，身下已经积了一滩血水。日本兵拉着的恶犬正凶神恶煞地欲扑未扑。他遍体鳞伤，却仍哑着嗓子声嘶力竭地呼喊："打倒日本鬼子！油炸日本王八蛋……"

他看到鹭妮妮经过前边，抬起眼睛看过来。一双忧郁的眼睛投来一瞥，目光里有藏不住的同情与惋惜。鹭妮妮匆匆扫过去一眼，看到这个硬骨头年轻人左额上有一颗铜钱大小的朱砂痣。她虽然只是扫过去一眼，却把这个硬骨头年轻人和这颗朱砂痣牢牢记在了脑子里。那个叫左门卫太郎的鬼子抢着鞭子走过来，只两鞭，一行血水就喷出来，竟先溅到树杈上，又从树杈上一大滴一大滴地汇注到树根下。

妮妮心疼得一阵抽搐。但她没被吓昏。她已经横下一条心：今天我就死在这里！跟鬼子拼了！

她在随父亲到北平大宅门里当丫环时，不敢正眼看人。要不，她会认出这个打人的日本鬼子是哪一个的！

她被推进由砖房改成了纸拉门的日式"榻榻米"，一群恶狼似的军曹发现了她，他们似乎已经苦等了很久了，噼噼啪啪胡乱拍着巴掌，大声呼叫着"花嫁"，个个抢先向妮妮鞠躬，疯狂地挥着酒瓶向她冲过来，拎鸡仔似地把她提起来往嘴里灌酒。还有个矮个子军官饿狼似的嘴对嘴地强吐给她灌酒，妮妮瞬间变成了一只比饿狼还凶猛的恶兽，她一口几乎咬断了矮个子军官的舌头。矮个子军官大怒，一刀背把她击昏，为了让她服帖干脆把她灌得几乎醉死过去。

日本鬼子把她赤条条抬到条案上，裸体上撒满了杜鹃花、羊蹄甲和吊钟花，又摆满了日本寿司和生鱼片。

这在日本叫"玉体盛"。

日本军官在杏花渡"慰安"想来点本土情调，要搞一回"玉体盛"。房间特地改成这纸拉门的"榻榻米"，面对"玉体"军官们馋涎欲滴，坚挺的欲望让一个个下半身都变了形，狼狈不堪！几十人围着鹭妮妮跳起了武士土风舞。

带头跳的是那个用鞭子抽抗日义士的、被军官们笑称为"豹人"的左门卫太郎——就是故事开头从山缝里窥视七鬼和妮妮的那个家伙。他扯着牛嗓子吼起日本的"能乐"，还抽出武士刀跳德川幕府舞。

门开，高个子中尉副官突然间击掌下令："立——正——！联队大队长松本总三郎少佐巡视训话！"

众人立刻立正，"玉体盛"也被撤下。

胖胖的联队大队长松本总三郎少佐步入，拿着一纸电文，威风凛凛地训话：

"知道大家想起了东京的'大店'，想尽快轻松一下，但是——"他停顿了一下环顾全室，"战局瞬息万变！"

他挥了挥手中的电报，对官佐提高了音调："昭和十六年六月二十二日，德苏战争爆发。四天之后，帝国政府大本营联络部会议上决定了我军'南进'的方针，七月二日的御前会议决定我军武力进驻印度支那，直指印度支那南部。圣战打到今天，大本营迫切需要切断从印度支那援助重庆蒋政权的国际通道，并从印度支那增加大米、橡胶、锡、有色金属等战略物资对帝国的供应。而此前控制印度支那的法国维希政府虽说号称亲德，其驻日大使安利与我外相松岗洋右签订的《松岗—安利协定》也接受了我方的要求，但他们行动上一拖再拖，对大日本碍手碍脚。我参谋本部作战部长富永恭次少将命令我军对印度支那法军坚决行动，九月二十五日，印度支那法军在我军毁灭性打击下投降！可是，部分不肯屈服的法军残兵跨界逃来了中国，重庆的蒋介石政权想收编法国残军，一旦得逞，我们就难免腹背受敌！"

他鹰隼的目光环顾全室，原已欲火难忍的军曹们居然又鸦雀无声了。胖胖的松本少佐一挥拳头："参谋本部命令我们：一定要把突围到中国来的法国士兵围歼！绝对不能让中国收编法国残军，特别是医护人员、报务人员、各类技术骨干。尤其不能大意的是法国反法西斯的戴高乐'自由法兰西运动'的魔掌已经伸到这里，其'法国流亡政府'在这里争取了不少人——特别是一个叫米歇尔的上士军士，这是个密码专家！le mot de passe（法语：密码）！他掌握法国抵抗运动创造的最新的数字密码技术——我叫它戴高乐密码。抓住他，不仅能破译'自由法兰西运动'的密码，有军事价值，还可以打击戴高乐派！更可利用这个成果逼法国维希政府的印度支那当局更俯首帖耳，进一步孤立中国的重庆政权！这，用一句中国俗话说叫'四两拨千斤'！"

这里要插一句，他说的法国抵抗运动创造的最新的数字密码技术，就是用某种出版物为中介物，按页码和行列编出若干数字来代表一个词语的技术。这种密码在二战中由法国抵抗运动创造，后来被各国情报部门广泛使用了几十年。甚至直到 21 世纪的今天，某些国家，例如韩国派到朝鲜的情报人员还在使用这种密码技术。

胖胖的松本少佐讲到这里，虎视眈眈地扫了一眼墙上的地图，那位高个子中尉副官赶紧指着地图为松本少佐的训话逐一解释："法军残兵过了界河就来到这一带！"

他的小竹棍恰好指在雀儿山、鹭江。

肥硕的松本讲到这里，扶着军刀，威风凛凛走到地图前，脸上多了一份凝重，为引起重视，他像说悄悄话似地特别压低了嗓门儿："尤其要防备米歇尔落到中国游击队手里！明白吗？"他的声音压得更低了，仿佛在防人窃听，"说穿点儿，那就等于给游击队派去了报务教官，会大大改进游击区的作战联络！这，也是'四两拨千斤'，可那是敌人的四两拨千斤！再进一步说，如果这个家伙再与重庆方面，乃至延安方面的密码人士勾搭上，帝国遭受的损失就更难估量了！所以我军一定要尽全力抓到他！我们面对的这些地区是敌我双方拉锯战正胶着的中国少数民族地区，特别是瑶区土人，土人民风强悍，而我们旅团直接面对这些土人！帝国各军正全力南进，我们旅团一时也无法在这一带投入过多的力量。那么——就智取——"

他缓步踱回，向门外略一颔首："吃过'玉体盛'，大家要立刻行动……"

说话间，撒满鲜花的"玉体盛"又被抬上来。

一群饿狼般的眼睛立刻辐集过来，挤挤巴巴地凑了过来。

松本少佐阴沉的目光向窗外望去——

那里，正血糊呲啦地吊着鲜血满身的"朱砂痣"抗日青年。松本少佐鹰鸷的目光贼亮地一闪，满意地点点头："嗯，很好！应当如此！"

鹰鸷的目光又转向室内，对"豹人"左门卫太郎赞道："左门卫太郎，听说了你那个连环巧计，嗯，不错！这也叫'四两拨千斤'！成功之后要让你们这位'笔部队'好好写一写！"他的下巴向室外一指。

左门卫太郎一直在寻找机会要对松本少佐说几句紧要话，现在机会来了。他走上前去抵近松本的耳边紧张而小声地说了几句什么。松本向"玉体"瞄了一眼，却显然没按左门卫太郎的意思办，他举起酒杯顾左右而言他地说："预祝你们成功！……啊，边吃边谈，大家动手吧——"他正准备做出一个日本军人才有的标准化微笑，可是笑容却在上唇人中穴前的小疙瘩胡疵那里僵住了。

他看到一把水果刀挪了位置——

军曹们正松弛下来，酒碗、酒瓶齐举，一双双筷子伸向"玉体盛"的撩人部位。左门卫太郎刚刚在松本前边虽未能如愿，也用水果刀去铲摆在乳房上的生鱼片。就在这一瞬，挪了位置的那把水果刀却在半空画了道弧线，以迅雷不及掩耳之势被一只手夺了过去——只见妮妮苏醒过来，一个鲤鱼打挺跳了起来，女神般耸立在餐台上，用那把夺过来的水果刀亮闪闪抵在自己的胸口上，大叫："放我出去，要不我就把这把刀插进我胸口！"

三四双筷子噼里啪啦掉在地下，军曹们不知所措，吃惊得蛤蟆似的张大了嘴巴。左门卫太郎想跳上去夺刀，在将动未动之时，一只鸟闪电般扑到了窗口边，"嘎嘎"地鸣叫了两声，紧接着，不可思议的一幕发生了——

13. 七鬼一闯杏花渡

[鹭仔鸟自白]

那不可思议的一幕只能由我来说了，因为只有我亲眼看到，虽然我只是一只鹭仔鸟———

我急匆匆落在窗棱上，用鸣叫向七鬼大哥报信。七鬼一定听明白了。紧接着，"榻榻米"的纸拉门爆出被雷劈中般的碎裂声，"哗啦啦"一下，一双乌迹斑斑的泥脚把拉门一脚端成两半，七鬼大喝一声"喝你个稀饭"，天神般扑面而降。

七鬼一抬手，刷地飞出两道闪电，一个石弹子瞬间打中了左门卫太郎的左眼，左门卫太郎被打了个倒栽葱。接着，酒杯、碗碟都成了七鬼的"石弹子"，雨点似地飞向吓呆了的军官群。说时迟，那时快，没等鬼子反应过来，七鬼已经把妮妮姐姐拉下来，一抱夹在腋下，风似地冲出门。

鬼子追出去，左门卫太郎爬起来捂着左眼第一个冲出门，他发现那个土强盗居然先冲到大榕树下，一刀砍断了悬在树杈上的"朱砂痣"年轻人头上的吊绳，大叫一声"快跑！"左门卫太郎举枪向"土贼"打去，啪的一声，七鬼夹着妮妮向大榕树后一闪，子弹把大榕树打掉了一块皮。鲜血淋漓的"朱砂痣"年轻人吓瘫了，倒在地上。我冲上树梢还没来得及细看，更不可思议一幕也出现——七鬼和他腋下的妮妮姐姐，冲到山脚下的一堆石海中间，拐了几拐，接着一闪又一闪，身子晃了两晃，竟不见了。

连我都吃惊，嘎嘎尖叫着飞过去，我蹿上跳下到处看，石海中间却半个人影也看不到。

后来才知道，七鬼早就发现石海中间有个小小的岩洞口，这个不易觉察的洞口又正好通"阎罗殿"——鬼子的司令部，他觉得这个"阎罗洞"的暗道会有用，就悄悄用石头盖住了洞口。果然不出所料，这次七鬼的奇袭就是从这里钻进来的。

"八格！莫非真遁地了不成！"不知内里的左门卫太郎冲过来怒骂。

鬼子再发现时，七鬼两个人已经逃到了江边。

我立刻展翅追了上去。

江边，山路蜿蜒。

七鬼用紫骝马驮上妮妮，一路狂奔。一个高个子鬼子拦路。七鬼挥起柴刀一抢，只见弧光一闪，鬼子的脑袋瓜霎时间飞起了半边，带着一串弧形的血链子，挂到了一棵雀仔桉的树杈上。七鬼夹裹着妮妮，向江边飞跑。

大队鬼子包围过来，前后左右都是鬼呼狼嚎声："抓活的！""别伤了我们的'花嫁'——'大店'的花姑娘！"

危如累卵，十万火急！

千钧一发之际，江边爆发出尖锐的枪声。两个鬼子被打中。

江边来了一艘法国小火轮，三个逃过界的法国士兵凑巧在此上岸。日本鬼子也发现了他们。法国士兵冲到岸上和日本鬼子对射。

子弹咧咧鸟般地呼啸，咧咧叫着，飞过来，射过去。界河被打得跳起了一串串斜浪，烫起了一团团雾腾腾的热气。

为首的法国兵是个军士，一头金发，高额直鼻，粉扑扑的脸庞四周有一圈好看的络腮胡子，一双山猫般灵活的蓝眼睛，煞像米开朗基罗雕的大卫王决战巨人歌利亚时的神态。

七鬼夹着妮妮逃到了江边。他跳下马，一条腿跪着，也不瞄准，举起粉枪鸟嘴铳向鬼子怒轰。

鬼子应声倒了两个。

我们七十二峰的鸟族兄弟都被震飞了，雀儿山的原始老林被震得瑟瑟发抖。漫山遍野的雀仔榕在风中涌动，一行行沿山脊蜿蜒的莽莽林涛起伏腾挪，酷似从岩洞里破壁而出的蛟龙，有的仰天长啸，有的腾越欲飞。

丛林间，鬼子追捕的势头突然间一断，接着又更加疯狂地扑过来。

日军司令部的那位高个子中尉副官挥着军刀不但亲自上阵，而且身先士卒，率几十个鬼子包抄过来。左门卫太郎瞪着左红右白的狼眼，疯狂地挥舞着武士刀狂叫不止。

法兵沉着应战。军士"叭勾"一枪，一个鬼子腰带被打断了，接着，一团热乎乎的血肚肠子赤溜溜掉了出来。污浊的血水沿着瘦、漏、透的风化石曲折而下，活像一团交配季节的七步蛇。我真想飞过去啄他们几口！

高个子军官震怒，军刀怒指江岸，声嘶力竭地下令用掷弹筒投弹。89式55毫米掷弹筒和迫击炮差不多，炮口喷出吓人的火舌，罪恶的东洋91式手雷在法国英豪们伏岸的正中间开花了。

——"轰！"硝烟弥漫，飞起的红土带起来三个双臂高举的躯体，三个法国士兵竟全部中弹！

让我们所有的鸟族都作证吧！也让三位一体的耶和华来作证吧！两个塞纳河的儿子就这样长眠在中国的土地上！第三个被炸飞，像我们咧咧鸟张开翅膀冲天那样分开双臂，又划成一道抛物线落下来，可他居然还活着！

他的下体和两腿一片血红，人昏死过去。

听到爆炸声，七鬼就不顾一切扑到妮妮姐姐身上，用身子把她盖住。没想到，惊天动地的爆炸声把鹭妮妮姐姐震晕，又震醒了。

妮妮扯下鬼子尸体的上衣裹在身上。见法兵受伤，七鬼又正举枪向鬼子还击，妮妮便把身负重伤但鼻息尚存的法国军士拖到马背上，对七鬼喊："快救他！"

鬼子再度包抄过来。我急得不知死活，竟冲到那个挥舞着军刀狂叫不止的左门卫太郎脸上啄他的眼睛！

嘎嘎！啄！咧咧！啄！

恰在这时，噼噼啪啪，爆豆一般，一片爆炸声似年三十的爆竹，连天撼地，震崖荡谷！——马锅头老马率人赶到。零时粉枪四面齐响，飞沙走石。

老马九个指头比人家的十个指头还灵活，右手食指上转着一把驳壳枪，打几枪就转风车似地转一转，他左右开弓，两个鬼子在他的风车转动下倒下了。

鬼子的89式掷弹筒射击。

紫骝马倒下了，随老马来的盘小福仔被炸开了膛，那颗心从胸腔里炸到了腔子外边，落在一棵矮矮的豆蔿丛和一株芭蕉树下的蒲公英中间，连着一条血管，心居然还在微弱地跳着。

两朵紫红的豆蔿被碰落下来，一蔸蒲公英被染红，几十把小伞被染成红色，碰飞了。

鬼子不知"游击队"来了多少人，暂时从河边退了回去。

老马跪下去，抱着盘小福仔道："兄弟，你够条汉子！"

盘小福仔还没咽气，已经失去知觉，他活不了啦。

马锅头从随来的糍粑三腰上抽出劃牛刀，把小福仔腔子外边还连着心尖的那根血管一挑，那颗心就滚了下来。老马砍下一根芭蕉叶，把那颗血淋淋的心用力一裹，塞到糍粑三怀里："回去用这个给小福仔立个坟头！"

说罢把小福仔扛起，冲到江边，大叫一声："我×你日本鬼子个臭稀饭！雀儿山和我老马跟你们完不了！"

然后把小福仔的尸体高高托举过头："小福仔，你阿爸阿妈就是我大陆（老马）的二老，我会尽孝的！你早点儿到阎王爷那儿去托生回来再跟他们干吧！"然后对天怒吼，"阎王老儿，你他妈听见没有？"

扑通一声，盘小福仔被老马抛到江底的云彩里，升天了。

江水溅起足足有一丈高的浪花，江底的云彩忽隐忽现，最后变成了一江血水！老马把大手一挥，指着山洞向大家果断下令："撤！"

七鬼背上已经昏死过去的法国伤员，老马呵护着鹭妮妮，一伙人钻进了岩洞。

十几个汉子七弯八拐，一瞬间，无影无踪。

我翅膀太宽，不敢飞进去，那里是蝙蝠的世界。

日本鬼子想向藏龙岩深处追击，又心虚地停下，向岩洞暗处疯狂扫射。

"嗒嗒嗒！"一排三八枪打过去，岩洞深处迸出火花，成千上万的蝙蝠被惊动了，呼啦啦飞起，从洞口夺路而出。

我也被惊飞了，抛下一串咧咧的尖叫，我钻进山缝，躲入女儿杉林，冲上云霄。

第三章

14. "鬼佬先生，你叫什么鬼名？"

在那个特殊的年代，印支法兵撤到中国来的情况并不鲜见。蒋介石委员长兼总司令与戴高乐的自由法国政府恢复外交关系时，向法国驻重庆代表许诺，一旦驻印支的法军被日军攻击而逃到中国的话，中国将"给予兄弟般的款待"。因此，蒋介石不但同意收留法国残军，还允许他们保留武器。这些法军被收编，隶属于中国陆军总司令部指挥。也有少量法军分散在民间，与当地居民结下了深厚的情谊。

这次就是如此。

七鬼带着雀儿山的好汉在大山深处穿行。

这一带是典型的喀斯特地貌。岩洞群深处是地下河冲成的千奇百怪的地下通道。被惊动的蝙蝠成千上万，有的在人群中间几乎是擦面而过。一行人点起松明，只见地下通道布满了龙鳞状的石凹，凹凹相连，盘根错节，参差缠绕，一行叠一行，一串摞一串，前不见尽头，后不知终尾，酷肖史前的远古年代真有蛟龙在石壁中蛰伏。终有一日，霹雳惊天动地，它们破壁而飞，腾空九霄了。雀儿山的一处摩崖石刻上隐约可辨"破壁而飞"四个苔痕斑驳的古字，来历大概就是如此。

七鬼大口喘着粗气，带大家磕磕碰碰，摸索前行，走了约两个时辰，钻过一个地下瀑布，来到岩洞深处的一个宽敞得可容几百人的被人们称作"龙脊岩——龙脊洞"的所在。那是个特大溶洞，再往前是个天坑，溶洞的出口竟嵌在天坑绝壁的半空中——龙脊洞在天坑石壁东侧，岩洞顶上和隐蔽的缝隙深处，倒挂着几千万只蝙蝠。洞底是厚厚的蝙蝠粪，从盘古开天辟地到现在，堆积亿万斯年了吧！一条蜿蜒的地下河，从洞底曲折而过，它应该就是孕育天坑的母亲河。洪水泛滥的季节，地下河呼啸咆哮，犹若千万头凶龙在这里一齐狂奔疯啸。过去皇帝老儿责怪敢在金銮宝殿大声起奏的忠臣犯了"咆哮龙庭"的死罪，如果他们真到这个号称"龙脊岩"的龙窝里来听听真正的"咆哮龙庭"，会吓得连裤子都尿湿。但是，到了水浅的季节，地下河会宁静得像个睡去的婴儿。那时，你会听到奇妙的音乐：一滴滴水滴缓缓在洞顶汇聚，带着晶莹的七色光，从岩洞顶部滴落下来，打在薄厚各异的钟乳石上，会发出酷似编磬的敲击声：琤琤如琴，切切似语。你会惊叫妙韵天成，明白什么是真正的天籁！

一行人到了这里，终于松了一口气。

马锅头老马吩咐："法国伤员对我们舍命相救，我们对人家也得两肋插刀！大家听好：都千方百计把他护住。七鬼，你来带头挑这个担子：带他就躲在这里，先把伤养好，这桩事就交给你了！老弟，担得起吧？"

七鬼点头："大哥，一百个放心吧！"

法国伤员呻吟了一声。

他身着挺"威"的有垫肩的法军军服，皮军帽已经被炸飞，老马临时给他扣了顶安南斗笠。老马凑到他身前，低低地呼唤："Mon gard，mon gars…"（法语：年轻人，小伙子……）

法国伤员没有反应。

老马贴近他耳边："Tu entends，mon gars?"（法语：你听见了吗，小伙子？）

法国伤员还是没有反应。

马锅头殷殷期待："Eveille-toi，mon gars！"（法语：醒醒，小伙子！）

法国伤员依旧昏迷。

老马很失望，额头渗出了大颗大颗的汗珠子。

大家个个惊奇，想不到早不碰头晚碰头的就生活在他们中间的这位马锅头竟能说法国的"番鬼话"，一圈儿惊诧的目光把他罩住了。

这时的妮妮，却有点反常。本来回到自己人中间，应该要么是死里逃生的兴高采烈，要么是孩子见到妈妈似的委屈得痛哭流涕。可此时此刻的妮妮却龟缩在一个暗影里，全身缩作一团，生怕别人看见自己，更怕自己显得惹眼。她低勾着头，额头几乎钻到了大腿根上，两条胳膊使劲抱着膝盖，只盼地下有道缝好让她钻进去！

她只盼快点结束眼前的一切，她好溜出去，溜到没人的地方，躲到谁也想不到的地方，先痛痛快快哭一场，再想想下一步怎么办——是死？是活？她觉得自己在鬼子的据点里被弄脏了，跳到鸥鹚江里也洗不干净了！刚才不该就这么逃出来，应当先咬死那个鬼子当官的再拉响个手榴弹和他们同归于尽！

可是，越怕越撞鬼，先是一个人在叫她，接着，众人的目光乱箭似地都随着那一声"妮儿"的喊声投射过来。

是老马在找她。

老马只想着法国伤员的伤势，大声吩咐妮妮："妮儿！"——在老北平，她被人习惯地称叫"妮妮儿"，简称就成了一个音："妮儿"。"快回家找你爷爷，一来让他老人家早一点见到你宽宽心！二是叫他赶紧过来，带上药葫芦，怎么着都要把这个法国兄弟救活治好！"

妮妮点点头，头却勾得更低了。那双眼角却瞄向洞口，想找个空子突然间冲出去。幸好这时法国伤员忽然动了动，似乎醒过来了，大家才没过分注意她。连七鬼和老马的注意力也都在法国伤员身上——

法国伤员头上那顶安南斗笠滚下来，他撑起上身，想起来，却动弹不得，他两条腿，也许还有整个下半身，都失去了知觉。

在再次昏厥的瞬间，他喃喃说了句什么。七鬼惊奇地听出他讲的竟然是汉语官话。

七鬼："啊！了不得！这鬼佬会讲咱们官话哪！"

七鬼挤到法国伤员耳朵边大叫："鬼佬，我们老马大哥会讲你们的'番鬼话'，你要说什么就说吧！"

马锅头纠正七鬼："叫先生！什么'鬼佬'！也别说人家的话是什么'番鬼话'，就是正经法国话嘛！"

七鬼却臭嘴难改，又喊："鬼佬先生，你叫什么鬼名？"

老马拉开七鬼，轻轻对伤员道："Comment vous appelez-vous？"（法语：请问怎么称呼您？）

法国伤员如梦如醒，像说胡话："米歇尔……米歇尔·艾格莱特（Miecel Aigrette）……"

七鬼挤过来大叫："什么米'塞'耳？米塞住你耳朵了吗？"他还向伤员耳朵看了看。

法国伤员却再次昏沉睡去。

七鬼找来七叶一枝花，嚼烂敷在他伤口上。

他们不知道，受重伤的法国伤员正是鬼子要捉的戴高乐的"自由法兰西运动"的铁杆分子米歇尔·艾格莱特（Miecel Aigrette）——一个中国通。

人们没发现，妮妮已经在大家不注意的时候，看准洞口，猫一样无声无息地溜了出去。

15. 松本："大日本的复兴靠你们！"

"玉体盛"没吃成，寿司、生鱼片被抛上半空，落下时被一把军刀疯狂地砍杀，鲜花也洒了一地。

杏花渡，胖胖的松本少佐暴跳如雷。

他愤怒，不仅仅因为在眼皮底下一个大活人——一个中国花姑娘竟然被抢了回去——鹭妮妮没立刻被糟蹋，有左门卫两兄弟的苦肉计和弟弟想假戏真做的幻想，更重要的是这个天仙似的"花嫁"本来是要安排给松本少佐先享用的。更让他难以平静的是，一个普通中国"土人"何以能神不知鬼不觉突进到重兵把守的皇军司令部机关，又能够来如影去如风地平安撤离？他感到耻辱，自己受到了戏弄，而且也想不出其中的奥妙！

高个中尉副官走进，松本少佐急不可耐："简直是和我们开起玩笑来了！扫荡部队出发了没有？"

中尉副官："出发了！"

松本少佐："一定要把那个法国逃兵和那个中国土强盗捉到！"

中尉副官："只是那个中国土贼的样子没来得及看清楚！"

松本少佐怒道："八格！那就多抓一些土人查问！不惜血洗几个寨子！"

中尉副官："是！"

松本少佐："再强调一次，绝对不能让法国逃兵落到三省坡游击队的手里！那就白给他们送去了一名通讯教官！"

中尉副官："明白！"

"无法在十八寨这一带投入过多的兵力，那就智取！"

松本少佐眼睛眯细了，良久乃道："马上叫设连环巧计的两兄弟进来！"

须臾，两兄弟走进来，这是一对双胞胎，他们不仅五官酷似，连背影也毫无二致。除了那个铜钱大的朱砂痣，哥哥像弟弟，犹如一滴水同另一滴水。

但是，如果仔细观察，仍会发现两滴水的差异：两种眼神，两副肩膀，两个嘴巴，都不同：

两种眼神，一凶一善，一个锋芒毕露，一个含蓄内敛；

两副肩膀，一宽一窄，一副骨架峥嵘，一副有点溜肩膀；

两个嘴角，一扬一收，一个显得饕餮，一个平淡节制。

他们面对松本少佐，从这个角度看我们只能看到他们两个背影。

松本少佐刚刚沐浴过，换了和服，像长者一样走上前来，一左一右拉着两兄弟的手，变了个腔调，语重心长又知心知肺地娓娓而谈："大日本的复兴靠谁？靠在《读卖新闻》《朝日新闻》上耍笔杆子的那些文人？不可能！靠'大政翼赞运动'那些口沫横飞的政客？更不可能！靠参谋部那些纸上谈兵的高士？笑话！当然，也绝不可能靠我这样的有勇无谋、眼光短浅的所谓将佐！"

说着，向后一伸手，副官送来托盘，上有三杯日本青梅酒。

松本少佐把两杯酒给两兄弟递过去，自己也端起一杯，与两兄弟四目对视："大日本的复兴，只能靠你们这样的年轻一代，你们这样的血性男儿！只能靠你们这样的精英勇士，这样的天国后裔！你们是左门卫家族当之无愧的继承者与发扬者！左门卫的父辈武士们早在甲午之初就身佩武士刀，以大陆浪人的身份来到支那，你们尊贵的父亲换上清人装束，留起清人猪尾巴那样的细辫子，以'积善堂'药铺的采购掌柜为掩护，自觉为帝国日后的军事行动做先遣调查！他徒步走了半个北部湾，佯装成垂钓者，用钓鱼线测北部湾可供登陆艇登陆处的水深；权充浪人，用抢糯米粽吃来检测雀儿山民风的强弱！他写的秘密报告至今还被军部传颂，奉为楷模！你们尊贵的父亲不幸被支那土人杀害了，地点就是在雀儿山！就在杏花渡！支那土人早该斩尽杀绝！今天，他英勇的儿子来了！哥哥继续穿上中国人的长衫，成为续写'积善堂'传奇的新一代！弟弟成为笔部队的英才，以笔代枪，来替父亲报仇，来向天皇表忠，来向世界展示帝国军人的风采！你们的计划很独特，你们父亲尊贵的英魂会伴你们同行！去吧，天皇陛下和大日本等你们的好消息！"

三杯酒一饮而尽。

哥哥激动得一声"嗨咦"又一声"嗨咦"，张嘴闭嘴极用力，嘴巴张开时大得赛大头鱼喘气，嘴巴闭上时吭哧一下落下，连嘴唇都咬出血了。

弟弟却有点迟钝，愣了一下，也点头，却并无更激动的反应，目光明显失去了焦点。

哥哥不快，狠狠瞪了弟弟一眼，只差没骂出声来。

弟弟佯装没看见，但最后也向松本少佐频频使劲点头。

让我们先看看两兄弟中的哥哥左门卫太郎吧——

两兄弟都能讲一口流利的京腔中国话。在雀儿山，左门卫太郎时而穿日本军装，时而穿中国长袍甚至着本地的土装。不用奇怪：他在北平时就已经是日本在华驻军特务机构梅机关的低等谍报人员。那时他级别虽不高，"志向"却不低。他在中国用的名字是左若虚，字丘明。一口京片子谈吐，显得比老北京还老北京。又精心留起清末遗老才留的长辫子，提个鸟笼，攥俩油光乌亮的红木核桃，一派前朝八旗子弟风度，而且是在皇城根下游手好闲的老派遗少。这身地地道道的老北京行头很遮人耳目，"左大少爷"在京城混得如鱼得水：靠"积善堂"少东家的幌子打进了四大名医西兵马司"萧龙友医寓"，要求拜师做杏林子弟。对下人的赏钱又肯出手，堪称一掷千金，在萧家很快八面玲珑。但龙友先生发现这个出手阔绰的少东家对中医竟一无所知，对拜师一事未贸然应允，只让他先读懂《黄帝内经》，看看悟性如何再商量随堂抄方的事。左大少爷捧起《黄帝内经》，如读天书，他心里塞满了靠"大东亚共荣圈"和"三个月结束支那事件"来实现把他提拔起来的梦想，哪里有心思读什么《黄帝内经》？而且他忽而驻军司令部，忽而占领梅机关，更不可能在西兵马司萧龙友医寓日日随堂。他倒是热衷与四进大院后园深处的内眷厮混，而且暗暗通过毒品"白面儿"，控制了与八少爷形同水火的八少奶奶，从而巧妙地摸清了日本特务机关急需的八少爷的底细。他八面玲珑，没费多大气力，就拿从米花糖盒子里发现了八少爷的《红格本日记》——那是后来梅机关给此日记起的专用名，因为用老式的中国红格纸钉成的日记簿在那时已经不多用了。

他是在八少爷放米花糖的方形铁盒子底下的垫纸下边发现这本日记的。他推测八少爷爱吃米花糖，而且进而判断此人日后容易得糖尿病。

他接近八少奶奶的思路也堪称一绝。

八少奶奶被底下人暗骂为"双枪母老虎"，双枪其一指的是男人那杆枪，这倒有点冤枉她，因为她和八少爷自拜堂之后就没同过房，她成了活寡妇；其二的一杆枪倒没说错——大烟枪：她疯狂地抽上了大烟。屋子里总是弥漫着奇特的苦味——那是鸦片烟特有的气味。左门卫太郎第一次经过她门外就"闻"到了机会：抓住她离不开毒品的要害，以毒攻毒，推荐她改吸既方便省事又"没味儿飘出来"的"白面儿"，也就是海洛因——那时北平通称"白面儿"。左门卫太郎有来自"积善堂"的精品"白面儿"，从而轻易控制了八少奶奶，又通过八少奶奶借阅了八少爷常看的一批读物。这个特务就是这样摸到老马与抗日外围组织"民先"——中国民族解放先锋队的联系的。一次左门卫太郎潜入八少爷的书房，偷走了八少爷用毛笔草书写的日记。左门卫太郎从中发现了八少爷和西山游击队联系的隐晦记录。他偷走了这本日记，这个物证成了燕京大学被日军强占后先逮捕八少爷，后来判八少爷死刑的铁证之一。

在西兵马司萧家，左门卫太郎在八少奶奶房里见到一个丫环，女孩子那模样、那神情、那气质、那风采，立刻让他魂不守舍。

这女孩子就是妮妮。

身为丫环，这女孩子是卑微而恭顺的。但与左门卫太郎在日本见过的女子不同，日本的女子对丈夫也讲恭顺柔弱，但这个女孩子的谦卑里却暗藏一份自尊，顺从里隐含着一种主见。日本的女子对男性也往往是柔弱的，但这个女孩子的柔弱有些不同，她柔弱里蕴藏这一份倔强，沉默不语里深埋着一种改变命运的韧劲儿。

恰恰是这些令左门卫太郎对她过目难忘。

还有一点诱发左门卫太郎想入非非的是：在西兵马司萧家那个大宅门里，围绕妮妮形成了一种奇妙的"等距离平衡"：那个大宅门里的男性，上自已经六七十岁但春心不老的老色鬼，下至十多岁刚懂男女之念的小童男，无一不被这个小丫头所倾倒，甚至可说无一不对其有过幻想。但是，关注她的目光实在太多了，堪称众目睽睽，这反倒弄得没有谁敢犯众怒去碰这朵花。可恰恰是这种僵持造成的空白，让左大少爷觉得舍我其谁。

但是，这女孩子在生人面前却总低下脑袋，勾勾着头，从不正眼看左大少爷。左大少爷的模样在她脑子里总也留不下印象。因此后来到了雀儿山，她也没想起那打人的日本鬼子是谁。

也是在西兵马司，一次酒后，左大少爷强拉妮妮正眼看自己，图谋不轨。未料被八少爷撞个正着，八少爷当场要萧老太爷辞退这个"徒弟"。左门卫太郎怀恨在心，没过多久，八少爷就被捕。左大少爷趁机向八少奶奶讨这个女孩子去给自己"当下女"——其实怎么处置她他并未想长远，仅仅是一种一时的占有欲。八少奶奶也乐得把妮妮这个"小妖精"远远地扔出去，便向左大少爷要一千克"白面儿"当彩礼，"一手交货，一手交人"，两清。可就在此时，八少爷越狱，竟带上妮妮远走高飞。八少奶奶对这"小妖精"更咬牙切齿，左大少爷则对"引诱"小妖精逃离的八少爷更怀恨在心！他对那个女孩儿、对八少爷都不肯罢休，当他得知八少爷南下到了交趾支那边境，日军"南进"的呼声也正日益高涨，他便以与萧家有某种渊源而且曾受萧家派遣到交趾支那边境采买过安南药材为由，主动请缨来到了杏花渡司令部。

到了雀儿山，正值日军在华的军事行动收缩，以抽出兵力向印支、南亚和澳大利亚"南进"。在这里，日军没力量进行在华北的"五一大扫荡"之类的所谓"肃正作战"，只能搞不需要大兵团作战的"治安强化运动"。于是，左门卫太郎的作用在这里就升值了。如果不是因为受弟弟触犯"肃正时期"的刑律牵连，左门卫太郎早就应该理所当然地被提为军官。现在他只能屈就为军曹级的士官，他一面咬牙切齿地恨弟弟不争气，一面急不可耐地要立下新功来改变命运！

16. 好汉成群、杂种成窝的地方

雀儿寨又叫雀儿镇，比一个寨子略大，比一个镇子略小，是从一条叫"墟顶街"的乡村小街发展起来的。

雀儿墟在雀儿寨大雁岭的岭顶，最宽最平的地也只有现在两三个篮球场那么大。从那里往下，顺着山坡，层层叠叠斜排着吊脚木楼，屋顶清一色都是长满青苔的暗褐色老树皮，从对面山上往这边看，会觉得这一片山坡是树皮铺成的。"树皮铺成"的山腰上，掩映着一条麻石板铺成的官道。别看只有三条麻石板宽，对脸也就能过两匹马，却上通云贵康藏的"茶马古道"，下联广东安南的驿运古道。"穷下南洋急走方"，三条麻石板宽的石板路已经被历朝历代走"夷方"、走"茶马古道"、走广东安南古驿运的马蹄踏出了深深的马蹄窝，赶马人走在这样坑坑洼洼的路上，一不留神就会崴了脚脖子。

在过去的几十年、几百年间，数不清的马蹄铁在麻石板上"嘚嘚嗒嗒"，敲击出漫长的无调性的打击乐，那锐利的声音穿透了几千几万个时日，直到今日还轰然撞击着我的耳膜。那铁和石合成的音符汇成南海潮般的吞吐声，在我心扉间呼啦啦翻卷，促使我记述雀儿山不寻常的往事时心潮也总呼啦啦地翻卷澎湃。

过去，赶脚、走方的马帮都要在雀儿寨歇脚，在"打铁街"给牲口钉掌、换马蹄铁；在骡马店加草料，把马和骡子放到寨后边的山坡上去打滚，啃青。也有懂路子的商家到雀儿寨来进"芙蓉膏"（大烟），换麒麟竭、红边龟、大嘴蛤蚧等安南药材，购祖母绿、菩提王等缅甸翠玉。时间久了，不少以赶脚、走方为生的马夫、脚户也来这里安了窝，一个大寨子就这么慢慢成形了。前清的"驿运古道"民国初年被裁撤，抗战爆发后又恢复成为"驿运支线"。"省驿运管理处"还在这里设过"驮运管理所"。别以为马拉牛驮原始，其实就连日本兵，每个旅团也配了许多骡马，不但拉75毫米的山炮，还拉野炮。那时连"陪都"重庆的党国要人开大会有部分人都得坐人扛的"滑竿"，这里运输就更得靠畜力了。雀儿山本来古木参天，鬼子的飞机"下蛋"每每引起山火，雀儿寨因为木屋相连，寨子已经烧了一大半，头一场大火就把"驮运管理所"化成了灰烬。寨子前后烧过几次，赶脚人骨头贱，每次都大难不死能缓过神来，把偌大一个寨子修修补补重新恢复起来。七鬼的阿爸很多年前就从红水河的白裤瑶寨"赶马"来到这里的，他们穷，阿爸有活儿就赶马，没活儿就在七十二峰刀耕火种。一家老小总住在一个个岩洞里。洞里生，洞里长，无意间让七鬼从小就练成了钻地虎。

这一天，当钻地虎的有两个新手：老药王和他的孙女妮妮。

祖孙俩是到龙脊岩里来给米歇尔治伤的。为了怎么来这里，总是默契得像一个人的祖孙俩却发生罕见的争执——

先不说来之前妮妮是如何跟爷爷犯"伝"（拧），她在爷爷面前一向是百依百顺的小羊羔。这次却不同了，先看看她到达米歇尔所在的"龙脊洞"后的模样吧——她又是跟上次死里逃生后来到龙脊岩一样：极其反常，龟缩到老药王身后的一个暗影里，全身缩作一团，生怕米歇尔看见她。她悄悄坐了下去，勾勾着头，额头几乎钻到了两条大腿中间，两条胳膊使劲抱着膝盖，只差没钻到岩缝里去！

这时米歇尔动了动，似乎醒过来了，他脖子上露出一个十字架。

还是个虔诚的教徒呢！妮妮想到这里，往后缩得更厉害了。她已经前胸紧贴大腿，坐在地上缩得都快没了。

到了后来的 21 世纪，中国和世界话剧舞台上出现了一个话剧新形式，叫"前语言形体戏剧"。所谓"前语言"，是指人类社会在产生语言之前的形体表达。人类大约有六七种形体表达类别：面部表情、眼神、肢体动作、空间位移、呼喊，等等。别小看这些无声语言，有时可以无声胜有声。此时此刻的妮妮，就是如此。

老药王发现她在往后缩，叫道："过来呀你！妮妮！"

老药王动了动米歇尔的伤处，刚轻轻碰了碰他的身子，米歇尔就龇牙咧嘴，满脸的疼痛难忍。可他又似睡非睡，似乎还没完全清醒。老药王细竹管铲了点田七末，轻轻往米歇尔伤口上吹。米歇尔朦胧中迷迷糊糊抓住了那条细竹管，竟下意识地往鼻孔里送，还做了吸什么的动作。

老药王惊诧极了，这些动作他见多了，可万万想不到米歇尔会如此。他对老马低低道："这鬼佬想吸'白面儿'呢！"

老马也极诧异："你怎么晓得？"

老药王没再说话，只用手模仿了一下米歇尔下意识的动作：那分明是在吸"白面儿"嘛！

老马没吭声。他第一次给米歇尔换血衣时，真的在米歇尔的后裤袋里发现过一包海洛因。

看到米歇尔疼痛难忍，除了龇牙咧嘴就万般无奈的状况，一起来的糌粑三心痛地商量道："也给他用鸦片先止止痛？"

其实，在清代雍、乾年代，"芙蓉膏"——鸦片是以药材的面目在中国登陆的。初始阶段也真的被土郎中用来当给病人止痛的急救药，后来成了危害全国的毒品这又当别论。可是从那时传下来，这一带的土郎中在万般无奈时也还会用鸦片、"白面儿"等毒品来给病人止痛。

他们万万没想到，米歇尔听懂了他们的议论，而且正中下怀——

是的，老药王猜得一点都不错，这鬼佬的确是想吸"白面儿"呢！

"白面儿"是雀儿山一带对海洛因的叫法，源自北方来的药材商人。南方俗称"白粉"，界河南边叫"海洛因"。

此刻，一管在手，朦胧中的米歇尔仿佛又回到了他在界桩南边偷偷摸摸，不，是半公开吸食海洛因的法国兵营。

在那个年代，在浪漫甚至颓废的法兰西，女人、毒品、冒险、决斗，以及寻求各种刺激，对某些贵族后裔来说，实在算不了什么，充其量只是时髦的标志而已。

米歇尔突破封锁来到雀儿山，有对日本的征服不服、对中国挨日本欺凌打抱不平的近因，也有在万般无聊中想干点冒险的事，让平淡的生活掀起波澜，从而摆脱无聊的远因。

此时此刻，米歇尔的确在幻想、在向往海洛因。

米歇尔和他的伙伴一样，他们的爱是向上指向的——都很爱国，也都笃信上帝，很爱耶稣，甚至很爱艺术特别是绘画，但是他们的爱却不指向自身，他们并不爱惜自己。吸毒，只是他们表达标新立异的方式之一，追求刺激的内容之一。

他们是第一批嬉皮士，或者说，是嬉皮士的鼻祖。

他为什么会变得如此这般，说来话长，那得从地中海边的一次艳遇谈起，容我们到后边再慢慢细述吧。

这里我只能先记录：面对米歇尔疼痛难忍的痛苦状况，万般无奈的老药王只好把在边界随处可找的"白面儿"给了米歇尔止痛——"救急"。

妮妮面对这一切依旧木木的。

下边，还是先谈谈妮妮吧！

17. 情窦初开

全寨子的人都觉察到：妮妮自打从杏花渡被救回来后，就像变了一个人，变得分外敏感，好哭，好自言自语，好骂自己，变得自卑，怕人，总是躲起来不见人，连爷爷、老马都不愿见。

众人理解她，她太要强！这一回，她觉得自己变得太脏、太贱、太残了！

她老是一个人偷偷流泪。

其实，这后边，还有其他缘故。

鬼子伤害了她不假，把她伤得太深、太厉害了也是真。可是，早在鬼子把她掳去之前，她竟已经在精神上被深深地伤害过一次。而把她弄伤的人是谁呢？

谁也不知道、谁也想不到——竟然是老马！

这得从远一点谈起——

前边说了，八少爷，也就是老马和妮妮扮成父女，从北到南死里逃生。这一路，这一对假父女比真父女还要知疼知热。

那一年，妮妮十六岁，瑶族的女孩子早熟，十六岁早已经是情窦初开的年龄。

简单扼要地说吧，妮妮情窦初开的第一个目标竟然就是八少爷老马！

老马的大学生身份在那个年代不多见，更不可思议的是这么个"贵胄子弟"竟和西山游击队混在一起，这让妮妮对他愈发刮目相看。他的凛然正气让一身男子气概更加放大突出了，妮妮不但早就暗恋和仰慕，而且一开始就是苦恋和绝恋，她知道自己的单恋只能是"见光死"，她强迫自己别想他、忘掉他。

老马少爷出身，妮妮是丫环，根本不同类。

而且八少爷早就有了八少奶奶。一个小丫头怎么可能掺和在里边呢？何况八少奶奶简直就是个母夜叉——一顶大老爷们的瓜皮帽，一副绍兴师爷的水烟袋，一脸下垂的鲁智深的肚皮肉，一身三碗也过冈的打虎武松嘴里的烧酒气，和一屋子浓得化不开的大烟味儿。腆着个猪肚子，驼着个骆驼背，更要命的是没脖子，一个母猪头几乎是直截了当插在厚厚的胸脯上。这一来，乖乖，吓死个人，弄得比掌柜的还掌柜的！比大老爷们儿还大老爷们儿！妮妮提醒自己：别自找苦吃，莫自上刀山！分明是水和火不相容，明白是鸡跟鸭不同群！白日梦莫做，气迷心快醒！

可是，越压抑，反倒越强烈！越克制，反倒越难克制！

特别是，当她发现八少爷和八少奶奶不但根本不同房，而且几乎不说话。但八少爷对下人一团和气，对她妮妮尤其和蔼可亲，这个女孩子的白日梦越发不可收拾了!

她幻想有一天她能填补八少奶奶空出来的位置。

她做过一个梦,梦见她把八少爷领回了雀儿寨老家,八少爷也穿上了雀儿山的瑶家服装,和妮妮一起在山上吹木叶,唱山歌。

也是在那个梦里,她话里有话问他:"你整天这么跑来跑去,又是去西山找哥们儿,又是跑交趾接药材,跑到哪一天才算一站啊?"

他说:"会有那一天的,什么时候我也讲不准,不过总有那么一天,我们要跑出个好日子来,也就是书里写的'理想国'来,也就是我跟你说过的'无忧界'!"

"无忧界"是老马对未来愿景的描述,把妮妮和七鬼都说得又心动,又发傻。觉得那是另一个世界的事,是瑶族"千家峒""过山榜"里才有的世外桃源。

也是在那个梦里,她为他绣了一条土布围巾。按雀儿山的风俗,白地,黑花,绣了一对比翼鸟,以此作为定情物。雀儿山的比翼鸟不是鸳鸯,是一对白鹭:白鹭脑后会有两条长长的银飘带,那是两根美丽而飘逸的"婚羽"。找到伴侣的白鹭才会生出这多情的"婚羽",雀儿山土话叫"婚辫子"。

就是在那个梦里,她把定情物亲手为他系在头上。他吹木叶她唱歌。歌呢?竟是雀儿山的山歌:

> 夜了天,
> 夜了老牛归牛栏,
> 夜了羊儿归羊圈,
> 丢了我俩在深山。
>
> 夜了天,
> 夜了灶口出火烟,
> 夜了家家关门睡,
> 丢了我俩在河滩……

在深山老林、在河滩草棵子里,"夜了天"做什么?在林子里、在草棵子里,"夜了天"他把她要了。

梦醒之后,她激动极了,认为那是苍天和盘古天王托的梦。什么时候梦才能变成现时呢?她满怀信心期待着。

当八少爷被抓进了死牢,她想过去救、去抢!她是王八吃秤砣铁了心:如果八少爷活不成,她也不活了!她连怎么个死法都想好了,就在枪毙的地方当场撞死,让自己的血和八少爷的血流到一起,让两个人埋在一起。那样当然对不起爷爷，就让我下辈子托生成牲口，一辈子为爷爷做牛做马来报答老人家吧！

可是，谁也未料这么神奇，死定了的八少爷竟然死里逃生！而且悄悄回来带上了她！两个人从北到南死里逃生这一路，一对假父女比真父女还要知冷知热。她对他的暗恋也一日比一日炽热！

但是，让她好不失望、好不失落，甚至好不失魂落魄的是，八少爷竟然一直那么木头！居然一直那么不解风情！

她替他辩解：这是因为一直以来他都在刀刃上过生活，即便逃了出来，一路上他们也都出生入死。

可是到了雀儿山，这里相对稳定了，这里没有兵马司了！这里不怕眼多嘴杂了，这里也没有八少奶奶了！在这里老北京大宅门里的一切都成了遥远的传说，在这里我的白日梦应当梦想成真了！

她真的暗地里绣了一条梦里想的土布围巾！

她绣这个，爷爷不知道，女伴不知道，就连跟她相依而活的小白都不知道！

她暗暗找机会要把围巾亲手给他围上。

就在上个月，机会来了。她觉得，那是老天的安排：

老马得了"打摆子"。爷爷又忙着跑十八寨去救伤员，就把给米歇尔和老马问医送药的事摊派给了她。

那一天，她悄悄带上了白鹭围巾，精心打扮了一番，才悄悄去看老马。也巧，那天恰好是老马三十岁的生日。这家伙总是马大哈，总是记不得自己的生日。妮妮瞒着爷爷攒了十个鸡蛋，那天她把鸡蛋煮熟，用火龙果染红，小心翼翼放在小竹篓里。竹篓底下，就是那条千金买不来的白鹭围巾。

她一路走，一路还在塘边看看自己的倒影：漂亮吗？水灵吗？老马会喜欢吗？

去到那个她再熟悉不过的马厩，却完全没想到，老马烧得不省人事，竟完全昏迷了！

妮妮摸了摸老马的额头，嗬！烫人！她赶紧喂他吃药，她把他放在臂弯里，像喂孩子那样撬开他的嘴巴，一小勺一小勺把药灌进去。过了一会儿，热度稍退，他却筛糠似地打起摆子来。一霎时，浑身又渐渐变凉，最后竟冰凉得像银龙雪山上的冰坠坠。他躺在她臂弯里，她觉得像搂着个大雪人、大冰块。接下来，老马胳膊、手、脚、大小腿，竟抽风似的抽搐起来。

妮妮没经历过这种病人，她不知该怎么办。去找爷爷？此时此刻不知爷爷在哪个寨子、哪座山、哪个洞里？她唯一的办法是祈祷盘古天王显灵来保佑老马。她就这样一边抱着他，一边泪水纵横地哭，一边虔诚地跪了下来。面对上苍低低道："不管你是什么神？不管你是谁，请您显灵吧！请您保佑他救救他吧！我下辈子给您做牛做马，求您啦！"

老马却越抖越厉害。她怕他死，她哭得极伤心，她把他紧紧抱住、全身裹住，像是怕在暗影里藏着的牛头马面会从她怀里把他夺走一样。

其实，高烧也许是药物起了作用的反应。

她隐隐觉得：在她的怀抱里，他抖得好像多少轻了一点。于是，她把他抱得更紧了。甚至扒下了外衣，用身子的热力紧紧温热着他。

这事若发生在京城大宅们儿里，发生在大家闺秀身上，是不可想象的，可这是在雀儿山，是发生在一个情窦初开的瑶族女孩子身上，就不值得大惊小怪了。

她就这样抱着他，如若一个小母亲紧紧抱着自己的孩子。

从太阳当头到太阳西落，她已经这样抱了他半日。

从月上到月落，她又这样紧紧抱了他一整夜。

次晨，遥远的寨子和村落里传来远远近近的鸡啼。他终于慢慢变温、变热、发汗，热度下来了。他醒过来了，木木地睁开眼睛。

她如释重负，松了口气。

他木木染然，喃喃说："我做梦，梦见我母亲……抱着我，我才那么大一点。"

她笑了："抱这个小娃娃的小母亲就是我。"

"你？"

"我。抱了半日又加一夜，才总算把你焐热。"

"抱了多久？半日？你……"他吃惊。

"饿了吧？"

她拿出红鸡蛋："想想，今天是哪个忘性大的狗长尾巴？"——这是老北京的土话，意为过生日。

老马记起来了，疲惫地笑笑，小口小口吃着鸡蛋，那么餍足又那么不餍足："还有什么好的？"

他的意思是要吃的，妮妮却什么也不再说，把那条绣好的包头默默拿出，轻轻给他缠在额上，尽量装作漫不经心："入乡随俗，以后当个过山瑶吧！"

老马纳闷地看看，愣了，拿下来仔细端详，看到比翼鸟，呆看了很久，慢慢升起一阵激动。

又慢慢回过身，轻轻抱住了她。

慢慢地，他的搂抱变得有力了。紧紧抱住了那个外衣已经扒掉，只剩下小坎肩和小裙子的热烘烘的身子。

她喃喃低语："我就这么抱了你两天……"

两个人一阵战栗。

她闭上眼睛期待什么。

但是，接下来，该发生的事却没有发生。

他克制着自己，斗争了一会儿，很费力地战胜了自己，把她艰难地推开了，满脸升起歉意："不，不成……不能这样……"

妮妮意外："你嫌我？"

"唉，不，不是……我怎么会嫌你？妮儿啊，你多美好呀！"

一个"妮儿"，把两个人又拉回到父女关系。

老马痛苦而赧然："一朵金花茶，别让我这堆老牛粪遭害喽！"

"遭害"是北平话，老马只有在妮妮面前才用这样的京腔。

妮妮也完全清醒了："莫非怎么着我都配不上你？"

"不，不是，怎么会呢？孩子，……别忘了我是妮妮你的爸啊！"

妮妮："谁稀罕你这个'爸'！我只叫你'八'！"

老马："八？"

妮妮咬牙切齿："没错！就是八！——老八，不，小八！"

"小八"是老马在兵马司大宅门里的小名，家里的长辈才这么叫他。

老马苦笑了一下，又突如其来的打住。他把包头慢慢捧在心口上，过了很久，艰难地放回她手里，背过身去。

妮妮哭了，吸了一下鼻子，愤愤不平："哼！你嫌我！心里惦记的还是那个戴瓜皮帽的老妖婆！"

老马背着身说话："不，不是。眼下，枪林里来，弹雨里去，我也就半条命，唉……包头先留着吧。等到了那一天，再给我。"

他声音有些颤抖了，不再说什么。

她哭得极伤心。突然，站起来。穿上外衣，背上药葫芦，头一扬，跑了。

老马却也没拦她。

妮妮跑到了人迹罕至的鹅舅舅潭，哭了半日。

从次日起，她就躲在家里不见人。

可万万没想到，鬼子竟摸上门来，来了个瓮中捉鳖，把她抓到了杏花渡。

明白了这些，就可以理解：当七鬼找老马给他当红娘，求他帮说合七鬼和妮妮时，老马是如何为难了。

也就可以理解，当老马千方百计保护米歇尔，而后来米歇尔竟也爱上了妮妮时，老马的心情是何等复杂了。

18. 暗施阴招

"一定要把那个该千刀万剐的法国佬搜出来！那个土贼也绝不能放过！一定要拖猪逮鸡那样把他们绑回来！"

左门卫太郎望着屋顶的大梁，咬牙切齿地喃喃自语。

抓个把人对他们来说实在是小事一桩，杀死几个敢跟大日本作对的人对他们来说更不过是踩死几条山蚂蟥。可这一次不同，米歇尔和那个土贼好像从他们眼皮底下蒸发了！派人清乡，搜查了几次，这个碧眼金发的家伙竟然一点消息也没有！

但是左门卫太郎毕竟是在梅机关熏陶过的，当前虽然说派遣军"南进"的战略压倒一切，这里不可能布下更多的兵力，再搞在华北地区清乡的那一套拉网战术根本行不通。可这点小困难难不住他，不需要怎么绞尽脑汁，一个妙计在他脑子里便逐渐成形了——

不久，杏花渡口来了两个广东那边过来的土产商。一来就四周张扬，扯旗放炮地支起大布幌子，大书"重金急购"四字。

"急购"什么？人们拭目以待。

他们在九八行住了下来，九八行是那个年代的中介商号。门楣上往往标出"夂三"字样，这是中国古老的记账数码的写法，意为"九八"。次日是圩日，在界河北岸的残垣断壁中鹤立鸡群般高高耸立的南渡寺大庙的西墙上，刺目地出现八个斗大的墨笔字："财神撞门，重金收购"

收购什么？还是没写下文。

中秋临近，家家都快揭不开锅了，两岸趁圩日来卖货的穷乡民熙来攘往。看到这八个字禁不住人人好奇，纷纷打听：到底重金收购什么呀？莫非龙肝凤胆不成？

有好事者跑去问那两位土产商，那两位土产商却在九八行里跷着二郎腿，抿着功夫茶，笑而不答。

临近中午，九八行的账房先生提着大毛笔，慢吞吞在那八个大字下又加了三行大黑字：

×××，五十铜仙一只！

×××，一块银元一只！

×××，两块银元一只！

这一来，已经饿得前胸贴后背，穷得只剩下一身瘦骨的山里人更好奇得跳起脚来，个个都急于知道打×的那几个字究竟是什么？九八行的账房先生却高高举起大毛笔，不慌不忙笑道："莫慌，散圩前肯定会写出来。"

听了这话，急于挣点血汗钱的山里人更不走了，纷纷挤在九八行门口苦等，要看个究竟。

傍晚，一抹斜阳落在布幌子上和写着三行大字的大庙墙上。九八行的账房先生提着大毛笔又慢吞吞走过来，把头三个×改写成"大蛤蚧"，第二行三个×改写成"红边龟"，第三行三个×改写成"娃娃鱼"。

煞像油锅里撒了三把盐，急于挣到血汗钱的山里人立刻"哇！哇——哇！"炸开锅了：

"哇——！原来不是龙肝凤胆！"

"哇——！这三样东西倒真不容易弄到！可也不会给这么高的价吧？"

"哇——！到底多大才算上边写的'大'呀？"

跷着二郎腿抿功夫茶的土产商步出九八行，账房先生清清嗓子代为答话："蛤蚧四两以上就算大，红边龟要巴掌大以上，娃娃鱼呢，一斤过头吧！这是广州市陈市长指令广州市采买局操办，要带到南京去孝敬大人物！不久前，汪主席不是从楼梯上摔下来受了重伤终至仙逝，汪夫人陈璧君不是也由此而病入膏肓吗？陈市长搜罗山珍就是要带去南京孝敬她老人家！大家快到山上去找吧！广州客人三天之后就得赶回去！大家要找货就赶紧哪！"

"哇哇哇——"，一连声惊呼，人们惊奇中混着惊叹，惊叹中又掺杂着紧迫感。一个矮个子山民尤其惹人注目，不但显得跃跃欲试，而且显得很有底气。

账房先生提到的两个人物都是伪字号的头面人物，报上曾经登出汪精卫滚下楼梯受重伤的新闻及在东京"逝世"的"讣告"，这一来，这桩买卖给出超高的价钱就显得不足为奇了。广州市陈市长是汪精卫的老婆陈璧君的弟弟，前去慰问姐姐兼上峰也合情合理。大家才明白为什么要急急忙忙收购这些。九八行隔壁一家药材行的伙计立刻拎来五只大蛤蚧，都是早已经剖净晒干的成品。土产商挑肥拣瘦，最后选中了两只，声称这两只"有人气，值钱！"还问药材行卖家是从哪里捉到的。药材行的人回话，其中一个是从教堂的神龛壁上抓到的。土产商哈哈一笑："怪不得这么有人气！教堂的神甫都是洋人，洋人的人气就是足嘛！"

他当场付了一块白璨璨、光闪闪的"袁大头"银元。

围观的人群里又是哇的一声惊呼。一块袁大头，够山里人吃大半年了！

这些面黄肌瘦的穷汉不再争论，匆匆忙忙四散开去，各找各的目的地，急不可耐去搜寻猎物了。那个矮个子山民又变得不动声色了，避开众人，悄悄地直奔一个去处。

他叫矮仔金。

蛤蚧、红边龟、娃娃鱼都是山珍，只有山里才多，人们分头往深山里赶去，打算连夜抓捕。

在界河的一艘铁壳船上，左门卫太郎隐蔽在船舱里目睹了这一切。

他颇踌躇满志，得意地舒了口气。

这一切都是他精心安排、巧妙设计的。他断定米歇尔被游击队藏在深山某个角落。派人搜山？那是大海捞针，根本派不出兵力！而且这一带暗洞相连，日本人搜山是亮在明处，要抓的人却躲在暗处。明处打暗处，难上加难；暗处打明处，则一枪一个准！现在，演了刚才高价收购的那场戏，就可以来个逆转：山里人眼见为实，会被刚刚那块明晃晃的"袁大头"所打动，不，是震动！会争先恐后往山里跑，为寻那几味山珍会钻到深山的犄角旮旯去！那就能了解到许多山里的情况。世界上没什么真正的秘密，在傻里傻气的山里人中间哪能有不透风的墙？钻到深山的犄角旮旯去找红边龟、娃娃鱼，只要引导得法，必可出其制胜地得到大量有关在逃的法国伤兵的蛛丝马迹。让他们钻遍暗洞险坑，不知不觉中浑浑噩噩地充当杏花渡的耳目。现在，神机妙算已经开始了第一步，他要坐等有用的情报送上门来，再撒出通天大网！不，是甩出钓龟金钩！不必用多少兵力，他带三五个人就足以马到成功！

他隐隐约约感到自己建奇功的机会到了。

米歇尔在山洞里疗伤刚刚十多天，枪伤就有了喜人的变化。老药王到底是老药王，且是瑶医世家，光是中医望、闻、问、切四诊里的"望诊"，瑶医就又细分为甲诊、舌诊、白睛诊、黑睛诊、掌诊、面诊、人中沟诊等。老药王不但用药神奇，更兼针灸、正骨、推拿、药线药棒，桩桩不俗，而且擅辨证施治，能灵活"调兵"，既能有的放矢地"单兵突进"，也能十八般武艺"聚众合围"。而且，老药王还有一绝：擅长请"笑婆婆"登堂入室来帮病家驱除病魔，这就是"讲笑"（说笑话）。老药王有一肚子笑话和能逗人发笑的山歌，病家听了，嘻嘻嘻，哈哈哈，赛过吃了笑婆婆的笑药，胡乱一笑，病痛立马轻了三分。

这几样相加，米歇尔好得就特别快，快得连他自己都吃惊。不但很快恢复了体力，连失去知觉的双腿竟然也略略有了知觉，架着老药王给他做的木头单拐，已经可以勉勉强强走动了。

米歇尔自思这里也有烟土的作用。

他的伤好了不少。可在老药王面前，却故作姿态，故意装作疼得龇牙咧嘴，为的是逼老药王用"白面儿"给他止痛。老药王找"白面儿"不容易，找烟土却不费难。老药王被逼无奈时就给米歇尔一点鸦片救急。米歇尔把烟土塞在细竹管里，放到火塘上吸，也权抵"白面儿"。

此时他过足了瘾，精、气、神都来了，坐在一棵雀仔榕和一棵乌榄树中间的钟乳石上，一边用地质学者的习惯性眼光打量着对面山崖的断层，一边用几笾宽宽的竹包壳当乐谱纸，飞快地用木炭当笔在记谱。七鬼在唱山歌。

他吃惊，想不到七鬼这个傻乎乎的怪物居然有这么一副足以让山妹子动心的好嗓子和一个即兴编词的好脑瓜！

剩下让人发愁的还有两桩：一是左上胸被炸断了锁骨，伤筋动骨一百天，没几个月好不了；二是鬼子的炮弹不但伤了他的小腹而且伤了他的腰椎，弹片被老药王用镊子精精巧巧夹了出来，可要命的是脊柱塌陷了一块，腰眼上竟有个深坑！这一来伤了他的男根，可恨的是马鹿虱又趁机钻进了伤口。米歇尔把马鹿虱扯了出来，马鹿虱头却断在了小腹里边，结果毒性大发，坏了神经。虽说老药王把红肿压下去了，可米歇尔两腿之间老长的一条男根，竟然光"稍息"，不"立正"，如挂出来晒的腌酸菜一样，软塌塌垂下来，彻底歇菜了。

不治好，米歇尔下半辈子不但当不成男人，而且下半身有瘫痪的可能！

老药王也没遇到过这种病人，他下猛药，用了阳起石，用了九龙膏，用了百卵汤，连十全大补丸都用上了，可是都没动静。为了米歇尔，老药王还专门攀绝壁，采了一般采药人采不到的上等淫羊霍和千斤顶。

可还是不成。

而且，连"芙蓉膏"（鸦片）都用上了。这玩意也能短时助阳，怎么就不见好呢？

老药王暗暗发愁。外表则故作没事的样子："哪个讲你以后生不了孩子？你半年后就大起肚子怀仔！龙凤胎呦！"

米歇尔被逗笑了。尽管他像所有的法国花花公子一样向来没心没肺，可他更心知肚明，对罗曼蒂克如同生命般不可或缺的法国人来说，这已经形同致命，而如果下半身彻底瘫痪，他无法想象还能怎么生活！

米歇尔暗自叫苦，悄悄祷告，可万能的主也没帮他。他心里绝望了。

可是今天，失去知觉的双腿竟然略略有了知觉，全身也略觉舒服了一些，米歇尔高兴，架着木拐让七鬼扶他出来晒太阳。多日以来米歇尔没这么轻松过，他也第一次细细观察洞口外的一切——

雀儿山的老林子长了千年百年，一钻进去就像掉进了天坑溶洞，又暗又潮。林子里藤缠蔓绕，什么树都有，但北边那片土山最多的是女儿杉，山底下多是八角树、曼陀罗、羊蹄甲、葵扇树和野芋头，还有几棵高大无比的菩提树。而靠南的石山则多是雀仔榕——鸟儿吃了榕树略带紫红色的小果子，尖硬的榕树种子穿肠而过，带着幸福和期望随鸟粪撒向四面八方。这一带山缝里特别多，在小雨如烟的雨季，一棵棵新的雀仔榕就在大山的皱褶里生根发芽了。那些无孔不入的气根七拐八绕，把山石紧紧抠住，贪婪甚至是饕餮地吮吸母亲河鹭江的乳汁。然后，舒芽展叶，枝柯相交，如一群乳臭未干的孩子，总想交头接耳地傻玩儿，说悄悄话。再后，经过多梦时节的猛窜，倏忽之间高摩苍穹，进入青春期了，在猎人们惊奇的目光下却窃窃私语地故作矜持。随着阳光汹涌，岁月葱茏，这一带就墨绿成荫，成了雀仔榕的世界。

　　一走进林子，满耳便是潮水般的鸟语互答。啁啾婉转，叽叽喳喳，忽而琮琤如鸣琴，忽而咿哑如絮语。鸟族的语言华丽多彩，表现力异常丰富，也许只有六堂芦笙加上一台幽绝的独弦琴才能表达其韵味的百分之一、千分之一。刚刚长出羽毛的雏鸟牙牙学语，不太成调，却嘴巴不停：叽——妈！叽叽——爸爸！咕嘟叽——我饿啦！叽里咕噜——那是什么？叽叽咕叽叽——我飞我要飞！到展翅欲飞的年龄，像小伙子一样变声了，叽叽声部里还加上了喳喳声部，飞一处叫一处，吵闹，逞强，惹是生非，抢作大合唱的"声部长"，争风吃醋挑逗异性。叽叽喳——我赢啦！叽喳喳——别吹牛！叽叽喳喳叽叽——赢啦赢啦赢啦！叽叽喳叽叽喳——吹牛吹牛吹牛！嘟唭叽喳——妹妹你好？嘟唭喳叽喳——妹妹别理它！而鸟族中的雌性到了豆蔻年华，美丽的羽衣烘托着青春的面庞，叫声会变得一咏三叹，羞涩多情，每每半遮半掩，欲言还休——嘟……啾……嘟……啾……什么意思？费解吗？听听侗家三月三鼓楼坪的芦笙、瑶寨四月八大巫梁的腰鼓你就明白了：那不是姑娘们听到了小伙子的《撩歌》后欲答又止、欲擒故纵的越趄不前、赧颜不语吗？

　　再向远看，隔着鹭江，两片山的山腰上有若干片绵延了几座山、神秘莫测的岩画。壁画也分布在雀儿山其他峰峦多处沿江的绝壁上，上面绘有数不清的武士、舞人、猎手、虎豹、麋鹿、猎狗、铜鼓……一切都如诗如乐，一切都如梦如幻……

　　曲子竟如此动听，歌词竟如此撩人！米歇尔吃惊，竟情不自禁地与七鬼一起哼起山歌来！

　　他高兴，七鬼更高兴："下边轮到哥唱——"七鬼放好自己刚刚编好的一个鱼篓，为了让米歇尔高兴，还从岩洞里拿出了一套米歇尔从来没见过的东西——白裤瑶琴，走回来，架好，试了试音，发出钢琴般悦耳的金属声，让米歇尔大为惊奇！

　　"这是什么？"米歇尔放下木拐，情不自禁想敲一敲。

　　七鬼一边教他一边道："我们叫竹铜鼓，来镇上'跑日本'的拉琴先生叫它

'白裤瑶琴'。"

米歇尔接过琴锤，好奇地审视"白裤瑶琴"。那是七鬼锯下大小不一、直径不一的粗楠竹自制的——在一段锯下来的却依旧青青的粗竹子四边，每隔90度用牛角刀各剔出一根和粗竹段两头依然相连的细竹篾，充作琴弦，两头均支上"码子"，一个音阶的"琴"就做成了。用细竹篾再劈出扬琴锤那样的小细棍做琴锤，敲上去能发出铜鼓般的声响。他大大小小做了十五个，由于青竹的粗细、长短不同，剔出细竹篾的粗细、长短也不同，形成三组由低到高的"宫、商、角、徵、羽"。架好，就奏出动人心魄的山歌。

七鬼一边击打"白裤瑶琴"一边接着唱《撩歌》：

> 哥在山上打大弓，
>
> 妹在河边洗嫩葱，
>
> 放下大弓对妹讲，
>
> 衣服破了没人缝！

是的。这个丑八怪有个赛芦笙的好嗓子！但老马嘱咐他不得大声说笑，现在他唱歌也只敢细声细气。

几天前。老马赶过来和他一起商量了怎么提防走漏风声，还细看每一个洞口、每一个暗道的关节处。老马还精细过人地在每个要害处设计了"埋伏"——外人闯进来中了招儿，那就够他喝一壶的！

老马要他们说话也压低嗓子，他的山歌只好低声细语，自问自答：

> 阿妹会缝又会裁，
>
> 哥你有布就拿来，
>
> 黑线蓝线样样有，
>
> 少颗缝针你莫来！

七鬼唱的是山里祖辈流传的《撩歌》——三月街上撩妹仔时唱的，此时虽说压制着嗓门儿，可旁边的米歇尔还是听得如醉如痴。

> 一棵缝针几多钱？
>
> 阿哥回家卖水田，
>
> 卖了水田三亩整，
>
> 不够再来卖菜园。

七鬼接道："下边又是阿妹唱了——"

> 一颗缝针分把钱，
>
> 哥你不用卖水田，
>
> 若有野花哥莫采，
>
> 阿妹陪哥六十年。

七鬼的《撩歌》和七鬼的"白裤瑶琴"让米歇尔对这个丑八怪刮目相看了，他发现七鬼不简单，七鬼真个是鬼得很！

米歇尔对乐器天生就灵，很快就在"白裤瑶琴"上敲出了调子。

正当两个人沉醉在山歌里边，有个人却悄然无声地接近了。这是那个从圩上前来找猎物的叫矮仔金的矮个子山民。他已经逮到两只蛤蚧，可惜个头不大，可他还是兴奋得像捡了金元宝。

七鬼见到他，吓得一个鲤鱼打挺跳将起来，一把把矮仔金抓住，怒冲冲问人家："你，你干吗？"

矮仔金也吓了一跳："我，我来摸蛤蚧……"

七鬼见来人老老实实，可还禁不住疑神疑鬼："谁派你来的？"

矮仔金老大委屈："谁派我来的？兄弟，我上山除了寻点吃食，还能图什么？——我自己派我来的呗！这么大的十万大山，莫非只准大哥你来不许别个来？"

七鬼警惕地前后左右看看，叮嘱来人："大哥，你来来去去都随便，可下了山，对谁也别说在这里见过什么，拜托了，懂吗？"

矮仔金听了这话，却忍不住又向米歇尔多看了一眼，透出怀疑和骨子里的憨厚，此地无银地说："兄弟，我不会乱说，我懂！我也没看到这个洋人兄弟！"

七鬼："那我们就谢谢你了！"

矮仔金还想往洞里走，七鬼又拦住他："还要干什么？"

来人："看看暗河里有没有娃娃鱼？"

七鬼当仁不让地不许他再往里走一步："没什么娃娃鱼！大哥你别进了！"他指着自己的头顶打手势，"别弄不好把石头碰下来连自己吃饭的家伙都找不到了！"

矮仔金拗不过七鬼，提着猎物，既不太情愿又莫名其妙地下了山。

19. 目标就在山那边！

在杏花渡，土产商人在九八行的收购搞得挺热闹。

两日来进山寻山珍的人陆陆续续打回头，找到蛤蚧的比较多，红边龟也不少，有的竟然还逮到了娃娃鱼。可买家挑剔得厉害，老嫌"人气不足"，而且追三问四，刨根问底，一定要问是在什么地方捉到的，被他们看中的没几个。

向晚，矮仔金踢里踏拉走回来，亮出两条蛤蚧，猎物个头实在不大，九八行的账房先生见了就摇头。矮仔金不服气地辩驳："你要真能闻出人气，你就好好闻闻，闻闻这比不比在教堂逮着的差？"

账房先生撇着嘴嘲笑："莫非你那里也有洋神甫？"

矮个子山民不服气地顶回来："没洋神甫还不许有别的洋人啦？"

听到这话，屏风后边走出位穿灰长袍的掌柜的，敏感地走到前边，拿过矮仔金的猎物嗅了嗅，问道："嗯，是有点儿人气！大大的好！那，你是在哪里捉到的？"

掌柜的一认真，货主立刻想起七鬼的叮嘱，矮仔金一下变得嘴巴吭哧起来，胡乱答道："在山、山那边……"

"哪座山？"瞄着他的是一副咄咄逼人的眼神。

矮仔金则眼神躲闪，胡乱一指："那边……"

掌柜却愈发认真了，目光锋利地盯住货主："到底是哪边？"

说着，他一手高高举起一块"袁大头"，一手低低托着一小卷沦陷区发行的伪钞——老百姓俗称"绿包袱"，然后啪的一声拍在一起，道："真有人气好的货，这些全归你！——说清楚，你在哪里找到的？"

他把钱又啪的一声拍到账房先生手里。

叫矮仔金的矮个子山民在掌柜的刺刀般的目光下变得更显矮了，他瞄了一眼"袁大头"，不由自主地如实指了指龙脊岩的方向。

掌柜的盯着他，看了一会儿，把蛤蚧又啪的一声拍在自己手心里："给他钱，货要啦！"

不是冤家不聚头，这位掌柜的不是别人，正是左门卫太郎。

他的脑子在飞速运转，立刻决定拉一个小小的马帮去龙脊岩一带卖货。

他心里有数了：目标就在山那边！

20．危险悄悄逼近

老马对这一切有天生的敏感，他很快就了解到九八行在鼓动山民进深山找猎物，他马上觉得这里有情况。

晚上，他赶到龙脊洞，听七鬼讲了白天的情况。觉得龙脊洞无论如何不能再让米歇尔待下去了，立刻决定要带米歇尔转移，给他另外安排地方。

他想的是撤到隔两架大山的瓢里镇去。他打算当晚先把米歇尔转移到自己的马厩里，次日再神不知鬼不觉把米歇尔送到瓢里去。

瓢里在三界坡，相对是"大后方"——这里有游击队控制的山林，更有抗日名将白崇禧、杜聿明将军指挥昆仑关攻坚战大捷后，在瓢里暂住的国军，后来虽又悄悄转移，但日军在昆仑关大败，而且战死了一个少将，以后对杜部和桂系不无恐惧，一时不知深浅，不敢贸然进犯瓢里。几个因素加在一起，那里就相对暂时安全。

七鬼却觉得不用那么听风就是雨，就算有情况也不在乎这一时半会儿，而且他还想多留一日把他们在附近种的玉米收下来带走，同时把他在山沟里下的鱼篓也收了，看装没装到鱼？

次日，天还没亮，趁着轻纱般朦胧山岚的遮掩，老马先赶去了瓢里，要先给米歇尔打前站。

七鬼则赶去玉米地，他们决定当晚再撤。

可是，事情瞬息万变，情况偏偏就出在这一时半会儿的时间差上——他们无论如何也没想到，也在这个早晨，另一伙人也在行动，与他们仅仅隔了几个山头。

几个人模样有点怪，选的道也有点不寻常：行进在米歇尔打量过的地质断层上。

它们属于东亚地质史发展上的另一种断层：脱离了原来的轨迹跳到另一个地质层面上。可以挤压成高山，也容易因地震频发而塌陷，所以很少有马帮在这一带赶路。

这就是左门卫太郎一行。

七鬼和米歇尔绝没想到，这伙人昨日还冒充广东商号在杏花渡口收购山货，今日就居然是冲着他们来了，也想用鱼篓装鱼似的把他们装走。

左门卫太郎的鱼篓能把他米歇尔装走吗？

左门卫太郎一小队马帮，伪装成贩运日用百货的商贩，衔枚疾走。他认定搜捕米歇尔和七鬼不能靠人多，只能先摸清底细，再派这样屈指可数的少量兵力单刀直入，突然奇袭。

根据矮个子山民模模糊糊指的方向，他们悄然向龙脊岩一带进发。这队小马帮马不多，马加驴子一共只有四匹，人则仅仅六个。除了左门卫兄弟还有三个脚夫——其中之一就是那个矮个子山民矮仔金。让他当脚夫带路他很不情愿，可后来刺刀逼到了他的嗓子眼，他只好跟来了。

此刻，左门卫太郎再次停下马来向他逼问："你到底想不想发财？"

矮仔金目光躲躲闪闪："那，当，当然想喽！"

左门卫太郎："想发财就指路指得再清楚些，你昨天在哪里见到那个洋人？"

矮仔金目光更躲闪了，支支吾吾："远，远了……"他指指朦胧的远山。

其实不然，他昨天就是在这一带碰到七鬼和米歇尔的。

但是，只因为他向远处指去，左门卫太郎以为还得走很久，气氛一下缓和了下来。

太阳还得再过半个时辰才会出山。山边上，月眉子弯弯。月眉子不知情况紧急，还像没事人似的不慌不忙。此刻煞像个见人就低头，甚至害羞得钻进草屋赶紧避人的小女子，正躲躲闪闪往云层后边躲藏。那一弯上弦月两个时辰前还在画眉岭顶的雀仔桉林梢后边回避，此刻又赶紧钻进"光棍好苦岭"的山脊后边使劲躲闪。而当东边泛出了鱼肚白，那一弯撩人的狐媚便匆匆忙忙想往山后边溜，可调皮的曙色还是大胆地拉住了她，好像也在唱《撩歌》。

前边说过，在雀儿寨，人赶着马帮来自四山八岭，很少谈自己的来历，也忌讳问别人的来历。尤其是这里好汉成群、杂种成窝，因山高皇帝远，总要生出一桩桩杀人放火的事情。

这一来走方人就格外小心，为了不让别人猜出自家的来历，走方人连家乡的方言都小心翼翼藏了起来。七鬼也不大说自己老家的白裤瑶话。

可是这一天，左门卫太郎偏偏要当着众人，而且是明火执仗地打听七鬼的来历，他问矮仔金："你见到的那个人是不是就是那个叫七鬼的？"

矮个子山民一头雾水，他不认识什么七鬼不七鬼，他真的不认识。

九八行的"广东商人"也来了一个——那是左门卫兄弟的随从井原。选他来，是因为他是个格斗擒拿的高手，一个人能和三四个对手开打。井原此时也是竹壳帽、蓝布裤，改成了雀儿山乡民打扮，假模假样地挑着小竹挑随后。

左门卫太郎端坐在头一匹马上，乍看像个马帮客：细看模样却有点古怪：长袍撩起一角塞在腰带上，与常见的商人没什么两样，可不像"起旱"走长道的人那么风尘仆仆。那顶黑纽布毡帽也太干净，没落多少灰尘，不像饱经风吹雨打的。跑久了路的人毡帽颜色前后不一，戴帽子的人在毒日头底下会把脸转向背阴的一面，后脑勺要比前脑门晒到更多的日头，久而久之，帽子后半边就比前半边褪色褪得更快一些。可他毡帽前后颜色统一，帽檐下的一双小眼睛煞像寻猎物的荒原狼，透出一股杀气。他时而阴沉地左顾右盼，时而把一个什么家伙举到眼睛前向山上张望。

那竟然是一副"千里眼"（望远镜）！

他后边，就是那个不争气的弟弟。

21. "八格！你也算左门卫家的！"

弟弟左门卫次郎随随便便坐在后面一头驴子上。他走走停停，边走还边在一个小本上记什么。小本子的封皮上草草写着"战地日志"四个汉字和一组片假名日文。

哥哥斜睨着他的笔记本，狠狠向草丛里吐了一口唾沫，恨铁不成钢地回头瞪瞪他。弟弟却佯做不见，只是拉拉缰绳紧跟了两步。

那三个赶脚的民夫赶着两匹马远远跟在后边，拉开了一段刚好听不到三个日本人谈话的距离。

"嗯——？"看望远镜的哥哥觉察到了什么，瞄向了天坑一带，向重重叠叠的林海深处瞄了很久，狐疑满腹地把望远镜塞给一直不肯放下笔的弟弟。他热盼弟弟也立功。

弟弟接过望远镜看了一会儿，神色木然："没什么……"

左门卫太郎真是十分不快，呸的一声又狠狠向草丛里吐了一口唾沫，一把夺回望远镜："'没什么？''没什么？！'——白长了左门卫家的一双好眼睛！你呀，简直是冷血动物！还记得松本少佐那一番让人热血沸腾的话吗？不要再给……"他把后边的话尾咽到了嘴里，"不要再给左门卫家族丢脸了！"

林涛把话尾吹淹没了。

弟弟一直沉默寡言，此刻似乎更不想理哥哥，干脆不答话。

左门卫太郎怒了："我这是为你着急！跟你说话没听见吗？"

弟弟却还是不理。

哥哥火了，他警惕地向后看看，见雇来的中国脚夫还没赶上来，就提高了嗓门儿："别以为自己高高在上！一个破作家有什么了不起？我倒是为有你这么个居然在小说里对大东亚圣战大放厥词，最后被军事法庭判决为'有辱军威'的弟弟感到耻辱！全左门卫家族都感到耻辱！"

"耻辱不耻辱是我自己的事！怎么写也是我自己的事！用不着你指手画脚！"

哥哥怒不可遏，从马背上跳下来，扑过来把弟弟一把揪下小毛驴，弟弟重重地跌在地上。

左门卫太郎怒喝："八格！你也算左门卫家的？"

啪的一声，左门卫太郎一记响亮的耳光，狠狠抽在左门卫次郎的左颊上，立刻留下五道红红的指印。

树梢上，几只黑黑的鹊鹊鸟也吓飞了。

哥哥抡起胳膊还要打，井原急急忙忙过来拉住。劝道："唉！没办法，也不能全怪他！战争让他从满洲流落在支那内地，被支那养母养到十来岁，他要是也像您一样几岁就被您父亲带回东京，也不会变成这样！"

"可他毕竟是回东京读的大学啊！"左门卫太郎恨得呼呼直喘，"这个耳光是让他记住：别忘了他是个因为'有辱军威'而被判刑四个月、在缓期执行中被《中央公论》派到前线来当'笔部队'的罪犯！这是给他一个改弦更张、将功赎罪的机会！"

弟弟依旧沉默。

哥哥越说越气，又道："占领南京的消息传到东京后，全日本都沸腾了！他却在南支那正写这种见不得人的什么反战小说！我在东京亲眼见证：跟他写的完全不同——日本的母亲送亲人上前线以'祈战死''勿生还'六字相赠，接到亲人阵亡的骨灰后不是哭，她们忍住了眼泪，她们高喊'大日本必胜！'连老祖母都在学刺杀，连小孩子都学会仇恨！可他，去年……"

弟弟忍无可忍，梗着脖子："去年是去年！今年是今年！我会用自己的新作为帝国尽忠，向天皇陛下遥拜！"

随从井原两边讨好："那就好！加油吧！您不是说过不但要靠新作洗刷耻辱，还要用新作去参加下一届'大东亚文学者大会'吗！"

弟弟自信有加："那……当然！"

井原恭维："不愧左门卫家族的后代！"他又提醒，"再加上你们两兄弟把'连环套'真的给这群支那狗套上，你们左门卫家族就又立了一个奇功！您就是文武双全！"

左门卫太郎悻悻然："他？"又居高临下地说，"说他什么好？我都懒得再说了……"

弟弟沉默不语，沉默中却有更加居高临下的自尊，甚至是高贵的傲慢。

哥哥再次被激怒，不但再一次牙关和颞骨咬紧，而且再一次捏紧了拳头。

22. 白裤瑶男儿

七鬼与米歇尔对即将到来的危险却浑然不知。

米歇尔酷爱绘画，但是在大学学的专业却是洞穴地质学，所以住在这里他不但不觉得闷得慌，反而正中下怀——他对钻大山很中意，正好圆了他考察天坑成因的夙愿，这是米歇尔在专业上能有建树的绝好机会。到了 21 世纪之交统计：全世界已经知道的有 75 个天坑，竟有 50 个分布在中国西南部，他从安南跑到这里来，内心深处还有个潜意识：就在于这些洞穴。别的岩洞先不说，仅仅是这个龙脊岩，就够他琢磨一阵子了。他稍稍能动就架着木拐四处贪婪地看洞穴结构，龙脊洞足有 400 米深，下有暗河，上有洞口。很神奇的是洞口竟生成了自己的"小云系"和"小气候"——天晴时可以看到洞口雾气氤氲，纤云缭绕。洞底应该全是碎石，但上面已经覆盖了厚厚的植被和原始林丛。洞壁上布满 X 状的裂缝，暗示着天坑的成因，这里蕴藏着巨大的地质秘密和地球的历史。米歇尔从伤势稍好能走动起，他就靠那个木拐在天坑里里外外摸索不停。在这里没有地质锤，他就用刺刀当锤，这儿敲敲，那儿敲敲，尝遍了这一带的泥土，盼望能嚼到细细的砂砾——那是石英碎块儿，石英比周边的石灰岩硬度高，不会溶解到水里。能找到石英，就能大体推测出这一个天坑的年龄和这一带地貌形成的时间。想到这里他就激动，但遗憾的是他只嚼到了方解石和烂泥沙。石英石，会藏在哪里呢？

为了替他找石英砂，七鬼甚至抠着石壁冒死爬到了天坑顶部。米歇尔吓得脚都软了，七鬼却毫无惧色，在那里摸索了半天，把几根老藤塞进石缝，又把几块欲落未落的石块塞进藤根深处。下来后，他叮嘱米歇尔："记住，天坑顶部那里有'藤机关'，是老马和我的巧安排！那几根打结连下来的老藤不要碰！"

就在他们忘情地唱歌记谱、享受阳光的时候，那一小队马帮在岩画前拐了个弯，正对着他们，一步步走近了。

惊起了一群山鸟。

这群山鸟像报信的，终于引起了七鬼的警觉。

他四顾看了看，想了想，把木拐递给米歇尔道："《撩歌》以后再唱，你先回洞里去。"

米歇尔老大不乐意："再晒会儿太阳吧！"

七鬼嘟囔了两句，却没再坚持。可也是，老躲在岩洞里阴气太重，风湿会伤人。老药王叮嘱七鬼要常背米歇尔出来透透风，见见天日。太阳出山之后，这里的林中空地天然是晒太阳的好去处。这儿离鬼子的杏花渡据点又远，安全上也并无大碍。

可是七鬼这一次错了。

"这群该死的贼鸟！"左门卫太郎怒冲冲对飞走的禾花雀群骂道。

左门卫太郎坐在那匹瘦瘦的驽马上，神情却像一个惊了枪的豺豹，时不时回头看看，更时不时前瞻地探头探脑。

左门卫次郎远远跟在后面，他坐在那匹矮驴子上，还是偶然停下来在小本子上记录什么——那是他作为"笔部队"成员的《战地日志》，他不但天天记，而且几乎是时时记。

他的确想立功，给自己争口气，用行动证明自己的忠诚，好把徒刑的判决尽快甩掉。

为了天皇，为了大日本，为了自己，无论多么艰难多么不可能，他都必须坚持写。

哥哥左门卫太郎却不理解，总是气急败坏地看着弟弟的这一举动。

还是那块离天坑不远的地方。米歇尔惬意地继续享受日光浴，眺望远山。

远方遥遥可见山岚明灭中的鹭江，一行白鹭款款入画。羽翼的白掠过林海的绿，真是深浅色，浓淡装。鹭翔是鸟族中的精灵之舞，是翱翔在蓝天上的空中芭蕾。

天坑东坡树缠藤，天坑西坡藤绕树。翠叶绿茵层层叠叠，青藤古干盘根错节。洞口却在密密麻麻的绿色网络里面向东方悄然大开，一股来自洞穴深处的凉风不断从洞口呼呼吹出来，把洞口的竹子吹得一年到头摇晃不停。在一棵几乎一树成林的老雀仔榕和两棵黄桷树之间，米歇尔深深呼吸了几大口渗透了野草气息和山菊花香气的山风，感觉焕然一新，心情大好。情不自禁地脱口而出："啊！你好！卡恩山！"

七鬼听不明白："什么山？"

米歇尔笑了："像我老家的一座山，在地中海边儿上，下普罗旺斯那一带。知道地中海吧？"

七鬼"朦诧诧"："地，地中海？……那就是大号岩洞里的地下大湖喽！该是和我们龙脊洞这个地下河差不多吧？"

米歇尔大笑："也许差不多吧。"

七鬼采来一大把豆蔫果，自己大嚼，也教米歇尔吃："老米，来！"

老米——米歇尔接过豆蔫果，在太阳底下盯着七鬼衣服上清晰可见的花纹，按捺不住好奇，二十多天前就发生的疑问终于说出口了："七鬼，你为什么老穿这女人的裤子？"

七鬼却更纳闷了："谁穿女人的裤子了？"他和这里的"过山瑶"小伙子穿着是不一样：土青衫咧着怀，是桂西北大山里白裤瑶才穿的'贯头衣'——两幅布前后一拼，用绳子草草一连，上端开个孔。下着白色的"半截灯笼裤"，过了膝盖就卡腿收住，收口处绣了五道红线直花纹，十分威武也十分醒目。这是典型的"白裤瑶"的装束。

米歇尔嚼豆蔫果，紫红色的果浆从嘴角渗出来："啊，对不起。……可是，不是女人的裤子……为什么要在裤脚上绣一道红丝线和五道红花纹呢？"

七鬼笑容收敛，表情变得庄严而自豪，把手中吃剩的两颗豆蔫果狠狠扔到山下："跟你讲个实话吧——这是我们白裤瑶祖上传下来的男儿装。我是红水河那边过来的白裤瑶。"

米歇尔仔细盯着七鬼裤脚上的五道花纹："绣五道花纹，有什么掌故吗？你怎么会到了这里？"

七鬼的目光变得遥不可测："我们瑶人的祖先是从一个叫'千家峒'的地方出来的，后来祖祖辈辈都想找到我们这个发祥地。为了找到'千家峒'，走遍十万大山，闯了九九八十一关！我爷爷的爷爷的爷爷，为了找'千家峒'，和拦路的歹人打冤家，挨了十八刀，仇人说：你要肯跪下磕个响头，就饶你一命！可我爷爷的爷爷的爷爷，宁可站着死，也不跪着生。仇人就把他的两条腿都打断了！可在仇人得意忘形地下山之后，我爷爷的爷爷的爷爷却用血水喷涌的两手撑着膝盖，大山似的又站了起来！最后甩出石弹子向仇人打去！他那十个鲜血淋淋的手指，在裤子的两个膝盖头上左右各抹出了五道血纹！从此，我们白裤瑶的男儿，就都在自己的裤脚上绣一道红丝线和五道红花纹，记住为祖辈报仇，也牢记祖先寻找'千家峒'的志向！"

"啊！……"米歇尔震动，良久未语，却愈加好奇："'千家峒'……在哪儿？"

七鬼目光迷惘："不知道……只知道那是我们瑶人的老家，那里没有饿肚子的，没有受欺负的，也没有欺负人的！我们瑶人就是从'千家峒'出来的，以后还要回'千家峒'去！"

米歇尔安慰："你们会找到的！"

此时，漫天烧起了红霞，太阳欲出未出，东方泛滥着醉人的金鱼红色，犹如女孩子羞涩时泛起的红晕。七十二峰的鸟族像约定好了一样一齐放开嗓子叫起来，鸟鸣竟在寂静的山谷引起此起彼伏的隐约可辨的回声。

米歇尔向东方张开两臂："七鬼，看见吗？你的女孩子来了，脸都被你唱红了！"

七鬼的第六感觉不安分了，老让他有种异样感觉。他左顾右盼了一圈，不放心地说："莫大意失荆州——还是背你回山洞吧，我也到玉米地去掰点鲜玉米中午炒炒吃。"

七鬼一手拿着木拐一手抱着米歇尔，却没发现，远远的山脚下，那个莫大的危险正慢慢逼近：稀稀拉拉行进着的那一小队马帮越来越近了——

23. 桑康告密

左门卫太郎坐在头一匹马上频频回视，看到左门卫次郎记什么他就来气。他教训弟弟："你胡记些什么？你的新作必须一改旧日的女人腔，要写军国、战争就是大和民族的生命！"

弟弟冷笑，潜台词是"你懂多少？也配教训我？"

因为他的不理睬，哥哥又怒不可遏了："你聋了……"

弟弟清了清嗓子，居高临下地发挥，潜台词带着对哥哥的鄙薄和纠正："当然！——军国就是战争，战争就是破坏！"他的腔调似正似谐，又像是在嘲弄。

哥哥又火了。

弟弟向哥哥捏紧的拳头斜睨了一眼，不慌不忙道："而破坏就是生命！没有破坏，就没有新生的大日本！没有破坏，就没有新生的大东亚！没有破坏，就没有新生的五大洲！日本存在的一个根本的理由就是破坏和破坏中带来的新生！"

哥哥愣了，举到半空的拳头尴尬地停住。

须臾，哥哥挤出了一个不太情愿的笑意，拳头也缓缓松开，变成了一只伸直的手掌。

弟弟也矜持地举起手掌回应，又是啪的一声，不是耳光，是两个人的手掌和解而亲密地拍在一起。

左门卫太郎以哥哥的和解态度道："日本特殊的地理位置，以及我们资源的极度匮乏，决定了我们发展的终极形式只能是战争——对外战争！我们大和民族是世界上最优秀的民族，然而，老天却是这样的不公，像支那这样的劣等民族占据着大片肥美的土地，而我们世界上最优秀的民族却只有区区四岛！难道我们只能守着贫瘠的小岛望洋兴叹吗？先哲福泽谕吉在《脱亚论》里说，我大日本有支那和朝鲜这两个邻国是不幸的，此两国不知改进之道，只知恋古恋旧，不出数年，必遭世界文明诸国瓜分豆剖。支那活该消灭，在资源有限竞争残酷的现代丛林里，我们大和民族唯一的出路只有学虎狼豺豹，饿虎饿狼都是靠食草动物没有的野性才能生存，这就是我们日本的宿命和生存法则！战争——对外战争！特别是对支那开战！"

后边的马帮脚夫跟了上来，他急忙把话打住。

走来的马帮头儿和另两个脚夫赶着一匹骡子和一头毛驴，驮着药箱、药材和日用百货。领头人竟是桑康，他叼一张树叶"吹木叶"，十分悠闲。

左门卫太郎对这个外人急急忙忙转移话题，故作姿态地提醒："喂，老板，我们天黑前必须赶到山顶圩。"

桑康："鸡到了，先僧！（知道了，先生）您看，这里轰景（风景）多好！"桑康的汉语官话让人牙酸，可越碰到要雇脚夫的他就越卖弄。

左门卫太郎好奇地打量桑康："你这身打扮，和我们在桂西北那边见到的差不多啊！你也是那边来的？"

桑康想说"正相反，我是南边来的！"但却打住，打哈哈道："哈！我嘛——娃仔没娘，削来（说来）话长！"说罢卖关子道，"雀儿山的银（人），都不愿谈来路！"

左门卫眼睛锐利地一闪："有人为游击当交通，你是不是啊？"

"我？你高抬我了！"桑康笑笑，"讲实话，我就系（是）生意人，喜欢的是银元、烟土、大波妹……"

左门卫无意听他的风流话，指着山上问桑康："你们走的地方多，见过大鼻子的法国兵么？从界河那边的'中国公主号'躲日本兵跑过来的？"

桑康故意吊起来卖："您，找他们？"

左门卫太郎急不可耐："你能找到？知道一个被炸伤的法国兵吗？"

桑康又笑笑，狡猾地收住嘴，一副待价而沽的模样："找他们，——得慢慢来。"

左门卫太郎愣了片刻，沉吟不语，改为迂回："啊！不说这个，这……"他没话找话，"雀儿山为什么也叫百瑶山？"

桑康："——娃仔没娘，削来（说来）话长。'穷下南洋急走方'，这里到外面谋生计的多，这雀儿山原本也叫板瑶山，抗战打起来之后……"

井原本能地怒喝："八格！"他连短刀都抽出来了，不明不白喊了声："二十七个！"

左门卫太郎愣了一下，只好亮相并解释："什么'抗战'！是日本天皇陛下解放大东亚的圣战！"

桑康也一愣，改口苦笑："啊啊是……鸡到了（知道了），享官（长官）！"

他定了定神儿，也没话找话道："仗打起来之后，这条山路就热闹了，去茶马古道、去密支那，走方马帮都得这么走。各地的瑶族到马帮当走方脚夫挣口粮，这里就成了四山瑶族的大杂烩：盘瑶、板瑶、坳瑶都有，连蓝靛瑶、东山瑶、八排瑶、背篓瑶，再加上白裤瑶、花篮瑶都来了，就被称作百瑶山喽！"

左门卫太郎向井原点了点头，井原插回短刀，在岔路口的小土屋上贴了一张仁丹广告。仁丹佬的八字胡分外醒目，神气十足地撇向右边——是茶马古道要走的方向。左门卫太郎看罢又指了指一棵树，井原会意，把树干右侧的树皮白灿灿削掉了一块，还在树根右边用几块小石头摆了个箭头，箭镞直指右拐。

左门卫太郎打量桑康，让井原塞给他几张"绿包袱"——那个年代汪伪政府的伪币。

桑康不太乐意地数钱，嘟囔："现在都用烟土算脚钱……"

左门卫太郎："打听到法国鬼子的消息，不但会加倍给你烟土，还会给你良民证，允许你继续跑番邦！"

桑康目光犀利地打量起左门卫太郎，斩钉截铁地说："享官（长官），看样子，先僧（先生）您不是跑马帮的，嘻，是'皇军的干活'吧？"

左门卫太郎暗惊。井原又一声"八格"，怒冲冲地把桑康一揪。

桑康害怕了："享官（长官），我开玩笑哪！我，我，我是从南洋过来做生意的啊！我的不是中国，不，不是支那人的干活！"他察言观色，"你们不是要打听法国佬吗？要打听法国佬还真得靠我哪！支那人把他们藏得可严！"

左门卫太郎怀疑有加："你的知道？"

桑康夸张地说："不瞒你说，我听他们说过什么法国佬！"

左门卫太郎与随从意外，一齐注视桑康。

桑康望向天坑洞口："听说七鬼他们把他藏在岩洞里，藏得神出鬼没的……"他指了一下天坑。

"什么人藏他的？就是那个七鬼？"

"对！鹭仔七！大名鼎鼎的七鬼！"

左门卫太郎更加关注，连左门卫次郎都来神了，目光犀利地定定地看着桑康，好像一个字一个字地掂量着他刚才一席话。

又到了下一个岔路口。路口有块光滑的大石壁，左门卫太郎的日本随从在石壁上又贴了一张仁丹广告，仁丹佬的八字胡撅向了左边——那是去天坑要走的方向。一棵树刮掉的一块树皮和在树根下用小石头摆成的箭头也指向左边。

他再次举起望远镜，看了很久，对弟弟提示："我太近视！可总觉得那个方向可疑——"

他寄托深重地把望远镜递过来，弟弟接过来遥望，终于敏感地嗯了一声："嗯——？那里有一片烧焦的树丛和烧黑的石海……"

左门卫太郎："你再看看，石海中间还有什么？"

左门卫次郎观察了很久："石海中间好像有零零星星的半人高的玉米秆？"

左门卫太郎："对！有玉米秆，就说明那里有人！林海深处肯定藏着人！"

几个人都紧张起来。

他把望远镜递给随从井原。

井原定定地用望远镜观察了一会儿，不太肯定地说："树林里边影影绰绰……天坑洞口好像有个黄头发的一闪……又没了……"

他把矮个子山民拉过来，怒火冲天，故意使出日本腔："你的刚才的良心的大大的坏！讲假话害我们瞎跑！"

叫矮仔金的矮个子山民立刻被吓蒙了，左门卫太郎盯着对方的眼睛逼问："你昨天见到洋人，是在这里吗？"

矮仔金被盯得脚有点发软，条件反射地点点头。

"好极了！看来我们没白跑！能在这里抓到他们，你我就不用再搞什么'连环套'了！"左门卫太郎的神气活像狼群里的头狼发现了猎物，从长麻袋里抽出枪，递过枪悄然吩咐左门卫次郎："等一下，你拿着枪埋伏在树林里，守住山口，防备猎物逃跑！"

然后，他又拿出两块蒙脸布，自己把大半个脸罩住，也要让弟弟罩上，极深谋远虑地说："戴上！今天万一搞不成，你我的连环套就还得演下去，我们两个的模样别过早亮相！喂——，井原，下边看你的身手了！"

井原已经杀气腾腾了。

左门卫太郎这一席话，让桑康也警觉起来，他觉得，今天倘若搞成了，真抓到人，"那就成了我带的路了！我在寨子里就没法做人更没法再混了！"他眼睛四顾了一下，道："我留在这儿和二东家做伴儿吧，有什么事好有个照应。"

左门卫太郎想想道："也好。"

矮仔金一个劲地往后钻，高低不肯跟着往前走。

桑康和矮仔金便在山口边停了下来。左门卫次郎戴上口罩，当然更停了下来，三个人一左二右把住了山口。

24. 枪口顶住了七鬼

二十四节歌前两句唱："春雨惊春清谷天，夏满芒夏暑相连"——小满过了是芒种，芒种过了是夏至和小暑、大暑。玉米地里，刀片似的宽叶子呼啸着在唰唰地往上蹿，远远望去一片青翠，闻去一片清香甘甜。两只深褐色的山蝈蝈肆无忌惮地在两片宽叶子间做爱，发出缠绵的叽叽声。一只小瓢虫，晃动着两个小触须，不慌不忙地在叶根上吸食露水。一个半月前青纱帐就蹿起来了，玉米穗十来天前已经开始坐胎，每一棵上都吐出两三个或大或小的绿苞，早熟的已经开始抽穗，吐出了红红黄黄的须须。

因为战事，吃上一顿饱饭已经是很难得的事。可老马隔三差五还能送来木薯粑粑、南瓜红薯。当然也有断顿的日子。老马赶马帮离开了雀儿山，交代的送粮人有时没办法按时送粮。七鬼会想办法到谷地去挖山薯。有次他和米歇尔吃了两天脚板薯，中了毒，两个人的眼睛都肿成了一条缝。七鬼想来想去，就来这离龙脊洞不远的老家贼岭"刀耕火种"。可这里老家贼多，这是一种土色的鸟，很会偷谷子吃。三个月前，七鬼来这里在半山石海中间烧出一片空地，在九分石头一分土的石海间撒了十来斤玉米种子。在山坡上下种不能像平地那样算亩数。一般的算法，撒六斤种子就算一亩。七鬼撒了十来斤，有两三亩了。能打下玉米，也够两个人吃些日子了。

因为不常来，这片地已经耽搁了"打尖"——刀耕火种的野地虽说挺肥，但九分石头一分土，地力说到底有限，为了确保养分不至于太分散而导致只长空心不结粒儿，山里人得及时把多余的苞穗打掉，一棵玉米棵上只留一个苞穗。打掉的"尖"拾回去当粮食吃。这一日，七鬼把米歇尔背回山洞，来石海地里给苞米"打尖"。

岭上本该到处是老马叫"老家贼"的那种禾花雀，这一日却好生奇怪：七鬼看了一圈，竟然一只也见不到。最后好不容易在山边上见到两只，也是惊慌失措地从它们的领地逃命似地钻天而去。七鬼大声骂道："喝你个稀饭吧！老子今日又不是来打鸟，你们做贼似地卵跑什么？"他把随身带的鸟嘴铳架在地边上，甩开膀子干活。

热了，脱了土布的贯头衣，向石海边上丢去。很怪，衣服落地竟引起一片奇怪的沙沙声。接着是几声莫名其妙的鸟叫，七鬼竟听不出那是什么鸟，脱口骂道："喝你个稀饭吧！你他妈是哪路来的鸟玩意儿？"

话刚刚出口，青纱帐边上竟然站起一个人。那人以为七鬼是在说他，竟然抢先一步把七鬼的鸟嘴铳踩在脚下，又举起一把左轮、一把短刀指着七鬼。

是井原。

七鬼几乎是本能的反应，一扑滚落到石海里，随手捡起三个石子。刚想出手，另一把枪顶住了他的脑袋。

一块布半遮着有仁丹胡子的汗脸，眯缝着一双小眼睛，狞笑着，用一种要看穿对方心底的目光盯着七鬼，用左轮手枪指着他："不要怕的，我们的不是冲你的来的！"

七鬼低低骂了一声。

井原怒喝，又是不清不楚地一提断刀："八格，二十七个的！"

七鬼周边，前后夹击站着左门卫太郎、随从井原，还有一个脚夫。七鬼本能地感觉到山口也埋伏了人，要跑已经不可能了。

他暗自庆幸："盘古天王保佑！幸亏把米歇尔背回去了！"

左门卫太郎在蒙脸布下踌躇满志地打量着七鬼，他认出来了，这就是那个打劫杏花渡的"土强盗"，认准了七鬼附近必有米歇尔，也必有他念念不忘的"花嫁"姑娘。

他枪口紧逼七鬼，夸张地故作姿态："不合作就死啦死啦的有！"

他完全可以对七鬼讲流利的中国话，但是过分流利的中国话会让中国人把他当成汉奸。中国人对汉奸的痛恨和蔑视远在日本人之上，而且也不太把他们放在眼里。所以，左门卫太郎到了雀儿山讲中国话时就故意带出日本腔。

井原怒喝："要活着的，还是要死啦啦的，全看你的了！明白的有？"说着把短刀一立，"我的，已经砍了二十六个支那人的臭猪头的！你的，第二十七个的！明白？"

他把七鬼的鸟嘴铳使劲向悬崖绝壁下一掷，投标枪似的，远远抛到山谷里。落地的时候，惊动了一片已经松动的石块，石块呼啦啦滚下坡，引起经久不息的声响和腾飞的灰尘。又惊飞了一群山鸟。

七鬼看到飞起的烟尘，心却一下定了下来。

他斜睨着两个人的枪口，不慌不忙道："不是冲我来，干吗这么顶着我？"

左门卫太郎挥了下手，两把枪都离开了七鬼。七鬼站起："你们要找什么？"

左门卫太郎道："你的该明白：没弄清楚你们——你和那个法国佬，我们不会来到这里，你的带我们去抓法国佬的！再去找我们的花姑娘！抓到，你的大大的奖赏的！抓不到，你的看那个玉米——"

"啪！"他一枪把一个玉米穗打落了，在山谷引起久远的回声。

枪声再一次惊落了一片石头。

七鬼镇定了许多。一开始他是慌的，只是想跑。这会儿，他冷静了不少。这让他突然间想到：老马真个是厉害！

这一切，老马早就料到，不但和他一起商量了计策，而且一句一句、一字一字地演习过。

不仅这样，老马和他还一个洞口一个洞口地设了对策，万一敌人摸进来，奶奶的！那就让他们喝一壶！

想到这里他不再慌了。

他挠挠头，一脸的懵懂颟顸："法果？……你们说的可是无花果？"

左门卫太郎冷笑："不用装糊涂！我说的是法国佬！法国佬米歇尔！"

七鬼愈发糊涂了："米塞耳？米怎么会塞住耳朵？"

"嘿——啪！"井原上来就给了七鬼两个耳光，"八格！我们看到黄头发的了！你的二十七个的！"

七鬼捂着热辣辣的脸庞，更糊涂了："你要……'塞'我的耳朵？"

他愣了愣："黄头发？什么黄头发？"突然间恍然大悟，"哈！是这么回事吧——"

他从地上拣起一把黄黄的玉米须，扯开来压了一下扣在脑袋顶上："太阳太晒，我用这个遮太阳！"

随来的脚夫们看乐了，哈哈直笑：果然是黄头发。

左门卫太郎怒喝："住口！你的带路！带我们先去找米歇尔，再去找花姑娘！"

"花菇蔫？"七鬼愈发糊里糊涂，看看路边的豆蔫果，满脸纳闷，"菇蔫（姑娘）不是就在这里吗？"说着还哼起了山歌，"丢久不走这条路，蔫子开花满地铺，山伯葬在大路口，英台下轿念当初……"

"嘿——啪！"井原又给了七鬼两个耳光："八格！装什么糊涂的？上次抢'花嫁'的土贼的不就是你的嘛！"

左门卫太郎冷笑："你的，良心大大的坏！你就是七鬼，鹭仔七！烂仔七！大名鼎鼎的！对的吧？"

七鬼愣了片刻，大声笑起来，笑得弯了腰，好一阵子才直起身子说："哈哈哈，鬼……不，太君，你，你搞错啦！我是鹭仔八，烂仔七是我大佬！我和他长得是有点像哪！"

左门卫太郎很有点吃惊，走神儿了，暗忖："难道世上真还有像我与弟弟左门卫次郎这么酷似的双胞胎吗？"

左门卫太郎和井原一时真被搅糊涂了，对看了一下，不太自信地说："不管你是鹭仔七还是鹭仔八，前边的带路，进山洞的！"

两把黑洞洞的枪口同时把七鬼的后脑勺又顶住了。

七鬼也在暗忖："喝你个稀饭吧！豁出去啦！走就走，跟你王八蛋赌运气！反正我七鬼狗杂种正走狗屎桃花好运！"

他变得分外沉着，学着左门卫太郎的腔调："好的，我的明白的，我不做二十七个的，统统跟我走路的干活吧——"

他带三个人进了天坑。

一进天坑就别无选择，进去就是龙脊洞。这正是米歇尔藏身的地方，只是米歇尔住的洞还要进两层，是大洞套小洞的连环洞。

25. 差一点儿成刀下第二十七个

下边的情况，我不记录您也该猜到：老马和七鬼早就设了"藤机关"，左门卫太郎和井原正好中招了。

可谁也没料到井原中招中得那么惨！而且是左门卫太郎把他推到这一步的：

这里说的"藤机关"不是日本人的什么"藤机关"，是七鬼在天坑顶上架了七八块大石头，用藤根垫实，堵严了天坑口。不动藤根，石头安然不动，可一旦扯动藤根，对不起，石头堆就会从十几丈高的洞顶塌方。落下来，那"藤机关"的威力可就非同小可了！

带左门卫太郎三个人走进洞口，七鬼大声喊叫："往洞腰上看，鹭仔七和法国佬就藏在那里！你们往后站点儿，再站远点儿！再远点儿就看到了，就是那里——"他猴子似地采燕窝般攀上洞壁的半山腰，抓住一条藤根回头喊，"再往洞中间走走就看到了——"

临到这一步，他还不忘看看随来的脚夫是否躲开了。待脚夫刚刚离开，二倭终于进靶，他的手、胳膊，甚至整个身子都哆嗦起来！刚才在洞口外边被鬼子随时会喷火的枪口顶住脑袋，他没"草鸡"，此刻，他却全身筛糠，快爆炸了！头发一根根豪猪般直立起来，汗毛也一根根刺猬似的扎立起来！他已经不是他，鹭仔七已不是鹭仔七，他真成了一个山魈、一个地地道道的鬼、一个青面獠牙的妖怪了！他大声喊："快走啊！喝你个稀饭吧！你们快走啊！我×！"

他大声吆喝，一是催促敌人尽量凑近"藤机关"的"靶心"，二是让米歇尔听到，好有个防备。

左门卫太郎果然机警过人，七鬼越喊他往洞底部的中心走，他越是远离，越是小心翼翼在外围周旋。井原却立功心切，大步走到离"靶心"不远的位置，换个好角度往上窥探，不过却也没到"靶心"正中。不幸的是，洞中昏暗，左门卫太郎脚下一绊，来了个趔趄，身子碰到井原，把井原推到了正中间。七鬼火眼金睛，早已尽收眼底！他把藤条拼命一拉，藤根扯动藤条，藤条扯动藤干，藤干扯动藤石，"藤机关"早已蓄势待发、蠢蠢欲动了，最后忍无可忍，开天辟地般"爆炸"了！"轰隆隆！噼里啪啦！"七八块飞天巨石，你拥我挤地、山崩地裂地落了下来，在洞中引起惊天动地的绝响！

如雷，胜雷！似电，超电！直到21世纪的今日，山里人在雨季听到电闪雷鸣，还说那是七鬼的藤石阵！

左门卫太郎猫似的向洞边一扑一跃，他两脚一蹬，再次蹬在井原的脚脖子上，把井原蹬倒了。这一来，没等这个相扑的好手再显身手，那把刀先是滑出了皮套，倒立着支在石头缝上，井原身子一倒，正巧倒在刀尖上。闪亮的刀刃锋利地刺穿了井原的脊背。接着，偌大一块巨石不偏不倚，准确无误地砸在井原的脑袋上。只听到"啊"的半声惨叫，井原下半声"啊"竟来不及喊出来。

差一点儿成为短刀下的第二十七个冤魂的不是该死的支那鬼，是井原自己。他太阳穴被砸伤，血水涌出，喷了一地。

左门卫太郎只被砸黑了左脚趾，轻伤。

雇来的脚夫没伤一根汗毛。

洞里惊飞了几千只蝙蝠。

在几千只蝙蝠乱作一团中，有一只大蝙蝠白色一闪，在半空划了道弧线，白灯笼裤子翅膀一般，从洞壁的这一边飞向对面洞壁的半中间，这是七鬼。

钻地虎就是钻地虎。他一只手紧缠着一根藤条，一只脚倒钩着一个藤结，荡秋千那样，从左壁荡到了右壁。另一只手金钩般钩牢石缝，把住洞壁，钻进半壁上的一个暗洞，不见了。

左门卫太郎清醒过来，连连射击，洞壁被打出一串火光。

只打落了三只蝙蝠。

左门卫太郎爬过去，捧着井原的头颅，嚎道："快撤，井原，你要挺住——"

为了抢救井原，也为了别再碰上别的"藤机关"，左门卫太郎的小马帮很不服输地撤了下来。

他恨得咬牙切齿，新的失利让他复仇的欲望更加火上加油了！

第四章

26. 谁也想不到，但你一定会猜到

事后，老马觉得雀儿山无论如何不能让米歇尔再藏下去了，次日，天还没亮，趁着轻纱般朦胧山岚的遮掩，赶着马，把米歇尔送到了瓢里。

瓢里在三界坡东北。三界坡又叫鸡爪坡，是三个连着三座大山，又分开三座大山的大斜坡。一个山脊通雀儿寨，一个通杏花渡，另一个通瓢里镇。如果不那么挑眼儿，这个鸡爪呈"丁"字形。几个大斜坡上林子茂密，都是极难穿过的原始老林。这样，三个寨子虽说相距才十来个山头，可有点老死不相往来的味道。结果，三个寨子三重天：杏花渡成了日占区，雀儿寨是国、共和日、伪拉锯的游击区，瓢里呢？是"大后方"——刚才说了，这里有游击队控制的山林，更驻守过抗日名将白崇禧、杜聿明将军指挥的昆仑关大捷后在瓢里暂住的国军郑洞国部。日军在昆仑关大败，日本王牌军第 21 旅团被全歼，被击毙旅团长中村正雄少将以下 4000 余人。从此日军对这里不无恐惧，一时不知深浅，不敢贸然进犯瓢里。几个因素加在一起，这里就暂时相对安全。

可是老马极谨慎，还是安排七鬼陪米歇尔在瓢里住在岩洞里。米歇尔住在这里倒不觉得陌生，清幽而熟识的鹭江蜿蜒相随，雀儿寨和瓢里虽相隔了两座大山，但这条江把两个寨子和那坡寨姐妹花似的并蒂在同一条水上，酷似藤蔓相连，而且江岸也依然有白鹭鸟熟悉的身影。它们在白兰花和夜来香的馨香馥郁及竹林婆娑的绿影里，或眠沙，或立雨，或傍碧水，或上青天，那迷人的雪影霜姿是米歇尔百看不厌而且早就熟识了的。

此时，日本鬼子切断了滇缅公路，战时的军品国际运输更趋艰难。重庆国民政府的蒋介石委员长接见运输统制局的代表时提出："尽量利用中国旧有的工具和方法，发动人力与兽力的运输。"全国召开了十五个省出席的"驿运会议"，做出了组织、经费、宣传三方面的决议。打那之后，三条国际驿运干线和十几条各省的驿运支线先后搞了起来，日军也相应强化了对驿运的阻击。雀儿山一带的驿运较量也日趋复杂，老马想出一个高招和鬼子斗智：利用瑶族家家都有的腰鼓，按现代电报的长短信号一山接一山隔山传递信息，前路有敌情就绕道而行。

剩下的事，就是组织各山的民夫，特别是瑶胞学会敲腰鼓密码了。怎么推

进？老马想到教员现成就有——这就是米歇尔！正好利用米歇尔眼下伤势稳定，这里的环境也相对稳定的机会，帮大家掌握密码。

老马和米歇尔几经讨论，商量好把法国的 le mot de passe（法语：密码），也就是胖胖的日本联队长称为"戴高乐密码"的密码技术，与雀儿山瑶家人人都会的长腰鼓技术结合起来，创立一种崭新的鼓点密码。这隔山传播灵活方便，而且不受电力和发报器材的限制。

对这个创新，米歇尔兴奋得像个孩子。情不自禁地用家乡话感叹：Que ce code secret est extraordinaire!（多么神奇的密码啊！）

老马笑笑，改用英语笑答：Yes！what a magical code!（是啊！的确是神奇的密码！）

在老马的精心安排下，瑶鼓密码技术很成功地向各寨子的游击队联络员做了传授。充作密码"底本"的"书"也很特别，由十八寨一带才有的三样东西组成：一是瑶族祖辈传下来的《过山榜》，因字数涵盖面不足，老马觉得还可以加上跑马帮的《走方调》，如果还不够用，就再加个山歌长调做补充，只是加什么还没选好。这一来，鬼子据点有什么风吹草动，长腰鼓就可一山传一山，相邻的几个寨子很快就可以知道动静。而老马有什么接货送货的紧急布置，更是击鼓传花，一寨传一寨，效率会大大提高。

跑马帮的《走方调》，是祖祖辈辈西走茶马古道，南下南洋安南的马帮、船客传下来的。老马觉得这个《走方调》一来可古为今用，二来这是件不那么容易被人识透的老字号外衣。在七鬼跳槽到老马这个马帮里没多久，老马就给他定了个规矩：记牢《走方调》，遇到可疑人查问他们的来历就哼几句这个。老马亲自教七鬼唱，都是三三四字句：

> 自打那，盘古王，开了宇宙，
> 前三皇，后五帝，虞夏商周。
> 周天下，八百载，果算长久，
> 汉高祖，坐天下，四百春秋。
> ……

七鬼结结巴巴，居然也能跟着唱下来——

> 我华夏，封番属，汉夷授受，
> 下南洋，上丝路，走马行舟。
> 茶丝去，药材归，走方万洲，
> 踏风雨，涉重洋，衣食计谋。
> ……

现在，《走方调》又有了第三个用场：三合一成了长腰鼓密码的"底书"。

游击队在十八个寨子里的"眼线"有七八个慢慢掌握了长腰鼓密码，雀儿山的对敌斗争出现了新局面。

此时，适逢杏花渡的日军要给联队长雇个杂工——要找一个不知天下大事只知干活做事的伙夫。七挑八选，因为化名"张慕陶"的左门卫次郎混入三界坡与山民"相处"了一段时间，冷静观察，筛选到一户简简单单的庄户人，这就是奉老五。鬼子却没想到：奉老五的确向来不关心国家大事，可山里人的本分和中国人的良心，让老实巴交的奉老五却自动成了十八寨的抗日"眼线"。

新局面让老马更来劲，也更忙了。老马唯一不放心的是无法给米歇尔安排更妥当的住处。

但米歇尔住在瓢里的龙尾洞却自得其乐，并不觉得憋闷。他喜欢在讲课之余架着木拐在溶洞里到处走走，这不仅因为他的专业就是搞溶洞地质的，还因为这曲折复杂的地下通道引起了他的乡思，让他想起了巴黎地面50米以下的总长已达的1000多公里的下水道系统。那简直就是座地下博物馆！米歇尔记得，遥远的年代，工程师欧仁尼·贝尔格兰就为巴黎的下水道系统设计了完整的维护措施。

米歇尔感叹：如果说巴黎的下水道系统是一座地下博物馆和地下城的话，雀儿山的溶洞系统就是一座地下神殿！他觉得岩洞里亮晶晶的钟乳石与奇形怪状的结晶体是活的。一切都神灵般融洽有序，一切都那么善解人意，一切都让人叹为观止。晴天，地下河竟把洞外的阳光经过错综复杂的折光影影绰绰带进了溶洞，让他明灭可睹；而雨天，洞外会山洪暴发，田畴淹没，而洞里却排水自如，让他有一种平安感。

米歇尔还喜欢眺望洞顶。

那些晶莹闪亮的钟乳石让他想起一部片子：警察破案时用特殊的灯一照，宾馆里出现星星点点的反光，那是不同时间留下来的男人的精斑。此刻，他望着洒满岩洞向光处的晶莹四射的钟乳石反光，暗暗私忖：史前史后，该有多少爱的冲动才造就出这么多的浪漫的反光的星星啊！

在瓢里，米歇尔恢复得更好更快了。除了老药王的神功，还有几个原因：头一个就是这里的山水！21世纪的互联网上曾出现这样一组帖子，称这一带山水有"五段潜伏于地下溶洞的暗河，经过'五入地下'，又'五出青山'的撞击，河水成为小分子团水，普遍含锰、锌、硒等微量元素，pH值偏碱性，因此'包治百病'。而一座座雄伟壮观的石灰岩溶洞，犹如一个个庞大的空调，源源不断将夹杂着巨量负氧离子的清凉山风吹送过来。……用带来的美国专业仪器检测负氧离子，山庄的阳台上是4000个到6000个，上海是200个至300个，而岩洞内更高，达3万个到5万个。"

除了这些，米歇尔能奇迹般地好起来，有个更深的、不可或缺的、不过谁也想不到的缘由。

但是，你一定会猜到——

27. 连空气都有重量

妮妮愈来愈寡言少语，其实，她活得比谁都有心，只是那颗心太沉太沉。

她打草使劲低下头，挑水寻夜深人静，下田不敢看人，出山避开圩日。春米到离寨子很远的、大家已经多年不用的一个旧舂碓去舂谷；挖药到别人去不到的绝壁；打茅跑两座山到遥远的鸭公谷去打。她从早到晚，小偷似的出出进进，猫一样的无声无息。怕寨子里阿姑阿婆怜悯的眼光，怕别的女孩子无声询问的表情，甚至连鸭公谷母鸟呼雏的唧唧声都让她心惊。倒是"光棍好苦岭"上"光棍鸟"那"光棍好苦，光棍好苦"的叫声让她稍稍心静。

她变得怕见人，除了下地干活，她整日躲在家里不肯出去。

连空气她都觉得有重量。

爷爷觉得孙女不对头，出诊总要强拉上她。妮妮对爷爷向来言听计从，这次却不了！不管老药王怎么叫，她就是不肯去见人。

祖孙俩破天荒吵起来。

老药王大声吼："出去见个人能吃了你呀！"

孙女一句话不是撅到南墙，就是犟到南山："吃了我倒好，抛头露脸是慢刀子零割……"她不忓下说了，低下头，藏起泪水涌上来的眼睛。

老药王哀叹，摇头："啧啧啧！这到底是为什么嘞！"

还用说吗？莫画公仔画出肠！一切都是因为，被抢去杏花渡，虽然死里逃生，鹭妮妮却觉得自己再也洗不干净了，永远地"脏"了。

其实知子莫如父，知孙莫如祖。老药王心如明镜，他早已经看穿了，更早就明白了孙女是为什么，可为了安慰妮妮，他总是故意装傻："啧啧啧！为什么嘛？"

她觉得自己不如人，注定会遭人歧视，实实在在是矮人一头！

她倒是见到七鬼心里轻快一点。

她看七鬼不躲闪，不是因为女孩子对后生的怦然心动，而是觉得七鬼也是个被寨子里看不起的人，也是个"脏"人。她在七鬼面前，敢于抬起眼睛，敢于点点头。她不担心七鬼会戳她脊梁骨。她和他同病相怜。

可是，她的眼神，却让七鬼愈发想入非非。

七鬼对鹭妮妮动了心，有他独一无二的表达方式。他不会说什么，记了一肚子山歌，也没勇气对鹭妮妮唱半句。他连对鹭妮妮正眼看一眼都不敢。但是，那一双大眼睛夜里总会在他的梦里出现。

他有空就为鹭妮妮悄悄做些事——

鹭妮妮家柴草快烧完了，他会不声不响上山去打茅，免得她东躲西闪地做贼似的去"偷着打"。在老药王和鹭妮妮不经意间，往往突然发现灶间的柴草又堆高了，有一次竟堆得快到房梁了！

如果十来天不下雨，各家的水柜就都见了底。可是，为了她不必在水井边承受人们假装没看见，其实都在用眼角瞟她的那些目光，不等鹭妮妮再次去受辱，她会发现水柜不知何时被人刷得干干净净，里边的水不知什么时候又清清凉凉漫了上来。她低头辨认着水柜边的脚印，目光变得矛盾而复杂……

老药王到各寨子抢救伤员，会强迫孙女打下手。如果忙得采药迟了几天，祖孙两个会同时发现采药筐里不知何时已经采满了草药，连只能到绝壁险崖上抠着石缝才能采到的蛇胆子、臭茶辣、救必应、蛇不过、独角柏和野生石斛都有！特别是"起死回生"的吊兰，急救时"四两拨千斤"，缺它不得，这东西却只生长在悬崖绝壁上。采吊兰得从悬崖绝壁上吊下去，穿过金环蛇和银环蛇做窝的地方才能采到，七鬼也常常不哼不哈地帮老药王弄回来。

鹭妮妮明白那是谁留下的歪脚印。

可她心里，她只把七鬼看成哥哥。难道不巧吗——连"大号"都押了共同的第一个字：她叫鹭妮妮，他呢？不是叫鹭仔七吗？这就是山神的安排了，分明是兄妹才这么叫。

老药王早看出七鬼在打妮妮的主意。如果是在过去，他会气得头晕眼花，用冰冷的眼神把那个丑冬瓜瞪出去。可自打七鬼冒死把鹭妮妮从杏花渡抢回来之后，特别是孙女变得如此不敢见人，老药王便开始用另一种眼神看七鬼这个丑八怪：不管怎么说，他和妮妮可以平起平坐，而且是鹭妮妮的救命恩人呐！

可他那……

唉……

老药王呆看着那些柴草、草药，老是这么不清不楚地叹气，不说什么，不点头，也不摇头。

过几日，到了中秋。

日军为打通中国大陆连接南洋的交通线，在"南进"南洋和安南的同时，又第二次入侵广西。日军以冈村宁次为司令官，遣第六方面军沿湘桂线南下。但是，中华大地民气不可侮！鬼子攻占南宁后组织了维持会，但在日伪庆祝中秋的第二天,汉奸会长就在南宁邕江边的"水月庵"街头被群众当街枪杀,污黑的血水弯弯曲曲流下码头,沿着石条台阶的缝隙滴下邕江,被奔腾而来的西江浪顷刻间冲没了。还有人临街抛掷传单,白纸黑字只印着一句话:"冤有头,债有主,认贼作父狗不如!"

日军一面哀叹"在广西难立足",一面疯狂地杀人报复。传说枪手划着小木船躲到了界河鹧鸪江、鹭江一带。鬼子的南进支队在邻近雀儿山的十八个山寨进行扫荡,血洗山头,杀了500多个无辜百姓。老药王昨夜接到十八寨的请求,要他天亮就赶过去抢救死里逃生的重伤号。

老药王被两头拉,十八寨那一头要顾,瓢里这边他更放心不下!

那几日有雨,洞里洞外温差变化大,米歇尔受了凉,伤情反复,忽又发起烧并昏迷了。那天,老药王本来该来给米歇尔换药、针灸加按摩,可十八寨被鬼子糟害的乡亲等不及了,老药王必须漏夜赶去。

老药王临行前匆匆忙忙嘱咐孙女:"好在你也跟我学了不少,瓢里'龙尾岩'只好你去了!"

寨子里的老阿婆提醒他:"洋鬼子见了女仔都如狼赛虎!妮妮这样的小女子更得离洋鬼子远一点儿!"

可老药王并不担心,他心里有数:米歇尔下半辈子成不了男人了。

老药王对鹭妮妮语重心长:"老马说过,人家对我们两肋插刀,我们对人家也要舍命相救!妮儿,我不在的日子你别误了给他采药换药!你带上银针和熬成膏的'肿疬疯',去龙尾洞给他换药服药,针'小肠经',再沿肝经用药棒敲十来个回合,按摩要着力在上边的风池穴。"

鹭妮妮按爷爷的叮嘱,硬着头皮,带上药葫芦,赶早去了瓢里龙尾洞。

28. 米歇尔自白:母狼与白鹭

那天,七鬼出去为米歇尔找荤腥了。鹭妮妮来到那里,米歇尔正昏睡。

米歇尔梦呓喃喃,反倒让鹭妮妮放松一点儿。可她看到这个八尺长的大汉子竟变得"细满(娃)仔"般柔弱,而且是为了救自己才受的伤,不禁又愧又悔,又同情又着急。她不敢正眼看米歇尔,但仔仔细细为他换了药,又一勺一勺喂他吃了"肿疬疯"膏剂。最后轻手轻脚为他按摩几个穴位。

不是她的着力,却是她的轻柔惊动了昏睡中的他——

[米歇尔自白]:

我在梦中回到了魂牵梦绕的地中海岸边。

就是在这片波浪唛喋的沙滩上,有了我失却童贞的第一次。这是让我这个

"佩剑贵族"的后裔深以为憾的！

——虽说我们家族这个封号不是世袭的，而是曾祖父这位暴发户用金钱买到的头衔，也就是说我其实是"穿袍贵族"。可是"穿袍贵族"的后裔依靠充裕的财力往往比贵族还贵族！

那一年我刚刚15岁，却已经有了一个宽肩细腰、胸肌隆起的雄性躯体。那时我不用架木拐，走路是多么轻松自如啊！在街上时时会引来异性热烈的目光。每当她们的目光投来，我脊背上就会有一种本能的异样感觉。

在那片波浪咳喋的沙滩上，虽阒无人迹，可我脊背上又有了目光投射过来的异样的烧灼感。蓦然回首，我在沙丘背后发现了一双狼似的眼睛。那是一匹野狼，一头荒原狼，准确地说，是一只饥肠辘辘的母狼。

海边上别无他人，她来了。穿一套暴露的游泳装，巨塔一般，肥硕健壮、泰山压顶。肉垛似的身躯在沙滩上出现，几乎是一堆肥肉，不，是一堆白腻腻的脂肪山。一对硕大无朋的巨乳流淌般从胸罩后向外四溢，她向我大胆地，目的几乎是赤裸裸地扑了过来。

"嗨，小帅哥，你好！"那个女性完全可以做我的大姐甚至是阿姨了，我对她完全陌生，她却对我老熟人般的热情招呼。卸货似地在我身边躺下来，大大咧咧张开四肢，充满蛊惑地抛来媚眼，还咧开涂得红红的厚嘴唇幽幽一笑。

那胸罩下的巨乳肉糜似地挤着我流淌出来，我向一边躲了躲。

"甜心，你怎么这么拘谨？还是个雏儿？来吧，我让你真正出壳，保你满意！"我明白了她的意思，喧腾的海浪凌空扑来，呼啸着，撩拨着。刹那间，这头母狼变成一条卡恩河倒灌时才出现的鳄鱼，甚或是饿了一个世纪的大白鲨！她扑上来，压在我身上。两匹大肥腿如两个刚刚出炉的烤面包把我夹紧了，两个硕大乳房磨房的石磨般碾压着我，揉搓着我，撕咬着我。

她终于把我压碎了。我像个鲜嫩的红苹果一样被榨出了浆汁。她破膛开肚，把我狠狠地吞噬、占有了！

这是我的第一次。

完了事，肥硕健壮的大阿姨向我高高伸出了大拇指！

两个人躺在沙滩上。她悻悻地嘲笑他："你没有第一次了，Monsieur（法语：先生）！"

我没辩解，我很疲倦，但也有些"自豪"。

我是个男人了！

刚才，我感觉到地下火在我的五脏间奔突，汹涌的岩浆涌上我的脉管，在我稚气未脱的躯体上找到了喷火口。

我成了活火山！当年埋葬庞贝城的维苏威火山爆发大概就是如此吧！

"有女朋友吗？"她叼着烟，咧嘴一笑。

我没吭声。

她喷出一口浓烟，黑黑的烟圈儿在头顶上略略飞升，坚持了半秒，被海风掠走了。她笑道："别以为让烟圈停在海风里难，还有更难的事儿！世界上再没有比识别甜的西瓜和正经女人更难的事了！"

那烟味，又浓又臭！我昏了。

在暖烘烘的沙滩上，我沉沉睡去了。但她说的那句卡恩谚语，却牢牢刻在了我的记忆里。我记得是法语："Rien n'est plus difficile que de reconnaitre un bon melon et une femme de bien."（法语：世界上再没有比识别甜的西瓜和正经女人更难的事了！）

自那以后，"佩剑贵族"的不凡气度彻底远离了我，我成了一个花花公子。

我觉得我成了埋葬庞贝城的维苏威火山灰所埋葬的又一个无辜者。我几乎成了一个幽灵。

我和我那些富有的伙伴，按后来21世纪中国的叫法，都是"富二代""土豪"，我们比着物色女人，争着勾引异性，这就是我们生活中最大的趣事。

我记不清自己有过多少女人了！再加上我的专业搞的是岩洞地质学，走南闯北跑了很多地方，机会很多。各地、各种肤色的女性我都接触过，不必夸张，说上过床的有几个连队大数上总是对的！我练出了一个别的男人望尘莫及的本领：只要我向一个女人先是漫不经心地看一眼，然后是彬彬有礼地看第二眼，最后是深情款款地看第三眼——第三眼就不仅是大胆注视，而且是含情脉脉了，那个猎物就会到手！会自动停下脚步，会微微含笑走上前来，最后会心甘情愿上床，让我把她的衣服扒光。

一位法国哲人说过一句名言——这种话也只有法国人才说得出来："人在人类这个伟大的游戏中，开始时是受骗，结束时成了歹徒。"

我记住了我的肥腻腻的性启蒙人在我15岁时给我的那条谚语，我还自己杜撰了一条更有用的信条：为了不断地占有女人，就永远不要爱上一个女人。

那个诱使我失去了童贞的胖女人在我沉睡时不辞而别了，却留给我几乎动弹不得的可怕梦魇和一身汗臭，不，是混合着那堆肥肉气息的恶臭，而且是总在鼻腔里充盈膨胀的恶臭！

为了驱走这挥之不去的恶臭，我又迷上了海洛因。

……

而在此时此刻，在龙尾洞的梦魇里，我又回到久违的海风吹拂的地中海岸。一位长着白色羽翼的安琪儿天使飘然君临到我身旁，撩着温暖的海水把我身上的沙砾、海藻，还有那个胖女人留给我的恶臭和梦魇都在一一冲洗。

那个安琪儿和瓢里镇法国教堂壁画上的安琪儿一样清新可人。在喂我吃甜美如饴的泉水，剪开一圈圈缠绕着我束缚我四肢的海藻，然后在我身体疼痛的地方轻轻按摩。按摩一下，我觉得疼痛就轻一次。

我醒了。

我第一眼看到的是一对罕见的、弯而修长、眉峰耸起而尾端深入鬓角的秀眉，一双又黑又大的眼睛，神秘的瞳仁既像钻石般把光泽凝聚，挡不住的光彩又春水般横溢而出。额头宽阔，一幅黑绒头帕恰到好处地掩映了一角，愈显她没把自己的美貌当回事，但却愈发气度夺人。小巧的嘴巴没涂什么，却让整个龙尾洞都熠熠生辉。

在幽暗的洞穴里，她点亮了我的眼睛。

她正值豆蔻年华。把一枝松明插在钟乳石的罅裂里，摇曳不定的小火苗给她镀上了一层梦幻般的光泽。她轻轻给我按摩伤口邻近的穴位，一语不发，整个笼罩在一种婴儿般的宁静里。

松明静静地燃烧，偶尔爆发出轻微地噼啪声。

我忍不住喃喃自语："Aie, ma…ma belle!"（法语：哇！美……美人！）

又自语道："Ah, non non non! on dirait une fe'e!"（法语：啊！不，不，不！是天使！）

望着那一双清澈见底的湖水般的眼睛，我清醒了，改用中国汉语官话问道："你是谁?"

鹭妮妮有点失落，垂下眼睛，连眼角的余光也没再看我："还没谢谢您在杏花渡救了我呢！洋老爷不认识了?"

她说了"老爷"两个字，鹭妮妮说得云淡风轻，但让我感觉那两个字不但是沉甸甸的，而且是冰凉可怖的。

冰凉得甚至烫人！

她的表情是"零"。

感情是"零"。

激动度也是"零"。

我明白了站在眼前的是谁。我的脉搏立刻加快了。

我接触过无数女性，但是遭遇这样的"零"度"冷美人"，平生还是第一次。

我对她还完全没来得及形成半点野心，只不过是习惯成自然，几乎是职业性地向她随随便便使出了撒手锏：抛出我征服性的、独一无二的第一眼。

但是，我错了。她总是低着头，根本不看我的眼睛，她只看我的伤口。

我浪费了感情，十分惊奇，又抛去第二眼和第三眼。

她却愈发安分守己了，完全不抬起自己的长睫毛。一双黑黑的、冰清玉洁的大眼睛深深埋在睫毛的最深处。

那是一道难以逾越的大幕！

"Ah！on dirait une fe'e！no no no！on dirait une fe'e！…une fe'e！"（法语：啊！天使！仙子！天仙！）我在内心深处浩叹。

一阵长时间的沉默，我好像过了一个世纪一样！

她的眼睛始终如一地不再看我，那轮廓分明的上眼帘和结实清晰的下眼线，犹若两扇小巧的珍珠贝壳，把目光紧紧地收拢在厚壳里。

为什么？难道那两扇小巧的珍珠贝里，也像一切珍珠贝那样无一例外地暗藏着伤口与泪水吗？

那珍珠贝的泪水也在凝聚成晶莹的珍珠吗？

不是鹭妮妮的"热"，而是鹭妮妮的"冷"，甚至是她的"冰"，在这重逢的第一次见面就把我击倒了——彻头彻尾击倒了。

"叭"，松明又轻轻响了一声。

我想不出能说什么，只企盼就这样静静地享受她的按摩和这一份宁静。我想，如果时间可以凝固，但愿永远停在这一刻。

然而，不知什么时候，她给我上完了药，默默收拾好小药囊，从药葫芦里倒出我该服的药丸，数好，留够，梦幻般地来，又梦一样地飘走了。

她低低勾着头，朴实无华，却让我感觉是仪态万千地走向洞口。那纤弱的背影最后变成一幅剪影，一幕皮影，袅袅娜娜走进云遮雾掩的一角天幕。

那一幅剪影，一幕皮影，却深深地，刀刻般地定格在我心坎上。

发现那幅剪影慢慢消逝时，我变得木木的，慢慢用木拐挡上了自己的眼睛。

我已经离不开木拐了！

我更加绝望，我不再是男人了，我没资格对她或对任何女性再抱什么奢望。

我收回视线，呆呆地望着岩洞深处。我的眼睛和黑黑的岩洞深处一样——空洞无物而又深不见底。

几只蝙蝠扇着宽宽的翅膀扑棱棱飞过去，抓住陡峭的崖壁去喂孩子了。

它们比我好，它们有家，有爱，有孩子。我呢？

地下河大声喧哗着在地下流过，在四壁间激发出巨大的回声。连河水都有个明确的奔头，我呢？

我的爱之河，能奔向哪里？

是什么打湿了我的眼角？——冷冷的，咸咸的。

是泪水。我哭了。

泪水开始只是不知不觉沁了出来，慢慢的，汇聚汹涌，终像冲出了天坑的地下河一样，冲出了龙尾洞，摆脱了束缚，瀑布般一泻如注了。

我哽咽着，孩子似的泣不成声。

我没发现一双眼睛在吃惊地看着我。

"大哥，老米大哥，你怎么啦……"是找猎物回来的七鬼。

我抽噎得说不出话，抱住七鬼，号啕大哭起来。

无数蝙蝠被惊飞了。

我推开七鬼，架着拐跌跌撞撞冲出洞口。

粗犷的东南季候风从山口扑过来，在林海掀起滔天的绿浪。七十二峰犹若七十二条巨龙在张牙舞爪地昂首狂舞，林鸟惊起，咧咧鸟在半空鸣叫，老家贼惊慌失措地钻入林莽深处，连硕大无朋的白鹭也凌乱交错地翻飞。山雨快来了。

我霎时忘了忧伤。山雨说来就要来了，鹭妮妮会不会被山洪卷走？我忘了木拐和锁骨及伤腿的疼痛，挣扎到洞外，急不可耐地四顾——

我看到远方一个小巧纤弱的身影，蜻蜓点水般轻盈地掠过绿色植被，蹦蹦跳跳跨过溪涧，扶着山壁上的野蔷和杜鹃花瘦弱的削肩，和风信子一起轻轻快快跑下山坡。那是一头冲出了樊篱回归到山林间的小白鹭，斜刺地穿过我的旷野，粗粝的罡风没让她止步，却让她飞得更自由了。

je t'aime！（法语：我爱你！）

je t'aime！je t'aime！

je t'aime！je t'aime！je t'aime！

一大颗泪水停在我腮下，我低语喃喃。

七鬼追出来，看着我，呆了。

一声霹雳，把浓厚的云层撕开一道裂缝，从那金色的罅裂里，滚下沉闷的雷声。

大雨如注。

29. 米歇尔自白：《撩歌》撩起桃花汛

从此，每天每日，在她该来的时候，我总会不自觉地到洞口等候，不，是傻瓜一样痴痴地苦挨。不是她来的日子我也在傻等。甚至看到一只飞鸟、一片叶子、一朵花，都会想到她。

我变得敏感而神经质，我突然发现：上帝早把我和她牵在一起了——她叫鹭妮妮，我呢？——米歇尔·艾格莱特，Miecel Aigrette，Aigrette——法语里不就是白鹭吗？我和她在冥冥之中早就是同一个名字，上苍不是早就在暗示妮妮就是未来的"佩剑夫人"吗？

从此，我暗暗迷上了两个东西：一个是海洛因，一个就是妮妮。我发现两样东西掺和在一起，犯毒瘾的时候，我会思念妮妮。

一个月前，一场浩大的花事在雀儿山刚刚上演过，而现在连绿肥红瘦的飘落季节也成了过去时！满山的落叶像我恣意浪掷的青春，在山缝中痴痴地等待，但明日只能是秋老虎的暴晒与雨季肆虐的台风。

想到妮妮，我知道我错过了什么？但我发誓要抓住这最后的生命密码！

Comme ce code secret est extraordinaire! ——多么神奇的密码啊！

长腰鼓密码初战告捷。

十八个寨子已经有上十个寨子能靠长腰鼓密码暗递消息了。这让老马信心倍增。老马一大早就来到龙尾洞找我，和我一起研究怎么进一步教剩下的寨子也尽可能掌握。另外用山歌来补充"底书"《过山榜》的不足，丰富密码的"底本"。我想到七鬼唱的《撩歌》，不但够长够丰富，而且在雀儿山，几乎家家都知道而且几乎人人都会，加上对日本人来说，却是如读天书，难以破译，用来做密码"底本"的补充，恰到好处。

老马细想了几日，觉得挺好，一早赶来想听七鬼给我们接着唱《撩歌》。不巧七鬼为给我找荤腥补身子，前一天在几个野物出没的路口放了铁猫，一早就去检查夹到猎物没有？去晚了不但山猫、狼豹会把猎物叼走，连老鼠也会来糟践。

而我，极想趁此机会向老马提醒，搞密码很费神，我伤口又奇疼难忍，请老药王继续在界河那边搞些"白面儿"送过来。

老马听了，眼睛锐利地看了我一眼，轻轻道："兄弟，靠这玩意儿止痛不是办法！别老想'白面儿'了！再说那东西也够贵的，咱们雀儿山老买买不起呀！"

我一听，舌头打结了，但瘾头却更加往上冒，真是哈欠连天。

老马正为难，"嘎嘎"两声，一只小白鹭欢蹦乱跳飞进岩洞，兴高采烈落在洞壁上向洞口回望——我一个哈欠打了一半停住了，妮妮款款走进，来给我送药、换药了。

小白鹭是她带来的，她走到哪里，这只形影不离的小白鹭往往就跟到哪里。

妮妮是来给我送药、换药的。

所谓"送药"，在我眼里就是送"白粉"。

我急不可待要"白面儿"。妮妮遵命带来的是少量"芙蓉"牌"长寿膏"，也就是提纯后的烟土。老马却把她拉到一边，找出"长寿膏"抓在手里。轻轻道："跟你爷爷说，不能再用这个止痛了！再给他送这个是把他往绝路上送，止了疼，害了人！"

我急得抓耳挠腮。越是得不到，越是想得厉害。我毒瘾越是冒上来，弄得又打哈欠又流眼泪。

但看到妮妮，我依然很兴奋。

老马把妮妮推到我面前，打岔道："七鬼唱的《撩歌》，妮妮也会哪！让妮妮唱《撩歌》吧！"

鹭妮妮会的山歌不多，但《撩歌》是会唱的，换完了药，老马催她赶紧唱起来。

看得出，妮妮实在没心思唱这个。

老马暗暗对她说："没见他毒瘾犯得赛痨病鬼儿吗？你唱两句能帮他忘掉毒瘾，你就唱吧！"

妮妮看到唱歌的用处这么紧要，就没再拒绝，她给小白鹭喂了点小虫，便在蒲团上坐下来，认认真真地唱了下去：

面对妮妮，我对海洛因和"长寿膏"的向往冲淡了。她的歌让我为之一振——

歌很精彩，极动人，我抓起笔，在竹壳纸上迅速地记录了《撩歌》若干段，上次记的最后一段大意是：情妹要阿哥小心别采野花，阿妹会陪伴他六十年。

《撩歌》是情人间打情骂俏开玩笑时唱的，情妹越要阿哥小心野花，情哥越是要唱反调，逗情妹着急：

妮妮接着唱了下边的段落——

（阿哥唱：）

不舍野花哥也来，

一心要把妹花摘！

有心摘花怎怕刺？

不怕阿妹嘴卖乖！

（阿妹唱：）

不舍野花哥莫来，

阿妹移花别处栽，

有树哪怕无鸟站？

麻雀飞去凤凰来！

老马听到这里禁不住轻轻笑起来。妮妮见老马来神，也有了精神，难得地也淡淡一笑，接着唱——

海天新语——于力作品选

（阿哥唱：）

哥的相好是朵花，

早纺绫罗夜纺纱，

日断绫罗三匹整，

阿哥怎能舍得她？

（阿妹唱：）

哥有相好就别闹，

我有阿哥他有刀！

接下去的两句，想不到，小白鹭来抢戏，它竟抢先唱了出来——

他在门后等着你，

砍你三段江里抛！

老马被俏皮的歌词真逗笑了，更被小白鹭的伶牙俐齿逗笑了。见老马笑，鹭妮妮开心地走到洞壁前，接过小白鹭，半是夸奖小白鹭，半是被老马的笑声感染，终于也真的笑了起来。

一波推一波，见妮妮笑，我更笑了。

我完全忘了对"白面儿"和"长寿膏"的苦盼。

我抓紧机会，贪婪地、几乎是吞噬般地把妮妮饱看了一番。以前我只见过忧郁的妮妮，神情有点像海曼岛的忧郁女神，现在才发现她笑起来是那么曼妙动人，而且那么有感染力，是一个前所未见的快乐的维纳斯！

她头颅小巧却前额高阔，我第一次见她抬起眼睛来，那哪里是眼睛？分明是两颗呼唤晨曦的启明星！每一道光芒都穿透了我的瞳仁，射进我心里了！

鹭妮妮有点慌乱，把小白鹭挡在前边，躲避我热辣辣的目光。老马见到，凑近她的耳边轻轻叮咛："人家小米——老马这么叫我——又没什么歹心，你用不着慌嘛！而且他……"

下边的话他打住了。

鹭妮妮终于自然了许多，对着小白鹭，娓娓动听地低声唱下去——

（阿哥唱：）

抛下江去又何妨？

我变鲤鱼游鹭江。

明早阿妹来挑水，

摇头摆尾又成双！

（阿妹唱：）

你变鲤鱼又何妨？
我哥是个打鱼郎，
一网两网网你去，
带回家去煮成汤……

（阿哥唱：）
煮成汤来又何妨？
我变鱼骨卡妹郎，
一口卡得妹郎昏，
我拉阿妹入洞房，

（阿妹唱：）
你变鱼骨又何妨？
妹哥是个制药王，
一剂两剂服下肚，
一屙屙你下粪缸！

"哈哈哈！"山歌手真是聪明能干，把歌词编得这么俏皮活泼！老马笑得很开心，我更笑得流出了眼泪！

见老马开心，鹭妮妮就更开心了。她开始还是压着嗓子假唱，现在，她开始用了真嗓子，最后彻底放开。啊！怪不得寨子里把这悦耳的声音叫金嗓子了，简直就是管弦乐奏出的小夜曲，妮妮的胸腔里一定藏着一把奇妙的小提琴，那声音只有小提琴能拉出来。我听得忘了记录，老马居然也忘情地敲着钟乳石当手鼓，一下下敲打节拍。我来劲了，不顾伤痛，技痒难忍，随着歌声，架着拐一瘸一瘸地轻轻扭起了爵士舞。老马笑了："腰腿不疼了？大喜大喜！"

他用下巴向妮妮动了动："你也去跳嘛，对小米伤口恢复有好处！对他克制'白粉……'"

他再次打住了。

她却没动。

她当然不跳吗？不！她稍稍迟疑了一下，居然轻轻放下小白鹭，摘下药葫芦，慢慢站了起来，两手轻举，十指在半空划了道温柔的曲线。啊，这一道曲线，仿佛划出一串耀眼的彗星流光，逶迤在洞顶和洞底间，让幽暗的龙尾洞变得晶光莹莹，五彩斑斓。妮妮颈项上的银质项链发出悦耳动听的轻碰声，她跳起了曼妙的瑶家腰鼓舞。

让人想不到的是，小白鹭居然也随着我们翩翩起舞了！它忽上忽下，扇翅曲颈，跳得端庄而有节奏，步步都踩到了妮妮的节拍上和老马的"鼓点"上。老马看得又惊又喜，情不自禁喝彩连连。

岩洞里从来没这么热火朝天过，我也很久没这么开心过。我一瘸一瘸的、漂洋过海来的爵士舞与妮妮原汁原味的、轻盈自如的腰鼓舞是这么不协调，又居然是这么协调！我用舞伴的标准眼光向妮妮望去，她也很友好，很大方地回望着我，配合着我。我兴高采烈，举起木拐大声喊叫起来："嗨——！嗨——！嗨嗨！嗨——！"

我们正热闹，小白鹭忽然向洞口迎去，老马的手鼓骤然间停了下来。

他随着小白鹭向洞口的方向望去，我也望过去——

一个人影钟乳石般立在光霭里，钟乳石上有两个刺目的光点。

那是一双表情复杂的眼睛。

是七鬼。不知他几时已经回来。

他显然已经不声不响地看了一会儿了，肩上扛着一只刚刚从夜猫子岭"野猪林"打回来的山猪，浑身上下不但汗流浃背，而且额头上、大腿上伤痕累累。已经咽了气的山猪龇出半寸长的大獠牙，嘴巴还滴着血，七鬼右大腿边一个血口子也在淌血，明显是被山猪的大獠牙豁开的，小腿上也被野猪爪子斜斜地抓伤了三道血痕。七鬼已经在伤口外边胡乱按了些红土。他抹了抹脸，血水把他的黑脸膛勾抹成傩戏里的花脸面具。那殷红的血水还在往外冒。

老马吓得浑身一哆嗦，妮妮也吓了一跳。两个人赶紧迎上去，接下他肩上沉甸甸的野猪，扶他在火塘边坐下。

老马急问："怎么回事？碰上鬼子啦？"

七鬼没吭气。

妮妮从竹筐里找出葱白，从药葫芦里倒出金枪药，赶紧按在七鬼伤口上。

老马追问："怎么伤的？"

七鬼还是没吭气。

这时我发现，妮妮别在头顶的小牛角梳子掉在地上了，我捡起来，妮妮接过，立刻插回到头顶上。

老马又焦急地追问："老七，怎么伤的？"

七鬼照旧不出声。

妮妮小声提醒："说话呀，老马问你话哪……"

七鬼瓮声瓮气道："没什么，铁猫夹到了山猪，熊瞎子想抢……"

我才发现他额头上那个伤口是狗熊打的，幸亏他闪开了……

老马急问："要紧吗？"

七鬼没好气地说："我要紧不要紧有什么？——倒是你们这里……这么大动

静⋯⋯不出事就好⋯⋯"

他不再说话，闷声闷气地先用柴刀"解"山猪，又拎起斧头，抡圆了胳膊，动作夸张地在老檽木做成的砧板上剁刚刚"解"下来的山猪骨头。嘭的一声，野猪的胯骨岿然不动。他解恨似的嘭的又一斧头，胯骨剁开了，老檽木砧板也裂成了两半。

老檽木碎裂的声响把鹭仔鸟吓了一跳，洞壁上邻近的蝙蝠也一阵骚动。

老马不出声了，知道我们弄出这么大动静是做错了事。

我不知该对七鬼说些什么。

我理解他的心情，太理解了！

临近中午饭，鹭妮妮和老马熟手熟脚做"竹筒饭"，我默默帮着送竹枝烧火。竹子在火塘上烧得噼啪作响。

老马还想没话找话说点什么，却突然把话打住了——只听耳畔传来"嗞嗞嗞"的声音，一股焦煳味道扑鼻而来。只见七鬼赤脚踩在刚刚灭了火苗但还滚烫的竹炭上，往洞壁上挂山猪肉，好顺便在火塘上熏。依旧炽热的竹炭把七鬼的脚底烫得嗞嗞直响，刺鼻的焦煳气味直冲鼻孔。

七鬼却浑然不觉。

他背着身子把山猪肉挂在火塘上，眼角却斜斜地横过来，用余光扫着我们三个人。

那余光与我有了距离，隐藏着深深的不快。

那是情敌间特有的嫉妒的眼神。那双眼睛里充满了愤懑，更充满了醋意。那是情敌间特有的、足以造成醋海生波的无底的深渊。

老马闻到煳味，急急忙忙把七鬼一扯："不疼吗？老七，怎么⋯⋯"

七鬼的眼角竟然噙着一颗吝啬的男人泪水。

他把那颗眼泪狠狠抹去，抹了一下脸上的血污，愤懑地说："没什么！烟熏的！"

30. 他十万大山般的委屈

[鹭仔鸟自白]

午饭七鬼几乎没吃，他胡乱扒了两口，把竹筒一丢，就走了出去。

当老檽木砧板被七鬼剁成了两半，那惊心动魄的碎裂声着实把我吓了一跳。看到灼热的竹炭把七鬼的脚底板烧得嗞嗞直响，七鬼却浑然不觉，我更吓了一跳。我飞出去，暗暗跟定他，怕他出事，看他去哪里，去干什么。

我飞过一片雀仔榕，又飞过一片女儿杉，远远看到七鬼竟翻了两座山，游魂似的来到鹅舅舅潭。

鹅舅舅潭波平如镜，鹅山的倒影映在鹅舅舅潭底，像煞了一只展翅欲飞的白鹅。传说古代有个被称为鹅舅舅的男子在小水湾放鹅，一只鹅放出去没回来，男子坐在岸上苦等，最后化成了一座山，这就是鹅山。不论是三月三还是四月八，女儿杉寨的姑娘们赶圩前总喜欢到鹅舅舅潭来梳洗。山里人说鹅舅舅潭的水有仙气，会把人越洗越漂亮。小水湾处有个叫梳妆台的大石头，石头前的静水是天然的好镜子，姑娘们梳洗停当，会在这里左照右照，把头发整理得一丝不乱。戴上不管多便宜，但一定是最可心的耳坠项链，然后就挑上小巧的、三尺三的竹扁担，一扭三摆地去会情哥了。

现在，七鬼也来到小水湾处的梳妆台。他对着"镜子"，把贯头衣拉好，把白裤子扯直，站在水边，一动不动地呆看水底。

水底有一个七鬼的倒影。

唉，不管怎么照，还是一个特号大南瓜架在一个特号大冬瓜上！

他苦笑，冷冷哼了一声，缓缓坐下，仔仔细细把脸上的血污洗净，把披肩长发理整齐，又仔仔细细端详水底。

水底也有张"七鬼"的面孔，也在呆呆地看着他——矮脑门，塌鼻梁，蒜头鼻子，兜风耳！真是那句山歌唱的：蚂拐鼻子驴仔脸！

唉……

"喝你个稀饭吧！你是够让别人喝一壶的！真他奶奶的是蚂拐鼻子驴仔脸！"

他蹒跚站起，吃力地搬来一块青石，高高举起，向水底的"七鬼"狠狠砸去！

扑通一声，水底的"七鬼"砸没了，大青石溅起了高高的浪花。

七鬼又抓了一大把鹅卵石子，没向水面打水漂，却向天上狠狠"砍"去。一边扔一边破口大骂："盘古老儿，你让我生下来，却把我生成这么个丑八怪！你安的什么心！你还有良心吗！你们不公不正，你算什么老天？你叫什么天神！"

他还想说：把我生这么丑也就罢了，可你"盘古老儿"偏又安插一个金头发蓝眼睛的洋"阿贵"来跟我摆擂台，抢"红绣球"，这不是明摆着要出我的丑，让我丑上加丑吗？

他想起过大年傩戏里的一句戏文说得挺到点，可一时想不起是怎么唱的。那句戏文是："既生瑜，何生亮？"

其实不然，他如果了解了妮妮的底细，那句戏文就兜不住了，因为除了"瑜、亮"还有第三个。不，那是第一人，那就是老马！

在这里摆擂台，抢"红绣球"的，天生有仨！

七鬼一肚子苦水，对天疯喊，挥拳头："驴养的天，我捅你一个窟窿！"

可他的手不够长，捅不到天，风把他的大喊大叫轻烟般吹散了。

七八个鹅卵石落在远远的潭面上，潭面几乎纹丝不动，像吞噬掉几个小树叶一样。而大青石溅起的浪花，水花飞上半空，再纷纷四散，远远落开来，一圈圈水圈儿重重叠叠，在潭面上交错回环，缓缓扩散。

后来，七鬼跌跌撞撞来到潭边的半山上。那里埋着七鬼死去的阿妈。

七鬼跌坐下来，扒在坟头上，双肩耸动，委屈地哭起来。开始只是抽鼻子，后来竟像倒回头二十年，孩子似的咧嘴大哭："阿妈呀，孩儿不是埋怨你呀，孩儿不孝，让你受了一辈子苦，没舒服过一天！我对不起你，我想你呀！我不是埋怨你呀阿妈！"

我悄然飞过去，落在坟头的灰石头上，犹豫不决，愣了一会儿怯怯地轻叫："七、七鬼……"

哭声骤然停止。他愣了片刻，抬起泪汪汪的眼睛，狐疑地向坟底部寻觅："妈？你叫我？阿妈你显灵了？"

我单腿直立，怕吓到他，低低地"嘎嘎"叫了两声。七鬼循声看到我，先用袖子狠狠按了按眼睛，蘸干了眼泪，才倔强地抬起头来，半天没说话，后来低低道："小白？刚刚是你在叫我？没旁人吧？"

我跳过去，扇扇翅膀："大哥哥，没旁人。你莫哭……"

他头一扭，死不认账："谁哭了！我鹭仔七会哭？……你那对鸟眼不中用！"

可是他没忍住抽泣，竟然哽咽了一下："我只是不服！他……凭什么？"

我没听懂："他？谁？"

"妮妮凭什么和他跳舞？凭什么和他唱《撩歌》？凭什么和他笑？他算老几？不就是个法国洋鬼子吗？不就是有张长满络腮胡子的小白脸吗？哼！我鹭仔七模样不周正，可也没像他那样长那么一脸打圈圈的驴尾巴毛！"

我内疚地说："我也跳舞了……我和妮妮姐都没别的意思……"

七鬼冷笑："当然了！我眼见妮妮的牛角梳子掉在地上，他老米拾起来了，可妮妮留给他了吗？没！嘿嘿！妮妮戴回去啦！他比不了我！"他幸灾乐祸地又"嘿嘿"了两声。

我晓得妮妮姐姐有条项链在七鬼那里，我也知道七鬼从来没对妮妮姐姐提过这个项链。如果他提起，妮妮姐姐兴许会说："哦，是我不小心掉的，谢谢你。"妮妮姐姐也许就这么收回来。

那七鬼会怎么样？

他又喊："我就不信他洋鬼子会娶山妹子！六万大山那样，不！十万大山那样结结实实地不信！花脖子鹌鹑能配土斑鸠吗？公山猪能爬大母马吗？癞蛤蟆能配绿头蛙吗！山蝈蝈能配绿豆蝇吗？喝你个稀饭吧！糊弄谁？还不是玩玩儿拉倒！"

远处，忽然传来几声枪声。

七鬼一激灵，好像骤然间从发呓症的酣睡里猛醒过来，从梳妆台的大青石上跳将起来，低低骂了声"奶奶的"，自言自语说了声"不管怎么着，得快把他背回去"，扭头就往老米藏身的龙尾岩跑。

31. 米歇尔画安琪儿

尽管环境恶劣，风险重重，米歇尔对妮妮的好感还是不可遏制。

这门心思最先流露在米歇尔画的画上。

来到这里，没画布也没油彩，他没办法画油画了。但他发现路鹭江岸边有一堵石壁，相对平整，这不就是绝好的画布吗？而且遮在一块突出的岩石下边。这不就是绝好的画栏吗？没油彩，但烧竹筒饭留下了成堆的竹炭，那不就是绝佳的画笔吗？

在七鬼和老马不经意间，鹭江石壁上出现了一幅竹炭人物画。画的是两个法国教堂里才有的安琪儿——一对带翅膀的小天使。其中之一，简直就是米歇尔的自画像，而另一个，分明就是鹭妮妮！

无论是老马还是七鬼，看了这幅画像对小米的心事便一目了然。七鬼嫉妒得牙根痒，立马心急似火，老马则要复杂得多，也沉着得多。

老马想了很多：如果战事顺利，如果米歇尔不花心，这个洋罗汉倒也不失为一个可供女孩子们选择的好"阿贵"。米歇尔也在成长。可是老马心细，他首先想的还是这么一幅画会暴露米歇尔的活动地点。他让糍粑三尽快想办法赶紧用水冲掉。可石壁画处有一人多高，水桶根本拎不上去。糍粑三正抽着竹筒烟发愁，当天夜里却落了场山雨。次日一看，那幅画已经被洗得斑驳惨淡，几乎看不出痕迹了。

糍粑三纳闷，他把竹筒烟的烟屁股剔出来一弹飞出去老远，自语道：那地方遮在一块突出的岩石下边，雨水究竟是怎么冲进去的呢？

只有老马心里有数：他见到七鬼次日走路一拐一瘸的，晓得他是如同悄悄帮老药王采药那样——到绝壁上抠着石缝去采蛇胆子、臭茶辣、独角柏和起死回生的吊兰那样，从悬崖上吊下去，坠着盘山绳挎着装水的葫芦去把"炭画"洗掉的。

但是老马只当作什么也没见到，什么也不知道。

七鬼一贯被称作"大头虾"——对人对事都大大咧咧，过去就算，从不斤斤计较。这次却显得有点特别，在这件事上，竟"特别特""一等一"的鸡肠鼠肚。他觉得米歇尔画炭画既是冲妮妮去的，也是冲他七鬼来的。米歇尔在卖弄本事，要在妮妮面前压他七鬼一头。

七鬼伺机报复。

因为老得给米歇尔送药，妮妮常到龙脊洞来。七鬼、妮妮，加上米歇尔三人待在一起的机会极多。老马觉得可利用这个时间请米歇尔给七鬼和妮妮一起讲"腰鼓密码"的要领，以后极可能用得上。妮妮不哼不哈，却极有内秀，很快就掌握了密码。七鬼呢？一种竞争心理驱动着他，也让他不能落后，七鬼也就慢慢记熟了。

老马见成果不错，就责成米歇尔要正经八百对两个密码学徒考试。

对两个密码学徒考试？相比之下，米歇尔却显得力不从心。他毕竟是老外，对《走方调》《过山榜》《撩歌》三个"底书"记不熟，脑子里接收信号的过程就慢：一般情况下他说中国话在脑子里得先组织成法语再转换成汉语。而腰鼓密码发的信号却是汉语，两种语言在他脑子里得转几个来回他要答的话才组织得起来。这一来，他用密码对话就迟钝了许多。

七鬼发现了这一点，也捕捉到考试这个小小的机会。他立刻来了鬼点子："成！考试正好，你在妮妮前边不是拿炭画来压我吗？我就用山歌来压你！"

考试还真的进行了：密码译对话，对话译密码。

七鬼和妮妮都答得可以。

接下来是互相用长鼓发密报。

妮妮轻轻击鼓，向米歇尔发报："要按时吃药！我爷爷为你很着急。"

米歇尔愣了一下，懂了，回话是："谢谢。我会配合。"

七鬼向米歇尔发报："你快点好，你好了我们一起去打野猪。"

米歇尔答得差不多："我一定配合。"

七鬼和妮妮两个人之间发报。七鬼耍起鬼点子，用腰鼓密码发了一首山歌：

鹭江林子山过山，

鹭江水头滩过滩，

鹭江七鬼遇妮妮，

清水拌饭似蜜甜！

发罢，七鬼坏坏地乜斜着贼眼从眼角窥视妮妮。米歇尔却没听懂，可摆出师道尊严的神气，装模作样令妮妮回话。

妮妮佯作不懂，摇了摇头，低低道："我没听懂！要答，老师答吧……"

米歇尔竟不懂装懂，以不变应万变，装模作样回答，回的竟还是那一句："嗯，我一定配合！"

妮妮挺意外，七鬼大笑，竟笑得岔了气，大声咳嗽起来。

米歇尔看看妮妮，再看看七鬼，明白上当了，却绷着脸不肯认输。

一种逆反心理，让他对妮妮却愈发来劲了。

他总想找机会对妮妮撒娇，时不时给妮妮出些难题。

一次讲课，他先向十八寨的小伙子打听："你们瑶族姑娘给自己喜欢的小伙子送什么礼物？"

小伙子："我们瑶族的莎腰妹（女孩子），三月三，或是四月八'玩表'的时候，给自己喜欢的小伙子——我们瑶话叫阿贵，送的礼物最常见的是瑶锦喽！"

米歇尔心里有数了。

功夫不负有心人，过了段时间，机会果真让米歇尔找到了：他见妮妮挎着一个瑶锦袋，就想了个主意：死缠烂打，央求妮妮给他也做一个。理由还编得难以拒绝："我给腰鼓手来教密码课，得带着《过山榜》和《撩歌》的歌本去做底书呀！没个可靠的袋子丢在半路上不是泄密吗？"

妮妮缓缓取下瑶锦袋："那就给你这个——我爷爷给人家治好了病人家送的。"

米歇尔开始一乐，听了后来的话半天也没接那个袋子，耍赖道："那我不能要这个，我要你给我亲手做一个，绣上一对鹭仔鸟。"

妮妮一笑："我不会——"

米歇尔故作大惊小怪，夸张地祭起激将法："怪不得人家说妮妮进北平后学了一身'京味儿'，连活都不会干了。哼！——我不要这花花绿绿的，我要你再织一个给'阿贵'用的。"

妮妮："我做不好。"

米歇尔："只要是你动手做的，做成什么样我都喜欢。"

妮妮："你呀，真是个孩子！"

米歇尔笑了，很乐意听这句话："对，在妮妮面前，我长不大！"

又咄咄逼人地问："我想问问——如果有个小伙子，不，有个阿贵，哪儿都不错，可就是个高鼻子外国人，你们，我说的不是你，会给他织一幅瑶锦吗？"

妮妮躲闪："大家的事，我怎么会知道！……我不知道……"

米歇尔满脸失落，那劲头好像大烟瘾又上来了，后来竟一把鼻涕一把泪。

老马赶紧打圆场："嗨，有什么大不了的？妮妮你就给米歇尔做一个！小米，你们法国人喜欢什么颜色呢？"

米歇尔不再打哈欠，认真地说："蓝、白、红三色！"停了一下又补充，"这是我们国旗的三种颜色。三色旗曾是我们大革命的象征，蓝、白、红三色分别代表自由、平等、博爱！妮妮，你……"

他不再一把鼻涕一把泪了，瞳仁里燃烧着火辣辣的激情。

妮妮为难地埋下眼睛。

32. 忍耐是治病良方

七鬼打野猪被野猪的大獠牙掀了个大口子，这本是"歇"两天的最好借口。可七鬼一天没歇，更没因为"呷醋"而误了关照米歇尔。

但他和米歇尔的矛盾还是很快就纸里包不住火了。

瓢里九分石头一分土，打的粮食本来就不够吃。因为跑日本来了不少外地人，再加上昆仑关下来的国军部队一度驻防，民用加军粮，粮食就更紧了。鬼子掐准了这一点，封锁瓢里，不让马帮运粮过三界坡。

老马去了粤桂边支队送货，七鬼他们一度断粮。他把几个陈年的牲口套都拿来拆了，抖出里边填充的谷糠，掺上木薯粉，做木薯粑粑给老米吃。可这也吃不了几天。七鬼又去林子里为米歇尔找吃的，特别是荤腥。他甚至到水田里挖"土狗"，抠山缝寻蟒蛇。可这些东西尽管美味，米歇尔却不肯吃。

后来逼得他想了个缺德主意：到"打鸟界"烧火引鸟——这在21世纪的今日，是绝对禁止的。

那是个下弦月只剩下似有若无的一条细眉子的秋分之夜，天上的月华和界河的星光都收敛得若隐若现。七鬼扶米歇尔来到"打鸟界"，在空旷处生起三堆篝火——知道什么是"篝火"吗？挖好坑，架好柴，再挖出防火沟，火再大也只在火坑里燃烧，要不然烧成山火，那就伤天害理没法控制了。在天黑、地黑、山黑、河也黑的空旷地段，三堆篝火变成了三座让夜鸟心驰神往的迷宫。你也许知道飞蛾扑火，却未必晓得鸟族里也有相当一批是敢于，不，是迷恋于以身赴火的！特别是老马叫"老家贼"、七鬼称"禾花雀"的一种褐色雀仔。

"噗"，一个！"噗噗"，一双！"噗噗噗"，一堆！

米歇尔看了一会儿，惊呆了。只见一只又一只老马叫它"老家贼"的那种雀仔——他称作可爱的小鸟从远方鸣叫着扑来，还向伙伴大惊小怪呼唤着，挥舞着土褐色的羽翼，争先恐后扑面而来，"叽叽叽叽""噗噗噗噗"，毫无惧色地扑进火里。

米歇尔："啊？可怜的小家伙……"

七鬼："老马说这是'老家贼'，专门偷谷子吃的！大哥，有半簸箕了，够你明天吃一天了！"

米歇尔瞪大了眼睛，急挥木拐："停下！立刻停下！"

七鬼不解："停下？为什么停下？"

米歇尔急了，粗吼大嗓起来："你你你，怎么可以这么……残忍！"

米歇尔挣扎着伤腿，要去灭火。

七鬼也急了："你别动！你的腿刚刚好一点！你……"

米歇尔爬过去，用木拐把火坑里的柴禾往外挑，七鬼急不可耐地按住木拐："干吗？挑出来引成山火？还活不活了！"

米歇尔："人要活，小鸟就不要活吗？"

七鬼纳闷："你知道你这些天吃的是什么？不就是这些吗？"

米歇尔："我绝不吃小鸟！"

七鬼："那打来的小鱼小虾就不想活吗？逮来的獐子野猪就不想活吗？用竹笼装来的蚂拐，还有……吃进肚子里的苞谷、山薯、木薯粑粑，都是灵物，它们都不想活了吗？"

两个人都不吭声了，谁也说服不了谁。

七鬼用土把篝火压灭，四周愈显一片漆黑。他压火时，铲土碰了猪牙咬的伤口，疼得他"哎哟"一声。

米歇尔低低地嘟囔了一句："Qui！Qui se marie par amoura bonne nuits et mauvais jours！"

这是句法国话，翻译过来就是："忍吧！忍耐是末路人唯一的治病良方！"

他在说七鬼，也在说自己。

33. 羊花痴

已经好几天了，七鬼和米歇尔不说话。该打猎的时候七鬼会去山上找野物，该做竹筒饭七鬼会砍竹子烧竹筒饭，该带米歇尔去晒太阳会带他去晒太阳。可两个人就是不说话。

老马不在，快断炊了。七鬼跑回雀儿寨找粮食，万般无奈地一瘸一瘸跑去找桑康借。

桑康说："借什么？跟我跑一趟安南，钱、粮、女人都有了！你小鸡（小子）跟我还记仇啊？"

七鬼说："老大，不是我鸡肠小肚，小弟我伤了腿，走不动，而且真真是忙得分不开身啊!"

桑康撇撇嘴:"鸡到啦(知道了)!你忙!忙到脚后跟打后脑勺啦!系(是)吧?"

一向直来直去的老七竟有点躲闪,含糊不清地嘿嘿笑笑。

桑康眼睛锐利地一闪,瞟了七鬼的伤腿一眼,冷冷笑道:"傻笑也瞒不了人!别看你滴水不漏,可我鸡到(知道)你在忙什么!你的腿是怎么伤?为谁伤的?"

七鬼暗暗一惊。

桑康:"响鼓不用重锤!你就不怕把那个法国佬治好了会跟你痒(抢)鹭妮妮?"

七鬼像是重重挨了一门杠:"你胡说些什么?我可半句也听不懂!"他却按着伤口跌坐下来,脊梁骨起了鸡皮,霎时有点发冷。

桑康道:"我不会坏你们的事,我两边都不得罪!"

七鬼撇了撇大嘴:"刀切豆腐两面光!"

桑康:"可我听削(说)啦——那个叫米什么的,我跑河内就早听安南通译削(说)过他!他在河内外号叫羊花痴,不是西洋的洋,是山羊的羊。在老外那里,老拿山羊比花痴——我可不是拐着弯骂你七鬼(痴鬼)呀!米什么那小子,见了女人就走不动路了,如假包换一个羊花痴!裤裆里的家伙一剑扫千家,曲(出)名的野战英豪!"

七鬼吃惊地张大了嘴巴。

桑康:"人家说那法国鬼有个神功:一双鬼眼能勾女人的魂儿!他只需对哪个女人多看一下下,那个娘们儿就慌森(慌神)了。再慢慢多瞄两眼,那个女人骨头就酥了!要是那地方没旁人,这法国羊鬼子只需动一下下巴,顶多再打个手势,女人就会把衣服扒个精光,脱得刺条条(赤条条)的任他玩个够!这小子,每天,白日黑夜都得干!从法国到安南,从什么塞纳河到我家门口的暹罗湾,这家伙的那挺破机关枪走一路开火一路,停一处留种一处!听说日本人把他那条玩意儿给废了,这可积德了!谁说日本人一件好细(好事)都没做!"

七鬼听傻了。借了两斗谷子,低下头,一瘸一瘸走了。

第五章

34. 温柔的魔爪

就在七鬼借谷子的同一时刻，三界坡的石壁上又多了三张仁丹广告。似有若无的马蹄声里，摇摇摆摆走来两个牵着马驮的货郎。三棵树又各刮掉的一块树皮并在树根下用小石头摆成了三个箭头。

为首的那个长袍撩起一角塞在腰带上，黑纽布毡帽，帽檐下的一双小眼睛煞像寻猎物的荒原狼，贼溜溜向山上张望。

不错，你猜对了，这正是左门卫太郎。

奇袭龙脊岩，搜捕米歇尔和七鬼，最后不但没给他带来荣耀，没让他从军曹升为正式的军官，没帮弟弟达成立功赎罪，还让井原受了重伤，险些搭上性命。最后惹得司令部的人对他报以冷嘲热讽。他觉得丢了大脸，急于再立奇功，让上上下下能对他刮目相看！

他又设计了新的计策。

他和贴仁丹广告的随从走走停停，不停地左顾右盼寻找什么。又不时小心回望，生怕有人看到他们的举动。

随从在一个山石下边的裂缝里摸索了一番，似乎找到了要找的东西，兴奋地叫过左门卫太郎观看。左门卫太郎也在石头缝里用手试探了一番，开始时也犹豫不决地点头，似乎首肯了。接着，把上边的石头端详了一番，还用力摇了摇，又摇头了："能保密，但是不保险呀！万一山水把石头冲了呢？"

随从听了，看着上司，瞠目结舌。

左门卫太郎一挥手，斩钉截铁："再找，一定要万无一失！"

两个人走到"鸡爪坡""丁"字形山脊之南，看到一片茂密的林子。左门卫太郎在林子四周默默转来转去，瞄来瞄去，观察良久，最后把随从叫来："把你的帽子给我，我们做个藏东西的游戏！"

随从递过中式毡帽，左门卫太郎恶作剧地让他走开。

过了片刻，方把随从叫回，一脸稳操胜券的模样："好，找找你的帽子吧！"

随从像猎狗似地这里拨拨，那里嗅嗅，寻觅良久，却终究无果。

左门卫太郎得意洋洋，哈哈笑了。他指着竹丛道："看那里，那'鸡爪坡'中间右鸡爪的'脚趾'——"

"脚趾"上有片鹤立鸡群的老竹林，在一棵罕见的方形粗竹的斜出处有个不易发现的低矮溶洞，刚好能进一个人。

左门卫太郎带随从钻到溶洞边，从外向里看，溶洞石头的夹缝里还能藏些小物件。随从的帽子就塞在那里。

随从拿出帽子，左门卫太郎孩子般得意，指着溶洞道："这就是我们和左门卫次郎交换情报的'密室'了！以后每过三天你就来看一次。"

话说到这里，两个人突然间把话打住——只见两个孩子提着刚刚捉到的一个山瑞，嘻嘻哈哈钻出竹林，经过这里。

两个孩子似乎也觉得来人神色有点让人害怕，不敢停下来，探头探脑看过来两眼，松鼠似的急急忙忙窜了过去。

左门卫郎和随从都愣了。随从有点泄气，低语道："这里不成……"

左门卫太郎却当机立断，追了两步大喝一声："喂——！小孩！你们的站住！"

两个孩子吓了一跳，站住了。左门卫太郎招招手，把两个人叫回来。

左门卫太郎蹲在孩子面前端详，小的也就四五岁，还拖着鼻涕；大的也就六七岁，都瘦小伶仃。面对生人小的想哭，大的还算镇定。

左门卫太郎和颜悦色笑笑，极尽温柔地说："别怕的，告诉我，你们刚刚的看到了我们在干什么？听到了我们在说什么吗？"

大孩子摇头，小的不吭声。

左门卫太郎愈发温柔了："嗯，很好！记住：你们在这里看到了什么、听到了什么，对别人都统统的不能说的！"

大一点的孩子争辩："我们什么也没看见，什么也没听见！"

左门卫太郎："好的，大大好的！你们的是乖孩子，走吧！"

大孩子拉上小孩子，匆匆忙忙走上山脊。

他们后边，两个家伙交换了一下眼神，左门卫太郎的眼睛里闪出一道冷光，随从明白了，立刻拔枪。

左门卫太郎急忙拦住他："声音大，别！"

他又挥了下手，两个人悄然跟上去。

悄悄追到了悬崖前，左门卫太郎努努嘴，他和随从一左一右，把两个孩子轻轻一推，推下了悬崖。

大孩子喊了声"弟弟"，小的没来得及喊出"妈"字，山风呛住了弟弟的声音，把两个稚气的声音吞没了。

两个人手拉手飞出了山脊，像两个长在一起的小松果一样摔到了山下，两个人摔开来了。小的立刻不动了。大的好像还能动，想向弟弟爬，可很快也不动了。

左门卫太郎俯身仔仔细细审视，怕不保险，又抱来两块大石头，对准孩子砸了下去。

砸得很准，从上往下可以看到：两个孩子都成了血肉模糊的一团。

左门卫太郎松了口气，站起来，松松腰，平静地自我辩解："没办法，战争就是战争！为了'密室'保密只好这样。愿左门卫次郎能按计划进行！"

35．山不转水转，桥不转路转

老药王一身绝活，可一辈子没收过几个徒弟，为啥呢？——他挑得很苛刻：一要人品端方——肯把病家放在心上，把病家看得比自家还重。而且不能在乎钱粮，老药王干了一辈子也没挣出个温饱，就是因为这个。二要脑袋瓜灵，望、闻、问、切——能学会、悟通，人有没有灵气一个"悟"字比什么都紧要！丸散膏丹——能明白配搭、毫厘不乱，针灸推拿——能十指连心、牵动自身；几百种草药——能如数家珍、如长心上，上千种方子——能辨别分明、补泻相配。三还要模样周正，慈眉善目，歪瓜裂果一上门就把病家吓个半死，没病也会来病。

因为这几样，多少人想拜师，他都没吭气，不接茬。

他从十八寨回来不久，带孙女外出采药。那一日刚刚走到雀儿山半山腰，远远听到有人呻吟，见到一个穿长衫的年轻人背着一个受了伤的老人，穿过女儿杉林，趄趄撞撞向山腰这边的雀仔榕林走来——背人的年轻人白白净净，斯斯文文，不太像山里人，一边走一边向这边张望。

妮妮见到，眼睛就直了，竟然跑了几步迎了上去，看了一会儿，惊喜地说："咦！您不就是被鬼子抓去杏花渡，被绑在大榕树上的那个人吗？"

来人吃了一惊，看看妮妮，躲闪道："大姐认错人了！"

妮妮一时语塞。

年轻人背着受了伤的老人赶紧走了过去。

与妮妮他们擦身而过的时候，妮妮分明看到年轻人左额上有一块铜钱大的朱砂记。

不错，正是那个人！

她早就跟爷爷说过那个年轻人，现在，她忍不住跑过去对爷爷道："就是他，我们在杏花渡救过的那个年轻人！"

爷爷却全神贯注盯着年轻人背上的老人，没顾上听妮妮说什么，他急急忙忙跟上来人几步，跑上去看着老人，惊奇地问道："这不是奉老五家的老阿爸吗?"

背上的老人见到爷爷,满脸欢喜,急叫年轻人停下来,拉住爷爷叫苦连连:"老药王啊,就是来找你老的呀!看看看,我这腿又让鬼子飞机下的蛋给糟害啦!"

老药王赶紧把老阿爸扶到一块平地上躺好,检查伤口,望、闻、问、切,鬼子空袭把老人家的屋梁炸断,塌下来的衍条把他腿砸伤了。老药王捏捏关节、敲敲骨盆,左拉右扭地试探筋骨,最后松了口气道:"好在砸偏了半寸,差一点儿就伤到筋骨,不过也得推拿几日,到我家去当几天懒人吧!"

就这样,背奉家老人的年轻人也随着来到了老药王家。

因为老药王和奉老五家的老阿爸是老熟人,年轻人也渐渐与老药王祖孙二人拉近了距离,这才承认自己果真就是七鬼砍断吊绳救的那个人。他发现妮妮竟然就是在杏花渡被"玉体盛"的那位"花嫁",而且是和七鬼一起砍断了鬼子在老榕树上吊打他的绳索的那个女孩,不禁又惊又喜。老阿爸更高兴得合不拢嘴巴:"真是山不转水转,桥不转路转!两个耳朵碰不了头,两双眼睛可说不定什么时候就能碰上头!"

老药王祖孙俩这才弄清年轻人的来历:他姓张,名慕陶,是从上海撤到大后方的一个老中医收下的关门弟子。此名老中医是位慷慨激昂的爱国老人,张慕陶不但从恩师那里开始学杏林绝技,更继承了一腔热血。日军占领香港后,他们奉大后方一个机构的委托,和老中医一起从桂林赶去香港营救一批知名文人。不料走到杏花渡,文质彬彬的张慕陶让渡口的鬼子觉其必有来历,在客船上遭查问、逮捕。幸好后来得到七鬼的生死援救和奉老五家的掩护,才死里逃生。老中医侥幸去到香港,得到消息后请人带话过来,让张慕陶原地待命,等候接送从香港营救转来的客人。

因为奉老五老阿爸的居间融合催化,更因为对鬼子的同仇敌忾和对中草医的共同亲近,张慕陶与老药王祖孙二人迅速接近了。奉老五家的老阿爸把一切都看在眼里,一日,竟是奉老五老阿爸先开了口,对张慕陶道:"张先生在山里等着也是等着,不如学点什么。你在上海拜师拜的是中医,老药王在我们瑶山也是活神仙!你就用眼下这个机会学点我们瑶医瑶药吧!"

老药王正觉得奉老五老阿爸这话说得有点冒失唐突,没料到张慕陶竟然对老药王深深一揖,然后扯正长衫,甩正两袖,正儿八经跪了下来,当场规规矩矩行了三跪九叩的拜师礼。这一来老药王不接也得接了,可老药王不卑不亢,只拈须微笑道:"不管你过去学过什么,现在得剃头挑子从头学。"

老阿爸使劲撮合:"那当然!那当然!"

从那天起，张慕陶就对老药王以老师相称，对妮妮呢？却一口一个"师妹"。妮妮觉得这么叫乱了辈分，可称张先生做"师叔"又叫不出口，于是索性什么也不叫，什么也不应。

老药王发现，这个新徒弟跟过去收过的徒弟有很大不同：极爱干净，也极规整。走路做事麻利迅速，问话答话三思而言。虽寡言少语，却好到处观看，连采药都跟着去。老药王教的一切，他听得极用心，还用蝇头小楷把老药王说唰唰唰记在一个老式的账本上，写好要把账本仔细小心地放进粗竹管里，说要一防虫子吃二防老鼠咬。

老药王和妮妮每隔几日还是去龙尾洞给米歇尔换药，老药王为人仔细，知道米歇尔的行藏轻易不能外露。他对老阿爸、张慕陶都没说去哪儿，也叮嘱妮妮别露风。新徒弟却很尽心，凡祖孙两个出行就想跟着去，老药王很得费一番口舌才能让他留下来照看老阿爸。

老阿爸是个有心人，他很快看出：张慕陶叫妮妮的声音挺特别：喊"师妹"声音的尾巴拖得老长，而且重音在"妹"字上，透出一种亲昵，一种疼爱，不，是男人干劲儿来了叫女人时的那种骚味儿，也有老猫见到鱼腥一个劲打转转急得呜呜叫的那股子馋劲儿。不过，也时不时会露出哥哥呵护妹妹的那种真诚。他看妮妮的眼神也有点特别，眼睛里有火星子，像有啥在眼睛里边点了火。眼光里也老在闹饥荒，煞像已经饿了几日的老狼来找食似的。

要不要给两个年轻人当个月下老人哪？老阿爸本想做这个好事，那也总算对老药王给自己治伤有个回报，可他几次想开口试探，总觉得老药王在躲闪回避，老阿爸心里又打起鼓来。

36. 小小烟盒引风波

有时候，七鬼与米歇尔像两个孩子一般互不服气。米歇尔暗笑七鬼对现代文明一窍不通，七鬼则嘲笑米歇尔男人的威风一点儿没有。一次，七鬼说到寨子里祭神搭刀梯，他能爬到云彩那么高。米歇尔认为七鬼在"讲大话"（吹牛）："怎么能踩着刀刃爬上去？不可能!"

七鬼激将："那我真的搭一个刀梯，试试怎么样？"

米歇尔讪笑："试就试，搭就搭，你能上我也就能上!"

七鬼说干就干，次日，真的扛回一堆砍刀。两根粗竹篙，搭刀梯!

寨子里一时传得沸沸扬扬。

老马闻讯赶来，七鬼的竹梯子已经搭好，冲天塔似的竖埋在龙脊洞洞口外。老马抬头看看，摇了摇，又提起砍柴刀试了试刀锋，然后，高高举起，哗啦啦两声，把高高的竹刀梯砍断了。

七鬼闻声跑过来，气急败坏："你你你，干、干、干什么！"

"干什么？——干你！"他把柴刀咣当一声丢得老远，怒斥七鬼，"米歇尔为咱们差一点儿丢了命！你和这么一个重伤号比高低，还有出息吗？不丢脸吗？"

一句话，让七鬼不再吭气。

他满脸羞愧，赶紧摆摆手拉倒。

米歇尔却争强好胜，非要比不可。老马想了想说："我听说你们法国上等人决斗有几条规矩：头一条就是双方必须对等，一个大人绝不会跟一个孩子决斗，一个贵族也绝不可能和一个车夫决斗！你这位'佩剑贵族'就算要决斗是不是也该找个更合适的对手呢？况且荣誉并不就是一切，我们现在还有远比这些鸡毛蒜皮小荣誉重要得多的事！兄弟，老哥我又在耍婆婆嘴了！"

说到这里，米歇尔和七鬼都很尴尬。米歇尔强词夺理说："我们的岩洞就是法国南方城市阿尔，我和七鬼就是凡·高与高更之争！"

老马的见识很不少，而且土洋结合，懂得满宽，可米歇尔这句话却把他说懵了。他不知道这两位丹青大师之争的具体内容，更不知道法国南方城市阿尔是怎么回事？

米歇尔解释：两个艺术家都年轻气盛，一起在阿尔生活了六十二天。艺术上的碰撞让两个人都豁然开朗，从而都别开洞天。但两个人却吵得天翻地覆，凡·高因为愤怒而自伤耳朵，高更因为害怕而不辞而别。

老马不想让他们难堪，转移话题说："咱们可没那闲工夫争吵。喏，这对竹篙青皮不错，咱们边说边干把它做成'白裤瑶琴'吧！"

三个人一齐动手，很快做成了三架"白裤瑶琴"。晚上，岩洞里飘出竹筒饭的香味，还飘出了合奏"白裤瑶琴"的悦耳琴声。

但七鬼心里依旧有疙瘩。

次日，老马找米歇尔去讲密码课，以往七鬼都会寸步不离地跟去，这一天七鬼却推说腿伤没好，没去。

这天妮妮又到龙尾洞给米歇尔送药给七鬼换药，米歇尔却不在。妮妮给七鬼换了药，见米歇尔晾在洞口衣服已经破得不行，便从药筐里拿出特地带来的针线，帮他补补。七鬼也想趁这机会问问妮妮的柴火还有没有。他随米歇尔搬到龙尾洞后很多日子没去雀儿寨了，极想找个理由去妮妮家。

没想妮妮没答话，她刚刚缝了两针，一个闪亮的金属物件从破衣服的口袋里掉了出来，正巧掉在妮妮跟前。

竟是个带小火柴盒的镀金烟盒！

她好奇地拾起来，烟盒盖儿上有个图案：一个双翅骏马佩剑族徽清晰地钻进她的视线。

双翅骏马佩剑图案！妮妮暗暗一惊。这不是爷爷保存的血手帕上的那个仇家族徽吗？

她把族徽看了又看，霎时间愣住了。

七鬼斜了一眼烟盒，从鼻孔眼儿哼了一声，极其不屑地说道："鬼佬的玩艺儿尽吓唬人！米歇尔说这是什么什么金的！谁信？"

妮妮横过来竖过去，一会儿拉近一会儿放远，把烟盒盖儿上的佩剑骏马图案看了又看，认认真真地问："是米歇尔的？"

七鬼："他说是他家传的！"

"家传的？"妮妮几乎不太相信这话，木木地看了好久，又问，"这花纹也是家传的？"

七鬼挠挠头："怎么啦？米歇尔说这是他们家的什么……炉灰？"

妮妮把烟盒慢慢放回衣袋，想了想，又倒出来细看，最后，像抓住绝壁上的石头缝那样牢牢握住烟盒，低低说了声："这个，我借用一下！"

她不等七鬼应答，一脸冰霜，寒气逼人，不容分说地拿上烟盒，出了洞口，那神气活像要找人打架，出了洞口就往回快步疾走，走着走着竟跑起来！

那神气不只是要找人打架，甚至是……要拼命。

七鬼没见过妮妮这样过，也急急忙忙跟了出去。

妮妮一口气跑回家，进门就喊："爷——！爷爷！"

老药王见妮妮的神气，吓了一跳，不高兴地训道："撞鬼啦？慌成这样！"

妮妮二话不说，把手里紧握着的烟盒往老药王胸前使劲一杵，杵得爷爷肋巴骨生疼。老药王接过，坐下来，看了一会儿才看清，过了片刻，老药王脸色骤然变得铁青："谁的东西？你从哪儿拿到的？"

妮妮："米歇尔衣服口袋里的！"

老药王端详再三，又问："是他的吗？他怎么会有这个？"

妮妮道："七鬼说，是米歇尔家祖传的！"

就在这时，七鬼也拉风箱似地喘着粗气跑了进来，抢话插嘴道："是！是老米家祖传的！怎么……"

老药王的神气，妮妮的神情，让七鬼知道这里边有大事！

老药王细看佩剑骏马图案。七鬼又抢话："米歇尔说是他家的炉灰……"

老药王低低地但郑重其事地纠正："这叫族徽，不是炉灰，我们老蓝家祖祖辈辈都没忘这个！"

一老两小都沉默了很久，老药王忽然大声干笑了两声："我对不起祖宗，还给他治伤！我真作孽啊！"

"啪啪"两声，老药王狠抽了自己两个耳光。

七鬼惊呆了。

两个暗红的巴掌印烙在老药王的面颊上。

37．"不给鬼佬当苦力！"

七鬼满脸通红，嘴角流着口水，却一脸痛快，一脸解恨。连脚步也不太稳了，磕磕碰碰扑到老马的拴马洞，趔趔趄趄进了洞口，像捆大粗柴倒下一般往草席上一扑，大声喊："老老老大，你拿拿拿主意吧！我是不再再再窝在山洞里给他当当当苦力了！"

老马正在割牛筋做一个弹弓，七鬼没头没脑的话让他听懵了："什么苦力不苦力？在我这儿你给谁当苦力？"

七鬼头一扭，不结巴了："不给他法国鬼佬当苦力！"

老马放下没做好的弹弓架："嗬，这酒味儿！喝高了吧？"他俯下身子凑到七鬼前边闻了闻，七鬼嘴巴里果然酒气冲人。还没等老马站起来，七鬼"哇"的一口，吐了老马满裤子满脚。

老马："你发什么酒疯？有什么事等酒醒了再说。"

七鬼一摆手："我没醉！你才醉了呢！告诉你，他老米一家是妮妮一家的仇人！这——"他软绵绵爬起来，怎么站也站不直，虽然歪斜着身子，却嘭嘭地拍着自己的胸口道，"这——，也就是我鹭仔七的仇人！我七鬼不糊涂，我不能把仇家当老友！"

老马冷笑："不把人家当老友不要紧，可是要是把人家当成《撩歌》里唱的跟你争风吃醋的那个人就不搭调了！"

七鬼被搔到了痛处，更急红了眼："他？他也配？人家妮妮给他留过信物吗？留过项链吗？留下掉在地上的那把梳子了吗？"

老马认真起来："我不管留什么不留什么，我正经八百告诉你，妮妮想的不会是米歇尔。"

七鬼嘴巴更硬了："那当然！她好几辈子的仇家嘛！"

老马更加认真了："什么仇家不仇家？老药王家的事，妮妮家的事，怎么没听他们说过？"

七鬼笑了，得意洋洋地笑了："你会知道的！马上就会知道的！我……"

他醉得动作不利落了，艰难地在口袋里掏了半天，终于掏出个东西，啪的一声，往老马跟前使劲一丢："妮妮和老药王让我还回来——"

哐啷啷的一声，丢过来的东西被摔成了两半儿——是那个烟盒。带族徽的烟盒盖儿被摔得脱落出来，上边的骏马佩剑图案分外醒目。

老马拾起，陷入沉思。

那个没做完的弹弓还放在一边。

38．莫把血恨付秋风

七鬼醉了，老药王也醉了。

奉家老五的老阿爸陪他喝酒。老药王破天荒地哭了起来。

奉家老五的老阿爸拍拍老朋友的膊头："老药王，咱们两个交情几十年，算得上老友鬼鬼啦！有什么苦水尽管向我倒！"

老药王不吭声。

奉家老五的老阿爸又给老伙计倒了杯酒，道："老哥的心事，你不说兄弟我也知道！"

老药王还是不吭气。

奉家老五的老阿爸："老哥，你的孙女就是兄弟我的孙女，妮妮老大不小了，是该找个靠得住的后生了！"

老药王不哭了，摇摇头，把刚刚倒的酒一饮而尽。

奉家老五的老阿爸见他不哭了，决计趁热打铁，打蛇随棍上："老哥，妮妮的事，我倒想当个月佬——我看张家后生就不错，我说的是张慕陶。斯斯文文的，日后必会发达！"

老药王没反应，过了一会儿，抹了把眼泪："老五家兄弟，我对不起祖宗啊——"

老药王家有本辛酸落泪的苦难史：

老药王祖上——鹭妮妮爷爷的爷爷，在前清光绪年间是随刘永福黑旗军在边陲打侵犯边境的法国鬼的好汉。一次，他们伪装成浑身血污的战死者，躺在法国佬必经之地伏击法国鬼。他们血淋淋地散落在安南纸桥的路口，任苍蝇叮蚊虫咬。果然不出所料，法国佬来了，领军的少校还下马近看，这时妮妮爷爷的爷爷一声令下，几十具"死尸"突然间挥刀跃起，把法国佬杀得大败，这就有名的"纸桥大捷"。中法之战，中国赢了，可烂泥巴糊不上墙的清廷却还是向法国佬屈膝求和。法国佬除了让清廷割地赔款，还指名要朝廷交出指挥纸桥大捷的黑旗军头领。鹭妮妮爷爷的爷爷就这样被押到安南，遭害了。死前他咬破舌头，一口血水啐到刑场法国指挥官的脸上说："这个仇……我子孙后代……早晚有人报！"

法国鬼掏出手帕擦干脸上这团血污，恨恨地扔到地上。

暗藏的黑旗军探子把这条手帕带了回来，上面分明有一个法国族徽：与刻在米歇尔金箔烟盒上的族徽一样。

老药王谈罢此事，低下头良久不语。突然，"啪"的一拍桌子，连竹筷子都碰飞了老远。他声音低低地从喉咙深处挤出一句话："不管是谁，也得先替祖宗了了这笔血债！我蓝家人不能把血恨付秋风！"

奉家老五的老阿爸盯着老药王，眼神定住了。

39. 一刀斩去是非根，没点狠劲成吗？

七鬼是一根肠子通到底，他说走，老马留不住。最后两个人谈火了，老马跳起来怒斥："你走吧！可有一条，米歇尔的事你要是对外漏一个字，我老马跟你就是生死冤家！你要是忘了这个，各山各寨的腰鼓阵不放过你，天涯海角的游击队更不放过你！"

七鬼嘴巴硬得很："不用吓唬我！我七鬼只做光明正大的事儿，你什么时候见我偷偷摸摸过？"

七鬼就这么离开龙尾洞了，老马警惕性极高，七鬼离开的当日，老马就把米歇尔转移了。去了哪里？谁也不晓得。

一日，阉猪匠挎着竹篓子，穿过寨子，边走边吆喝："劁——猪呕！劁鸡！骟——马——！"

劁猪匠和七鬼挺熟，七鬼叫住劁猪匠："伙计，给你个挣银子的活计干，敢不敢接？"

劁猪匠笑笑："不是去骗老虎吧？有什么不敢的！"

从来不鬼鬼祟祟的七鬼竟变得神秘兮兮："老哥，一定重重谢你！——帮我把一个小子劁了吧！"

劁猪匠吓了一跳："你？……怎么啦？他抢了你的女人？"

七鬼闷闷的不答话。

劁猪匠："谁？是个什么家伙？"

七鬼幸灾乐祸地、极解恨地冷笑："他那两个卵子那么大，可中看不中用！放着也是白放着，不如骟了给我下酒！"

劁猪匠："说了半天，到底是哪一个倒霉蛋嘛？"

七鬼在劁猪匠耳朵边小声说了一句。

劁猪匠愣了，擦擦嘴巴笑道："这小子跟你抢妮妮？行，放心吧！"

过了几日，劁猪匠把一个血糊糊的芭蕉叶团包丢在七鬼跟前，包里边的东西骚味能把人呛一个跟头："劁了！你让干的活干下来了！"

七鬼十分意外："咦？你怎么找到他的？"愣了片刻，像怕碰到吹风蛇似的，极慢、极小心地去解那芭蕉叶子包。

劁猪匠叱道："瞧你怕得那个熊样儿！又不是吹风鳌（眼镜蛇）！"

芭蕉叶打开了，七鬼歪起脑袋看，见到两个骚乎乎的卵子和一团血淋淋的细肉管子。

七鬼吓了一跳，张大嘴巴："你真……"

"骗了！你不是要下酒吗？"

七鬼两眼一瞪："你真……莫非真下手了？"

劁猪匠撇撇嘴："你呀，还吹要当什么杂种好汉哪！你小子当不了！"

七鬼不服地抬了下眼皮。

劁猪匠又撇撇嘴："还不服？哼！我当得了你也当不了！"

七鬼也撇撇嘴："你小子不就会劁猪骟马吗！"

劁猪匠："不错，可我下得了手，两手分生死路，一刀斩去是非根！没点狠劲成吗？可你小子呢？除了会打石头弹子还能干啥？逮个母猴又怕小猴找妈，放了！逮个鹭仔鸟又觉得可怜巴巴，又放了！这么母里母气的能干啥？还当杂种好汉呢，一边摸屄去吧！"

几句话把七鬼噎得答不了腔。

劁猪匠点上竹烟筒，狠吸了两口，笑嘻嘻道："好好看看，那是一副马屄加两个猪卵。你该泡酒补补男人气儿了，要就贱卖给你！"

七鬼看看，松了口气。放在火上烧焦一个，吞下一口，又呸的一声吐出去老远："呸！好骚！"

劁猪匠大笑起来："还是那句话，你小子怂包一个！当不了好汉！"

七鬼把荷叶包包好，放回劁猪匠的竹篓边："我也没钱买你这骚货！"

劁猪匠把荷叶包塞回竹篓："连什么是珍品都不晓得！想要也不卖给你了！——没钱怕什么？桑康到处找你，想让你跟他再跑一趟南边呢，跑一趟不就来大钱？"

40. 他眼睛里又闪出了火星子

奉老五的老阿爸把张慕陶对妮妮的心思看得很透，可对张慕陶的男子汉气儿却没料准。老药王把报仇雪恨列为替孙女数着指头挑女婿的第一根指头，老阿爸本以为这一条一定把斯斯文文的张慕陶吓住，要他出手来真格的更得"草鸡"（耍无赖）！可老阿爸想错了！私下对他一提老药王的家仇和心事，张慕陶竟拍胸站起："白人鬼子欺侮亚洲人的年代该结束了！老药王的家仇我理所当然视同自己的国恨，这事交给我！你晓得那个叫米歇尔的藏在哪儿吗？"

老阿爸道："不晓得。也不知为什么，一问那个米什么住哪里老药王舌头就打结，还怕我们去通水啊？"

张慕陶冷静推测，叮嘱："不用再问他们。我暗暗看了几日，老药王祖孙两个总到三界坡那边去，我料定出不了那一带，瓢里是不是在那边？我明日就去看一看。"

老阿爸较真起来："要动手也得跟老药王商量好，怎么个动手法？打一顿可以，出人命可就得掂量掂量，那个米什么万一跟这宗事不搭界呢？"

张慕陶出奇的冷静，不再说什么。老阿爸又道："还有，你出力，他们怎么报答你？老药王肯把孙女给你吗？"

张慕陶的眼睛里又闪出了火星子，他轻轻道："妮妮这女孩子，少见的好！老药王给也罢，不给也罢，妮妮应该离开这种鬼地方，到更好的地方去！"

老阿爸听糊涂了："离开这儿？山妹仔能去哪里？"

"上海呵，东京呵，哪儿好去哪儿！"

老阿爸吃惊："东什么？东、东京？你心可真大！"

张慕陶赶紧闭嘴，不再说话，那种沉默变得深不可测。

41. 七鬼的巴豆大餐

七鬼遭制猪佬一顿奚落后，好觉"没面"，胸口赛堵了一块烂猪肉，满肚子臭气满肚子窝火，连日来总想找个招数出出这口鸟气。

中午烧竹筒饭的时刻，光顾了想这个，本来该放半筒糙米，不料心不在此，放了米之后竟糊里糊涂又抓了把帮老药王采的巴豆。

巴豆是泻药，吃了会又屙又泻，而且更要命的是还会连珠炮似的乒乒乓乓放屁不停，噼里啪啦赛过过年的爆竹。

七鬼只好再一粒粒地往外挑巴豆。

挑了十来粒他就不耐烦了，蒜头鼻子上冒出的汗水直往下滴。

"喝你个稀饭的！谁耐心干这个！"

时间快近中午了，下午妮妮还要来给米歇尔换药。

想到这里，七鬼手停了，忽然，他笑起来，暗自偷偷笑起来，笑到后来竟笑出了眼泪，竟笑弯了腰，甚至于笑岔了气！最后竟笑倒在地上，自语道："好法子！好法子！就让他老小子尝尝鲜吧！"

他想出一个出气的、报复米歇尔的绝好办法！

他把拣出来的巴豆又扫回米筒，而且又再抓了一大把，外加两小条腊山猪肉，鼻子凑上去闻了闻，由衷赞叹道："嗯！香！好好吃啊！大大的米西米西吧！"

加上水，像往常那样在火上开始烧竹筒饭。

这份竹筒饭，米歇尔果然吃得津津有味，一大筒饭他吃得一粒也不剩。

自然连巴豆也稀里糊涂吃了下去。

七鬼则吃得不多，只吃了两小勺。

下午，妮妮该来的时间却没来，老马带了个新的女郎中来给米歇尔换药。

米歇尔打了个小瞌睡刚醒，女郎中给他换药时，吃下去的巴豆开始显神威了，只听放粉枪似的一声巨响。

女郎中一时没明白声音的来源，怀疑地四下看看，低低道："谁在林子里边打猎放粉枪吧？"

见米歇尔一脸尴尬，女郎中明白了这一响是怎么回事，赶紧不出声了。

殊未料，米歇尔接下来又是一长串音响，七鬼忍住笑，一本正经道："不止粉枪，是机关枪哪！"

接下来，七鬼自己也参加了合奏。他得意地说："这回不只是机关枪，与鬼子的水卜摩托艇好有一比哪！"

两个男子汉的合奏来得既气度不凡，又气贯长虹，甚至堪称气势汹汹！

米歇尔满脸通红，七鬼报复地、得意地仰天大笑。

晚上，七鬼找到老马，要求跟马帮上路，声称在洞里憋了一肚子屁，憋成了大尿泡，再憋下去该炸开了。

老马正在铁锅上炒米，炭火把他熏得又是鼻涕又是眼泪，顾不上答话。

七鬼自拉自唱，说得粗吼大嗓，理直气壮，额头的青筋都鼓了起来："我当面锣对面鼓，心里怎么想就怎么说！"

老马把炒熟的米装进窄窄的能背在身上的米袋子里。眼睛像两把匕首似的向他刺过来，低低冷笑道："算了，别那么扯旗放炮！你腿肚子转几条筋、肚肠子转几道弯还瞒得了别人！"

七鬼一边帮老马装米袋一边嚷起来："上路日晒雨淋，不是比窝在洞里当懒虫更遭罪吗？想去吃苦有什么可瞒人的！"

七鬼额头上、脖子上的青筋憋得一条条赛过铁线蛇，吐沫星子喷得满地都是。两个人话不投机，嚷成一团。

老马冷笑："不瞒人？行！——可不把人家当老友不要紧，可是要是把人家当成《撩歌》里唱的跟你争风吃醋的那个人就不搭调了！"

话搔到了七鬼的痛处，瞎子怕说秃子怕摸，七鬼一扭头："《撩歌》里唱的没争风吃醋的！"

老马见七鬼耍横，脸都气青了。他看看天，又掰着指头算日子，懊丧地指着米袋子说："你闹得可算真是时候！我明早就背上这个得带马帮上路，连糍粑三都得去，另安排人也来不及。就拜托你再忍几日吧，把米歇尔好歹照顾好，我回来就找人把你替下来。第一是确保米歇尔平平安安，能成吧？"

七鬼定定地看着米袋子出神，虽说老大不乐意，可也没法子再推辞，嘟囔道："他出不了事！你出去多久能回？"

老马看看天："这次米袋子装了七斤炒米，我们去也就十来天吧，月亮圆的日子我就该回来了。你干到月中行吧？受累了你！"

七鬼点点头算是应承了。

42. 林子里有堵鬼打墙

老马走了。七鬼还算可以，还算说话算话，该怎么照顾米歇尔还是怎么照顾。

他和米歇尔两个人虽话不投机，可该说的还是说。其实七鬼暗里天天掰着指头算日子。在他夜夜看月亮的殷殷期盼里，弯弯的月眉子在天上渐渐变成半个圆形。半边月接着又慢慢长胖了，长成了一张人见人爱的娃娃脸。

月亮终于圆了。

七鬼早就暗自收拾好了他那几件简简单单的东西，草席、柞蚕屎加木棉花的枕头、鸟嘴铳和火药牛角，做好老马一回来就离开岩洞的准备。

可眼见天上的娃娃脸又变瘦了，过了几日，月亮竟一日瘦过一日，很快又成了一把弯弯的月眉子。

老马走了竟快个把月了，归期却漫无头绪。

想到他伺候的竟是妮妮仇家的公子，七鬼就恶心，他越来越不耐烦。

两个人又从话不多，变成了该说的也不说。

七鬼上林子里打猎、找食吃的劲头明显降下来。两个人木薯加玉米，清汤寡水吃了几日，嘴巴很寡淡。这一日，米歇尔开口，话多起来，建议两个人到林子里去打野猪。

七鬼从鼻子眼里哼了一声："你打野猪？你架着木拐，是你打野猪还是野猪打你？"

米歇尔不服地冷笑，举起老马留给他的左轮枪："我离不开木拐不假，可有这个野猪不但不能靠近我，也别想从我眼前溜走！"

说罢，就抢先带路，架着木拐一拐一拐出发了。

七鬼只好慢慢吞吞跟在后边。

走着走着，一个歹毒的想法让他鬼迷心窍了。

"喝他个稀饭的！连劁猪佬都咒我成不了杂种！我鹭仔七就这么不成器吗？"他心里自言自语，眼睛却向鹧鸪江那边瞄去：鹧鸪江北边是雀儿山，西面是夜猫子岭。

夜猫子岭上的野猪林都是原始老林或是原始次生林，那里野猪多，大大小小有十来群，光是野猪喜欢集中拉大便的地方就发现了好几个。可林子里树招藤藤缠树，树挤树藤叠藤，你拥我堵长得像一堵堵树墙！进去稍不注意就容易迷路。老人们说那片林子里有"鬼打墙"，碰上就会原地打转，有人几天几夜走不出来。

七鬼想起米歇尔和妮妮跳舞的情景，又想起妮妮碰到自己总是躲躲闪闪的冷漠眼神，顿时醋海掀波，一团是嫉妒又不光是嫉妒，是委屈也不光是委屈的无名怒火在心里边越蹿越高，最后化作二十五只贼老鼠在里边做窝——百爪挠心！

他暗暗自咒："喝他个稀饭的！你七鬼算个啥？桑康的话不假：量小非君子，无毒不丈夫！连劁猪佬都咒你成不了杂种！是不是当得了好汉，是不是成得了杂种，得做出来算！该出手你敢出手吗？"

想到这里，他眼珠子歹毒地一闪。

透过树罅，远处影影绰绰可以看到林海之后的暗黑色，那就是夜猫子岭的主峰了。主峰上一东一西两个高耸的黑影，酷似两个猫耳朵，那是夜猫子岭一左一右两个山脊。

七鬼指着右山脊道："那里野猪多！"

米歇尔好胜心切，兴致勃勃向野猪林深处钻。果然不出所料，没走多久，就看到几堆野猪粪。不太高的树皮上有不少野猪蹭痒留下的鬃毛。后来嗖的一声，三只半大的野猪黑影一闪，没等两个人架枪，野猪群已经蹿进树丛，逃向山脚，转瞬不见了。

"它们跑不了！"

米歇尔对下一步显得胸有成竹，仿佛三个指头捏田螺，十拿九稳。他指挥若定，抢先道："这一窝个头不大，容易得手，我们一左一右，分头从两边围堵，到左山脊山脚下会合！"

这话好像正中七鬼下怀。他愣了片刻，低头回话："那好，听你的！分开走就分开走！"

他这么应声，脚底下却没挪动。倒是米歇尔撑着木拐，拔出枪，很逞能地用枪管分开青藤，一步步向林深处走去。

一句话已经挤到了七鬼的嘴边上，那句话是："喂！别往深处走！"

可他话到嘴巴边又咬住了。

要不要把米歇尔叫回来？

他耳边上又响起剁猪佬都咒他成不了器的嘲笑："喝他个稀饭的！我鹭仔七就真那么不成器吗?！"

他强让自己转过身子，半转弯，一本正经，按米歇尔说的向山脚走去。

走了几步又停下来，想喊米歇尔回来。可一口气在胸腔子里转了几个弯，泻进了肚子里，到底也没喊出声。

脚底下却越走越远了。

两个人就这么分手了。

太阳很快擦山了，林子里的黄昏来得很快。

走到夜猫子岭左山脊山脚下，七鬼竟一滴汗也没出。山脚下静悄悄的，一个地方有许多野猪粪，看样是野猪的茅坑——这些看起来又脏又丑的家伙其实挺爱干净，好到泥塘水洼里洗澡，拉大便也往往有常去的地方。这里的确是个野猪窝，可此刻没野猪。七鬼的心思不在打猎上。天很快黑了，偶尔一声夜猫子叫，七鬼心里发毛了，自语：

"米歇尔鬼小子现在怎么样了？"

他知道，十有八九那鬼小子遇到了"鬼打墙"。

去找他吗？

不是仇家，我自会去找；是仇家，特别是妮妮家的仇家，那就对不住了，我没那么贱！

你那个"主"，那个上帝，不是和你在一起吗？让你的上帝来救你吧！

你命大命小，运好运坏，到夜猫子岭来自见分晓吧！

是我害了你吗？又不是我出主意走到这一步的！就是见了老马，我也说得过去！哼！说不定你老小子受不了岩洞里那份罪，乘机溜之大吉，跑回安南了！

想到这里，七鬼心定下来。

既然米歇尔有可能走别的路了，七鬼也就可以心安理得地往回走。

他往回加快了脚步。

43．"立马去找米歇尔！"

次日，恰逢老马也回来了。

这一趟，老马他们走得不顺：被中国安南边境地区的日本驻军围堵，七斤炒米很快吃完，他们被围在大山里断了粮。挖山薯充饥又中了毒，一个个又吐又泻，马帮牺牲了一个兄弟。几经曲折才跑下来，最后好不容易才完成任务。虽说平安归来，但老马心情不好。而且屙肚子人也屙成了烂面条，软绵绵的，又崴了脚，连走路都一瘸一拐。

老马没直接来岩洞，先到跟他一块出马帮的糍粑三家炒热盐巴捂肚子。老马急着见七鬼，派糍粑三来找他。糍粑三一身是泥浆，在寨口上看到七鬼，急不可耐地说："啊，太好了！我们回来了，老马在我那里熏肚子。他累得比我惨，成了烂面糊！一步也挪不动了，可一坐下就让我来找你！"

七鬼越听心里越发虚，一声不吭跟脚进了糍粑三家。

一进门，见老马正喝热姜汤，老马烫得扭过脸来龇牙咧嘴地点点头，算是打招呼了，那双眼睛却急急忙忙往七鬼身后边寻找。

老马在找米歇尔。

七鬼身后边没别人，老马急问："他呢？"

七鬼立刻气短了："你、你说谁？"

老马揉着肚子，难受得五官挪了位："还有谁？小、小米啊！米、米歇尔啊！"

七鬼结巴起来，吭哧了半天说不出话。

老马急了："他呢？走，过去看看他！"说着站起来风风火火就要走。

七鬼已经一头汗了，躲着老马的眼睛嗫嚅道："他，他没回来……"

老马呆住了，站定："你说什么？谁没回来？米歇尔？他去哪儿了？"

七鬼不敢看老马的眼睛："他要去打野猪，他要两个人分头堵，我围过去，不见他……"

老马愣住了，愣了很久："什么时候？今天？"

"昨、昨天……"

老马眼睛瞪圆了："在哪儿？"

七鬼又结巴起来："夜、夜猫子岭……野猪林……"

啪的一声，老马把盐巴袋子往灶台上一扔，把一个大海碗竟砸成了两半。老马急了，竟喊起来："你就一个人回来了？怎么不找他？夜猫子岭、野猪林是米歇尔能去的地方吗？"

七鬼强词夺理："他一定要去……"

老马脸都气歪了："他要去你就去？怎么不拦他？他没回来怎么不找他？"

"我，我找了，也喊了，可没……"

"混蛋！找不着你就一个人回来了？他要是撞上个头大一些的野猪群，还不把他撕了？"

老马竟骂起人来！他发急的时候，在兵马司养成的少爷习气就会露出马脚。一般情况下他遇事不慌，可这次闻声却真急了，一个鲤鱼打挺跳起来，连灶台上一个锅铲都碰飞了。他脸都气歪了，一拍灶台嚷道，"这么大的事你怎么不赶紧找人商量？还这么沉得住气！"

七鬼嘴硬："找人我怕漏风……"他伸出胳膊想按住老马，"你身子这样，先坐下听我慢慢说……"

老马把七鬼狠狠一推，竟把七鬼推得绊倒在另一个蒲团上。老马道："闭嘴！甭来阴的！撒谎你还得学几年！你小子那点小鸡肠子我还不明白？小米要有个三长两短，我饶不了你！整个雀儿山都和你没完！"

七鬼不服："我怎么啦我？"

老马鄙夷地看着七鬼，他头一次对七鬼用这种眼神："哼！还'怎么啦'？——我说两句雀儿山的歌：头一句，'三岁孩子捉蚂拐，你我都是嫩水蛙！'二一句：'大风吹烂门神纸，左看右看不成人！'哼！"他当机立断，"糍粑三，叫上我们上路的那几个兄弟，立马去野猪林找米歇尔！"

刹那间，疲惫不堪的模样从老马身上飞得无影无踪。他大步流星地向野猪林赶去。

七鬼也急急忙忙跟在后边。

老马让糍粑三带上狗，带上长腰鼓和开山斧头。

44. 走方兄弟"义"当头

几个人找了一夜，连个影也不见。

林子里下起了雨，糍粑三把自己的斗笠扣在老马头上，老马却扣回到糍粑三背着的长腰鼓上。

老马在走方路上崴了脚，走路本来已经一瘸一瘸的了，现在瘸得更厉害了。七鬼折了几片芭蕉叶给老马挡雨，赶过来扶老马，老马恼怒地推开七鬼："算了！我崴了脚算什么？米歇尔要是'崴'了脚那得要他的命！看整个雀儿山找不找你算账！"

糍粑三心细，冷静地让狗分辨气味，那条看上去笨笨的大笨狗却能在泥水地里嗅出什么，越走越兴奋。几个人紧跟着狗在雨中开路。须臾，七鬼突然间扑向一片空地，捡起一个小物件大叫："看看看！"

在地上发现了一个左轮枪的子弹壳。

老马接过弹壳审视："嗯，是我留给他那把枪射出来的！"他四顾判断："有这个就说明小米没离开野猪林。"

他让糍粑三打腰鼓发信号。

可是，走了大半夜，却毫无结果。雨渐小渐停，天上也泛出了鱼肚白。又走了一阵，还是七鬼，突然间又扑向一片空地，左顾右盼了一番指着两棵树矮矮的树皮又大叫："看看看，野猪毛！"

老马气不打一处来："看什么看？不就是几棵树几根毛吗？"

七鬼又委屈又着急，指着树皮上的野猪毛急得连嗓子音都劈了："这树刚才就见过，走了一圈我们又走回来了！——'鬼打墙'啊！"

再往前走走，是个大天坑，落差有一两百丈！米歇尔如果掉进天坑里，那就可永无出头之日了！

众人有的傻了，有的慌了。此时此刻的七鬼，竟急得哭了起来。

老马临危不乱，反倒显得更加沉着。他判断："我们在这里遇到'鬼打墙'，小米也就有这个可能。说不定他转来转去就在这一带！"

他让糍粑三继续打腰鼓发信号。

可是，这里没有瑶寨附近那种山山相递的击鼓传信的密码链条，偌大个林子里很快把鼓声吞没了，像大海边听不到蚊子的细嗓子一样。

就在大家急得不知如何是好之时，林子深处传来一声清清楚楚的枪声。

老马马上听出来了："是左轮枪的声音，是小米发的！"

大家欢呼起来，七鬼判断了一下："枪是从夜猫子岭左山脊那边打的！"

连大笨狗都警觉地叫起来。

雨彻底停了，一条斑斓的七色彩虹挂在林海西北上方。日出了。

拐过两棵香樟子树，就是夜猫子岭左山脊。一块大石头后面，影影绰绰有一个移动的黑影。他们还没走到夜猫子岭左山脊前，就见到米歇尔抢先又踉跄又蹒跚地扑了过来！

"啊啊啊！亲爱的！亲爱的！我亲爱的！"

他先是一把扑进老马怀里，紧紧抱住老马。老马也一把抱住了他，老马一反中国人的惯例和常态，竟把米歇尔"啧儿"地亲了一大口。米歇尔又一把抱住七鬼，他又是哭，又是笑，又是打，又是捶。接着轮番抱了每一个人，亲了每一个人，连大笨狗也不嫌脏，都嘴对嘴使劲亲了。大笨狗也高兴得两爪前立爬到米歇尔肩膀上亲热。

老马问米歇尔："你怎么熬的，这两天一夜？"

米歇尔道："光顾得着急了，急坏我了！我找不到七鬼，我是怕七鬼出事啊！"

老马狠狠瞪了七鬼一眼，那眼神恨不得把七鬼吃了，噗的一声，恨铁不成钢地吐了一口口水。

糍粑三对米歇尔道："遇到'鬼打墙'了吧？"

米歇尔扑过去抱住七鬼道："我是怕七鬼迷路啊！不找到他我怎么敢离开？"

老马听了这句话，半天没吭气，又瞪了七鬼一眼，仰首长叹一声："唉！惭愧！人家小米倒是讲义气，真是个侠义肝胆！可咱们呢？"

回去的路上，老马一路没理七鬼。

回去的第三日，老马找到七鬼，变得分外客气，公事公办道："好了，我答应过的说到做到，前些日子辛苦你了，你离开这儿吧！前天事情太急，又碰上我心情不好，说话气粗了一点，有鼻子不是鼻子脸不是脸的地方，您就海涵吧！"

七鬼觉得老马说这些话的口气不是味道，吭哧道："你抢着认什么错？我……"

老马一脸真诚："我是该认错！在北平大宅门儿里沾上了少爷脾气，一急就露出马脚！"

七鬼道："我等着跟你走方。"

老马却沉下了脸，憋了一会儿，不讲情面地说："咱们公事公办，想走方你别处去走吧！"

七鬼十分意外："撵我走？"

老马："雀儿山这个走方帮，秘鼓密情，是生死相托的一伙，出了米歇尔这档子事，你大概待不下去啦！你说你对小米够义气吗？你把人家小米当仇人看，哪笔账近哪笔账远、哪笔急哪笔缓、哪笔账糊涂哪笔是小葱拌豆腐一清二白，这你都算不过来吗？你对小米这么小鸡肠子老鼠肚，就算我能容你，别的兄弟能放心你吗？别人又该怎么看你？你不讲义气，大伙对你能信得过吗？你……愿去哪儿去哪儿吧！走方帮你是待不了啦！不过，不论到哪儿，别忘了你发的要做好汉、当杂种的天誓就成！老弟你好自为之吧！"

七鬼很觉委屈，老马却不肯圆通。老马最后说："老和尚办事讲机缘，水泊梁山办事讲仁义，你也想想这几个字吧，没办法，这次你过不了关！"

七鬼梗着脖子不服："不给米歇尔这洋鬼佬当苦力就不仁不义啦？"

老马又来气了："越说越混！晚上枕着胳膊，自个好好想想吧！"

七鬼和老马就这么分开了，怏怏不快走出去。

糍粑三为人温厚，处事平和，望着七鬼的背影对老马劝道："跟七鬼何必那么认真？我看竹篙打水平平算了！"

老马却不以为然："不是我刻薄，咱们走方帮是在刀口上走路，不讲个方圆还怎么成军？当文秀才得考文墨，当武状元得考刀枪，当走方帮的弟兄，别的不考，就考这俩字：仁字儿和义字儿！"

糍粑三对七鬼挺惋惜，打抱不平道："或许七鬼真是委屈哪！"

老马思考了一下说："真有血性的，打也打不走；可那没脊梁的，想拉也拉不住！现在就算委屈了他，对他日后成器也有好处！"

雀儿寨鱼龙混杂，老马感觉到杏花渡的敌伪势力不会不来趁火打劫。为了别再有闪失，当日下午，老马就把米歇尔转移了。

45. 火海方舟

［左门卫次郎自白］

鱼龙混杂、趁火打劫吗？他们猜得不错，利用我的特长，我摇身一变又成了张慕陶。我的的确确是趁鱼龙混杂来趁火打劫的。

我不说，您也一定猜到了，上一次我差一点儿说漏了嘴！

不错，在雀儿寨我自称张慕陶是假，我绝口不提的"笔部队"左门卫次郎才是真。

我佩服哥哥左门卫太郎的勇气、心计和细致！我到雀儿寨的一切都是他设下的连环计。那次奇袭龙脊岩，搜捕米歇尔和七鬼，最后不但没成功，还让井原险些搭上性命。哥哥觉得丢了大脸，他急于再立奇功，让杏花渡"南进"派遣军的上上下下能对我们刮目相看！

哥哥让我冒充张慕陶，先到雀儿寨和被飞机炸伤的老阿爸混熟。张慕陶实有其人，可那个活生生的张慕陶早已经被我们抓住，在杏花渡的大榕树上吊打半死，半夜丢进鹧鸪江里了。哥哥就让我涂了一身血污，继续吊了上去，并有意让"花嫁"鹭妮妮看到。哥哥原来的方案是："玉体盛"肯定少不了，鹭妮妮做"花嫁"陪联队大队长松本总三郎少佐也肯定缺不了，但之后的脚本设计却是由我这个张慕陶来英雄救美，半夜与妮妮一起逃走。我随她一起逃到寨子里再见机行事，不但要抓到米歇尔，也要把雀儿山和三界坡的抗日势力一网打尽。

我并不以为我一定能胜任。

哥哥认为我在中国待的时间太长，对松花江畔的养母依恋过深，骨子里同情支那老百姓，容易假戏真做。可他后面还设计了绝活儿——等我假戏真做、弄假成真，但又心怯手软时，他会利用与我酷似的面貌，接着冒充我。也就是到时候我退场，他出场，由左门卫太郎冒充左门卫次郎，由他继续冒充张慕陶，把我没演完的戏接着演下去。

这出戏要是演成了，不但联队大队长松本总三郎少佐会满意，派我来的东京《中央公论》会满意，我的"笔祸事件"——因写"非国策文学"而被东京警视厅逮捕并被判"四个月徒刑，缓期三年执行"的罪辱也可因"戴罪立功"而免除。而且我的"现地文学"《战地日志》可望出版并参加下一届"大东亚文学者大会"，甚至可望争夺权威的芥川龙之介奖！

老药王的家恨是我们抓住米歇尔求之不得的良机！对米歇尔，我没什么可同情的！白种人在亚洲作威作福、骑在黄种人脖子上拉屎的日子早该结束了！大和民族才是最优秀的民族，中国、亚洲和世界理所当然要让我们大和民族来雄飞！对米歇尔，我理所当然要除之而后快！我和老药王、妮妮终于有了一脉相通的地方！

为了抓紧战机，我一早就去了也叫"鸡爪坡"的三界坡。为了应对万一，临行把悄悄藏匿的军用匕首塞进粗竹筒里，揣在衣襟深处。

去三界坡，一是看看老药王祖孙两个总去的这一带地貌如何，联队如何派兵。二是看看米歇尔可能藏在"鸡爪"的什么地方，具体"脚趾"要摸清。三是更紧要的，根据联队的规定，得把这一切及时写成报告，放在事先设定的"密室"里——三界坡中间那根右鸡爪的"脚趾"上有片大竹林，在一棵罕见的方形粗竹的斜出处有个不易发现的低矮溶洞，刚好能塞进我藏情报的粗竹节，那就是我们交换情报的"密室"了。

我知道，为了"密室"的绝对安全已经有两个中国孩子搭上了性命。

走到三界坡，已经是正午。我很快找到了"密室"附近的方形粗竹，正想把报告放进"密室"，竹林深处传来叮叮当当的马帮铃铛声——大约是一支从缅甸密支那那边驮烟土过来的大马帮。我料定这不是游击队的马帮，游击队的马帮不会这么张扬，来去绝对悄然无声，马脖子下更不可能挂响铃。而且这位马锅头肚大腰圆，一嘴酒气，身上还摇摇摆摆挂着英国出的李恩菲尔德步枪，也就是中国人说的"英王快枪"，这也多在缅甸才有。可是，他们太招摇，这一来惹祸了——

大日本帝国的飞机，严密封锁了中国这一带援蒋的国际运输线，不允许船只，更不允许马帮在这一带穿过。帝国的飞机发现了他们，从"鸡爪"的左趾上空飞过来，密集地俯冲，扫射，投弹！

我立即避进了"鸡爪尖"低矮的密室溶洞。

可是我错了，炸弹造成的热浪和浓烟混合着有毒的气体沿地表弥漫过来，浓烟无孔不入，专捡低凹的缝隙往下钻。我立刻被呛得一把鼻涕一把泪，剧咳不止。

等飞机刚过，我逼得立刻冲了出来。

没想到，洞口外已经是大火冲天。已是中午，太阳毒，气温高，山脚下到处是枯树干草和朽木败叶，到处都是引火物。四边的火海正疯狂向我蔓延，我慌了。

"小老弟，快过来！"有人在火海还没烧到的右"爪趾"的半山腰上喊我。

一个衣着土洋结合、三十四五岁的中年汉子在向我招手，他旁边，有个深目高鼻，一脸打圈的络腮胡子的金发外国年轻人。

我怦然心动！心里本能地冒出三个字：米歇尔！

不用问，那个中年汉子就是我们久欲除掉的游击队马帮首领、被山民称作老马的那个支那抗日土匪了！

我手向放匕首的粗竹筒摸去，把匕首暗暗拔出套，藏在衣下。是冲上去和他们拼还是赶紧逃？我未及细想，却突然感觉我脑袋发昏，身子一歪倒了下去。

"快！他让浓烟熏昏了！"

老马几个箭步，从"爪趾"的半山腰冲过来，飞身越过正熊熊燃烧的草丛，扑到"鸡爪"尖的地方把我拉起，往肩膀上一扛，又趟着火跑回山腰，和一瘸一瘸的米歇尔一起抬着我，往三界坡山顶上跑。

按对付山火的常识，往上跑肯定是犯忌的。老马看来跑山火不止一次两次了，他极沉着也极老练，拉我往山顶上跑。山顶上风向为之一变，清凉的山风从山背阴的女儿杉林间扑面而来，吸走了弥漫在我胸口间的毒气，我清醒过来，能自己走了。我下意识地谢了他俩。老马道："这工夫还谢谁？火头马上就扑上来，在这儿是等死，得快烧出条防火带冲出去，翻过山顶往那边山背阴处跑！"

火势"噼噼啪啪"，向两边的山脊蹿得极快。三界坡"丁"字形那一横的两边，两股火头中间恰好有个低凹的山谷。老马递过两根着了火的树枝，指挥我和米歇尔："咱们正好三个人，快，分头烧一条防火沟，你去右边点火，我去左边烧，米歇尔在这儿烧中间儿！"

眼下要和死神争分夺秒！我们立刻分头行动，我跑到右山脊上，把草丛点了一长条，可是苍劲的山风迎面扑来，火苗立刻打蛇随棍上，呼一下扑上身来。我衣服下摆着了，袖口也着了，连头发、眉毛都燎着了。

老马见到，向我大喊什么，我摆摆手，根本听不到。

老马风一般冲过来，扑倒我，就地和我在山坡上滚。身上的火被滚灭了，他的眉毛、头发也焦头烂额地散出烧煳了的气味。老马气喘吁吁大喊："找死啊你？怎么迎着风点火！"

米歇尔那边的防火沟烧得顺利，我们三个又汇合了，一起跑向山背阴的缺口处，火已经烧过那里，火头已经蹿远了。我们决定从那里逃离。

我们手拉手滑下陡坡，没料到：陡坡被大火一烧，石壁被烧裂，一块块巨石爆炸，飞出，滚落，还留在原处的也已松动，有的竟然摇摇欲坠、岌岌可危了。老马抓紧一棵雀仔榕的气根，他下边是米歇尔，米歇尔下边是我。我们三个人组成的人链挂在半山壁上，上不着天，下不着地，脚下又没可以落脚的地方。三个人命悬一线——全在老马那只抓紧气根的手。我分明看到，气根勒破了他的手掌，那条粗气根已经被染成了红褐色。老马如果松了手，我们必滚落陡坡，下边是悬崖绝壁，三个人摔死是十有八九，掉进火海里烧死则是百分百！

我看着那只血淋淋的粗手失声叫起来："你，你的手……"

"没什么紧要，我没事！"老马临危不乱，让我们三个紧紧地手拉着手，我们终于下到了一石头上。这里的危险又变成石窄人多，三个人站不住。老马又换到最危险的边缘，却还上护米歇尔，下护我。他大喊："不要怕，我们三个互相抓紧就摔不下去。小老弟，你再下一级，先用脚试个落脚的地方！"

我们就这样组成三个人的人链，终于一节节地下到平安处。回头往上看，风催火，火助风，防火带很快烧出来了，火被拦在了山南边的向阳坡，火头正烧到"丁"字形的那一"横"的最顶上。老马喊了一声"接着下"，我们沿"丁"字下边的那一"竖"往山下跑。山火蔓延主要靠热对流、热辐射和热传导，由下向上蔓延特快，称冲火；由山上向下蔓延慢一些，火势也弱，称坐火。蔓延速度最快、火势最强的部分为火头，就是正往山脊上扑的那片火；已经烧完的山脚算火尾；而介于火头与火尾当间儿正往"丁"字的那一"横"两边扩散的称火翼。这些名堂是事后老马告诉我们的。

我们冲到山脚下，这里火势小，火苗分散。老马嚷道："得把散开的火苗扑灭，要不整座山的林子都完了！"

他带头打火，沿着火场边缘不停顿地扑打，把分散的火焰一一扑灭。

米歇尔也在拼尽气力扑打，老马喊他："向火苗儿斜打，重打轻举、一打一拖！千万别直上直下猛起猛落，那会煽风催火，火星飞扬反助长火势！"

山脚的余火总算扑灭了，可嗓子眼的火仿佛越烧越烈！什么叫渴？现在我才知道！老马先用鼻子闻闻，再侧耳听听："走，有水！"

他带我们走到谷底，一股山泉清清亮亮冒了出来，汇成一条小溪。我们筋疲力尽，一齐跌倒在山溪边，三个人都像牲口似的低下脑袋，趴在水面上贪婪地鲸吸牛饮。

三个人都喝了一肚子水，我才敢确定自己算是活过来了。老马看看我俩："总算死里逃生了！也巧，咱们正好是仨人儿，这么大的山火，少一个人两边的防火沟都顾不过来！人链也拉不起来！"

米歇尔也松了口气："上帝显灵了！三个人组合在一块成了什么？"

老马没答话。他一身是伤，软绵绵地靠在一块石头上，连说话的气力都没了。三个人都已经多处烧焦，米歇尔瘸得厉害，没人答他的话他也不再问了，仰面躺在地上，四肢大开，样子像还剩半条命。老马心疼地望着山脊。林海黑烟四冒，已经变成黑乎乎的一片，酷似尸横盈野。他咬着牙："林子烧了，乡亲们还怎么活！狗日的日本鬼子，这笔债完不了！"

一句话，让我打个冷战，浑身起了鸡皮，突然间清醒过来。

我想起了我的任务，想起了联队长对我和太郎讲的那一席话，想起了家族和哥哥对我的期待。

我的手又暗暗向怀里的匕首摸去。

三个人里，我伤得是最轻的，他们两个又没防备，现在结果了他俩，是个时机。

可这时，米歇尔突然间冒出一句话："知道我问的答案吗？——Noah's Ark。"

老马没听清："什么？"

我听清了，可是，我没答话。

但是，我下意识地把匕首又塞进了衣襟深处。

"小老弟，贵姓？从哪儿来的？"老马松弛地看着我。

"从桂林来，贱名张慕陶。"我也故作松弛地回答。

"——'慕陶'，那是向往陶渊明和世外桃源喽？"老马很有文化，"老和尚说，心中若有桃花源，何处不是白云间？眼下日本人到处烧光抢光杀光，白云间在哪儿？"

我没吭声，怕他再问下去。

不久，我奉命回到了杏花渡。从东京总部来的记者在"玉体盛"酒会上大叫"南进"，见到的师团官兵也纷纷高呼"南进"，"笔部队"的特殊身份让我又挎上了相机，陪同东京的记者参加"南进"，随军采访。

第六章

46. 赶脚路上岔路多

风闻七鬼又回到雀儿寨，而且腿伤也好了，桑康一大早就跑去找他。听说七鬼和老马吵翻了，桑康觉得机不可失。他要把七鬼拉回来，这可是个难找的好脚夫。桑康从杏花渡得到日军占领区的通行许可证，准予南行。他拉到一笔大买卖：跑一趟安南驮药材，再拐缅甸驮一批没开料的宝石原矿石。玩宝石原矿形同赌彩，但是他搞宝石原矿向来赚大钱。

七鬼正想挣一笔钱找老药王提亲，离开龙尾洞他也没好去处，桑康找到他，是锅盖配锅头，没费周折，一说就成了。

两天后，烧香敬了山神土地和财神爷关帝庙，桑康的马帮上路了，七鬼打头。

与过往不同的是，七鬼上路的时候脖子上摇摇摆摆多了条贝壳项链。桑康笑他："这不系（这不是）妇道人家才使的吗？扔掉扔掉！带着老娘们的物件上路晦气！"

七鬼却把项链死死护住："谁动这个我跟他拼命！"

桑大嘴咧着大嘴道："没见系（没见识）！到了安南给你买条檀木珠子的！"

七鬼犯拧了："金珠子的也不要！"

桑康被噎得说不出话，他觉得七鬼变了，变得不听话了。

一路上，七鬼心事重重，每值桑康再撩他说心事，七鬼就头一歪，哼起了《走方调》。

桑康仔细听他唱什么，揣度七鬼的心事——

　　古言云，分离事，万般凄愁，
　　日夜说，早晚道，吩咐勉诱：
　　叫一声，我的儿，泪水先流，
　　一路上，切不可，争强好斗。
　　……

七鬼哼到这里，桑康反倒笑起来："你小鸡（小子）傻吼什么！别人有妻儿老小，离家自然伤心，你小鸡（小子）站着是一竖，倒下来是一横，一个人饱了全家不饿，离家去吃喝玩乐你伤心什么！——说到底，你回到我这里来吃回头草吃对了！在他们'走方帮'哪有出头的日子！"

七鬼不吭气，继续哼他的小调——

　　人世间，凶险事，多若沙稠，
　　三分命，如累卵，骑马乘舟。
　　走方苦，话难尽，气梗咽喉，
　　抛父母，别妻儿，吞声独走。
　　……

次日，歇了马。天一亮，桑康就拴了马，改雇小艇，载他们穿过芭蕉林，来到了那个叫"小板那"的边境小村，从一个矮小枯瘦的阮叔那里进了两麻袋蚕虫、麒麟竭等珍稀安南药材。桑康对阮叔又是传烟筒，又是递槟榔，一言一语都毕恭毕敬。他悄悄对七鬼道："别看阮叔身板才三寸钉，他可是所有过路马帮的衣习（衣食）父母！"其实七鬼认得阮叔，他和老马运货过小板那时与阮叔打过交道。"小板那"离界河不远，远远可闻日本军机又在轰炸河对岸的十八寨码头。七鬼出神地看着河对岸的群山，一声声爆炸声好像震到他一样。远处响一声他就向桑康问一句："听！又炸了！听见没有？"

桑康安慰七鬼："你放心，飞机离这里好几座山头呢！到了阮叔这里，就是进保险公西（公司）啦！"

七鬼仍目不转睛地看河对岸，神不守舍。

桑康想刀切豆腐两面光，可真来到路上，就没那么简单了。

晚上，小艇载他们回到大榕树附近。

桑康决心拴住七鬼，自思该花钱的时候得肯出手，他想了个主意，到了安南，头一天就带七鬼又去花艇过夜。

一晚上七鬼却都闷闷不乐。

花艇的老板娘敬酒敬烟，打情骂俏，七鬼都打不起精神。他胡乱吃了几口蚵仔煎，一口气灌了三杯酒，筷子一丢，想离船上岸。桑康拉住他："不赌两把？"

七鬼身子一歪，倒在甲板上，不出声了。

他想起老马教的《走方调》——

　　鬼花船，果真是，害人精猴，

　　传烟筒，敬槟榔，卖尽风流。

　　搽粉面，梳油头，搂你挑逗，

　　落在那，迷魂阵，七魄难收。

　　……

他酒上头，浑浑噩噩睡去。

睡到半夜，酒醒了一半。口渴，撑起身子想起来喝水。旁边有人挤着他，伸手一摸，竟躺着个胖得像母猪的船娘。七鬼一惊，杀猪似的惊叫起来，跳起来就跑。

他逃到甲板上，坐下来，像老和尚数佛珠一般摸索着他脖子上那条贝壳项链。贝壳项链晃来晃去，每晃一次，妮妮的身影就在眼前闪一次。妮妮现在在干什么？又去给米歇尔换药了吗？不会！世仇在家族中祖祖辈辈传递，传到她这半根香火的地步祖孙两个反倒更着急了。她和老药王去找米歇尔算老账了吗？也不会，祖孙两个都不是那种血一冲上来就白刀子进红刀子出的人。

她和爷爷会想什么？

会不会想到我？

七鬼想到这里突然间打了个冷战。

——她们会想到我！

会把报仇的期望跟我拴在一起！可我现在却丢下他们跑到这花艇来了！还糊里糊涂跟一个老母猪般的肥婆睡在一起，我干的这叫什么事？

想到这里，七鬼捶打自己的脑袋，狠狠自责。一段《走方调》在心里蹦了出来——

　　抛老小，丢妻奴，如同禽兽，

　　下安南，过交趾，一晃数秋。

　　苦命妻，原本望，百年相守，

　　谁曾料，守活寡，孤卧独愁。

　　……

他哭起来，哭得一把鼻涕一把泪，加上花艇里弥漫着岸边羊蹄甲花的花粉香气，七鬼对这玩意儿特过敏，眼睛竟肿了。再加上脏手乱抹眼泪，两眼竟很快红得赛火龙果。他边哭边喊道："你个七鬼真是畜生！"

他喊着唱：

　　忧出门，忧赶街，单行独走，

　　忧砍柴，忧打茅，跌下深沟。

　　忧饥寒，忧水米，生死关头，

　　忧歹人，忧土匪，拐往他州。

　　……

他把甲板上半瓶烧酒向岸上狠狠一扔，烧酒瓶子画了个弧线，撞到岸边榕树粗干又弹落到河边一块石头上，摔得粉碎。

酒味儿立刻在河面上弥漫开来。

涂抹得花花绿绿的老母猪船娘闻声来拉他，他竟把人家推了一个屁股墩儿。

一时，满船喧哗起来。

老板娘不高兴了，一手掐腰一手戟指，大声道："衰仔！你莫敬酒不吃吃罚酒！"

她凶神恶煞向邻船招了招手，只片刻，邻船便摇摇摆摆走过来几个人。接着，来人领了两个做通司（翻译）的日本浪人。

为首一个日本浪人醉醺醺地踢了七鬼一脚。怒吼："八格，什么的干活？"

桑康急急忙忙掏出通行证。

两个日本人仔细看过，互相嘀咕了一番，晓得桑康是走方马帮的马锅头，竟开口笑了，低低道："大大的好！"

领头的又一挥手："过来的！"

他们把桑康和七鬼带到邻船上，那里是他们临时的落脚点。问了桑康要去的地方，又仔仔细细看了地图，看罢再次开口笑了，也再次赞道："好的！大大的好的！"

最后，把通行证抓在手里，提高嗓门说："司令部的有令：明天的，你们的先通通的到大榕树的来！"

通行证却没给回桑康。

桑康拿不回通行证，干着急，拉着日本浪人讨要。为首那个浪人变了嘴脸，一拳打来，把桑康打落水中，又抢起船桨打将下去。七鬼哪里忍得下这口气？一胳膊隔开了那把木桨，反手把木桨一接一拖，竟把那浪人拖进了水里。不想那浪人并不识水性，在水里大呼小叫，登时成了落汤鸡。桑康吓坏了，慌作一团，把落水浪人急急忙忙托上甲板。

吵嚷声惊动了更远一些的船只，来了三个日本兵，一个日本军曹皮靴囊囊，率人跳过邻船气冲冲走来。

他先从浪人手里拿过桑康的通行证看过，又皱眉瞄了瞄落汤鸡似的日本浪人，低低骂了一句，"呼"的一下，一道寒光拔出军刀，指着水中的桑康，喝道："八格！你的干的？"

桑康面对逼上来的军刀吓瘫了，浑身发抖，乱颤得像发疟疾时"打摆子"，根本答不了话。七鬼跳下水扶住桑康，心想：大不了我往水下一钻，开溜就是！于是仰着脑袋大声道："是我干的！跟他没关系！"

谁也没料到，七鬼天不怕地不怕的劲头却把日本军曹震住了，自语道："刀的你的不怕？"他竟把军刀又慢慢插回刀鞘，举着通行证道："你们可以通行的！不过明天的通通的先到大树脚的过来！明白？"

桑康急答："明白，明白！"

47. 笔笔深仇，刻在大榕树上

次日，桑康带人神不守舍地来到大榕树附近。

大树脚在界河南边的"小板那"码头。正值一日之计在于晨的上午时分，码头上本该熙熙攘攘，发船的发船，撒网的撒网，洗菜的洗菜，淘米的淘米。可这一日，气氛有点不同，太阳被云雾遮蔽，江边的大榕树脚下黑压压一群人，却鸦雀无声，连狗仔都夹着尾巴不敢叫。一个安南乡绅一本正经穿着棕色万寿纹长袍，正在榕树脚的石头花台上讲演，鼓吹日本的"大东亚共荣圈"。说罢，十来个日本兵跑步上前，把大榕树围成一圈。接着，日军把逮捕到的九个抗日华人押到大榕树下，用粗麻绳一圈圈捆牢，绑了个结结实实，几个日本兵举起了三八枪。日本随军的"笔部队"记者上前拍照，脖子上挂着相机的竟是左门卫次郎。

整个部队就是南进的日军近卫混成旅团下属的那个联队，指挥官就是联队大队长松本总三郎少佐。

高个子副官向人群喊话，通司翻译："报告马帮情况的干活，皇军大大的奖赏，特别是报告那个'走方帮'的消息的！报告他们密码的，更是大大的良民的！大大的重奖的！"

说着转向被捆在大榕树上的九个犯人："你们的里边有私通'走方帮'游击队的！交代的干活就放人的！不说的就死啦死啦的！说不说？"说着走上前，用两根手指顶起九个人中一个戴眼镜的文化人的下巴，"嗯？你的听见了的？"

浪人通司也跟过去大叫。

戴眼镜的像个年轻文墨先生，木木地低着头，不吭声。

一个少妇拉着一个三四岁的小妹妹，哭喊着从人群里冲上来，扑到文墨先生脚下，撕心裂肺地惨叫："放了他，你们行行好，孩子还小，你们放了他吧！"

兵丁正要开枪，副官身后的松本突然抬手下令："暂停！"

他抽出指挥刀，走到少妇前边，笑眯眯对她道："皇军的，大大的善良的！只要你的让他的只要喊一声'皇军万岁'，就立刻放了他！"

指挥刀下的少妇吓得脸色惨白，她和孩子都吓得说不出什么话，只跪在地上眼巴巴望着男人。小女孩像小鸡向老母鸡翅膀下躲那样，害怕地贴在爸爸腿上，声音发颤地喊了一声"爸——"。

木木的文墨先生使劲伸长脖子凑向小女儿，可够不到。

他木木的，什么也没喊。

松本翘起指挥刀尖："好，不为难你，你喊一声'中日亲善'吧！"

孩子明白了什么，竟然忍住了哭喊，颤抖地又轻轻喊了一个"爸"字，另一个"爸"字她咬住不喊了。

爸爸哭了，低低道："鹭鹭，爸爸对不起你和你妈……"

他更木了，闭上眼睛，老僧入定一般，还是没喊。

指挥刀尖在做游戏似的画小圆圈，松本在不出声地默笑，文墨先生睁开眼睛看到了，明白了什么，停了一会儿，他用嘶哑的干嗓子说："我喊，喊——！"

然后，他拼尽全力喊了起来："中国一定强！中国万岁！"

松本狞笑着，看着文墨先生，伸出拇指："嗯！你的大大的英勇的！大大的好的！"说着，用刀尖向副官和军曹做了个动作，军曹把少妇和小女孩拉开，副官牵过两条吐着血红长舌头的大狼狗。

松本放开链子，喊了一声："成全他！上！"

一声吆喝，恶犬扑了上去。文墨先生肚膛瞬间就被恶狗撕开了，花花绿绿的肠子呼啦啦流了一地。

少妇昏了过去，小女孩一会儿扑在妈妈身上，一会儿又扑在爸爸身上。

左门卫太郎来拉她，她竟在左门卫太郎的手背上吭哧咬了一口。

松本怒了，拔枪瞄向小女孩，千钧一发之际妈妈睁开了眼睛，纵身一扑扑在孩子身上。枪响了。

妈妈搂着孩子倒在血泊里。

文墨先生仍木木地勾着头。恶狗接下来又撕其他的被绑者，把一个人的肝脏活活撕咬出来。受难者凄厉的尖叫盖过了波涛声，在江面上扩散。

血红的落日跌落在江面上，吓得变形了，贴着水面失去了轮廓。血红的晚霞"打摆子"似的倾泻了一江。围观的人群害怕了，最外围的开始四散。没想到更远处有鬼子架好的机枪，几个日本兵黑洞洞的枪口向前一逼，想溜的人群又缩了回去。这时军曹一招手，两条满嘴鲜血的狼狗训练有素地跑回他的身边，军曹再一挥手，"哒哒哒"，机枪和几个兵丁手里的三八大盖儿同时开枪了。

江水被震得连连波动。血红的落日被震得在江面上瑟瑟战栗。晚霞化成了一江血色赤浪，在枪声的余波里抖动不止。

九个头颅同时垂落下来。喷出来的血柱子像九股红色的孩儿尿，霎时尿湿了榕树脚。

桑康突然尖叫——七鬼的粗手一直抓着他左胳膊，枪响的瞬间，七鬼的指甲深深抠进了桑康左胳膊的肉里，一行鲜血畅快地流了下来。

文墨先生的头颅终于沉重地垂了下来，眼镜掉到地上，从镜框鼻梁架那里断成了两截，右镜片正中被子弹穿了个边缘整齐的圆洞，镜片居然还没碎裂。

在断成两截的右眼镜框下，那被子弹穿了个小圆洞的镜片前，有小指头大小的一团豆腐花似的东西，那是从文墨先生头颅里被崩出来的一小块脑浆子。

叫鹭鹭的小女孩侥幸没死，她爬到已经死去的妈妈的怀里，哭喊着"妈妈，回家！"一个被赶来围观的老阿婆一把把孩子拉了过去，抱在怀里。

凶神恶煞的日本军曹过来把阿婆踢回人群，小女孩掉下来，还往妈妈那边爬。

小女孩哭喊。照相的"笔部队"记者左门卫次郎走来，把小女孩抱开，塞给了那个阿婆。

七鬼觉得照相的日本记者在哪里见过，有点像在玉米地见过的日本便衣探子，但额头多了个铜钱大的朱砂痣。

啊，在玉米地见过的日本便衣探子真的出现了！"豹人"左门卫太郎凶神恶煞地走来，疯狗似的向弟弟骂着什么，竟把小女孩又抢走了。小女孩又大哭大叫。

水里出现的日头颤抖着，更显得血红了。

48. 连环圈套

桑康好不容易才把七鬼从榕树脚拉走，回到了花艇。

目睹了刚才那一切，七鬼对上花艇更恶心了。

他恨自己！

老板娘送上酒，七鬼一仰脖子就灌了大半瓶。酒很快上了头，七鬼一把鼻涕一把泪，嘤嘤哭起来。

桑康来劝他，他把桑康踢了一个跟头，挣脱就跑上岸。

桑康火了，也没追他。

他狂跑了一阵，摔倒在林子里。

他对着胸口又捶又打，不停地骂自己。

他又觉得自己跟桑康在花艇泡了一夜，很对不起妮妮！"谁知你干了些什么？回去怎么跟妮妮说清楚？"

一时间，他喊尽了所有的骂人粗口狠狠骂自己！

就在这时，林子里也骤然暗了下来。一刹那，水汪汪的乌云把火球似的太阳大口吞没，擦着林梢沉甸甸围拢过来，把天遮严了。他分不清东南西北了。天骤暗，没有风，也没有任何声响，一切仿佛都在屏气等候什么。一股小风小偷似的悄悄攀过林梢，贼溜溜地试探什么。倏然之间，林子里变得千奇百怪，呼应出各种神经过敏的闻所未闻的声响。接着，里应外合，小风以小偷的动作不知不觉撬开了林莽的半扇门，疯狂的雨头风便把双扇大门两手一拽，带着摧枯拉朽的碎裂声，咆哮着闯荡进来，耀武扬威而且铺天盖地地君临了！浓云"刷"的被撕开一道曲折的裂缝，从那金色的罅裂里，滚下爆裂的炸雷。接下来，千百道金蛇在半空撕咬，一道道闪电给林子点化出奇幻的闪光。那是一簇簇既黑又亮、既白炽又死寂、既夺目又失色的奇幻光团。光怪陆离中，林莽变得难以辨识。一道蓝光，庞然大物的巨榕骤然成了张牙舞爪的厉鬼，披头散发地向他大张獠牙；又一道白光，婀娜多姿的寄生藤雯时化作吐着红信子的金环蛇和银包铁，左缠右绕地向他狂窜疯舞；接着一道青光，高大的椰子树有如劈天而下的利剑，向他"刷拉拉"直劈过来，七鬼竟情不自禁"啊"了一声，两手紧紧护住了脑袋……

七鬼使劲向天哭喊，对张牙舞爪的厉鬼高叫："劈吧劈吧！你这跟着桑康逛花艇的痴鬼！傻蛋！该让鬼劈！劈死你活该！活该！"

他面对吐着信子狂舞的群蛇大叫："吞吧吞吧！你这大冬瓜早该挨吞！你活该！你自找！"

又向劈来的利剑迎去："你小子该杀！你小子在昨晚不就是在吃'玉体盛'吗？你这该死的活畜生！昨晚的花艇不就是榕树脚吗？艇上的姑娘不就是大榕树下那些中国人吗？你还是人吗？"

天上银河决堤了，大雨倾缸倾盆。

一个踉跄，他跌倒在落叶重重叠叠的雨水凹里。

雨中，两个日本浪人来到桑康那里，指名道姓来叫桑康，命令他立刻去高个子副官那里"听指派"。

在南进的日军近卫混成旅团那个联队的临时据点里，高个子副官向桑康仔细询问了桑康等人要经过的路线，然后摊开地图，用铅笔指着一角让通司翻译说："皇军的给你们的通行证，你们的也要大大的用良心回报！你们的要努力的配合'肃正作战'的！一起把游击队的'走方帮'的统统消灭！你们的在前面走路，发现有'走方帮'的过路的情况，要用石头的做记号的再加上刮树皮，你的明白？"

桑康一听，头都大了：这一来，不是要我们变成游击队和"走方帮"的死对头吗？我桑康以后在雀儿山还呆不呆？可转念又一想：胳膊拧不过大腿，现在硬往"皇军"枪口上碰是找死。他嘿嘿干笑了两声，点头哈腰道："我的明白的！我的明白！"

心想：只要敷衍了事上了路，再怎么做就是我们的自由啦！谅你们也不能一步步紧跟在我们后边！

可是他猜错了。

高个子副官见桑康第一步已经俯首帖耳，第二步便跟着亮相。他指着两个日本浪人又叽里呱啦了一番，浪人通司用大拇指指着自己，当仁不让翻译道："长官让你的把我们这两位大大的日本通司的，安排在你的马帮里的，一起的走路的。"

桑康一时语塞，愣了一下急急忙忙作欢喜状："那……自然是大大的好的！欢迎的欢迎的！"

两位日本浪人把桑康的通行证捏在手里，居高临下道："通行证的先交我们的保存的。"

桑康别无选择，只能说好，心里却在一声追一声地不停暗骂："丢那个稀饭！让你们两个该千刀宰万刀割的家伙路上不摔死也碰死！"

表面上，他却对两位日本浪人殷勤得无以复加，秃尾巴太监似的把两个太上皇往花艇上引。

消息很快在桑康的马帮里传开了。

七鬼在水里泡了半日，酒醒了一大半。听到这消息，最忍无可忍的就是他。

他心里愈发七上八下，又愧又悔。他发现鬼子在马帮常出没的小道上大动干戈，里里外外都下了套子，只等老马他们上钩了！此时此刻老马他们如果上路来了这里，那十有八九凶多吉少！

他决定跑回去送信！

可又一想：万一老马他们已经上路了呢？

他一时想不到法子，急得坐立不安。

次日一早，桑康全帮该上路了，七鬼早早喂了马，把昨天从阮叔那里运回的两包药材往肩膀上试着挑了挑，对桑康道："老板，下边的地方我不跑了，先帮你把这些药材挑回去。"

桑康老大不高兴："还撒酒疯啊？嗨嗨嗨，说得好好的，你小鸡（你小子）怎么半路变卦？你不去我半路去哪儿雇人？"

七鬼道："让花艇老板娘帮你雇！哼，有钱鬼都肯推磨呦！"

桑康"呸"的一下把一口唾沫吐得老远，为难道："介个，介个（这个，这个）……那你的工钱也不好算呀？"

七鬼道："工钱……不要了！"

桑康没再回话，在玩他的鬼心眼。桑康看看不远的住着两个日本浪人的邻船，暗自盘算：我桑康不给鬼子干，那得吃不了兜着走，好汉不吃眼前亏，我桑康不干这傻事！真给鬼子干，说近的不但得罪老马，还得得罪整个雀儿寨，说远的话一传开那得得罪"交趾支那"整个江湖，那更是血本无归的赔本生意！我桑康也绝不能够如此！

怎么办？他想了个缺德的毒招。

七鬼不是要走吗？就来个打杀蛇随棍上，将计就计！

七鬼那边已经不由分说挑上担子，说走就走。

桑康按住担子，指着他脖子上的贝壳项链道："咱们哥们儿说句体己话：你莫忘了大系（大事），求亲哪有不送彩礼的？不把银子挣出来，让老药王眼巴巴看妮妮跟你去喝西北风呀？"

这句话也不管用，七鬼还是坚持要走，但药挑子从肩膀上颓然滑下，他吭哧一声，一屁股跌坐在路边的棘痢刺上，竟没觉得疼。

桑康："我也不难为你，只派你今日再帮我跑一趟'小板那'，带两个人三匹马从阮叔那里再运一趟烟土，就没你系（事）了！"说着，把几张"绿包袱"，里边还有个硬硬的东西塞进七鬼手里。

"不光是'绿包袱'，还有个法郎大光洋哪!"桑康说得得意洋洋。

七鬼捏捏，纸币果然裹着硬币，他踌躇不语。

桑康开导他，连说带哄："老弟，把事情看透吧，咱们小百姓管不了天下大事，跟着老马担惊受怕图什么？莫如白天赶着马屁股走，晚上挤着女人屁股睡，咱们两边都不得罪，管好自己的肚皮就不容易了!"

桑康又多塞来两张"绿包袱"。

七鬼把纸币、硬币胡乱团成一个球，都塞进腰带里。真的有钱能使鬼推磨吗？

不。七鬼真正想的是：只要让我走就成，脚板长在我腿上，路上我找机会赶紧回去报信!

桑康愣了，想了想道："你回来未必见得到我。货挑回来你放在老板娘船上。"叮嘱罢，又塞给七鬼三个粽粑、半瓶烧酒，讨好地说道："那，把这带上吧，路上没凉粉摊。记住老哥我那句话：管好自己的肚皮就不容易了，咱们两边都不得罪!"

七鬼踌躇不前道："鬼子白刀子进，红刀子出，南边让走吗？"

桑康搪塞道："会让你走的，前日不是没拦吗？"

49. 分道扬镳路迂回

七鬼和桑康分道扬镳了，他带着两个人上路。

离别大榕树，七鬼和那看不见的十个冤魂告别。他脚步变迟、变沉。尸首已经拉走，榕树脚下，已经风干的血迹还黑乎乎盘在粗树根下。苍蝇叮在血迹上，嗡嗡嗡，个个都特来精神，好不欢快。七鬼面对大榕树，拉正衣襟，恭恭敬敬停了下来，慢慢鞠了三个躬。

他头一次当起了马锅头，尽管是临时的。

路上鬼子果然没再拦他们。可走了不久，远方隐隐有密集的枪声。

三个人停下来研究判断是怎么回事。两个伙伴告诉七鬼，行前他们无意中听到"交趾支那"的老乡和花船的老板娘聊天，说老马的"走方帮"也过来了。很可能是老马或别的马帮钻进了鬼子的埋伏圈。

七鬼一听更暗暗着急。

他急于遇上老马，把鬼子的动静告诉老马，索性向枪响的方向循声走去。

枪声却很快又沉寂下来。可七鬼过去在老马带领下走过这一带，他对"走方帮"的路线大体有印象，便拉着马加快了脚步。

他暗暗庆幸自己离开桑康跑了单帮。可是七鬼怎么也没料到：有人像山蚂蟥似的人不知鬼不觉地吸附在他们这个小小的马帮身上——隔了百十步，两个日本浪人隐身在林子后边，鬼魂似的悄悄尾随着。而且一路走一路留路标，在七鬼前去的方向刮下一长条树皮，树根部位还用石头子摆成箭头指明去向。

那是桑康施的金蝉脱壳之计——

日前，两个日本浪人像山蚂蟥似的跟定桑康之后，桑康好酒好肉先把两个家伙哄成了顺毛狗。晚上桑康对他们道：下边七鬼和我不同道，你们要找"走方帮"过界河南边来的蛛丝马迹，就跟定七鬼。他是和"走方帮"那一伙吵翻了才到我这里。

两个浪人大喜。但他们信不过七鬼，决定不露痕迹悄悄跟在后边盯梢。

桑康终于就这样脱身了。

七鬼心里急迫的不是接货，也不是脱身。他最急的是要想法子判别老马他们究竟过到界河这边来没有？

他朦胧记得老马的线路和沿途的落脚地，就近就有一处。那是"小板那"附近的一个大码头，可当前的气氛下老马他们会小心绕开。他们可能过来吗？会走哪条线？

终于，凭借他的灵敏与第六感，七鬼隐隐约约捕捉到山风里夹杂着似有若无的敲门声。他浑身一激灵，敏感地站下来细听。那声音却又没了。

他跑到山脊上，用手向风来的方向兜起耳朵，仔仔细细辨听——啊！有了！一声！又一声！一串，又是一串！那不是敲门声，是腰鼓声，而且是鼓点长短分明的腰鼓信号声啊！

这就证明老马他们过来了！而且就在这一带！而且这附近能出现腰鼓信号声，说明一路上游击队一直有眼线！七鬼又惊又喜，又喜又急！喜的是他终于找到了目标，要千方百计去报信！急的是如果报不成信，老马他们就进了鬼子的搜捕口袋！那就正中鬼子下怀！

后边，两个日本浪人已经悄然跟了很长一段路，一路留下了几十组标记。两人暗暗得意，自以为很成功。

可是他们不晓得七鬼是个嗅觉奇特的好猎手，不但有千里眼，更有顺风耳。七鬼跑上山脊，除了隐隐约约感到山风里夹杂着似有若无的腰鼓声，还在判别第二桩事，而且也落实了。终于发现身后，甚至于身左身右有可疑的动静。他不动声色，让两个伙伴先走，自己则到林子里看看路再"丢个包袱屙泡尿"。

他绕到林子里，瞬间不见了。

很快他就绕到了来路的后方，他终于发现了盯梢的两条狐狸，也发现了他们又刮树皮又摆石子做路标的伎俩。

喝他个稀饭！我这样走不是正把鬼子引去了老马那里？他浑身一阵战栗，

海天新语——于力作品选

脊梁上起了一层鸡皮疙瘩，暗暗后怕。

他定了定神，又不动声色地回到伙伴身边，一拉头马，改变了方向。

他盘算：两条狐狸留记号已经留了一路，回去抹掉那些记号我们也未必能找到，得快想法子让老马知道情况。

可七鬼也没想到，他绕到后边反盯梢，两个浪人特务也有察觉，立刻嗅出了什么，马上成了惊枪的狐狸。没多久，两个日本浪人就索性从暗处走到明处，叽里呱啦来到七鬼跟前，直截了当问："你的跑来的跑去的看些什么？"

七鬼一见，暗暗着急，表面却从容应对："前边的，打枪的！要看看路的！"

两个日本浪人挥挥手："不用管，走你的路的！"

原来，竟然真撞彩了：游击队的马帮也正通过这一带，和鬼子遭遇上了。游击队的马帮躲进了老林深处。

七鬼几个人只好停下来歇息。也正巧人困马乏，几个人在岸边一块平地上吃了粽粑、烧酒。七鬼盘算怎么能发出信号让那些鼓手眼线听到？自思要是有面腰鼓就行了。正发愁，隐隐约约听到鸡啼声，有主意了！他假装寻找岸浅的地方饮马，拐到一片竹林后，留下马急急忙忙沿河岸跑。

他终于找到了一个小码头，终于发现了一条小木船！七鬼跳下河，吭哧吭哧把小船拖上岸，倒扣过来，这不就成了一面能敲出声来的"腰鼓"吗？他兴奋，撅断两根粗树枝，按米歇尔和老马教他的鼓点急急忙忙敲出信号。他发的是："敌特在林子里刮树皮摆石子做路标，正设埋伏！"

他反反复复敲击这几组"鼓声"。

他却听不到什么地方有反应，没多久，倒是两个浪人特务怒火冲天地跑来了，先后掏出枪，叽里呱啦喊起了日本话。

也恰在这时，林海和群山远处终于有了回鼓：谢谢你！兄弟！

不但回了鼓，而且立马传出了继续往下传的鼓声，一站接一站，鼓音渐弱渐小，迅速飘远了。

俩浪人气急败坏，啪的一枪打过来。七鬼就地一滚，两个石子已经箭一般"射"出去。一个浪人鼻子被打中，七鬼爬起来就逃。

浪人啪啪又是两枪，七鬼左肩中弹，因为只顾逃命却没觉得痛。他发现一个小岩洞，不顾一切钻了进去。两个浪人跑过来，找不到目标，像没头苍蝇般瞎追了一阵，悻悻离去。

危险过去，七鬼才觉得左肩撕心裂肺地疼！血也流了不少，他只觉昏沉、口渴，就这样在洞里昏睡过去。

此时此刻，老马他们接到了腰鼓信号，及时发现了日本特务在林子里留下的路标，老马率"走方帮"正以急行军的速度迅速撤离，避开"小板那"线路绕道而行，到了一片原始次生林深处的安全地带，他们在这里早就安排了"应急洞"和"逃生坑"。暂且安顿下来之后，他冷静分析形势：那"木船鼓声"只能是七鬼发出的。根据"木船鼓声"发出不久紧接着就传来了枪声，而枪声响后"木船鼓声"便骤然消失的情况判断，枪可能是鬼子冲七鬼打的。

"他中弹没有？是死是活？"想到这里，老马坐不住了。

"这家伙！还是有点血性，有点良心嘛！跟雀儿山还是一条心嘛！"老马在心里自言自语，他茫然四顾，坐立不安。

50. 陷阱设好诱豺狼

四周一片寂静。

如果没人来救，七鬼可能就再也醒不过来了！那个小小的溶洞会成为他长眠的墓穴。他会从此在雀儿山和雀儿寨蒸发，多数人也许会永远认定七鬼那个丑八怪不过是个不识大体、为争风吃醋而离开正道的鸡肠小肚之人！甚至会认为他是跟桑康跑去安南，吹嫖赌饮，一去就不回头了的混蛋！若干年后，人们会晓得雀儿山出的南瓜甜、冬瓜大，但谁也不会记得雀儿山有过这么一个冬瓜身子南瓜头的"痴仔"。到了改革开放的年代，这里会开山炸石，这几块没完全风化的白骨会被铲车铲起，送到石灰窑烧石灰了。

老天有时候是何等不公！而我们大地上有过多少这样的无名者与无辜者啊！

老马让伙计们挖灶驱烟，支锅做饭。自己则粒米未进，急不可耐地带上一个人冒险返回来路。

他要去寻七鬼。生要见人死要见尸。

老马小心翼翼找到了七鬼过路的蛛丝马迹，发现了日本浪人刮的树皮和摆下的石子，沿着鬼子设的标志最后找到了小河和反扣着的小木船，船边看到了子弹壳，循血迹来到了那个小溶洞附近。

但不再有七鬼的踪迹。

被抓了？逃离了？还是……牺牲后尸体被野猪拖走或是被蟒蛇鲸吞了？

他呆在那里，心里默默向七鬼道歉、道别。

不知何时，悄悄出现的赶脚人把他俩前后堵上了。

几个人安南装扮，但讲的不像是安南话，都端着枪。老马再拔枪已经来不及了。

老马从来人的眼神断定：来者不善，是鬼子！

为首一个用枪管把老马顶住。老马同来的伙计临危不惧，掏出伪造的日文证件道："我们是杏花渡来的，请看通行证。"

通行证被来人一把夺了过去。

看了一会儿，几个人嘀咕了一阵。一个一直在最后边，而且一语不发的人慢慢走上前来。把几个人的枪都拨开，用生硬的中国话对老马道："你的，八少爷的干活？"

老马吃惊，打量来者，竟摸不出来者的深浅。

来人接道："合作的？大大优待的！"

老马不动声色。他推测，鬼子那里有知道自己底细的人。

谁呢？

他沉着思考。

对方见他不语，变得不耐烦了，眼睛冷鸷地一闪："那就委屈八少爷的，到不能不去的地方的走一走的吧！"

话未说完，"啪"的一枪，老马伙伴的枪先响了！

一个鬼子中弹。鬼子立刻冲上来，先后把两个人打倒，把老马两个人的枪下了，五花大绑捆绑结实，推上就走。

如果没有这一枪声，七鬼也许永远不再苏醒。恰恰是这一声枪响震荡了他，他动了动，清醒过来。

这是在哪里？肩膀为什么这么疼？

他发现黑压压的山蚂蚁闻到了血腥味儿，浩浩荡荡开过来，在争相吸他的血，啃他的骨头。

他明白过来，想起了前后的来龙去脉。他明白必须离开岩洞，否则要不了多久，他就会被山蚂蚁啃成一具吓人的骷髅。

他挣扎着爬出洞，洞外静悄悄的，地上也有些血迹，好像在他昏迷时发生了什么。七鬼明白这里不可久留，他拼尽最后一点气力努力爬行。

七鬼先爬到水坑边，老牛般鲸吸马饮吸了一肚子水。不那么焦渴了，才有心认路。他认得去"小板那"的路，找到那里就有生路。不久前他跟随老马运新加坡华侨捐赠的药品就走过"小板那"。他爬过一片芭蕉林，拐进一片罕见的高大而结满乌榄的榄树林和花开得毛茸茸的黄皮果林，找到一兜"七叶一枝花"，拔出来嚼烂，塞在伤口上。浑身立刻舒服了许多。

高个子副官踌躇满志，他和左门卫太郎被派南下，就是冲"走方帮"等"跨境援蒋援共组织"来的，捉到了老马，"走方帮"就该差不多了！他和左门卫太郎得胜回朝。他尤其得意，"八少爷"的尊号是左门卫太郎告诉他的，那是华北占领军指名要抓回的燕京大学的"要犯"！真是踏破铁鞋无觅处，得来全不费工夫！老马已经抓在了手心里，下边要乘胜前进，扩大战果。他知道老马不会只带一个人，老马上路必有一个马帮、一群伙计！更紧要的，捉到那些人，才能摸清"走方帮"在这沿路的眼线，上下接头是哪些人，"走方帮"才能一网打尽。

高个子副官一马当先在前边寻蛛丝马迹，七八个鬼子在后边紧跟。

他们不知道：老马他们刚才那一枪，既是向他们打的冷枪，也是向原始次生林里"走方帮"弟兄们发的信号枪。

弟兄们有动作了：不是"劫法场"硬碰硬，而是诱敌深入，把鬼子往他们正做饭的老林深处引——按常规，"走方帮"做饭时必利用风头把烟味吹远，而此刻却相反，烟味却向这边吹了过来。

高个子副官挺灵，更加求胜心切，他第一个闻到前边的原始次生林里有烟火气味和烧竹筒饭的香甜气。判断了一下，急打手势让手下加快脚步。他觉得胜利在望，命运女神再一次对他垂下青睐！

他既一身紧张，也一身轻松。

穿过一片密密麻麻的茅竹，来到一片林中空地。空地上有生火做饭的痕迹。余烬上方晾着一件女人外衫和一只绣花鞋。走方帮里难道还有"花嫁"不成？闻到女人味就兴奋的鬼子们争着上前看稀罕，可还没摸到绣花鞋，地面就"轰"的一声，七八尺见方的一个大陷阱塌陷了——

高个子副官领头踏中了那个大陷阱，他"啊"地大叫了一声，两手一扬掉了下去。紧跟着又掉下几个人，下边倒立着数十把刀刃和狼牙棒似的竹尖桩，鬼子共掉下去五个，两个被刺中脸，一个被扎穿了脚。高个子副官中了头彩，来了个"十环"大满贯——竟被特长的一个竹尖桩不偏不斜刚好扎中了肛门！

一时鬼哭狼嚎，高个子副官想起了什么，在坑底大叫："看牢八少爷的！别让他的跑了！"

没落坑的鬼子清醒过来，急找老马，可老马两个哪里还有踪影？两个人树后一闪就消失了。

鬼子慌作一团，四处寻觅，又怕遇上游击队，乱放了一轮枪又乱跑了一轮，什么也没发现，最后急急忙忙去救坑里的鬼子。

这个陷阱就是老马带走方帮早就在沿途巧设的机关："急救洞"里一般都藏着药品、火柴、银元；"逃生坑"则往往设陷阱、断桥，甚至蜈蚣毒蛇。附近的老百姓知道底细，小心谨慎护着这些"机关"。到了关键时刻，会有人把追捕的鬼子吸引到这里，让鬼子好好"享用"一番，走方人则往往可死里逃生。

高个子副官杀猪似的惨叫声完全失却了皇军的威严。

他们撤走后，七鬼也来到这里。

他喝了水，上了草药，又吃了野果，气力有加。他觉得自己伤得不重，从爬行变为步行。

穿过那片密密麻麻的茅竹，来到这片林中空地，七鬼蓦然在空地上发现这个已经坍塌的大陷坑。再近前看，有人掉下去的痕迹：坑外已经阒寂无人，坑里已经是空空如也。但竹尖桩变得七扭八歪，有的尖部变成了黑色，说明有陷落者被扎了。七鬼仔细辨认，最先跳进眼睛的是一个闪闪发光的半边破碎眼镜，一看就是鬼子才用的。还有几个散落的军衣纽扣，也是东洋货。更让七鬼开心的是一条撕开裤裆的日本军裤，后屁股满是血污，一群绿豆苍蝇狂欢一般在裤子上边飞舞。如果七鬼晓得那是高个子副官的裤子，他说不定会噗的一声笑出来。

这个坑让七鬼猜测：自己的"木船腰鼓"起了作用。他不无得意。"走方帮"不但没被鬼子拿住，还反过来整了鬼子。七鬼开心地哈哈大笑起来。

他的伤痛骤然轻了一半儿，心情大好。

出了这片热带雨林，再过三条河，离阮叔那个小村就不远了。这片林子是原始次生林，椤树、天竹、沉香与合欢在这里都变成细高挑，你争我抢地往上蹿，藤条把天空遮盖得密不透风。星星点点的阳光筛下树冠，酷似天空闪闪烁烁的眼睛。粗枝大叶的龟背竹、常青藤稳如磐石地爬在桉树干上，这些寄生家伙吸血鬼似的把桉树吸得面黄肌瘦，白树皮一层层脱落，小叶子不青不绿，酷似晚期肺痨一般。而榕树却不让寄生藤钻空子。它们树冠巨大，棵棵看上去都是绿色的大山和空中花园。而最高的傻高个儿要数椰子了，它们没有巨大的树冠却有巨大的侧叶。一个月落一片侧叶，侧叶落地生根，叶茎变成了新椰干，叶脉变成了新侧叶。看看它笔直向上的树干上有多少个落叶疤痕，就知道它春秋几何了。而且椰树也给蓝天开了天窗，倒是有椰树的地方好歹能看到一点蓝天。

日头在密林间隙里时隐时现，一团黑云突然间漫山遍野扑上来。七鬼发现本来早该到"小板那"了，怎么走到这工夫还在林子里转？莫非迷路了？

他赶紧朝林子外边走。

可是，七鬼千真万确转向了。

他累极了，一个趔趄，跌倒在落叶重重叠叠的雨水凹里，伤口也泡在水里。

51. 老鹰王留下的告白

林子里闷，汗又出不痛快，热带的雨季竟也酷热难当，蚊群如狼似虎。七鬼倒在水凹里，伤口疼痛竟然顿觉轻了不少。落叶重重叠叠，一时也顿觉清清凉凉，沁人心脾，又不冷不热，蚊子咬得也少了，山蚂蟥也不多，十分舒坦。他挨了枪，一路辛苦，早跑累了，极想就这么躺半个时辰，松快一下。

朦胧间，他想起了《过山榜》里说的"千家峒"，那里该处处如伏天浸在凉水里这样沁人心脾吧！甚至想起了老马说的"理想国""无忧界碑"，米歇尔提过的穷人的天下巴黎公社，那些去处也该处处和浸在凉水里这样清清凉凉，沁人心脾吧！

刚想打个盹儿，一个细绺绺的声音传来："嘎嘎，嘎嘎，大哥哥！"

七鬼吃了一惊，细看周边并无他人。

声音却再次从头顶上传来："大哥我在这儿哪！"

七鬼抬头看，椰树侧叶上竟有一只和小白不太一样的白鹭，不，是两只。

"不认得了？我就是小白呀！"还是从头顶上传来的声音。

七鬼眨眨眼，这就是小白？不明白怎么会看走眼了。

白鹭从树梢上放心大胆地落下，高踏阔步地走到水凹边，立起一只脚，酷似在湿地上单腿独立。

原来果真就是七鬼救过的那个鹭仔鸟，却和过去真不一样了：脑瓜子后边多了两根美丽的"婚羽"，雀儿山人管这叫"婚辫子"。

"你怎么在这里？妮妮哪？"

"妮妮姐姐……不知道。"

"怎么回事，你和她不在一起吗？"

"我……"它看看伙伴，羞愧不语。七鬼明白了，小白鹭长大成雄鹭了，情窦初开，出来谈情说爱了。七鬼发现小白的伴鸟体态袅娜，看样子是个阿妹。

"这是我……"小白欲说还休，欲止又语，"它叫摇月。"

七鬼挠挠头："怎么起这么个怪名？"

小白不无得意："摇月主人给它取的，还是根据唐代大诗人李白的一首诗《宿白鹭洲寄杨江宁》起的呢！摇月，给大哥背背！"

原来摇月也挺有来历。

它笑笑，大大方方背起来：

> 朝别朱雀门，
> 暮栖白鹭洲。
> 波光摇海月，
> 星影入城楼。
> ……

七鬼听不太懂。但他还发觉，小白的言谈话语和过去也不太一样了，变得老成了不少。问小白这种变化是怎么回事，小白平淡地说："是该有些改变呀，人家去了两次无忧界嘛！"

　　"无忧界是哪里？"

　　"我们羽洲呀！"

　　"宇宙？就是老马说过的宇宙吗？"

　　小白："不是老马说的宇宙，是我们羽族，也就是鸟族的家园，是羽洲！"

　　小白解释了半天，七鬼还是听不明白，只是一个劲儿追问："什么羽洲不羽洲？能带我去见识见识吗？咦——？怎么回事？"

　　——七鬼惊诧地发现，小白身上又多了道伤痕。

　　"又是那二郎鹭抓的！嘎嘎！"小白淡然说道。

　　七鬼气急败坏，"咱们去打它！马上去！"

　　小白却摇头道："不用啦！已经解决了！老鹭王带我们干的！光打也不是法子，而且就算老二郎鹭打了，新二郎鹭不是还会出来吗？"

　　"新二郎鹭？有什么新二郎鹭？"

　　小白道："——我们的老鹭王说……"它嗫嚅起来，犹豫不决，但还是说了，"你们在'打鸟界'烧鸟，不是比二郎鹭还二郎鹭吗！"

　　七鬼被狠噎了一口，嘴巴立刻短了："我们……我们怎么和二郎鹭比？"

　　小白："你们人哪，都不乐意看看自己！日本鬼子烧光杀光抢光，不是比一千个二郎鹭、一万个二郎鹭还二郎鹭吗？"

　　"我们和他们不是一回事！"七鬼怎么会服？他挺好奇，"老鹭王是谁？也带我去见识见识。"

　　"就是我们白鹭群排成一行赶路时的头鹭。别不服，它特有见识。经得多见得多，翎毛也变漂亮了，我们叫鹭王，你们叫凤凰。去见它？唉，它忒远了！……"

　　小白的伙伴摇月也落在七鬼面前，扇动着翅膀。

　　七鬼问："老鹭王住哪儿？也是什么无忧界吗？"

　　小白望向天际："忒远忒远！连我们飞去都难。"

　　七鬼："这家伙也真是！干吗不住近点？"

　　小白："这你就不懂了，凡是王都得住远点、住高点，来圩顶上说书的人说，凤乃百鸟之王，非竹实不食，非梧桐不栖，非醴泉不饮。那地方连我们都得飞半天。你又不能飞！"

　　七鬼："不能飞还不能走？"

　　小白："光凭两条腿可不成！"

　　七鬼气有点短，没话找话："你们两个不能教我飞吗？"

这时，一个大写的"人"字出现在蓝天上，一行排成"人"字形，似大雁又似白鹭的鸟群在林海上飞过。摇月听到七鬼的话又见到雁群，急匆匆向雁群追去。

小白对七鬼认真起来："你们人哪，飞不起来！"它斩钉截铁，"老鹭王说，你们心太重，把身子坠住了，更把翅膀坠住了！"

七鬼："心重？什么心？"

"利欲心哪！太重太多了！人就是欲望太多太大，什么都想要！不敬天，不敬地，不敬山水，早晚要遭报应！——这也是老鹭王的告白！"

七鬼心想："我有什么不该有的利欲心吗？"他低声嘟囔出来。

"你？不知道。"小白又道，"妮妮姐姐可爱，就她没利欲心。她的心事只有一个！"

七鬼大大咧咧："知道！替她爷爷的爷爷报仇！"

小白想说什么，把话又吞回了嗓子眼，只道："利欲心全是人自己造孽，会报应自己的！连我都被逼得说人话了，以后鸡呀，鸭呀，都得逼着说人话！我真想对人说，人哪，敬天敬地敬生灵吧！"

这些话七鬼闻所未闻，他半通半不通："这些也是老鹭王讲的？你快带我去见它！"

"那得飞！可你飞不了！老鹭王说，除非你们肯把许多心里想得到的东西放下！你就想'放下'，'放下'——"

"'放下'就'放下'！我想过得到什么？我什么都没想过！"七鬼这么一较真，真就觉得身子轻了不少。我不能飞？翅膀不就是这么扇吗？他挥动双臂。那冬瓜般的身子，好像轻了一点，有点飘的感觉。

"咦？"连七鬼自己也奇怪。

可毕竟那不是飞，他挺泄气。

这时，小白的伙伴摇月兴冲冲飞回，边飞边叫："快，能见到老鹭王！快去找'无忧洞'！"

小白很奇怪："你刚刚见到谁了？"

摇月："见到领飞过路的老鹭王了！它说先去那边找'无忧洞'——"它飞到一棵菩提树上用尖尖的鹭喙嘴巴指指西边。

没待七鬼明白过来，小白已经急不可耐地跟了过去。

七鬼也懵懵懂懂跟着走。

小白和摇月飞到一片树林前，七鬼跟跄跟随。再往前林密藤高没有路了，七鬼觉得这里酷似野猪林，怪不得在这里会碰上"鬼打墙"。他知道那是一个天坑附近，他从小就是钻地虎，对山洞树林从不害怕，便分开藤蔓继续前行。不料，刚刚踏在一片矮树丛上，一脚踩空，竟凌空掉了下去！

那里正是天坑。

52．丑九怪初访无忧界

七鬼耳边风声呼呼，云层一团团罩过来，他一直在往下掉，不，又像是在往上飞。也不是！他竟分不清上下左右和东南西北了，更分不清自己究竟是在往上升还是在往下掉，抑或是在往东移还是往西飞！

他动了动双臂，身躯竟然也跟着转动，真真切切有种飞翔的感觉，连伤处也不觉痛。左顾右盼急看小白，小白和摇月在远处的云雾深处匆匆闪现了一次，接下来竟被云层遮蔽，无影无踪，怎么找也看不到了。

尽管风在身体四周一直劲吹，凉风吹得他直想打喷嚏，可七鬼还是急出一身冷汗。天坑不是无底洞，天坑再深也有底，这样掉下去，马上要摔成肉饼的！他像失足掉进水里又不识水性的旱鸭子，慌得手脚乱扑腾。身边的云层被他搅乱了，一团团棉絮似的缠在小胳膊上，劲儿大一些，"棉絮"又会被甩开。云层里有小水珠，钻进嘴里凉丝丝的。他尝试横穿平移，居然也成功了，好像在鹅舅舅潭里耍水。

啊！现在，我要是变成一只鸟该多好！

他像分开波浪那样拨开云层，穿过重重云雾向西边"飞"。能左右身体，他就不那么慌了。云层变薄、变淡。他看到了云层下边，那是一眼望不到边的树海。想不到天坑里边还有这样茂密葱茏的老林子，有几只苍鹰在林海上不慌不忙地滑翔，树林边也有滩头，也有白鹭和二郎鹫。二郎鹫却显得少了那股子凶悍，多了几分温和。白鹭鸟也不怎么怕它们，有一只居然还擦着二郎鹫的肚皮飞过去。七鬼正吃惊，身子已经轻轻落在地皮上，身前是一堵拔地参天的巨幅石壁。

石壁上苔痕斑驳，却清清楚楚刻着一行行摩崖石刻。再仔细看，是一行行条文，篇首刻着"来界须知，请予遵守"八个大字。

刚刚站定，一个人身鸟翼的迎宾者，手持欢迎彩旗，笑容可掬地出现了，笑道："老鹫王传话回来说您马上会到，欢迎您来访问无忧界。有什么可以为您效劳的吗？"

七鬼指指伤口："哦，这里也有药王吗？能不能上点药？"

迎宾者上前看看，笑道："啊，这个容易！"说着用手持的欢迎彩旗向七鬼受伤处一拂，伤口顿时不疼了，胳膊也立刻灵便了。

七鬼惊诧得说不出话，不知是不是做梦。咬咬指头，疼呢！

人身鸟翼的迎宾者看上去比七鬼大七八岁，跟老马年纪差不多。态度祥和可亲，说话不急不忙，气度文质彬彬。身穿浅色长袍，双臂后有一对翅膀，有点像法国教堂里画的安琪儿，不过比安琪儿年纪大许多。

七鬼又有点慌神儿，不知该说什么，冒冒失失地问："你是什么东西？是人还是鸟？是法国佬还是日本鬼？"

这个冒失鬼，初访无忧界就闹了个"三不该"，且听我一一道来——

七鬼的愣头愣脑把迎宾者逗笑了："啊！忘了先自我介绍：我是专程来接您的无忧使者。在我们无忧界，不分是人还是兽，也不分是兽还是鸟，甚至不分是树还是山，当然也不分是这一国还是那一国。您想成为什么就可以变成什么，变人变树变花鸟鱼虫都可以，想变回来也可以变回来。不过到我们这里得先看看这'三十六山规七十二界律'——"

说着，往绝壁指去。

七鬼发现无忧使者说的原来就是绝壁上那一行行摩崖石刻。七鬼本不识字，结识了老马后，在"走方帮"里边赶脚边学习，耳濡目染认了几个字。他发现"三十六山规七十二界律"有点像寨子里立的寨规，那是众人都得服从的天条。

那"三十六山规七十二界律"开宗明义写道：

一、凡来无忧界者即为无忧界界民，享受无忧界界民的一切权利，履行无忧界界民的一切义务；

二、凡界民在山规、界律面前一律平等；

三、凡入界者必须遵守山规、界律，违者驱逐出界；

四、凡初入界者，可逗留十二时辰即一天一夜，能彼此适应者方可正式入界；

五、为便于工作生活，凡初入界者可改变原来仪表外貌，变为何貌遵从尊意；

六、……

七鬼未及一一细看，无忧使者已经指着山规第四条说："得抓紧时间，您在无忧界只能访问一天一夜呀！"

七鬼木木地未及反应，他被"改变仪表"那一条一下就吸引住了。自思：要是能把我这如假包换的丑冬瓜模样变一变，那也没白跑一趟！七鬼完全意外。又讷讷自语：刚刚在天上我还发愁呢！要是能成一只会飞的也不错啊！

千不该万不该，这话他在心里讷讷自语就没啥，可他不该脱口而出发了声音——这是七鬼的一不该。无忧使者听到，认真地说："那就按您说的来吧——您想变成什么鸟？"

七鬼一下还是没反应过来，他喃喃嘟囔："变什么鸟？变——"

他还来不及讲定，一路上凉风吹得他一直想打喷嚏，那个喷嚏又是千不该万不该，不该偏在此时"阿嚏"一声喷了出来，而且鼻涕飞沫喷得老远。

此乃七鬼的二不该。

"变喷嚏鸟？行！"无忧使者听得分明，把欢迎彩旗望七鬼身上轻轻一拂，七鬼说变就真变了——头部还刚刚开始变化，身子却须臾之间，一下就缩小，变短，成了个瘦鸡娘，屁股还撅起来——变成一只羽毛脱落的秃尾巴鸡。

七鬼："啊"了一声，看看自己，天哪！竟然变成这副尊容！此等模样！他失声大叫："这、这、这、这叫啥！这是什么怪鸟？喝你个稀饭吧，这不是秃尾巴鸡吗！阿阿阿阿嚏阿嚏阿嚏！"

无忧使者道："怎么会是秃尾巴鸡？这就是'喷嚏鸟'啊！叫声不折不扣跟打喷嚏一样。您刚才不是说想变'喷嚏鸟'吗？"

七鬼还想说什么，还没开口，一连串的"阿嚏"就打个没完没了。打得七鬼忙不过来了，一边打喷嚏一边忙里偷闲囔："不成不成！我不变这个！阿嚏阿嚏阿嚏阿嚏！"

无忧使者颇为难："很抱歉！要变成别的，也得等十二个时辰——也就是一天一夜之后。"

七鬼有点急："阿阿阿嚏！我在你们这儿不是一共只能待一天一夜吗？那我在你们这儿不是全成秃尾巴鸡了吗？"

无忧使者看看太阳，颇为着急："啊，很抱歉很抱歉！没办法！我们得按山规办事……还是抓紧时间去参观吧！"

七鬼一百个不乐意，磨蹭了很久还不肯挪窝。

无忧使者又看看天日："要去的地方挺多呀……"

七鬼越看自己越心烦："我本来就丑八怪，现在比丑八怪还丑，成丑九怪了！这怎么见人？"

无忧使者安慰道："放心，在无忧界，不会有谁因为外貌取笑人！我们还是抓紧时间吧，十二个时辰，也就是二十四小时后您就得离开。"

七鬼这才记起自己的来意："那……我来这儿是要见老鹭王。"

"好！我们立刻去！老鹭王很忙！"无忧使者展开翅膀，急急忙忙带七鬼飞上了天空。

七鬼试了试"喷嚏鸟"的翅膀，虽然羽毛脱落，飞的力量尚且无损。他暂时忘了自己的尊容，一边打着喷嚏，一边扇动翅膀急跟了上去。

树梢的嫩叶与幼枝软绵绵搔着他的腹部，很痒。小白和摇月又出现了，惊诧地打量着他这副尊容，使劲忍住笑，追随在他旁边。摇月却笑得差一点儿掉了下巴，笑得几次掉队落了下去。无忧使者不快地看了它一眼，摇月才急忙使劲忍住，不无羞愧地扇动翅膀跟了上来。七鬼飞上林梢，身子就愈觉轻快了一些，飞得更像那么回事了。山岚柔软如纱，飘荡着，缠绕在他腕上、脚踝上和脖子上。身下的林带、村庄越来越小了，"小板那"村也遥遥可见，已经小得像一盆盆景。也看到了桑康带他去过的花艇，江边的几只花艇此时此刻小得像几只苍蝇叮在一条鸡蛋缝上。雨过天晴，一条美丽的彩虹挂在天边，天边还有残云，纤云掩映的太阳又红又大。

经过一个风景秀丽的江岸，竹林深处，喀斯特地貌的群山愈发奇形怪状，有点像七鬼赶马帮去过的漓水。有的山如老仙翁拄着龙头拐杖捧出寿桃迎宾，有的似风姿绰约的麻姑提着小竹篮采药，还有的酷似漓江畔的书童山，不过不是一个书童而是三个书童竞相扑蝶。而最妙的是象鼻山，竟跟桂林那座象鼻山一模一样。无忧使者指着江边道："快到了，老鹭王就住在这一带。"

七鬼感慨："你们老鹭王倒真会享福，挑了风景这么好的地方住下来。阿嚏！"

无忧使者眼睛惊奇地睁大了："您搞错了。这里叫无忧花园。按山规和界律，所有无忧界老百姓都可以随便来住的自选别墅。是老鹭王让我们挑世界上最好的风景名胜当样板，他带我们大家一齐动手在这里仿造的。"

七鬼自思：怪不得像在哪里见过或是听说过！他忍不住问："那老鹭王住的宫殿一定更不得了啦！"

无忧使者淡漠地笑笑："在那儿——，下去看看吧！"

七鬼很诧异，无忧使者带他向一间平平常常的，有点像鸟巢的稻草屋飞去。屋子前七八个人忙忙碌碌地出出进进。

无忧使者指着草屋道："老鹭王就在这里。"

七鬼大为意外："这就是王宫？阿阿嚏……"

无忧使者指着草屋道："我们是羽族，无忧花园也就体现了鸟族的癖好，住处设计一律向鸟巢靠拢，老鹭王也不例外。"说着指指无忧花园的代表性建筑，"喏，那是鸟语花香居，那是有凤来仪馆，那是鹊桥阁，那是树舍和笼宫……"

七鬼一行在老鹭王的"王宫"前落下，无忧使者找到忙碌进出的七八个人中的一个："班长，已经约好见老鹭王。"

被问的班长显然在等他们："怎么才来？老鹭王等了你们很久，以为你们不来了！他领雁翎队出工了，去规划开河塘。"

"按界律，今天不是还要选新的'无忧使者'吗？老鹭王怎么能走？"无忧使者很失望。

"老鹭王哪里闲得住！"班长无所谓地，"照界律办事：老鹭王不在，'选新'活动照常进行呀！他放下这些礼宾活动去出工又不是一次两次了！你先带客人去参观'选新'活动吧！"

班长一边说，一边递过来四个小竹篮。

于是，七鬼被带去看"选新"活动。

无忧使者介绍了"选新"活动的概况，这既是选拔优秀的无忧使者，也是投票选俊男美女。"大体上和你们十八寨选'金花茶莎腰妹'差不多。不过妹仔阿哥、男的女的都要选。"又道，"这些，界律上也都规定得清清楚楚。"

无忧使者还补充道："'选新'活动不单纯是'选新'，也为推举新的老鹭王做准备。"

七鬼吃惊：推举新的老鹭王？这不是和米歇尔提过的巴黎公社差不多吗？

无忧使者又神秘地一笑，一本正经问七鬼："你有情妹了吗？'选新'活动同时也是单身男女相亲的日子。"

七鬼诧异："这也是山规上定的？"

"不，是界律上定的。"无忧使者把班长给的小竹篮给七鬼、小白和摇月，"为了'选新'，我们先得去采集一点鲜果。等一下你要选谁就把采来的鲜果放到谁的篮子里。不过你们的小篮子不可乱给呀——那就表示你选中了人家做情郎情妹！"

四个伙伴先到果林飘香的橘子洲采了一些鲜果，有蜜橙芭蕉和龙眼枇杷。小白和摇月还采了一些万寿果。然后，他们来到一个聚满了半人半鸟、半兽半仙的欢乐谷，许许多多安琪儿般的无忧界民众在这里跳芦笙、踩歌堂，拍手起舞，对歌说笑。

啊，果然有"千家峒"的味道！

见到喷嚏连天的七鬼，安琪儿们纷纷投来好奇的目光。七鬼对自己的丑九怪模样实在不自信，使劲往后边钻。无忧使者却把他截住，硬拉到大家前边热情介绍，谈了七鬼在雀儿山抵抗入侵者的故事，称他是雀儿山好汉。七鬼慌忙摆手，惊诧无忧使者怎么会了解那么多！大家听了无忧使者的介绍，都热烈鼓掌，争先恐后送来鲜果。大家欢迎七鬼讲几句话，七鬼却急得阿嚏个没完没了！大家大笑起来，一边笑一边友好地给七鬼献鲜果。没多久，七鬼身前就堆成了小山似的鲜果堆。许多身披五色孔雀衣的美丽异性还上前拉他跳芦笙、踩歌堂，眼巴巴盼他投桃报李——回赠小竹篮。和这些艳丽夺目的女孩子相比，七鬼这只秃尾巴鸡愈发自卑了，他索性钻到一个大丝瓜架后边躲了起来，拉过一条大大的、已经起皱露丝的老秋丝瓜，挡住自己丑陋的南瓜脸，想找个空子溜之大吉。

可是，他又错了。千不该万不该，他不该为了溜之大吉就把他那一小竹篮鲜果急急忙忙挂到了丝瓜架上。这一来，他犯了第三个不该，招来了大麻烦——

七鬼刚想溜，后边传来一串"哈哈哈哈"的大笑声，一个长长的丝瓜藤伸出弯弯曲曲的丝瓜蔓把他的秃尾巴牵住，不，是紧紧缠住了。七鬼手忙脚乱急扯丝瓜蔓，谁知越扯越紧。只听身后一个沙哑的嗓子大叫："哈，亲爱的，别那么急嘛！扯得我都疼了，我受不了啦！"

七鬼惊回头，只见一个又怪又丑的老女人飞下丝瓜架，自作多情地向他拥抱过来。这个女人的头型、脸部、五官、身段均怪，竟和他刚刚用来遮脸的老秋丝瓜差不多！

小白惊呼："不好，这是丝瓜精！丝瓜精看上你啦！"

丝瓜精老大委屈："怎么是我看上他？明明是他先看上老娘我丝瓜波霸嘛！对我又拉又扯的，还把满满一篮鲜果献给了我嘛！啊，亲爱的，谢谢你选中了我！"

它又向七鬼拥抱过来，七鬼被它那副秋丝瓜的模样和那副自作多情的神情吓坏了，刚刚吃过的几口鲜果也差一点儿呕出来。他情不自禁大叫了一声"妈呀"，扭头就逃。

丝瓜精紧追不舍："别跑，我的丝瓜波和你的南瓜头很般配的！"

幸好七鬼早早变成了羽族，不管好赖毕竟能飞，他扇动翅膀，歪歪扭扭逃上了半空，慌里慌张钻进了云彩。丝瓜精不会飞，它那些丝瓜蔓不管抛得多高多远，离七鬼总还差老大一截，奈何不了七鬼。丝瓜精指着七鬼飞远的身影，气急败坏地大声喊道："跑？料你也跑不出我丝瓜精老娘的手心！我若是不把你追回来，我就枉为丝瓜精！别忘了在无忧界山规、界律是老大，一切得听山规、界律的！"在远方的云层里，七鬼狼狈不堪，心有余悸："我心里有的只是妮妮，怎么能让你一条老丝瓜缠上！"

无忧使者和小白、摇月三个也飞了上来。小白道："被丝瓜精缠上，回去就是把雀儿山的树叶都当舌头用也说不清了！"

摇月道："它那些丝瓜蔓一旦缠住你，一生一世也别想解开！"

七鬼又急又恼，急得满头冒出黄豆大的汗珠子："怎么办？怎么办？"

无忧使者道："早嘱咐过你们小竹篮不可乱送！我们干脆躲远点，躲去看桃花源吧。"

七鬼懊恼不已且心有余悸，道："桃花源能摆脱丝瓜精吗？"无忧使者无可奈何地说道："那里也要听山规和界律的，只不过——"他心存侥幸地嘟囔，"不过那地方不好找——"

他指着太阳边上的一抹细云彩的下方。

四个人按落云头，七鬼松了一口气，但仍心有余悸，急不可耐地打头飞："我们快去！"

他第一个向纤云映日的方向飞去。

这是一处桃李花和樱花开成一片的半山腰，落英缤纷的花雨洒满草地，红紫烂漫从半山一直铺到山谷。一条山涧喷珠吐玉地蜿蜒而过，流到这里就汇成了流花湖。湖上有一只小竹排，几只鱼鹰在竹排上起落。风景秀丽的桃花深处分散着几个农舍。

无忧使者问七鬼："你听说过'桃花源'和'武陵源'吗？"

七鬼摇摇头。小白却争道："听老马对妮妮姐姐说过！"

七鬼这才想起："啊，想起来了，是个和'千家峒'差不多的村子吧？"

不管是大镇还是大城，七鬼管什么都叫村子。连妮妮去过的北平和皇城，七鬼都叫村子："皇帝住的那村子""米歇尔他们那个叫什么巴黎的大村子""日本那村子"……

无忧使者指着桃花深处的农舍道："对！是个和'千家峒'差不多的村子。这里桃花林、水田是大家的，收成是严格的按劳分配——就是流多少汗、付出多少心血分给你多少收获。晋代大诗人陶渊明写的《桃花源记》和英国人托马斯·莫尔写的《乌托邦》，说的也许都与这里有关——"

看样子无忧使者有一肚子的文墨。

小白在桃花源发现了熟人，抢先过去和朋友寒暄。七鬼细看小白的那位在朋友恍惚间似曾相识。再仔细辨认，咦？奇怪！竟是险些让小白死在它爪下的那只二郎鹫。小白怎么竟然与这个仇人见了面不是分外眼红，却羽翅相拂，还一边说话一边互相梳理羽毛呢？令七鬼没想到！令七鬼费解！令匕鬼惊诧！

见七鬼大惑不解，无忧使者解释说，老鹫王领着大家已经把二郎鹫团伙解决了。对已经放下屠刀不再厮杀不再是对立的敌人，无忧界大度地化仇恨为博爱。"不过前提是把敌人斗垮，逼迫敌人放下屠刀！你向前展望，看看21世纪，非洲的雄狮、南非总统曼德拉怎么化解种族仇恨，就会明白的！"

七鬼还想细问什么，却忽觉一阵风卷过来，只见几十根丝瓜蔓龙卷风似的卷了过来，旋转的丝瓜蔓后边，丝瓜精张牙舞爪地挥臂追来，龇牙咧嘴地大喊："啊，亲爱的别走！照界律办事：马上披上丝瓜蔓礼服，去跟我踩歌堂成亲吧！"

说着，就泰山压顶般扑过来，八爪鱼似的伸出长臂索吻。

七鬼大吃一惊，恶心得干呕了几口，失声喊了声"妈呀"，扭头就逃。

不料一条丝瓜蔓七节鞭似的甩过来，噼啪的一声缠住了他的左脚踝。七鬼一个跟头，南瓜头栽到地下，来了个嘴啃泥。丝瓜精既心疼不已，又笑逐颜开，上前"美人救英雄"，搂住七鬼抱在怀里，哄大婴儿似的又揉又摸："不疼吧？摔坏了没？"七鬼又急又气又恶心，急得舌头也打弯不听使唤了，大叫："你你

长篇小说

你，您您您，不可以不可以！阿嚏阿嚏阿嚏！"

小白还真够朋友，上前拦住丝瓜精嘻嘻哈哈打岔。摇月则使劲摇丝瓜精的长脑袋。

七鬼趁此机会，挣脱脚踝上的丝瓜蔓，阿嚏连天地飞扑上九霄云外，又慌作一团逃了。

丝瓜精气得四脚朝天摔在地上，红红紫紫的桃花瓣沾满了丝瓜蔓，它蹬脚挥拳地向着七鬼飞去的方向哭喊："你跑不了！有山规撑腰，有界律护法，我上天入地也要找到你！你是我的！"

这前前后后的"三不该"把七鬼的行程全打乱了。七鬼逃得一身大汗，无忧使者说："还是暂且回老鹭王的住房吧！"

四个伙伴回到老鹭王的茅草屋，只见班长正眼巴巴盼他们回来。班长指着屋前的几大堆鲜果说："看，'选新'的结果出来了，大多数投票都选七鬼，山规、界律都写得明明白白：老鹭王出差不在家，七鬼就得挑起担子临时当新鹭王。"

无忧使者高兴地说："好呀好呀！"

七鬼急忙谢绝："你你你，您您您，不可以不可以！阿嚏阿嚏阿嚏！"

班长道："这是山规，也是大家的心愿！谁也无权拒绝！"

七鬼又怕丝瓜精再闻讯追来逼婚。

小白两个上前帮出主意："不用怕！当了新鹭王，你就下令接妮妮姐姐来无忧界参观，她看到你在这里这么受欢迎，会动心的，你们就趁热打铁来办婚礼！这样丝瓜精也无可奈何了！"

七鬼大叫不可："这不是公私不分吗？"

班长却道："放心！我们这里长期以来汇集到一条民意，也是大家的心愿，无忧界便补充成界律第七十二条，已经刻在了绝壁上：凡当选者可享受一项福利，我这个班长有权利举无忧界全界之力，给当选者办一件私事。"

七鬼脱口而出："把雀儿山的鬼子赶走！"

班长摇头："不，只能是私事。赶走鬼子是桩大事，太大了，无忧界办不到，只能是你个人的事。接妮妮来是可以的呀！"

小白两个立马扇着翅膀欢呼起来。

小白嚷："我们去准备婚礼用的新房新衣喽！"它又自己遐想，"先别对妮妮姐姐漏风，要给她一个惊喜！"

无忧使者也乐了："百鸟齐舞，这一来，喜事可望今日就办成，就更惊喜啦！"

七鬼如在梦中，被幸福感觉搅晕了。

小白、摇月两个说干就干，马上飞去找林子里的百鸟。

没多久，林子里的鸟族就叽叽喳喳从四面八方赶来了。筑巢鸟率一些半人半鸟的无忧天使还带来了盖房子的材料和家伙。

大家指着树林七手八脚讨论选址，争论了一番，一个戴眼镜的工程师模样的无忧天使最后"民主集中"，选中了一棵几百年的大榕树："这儿就是婚房，开工！"

眨眼间，开木、锯木、镶嵌、拼装，乒乒乓乓，一齐动手，开工了！

筑巢鸟是无忧界建筑工地的知名人士，它似乎是施工总监。

小白出出进进，忙碌异常，与摇月一起倒茶水，送鲜果。它们采来的万寿果大受欢迎，它们挺自豪。

很快，一栋建在大榕树主干和几条粗支干间的镶嵌式悬空木屋成型，落成了。

大床、家具也布置停当。

乐队布置了六堂芦笙，三十面铜鼓也一一支起。小白还没忘准备了十套白裤瑶琴。最让人想不到的是还有一台西洋管弦乐！大家试奏了一下，哈！真是东西合璧的天籁之声！

上百篮佳果也一一到位！鲜花摆满了大榕树四方。

紧跟着，衣着华丽的孔雀公主率一群女孩子到来，带来了刚刚做成的百鸟衣，这是婚礼上为妮妮准备的礼服。矫健的苍鹰也为七鬼带来了半瑶装半西装的新郎礼服，挺抢眼，也很帅气。

大家左看右看，什么都好，就是觉得七鬼秃尾巴鸡的形象的确不甚理想。无忧使者争辩"不可以貌取人"，众人——特别是年轻人，一齐扯旗放炮地"炮轰"无忧使者，嚷着什么"不理解年轻人"，无忧使者拗不过大家，泄气道："好好好，民意为准！那就破例让七鬼再变一次！七鬼，你说想变什么吧？"

七鬼还未及回答，大家又七嘴八舌嚷起来："变白鹭王子！变白鹭王子！"

无忧使者把欢迎彩旗向七鬼脸上身上轻轻一拂，不可思议的变化出现了：七鬼竟然变成了一位英俊潇洒、高大威武的无忧骑手，但细看七鬼固有的特征还认得出来。

小白惊叫："帅！帅！妮妮姐姐会不会认不出来了呢？"又自问自答，"不会不会，一眼看去白鹭王子还是大哥哥嘛！"

万事俱备，三头大马拉的花车也披红挂彩，特抢眼地拉到了大榕树前。

无忧使者带队，他也很喜庆地换上了盛装，喜气洋洋地率人出发去接妮妮了。

迎亲队伍大体组织了一下：最前边是几十面大红婚庆标语牌，五色缤纷的彩旗，接着是乐队开道。三十面铜鼓敲得山响，震得老榕树仿佛也在婆婆起舞。

六堂芦笙吹得天边的云彩也飘飘欲飞，不可或缺的白裤瑶琴拨动了人们的心弦，东西合璧的管弦乐队神气十足……

无忧使者问七鬼："我们见到新娘子，要为您带去什么礼物或者把什么话带给她吗？"

七鬼呆呆地看着童话般的榕树楼阁，很久没回答。

良久，他慢慢问道："我真的可以做一天的临时老鹭王？"

班长："当然！"

七鬼较真地说："真的可以决定做一件事？"

"是的，一件私事。"

七鬼满脸庄重："那么，请大家等一等。"

他望着大榕树，思绪一下飞得很远。

七鬼自思："妮妮真的乐意嫁我吗？再说，我一辈子也许只有这么一次当王的机会，我该办哪一桩事哪？"

在大榕树前，他抬起头望着小山似的榕树梢，又低下头看盘根错节的气根，目光愈见深邃，变得越来越郑重起来，连喘气都变慢、变长了。

七鬼回顾了这些日子大大小小的事，在他那个南瓜脑子里一一过账，最后，一个稚气未脱、却堆满与年龄不相称的苦难的娃娃脸在他眼前浮现了，怎么也挥不开了。

不是妮妮，他自然思念妮妮，但现在挥之不去的那张面孔却是大榕树下——同样一棵大榕树下的一个小女孩——那个戴眼镜的文墨先生的小女孩，那个小名叫鹭鹭的小女儿。

"爸爸！妈妈！"小女孩的喊叫声在七鬼耳边又撕心裂肺地叫。

小鹭鹭，你现在在哪里？

爸爸、妈妈都被鬼子杀害了，小鹭鹭，你该怎么活？

左门卫太郎把你抱走了，他们想干什么？

七鬼一双眼睛睁大了，瞪直了，两片嘴唇翕动着，自言自语着。

七鬼愈发认真，再次喃喃发问："我真的可以做一天的老鹭王吗？……那么，请大家，齐心合力去救一个孩子吧！一个叫鹭鹭的小女孩。"

准备迎亲的仪仗停了下来。

无忧使者也站住脚不动了。

喜气洋洋的乐队也不再喧哗，一面西洋定音鼓掉在地上，发出瓮声瓮气的响声。

欢欢喜喜的婚礼场上渐渐冷静下来，无忧界的嘉宾都有些惊奇。

小白和摇月急得飞上跳下，忍不住在七鬼耳边低语："你知道不知道，婚礼一改，你又得变回本来丑冬瓜的模样！白鹭王子就当不成了！"

无忧使者上前细问根由，也变得一脸庄重，他轻轻拍了拍七鬼的肩膀："你在这里指挥，先不要离开无忧界，你一旦离开也许真的回不来了。我们努力去找孩子，让她也来参加婚礼，尽量皆大欢喜！"

然后站上婚房的小梯子，让大家静下来，帮七鬼向众人解释："凡界和我们无忧界不同，那里正在打仗！血与火的战争！"

众人静下来，小白和摇月也不飞不跳了。

无忧使者："在凡界那边，许多人在被无辜杀害，叫鹭鹭的小女孩一家就是这样，但她侥幸没死。我们的临时新鹭王决定，请大家先去救小鹭鹭。"

大家震惊，新鹭王的命令，很快传遍了无忧界。迎亲的队伍变为寻小鹭鹭、接小鹭鹭的队伍。

无忧使者把大家分成几拨，迅速出动。

一拨人找到"小板那"河岸的大榕树，但是，怎么打听也不知孩子的下落！有人说界河北边的覃家老祖阿婆当时在场，阿婆应当知道。

一拨人去找住斑鸠弄的覃家寨，不料寨子里的人说老祖阿婆一家都被鬼子拉去做了"给水部队"的试验品，也就是后来常常被提到的 731 部队！斑鸠弄的人还说大榕树的粉摊老板眼观八方，应当知道。

一拨人又去大榕树的粉摊找那个老板，粉摊老板竟也被抓去日本北海道当矿井苦力了。

还有人说，海贼张宝仔也许知道，因为他神出鬼没哪儿都去。无忧使者派小白和摇月飞北部湾找张宝仔。两个伙伴很快带回了消息，张宝仔被中山县县长抓走了，在那里打听不到下文。

七鬼站起："都不要再跑了，我去闯杏花渡！"

当七鬼离开无忧界，那位英俊的白鹭王子不见了，他又变回成南瓜脸，冬瓜身子，挺胸腆肚的丑八怪。

53. 七鬼二闯杏花渡

七鬼到杏花渡已经入夜，找到奉老五，终于打听到了孩子的下落。

奉老五告诉他："有个小女孩在慰安所伺候鬼子吃'玉体盛'，不知是不是你要找的？"

七鬼立刻率人暗暗钻进"阎罗洞"，从那个暗道再次打进了鬼子的杏花村据点。

一幕他曾经经历过的画面几乎是重现了——

"榻榻米"里日本式的红烛纸灯高挂，一个新找来的"花嫁"——一个十二三岁的女孩子衣服已经被扒光，洗净揩干，涂了满身香料，赤条条抬到条案上，裸体上撒满了杜鹃花、羊蹄甲和吊钟花，又摆满了日本寿司和生鱼片。

小鹭鹭在一边托着小竹篮，往"玉体"上送鲜花、寿司和生鱼片。

又是一场鬼子乡土味道的"玉体盛"。

一个在一旁总指导的色残人衰的慰安妇不断地教小鹭鹭怎么摆生鱼片，怎么放鲜花。她道："要不了几年，你就该上台面了！"

带头跳舞的军官居然还是扯着牛嗓子吼日本"能乐"的左门卫太郎，还抽出武士刀跳德川幕府舞，震得烛影摇摇欲飞。

门开，高个子中尉副官又击掌下令："立——正——！联队大队长松本总三郎少佐巡视训话！"

松本少佐手抚腰刀，威风凛凛走进来。

现在你应当明白了：松本总三郎少佐一次次总选这个时间前来巡视、训话，那就不是巧合了，松本少佐感兴趣的并不只是训话，更感兴趣的应当是台面上的"玉体盛"和"玉体"吧！

不可思议的一幕又出现了：朦胧的星光下，两只鹭仔鸟——小白和摇月悄然出现在大榕树上俯瞰窗内，但压抑着惊讶没有出声。它俩只模拟短促的夜鸟叫声向石海那边报信。石海那边，出来了一拨无忧界的来客，其中竟有丝瓜精和二郎鹭。丝瓜精目睹了七鬼前前后后的一切，对他更加痴迷，但也明白七鬼是绝不可能移情别恋的，于是变追逐者为追随者，毅然决然参加救孩子的行动。

据点里光线幽暗，但二郎鹭有一双俯瞰十里的好眼睛，号称半个夜猫子。它急于立功，急于表现出色让无忧界看到宽大处理它并没有错。新鹭王七鬼这次没有下令它来，是它执意要跟从的。七鬼为了尽可能减少伤亡，他先独自潜出阎罗洞，让其他无忧客继续在石海埋伏。

他在一串晾晒的日本女式和服后边隐身，等待机会。

过了一会儿，机会来了——

色残人衰的老慰安妇带着小鹭鹭，提着一盏日本纸灯笼，从"榻榻米"里迈着碎步走出来，到院子后半部的小屋里取要加的鲜花。七鬼看得分明，但大榕树前有个哨兵，要穿过院子不被发现几乎是不可能的。鬼子一旦枪响，无忧界的计划就会落空。该怎么下手？七鬼灵机一动，计上心来：

他扯下一件晾在绳子上的花花绿绿的女和服，匆匆忙忙穿上——唉！可怜他竟然不知怎么穿，竟然前后颠倒，把本该穿到后边去的背垫竟然弄到了胸前！

他扯来扯去，万般无奈，怎么弄也治不服那件和服，最后泄气了，索性糊里糊涂一裹，就向院子后半部的小屋快步走去。

可是偏偏在这个时间，"榻榻米"的拉门呼啦一下被拉开，已经喝得醉意朦胧的松本少佐歪歪扭扭走了出来，他急于"慰安"，啊啊叫着，竟急不可耐地向小木屋扑去。

七鬼那件花花绿绿的和服正巧映入少佐的眼帘，少佐的面皮一点也不薄，可竟然误打误撞，把七鬼当成了"慰安妇"，把七鬼反穿和服的后边当成了前边，这样他只能看到一个后脑勺，宽脊梁，少佐两手一分把和服扯开，伸过大嘴对着七鬼的后脑勺就索吻。七鬼本能地把南瓜头往下一缩，把两个倒肘拐子向后轮番狠击，肘拳嗵嗵几下，松本立刻被打得抱着软肋弯了下来。这当口，丝瓜精和二郎鹫看得分明，一前一后悄悄扑了过来，丝瓜精一扬手，抛出了百发百中的丝瓜蔓，准确无误地缠住了松本的脚腕，丝瓜精使出吃奶的劲儿奋力一拉，松本立刻来了个四脚朝天。二郎鹫立刻扑上去，它那钢钩似的利嘴又尖又利，"哆哆"几口，狠狠戳进了松本的右眼窝。

松本惨叫。

哨兵枪响了，院子里骤然大乱。

在伙房里，一贯不哼不哈的伙夫抱着一领蓑衣躲在窗后窥视，奉老五那只笨重的、青筋外露的右手突然变得灵巧了，熟练地伸进蓑衣，从蓑衣棕皮里摸出一个弹弓架——那是从老马那里暗暗要来的。他又从草鞋底上取下一粒暗藏多日的铁蒺藜，他悄悄挪到窗户边露风处，瞄准松本，把老牛筋拉得一尺来长，觑得分明，嗖的一下，铁蒺藜飞出，只听得松本再一次大叫，紧紧捂住左肩膀。

打完这一弹弓，奉老五把弹弓丢进火灶炉膛里，烧了。

左门卫太郎看到了松本的一切，松本刚刚走出门他就觉得有些不对劲，可是他没叫住他。他潜意识里有个东西在暗地里发力、总不自觉地左右他：他要报复松本。

他早就对松本说过：那个捉来的支那"花嫁"是他的人，是他早在北京西兵马司就相中的，请松本理解他的心意，把鹭妮妮交由他处置。

可是松本没把他的话当回事，对那个"花嫁"竟还是垂涎欲滴，甚至……

此刻，铁蒺藜打中了松本的右肩膀，嵌入得不可谓不深，难怪松本要杀猪般似的大叫。

左门卫太郎觉得颇解心头之恨。

趁着夜色，趁着混乱，七鬼抱起小鹭鹭，飞身隐进石海。

须臾，他又返回"榻榻米"，救出了那个豆蔻年华的"花嫁"小少女。

紧接着，"榻榻米"的纸拉门爆出被雷劈中般的碎裂声，"哗啦啦"一下，一双乌迹斑斑的泥脚把拉门几脚踹成了碎屑，丝瓜精的神蔓左抛右扔，弹无虚发。二郎鹭急于戴罪立功，天魔般乱扑乱降……

七鬼一抬手，唰地飞出几道闪电，几个石弹子瞬间打中了几个鬼子。接着，他和小鹭鹭、小"花嫁"冲到山脚下一堆石海中间，拐了几拐，接着一闪，又一闪，身子晃了两晃，竟又不见了。

……

在无忧界，两个被救回来的孩子和或近或远的亲人团聚了。

大家说，救人的英雄是丝瓜精和二郎鹭。它俩谦让道："不，是新鹭王！"丝瓜精和二郎鹭兴高采烈，跳起了无忧对舞。

惊魂未定的小鹭鹭不敢相信眼前的一切是真的。她问了又问："是梦吗？"

被逼成"花嫁"的大女孩子道："不会是梦，梦也不会这么美啊！"

新鹭王为了救孩子，舍弃婚礼，特别是舍弃不会再有第二次的求婚机会，让整个无忧界都很感动。大家要求无忧使者遵从民意，允许七鬼在无忧界长期住下来。

"住下来吧！这不就是你们唱的'千家峒'吗！"

七鬼却谢绝了大家的厚意："不，谢谢大家！可我必须赶回去，我们十八寨还在流血！"

但是，离开无忧界，他依然恋恋不舍，依然若有所失，才认识的这些朋友却像已经认识了一百年一样。

他顾影自怜地在河边的水影里打量自己：唉，又变回到可恶的南瓜头，变回冬瓜身子了！想起变成白鹭王子时是何等的英俊，何等的潇洒！原来我也可以是那个模样！

可现在……

如一个落水的孩子从冰天雪地中被救进了温泉热海，可又从热气腾腾的温泉热海重新掉回能冻掉鼻子的冰洞里！七鬼的外貌一天来也大起大落，他愈发不自信，愈发觉得自己丑！什么丑八怪？分明是丑九怪！丑十怪！

他低低哀叹："唉，又变回来了，米歇尔到底还是压我一头！虽说他和老药王是仇家，可谁能拦住一个仇家的靓仔也能打动一个把血仇忘到了爪哇国的阿妹呢？哪怕这个妹仔是妮妮！"

想到这里，他的牙齿咬得又咯咯作响，一团嫉妒的火焰在心里猛地蹿起，冲上了脑门儿，两个眼睛也蹿出老高的火苗。那冒火的眼睛简直可以点火烧山啊！他甚至想到可以用瑶山祖祖辈辈流行下来的爬刀梯、踩火炭等方式向米歇尔挑起决斗，看看到底是谁行谁不行！

"米歇尔，你小鸡（他学桑康：小子）敢吗？"

他竟失声喊了出来。

他刚刚想到这里，刚刚这么喊了一声，就发号令般触动了什么地方的鸡啼，接着一声高一声低，远远近近都传来高亢的鸡啼，十二个时辰结束，新的一天来临了。

倏然之间，山摇地动，一片厚重到层层叠叠的云雾把他吞噬了，包围了。他突然间双脚离地，又飘了起来。

他只能在这里待一天一夜。

他在飞。

他睁不开眼睛，但是感觉得出飞行速度渐渐慢了下来，已经恢复到本来模样的冬瓜身子，沉甸甸下坠，呼啦啦穿透云层，嘭的一声，砸将下来！掉回林子里原来那凹积水上，溅起一片水花。

幸好身下是重重积叶，但已经溅得水凹的水所剩无几。

他睁开眼睛，是梦吗？

不，似梦非梦，但绝不是梦！

正像那个"花嫁"大女孩说的：梦，也不会这么美啊！

小白、摇月分明就在身边。

回程还得走两天，他连夜赶路。

月光接日光，星光接日光，日光又接月光……

月亮，月亮，照在雀儿山上！不知是归心似箭还是无欲一身轻！去路如登山，回程如坐轿，七鬼没费多大气力，仅用一天半就到了界河，天还没亮，他踏着朦胧的月影轻快伶俐地上了回雀儿山的路！湿漉漉的月光这时变得容光焕发，精神抖擞，弯弯的月牙儿酷似笑眯眯的弯嘴巴。

在林子里迷路的时候，还以为碰上了"鬼打墙"，怎么走也走不出那片老林子，可现在竟然已经临近了鹭江！

月牙儿落山，日出了，第一缕阳光点亮了漫天朝霞。

晨曦倏然而起，满眼是金粉般的霞光。山里的黎明清新、湿润，数不清的鸟儿唱起《撩歌》，啁啾婉转，鸟语互答，看不见的音符飞入苍穹，落入林海，在松针上、嫩叶上、草梢上浮成新绿。绿精灵在林子里到处布洒亮晶晶的露水，每根松针上都挑着一枚银子做的小露水珠，每颗小草的萌芽上都托着一颗光彩照人的小钻石。爱漂亮而又纤巧可人的小松菌撑起褐色小伞，手拉手从伞下边歪着身子窥视过来，好像在悄悄说："喂——你好！能给我一个吗？请给我一个!"

这个季节,遥远的北方是春苔始生,这里则是龙舟水将至的雨季。雨季的晴日分外难得,曙光筛下叶子,到处弥漫着阳光的香味儿,到处弥漫着好闻的曙色熏染的气息,到处洋溢着浓郁的生的渴望。远处的王圣岩方向,漫起晨雾,晨雾深处传来噼啪啪的鞭炮声,叽叽喳喳的鸟叫声突然间戛然而止。发生了什么事?小白好奇,和伙伴摇月一起展翅飞去看个究竟。

很快它们又仓皇飞回,一路慌作一团地大叫:"大哥快去!不好了!"

七鬼已经见过不少世面,不那么容易惊慌了,镇定地问:"出了什么事?"

小白急得眼泪都出来了:"妮妮爷爷正下葬!老药王没了!"

七鬼脑袋瓜轰的一声,他无法再镇定了,"呼"地站起身,撒腿就跑。

第七章

54. "徒儿记住:雄黄烧过是砒霜!"

传说盘古天王到过王圣岩,在这里调兵遣将开天辟地。岭顶上有个神秘的山洞,那是几千年前古老祖先搞悬棺葬的地方。雀儿寨的师公攀上去看过,在厚厚的棺木里没发现尸骨,只找到一些锈迹斑斑的青铜剑残片。老马带大家去杏花渡打鬼子,救妮妮、七鬼和米歇尔那一次,盘小福仔不幸牺牲,大家带回了小福仔被炸出来的那颗鲜活的心。乡亲们就把那颗芭蕉叶包裹的心葬在了古老的悬棺洞下。

今日,悬棺洞下又多了一丘新坟,竟是老药王!

七鬼赶来的时候,葬仪刚刚转去盘王庙,人群也已经跟了过去。坟茔上插着纸幡,一个没走的师公做完法事在收拾器物。偌大一对牛角插在坟前,紫红的牛血还没全干,爬满了黑黑一大片山蚂蚁。按照山里的惯例,给最受大家尊敬的死者要砍牛祭葬。

石壁上,有老马用毛笔刚刚题写的悼念老药王兼怀念盘古王的《王圣赋》,他悬腕疾书,大笔淋漓,龙飞凤舞,声泪齐下。米歇尔主席建议我拍下来,作为附录附在正文之后。我照办了,但只照办了一半——老马大约因为悲愤激动字迹过分潦草,加之年代久远,题字竟变得洇漫朦胧,难以辨认。我后来据此重写,作为怀念盘古王及其老药王这样的优秀儿女的文字,在最近一次盘王节盛会前发出,以志不忘。

那一刻，七鬼扑在新坟上，哭得变了形也变了声。一个来布置下一步葬仪祭礼的寨佬返回，道出了许多知情人后来拼出来的老药王过世的经过：

老药王是在日前被鬼子杀害的。

他死得很有雀儿山的格调，或者说老药王的格调，也很够条汉子。

那是三日前，十八寨又请他去为被鬼子炸伤的乡亲疗伤。鬼子早就知道有这么一位老药王，也早就风闻老药王是药到病除的神人。日军松本少佐被二郎鹫叼了眼珠子，而且中了埋伏，被来偷袭的山里人的毒弹弓射中了肩头。一个小小的铁蒺藜钻进了肩膊，仅仅半个时辰，这个杀人魔头就眼见不行了。他急剧委顿，日本军医想保住他那只右眼和右胳膊，可发现后来打中的铁蒺藜上沾有剧毒的"见血封喉"树汁。军医使出全套本事，疼痛略略减轻，可松本仍无起色，眼见出气多进气少。情急之下，左门卫太郎急中生智，先在自己左额上涂了那个铜钱大的朱砂痣，又换上弟弟当老药王徒弟时常穿的那件中式长衫，这一来，哥哥像弟弟，就犹如一滴水同另一滴水了。

他带上人，骑上军马，四匹快马在山路上踏出火星，从杏花渡赶到了十八寨。找到老药王，老药王见到这个"张慕陶"，责问为什么不打招呼就走——原来，左门卫次郎在"山火"中被老马和米歇尔救命后，对这两个恩人下不了狠手，就灰心丧气地溜回杏花渡。哥哥逼问弟弟情况，弟弟却吭吭哧哧吞吐不语，但哥哥很快套出了弟弟的实情，正想再来个"四两拨千斤"——冒名顶替前去完成刺杀任务，不料还未及行动，松本少佐却先发生此变。此时碰上了老药王，哥哥冒充弟弟上前打马虎眼道："师傅，徒弟受命去接香港撤来的知名文人，为了不走漏风声，只能不辞而别。香港客人现有急难，急需师傅去施药救命！"

老药王信以为真，二话没说，带上药葫芦，就这么被骗到了杏花渡。

到了那里，见到正在生死之间挣扎的松本，老药王明白了一切。但他也不后悔走到这一步——想到界河两岸和十八寨被害的千百父老乡亲，老药王立刻打定主意：要让被害父老乡亲出一口气，要让松本这个杀人魔王罪有应得。

左门卫太郎威逼道："你治好了松本队长，立刻奖励 100 银元和 10000 元'绿包袱'！治不好松本队长，您老可就别想回去了！"

老药王笑笑："除非是天注定，我和他都死不了！不信和你打个赌？"

军医道："那只左眼被老鹫叼走了，不难为你治那只眼睛。可是医毒箭你是拿手好戏，铁蒺藜上沾有剧毒的'见血封喉'树汁，这对你也不是什么难事吧！"

老药王慢慢应了一声："嗯，能治。"

他从容解下药葫芦，不紧不慢配好草药，"喏，雄黄解毒散，煎药吧！队长不要紧的，明年还能抱个大胖娃娃！"

老药王的玩笑话让紧张气氛松弛下来。

左门卫太郎道："真是树老成空，人老成精！"

药很快煎好，左门卫太郎与军医商量了一下，要老药王自己先喝一杯。

老药王笑容可掬："过去宫里边的太监都这么喝头一煎！药怎么能随便乱喝？疑人不用用人不疑，不信我就不要用我。告辞。"

左门卫太郎道："可以不用老师的药，老师却也不能这么就走的。"

老药王道："徒弟，为师的什么时候教过你这宗规矩？"

左门卫太郎道："老师的若没做手脚的，为什么不肯尝自己的处方？"

老药王笑笑："过去宫里边的太监都这么喝头一煎！好，今日我就做一回公公！"他给自己斟了满满一碗，咕咚咕咚喝了下去，抹抹嘴，叫了声"好苦"。

等了一会儿，安然无事。

老药王笑了："放心了吧？慕陶先生疑心太重了！恐误了队长救命的时辰！在宫里边，太监误了救主子的时辰是要丢了小脑袋之后还丢大脑袋的！"他做了个砍头的动作。

左门卫太郎和军医这才放心不疑，急急忙忙撬开松本的嘴巴，灌下一整碗药。

原来，老药王早料到了这步棋，事先悄悄吞下了解药。

松本灌进去，却没过多久就不成了，连话都没多说一句，呕了一口，眼一翻，头一歪，一失手，把那个药碗碰翻在军医右腿上。

军医马上明白了，急得又擦又洗，气急败坏地抓住老药王胸口："解药！解药！快交出解药的！"

周围的人急作一团，但分明已经迟了，松本软绵绵的四肢下垂，断气了。

军医对老药王龇牙咧嘴，抓住老药王的胸口狂叫什么。老药王喊："他死是天注定！我死不了，不信打赌？"

左门卫太郎对老药王却没发作，和颜悦色送客："老师，不用打赌，没您的事了，辛苦了，请回吧。"

老药王挺意外，将信将疑，背上药葫芦，转身离去。左门卫太郎目送他走到大榕树下，说了声"老师不送了"，提起枪，两指轻轻一钩，把老药王一枪撂倒在院子里。

老药王回头看了一眼，用最后一口气力微微一笑道："徒儿记住：雄黄烧过就是砒霜！想知道解药，过那边来找我。我死不了……"

他头一歪，含笑而逝。

一张金黄的榕树叶子离开树枝，打着旋儿，飘落下来，轻轻盖在老药王嘴唇边上。

七鬼扑在老药王的坟茔上痛哭失声："老药王，我对不起您老人家！是我带人杀的松本，您老人家是替我送死啊！你和鬼子拼死的那几日，我却在桑康的花艇上享福！我这个活畜生！该杀啊！"

此时，老马、米歇尔身披孝服，腰系麻绳走来，他们是和师公一起来给老药王"摔盆儿"送殡的。

见到七鬼，老马奔过来，生怕七鬼跑掉似的紧紧拉住他，和七鬼一起跪在老药王坟前，既涕泪交加，也惊喜交加，悲哀中有意外又有庆幸，老马给七鬼也披上了孝服，低低道："老七，忍住泪，一块儿给老人家'摔盆'吧！"

三个人一起，把一个大陶盆举起。大陶盆上边写着"西行平安"，三个人把陶盆摔在山岩上，陶盆碎裂成无数小块，这标志"鹤驾起航"，老药王能一路走好。

这时，远远近近的寨子都响起腰鼓声，用神秘的密码敲出同一个鼓点："老药王，一路走好！"

十万大山回声不绝，余音袅袅。伤心了。

七鬼哭得更伤心了。

老马在坟前对七鬼语重心长地说："大杂种流血不流泪，擦了吧！妮妮昏死了三天，还没缓过来！你等一下去看看她！"

这时，还有个事传得大家心里一热：奉老五在老药王的灵驾前低声叨念，道出一个细节：老药王在杏花渡遇难的那一晚，左门卫次郎瞒着哥哥，和奉老五一起悄悄把老药王的尸首用破草蓆裹了，连同药葫芦一起拉到杏花渡口，安放在一块系船石旁边。

左门卫次郎在大石头上写了串英文：那是米歇尔在山火过后突然间冒出一个词："Noah's Ark"。

英文的意思是：诺亚方舟。

老马评价说："左门卫次郎这家伙还有点特别之处。"

送走老药王，看过妮妮之后，老马寻了个机会单独与七鬼促膝而坐。

老马开门见山道："哥我上次对你苛求，是盼你日后能撑梁立柱，成块材料，没嫉恨我吧？"

七鬼大度得很："猴年马月的陈谷子烂芝麻，早忘到爪哇国去了！"

是亲兄弟，话就不用多说，几句就心碰心了。

老马推心置腹道："兄弟，上次我批评你，理说得不歪，气出得却不正，嗓大气粗的，态度不行，还推了你一下，我不对，你肚大能容吧！"

七鬼说："现在想想你没哪句话是言重的，句句在理，句句我都按个大拇指头印——回个单子收下！"

老马听到心里更热乎乎的，说："你话能这么说，说明你老七越来越有分量了。可我那次态度是恶劣！我欠你一声对不起，不作揖了，给你敬个礼赔不是吧！"

七鬼慌忙按住老马："受不起受不起！你一没打二没骂，算哪一家的'态度恶劣'？"

老马满脸惭愧："哎，说出来丢人！在北平大宅门儿染上的少爷习气，一不留神就露马脚！老弟你大肚海涵吧！"

七鬼连忙道："是我老鼠肠子麻雀肚，该骂！若给我敬礼比打我还让我难受！"

老马道："那……'小板那'脱险多亏你报信，你为大家差一点儿丢了性命，那就代表大家感谢你！"

说罢，老马一本正经向七鬼行了个游击队的举手礼，七鬼也手忙脚乱地回礼。他头一次学举手敬礼，手却举错了，竟举了左手。两个人的左胳膊肘和右胳膊肘敬礼时碰到了一起。

谈毕，两个人又一起吃蒸南瓜。

又一次撅竹筷子。吃着吃着，两双竹筷子搞混了。

老马从四根竹筷子里胡乱抓了两根，夹起南瓜就往肚里吞。现在，他也不管山里人卫生不卫生了。

人总是在不知不觉中慢慢改变的。

55．左门卫次郎日志

左门卫次郎在山火里险些破相，又怕被老马和米歇尔问出破绽，逃出火场，就索性以急救火伤为由跑回杏花渡。

这时，战局巨变，侵华日军大举"南进"。日本历史上至少有过两次"南进"：第一次是甲午战争后占领台湾进而染指福建，第二次是直捣印度支那。既野心勃勃又鲜血淋淋的第二次"南进"刚刚开始，就让左门卫次郎大为震动，这反倒让他更清醒了一些。他找了机会又回到杏花渡。老药王死的那一晚，他和奉老五一起把老药王的尸体拉走，本想瞒着哥哥，不想却被左门卫太郎发觉。奉老五是奉命，挑不出什么。可左门卫次郎却再次暴露了糊涂与软弱。哥哥对弟弟大怒，抽了他几个耳光，撕烂了他的笔记本。弟弟高喊："那是我准备送华南军部报道部的'南进'文稿！"

但已经迟了，一直恨弟弟老是记个不停的哥哥，把弟弟的笔记狠狠扯碎，丢进污水坑里。

弟弟把被扯碎的文稿伤心地捞起，摊开晾干，重新拼接。沿着鸥鸪江吹来的东南风却不肯帮忙，卷走了不少碎片。石海间、草丛里到处是碎纸屑。左门卫次郎怎么收也收不齐。

奉老五奉命清扫，他是个心细如丝的人，悄然把拾到的碎纸屑藏好，暗暗交给了老马。

老马在他的马厩里正一边烧饭一边喂马。见到奉老五送来的东西，高兴而意外，向奉老五一躬到地深深作了个揖。连烧饭和喂马都顾不上了，急不可耐地把碎稿摊在岩洞口地上，两个人一起细心拼合。忙了半日，直到玉米糊在火上冒烟了才想起来火上还坐着锅。老马也顾不上吃饭，看拼合出来的碎纸屑是左门卫次郎的《战地日志》。

老马连猜带蒙，读成了几段——

昭和×年九月二十二日

我们笔部队的随军记者随着第五师团，突破了镇南关中法边境，强行进驻法属印度支那北部（越南北部）……开进谅山。……我国与法属印度支那在东京谈判，达成"和平进驻"的协定。近卫师团……由海防开进河内。名义上虽然是"和平进驻"，事实上第五师团的"进驻"一路伴随着与法军激烈的战斗。……印度支那法文报纸称是侵略。

十一月十日

……率军进驻法属印度支那北部的中村兵团的中村明人中将……在……火车站接受了我和《读卖新闻》记者的采访……他说："后方的强有力支援使我们全体官兵能在前人未曾驻足的新领地同仇敌忾，在华氏140度的酷热和巨石顽岩的环境中战斗，在3000里外的地方出色地炫耀了帝国的武威。并在这皇纪2600年之际，用辉煌的战果作为献礼。但我们……的战斗……才刚刚开始！"

我问中村将军：进驻法属印度支那后有无大规模屠杀华人的事件？他称"绝对没有"。我给他看我亲自拍的在一棵大榕树上绑了九个华人然后一起枪杀的照片。他说："假的！"我说是自己亲自拍的。他怒喊："那也是假的！"

……我又问："一路战斗密集，华南军部报道部报道说'法属印度支那的儿童夹道欢迎日本军队进入'，那些印度支那的儿童岂不是要冒着枪林弹雨来欢迎吗？"……将军极怒，愤然而去。

昭和×年一月二十三日

我到河内后……在海军的舰队报道部报到。海军把轰炸机送到河内空军基地……用大编队空袭破坏印支边境援蒋运输线。……炸毁了刚刚抢修的功果桥。下边要用轰炸置重庆于死地……为了躲开高射炮飞机必须飞在7000米以上。海军飞机进行高空编队出击训练，我乘坐平井春治曹长的中型攻击机升空。机上没有密封装置，升到5000米已经呼吸困难。我眼前全成了紫色……这离呼吸骤停只差一步。"氧气罩！"军曹猛喊，我才想起。……飞机已经升到富士山两倍以上的高度，我冷得像冰棍。飞行人员均着电热服，由于不够分，没发给我。手脚冻僵，无法按相机快门。

但是，轰炸无法扼住支那的咽喉。

七月二十二日

德苏战事爆发整整一个月了。七月二日御前会议决定强行进驻法属印度支那南部，今天，我方与法属印度支那签订了进驻细则，法属印度支那在日本的枪口下屈服了。

昭和×年×月九日

……哥哥以和解态度对我说道："你的新作必须一改旧日的女人腔，要写军国、战争就是大和民族的生命！日本特殊的地理位置，以及我们资源的极度匮乏，决定了我们发展的终极形式只能是对外战争！我们大和民族是世界上最优秀的民族，然而老天却不公，让支那这样的劣等民族占据大片土地，而我们世界上最优秀的大和民族却只有区区四岛！难道我们只能守着贫瘠的小岛望洋兴叹吗？先哲福泽谕吉在《脱亚论》里说，支那和朝鲜此两国不知改进之道，只知恋古恋旧，不出数年，必遭世界文明诸国瓜分豆割。支那活该消灭，在资源有限竞争残酷的现代丛林里，我们大和民族唯一的出路只有学虎狼豺豹，这就是我们日本的宿命和生存法则！特别是对支那开战！"

我则回答："——军国就是战争，战争就是破坏！而破坏就是生命！没有破坏，就没有新生的大日本！没有破坏，就没有新生的大东亚！没有破坏，就没有新生的五大洲！日本存在的一个根本的理由就是破坏和破坏中带来的新生！"……

在塞纳河畔，我作为记录人与米歇尔主席忖度《战地日志》的纪实性，这位法国老人居然取出一本从日文翻译过来的中文出版物，书名为《日本随军记者见闻录》，作者在那次战争中曾作为日本《读卖新闻》社的随军记者而目睹了大量日军在东南亚的暴行。书中有许多与《战地日志》相近的内容。此书的第一页，就刊登了一张与九位被日军逮捕的市民被绑在大树上的相似镜头。

在雀儿山的马厩里，老马看罢《战地日志》的拼接残片，沉默良久，轻轻道："这些拼接残片没什么情报线索，可是倒看出这个左门卫次郎和他哥哥左门卫太郎不同，和别的日本鬼子也有点不一样。另外……"

另外什么？他带着一种尽在不言中的意味，沉默了很久。

老马给奉老五盛了一碗已经煳味很浓的玉米糊，给自己也盛了半碗。他端着半碗玉米糊立在岩洞口说："从左门卫两弟兄身上我倒看到一个我们应该思考的问题：为什么日本鬼子能打我们？"

"左门卫家族，按名字推想，过去也就是个守门儿的，只能算低等武士。可左门卫两兄弟这样的日本低等武士、下级武士，也有些和我们的下层极端不一样的东西，该让我们思考一个问题：那就是一个民族的精神状态！"

"先看日本上层——明治维新初始，日本天皇就颁布了'求知识于世界'和'万机决于公论'等所谓'五条誓约'。我们上层呢？——清廷提的是'量中华之物力结与国之欢心'，袁世凯签的是二十一条，国民政府无奈外蒙古和满洲国的所谓'独立'，汪精卫当的是儿皇帝！"

他狠狠啐了一口，把玉米糊又倒回锅里。接道："再看日本的下层——"他指着左门卫次郎《战地日志》的碎片道："这就是人家！——其兄大叫'中国活该被瓜分豆剖'，其弟大写'军国的生命在于破坏'！毒则毒矣，狠则狠矣！可都能思考鬼子国的发展大势！有宏观视野和战略思维，而且何等的尚武强烈！我们呢？周树人先生的话是'哀其不幸，怒其不争'！我看还要加两句：惊其狭隘，恨其短视！"

"鬼子国的下级武士，出了不少文化名人，包括洋学家和兰学家，成了日本明治维新的精英。他们不单是武士，也是文士。不单是枪部队，也是笔部队！他们在大声疾呼日本面临的危机，我们呢？看看《清文选》，一派歌功颂德和歌乐升平！"

老马又痛苦地深沉地说："中国落后，积贫积弱，不是一天两天了，也不光是物力兵力！更不是远在天边和咱们无关！看了这《战地日志》，不能不想：为什么小日本的低级武士也有这么强的国家民族危机意识？我们落后，积贫积弱，第一个就贫弱在这里——"

他使劲戳着自己的太阳穴。

接道："从古到今，列朝讲的都是'九品中正'，上品无寒门，下品无士族。一直到了与日本明治维新年代相近的同光初年，上层想的还是怎么保住八旗的铁杆庄稼，下层想的还多是朝为田舍郎、暮登天子堂！一直到洋务运动，预见到中国将亡的只有曾国藩的幕僚赵烈文一个人！咱们得问问自己，中国积贫积弱和自己有关系没有？是不是首先就弱在头颅，弱在人心！弱在每个人自己灵魂里？"

一锅玉米糊快放凉了。

奉老五也很久没动那碗玉米糊。

56. 响鼓重槌

老药王牺牲后的头七，老马把七鬼、米歇尔叫到自己的马厩里。

七鬼见到米歇尔仍不太自然，有一种自己也不自觉的本能的抵触，连蒲团都摆得离他远一点。两片嘴唇也不自然地紧闭着。

老马看在眼里，没说话。

这一日，老马备下一竹筒木薯三花酒，三个牛角杯，两块蒸南瓜。他生起火，一边做木薯粥一边道："为了让老药王走好，我这个老大哥依'老'卖'老'，今天要扯远点儿，扯我在安南听来的海那边和山那边的事儿！"

老马先说了日本偷袭珍珠港前举国一致欺骗世人的事："一场举国一致的超级作假！那简直就是世界扯谎史上空前绝后的一笔：全日本一亿人就装得跟一个人似的，为了麻痹各国，海军学校的学生穿上海军的军服冒充海军跑到上野公园跟女学生联欢照相，实际上日本真正的海军已经在航空母舰上逼近珍珠港了；日本各报连篇累牍地大写日本各界的假日活动，实际上日本的笔部队也已经随航空母舰准备写大轰炸纪实了；连日本老妇人也对记者拿出与海军儿子'回来探亲度假'合影的全家福，其实那是儿子出发前的照片！日本外务省的高官临开战前还赴美鼓吹日美亲善，实际上日本利用时差，十几个小时前轰炸机群已经飞临珍珠港，饱和状态地狂轰滥炸了十几个小时，之后才向美国正式宣战！"老马狠狠捏着自己的指节，两手的指节被捏得咯咯作响。

他接问："这一切都说明了什么？——说明我们的敌人不是等闲之辈！日本刽子手不但会杀人，更会骗人！我们要揍他们，就得记住林则徐那句话：'师夷长技以制夷。'要跟鬼子干，先向鬼子学！不但要比血性，还要比心眼儿！"

他看看七鬼和米歇尔，把牛角杯塞进两个人手里，斟酒，碰杯道："好汉中间有心眼儿的人有吗？有！——我在安南听说过一个人，一个让米歇尔这些人信得过的一条法国汉子，一个你七鬼和妮妮都会说心还不坏的'法国鬼'！——前几年，法国当头的大元帅贝当没脊梁骨，我看这家伙的骨头筋是被希特勒给抽了！把好好一个法国拱手让给了和小日本儿一样的德国兔仔子。面对这样的败家崽儿，我说的汉子当时也是法国大官儿，可他没灰心丧气，反倒下定决心到英国去领导法国的抗德运动，他在找机会。那天，法国派他到机场送英国的一位将军乘飞机回伦敦，他发现机会来了——就在飞机刚刚扇呼翅膀飞起来的当口，嘿！他突然追着飞机跑起来。好家伙，那小子，腿长！终于撵上了飞机，一把抓住飞机轱辘，就这么飞离地皮儿啦！"

老马说书人似的盯着两个人，接道："飞机离开地皮的时候他两脚乱扑腾，在云彩中间儿乱蹬，在场的人都吓呆了，以为他非掉下来摔成肉饼不可。可乖乖，他没死！就这么飞身攀上了飞机，而且居然飞到了英国伦敦！当天晚上，贝当老小子向德国兔仔子下跪乞降，这个扒飞机的好汉就在英国广播电台对全法国百姓发表了广播演说：'喂——，我是戴高乐——！我现在在伦敦！无论发生什么情况，法兰西抗德战争都会打下去！我——戴高乐领导的反对法西斯侵略和维护民族独立的"自由法兰西运动"开始了！大家都投身参加抗德斗争吧！'"

七鬼听愣了，连酒也没喝。米歇尔更激动，把牛角杯支在钟乳石上，一滴也没碰。

老马对七鬼道："知道吗？在戴高乐将军发出号召后，法国大批血性汉子不顾生死投奔了他！这里边，就有一个小伙子——远在天边，近在眼前，我说的就是米歇尔啊！"

七鬼呆呆地看着米歇尔，将信将疑。

米歇尔自己也激动得说不出话，紧紧抱住了马锅头。

老马又道："再一个，那个族徽，跟米歇尔家到底有没有关系还得两说哪！为什么？那个法国贵族称号是米歇尔他爷爷的爷爷发了家之后，花一笔大钱买来的，所以叫'穿袍贵族'。就是穿鞋戴帽，未必就是原来跟黑旗军结仇的那一家。说到底，米歇尔家算不了正儿八经的'佩剑贵族'，撑破天也就像清末花银子买顶纱帽风光风光吓唬人的那样。不过，是不是'佩剑贵族'和原族原姓都不是什么了不起的事！要紧的是看当下！七鬼，米歇尔跟我们几个已经是命连着命的血肉兄弟、生死哥们儿了！过去黑旗军留下的仇，再大也得为眼前的事让路！私仇永远超不过公仇，家仇永远比不了国恨！这笔账，我昨日跟妮妮说道了一夜，妮妮明白过来了。老药王要是还活着，也一定会理清楚是非！天大地大，啥事儿也没有比把日本鬼子赶出中国、把德国鬼子赶出法国的事体大！咱们中国，靠上边是没指望了，只能靠下边我们老百姓自己！咱们就更不能光想鼻子底下那点私事了！来，为了把日本鬼子赶出中国、把德国鬼子赶出法国这个大事，咱们别再鸡肠鼠肚了，解仇合蜜，喝了这一杯吧！"

老马举起了牛角杯。

米歇尔举起牛角杯。

七鬼也举起了牛角杯。

老马举着酒杯说："当然，国难当头，大敌对脸，抗战并不轻松，我们没时间沉迷在儿女私情里！是个男人都不会不明事理，在这节骨眼儿上还会为个女人争风吃醋。能抢得走的东西，那原来根本就不属于你！真是属于你的天王老子来了也抢不走！你们俩都够条汉子，七鬼还发誓要当大杂种！响鼓不用重槌，道理不用我再啰唆！《易经》说：'二人同心，其利断金。'何况你、我、他都是亲弟兄！"

三杯酒碰在一起，一饮而尽。

七鬼看看米歇尔，对米歇尔说不成句子："我，我，我……"

米歇尔道："老七，什么都不用说了，你，我是亲兄弟！"

俩人把牛角杯一扔，再次紧紧抱成一团。

牛角杯落地的声音在龙脊洞里引起久久的回响。

从第二天起，七鬼就又到林子里给米歇尔打野物，当日，就装回一只果子狸。未承想米歇尔没这个口福，一吃就得了痢疾，连续几天腹泻不止，七鬼便连夜出发，到深山密林中去寻找雀儿山特有的可以治痢疾的黑牛蜂蜜。不想次日下了大雨，山险路滑，七鬼摔得鼻青脸肿，终于在一棵古树上发现了一个蜂窝。正当他准备挖蜂蜜时，受惊的蜂群对这个南瓜头发起了攻击，最后蜂蜜挖了出来，但七鬼南瓜头却被蜇成了大榴梿。可米歇尔吃了黑牛蜂蜜很快就康复了。

57. 看薄，看透，看穿！

米歇尔主席，我这么记录是不是太啰唆了？要不要简约一点？

米歇尔先生翻看我的记述时已经是在来华的飞机上，他闭上眼睛，沉湎在遥远的回忆里，没答我的话。

过了片刻，他从怀里摸索出一个精心包裹的小首饰盒，打开来深情款款地审视着，看得甚至有点出神。

我用眼角的余光看到，首饰盒里是一枚钻石戒指——婚戒。

上面分明镂刻着米歇尔家族的族徽。

他精心打制了这个信物，准备做什么？

我又想起，登机前我帮他托运包裹，行李中竟有他保存了几十年的雀儿山长腰鼓，还有一个超大托运件：是他的游艇"中国公主号"。

他的行程会怎么安排？

机窗外是无边无际的云海，酷似雀儿山半山岩画前的云层，一阵鹭仔鸟嘎嘎的惊叫声把我的思绪又拉回到雀儿山——

太平洋战争激化后，鬼子的"南进"政策吃紧，把边境地区的"援蒋"跨国交通卡得更严了。老马他们出一趟马帮要经受极大风险。可南洋各国的爱国侨胞也加强了对国内抗日战争的捐助，一批送给游击队的急救药品，卡在半路上必须马上运过来。老马又要奉命出发。这一次，危险重重。老马出发前变得婆婆妈妈，先是和特地安排留下来照顾米歇尔的七鬼絮絮叨叨叮嘱了半日，特别嘱咐七鬼要提防鬼子"四两拨千斤"的花招。

老马道："阿七啊（他头一次这么叫七鬼），大伙叫你鹭仔七，这个大号不赖！是该向嘎嘎鸟白鹭仔学！其实，每个人身上都有一对翅膀，有的长在身子上，有的长在嘴巴上，有的长在眼睛上，有的长在心坎上！翅膀长得怎样，人就是怎样的人！咱们中国比列强不如的地方在哪儿？船坚炮利还在其次，精气神儿上不如人才是根本！小鬼子动不动就讲剖腹，我看能剖肚子还不算英雄，能对自己的精气神儿下刀子剖腹，那才够狠！阿七，咱们以后得把握好自己。"

临走前，老马又找来妮妮，沉默不语了许久，最后只说了几句话。话不多，可语重心长，还扯起"八少爷"和"妮儿"两个人在北平西兵马司老家相处的日子。

爷爷过世后，鹭妮妮像换了一个人，从孩子变成大人了。她原本就心重，这一来，更难得见她开朗过。老马劝道："人不能忘记过去，可不能老盯着过往伤心的事儿。你若将过往抱得太紧，怎么能腾出手来抓牢将来呢？妹呀，没有过不去的火焰山。日子长着哪，日子会让深的东西越变越深，会让浅的东西越变越浅，一切都会过去的！以后多和大家在一起学着乐，别老一个人躲在一角出不来。"

妮妮道："我怎么能和别人一起乐？人家会嫌我……"

老马道："谁嫌你？嫌你什么？是疯子是傻子？"

妮妮声音低得快听不见了："我……脏……"

她又哭了。

"脏？日本小鬼子才脏呢！汪精卫贼小子才脏呢！"

妮妮心想：比起别人，我的路好坎坷，好窄！可在这个世界上，现在除了老马，没有第二个人能体谅这一点。我万箭穿心，我痛不欲生，没有老马就仅仅是我一个人的事。别的人会同情，甚至流泪，可永远不会知道我伤口究竟多大多深，血流到何种地步。只有老马明白！偌大个世界，现在能靠上的只有老马，可老马……

她哭得悄然无声，泪水却湿了一地。

老马帮她抹干眼泪，提高了音调："妮儿，把眼泪吞下去，挺起胸来做人！

天凭日月人凭心，人这辈子不能按别人的想法过，要凭自己的良心过。甭管别人怎么瞅你，只管爬自己的山。其实疑神疑鬼都是自个儿神经过敏！看穿了，每个人心里都有个死胡同，自己都走不出去，别人也都闯不进来，只能靠自己开导自己，折回头，再起步，就有路了。"

妮妮说不出话，只默默点头。

老马又道："还记得墟顶的摩崖石刻上那四个字吗？——'破壁而飞'！这四个字真好，是石壁箴言，得刻在心坎儿上！怎么飞？把自以为了不得的事一看薄，二看透，三看穿，就飞起来了！世界大得很，墟顶上边有雀儿山，雀儿山上边有七十二峰，七十二峰上边有老林子，老林子上边还有偌大个天！偌大个天上还有家国、民族、世界！把心敞开点儿，看远点儿，路就不窄了，死胡同就走出来了！"

老马又问："妮儿，你想过没有？为什么日本人老打我们？而且从前清甲午年一直到眼下，还老是打赢我们？"

妮妮神色茫然。

老马道："说一千，道一万，还是墟顶的摩崖石刻上'破壁而飞'那四个字！我看，无论是一个人还是一个国家、一个民族，都有能不能'破壁而飞'的问题。原本都被大山压在石壁下，是'潜龙'，后来奋发图强，挣脱了石壁，破壁飞天，才成了'显龙'！能不能'破壁而飞'，不但关系到你我这样的每个人，更关系到一个国家、一个民族！要紧的是日本从 1869 年开始了明治维新，冲破了束缚日本全民族的旧习惯、旧意识、旧传统，实现了整个国家和整个民族的'破壁而飞'。而我们呢？直到今天还在几千年前的老地方'鬼打墙'，原地绕圈圈！这就是我们中国老挨他们欺负的根本原因！"

妮妮似懂非懂："那，该怎么办？"

"怎么办？——就从你我自身开始吧！"老马轻轻说，"妮儿，自打我们一块儿死里逃生上路后，自打我俩扮作父女逃离兵马司，我就把你当亲生女儿了，其实也把你当亲妹妹了，从那时起你就走了一条新路——兵马司老宅里是大排行，叔伯兄弟排十七个，叔伯姐妹排十八个，我把你排在第十九——最小的最该疼的小妹妹。我要你记住一句话：别在乎旁人怎么看你！只在乎我说的这四个字。也别让你做不到的事儿耽误了这四个字！当你明白了成也不会显赫一辈子，败也不会倒霉一辈子，看淡遭到的不公不正，专注于自己的追求而不是脸面时，你就不再是可怜虫了！你会比世界上最强的人还强，比最硬的人还硬！能这样你才能从死胡同里走出来，你才能修成正果！你就破壁了！"

鹭妮妮艰难地点了一下头，她已经被自己的泪水淹没了。她觉得自己是一只小鸟，自己的巢只筑在，而且早就筑在了老马的心里。

在那所红楼梦大观园似的大宅门，她只是个地位低下的丫环。许多人看不起她，可八少爷不会——八少爷的生母"四太太"就是个买来的丫环。"小妮儿"和那位"四太太"有太多的同病相怜。她觉得自己和老马尽管差别那么多、那么大，可有一点是共同的：她在另一半的寻找上是孤独的，而老马，尽管在北平老家兵马司胡同有一个比八少爷大好几岁、整日捧着水烟袋，而且总是戴着男人的瓜皮帽，穿大老爷们儿才穿的长袍马褂的"八少奶奶"。可他和她不是"女大三，抱金砖"，是"女大五，母老虎"。那是一个连前清御药房都欠了她们家多少万银子的大宅门，一个阴差阳错一直嫁不出去的老小姐强行"下嫁"给萧家，萧家又强摊给弱小的"四房"八少爷的。鹭妮妮知道，老马在内心里从来就没接受过这位"妻子"。他和她一样，在内心深处也是孤独的。

她常暗暗幻想去填补老马内心深处的空缺。她小名鹭妮妮，老马到了游击队化名"大陆"，"大陆"不就是"大鹭"吗？她觉得冥冥之中有什么东西早就把他俩连在一起了。

这就是她无法再接受寨子里其他小伙子的真正缘由！也是她总快活不起来的根本缘由。

可这个心思她没法对谁说出来。

老马看出来了吗？

妮妮趁老马"打摆子"，用行动逼老马看穿这一切。可那以后老马对她还是客客气气，还是与她公事公办，还是保持三十里山路的距离。她伤心极了！

老马对她越是冷，她在内心对老马越是热。她的愿望与她的处境太不一致、太对立了！长期的绝望、极点的绝望反让她冷静下来，她祷告盘古天王：只要庇佑她能够和老马一起待在雀儿寨就够了！这样她可以暗地里尽可能照管他。他出马帮了她会天天为他拜盘古王，他衣服破了她会悄悄拿去补上，他该做饭了她会悄悄帮他烧好。有时候还悄悄在饭锅里放一块腊肉，在蒸南瓜的锅里偷偷摸摸塞一个绿豆粽，用饭锅巴加糖当作老马爱吃但在这里吃不到的米花糖……

她盼望就这么天长地久下去！这么着，她虽永远得不到他，可也永远不会失去他！

妮妮到底太年轻了，她的心事其实老马早看出来了，不，是彻头彻尾看明白了。老马感动，可是，绝不能放任自己的感动！老马到底想什么，她却未必清楚。

她喜欢八哥，其实八哥心里也早就有她。要不，也不至于越狱之后九死一生也要把她带出来。

可是，他心里越有妮妮，越觉得应当为妮妮的一辈子想想。

他比她大十七八岁，可以做她的阿爸了。岁数上先就不合适。再一个，不管是豪门强迫还是家债所逼，虽然他一想起那个男人婆就恶心，可名义上不管怎么说他也是个有家室的人了。再和妮妮扯上算什么？让她做二房？当小？笑话！指挥同学们上街游行的"大陆"不可能如此这般！

而来到雀儿山后，老马又有了雀儿山的考虑：他明白当马锅头的自己是半条命，枪口下来，刀尖上往，总提溜着脑袋过日子，运了这批货不知下一次还能不能回来？妮妮已经经历了丧父之苦，不能让她再一次面临别的深渊！

他在妮妮面前就总装成不懂风情，永远以大哥，甚至是阿爸自居，保持三十里距离。他对她总貌似不冷不热，终极缘由就在这里。

妮妮知道寨子里有太多的后生哥喜欢她，七鬼只是其中最丑的一个。她也觉得七鬼人好，可觉得他人好是一回事，而爱上、嫁给他，那完全是另一档子事！她能爱上七鬼？不能够！一千个不能够！她可怜七鬼，同情七鬼，可没办法，不能够就是不能够！就像她爱老马但不可能圆满成双一样。

她也知道，米歇尔看她的眼神滚烫，像两口火塘一样。可是她的心被对八哥的单相思填得满满的，根本容不下别人了。她更不知道米歇尔火塘一样的眼睛深处竟也藏着冰天雪地——米歇尔尽管风流成性，其实内心竟也孤独冰冷。性爱能让他暂时忘掉世界的冰冷，感受到刹那间的人际温热，暂时驱除那蛋壳般紧紧包裹他的孤独感。而这一次，在雀儿山的岩洞里，在鹭妮妮为他的骨伤针灸、推拿的疗救中，他享受到了一种前所未有的赤诚、体贴与温柔。他那颗孤独的心像冰封的积雪遇到太阳光一样慢慢融化、慢慢温暖、慢慢化成春水。鹭妮妮的小手不但在疗救他的骨伤，更在疗救他的心灵。他一辈子都是有性无爱，而这一次，却是有爱无性。我的上帝，人生为什么总会不完满呢？万能的主啊，我还是感谢您的！是您让我心里终于涌起了真正的春潮！

妮妮暗暗下了决心，她要对八少爷进一步表白心迹！在逃亡的路上，他让她喊他爸爸，她却喊成四声中"阴阳上去"的第一声，把"爸"故意喊成"八"。"八"就是"八哥"，那是她内心深处的声音。喊"爸"是两代人，而喊"八"就是平辈。

八哥，我的心你明了吗？

"等他这次回来，我要对他讲穿、讲透、讲明白！"他不是说该看穿的事要一看薄，二看透，三看穿吗？那就从这桩事开始吧！

想到这里，鹭妮妮不哭了。

58. 弱女单身走边关

但是，老马这一去，竟没了消息。

而且是在国界外边，老马下落不明。

妮妮急得团团转，吃不下，睡不着，漫无目的地从寨门口走到寨子尾，又从寨子里转悠到寨子外。溜到界河向南边看看，又上了墟顶远望杏花渡口。可那里烟雾弥漫什么也看不见。

最后她到墟顶找师公算命，师公让她摇了六个铜钱占了一课，还拿出签筒让她抽签又打了一卦。奇了，两次竟都是"未济"卦：师公指着卦书《焦氏易林》念道："喏——'大蛇巨鱼，相搏于郊。君臣隔塞，郭公出庐。'凶象啊！你想：大蛇和巨鱼搏斗上了，血灾之光啊！"妮妮问下边两句什么意思？师公伸出舌头害怕地说："不能说，不敢说！天机不可泄露！要不，你再求一卦吧！"

妮妮把带来的腊禾花雀、腌酸肉都送上去，又抽了一签。

——"否"卦。

师公见到那个竹签，脸都青了。对妮妮来说，这是六十四卦里最差的卦，凶多吉少。师公道："卦象竟和上一卦象差不多呢！有其象必有其数，有其数必有其理，有其理必有其占。"又说，唯有八字相辅而且是最亲的亲人去找他，也许还有一线"否极泰来"的希望，把他从"奈何桥"下的"孟婆渡"拉回来。

妮妮吓瘫了，连哭都顾不得。她第一个想的是：八哥最亲的亲人是谁？偌大个世界只有我了。我得去救他！

妮妮没有任何犹豫，立即决定去寻老马。

不怕路遭不测吗？她没想过。她觉得自己的命已经苦到家了，再坏也坏不到哪里去！她从来没想过到歌圩去找人对歌，也从来不像别的女孩子那样在暗中悄悄为自己绣嫁衣。她觉得这些快活都与自己无缘。爷爷过世之后，她觉得能与八哥远远地相守一生一世，就是莫大的福分了！

但我是个灾星，一个白虎星！谁和我沾上边，谁就会被克得家破人亡，落个运交华盖！阿爸惨死，爷爷又惨死，现在，偌大个世界我唯一放不下的人又一去不返！这全是我克的！师公说唯有亲人才能帮他逢凶化吉，不管八字不八字，反正除了我没第二个人！没有八哥就没有我，八哥要是不在了，我也不可能单独再活下去！说什么也要把八哥寻回来，死也要找！那就是把我的性命、我的福分、我的大半辈子都找回来！

她换上爷爷的衣服，包上爷爷的黑包头，背上爷爷的药葫芦和采药筐，化装成一个走方郎中，一个男人，跟寨子里的人一个也没打招呼，三星还高高挂在天上，鸡刚叫头遍就悄悄上路了。

妮妮一路向南走。

山上有马帮千百年来踏出的蹄凹凹，这就是路标。上次山洪冲下来的淤泥遮住了一部分蹄迹，有的已经长满了石苔。只要脚着地，打赤脚不用看也能感觉着走。感觉不到的岔路口，她小狗仔嗅路似的勾着头，低着脑袋艰难地辨认蹄凹凹。她只有一个念头：先过界河，到沿途各寨子打听有没有个叫老马的马锅头？他的马帮经过了没有？知不知道他们去了哪里？

虽然化了装，怎奈她天生丽质，包头缠得再低也藏不住那双摄人魂魄的眼睛，老人服穿得再别扭也难遮那副好腰身。小"稀发"（臀部）小巧而滚圆，一扭一扭地撩人眼睛。她见村就进，见人就问，愈发引来路人疑神疑鬼的目光。她却顾不得这些了，豁出命去也要找到线索！

她上路走得匆忙，采药的家伙什么都带了，却忘了带蓑衣，忘了带吃的。中午剜了苋竹笋生啃了，走到靠晚，饿得已经前心贴后背，连挖笋的气力都没有了。偏偏这时又遇上了这个雨季的第二场台风，一路冤家路窄般紧撵着她。

老话说：屋漏偏遭连夜雨，船破又遇顶头风。老话说得那份儿准！这雨饿虎扑羊一样，蜷缩着爪子藏在林子后边，等小羊羔靠近了，候一家伙冲出，扑上去张开血盆大口就叼。稍稍不同的是老虎扑食不哼不哈，台风冲来却大喊大叫。焦雷一个接一个，简直就在脑瓜顶上爆炸。林子被吹得呜呜粗吼外加刺耳的尖叫，林子里的每一片叶子都变成了雷公电母的舌头。千万条毒舌头一齐鼓簧摇唇，疯嘶狂吼，她耳朵被震得几次失了音。雨打着呼啸砸下来，偌大个林海吓得鸡雏似的乱颤。那雨不是雨，是倾缸倾盆倒下的山洪。妮妮早就变成了落汤鸡，又冷又饿、又惊又战。她抱着两个肩膀缩在一棵老榕树下。退回去？她没想过。八哥此刻也在淋雨。也在像我一样又冷又颤，正等我去帮他一把哪！想到这一点，妮妮踏实了许多。她看看天，回想起自己做过的一个梦，就是在那个梦里，老马把定情物亲手为她系在头上。他吹木叶她唱歌，歌是雀儿山的山歌。此时此刻，在漆黑一团的老林子里，她又吼起了那几句山歌：

夜了天，
夜了老牛归牛栏，
夜了羊儿归圈睡，
丢了我俩在深山。

夜了天，
夜了灶口出火烟，
夜了家家关门睡，
丢了我俩在林间……

在林间做什么？在林子里他把她要了。那是苍天和盘古天王托的梦。那个梦会变成现实的！她满怀信心期待着。

歌吼完了，也吼累了。天已经全黑，她在老榕树下挨了一夜。

第二天更觉得筋疲力尽，身上、脸上到处是毒蚊子和山蚂蟥咬的伤痕、疙瘩。走到一片水淋灌木丛生的沼泽地，两脚陷在淤泥里，她几乎拔不出来了。挣扎到岸边，饿得两眼昏花。好彩在三角梅矮树上发现一个鸟窝，里边有两个大大的鸟蛋。

妮妮捧起鸟蛋，恨不得破开一个一口喝下去。可是左看看，右看看，她又小心地把蛋放回了鸟巢。——她认得那是鹭仔鸟的蛋，她不忍心吃。好在水泽里又找到了野马蹄果，北平叫野荸荠，她刨出十几颗小荸荠，洗了洗，狼吞虎咽地吃起来……

一整天又加一个大半日之后，七鬼才发现妮妮不见了。

他疯了似的到处寻她。又被鬼子抢去杏花渡了？——被抓去烧火的奉老五没递话；掉山洞里了？——岩洞跑了个遍也没见到，钻地虎不用见到人，看看脚印就知道有人到过没有？寻短见了？——老马早就开导她不能老盯着过往的伤心事儿，该翻篇儿的要翻篇儿，"你若将过往抱得太紧，怎么能腾出手来抓牢来日？"妮妮不是也在学着把事情看薄、看透、看穿吗？

七鬼仔仔细细看妮妮家里的东西，发现采药筐不见了，药葫芦也没了，采药去了？她眼下有这个心思？

七鬼向乡邻打听，没结果，都不知道她的下落，直问到鹭江才问到妮妮一点线索。一个打茅的山民告诉他：见过一个不男不女、不老不少的走方郎中，挎一个药葫芦，背一个老药王常背的箩筐，往界河南边去了。

七鬼吓了一跳，急急忙忙回去安顿好米歇尔，把米歇尔托付给他和老马都信得过的糍粑三，便一路往南追去。

他料定妮妮是去寻老马了，也晓得妮妮大体知道马帮走的路线。七鬼便循着古老的三条麻石古驿道寻去。

林海茫茫，在这崇山峻岭中寻一个小姑娘，不是大海捞针，是大海捞月！可是他别无选择，不能不去更不能回去，妮妮的命现在就攥在自己的手心里。

妮妮，你在哪里？

妮妮来到一个叫小金鸡岭的地方，越发虚弱不堪。打了十几个喷嚏，上下颤抖不止。一身身鸡皮，一阵阵战栗。冷得透心彻骨，连五脏六腑都冷得哆嗦，上下牙关嘚嘚嘚地互打不停。她恨不得有床棉被钻进去，有个热海跳进去。生火取暖吧，她拢了点柴禾生火，可手指打战火绒绳怎么也按不到火石上，再加上柴禾过湿，火绒也淋了雨，火镰敲火石总打不着。否则也不怕柴湿，大火无湿柴嘛。想再寻点干柴，手却抖得不听使唤。

过了片刻，又热起来，火烤一般，实在受不了。把两只脚泡进水凹里，还仍像架在火塘上。她从爷爷那里家传了许许多多本事，却不晓得自己被疟疾毒蚊子叮了，"琵琶鬼"上身，在自己身上潜伏了一整日，今天开始"打摆子"了！那感觉，让她想起了在北平皇城根当丫头时听公子哥们哼的"元人小令"："热时节热得在蒸笼里坐，冷时节冷得在冰凌上卧，颤时节颤得牙关错……兀得不害杀人也么哥，兀得不害杀人也么哥。"

她想睡，又告诫自己绝不能睡！她担心自己这么一睡也许永远永远醒不过来了。自己躺倒事小，把八哥闪在"孟婆渡"事大！妮妮挣扎站起，一步步往南边挪。

苍天不负有心人！妮妮居然从一个挑担子的老阿婆口里听到了有用的消息，虽说消息不好：老阿婆说几日前南边老远的大金鸡岭的地界响过枪声，日本兵开枪搜捕走私的马帮。至于是不是妮妮问的马帮，老阿婆也不知道。

妮妮本来就"打摆子"，听了这几句更是抖得像台风里的一根蜘蛛丝。她低头谢阿婆的时候那颗脑袋往下一垂，活像个掉下来的椰子，惊得阿婆失手一接。

阿婆惊叫："孩子，你怎么啦？"

老阿婆说的几日前南边老远的大金鸡岭地界响过枪声，好像是日本兵搜捕马帮，说的一点不差：那正是老马。

老马这次带了五个人七匹马，接过一批新加坡过来的陈嘉庚等侨领组织的抗日捐赠。整整七驮子：五驮子是明晃晃的银元，两驮子是前线奇缺的急救药"盘尼西林"针剂，目的地是桂林八路军办事处。因为事关重大，他们选了一条新辟的、境内外都有腰鼓密码报消息的山路。日本方面也早得到了情报，组织了充足的兵力要一网打尽。不但要截获这批银元，还要破获这条新辟的秘密通道。他们感觉到"中国和法属交趾支那边境"这支马帮特别难对付，来无影去无踪，而且像有眼线一样能跟负责阻塞这一带"国际援蒋秘密通道"的日军近卫混成旅团那个联队斗智。日方情报已经了解到这条"援蒋秘密通道"的负责人是个从北平派过来的懂法语和中医的老燕京大学的学生，就特地从北平调来了老资格的日本特务机关"积善堂"的情报老手左门卫太郎。

松本布置了周密的人马，把左门卫太郎也调到了第一线。左门卫太郎直到不久前才落实：和他在北平就打过交道的老对手八少爷居然就在对面，果真是冤家路窄！他在中国用的名字是左若虚，字左丘明。

此时此刻，在远离古都的南国边地，两个老冤家又窄路相逢了。

老马率队接过货，靠长鼓密码的指引神不知鬼不觉绕过封锁圈踏上回程，以极快的速度回到了北交趾。未料，却在大金鸡岭被堵。长鼓密码报告前后左右都是敌人。老马他们很快断了炊，弹药还有，但除了挖山薯、打草蛇，已经两天没进食。但敌人也上不来，这里到处是岩洞，老马他们躲进岩洞里，他们在暗处，敌人在明处，敌人上来一个揍一个，双方就这么僵持着。

一日，一个安南绅士摇着小白旗，前来替日本人送信。来信措辞极谦，落款是"弟若虚叩拜"。信上要求与八少爷到山腰的平地上"喝两盅与'二锅头'稍差几许的安南清蒸米酒"，"叙叙旧"，"顺便给八少爷捎一袋在兵马司就喜欢吃的米花糖"来"略表寸心"，同时保证："绝对保证八少爷的人身安全。"

老马大为惊奇，他想不起这个"弟若虚"为何许人？更奇怪居然知道"兵马司"，居然知道"米花糖"！

马帮完全断粮，连山蛇都打光了，也完全不知山下的情况，能去探探虚实，摸摸底，不失为没办法的办法。

老马跟上来人，沉着冷静地下到山腰。

左门卫太郎提着米花糖迎上来："他乡遇故知！八少爷，幸会啊！来，这是你爱吃的米花糖！"

老马吃惊，打量来者，竟一下没认出来。

左门卫太郎把帽子往额顶上推了推，笑道："到底是贵人多忘事啊！我千里万里从北平南下，为的就是来会一会从京城下到雀儿山来的萧家八少爷！"

老马突然间认出了对方：真是冤家路窄，来人竟然是在兵马司萧家学过中医的左丘明！他后来知道，左丘明，即若虚少爷的真名叫左门卫太郎，是日本特务机关"积善堂"的谍报人员。

老马改用京腔答话道："太郎先生千里迢迢从北平来会鄙人，要谈什么？"

左门卫太郎笑笑："别忘了我的中国大名是左若虚，'字'却是左丘明。以丘明为号，为的是纪念贵国春秋战国时期的左丘明夫子。丘明夫子写下了《十三经》之一的《左氏春秋》。他旁征博引，啧啧啧，《左氏春秋》所涉及的年代比孔老夫子的《春秋》还多十七年呀！我千里来寻，就是想找八少爷一起叙叙旧，谈谈这部佳作！"

老马指指自己的一身打扮，冷冷道："中国人已经国破家亡，我落魄成这个样子，哪还顾得上什么《左氏春秋》《十三经》！"

左门卫太郎一摆手："萧家诗书传家，八少爷怎么会丢掉祖训呢？——我提丘明夫子和《左氏春秋》，是想和八少爷一起回顾一下春秋战国那个战乱时代，那时多少俊杰顺应天意，离开故国，择主前往啊！果真是良禽择木而栖，良臣择主而事！李斯是楚人，却到秦国为相；商鞅是卫国人，也入秦为臣，并且帮秦国推行商鞅变法从而统一了中国！廉颇原是赵国名将，后来却奔去魏国；而苏秦是韩国人，却奉燕国之命进入齐国，后来则挂六国相印！八少爷对这些国史不会不如数家珍吧？"

看来左门卫太郎是有备而来，这些典故他早已经稔熟于心了。

老马冷笑："阁下准备了这么多典故，做功课的细致令鄙人委实不敢小觑。不过阁下知人断事的判断能力，却让鄙人委实不敢恭维！我只知道背叛国家的逆子贰臣不但千秋万代要被钉在耻辱柱上，就是在当时，也每每并无好下场：商鞅五马分尸，苏秦车裂而死！后来的秦桧遗臭万年，引狼入室的吴三桂和认贼作父的尚可喜、耿精忠更是被削三藩而诛九族！更难忘有骨气者还大有人在：史可法、文天祥、陆秀夫、岳武穆！二十四史，代代辈出！真是家贫出孝子，乱世出忠臣！"

左门卫太郎干笑："为了八少爷不至于落得分尸、车裂的结局，我才前来苦口婆心。识时务者为俊杰，贵马帮已经被团团围在这个孤岭上，既无粮草，又无援兵，再苦撑下去，料想也不会有什么好结果！不瞒你说，上山下山几个路口，凡能过人的地方都设了重兵，围得像铁桶一般。我看插翅难飞啊！以我浅见，贵我双方讲和了吧！你们留下那些货，当然还要说出帮你们运货的沿途同党，不，一路上的帮手，我们就放开口子让你们通行！条件不算苛刻吧？八少爷以为如何？"

老马不再说什么，他盘算着左门卫太郎刚刚那一番话。"铁桶一般""插翅难飞"八个字让他格外入耳。他心里一动，想再听听左门卫太郎还能吐露些什么？见到左门卫太郎带来的米花糖，老马想：不吃白不吃，何必端着？且吃这个来拖延时间。他毫不客气，拿过来，向左门卫太郎略举了一下，就大口吃起来。

左门卫太郎见状道："何苦困在山上挨饿呢？为手下想想早点讲和吧！"

老马将计就计道："你刚才说的，事关重大，我们得回去合计合计。明天早上给你回话吧。"

左门卫太郎盯着老马的眼睛看了一会儿，那一对眸子如两泓深潭，他看不出什么破绽，就点头同意了。

老马把只吃了一块的米花糖包往胳膊底下一夹，大摇大摆回山了。

到了山上，把米花糖往地下一摊，对弟兄们道："来，吃！"

一个主意在他心里拿定了。

左门卫太郎刚刚说的，不全是虚张声势，敌人确实下了大气力包围了大金鸡岭。老马他们如果想赶马出山，那绝无可能。"铁桶一般""插翅难飞"嘛！可如果不硬飞、不硬碰，而学七鬼，当遁地的"土行孙"呢？

他们昨日已经试探明白：岩洞深层有两个极小的出口，马匹过不了，人却可以侧身钻过去。那是地下暗河日积月累冲出来的，出口已经远绕到了敌人包围圈的后边，而且离一个"长鼓密码户"路不远。

可以趁着夜里，把马驮子里的东西化整为零，从暗道里悄悄运出去，先藏在林子里，再转移到"长鼓密码户"，然后因地制宜想下一步的办法。

他当机立断：把一匹伤马杀掉充饥，其他的马，在最后时刻放马归山放生。

这么做最大的难处是得蚂蚁啃骨头，很费工夫。一直弄到天光也未必运得完，而且出口和转移处绝对不能让敌人发现，否则会前功尽弃！

但是，别无选择！

59. 最后一颗子弹

七鬼也一路走一路问，一问沿途路人见没见过七匹马的大马帮，二问见没见过女扮男装的走方小郎中。一个粉摊卖米粉的汉子说见过一个衣服一点也不合身可模样周正的采药人往南边走。七鬼一听这话知道找对了方向，加快了脚步。

一行白鹭引他走到水七里，那里是小鸟天堂。白鹭极多，七鬼多盼能碰上小白！小白你在哪儿呢？快来帮帮我吧！他情不自禁两手合成喇叭筒，"嘎嘎"叫了起来。"嘎嘎——嘎——"

"嘎嘎——嘎——"水波激滟，是对面岸上的青石山传来了回声吗？不，是妮妮此前经过的水泽顶上传来的嘎嘎声，是妮妮放回鹭仔蛋的鹭仔鸟妈妈回来了。其实，鹭仔蛋妈妈早就远远看到妮妮放蛋回巢那一幕。鹭仔蛋妈妈在妮妮头顶上盘旋了两圈，似乎想起什么，急急忙忙飞走了。

"打摆子"是一阵阵的，好歹那一轮过去了。妮妮趁此机会赶路，在一个小水寨子发现了两条船，急急忙忙上前问人家可见到过过路的马帮？可知道一个叫老马的马锅头？

船家警惕地摇摇头，却打量水货似的把她打量了一番。妮妮不知道，一个危及到她身家性命的祸事悄悄出现了。

一条船停在繁忙的大河边上，妮妮用药葫芦换了两块红薯、两块鱼干。她几天来头一次像样地填了肚子。船家见她吃得这么贪，更狐疑地一边打量着她，一边划着小艇向江心一个大船赶去。

不大会儿工夫，大船上有了动静。花艇老板娘闻讯，亲自出马，带人划着舢板急急忙忙找来。

妮妮也急急忙忙上前急问想询问的东西，老板娘正中下怀，连连应答："对对对，我见过叫老马的马锅头，见过见过！还在我们花艇上吃过花酒呢！小妹就到我们船上去等他吧！"

假消息把妮妮喜坏了，竟不知是计，听到老马还活着，登时喜出望外，长长松了口气，两手合十连连向上苍作揖，不假思索地上了老板娘的小舢板。

老板娘更是满心欢喜！财神爷来撞门了，躲都躲不开，活该我发！除了给报信的那船家扔下两块钢洋，不花什么钱就捞到这么一个七仙女，多走运！这妹仔虽说衣着土一点，可那眉眼百里难挑一啊！不，千人万人中也难觅第二个！打扮打扮卖到西贡，甚至转到曼谷，哈！该值多少万铢？不，多少法郎？不不，是该值多少两黄货白货！我老娘活该更发了！

七鬼学叫："嘎嘎！"真的引来了回应。

须臾，鹭仔蛋妈妈带着另两只鹭仔鸟飞回来。其中一只看到七鬼，立刻扑了过来："大哥哥！"

啊！竟是小白！

小白赶来，是鹭仔蛋妈妈向它报的信。小白向鹭群说过妮妮和七鬼，鹭仔蛋妈妈见妮妮心好，怀疑她就是妮妮，结果不出所料！小白赶来，妮妮已经离开，巧的是七鬼恰恰刚到水泽。一对人禽好友就这么重逢了。

小白还告诉七鬼，听远处的瑶族寨子传出过腰鼓鼓点。那敲法挺像雀儿山，老马的消息这一带瑶族寨子更可能知晓。妮妮也有可能向瑶族寨子那边走。

小白自告奋勇抢在前边探路，七鬼一路紧随，直插瑶族寨子。

妮妮新一轮摆子又来了。她烧得昏迷不醒。

她觉得小艇摇摇晃晃，带她去了一个雾茫茫的所在。只见老马身负重伤，一身是血，鬼子还在搜捕他。可他动弹不得，倒在林海一个红土山上，一棵八角树旁，已经奄奄一息。

妮妮向他扑去，怎奈雨大路滑，她怎么走也爬不上红土坡。她向他呼喊："八——哥——！老——马——！"

他听不到。她拼命前扑，却掉进一个大陷阱里。

妮妮惊叫。

老板娘过来摸摸妮妮的额头，额头滚烫！给她吃了"金鸡那霜"，妮妮睡去。

老板娘决定：乘她未醒，更趁她还没找到人，赶紧立转西贡。等她清醒过来，生米已经煮成了熟饭，她想跑也跑不及，老板娘到手的金条也就跑不了啦！

可偏偏在这个工夫，"金鸡那霜"起了作用，妮妮醒了。

"这是哪里？"

老板娘急来安抚："阿妹，你要找的人在西贡，我马上送你去！"

妮妮打量了一下花艇，嗯，跟北平的八大胡同挺像！她马上明白上了贼船。冲到甲板上，扑通一下就跳进了水里。

到手的银子岂能让它飞？花艇的几个打手立刻撒渔网把妮妮罩住了。这时四面八方的船也赶过来救人，其中一艘是贴着仁丹广告的一个株式会社的运货船。老板娘暗暗叫苦，人多眼杂，众人若是看穿了底细，煮熟的鸭子真的会飞呢！株式会社的运货船若是开过来问明了底细，那就竹篮打水一场空了！

将计就计，干脆把她送去日本皇军慰安所。

妮妮语言不通，心里却一清二楚。我被拐骗事大，八哥救不救得了事更大！她见贴着仁丹广告的运货船正靠近，急急忙忙连撕带端挣脱了渔网，跳上一只小鱼船，向岸上跑。

老板娘让打手追。

两个打手隔船伸过带钩子的长竹篙，想钩妮妮的裤脚。千钧一发之际，一大一小两个鹅卵石飞来，一个打手呕的一声被打进水里，另一个啊的一声被打倒在甲板上。

"嘎嘎"两声长鸣，小白引七鬼及时赶到。七鬼跳上船，一把扯住老板娘："老板娘，还认得我吗？"

老板娘仔细辨认："啊啊，是，是桑康老板的兄弟吧？"

七鬼气壮如牛："说得不错！桑康老板可是有通行证的！——这姑娘是我妹妹，我来接她！"

妮妮几疑是做梦，见到七鬼，软绵绵瘫软在他臂弯里。

老板娘失魂落魄，沮丧之极："啊啊，我救你妹仔可花了不少银纸呢！"

七鬼顶天立地："晓得！桑老板不是有我一笔赶脚钱放在你手上吗？你拿去，两清了！"

说罢，拉上妮妮就走。

在江桥中间无人处，七鬼向妮妮讲了他与小白在瑶寨听到的老马的确切消息——

老马他们困在大金鸡岭上，别无选择，他让弟兄们留下马，带上货，趁夜色钻了陌生的岩洞，自己亲自在警戒点断后。

他数数子弹，还有九颗。他埋伏好，众兄弟齐心协力蚂蚁啃骨头。忙到天快亮时，已经大功垂成。

为了确保时间，老马让大家快走，自己留下来堵击敌人。

临别，老马给兄弟们留下话："我要是回不去了，请告诉我还在兵马司遭人

长篇小说

白眼的老母亲，她从小被卖，受尽了侮辱吃尽了苦，可我忠孝不能两全，我对不起老母亲了！再告诉米歇尔：他不只是属于他自己的，甚至也不只是属于法国的，他的身体不只是属于他自个儿，那么多人在为他健健康康、壮壮实实绞尽脑汁奔忙，他得为大家伙爱惜他自己！没人能战胜他，除非他自己杀死自己！他会懂得我指的是什么；还要告诉鹭妮妮，一个老八没了，多少个老八又会托生出来！让她忘掉老八，会有新的老八来接那条白鹭围巾的，她要让自己的心硬起来。最后也告诉'走方帮'其他兄弟，我要说的话都在《走方调》里了，盼弟兄们一一兑现，唱着《走方调》接着走方吧！"

弟兄们沿着地下河冲就的暗道撤走之后，老马还小心翼翼搬过石头把那个暗道遮蔽，又挪过石头在洞口垒了个掩体。

当太阳快到当头的时分，打着小白旗的安南乡绅又来了，带来了"左先生"的米花糖和一封信。信上写："军曹们已经按捺不住，一小时为限，请从速答复。和为贵！"

老马算算时间，撤出的弟兄们该爬出秘密洞口，已经可以向下一个目标转移了。他留住安南乡绅一起吃米花糖，故意拖延时间。来人却如坐针毡，火烧火燎地急着下山回话。老马道："您回去就说，我们大家还在商量。"

安南乡绅走后，老马把四匹马牵进老林，拍拍马屁股，伙计，没法子，自找生路吧！那三匹马松了绳都走了，唯头马却迟迟不肯走。它走到老马身边跪下身子，意思是让老马骑上去，一起走。老马搂住它，眼睛一热，亲亲它："伙计，你得自己走啊！我得藏在这儿狙击那帮狗日的啊！"

他拍拍头马屁股，头马还是不肯走。老马急不可耐，抓起一块尖石头向马屁股刺去。头马委屈极了，伤心地一叫，快快离去。

就是头马这一声鸣叫，提醒了敌人。他们感到山上有动静，怀疑马帮赶着马群要突围。

一个下士军曹一马当先，左门卫太郎殿后，十七八个鬼子猫着腰，向山上摸来。

老马隐身在岩洞里。觑得分明，待鬼子走近，啪的一声。一个鬼子趔趄了一下，应声倒在石海里。

左门卫太郎大怒，下令向洞里打轻便迫击炮。

老马沉着应战。弹无虚发。他又打倒了一个鬼子，鬼子匍匐在石海间不敢动。

这个岩洞洞口挺开阔，打枪从山下就能打到洞口里边。鬼子利用这一点支起了轻便迫击炮，轰的一声打进洞里。

老马没料到敌人还带着这个，他的掩体只防了前边没防备左右。一个炮弹射到岩洞深部炸开，一个弹片飞过来，切中了他的左腿。飞起的石头从洞壁上弹回来，把他右太阳穴也击中了。

老马一阵眩晕，强迫自己清醒。两处血水汩汩往外冒。

他想过沿暗道撤退，但滴滴答答的血迹会留下记号，把弟兄们撤的线路暴露给敌人。

不，不能钻洞！

他躲在掩体后又坚持了许久。

但是，血水快流光了，子弹也快打光了。

他留了一粒子弹。

最后，他提着枪，拎着米花糖纸包，一瘸一瘸出了岩洞，挑了块干净的大石头稳稳坐下。

鬼子摸不准他要干什么？要降？要拼？

老马慢慢打开米花糖纸包，细嚼慢咽地吃米花糖。

他把最后一块吃完，抖抖包糖纸袋，连糖渣也一粒不剩地倒进嘴里。举起手扬扬纸袋对左门卫太郎远远道："谢谢啦！若是加点青红丝，就更正宗了！"

说罢，喊了声"后会有期"，举起枪，对准自己受伤的右太阳穴，"嘭"地补了一枪。

那是他最后一颗子弹。

他倒下了，枪还在手上，冒出一缕淡淡的青烟。

那殷红的鲜血和乳白色的脑浆溅了一地，把一棵苦麻菜染成了花麻菜。一棵蒲公英花球被碰散了，散开的小绒毛随风轻轻地飞起，慢慢向远处飘落。

左门卫太郎慢慢走上前来，有些意外，也有些遗憾，他低头看着，良久无语。

最后，慢慢摘下军帽，立正，向对手默默行注目礼。

剩下的鬼子也一齐举手立正，行军礼。

左门卫太郎拔出枪，全队的军士也对天举起枪。

17 条枪一齐对天鸣放。

这是对值得尊敬的对手的敬意。

群山回声袅袅。

妮妮只听明白老马牺牲了！

七鬼下边的话，妮妮一个字也没听到。

她脑袋轰一下，耳朵失音了。对老马的结局她有思想准备，可一旦听真了，落到实处，她还是无法承受。她颤颤巍巍站起来，走到桥栏杆边，低低说了声：

"八哥，我也来了……"

说完就往桥下跳。

七鬼抱住她："妮妮，不能走，老马留下的货还没运回去呢！"

妮妮哭："什么货（活）不货（不活），我一个亲人都没了，还活着干什么？"

七鬼道："亲人没了，仇人还在！不能为亲人活着就为仇人活着吧！"

妮妮哭："八哥说不能向米歇尔报仇……"

七鬼："我说的不是米歇尔，米歇尔不是仇人，是兄弟！仇人是日本鬼子，要把日本鬼子赶出雀儿山，赶出全中国！妮妮，为了报仇活下去吧！"

界河那边的瑶胞把老马埋在了"小板那"。那把驳壳枪，交给了七鬼。

鬼子搜山扫荡，见到了那三匹马。三匹马好汉没一个软骨头，对鬼子又踢又咬，最后都被鬼子牵来的狼狗群撕了。

第四匹下落不明，是那匹头马。

老马的弟兄们留下了六组腰鼓密码。瑶族寨子里的鼓手敲密码给七鬼听，七鬼默默记在心里："——去到江岸小板那，先唱《走方》后《撩歌》。"

次日，七鬼通过阮叔摸到了一些情况，扮成到歌圩踩歌，找地方坐下来，弹起土琵琶，先低眉信手，妮妮哼起了《走方调》：

> 自古道，富与贵，眼前花柳，
> 财本是，身外物，有散有收，
> 何比得，系万家，百姓安忧，
> 善为本，义为根，万古千秋，
> ……

七鬼似无心自唱，不远处一个洗衣大嫂却停下来细听。

七鬼见状，加大了嗓门，大声喊起《撩歌》：

> 哥在鹭江打大弓，
> 妹在板那洗嫩葱，
> 放下大弓对妹讲，
> 阿哥病了没人疼！

那洗衣大嫂听到《撩歌》，放下衣物，把七鬼左看右看，仔细端详。很认真地揣摩良久，从七鬼敞开衣襟的地方看到他伤疤累累，这才放心，在十几步远的另一处对起歌来：

> 阿姐会针又会灸，
> 弟敢求医我敢留，

诊金药费都不要，

只要情长走到头。

七鬼看看大嫂，走过去，接唱：

风吹云动天不动，

水过船流岸不流，

刀切藕断丝不断，

腰鼓缠身哥不丢！

大嫂听到，心里有了底，拿起衣物，挑起水桶前边带路，边走边唱：

弟莫慌来弟莫慌，

藤树相缠不丢双，

腰鼓咚咚传千里，

天大事体姐敢当！

对上号了！大嫂把七鬼引到"小板那"岩洞，把老马兄弟们留下的货郑重其事交给了七鬼。

七鬼感到几马驮"山货"比山还重！

货物里还有"走方帮"从安南买回两件当被子盖的法军旧军衣，大嫂也一起交给了七鬼。

在另一处，找到了那匹头马。头马见到七鬼，又蹭又亲。

这批银元和这批药品，后来救了许多伤病员。但是救治的第一个人是谁呢？——是妮妮。

正是因为要运这批银元和药物，妮妮觉得重任在肩，冲淡了她的悲哀，帮她走出了自己的"死胡同"——这些货是八哥老马用命换来的，无论如何不能让它再有闪失。心思一旦离开了对自己命运的哀叹，她就不再是个简简单单的苦妹子了。

他们把货存在安全可靠的"密码鼓手"那里，只带了一部分药品、几个银元和那一匹头马，上了回程。

夜半，七鬼赶着马上路了，驮着伪装成嫁妆的喜字箱，头马还驮着披红挂彩的"新娘子"妮妮。

60. 激流洪峰丁字坡

妮妮回来大病了一场，活下来算是奇迹了。

七鬼继承老马做了马锅头，继续给游击队取货、送货。七鬼在大名外多了一个称呼：大伙叫他小老马。

小老马知人断事处处模仿老马。不但把马帮的几匹马养得膘是膘，肉是肉，把运货的事也管得头是头，脑是脑，而且串联筛选了十八寨里还没掌握腰鼓密码的腰鼓好手，决计分成几拨，一批批拜米歇尔为师，尽快把这个绝招学下来。这一来对杏花渡鬼子的一举一动就更了如指掌，凡事十八寨都可齐进齐退了。

稍事安顿后，他最紧迫的头一桩任务就是取回老马留在界河那边的药品和银元。

五月龙舟水，雨季说来要就来。小老马要抢季节带马帮上路，他在寨子里挑了四匹好马，加上原来那匹头马，带了五个人，再次安排出发。

要上路，各家都有本难念的经，都要把老小安顿一下。七鬼也不例外。别以为他单身寡仔，他有放心不下的人。除了寨子里几家被鬼子飞机下蛋弄得家破人亡的苦情户，最让他牵挂的就是成了孤女的鹭妮妮。

他走之前帮妮妮的水柜挑满了水，在房后边打了堆得与屋脊一样高的柴草。想想，又去拜托婆婆妈妈的糍粑三：“就当你女儿照看她吧，这女孩实在可怜。”

本来还想去拜托米歇尔关照妮妮，可转念一想，别抱着猪头拱庙门儿。七鬼毕竟还是小心眼儿，在米歇尔住处附近转了几个来回，想想，还是不拜托他为妥。为了给自己一个台阶下，他倒为自己离开后米歇尔的安全担心起来：几个能管事的人都跟我上路了，万一鬼子再来什么新花招怎么办？

不成，得安顿好小米仔！

几日前法国教堂恰好捎话来，问米歇尔能不能去教堂住些日子，教堂有些壁画想请他修补。

七鬼想：小米暂时去教堂倒是个合情合理的安排，而且也是老马生前早就想过的。我们雀儿寨也不能光顾自己的长鼓密码呀！

七鬼忙出忙进，妮妮都看在眼里。她暗暗觉得这丑八怪心还挺细，可就是不知天高地厚！她心里边感激他，可只能是小妹妹感激大哥哥那样感谢他，甚至是同情他、可怜他。再说你在湄公河花艇上不是早就看上过媳妇吗？

而且，就算没这档子事，我鹭妮妮再脏再贱，也不能够看上你呀！对不住了，一千个不能够呀！

七鬼却没看清妮妮对自己的底线。他还是没药治地单相思着。

七鬼没看清的还有一桩，那是更致命的！他不知道，左门卫太郎到底是正牌儿的谍报官出身，对雀儿寨很敏感。七鬼挨家挨户挑马，狗鼻子马上嗅出了气息。七鬼忙出忙进，他马上暗忖：“恐怕又要来事了！”——他是说“走方帮”又会有行动了。虽然不知“走方帮”的具体动向，却断定“来者不善，善者不来”，“他们一定有大事！”左门卫太郎决计悄悄盯上。他属“大鸡不吃小米”

那一类，要干他就要干个像那么回事的：不仅要截留七鬼运的货物，更要把"走方帮"沿途的上下线关系摸清楚，来个一锅端。

日本武士决计暗斗中国杂种，针尖对上了麦芒。就在七鬼他们选择夜里悄然上路不久，鬼子跟踪的小分队得知信息，也匆匆上路了。

按老马生前的安排及小老马与米歇尔的商定，"为安全计"，小老马离开后让妮妮送米歇尔到法国教堂去暂避，并去修补那里的基督壁画。"走方帮"上路后的次日，妮妮就送米歇尔去瓢里法国教堂。

米歇尔已经可以架着木拐自己行走。妮妮帮他挑行囊。他与妮妮从鹭江往鸡爪坡赶，还没到瓢里，遇到当年的第二轮暴风雨，那几乎就是一场台风。

妮妮想找个地方躲雨，米歇尔却已经是见多不怪了："没事儿！接着走！"依旧架着木拐，坦然自若地继续前行。

一瘸一瘸拐过山口，雨小了，山水却汇聚成洪，越冲越猛地下来了。头一轮洪水是乌黑的，裹着山火留下的灰烬、黑炭、烧焦的黑树枝和烧死的鸟兽蜂蝶。泥石流冲下来，树枝裹携着衰草，藤蔓牵着竹茅，垒成了偌大的草泥墙，严严实实地卡住了山口，一个大堰塞湖在三界坡"丁"字形山下的谷地形成。两个人走到堰塞湖边，都已经挪不动脚了。这时，风雨暂停，两个人索性在"丁"字形山的那一块凸出来的悬崖下边休息。

悬崖前恰好有一棵已经几十岁的鸟舌松，裸露的粗树根犹若几条蛰伏不动的大蟒蛇。两个人在粗树根上坐下，背就靠在凹凸不平的树干上。

周边很静，是个适合谈话的地点，米歇尔忍不住了："妮妮，我忍不住想问问你……"

妮妮以指按嘴，示意打住："不必问了，能告诉你的都已经告诉了你，不告诉的，那是……"

米歇尔："好，我不问了。不过我倒要告诉你一个小秘密——"

他口齿�嗫嚅起来，换了个表情，故作轻松地又道，"不可思议的是，巧事竟还有——知道我的法国名字叫什么吧？"

妮妮的话说不太清："不就是叫……米歇尔吗？"

米歇尔："叫米歇尔·艾格莱特——Aigrette！知道艾格莱特——Aigrette 什么意思吗？"

妮妮木木摇头。

米歇尔："——Aigrette 就是白鹭！你鹭妮妮的鹭！"

妮妮惊奇。

米歇尔浸沉在遥远的往事里："Aigrette——白鹭的副姓就是从中国来的，就是因为这里，因为鹭江、鹭湖！它是那个时代家族的骄傲，高祖父一定要家族一辈辈都把这个鹭字嵌在姓氏前边，甚至几乎取代我们家族原来的姓氏朗佐尼。"

妮妮纳闷："？"

米歇尔："要说清楚，就得先说我的第三个秘密——"

他的表情变得复杂了，吭哧了好久，才艰难说道："老马说过，杀你爷爷的爷爷未必是我爷爷的爷爷，我后来前思后想，其实不然，很不幸，仇家竟真的就是我们家！高祖父'立功'就在这条鹭江旁！"

妮妮沉默不语。

米歇尔不敢看妮妮，他耷拉着头："妮妮，你恨我吗？想不想替祖上报仇了断？"

又是一阵沉默。

米歇尔连喘气都发颤了。

他忽然感觉自己沉甸甸的脑袋被妮妮捧了起来。只见妮妮眼睛雪亮，与他四目相对，心地透亮地说："米歇尔，早就了断了！——我们这些日子一起咬着苦菜根熬过来，早就证明你和我们是可以生死相托的连心连肺的好兄弟！你还提这些做什么？把这些都丢到爪哇国去吧！"

米歇尔哭了，泪水山泉般涌泻出来。

妮妮劝他："好男儿流血不流泪，快把眼睛擦干吧！"

米歇尔极感动，又犹豫不决了一番，他擦干眼泪道："不过我还要告诉你一点儿小秘密：知道吗？世界原来竟还真有不可思议的巧事，而且巧事都发生在你我身上——"

妮妮本想拦住他不让他再往下说，但听到这话，她也不无好奇，显出等听下文的表情。

米歇尔的神情却变得复杂而凝重，又一次吭吭哧哧，欲说还休起来，但又欲罢不能，激动得挥拳抡掌，语无伦次地说道："知道吗？我们俩共命运！……都，都，都被人侵犯过……"

他的声音越说变得越低，越小，最后几乎是在喃喃自语，像是噩梦里的低语。

他谈了自己在地中海岸边，被一个肥女人劁鱼似的破肚开膛侵犯过。

"我知道那种恶心和痛苦！这就是我染上吸毒的根本原因。所以我理解你……理解你的古怪与孤僻，理解你的敏感与自卑……"

妮妮听呆了，很惊讶。

"这种共命运难道不是上帝安排的巧合吗？"米歇尔不愿把气氛搞得那么沉重，他深呼吸了几口："你鹭妮妮是鹭！"我呢，Aigrette——也是鹭！"他变得得意洋洋，"缘分吧？"

妮妮听明白了米歇尔的潜台词，沉默不语，过了很久，才低低地说："谢谢你告诉我这一切，谢谢你信任我。不过，我也告诉你一个小秘密。"

米歇尔："嗯？"

妮妮骨鲠在喉，不吐不快："有一棵长了三十多年的大榕树，永远在我心上扎根了！小小的榕子花永远在我心里边开，绿葱葱的榕树荫永远在我心里边为我遮风挡雨！"她本来还想说：老马在西山游击队用的名字是大陆，大陆差不多也就是大鹭了，她心里装不进去别人了。但她觉得米歇尔原来也那么不幸过，也那么被人伤害过，她不忍心再在他伤口上加一刀，她把到嘴边的话又咽回了心里。

米歇尔并没听懂，从根到梢，他根本不知道妮妮与老马之间的一切。

妮妮不再说话，晶莹的泪水已经从美丽的眼角沁了出来。她从挎包里慢慢摸索出一个竹筒，拧开竹塞子，扣出一卷瑶锦——是个瑶锦袋，里边有一个小布团。拿出来，竟是爷爷留下的那块印着法国贵族族徽的丝手帕。妮妮看了看，叠整齐，先递给米歇尔手帕："喏，还给你吧，你们家的宝贝。也有大大儿十年了吧？"

米歇尔接过，翻来覆去细看，问来问去，才知道这就是那个标记着仇恨的信物。

他郑重其事地问："这是遗物！文物啊！你，不留？"

妮妮冷静摇摇头。

然后，把瑶锦袋抖开：红白蓝三色——法国大革命的标志："三色瑶锦袋——老马让我特地给你做的，挎上吧！"

这个瑶锦袋设计得十分精巧，也十分别出心裁：扣上铜纽扣，是个瑶锦袋；分开铜纽扣，是个三色的瑶锦头巾。能当包头，也能当围脖和面巾。

米歇尔兴高采烈接过，一会儿扣上铜纽扣当瑶锦袋挎上，一会儿打开铜纽扣当瑶锦头巾缠在头顶上，最后又当成围脖很帅气地围在胸前。

妮妮赞赏地欣赏着。米歇尔却记住了她刚才的一句话："你说什么'老马让我特地给你做的'——怎么成了代表老马的了？就是你妮妮做给我的！"他捧在胸前，一会儿当袋子挎上，一会儿当围巾围上，一会儿又深情贴在脸上亲吻，他郑重其事道，"那，我也送你个东西——"

他在口袋里也摸索了一阵，掏出那个镀金烟盒。

深情款款递过来给妮妮。

妮妮还未及细看，一群林鸟匆匆忙忙飞过。又一阵骚动声恐怖地传来，米歇尔惊愕："怎么回事？"

就在这时，又一波山洪袭来，很厉害，架着木拐的米歇尔动作笨拙而迟缓，一失手，木拐滑下了山坡。他手忙脚乱，又一个趔趄，竟失手把妮妮刚刚送给他的瑶锦袋、手帕和镀金烟盒弄脱手了。

水流把瑶锦袋、手帕和镀金烟盒一股脑卷进洪流，冲走了。三样东西在水面打了两个旋涡，被冲下了悬崖，翻了两下，竟冲到了"堰塞湖"里。

米歇尔大吃一惊，完全不假思索，伸手向失物"啊"了一声，不顾一切跳进水里去抢捞。

他没顾及到洪峰的来势，一个浪头过来，米歇尔就冲到几丈之外了。

妮妮大吃一惊。她想都没想就跳进了"堰塞湖"，去救米歇尔。

山上的树被上次的山火烧毁了大半，草坡也都烧没了，石头骷髅似的裸露在外边。树退水进，此时，山洪无遮拦地直冲下来，把山石冲得落石纷纷。"湖"水沸腾般激荡。米歇尔在水中挣扎，翻江倒海地拍打水，但还是被激流卷走。妮妮见状，啊的一声，连想都没想，不顾生死地扑进激流去拉米歇尔。

洪峰如山，张牙舞爪。抛起席棚似的大水帘，从"丁"字形山的山脊像泰山压顶般盖将下来，吞没两片小树叶那样把两个人一口吞了。

妮妮被砸到了"湖"底下，她定了定神，叮嘱自己：不能服软！米歇尔命悬一线！得挺上去救他！

她憋足了气，一挺身，浮了上来。出了水面，刚刚换了口气，又一个洪峰砸下来，妮妮再次被卷入水底。

她的脑袋撞到石头上，险些撞昏。想到米歇尔，迅即猛醒。她又一个打挺，再次冲出水面。

实在是祸不单行！接下来更险象环生：呼呼滚落的山石像连珠炮一般，轮番砸下，大大小小有几十块。扑通扑通左右开花，其中只要有一块小小的卵石子打中她的脑袋，她也休想再起来。

只能是偶然巧合，妮妮被回头浪卷回到刚才避雨的那个悬崖下，竟幸运地躲过了泥石阵。她再次死里逃生了！

浮出水面，第一眼就是找米歇尔！

米歇尔竟然也在找她！

她和他好歹在山洪出口处互相拉住了。

山洪过去了，两个人像鱼一样大口大口喘着粗气，一起爬上"湖"岸。上得岸来，都瘫了，两个人实实在在经历了一次恐怖的死亡之旅。

妮妮下意识地、急不可耐地挣扎着站起来照看米歇尔："你没事吧？"

米歇尔自豪地从水中立起："我没事！"

米歇尔发现：就是在这里，他已经两次与死神擦肩而过！那次是火——山火，而这一次是水——山洪！

"这儿也许是我的鬼门关！"他的确很"中国通"。

三色瑶锦、烟盒、手帕都被山洪冲得无影无踪了。

米歇尔唉声叹气："唉，我的三色锦！"

妮妮："还有烟盒、手帕！"

妮妮突然间愣住了，睁大惊奇的眼睛："你、你的木拐哪？"

可以远远看到，木拐正漂在"堰塞湖"的漩涡里打转，米歇尔不经意间把木拐弄丢了。

就这样，米歇尔离开木拐也能走了！

他不太自信地、惊诧地大叫："啊！我、我、我的左腿！我的左腿回来了！"

妮妮兴奋地跳起来："真的吗？"

她没听到米歇尔还有一声奇异的讷讷自语："啊！啊！啊啊！我、我、我的下身……我的下身有感觉了！我又成……男人了！"

——她发现米歇尔看着她，一双燃烧的眼睛：燃烧着爱情，更分明渐渐燃烧起欲望！

她顺着他的眼神看回自己的身上，这才发现，洪水把她的衣服全卷走了！

她像一尊刚刚出浴的维纳斯，袒露着动人的曲线，胴体一丝不挂地挺立在天地之间。

她惊奇地发现：米歇尔像法国教堂里的古希腊的大卫雕像和大力神赫拉克勒斯，一个虎彪彪的男人雕像耸立在大山上。

肥大的白裤瑶白裤下，一个擎天柱高高地奋发向上了。

简直就是独秀峰，他并不觉得丢脸，却倍觉惊喜、自豪；并不打算遮掩，却像在向苍天大地坦然展示：独秀峰自信地对着群山傲然横出，又雄赳赳地向着天宇愤然挺起——擎天柱几乎是顶天立地耸立着！

她惊诧地愕然瞠目。

"三界坡不是我的鬼门关，是我的贵门关呀！"米歇尔向苍天合十，"别笑我，妮妮，我本来已经绝望了！是你，是你让我又当回了一个男人！多不容易啊！在这件事上我们把日本人也打败了！"

妮妮落泪了。

她想起老马留给她的遗言："告诉妮妮，一个老马没了，多少个老马又托生出来了！会有人来接白鹭围巾的。"

这就是老马托生的人吗？

她用手臂掩住了眼睛，抽泣着，轻轻说："若这样也是把日本人打败，那你……就做你想做的事吧……"

一大颗泪水滚下来。

他战栗起来，用眼睛发问："嗯？"

又一大颗泪水滚下来，她并没接受，却也没摇头，只是闭上眼睛忍受着。

他以为她接受了，遂犹豫不决地，天宇般向她俯下身去。

这时，又一阵风袭来：三界坡在战栗，"堰塞湖"在战栗，雀仔榕和女儿杉、"丁"字形山和灌木丛一齐在战栗！连云海、苍天、远山、林莽都在战栗！

万物在和米歇尔一起激情澎湃。

在此时此地，今日的亚当和夏娃纯粹成了一种生命的象征！这是苍天的安排吗？不用婚纱，不用喜酒，就这样奇迹般地走进结合的殿堂吗？

什么地方，像是碰到腰鼓，又像是受到惊吓，嘭的响了一声。

61．远山隐隐长鼓声

腰鼓密码不但为"走方帮"报告安危，及时指路，而且时不时也把他们的消息往回传。这样，雀儿寨的人也能断断续续知道上路人的一些情况。

妮妮对七鬼他们委实很牵挂。特别是出了"堰塞湖"旁她和米歇尔那桩事，她竟觉得对七鬼做了亏心事，对不住他。

长腰鼓一传回消息，她总要找糍粑三问长问短。树老疤多，人老话多。糍粑三也四十大几岁了，有一次空肚子灌了几口木薯酒，酒立刻上了头。这个老好人也竟然多起嘴来。他拎着老竹烟筒，看着鹭妮妮神神秘秘地小声道："七鬼这个丑家伙，人还是不错呢！"

一句话，把妮妮说得脸上发热，头一低，赶紧走了。

马锅头七鬼带人上路，担子不轻，一路都很谨慎。对手下弟兄，老马怎么做他怎么做。凡事身先士卒，热锅里有了先尽别人吃，干爽地方草铺了让弟兄们先睡。没路的地方他挥起砍柴刀开路先出手，有蛇的地方他抢着树枝赶蛇先迈脚。一路上他们还虚虚实实，故布疑阵，想得挺绝：他发现杏花渡有电船过了界河，紧赶慢赶在追他们，可又走走停停，跟他们保持一定距离。七鬼几个一商量，心里猜到几分。便将计就计，兵分两路，他带一个人故意一路留下手脚，引鬼子跟他们走。另四个弟兄直奔老马留下货的"关系户"，先下手安排接货及回程。

七鬼两个人做手脚做得鬼精灵：他们大体摸清了前边的路况后，就让腰鼓弟兄不用再给他们报信，而是汇合在一起，故意到山脊上使劲敲鼓，顺风送音，把鬼子往山上引。

鬼子上了山，七鬼他们又撤去了烂泥塘。

鬼子跟踪到烂泥塘，他们又转移去了容易"鬼打墙"的迷魂阵。

鬼子发现了他们的计谋，也立刻随机应变：包围上来要抓活的。

七鬼他们自己却被困在"鬼打墙"迷魂阵里，找不到路了。

长鼓隐隐约约，雀儿寨捕风捉影。

当妮妮得知这些零零星星的消息，心一下就悬起来了。"鬼打墙"的地方离雀儿山不算近也不算远，糍粑三当机立断，要带人去接应。

妮妮知道了糍粑三的打算后执意要跟去，连她家的老粉枪都扛上了。糍粑三看看她，打量打量，没拦她。

凭长鼓声问路、引路，糍粑三带人摸到了"鬼打墙"迷魂阵一带。具体位置，却没法找。连沿途合作的长鼓手们也不知下落。

这是因为：面对围上来的鬼子，当"地老鼠"成精的七鬼又钻了岩洞。

糍粑三忧心如焚，妮妮更急得手心全是冷汗，脊梁则一阵阵起鸡皮疙瘩。

她转过身偷偷摸摸向佛爷作揖，在心里暗暗许愿："佛爷，盘古天王，行行好，你们显灵吧！"

也许是妮妮的祈祷真的感动了上苍，远处响起一声滚动的雷声。

糍粑三忽然捕捉到了什么，指指林子深处，一语不发，打手势让大家悄悄跟着他走。

糍粑三越走越慢，脚步越走越轻，腰也越弓越低，最后站定不动了。

他又指指林子，那里，又是一声，隐隐约约的打雷声渐变清晰了。

大家憋住气倾听——不是打雷，是打炮。已经是第二炮了！

真正把他们引到出事地点的，正是这小炮声。

是轻型迫击炮，老马就是这样被击中的。现在，面对围上来的鬼子，当"地老鼠"成精的七鬼又钻了岩洞，鬼子便又祭出了一门轻型迫击炮。他们每发现一个洞口就向洞里开一炮。

地点很近，连爆炸声都刺耳朵了。这就说明鬼子在这近处又找到一个洞口。

妮妮不顾一切地往那边跑。糍粑三着急，冲上去拉住妮妮，把她身子按下来。

鬼子又对准岩洞开了一炮。爆炸。烟雾弥漫。一切都悄然无声。鬼子最后也撤了。

妮妮被糍粑三和众人按在树棵子里一动不动。

万籁俱寂。

妮妮忍不住了，小声地、压抑地哭起来。

糍粑三急了，要是让鬼子听到怎么办？妮妮你别……

果然不出所料，突然间，一声日本腔传来，怒喊："什么的干活？"

大家吓了一跳，急急举枪——

接下来却听到一串"嘎嘎嘎嘎"的鹭仔鸟尖叫声，大家又吓了一跳。

循声抬头看，只见一个家伙哈哈一笑，盘腿坐在一块大石头上——那竟是一脸硝烟的七鬼！

妮妮冲过去，一把把他抱住了。

七鬼还"嘎嘎嘎嘎"地尖叫不停。

大家都笑了。糍粑三笑得尤其开心。

妮妮省悟了，急急忙忙松开手。

回来的路上，妮妮变得一语不发。

她心里在想：要是不打仗，要是老马没走，要是老马、小米和七鬼合成一个人，这世道该多好啊！

62. 米歇尔还在圣坛上

法国教堂在离瓢里盘王庙一两百步的山坡上，是个绝佳的秘密教室。鬼子想不到游击队的密码课堂会安排在这里——弥撒之后，信徒离开，教课就开始。盘王庙的庙祝在盘王庙门前当望风的眼线，有风吹草动就敲盘王庙的大石磬给法国教堂里的人报信。

米歇尔在这里已经给十八寨最后几个寨子化装成教徒的年轻人上了几期密码课。

这一天新一期又开课了。

但是，他们对鬼子估计不足。利用大家还不知道张慕陶的底细及两兄弟酷似的秘密，左门卫太郎在额角涂了铜钱大的一块暗红色权充弟弟的朱砂痣，冒充张慕陶（左门卫次郎）也前来听课了。他还有个安排，要在最后下手前再争取一下米歇尔。

米歇尔讲课开始前，发现自己的"密码底书"里不知何时竟夹着一封信，一封很神秘的法文信：

一个佩剑贵族岂可与一群东亚病夫为伍？而决斗之风就是在贵国也在遭绅士们唾弃，为了减少生灵涂炭，让东方的神风与欧陆的圣雨一起给世界带来安详。让我们以大和天神及基督的名义祈祷和平，希望我们与您能像帝国政府与维希政府那样精诚合作。我们对您的深入体贴与细致体谅，您在无人时看看放在教堂小阁楼窗口外的小包裹就会明白了。

米歇尔性子急，他不等什么"无人时"，立刻赶到阁楼上去找小包裹。果然，在很隐蔽的一个小窗下吊着一个晒干后留着做菜的柚子皮，柚子皮下藏着个椰子壳，打开来，椰子壳里竟有一大包精装的海洛因，少说也有 500 克。米歇尔闻了闻，嗯，纯度挺高，够他吸一年半载的！他本能地一阵兴奋，立刻想痛快淋漓地猛吸一番。可是转念间，想起老马留给他的话，还有多少紧要的事等着他前去做！不，不能让海洛因就这么糟蹋了我！他下意识地点了点头，做了个虚拟的左勾拳，向自己脑袋上狠狠地虚打了一下。拔出枪，拼尽力气把小包裹向天空一抛。一道弧线，小包裹飞上了半空。米歇尔举枪，瞄也不瞄，"啪"的一枪，只一发，那个小包裹便在空中开了花，海洛因飘散开来，化作一团白雾，被苍劲的风激动地吹散了。

远远的，假冒的张慕陶（左门卫太郎）看到了这团烟雾，眼睛阴鸷地一闪，咬牙切齿地哼了一声："哼！不识抬举！那就莫怪我们下边来粗的了！你跑不了！"

法国天主教堂"耶稣会"的十字架高耸，礼拜晨祷的钟声袅袅——这是开始上课的信号。神父米勒带领真正的教徒唱赞美诗。歌罢，临时的助理修士张慕陶走到圣坛中央，神情紧张却表情激昂："各位，刚刚的听到广播，日军和支那——（他慌忙改口），日军和国军的在云南的腾冲大战，死难的不计其数！让我们以圣父、圣子、圣灵的名义一齐为死难者祈祷，让他们忠烈的英灵升上天堂，让他们不朽的英名进入靖国神社，啊，啊，——不……"他急急忙忙收嘴，又露出日本马脚了！又急急忙忙改口，"让他们的灵魂得到救赎！阿门！"

一片跪拜的"阿门"声里，有人自发喊起口号："消灭倭寇！还我河山！"

张慕陶："亚洲的神圣的使命一定会完成的！伟大的民族一定会浴血新生的！"他边说边紧张地窥视门外——按他的搜捕计划，化装成商船从杏花渡赶来的日军小分队二十几人该到了。

群众中有人喊口号："打倒倭寇！""日本帝国主义滚出去！""抗战必胜！"

他认真记住了喊口号者的特征，等一下他就要一一算账。门外还没动静，张慕陶暗暗有点急——按他的计谋，高个子中尉副官该率领一个小队前来抓捕了！不但抓米歇尔，还可以支起机枪，把各寨子的密码骨干一网扫尽。

弥撒结束，法国神父米勒已经在门口送别中国的善男信女和到界河搭船摆渡的境外信众。助理修士张慕陶急不可耐，眼见"鱼儿"一条条漏网，他焦灼如焚地立在门侧，一边紧张地向界河张望，一边乱作一团而魂不守舍地盯着米歇尔——绝不能让米歇尔漏网！

老神父米勒满意地看着他："慕陶修士，你这个上海先生，来到这个偏僻的小山寨一定过得很不习惯吧?"

张慕陶心神不宁却又故作安定："啊，我，……我在上海成为'耶稣会'会士时……就立下'四愿'为誓：绝财、绝色、绝意、绝对效忠天皇！不，自然是指黄帝，对，我说的是黄帝！学中医就离不开《黄帝内经》嘛！……啊？怎么还没来？……不，米勒神父，我是说，我选择'耶稣会'做归宿，就是选择了远离繁华、远离享乐，就是选择了清苦和奉献。啊——"

他顾不上演戏了，高个子中尉副官率领的小分队终于到界河码头，可是奇怪的是不但没登陆上岸，反要掉转船头向相反方向开回。

米勒神父还在向张慕陶说着什么，张慕陶却挥着胳膊向码头冲去，嗓子都哑劈了："快！这里这里！"

来船迟疑不决，高个子中尉副官在船头暴跳如雷："米歇尔怎么跑上了鸡爪坡？半路怎么就撞上了他？"

左门卫太郎："怎么可能？米歇尔从未离开我的视线！米歇尔还在圣坛上讲课！"

高个子中尉副官发觉不对，急令小分队上岸。

他和左门卫太郎无论如何没想到，他们的妙计已经被七鬼巧妙地将计就计了。

七鬼接到奉老五的腰鼓密报，一边用腰鼓密码急报妮妮和瓢里的密报员："立刻带米歇尔转移！"一边和糍粑三一起星夜赶回。当他发现高个子中尉副官已经率领小分队下了船时，立刻和糍粑三一起都换上老马早就备好的法军旧军衣，扯了两团玉米须扣在俩人头顶充作黄头发。他们钻山洞，走暗道。两个人中的一个抢在日军小分队在教堂码头上岸前，冲上了"鸡爪坡"山脊的制高点，而且故意扯旗放炮地放了几枪鸟嘴铳和老马留下的驳壳枪，又故意在鬼子的视线里大喊大叫地沿山脊向瓢里相反的那坡跑。两个人中的另一个，闪电式地出现在法国教堂。

高个子中尉副官从望远镜里看到了山脊上的黄头发，下令调转船头向那坡方向紧追。

幸亏左门卫太郎及时叫住了他，可是就在这个暂短瞬间，妮妮带米歇尔溜走了。

左门卫太郎断定米歇尔跑不远。小分队堵住去路，包围了教堂。却发现米歇尔竟从教堂墙外跑向界河，在盘王庙前一晃，不见了。难道想跑下河道越过边界？

左门卫太郎带领高个子中尉副官紧追。

脚步匆匆，狗吠声响成一片。鬼子的小分队包围了盘王庙。

左门卫太郎率人搜查。

米歇尔在庙后边急躲。庙祝急急忙忙示意他翻后窗，但已经不可能了，后窗也传来狗吠和脚步声。

鬼子砸门。日本军曹已经率人闯进来搜查。

大殿。盘王神像。东侧殿。盘王的六儿六女。日军搜查。

西侧殿。盘王的天兵天将。日军搜查……

鬼子打着手电、举着火把——审视。但是，没查到什么。

日本兵抓来庙祝。

左门卫太郎："你这里藏着法国佬？"

庙祝："这是盘古天王的圣洁之地，怎么会有外国人呢？"

军曹训斥。

庙祝："出家人不涉世间俗物！日本也是佛国，这是仙佛圣地，怎么会有俗间人住呢？"

临近狗吠声加剧。日军逐殿细搜——用刺刀试探神像的真假。

盘王的天兵天将中，有高辛王的驸马爷神像。他的塑像有点特别——

细看，竟是换上驸马服的一动不动的米歇尔！日军军曹的刺刀刺到邻近的一个神像，越来越向米歇尔逼进了。千钧一发之时，一个石蛋子从窗口飞来！真是指鼻子不打眼，石蛋子啪的一声，正中军曹的鼻梁！

军曹惨叫。

日军追出。

门外。

法国的军大衣一闪，一头金黄色的头发在夜间依然醒目。

米歇尔的背影向密林狂奔。日军追入森林深处。

在米歇尔想钻山洞逃遁的瞬间，军曹抓住了那一头金发。用力一拉，金发脱落下来，竟是一团玉米须。

穿法国旧军服的人回过头来，竟是七鬼。

七鬼冷笑着，得意地看着两个人。

"八格！"左门卫太郎大怒，几个耳光抽过去，一行血水沿七鬼的嘴角流了出来，滴在界河里，血水在涟漪中慢慢扩散开来。

63．七鬼三闯杏花渡

七鬼被毒打得还剩一口气。

再打也无益，新来的联队大队长需要掌控米歇尔的下落和破解十万大山的腰鼓密码，鹭仔七是难得的线索。

左门卫太郎想到了桑康。

在杏花渡"大店"的酒桌上，桑康向左门卫太郎献策："太君，牵牛要牵牛鼻子，治服七鬼，也得'四两拨千斤'有妙招的！"

左门卫太郎是找桑康来说服七鬼的，桌子上放着给桑康准备的厚厚一沓"绿包袱"："只要七鬼的说出米歇尔的下落，就留他一条命的。你的呢，大大的有奖！"

桑康笑道："您知道七鬼和米歇尔是情敌吗？"

左门卫太郎吃惊："竟有此事？"

桑康讨好地诌笑："太君，正经话没人听，风流歌传千里！这事虽不是板上钉钉，可也无风不起浪，错不了！"他小声在左门卫太郎耳边嘀咕，说了妮妮，还讲了"堰塞湖"边的传闻，甚至还说到"物证"。

左门卫太郎眼睛睁大了，把那一沓"绿包袱"推过来，他看到一线希望。

桑康乐呵呵接过了"绿包袱"，皮笑肉不笑。

杏花渡"大店"充满了节日气氛：左门卫太郎对七鬼来硬的不灵，把他打得半死七鬼竟也没屈服。后来改来软的、巧的、"四两拨千斤"的，竟然开始灵了！

左门卫太郎的"四两拨千斤"比桑康设计的要复杂得多。

他摆上日本青酒、小菜，找七鬼来一块儿喝酒。

左门卫太郎开门见山说明请他喝酒的意思："你够条汉子的！我们日本武士最佩服的就是你的这种的硬骨头的！"

七鬼大口灌了两杯酒。他想的是：狗仔子，老子不喝白不喝！

左门卫太郎套近乎："今天找你来的，不谈米歇尔的在哪儿！想和你谈谈你们瑶族。你们的过山瑶山过山的，走遍世界的，欧洲的，南北美的，到处是你们的足迹的！——知道的吗？我们的专家研究，我们日本大和民族与你们瑶族很可能有血缘关系的！——"

七鬼没吭气，胃里却恶心上来：喝你个稀饭吧！我们与你们鬼子沾亲带故？呸！一边摸屌去吧！他甚至骂了一句从老马那里学来的他会的唯一一句英语："fuck！（呸）"

左门卫太郎："你们瑶族的一、二、三、四，我们日本语呢，是：いち、に、さん、し，你听，不是差不多吗？"

七鬼大口往嘴里扒菜，把声音吃得山响。

左门卫太郎："还有，你们瑶族的祖祖辈辈的都在找'千家峒'——说那里的不愁吃穿，幸福美满的，这不正是我们大日本要建的'大东亚共荣圈'吗？我们应当互相提携，精诚合作，团结共荣。"

七鬼顺藤摸瓜，反话正说："对，一块儿去清乡，一块儿去扫荡！一起去打'肃正作战'！"

"可法国佬呢？从大清国起就是你们的仇人！我们大日本就是要把白人赶出亚洲的干活！让大东亚各国都站起来的干活！"左门卫太郎冷笑，"你还帮仇人的干活？"

七鬼不吃了，把两个大巴掌合在一起，捂住了眼睛。

左门卫太郎想起了桑康提供的情况，嘴角暗自略笑了一下，悄悄道："老七，我也知道你很是个男人，大大的男人！跟皇军合作的话，以后玩女人就不用跟桑康跑湄公河找花艇，在杏花渡慰安所就很可以找'花嫁'的！嘻……"

七鬼也呼应地一笑。

左门卫太郎见一番话起了作用，索性单刀直入，使出撒手锏——提起妮妮："我还要提一个你会受不了的事！可惜这事的确发生了！"

他提到"堰塞湖"。

开始提到鹭妮妮还没什么，接下来慢慢提到这"堰塞湖"时，七鬼把手从眼睛上拿开，真的愣住了。

他始而不信，继而愕然，眼睛瞪得又直又大，顿时瞪成了一对牛眼。眼里还迸出火星子，和开始硬是不肯信形成强烈对比。

"豹人"左门卫太郎的目光猎豹似的咄咄逼人："你奇怪这事我怎么知道？对吧？来人——"他向门口拍拍手。

门"呱嗒"一声开了，伙夫奉老五带老阿爸进来。

是左门卫太郎授意把见到那一幕的老阿爸找来的，让他和七鬼当面鼓对面锣地敲一敲。

奉老五向老阿爸点点头，老阿爸一五一十说起来。

七鬼听罢，晕了。

左门卫太郎煽风点火："我知道白裤瑶的祖先是两手淌着自己血水也要撑着站起来的汉子，在自己膝盖头抹下了五道血纹。你们白裤瑶裤子上要绣五道花纹的来历不就是这样的吗？大大的硬骨头！你在夺妻的白人仇人面前的能当软骨头吗？"

听了这话，啪啦一声，七鬼筷子一撅，狠狠掷在地上，酒杯也砸了，牙咬得咯咯响，风箱般呼呼喘着大气，嚷道："夺妻的深仇再忍我就不是人养的！"

左门卫太郎使劲点点头："这才够有种！"

奉老五的老阿爸真的带来一面腰鼓，说他在"堰塞湖"眼见米歇尔和妮妮

"野合"时带的就是这个。那一日，他正巧帮被炸死的亲戚家击鼓送葬，带着腰鼓经过"堰塞湖"，在山坳躲雨时撞到那一幕。让他惊得险些掉了下巴，连腰鼓也掉到地下。腰鼓"嘭"的一响，把"野合"的两个人又吓住了。

七鬼良久不语。

左门卫太郎向老阿爸动了动下巴，老阿爸只好拿出了最后的撒手锏——实在是让人无法不怒的物证：一个三色锦瑶族袋。是妮妮那个婊子给米歇尔的定情物！

左门卫太郎："这是老阿爸在'堰塞湖'水落了之后拾到的！是妮妮那个骚货给米歇尔的定情物！"

三色锦瑶族袋上有水泡过的痕迹。

七鬼认得这是妮妮织的。

他的眼睛睁大了，睁圆了，几乎睁出眼眶了！

他真的很苦，无话，千愁万恨都凝结在大山般的沉默里。

咬着嘴唇，把嘴唇咬出血了。最后冷笑了一下。

他让奉老五的老阿爸把那面三色锦瑶族袋和腰鼓都留下。

左门卫太郎最后才道出另一个主题：除了米歇尔，我们很清楚你在"走方帮"里的作用，咱们大和族和大瑶族是朋友，就算帮朋友一把吧！更别说识时务者为俊杰了——"左门卫太郎贪婪地咽了一口口水，给七鬼添酒，一双贼溜溜的眼睛就近观察七鬼的反馈，"你要把'走方帮'的情况的也通通地、通通地说出来，你的明白？"

他再次装出日本腔。

七鬼被米歇尔和妮妮的事气晕了，似乎什么话也听不进去了，对左门卫太郎的新叮嘱竟面无表情。

晚上，七鬼破天荒地整晚都在唉声叹气，长一声，短一声，还时不时狠狠敲几下脑袋，又狠狠打起腰鼓。

一个晚上都发疯似的狂打。

他把三色锦撕了，一条条撕成了乱麻，揉烂，狂掷。

看样子，这个汉子被击中了，气得散了架，走了形。

左门卫太郎派人窥视，都看在眼里。

当晚，七鬼软了，拍着牢门把左门卫太郎叫来。

"稀饭！既然他不仁，莫怪我不义！更莫怪我心狠手辣！"他恨得咬牙切齿，把那团撕成乱麻的三色锦往地下狠狠一丢，"呸呸"吐了两口吐沫，打夯似的踩上去踩了几脚，起毒誓骂道："喝你个稀饭吧！我是对盘古天神起誓，我下边托出的全是心里话！好，我说他藏在哪儿——"

然后，他打开了城腑，一五一十、绘声绘色、又是画图又是打手势地交代出米歇尔藏身的岩洞："龙脊岩进去龙尾岩出来再拐鹅舅舅潭，再上'光棍好苦岭'……"

他说得七道弯八道拐，地形蛮复杂，左门卫太郎听得一头雾水。

七鬼答应第二天一早就亲自带路，带小分队去捉拿。

"喝你个稀饭吧！我要站在他面前，瞪大两只牛眼，亲自看仇人的下场！哈哈哈！"他解恨地大笑了几声。

他笑得太突然、太表演、太离奇了！真？假？

左门卫太郎冷静观察他。

七鬼的眼睛哭得红红的，不，是被嫉妒的火焰烧得发红了，那神气是装不来的。

那是真正的仇恨！

是每个男人都有可能爆发出来的货真价实的嫉恨、恼怒和失望！

左门卫太郎于是见机行事："还有，'走方帮'的人呢？你的明白？"

七鬼一片深明大义的表情："明白！我明白！他们和米歇尔穿一条裤子，我就和他们势不两立！他们的人也在那里，和米歇尔躲在一起，明天一锅端！"

晚上，高个子中尉副官和"豹人"左门卫太郎在"大店"喝青梅酒互相慰劳，还看了从军舰上过来的艺妓的舞蹈。

两个人心里却并不踏实：七鬼转得有点突然、有点过分果断，真？还是假？

为了以防万一，他们也准备了应对真与假的两套方案。高个子中尉副官和左门卫太郎商定：小分队明日出发时分三个梯队。前后呼应，可进可退。

64."盘古天王，我来了！"

夜半，牢房像鬼门关似的寂静。

七鬼睡不着，他明白，这也许是自己在人世间的最后一晚了。

他的腰鼓密码几天前就在十八寨传遍了，要紧的是一句话："比血性，比心眼！"

这是老马留下来的六个字。

十八寨的弟兄们做得到吗？

他很为自己在左门卫太郎面前演戏演得那么像、装孙子装得那么活灵活现而意外！而自豪！甚至于有点吃惊！

这六个字，管用！

"记住林则徐挚友魏源那句话：'师夷长技以制夷。'要跟鬼子干，先向鬼子学！不但要比血性，还要比心眼儿！"

老马这几句话，也管用。七鬼用密码发给了十八寨的弟兄们，做得到吗？

明日，事成之后他当然要逃！他当然要想办法活！可他发誓：不管自己死活，第一紧要的是：要跟鬼子赌一把！赌"番摊"，一定要把下边的事办成，把该赢的赢回来！

事能办成吗？不知道，狠下一条心：赌！

夜很静，牢房的小窗上嵌着韭菜镰刀似的半弯月亮，和一角星光稀疏的天空。一颗大星在窗户右角上窥视。山风偶尔吹进来，带来林子里湿漉漉的潮气和夜来香盛开时醉人的浓郁气息。杏花渡口波浪拍岸的噼—啪声昏昏欲睡，蛤蟆求偶的咯咯声却争抢高调，还有夜鸟高一声低一声地鸣叫，它们也心神不宁。

七鬼使劲望着窗外，把脑袋紧紧贴在铁窗户条上。

远处是隐约可辨的雀儿山轮廓、墟顶街的零星灯火和更远、更模糊的三界坡山影。那之上是斜斜横过的银河与牛郎、织女隔河相望的星座。

他面对小窗，退后两步，对着天空、银河、弯月恭恭敬敬跪了三次，磕了九个头。

头一次，三个头磕得很响，仰天默祷，那是他在与盘古天神在掏心对话——

"盘古天王，我来了，我明天来找您！按《过山榜》上写的，我找了小半辈子'千家峒'，可没找到。让我回到您身边，去接着找吧！不管我是死是活，请您老保佑我们明天把大事办成！我是新马锅头，担子不轻，可挑得不能不如老马！我要是还活着，就每年给您安排跳一次'六堂芦笙'，盘王诞、中秋、过年每个大节祭一次盘王庙！"

想到这一点，想到万一死了之后，在"孟婆渡"那边还是有事可做，他心里稍稍定了一点。后来又想到去到那边可以和母亲团聚，而且有老马、老药王、小福仔做伴，他心里更好受了一些。

然后，七鬼看着墟顶街的两盏灯火，又第二次跪拜，又磕了三个头。他是跟乡亲们告别。七鬼："列位乡亲，明日都来吧，我们一笔写不出两个瑶字，老马说'二人同心，其利断金'，何况我们能有一两百号！都来帮衬把事情办成吧！"

最后，他第三次行跪拜大礼，特别恭敬，特别虔诚，也特别庄重，那是对着窗外边的远山磕的最后三个头。

三个头磕得个个嘣嘣山响，连脑瓜顶都磕紫了。他一边磕一边流泪，但那不是因为疼，此时此刻他已经感觉不到疼了。

朦胧的远山下，是鹅舅舅潭。那里的半山坡上，有他亲手为老母亲用片石一块块堆成的简陋坟茔。

七鬼一辈子最大的奢望就是让母亲过两天好日子。七鬼是个孝子，他想得很具体：奢望让阿妈住上一间土坯房，可实际上阿妈一辈子都像熊瞎子野山猪那样住岩洞。奢望阿妈能有张床，可七鬼只能砍两根鹿角形的粗树枝，埋在岩洞地上，上边再架两根粗树枝，编上竹篾铺上稻草，这就是阿妈很得意、挺知足的一张床了。七鬼奢望让阿妈多吃两顿白米饭，可阿妈一辈子老是啃发了霉的黑木薯。木薯收下来哪怕晾得再干爽，一到雨季就长霉。最后霉点渗透了木薯的里里外外、上上下下。一条霉木薯黑得像什么？像山火过后遍地的黑炭树枝，也像墟顶上账房先生记账用的黑墨条，塞进嘴里满嘴漆黑。小时候阿妈奶水不够七鬼吃，阿妈舍不得让七鬼喝与墨汁没什么两样的木薯糊，只好把玉米在自己嘴里嚼烂，老鸟反哺雏鸟那样嘴对嘴地吐给七鬼。七鬼还记得阿妈嚼得是那么仔细，吐得是那么干净，连牙齿缝隙间的一点点玉米残渣都舍不得自己咽下去，而总是点滴不漏地吐进儿子的小嘴巴里，哄儿子咽下去。七鬼就是这样长大的。阿妈是用自己的血水、泪水和着阿妈的辛酸，把他一口口喂大的！七鬼从小发誓长大了要让阿妈过上好日子，可七鬼刚刚长成人阿妈就让鬼子的飞机下蛋"砸"死了！

"妈，孩儿不孝，要是以后我没法再给您烧纸，上坟，加片石，那您得见谅了！明天，我要去为您报仇！他们炸了您半个脑袋，我要让他们赔您几十个鬼头！"

他抹了把眼泪，又默念："您保佑我们把事办成吧！老马走了之后把千斤担子交给了我，孩儿无论如何也要把这副担子挑好！不能给自己丢脸，更不能给阿妈您丢脸！我会活着回来的，我一定要当'钻地虎'跑开！"

他听到什么，警觉地支起耳朵。一个神秘的声响出现了——

65．"这石头地就是你我的婚床！"

奉老五竟攥着菜刀，撬开了牢门，还带来了一个人——

竟是妮妮！

妮妮扑过来，紧紧抱住他。啊！妮妮的劲儿原来这么大！她在他耳边急不可耐道："哥，快跑，从'阎罗洞'跑，我就是从那儿钻进来的！"

七鬼嗵的一声站了起来，想跑，而且真跑了两步。

却又突然站住脚，看着妮妮，深觉内疚，惋惜地，更是痛苦地："我……不，不能跑啊……"

妮妮又纳闷又焦急。

七鬼："明天要办大事！要赌一把大'番摊'！难得有这么个好机会，我跑了，大'番摊'就摆不成了，我不能跑啊……"

"你……！"妮妮急哭了，把七鬼又是拉又是摇，又是捶又是咬。

七鬼回避妮妮的目光，嘴角上露出一丝冰冷的笑意："跟鬼子赌的这把'番摊'，咱们赢定了，我要出个大千！赢个大钱！我跑，就赌不成了！"

她哭求："回去，我们就拜天地，做夫妻，好好过日子！"

七鬼不太自信地摇摇头："跟我？跟我这个衰仔？"

妮妮："当然是跟你！你还没看出来？"

"啊哈……"七鬼冷笑了一下，他在笑自己！一旦朝思暮想的事出现在眼前，七鬼竟怀疑自己又是在做梦。他眼神里溢出不自信和自嘲自讽。过了片刻，他冷静下来，自思：妮妮这些话来得有点突然。真的爱了我？不可能吧！她现在如此，分明是在可怜我，心疼我！

要是在一年半载之前，七鬼不会想这么多，他会打蛇随棍上！周瑜打黄盖，一个愿打，一个愿挨嘛！可经了这么多的磨难、历练，他七鬼想得复杂了，遇事冷静了。但他毕竟是感动的，眼睛禁不住红了，却继续摇头道："好妮妮，你这是在可怜我啊……"

妮妮眼泪再次急得喷涌出来："你胡说！《撩歌》里唱了那么多，有半句是什么'可怜'吗？"

七鬼苦笑："你妮妮心真善啊！能体谅我这个丑八怪。可是……鸡鸭不同笼，猫狗难同窝！你不会喜欢我的……我不配………"

妮妮："我说得还不清楚吗？还要我把心挖出来给你看吗？"

七鬼却还是摇头："我不值得姑娘爱……我太丑了……一个杂种，一个混蛋！小米仔，才配得上你……我，我下辈子托生个靓仔，再和你妮妮结缘吧……"

妮妮又急又气："你胡说什么！鬼子就在外边，哪有时间啰嗦那么多！"

七鬼回避妮妮的目光，答非所问，嘴巴角上又露出冰冷的笑意："人会有下辈子的！下辈子我会成个靓仔，跟鬼子赌的这把'番摊'，咱们赢定了，天凭日月人凭心，我七鬼凭这个要逼阎罗王老儿把我托生成小米那样的靓哥……"

七鬼不再说话，一动不动，眼泪却冷冰冰地笑着流了出来。

妮妮气得扑上来咬他。

奉老五知趣地躲出去。

七鬼叮嘱妮妮："你快回去，叫大家多带上家伙，按我敲的腰鼓密码来早早藏好，要各就各位。"

妮妮又拉又推他："快走快走快走！只要人活着以后还怕办不成大事！"

七鬼却像一座山似的，岿然不动。

妮妮又急又恨，哭成了泪人儿。

七鬼也落泪，弄得泪水涟涟，安慰道："明天我也未必回不去！明天我准能跑！妮妮，你要是真能看上我，我还要带你去赶三月三呢！和你……"

妮妮哭得更伤心了。

七鬼声音发颤："妮妮，我只求你一件事：万一我要是回不成，以后你别忘了常到我阿妈的坟上烧烧纸，塌的地方补上几块石头！"他哭得泣不成声，"别的都没什么，我就是对不起我阿妈！不孝有三，无后为大……"

妮妮扑上来，捂住七鬼的嘴："别说了，你真不能走，也不会无后！这里就是你我的洞房！我们马上就拜堂成亲！这石头地就是你我的婚床！"

说着，拿出一个东西，是她当年给老马一针一线做的鹭仔鸟缠头巾。

老马当时没要，却字字千钧地说过："留着吧，到时候再给我。"

现在，到时候了。在她眼里，此时此刻的七鬼和老马合二而一了，他就是他！他就是他！

她把土布绣成的鹭仔巾围在七鬼颈项上。

七鬼在极近的地方看着他深爱的好姑娘，却冷静地摇摇头。

妮妮："怎么？你嫌我？"

七鬼没说话。

妮妮看着他，良久："七鬼，过去我是嫌我自己，看不起我自个儿的！按老马说的，这叫自卑。现在，妮妮的心里有别的了，懂得了国难，懂得了抗敌，懂得了为这个我能干哪些！我不再小瞧自己了！你……还嫌我？还看不起我？"

七鬼："嫌你？看不起你？——谁娶了你谁就是天下最有福气的人！好妮妮！我梦里边都是你啊！可我……"

他想说，可我这个杂种怎么配得上你呢？特别是现在，我再要你不是糟蹋了你的一辈子吗！

在这一点上，七鬼连担忧的内容都越来越像老马了。

他摇摇头："我不配……小米才配……"

妮妮头一扭，满眼睛泪水："我要的是你！"

七鬼不相信地苦笑："别……"

妮妮不再说话，冲上来就解他的衣服。扯开了他的上衣襟，把她十几日前亲手帮七鬼钉回去的几个竹扣子全扯飞了，露出里边一身黑得发紫的腱子肉。

那肉晒得黢黑，还布满了山蚂蟥、马鹿虱、毒蚊子和野牛蜂"赏"的血疙瘩——那是赶马帮的七鬼在深山老林中落下的痕迹。

妮妮看着这一副黢黑的胸脯、骨架，更泪如泉涌，把两片火热的嘴唇连同泪水热辣辣地贴了上去。

七鬼却轻轻推开她，道："妮妮，'堰塞湖'的事，我听说了！不能对不起米歇尔!"

妮妮一愣:"你听说了什么?——嗯,必须讲一件事:米歇尔没有半点对不起你——"

她讲了"堰塞湖"那一幕,那一幕后面还有任何人都不知道的结局——

米歇尔像法国教堂里的古希腊的大卫雕像和大力神赫拉克勒斯,一个虎彪彪的男人雕像耸立在大山上。

肥大的白裤瑶白裤下,一个擎天柱高高地奋发向上了。

简直就是独秀峰,他并不觉得丢脸,却倍觉惊喜、自豪;并不打算遮掩,却像在向苍天大地坦然展示:独秀峰自信地对着群山傲然横出,又雄赳赳地向着天宇愤然挺起——擎天柱几乎是顶天立地耸立着!

她惊诧地愕然瞠目。

他战栗起来,用眼睛发问。

米歇尔以为她接受了,遂犹豫不决地,天宇般向她俯下身去。

她却没有半点战栗,只是冷静地看着他。

米歇尔:"别笑我,妮妮,我本来已经绝望了!是你,是你让我又当回了一个男人!多不容易啊!在这件事上我们把日本人也打败了!"

妮妮哭,一大颗泪水滚下来。

这时,又一阵风袭来:大地在战栗,苍天在战栗,"堰塞湖"在战栗,树林和荒草一齐在战栗!万物在和米歇尔一起激情澎湃。

什么地方,像是碰到腰鼓,又像是受到惊吓,嘭的响了一声。

米歇尔清醒过来,愣了一下,突然间站立起来。

他深深吸了一口气,给自己胸口狠狠两拳,道:"糊涂!你是他的!怎么能忘了七鬼?"

妮妮对米歇尔凝视良久,热忱地就话论话:"米仔,你长大了!"停了一下又道,"可我也长大了!我谁的也不是!我就是我自个儿的!"

丢掉了拐杖的米歇尔,却一瘸一瘸地走远了。

妮妮像大姐姐那样赞赏地看着那个背影。

她在心里说:"小米,那我替七鬼谢谢你啦!"

米歇尔的心声仿佛也在山谷间回响:"这一片山山水水,这一群兄弟姐妹,不但让我又做回了男人,而且还把我变成了一个圣徒!"

牢房里,妮妮平静地讲了这段小插曲。

七鬼落泪了,扑过来冲动地抱住心爱的姑娘,许许多多话涌到嘴巴边,却欲言又止。这是个不寻常的夜晚，说不定是他与她能相见的最后一面。对这一点他和她心里都有数，几乎洞若观火，几乎呼之欲出！可谁也不愿它点破，避免把这极可能是最后的一面搞得凄惨绝望，好像那样做会不吉利，好像不说破那些话结局就会有另一种善终。于是，两个人反倒故作轻松，他咽下了许多话，却又编出了许多话，好让她满怀信心、满怀期盼。她也一样，想唤起他更强的求生欲望，并让他这种欲望变成行动。而他则力图不让她的企盼落空，至少眼前不要让她立即绝望。此时此刻，说不清是他在编一些话来安慰她，还是她在编一些话来安慰他？或许是，两个人都在互相瞒、互相哄，不，是互相鼓劲吧！

七鬼真诚地说："好，就冲这个，就冲你那些话和小米那些话，我怎么着都要活着回去，回去和你拜天地，成家生孩子！为了你我也一定要活着回去！"他在鼓励她，也在鼓励自己。说罢，语气就有了大丈夫的口吻："你回去立马准备新房，等我这个新郎官！"

听到这句允诺，妮妮鹧鸪江泛桃花汛似的，泪水江河般横溢，嘴上却做出一个艰难的微笑，使劲点头应答："好，这才像七鬼，才像大杂种！我回去就布置新房！你明天一定要来接我呀！"

七鬼激动起来，真动了情，也涕泪纵横："鹭仔七讲话，一个唾沫一颗钉！我一定去接你！你一百个放心，别忘了我是只'地老鼠'，壁画山一带又到处是岩洞地洞！明日我往大山里一钻，别说小鬼子，天王老子也奈何不了我！"

她甜甜地笑了，紧紧搂住他，越抱越紧了。

对他和她在这一特定地点的定情，究竟是半真半假，还是弄假成真，抑或是千真万确动了真情，雀儿山的人各有说法，见仁见智，大不相同。但有·点是肯定的：那牢房的石头地千真万确成了两个人的婚床。

门外有声响，七鬼急忙用白鹭围巾捂住她的嘴。

门外，鬼子哨兵逡巡过来。

奉老五迎上去，竭力讨好："太君，明天最好一早就去，晚了怕那法国小子溜走！"

鬼子哨兵狐疑地看着牢房："你的在这里的什么的干活？"

奉老五："左门卫太君命令我看看他怎么样。他刚才发疯骂了法国佬一场，这会儿睡下了。"

鬼子哨兵走到牢房窗口。

窗口里一片静寂。

突然，远处墙角落了块石头。鬼子哨兵警觉，快步转身赶过去察看。

奉老五等鬼子走远，悄悄松了口气，扔掉了手里的另一块尖石头，向小窗口发出蛐蛐的叫声。

远方，夜鸟又是一阵惊啼。

66．做一只，林中鸥，飞上云头

雀儿山这个夜半，没人能睡。连天上银河两边所有的星星都睁大了眼睛，窥视着敌对双方的调兵遣将。

杏花渡的日军小分队提前做好了各种准备。兵分三部分，两部分上山搜捕米歇尔和帮他藏身的"敌对分子"，一部分留守司令部。左门卫次郎受命天亮后带上相机随队拍照，他也早早起来拭弄照相器材。

为了防备游击队布下口袋打埋伏，抢走七鬼，特别是防备七鬼做戏里应外合，高个子中尉副官和"豹人"左门卫太郎将计就计：——你布"口袋"我就使"剪刀"，在你埋伏的地方先布奇兵搜"口袋"，再分进合围剪穿'口袋'底；你在岩洞暗河里布"地罗"我就拉"天网"，为了有足够的兵力把界河那边的日军和安南军都集合过来，集中兵力撒网搜山，确定没有游击队的伏兵后再收紧网口。

这一夜，十八寨也连夜行动。糍粑三率人通过腰鼓密码集合了十八寨的山民和一百几十杆火药铳。来的人可有两三百。

根据七鬼的建议，两百多山民都先当"钻地虎"，钻山洞潜行，没听到暗号不要出洞口。

"比血性，比心眼"，老马留下的这六个字，已经化作十八寨的行动了。

五更了，连鸡叫都显得惶惶不安，叫得格外早，受了惊一般。突兀惊惶的头遍鸡啼之后，雀儿山猛醒了。远山先跳出一抹鱼肚白，接下来，鱼肚白变成了一抹金鱼黄。又过了一会儿，金鱼黄开始燃烧起来，火渐大，烧成半边天的玫瑰红。几乎是一瞬间，窄窄一道的耀眼夺目的金边一跳，镶在了东方的山边上。天像压抑了很久，骤然亮堂起来。金边在山际浮动，扩充，涨大，照出漫天一道道鳞云，好像天上也有人在撒大网。可是再大的网也拦不住冉冉升起的太阳，黑夜终于让位给了新生的一天。六万大山醒了，云纱缥缈的山岚托起了十八寨的莽莽苍苍。十万大山醒了，林鸟万翼凌空，急急忙忙冲向太阳，好像有什么不寻常的事要发生了！

它们的感觉没错！拉大网的鬼子，走了半夜，只抓到八个人：

两个自称来放"铁猫"的猎手；

一个早早起来采药的老阿婆；

一家放鱼鹰打鱼的老小三口之家；

两个到圩顶赶圩的打柴佬。

高个子中尉没发现可疑迹象，才发暗号让左门卫太郎带七鬼跟上来。

他不知道，这八个人的十六只眼只只都连着岩洞地下。

"师夷长技以制夷""要跟鬼子干，先向鬼子学！"老马的话在一一兑现。鬼子在偷袭珍珠港前能骗全世界，我们就能在端他们杏花渡的老窝前以牙还牙瞒过他们！

十八寨的弟兄们做得到吗？做得到！

十六只眼盯着鬼子的一举一动，时时用变通的腰鼓暗号向地下发出信号："来了二十七个人""上山了""到半山腰了""押来了七鬼""交趾那边过来了三十五个人"……

"米歇尔在哪里？'走方帮'又在哪里？"左门卫太郎一到岩画山下就急不可耐。又道："别忘了米歇尔他们这帮法国佬的从大清国起就是你们的仇人的！我们的大日本就是要和你们的一起把白人统统赶出亚洲，让你们瑶族找到你们祖祖辈辈都在找的'千家峒'的干活！"

七鬼肺都要气炸了，他心里边迸出了他一辈子唯一会说的一个英文单词，那是从老马的故事里学到的："fuck——呸！"

但是他沉着地指指前边："我唱几句，他就该出来了。"于是从从容容哼起了小曲，是古老的《走方调》。

开始声音还小，后来竟扯开嗓子傻吼：

我本是，赶脚仔，冷暖尝透，

才把这，走方调，唱给众传，

做一只，林中鸥，飞上云头，

伴着那，马帮友，闯荡瀛洲！

左门卫太郎按捺不住了："瞎唱什么！他们到底在哪儿？！"

七鬼神秘兮兮地指着云雾中的半山："喏！米歇尔藏身地就在鹭江岩画附近！"

他带着二十七个鬼子和交趾过来的杂牌兵，跟跟跄跄上了岩画山。他像有话要对左门卫次郎说，好几次想和左门卫次郎接近，都被左门卫太郎隔开了。

一伙人沿鹭江曲折而上，路越来越窄。林子里传出怪异的鸟鸣，"嘎嘎"叫了七声。天完全亮了，远远近近的七十二峰一层层脱下云雾轻纱，露出神秘的真面目。云海降到山腰位置，向下看鹭江被云海遮得似有若无。

此时此刻，沿暗河赶来、埋伏在岩洞里的乡亲们像猫似的蜷着利爪，屏息而出，在林海的掩护下隐身，各就各位了，其中也有米歇尔。

米歇尔身着法国军服，没戴帽子，提着一杆长枪。

他们看到七鬼被鬼子押上山的小小身影。他们担心七鬼走的是不归路，上的是"奈何桥"，过的是"孟婆渡"。望着那个扣在特号冬瓜身子上的特号南瓜，他们突然强烈感受到七鬼的善良、忠厚，七鬼是个好人。他要是回不来了，乡亲们都会伤心的。他们一个个都悄悄跪了下来，一齐在额头前两手合十，祈求盘古天王和所有神明保佑七鬼平安脱身。

米歇尔又想：看了这些纯朴的中国山里人对日本鬼子的仇恨，就更理解安南人对我们"法国佬"的戒备了，"在安南人眼里我们也是鬼子吧？"

米歇尔模模糊糊不安起来，在胸前画十字。

盘小福仔的阿爸也来了，扛来的笨重的三眼炮，把炮身架在老榕树的气根上。那古炮的炮膛里有一颗鲜血淋漓的，却依旧在怦然悸动的火热的心！

在密室前被左门卫太郎杀害的两个孩子的母亲也来了，带来了古老的粉枪。她们的眼泪已经流干了，两个人都是一脸刀刻般的皱纹，一腔深不可测的沉默。过一会儿，两个孩子在密室前最后喊妈妈的稚嫩呼喊将化作粉枪粗犷的怒吼声，会让十万大山和九霄的云彩都听到世界上的弱小者不会永远沉默！

矮仔金也来了，身前架着一杆和他差不多高的粉枪，腰上吊着两个蛤蚧干，那是他准备给七鬼补身子用的。

糍粑三早已经抽出了老马留给七鬼、七鬼又留给他的驳壳枪。他很沉着，今天来的不止两百人，十八寨都有人来，三百人都不止！他也屏息瞄着远方岩画前七鬼蠕动的身影，特别是七鬼系在身上的腰鼓。

几十杆双嘴铳已经架好。

七八杆笨重的三眼炮已经架在雀仔榕、小叶榕的气根上、树杈上。

百十杆长矛枪在手心里攥出了汗水，冷冷的梭镖尖如同握枪者的目光那样闪出了冷光。

米歇尔举起了他那杆长枪。

唯独不见妮妮。

糍粑三老牛发倔一般，执迷不悟地要几个姑娘"伴娘"硬拉她留下来守寨子。妮妮闹到最后竟没再坚持来——她们要留下来"冲喜"——把新房布置得再像模像样一点，要赶紧准备还没准备好的喜酒、喜糖和打油茶的各种小煎果。还要把自己再好好打扮一番。她忙出忙进，显得比几个女伴有底气，因为只有她确定晓得：七鬼是铁板钉钉一定会回来的！他必是先跳江，再钻洞，接着闪进林子逃回来。

妮妮在爷爷的神牌位前烧起三炷香，今天这个日子，她要请爷爷回来。妮妮跪了下来，默祷上苍，求盘古天王显灵，求爷爷显灵，保佑丈夫平安归来。

她双手合十，祷告，俯下身子虔诚地跪拜、磕头。

烟雾弥漫中，她看到了昨晚的那一幕：她在心里反反复复回忆与七鬼在牢房的结合。她对他说：你说话若算话，就不要等明天，现在我就要带上你的骨血回去！以后不管是儿是女，都叫金小鹭。七鬼，你们老金家不会没后的！

在最后、最危险的时刻，他要了她。

不，是她要了他。

她在牢房里牢牢地抱紧了那冰冷的身子，把那个身子抱热，抱烫，最后抱成了一团火球。在鬼子的枪口下那团火球能烧起来是多么不容易！不，是多么的艰难！那是她蓝妮妮的胜利！那火球的火现在埋藏在她躯体里了。

她在新房前看看远方，鹭江和岩画山那边一片静悄悄。但她感觉得到林海里有一双双瞪大的快要喷火的眼睛，一杆杆复仇的鸟嘴铳已经塞满了火药，带着山里人不可遏制的仇恨就要夺路而出了。一双双粗糙的手已经在亭亭玉立的女儿杉、静默不语的桃椰树及无孔不入的雀仔榕后抠紧了扳机，只等七鬼发信号了。

她也知道大家会屏息瞄着远方岩画前七鬼蠕动的身影，特别是七鬼系在身上的长腰鼓。那鼓会发出复仇的号令，也是她鹭妮妮新婚的锣鼓。

七鬼紧了紧腰间的长鼓带子，牢牢握着鼓槌。出发时左门卫太郎怀疑地问他带腰鼓做什么？他从容不迫道："到了那里这才是正经信号，敲敲这个，法国佬和'走方帮'一伙人才会出来。要不岩洞曲里拐弯，他们钻在里边怎么找得着？"

一路上，左门卫太郎步步紧逼："在哪里？怎么还没到？"

七鬼道："我打鼓发信号。"

他敲出了第一串密码，是发给弟兄们的："准备好，快了！"

山下静悄悄的，没半点回应。其实，这是最佳的回应。

他又敲出了第二串密码，是发给米歇尔的："小米，我鸡肠小肚，对不住了，以后一定多陪你！"

声音随风飘远，米歇尔听到，本来不该回话，可是他按捺不住了，竟敲出了回答："你快跳崖！妮妮在等你！"

七鬼又敲出了第三串："妮妮，我立刻就回去！"

远方，新房前，妮妮竟听清了这鼓声信号，她激动得两手合成啦叭筒，跳起来冲岩画山高喊："老七，我听到了！我——等——你！"

几个伴娘姑娘一起齐声呼唤："妮——妮——等——你——！"

新房门楣上，红丝带子、红灯笼把气氛衬托得喜气洋洋。风起，灯穗子和红丝带子在妮妮及女伴的欢呼声里激动地飘荡。

岩画山没有左门卫太郎久等的米歇尔的回音，左门卫太郎急了。此刻，他们走到高高的半山腰，岩画前已经没路可走了，只剩悬崖绝壁前一块小小的空地。左门卫太郎愈发满腹狐疑，两条眉毛拧成了一股绳，举起枪："八格！混蛋——！"

　　在这个节骨眼上，七鬼如果不顾一切地纵身跳崖也还是有一线生机的，可是七鬼到了此时此刻，他一直惦记着的竟还有另一个人，而且是敌人群里的一个——左门卫次郎。一路他都在找机会与左门卫次郎搭讪，但是直到现在也没找到机会。他不能再顾那么多了，索性明打明招手叫过弟弟左门卫次郎，拉他到江边悬崖前道："你和你哥他们不一样，为了这，要留你一条生路！下去吧！"

　　说完，没等左门卫次郎反应过来，看准绝壁上有树可拦的地方，使劲一推，把左门卫次郎推下了悬崖。

　　弟弟左门卫次郎惊叫了一声，挎着的"笔部队"相机先抛了出去，划了道抛物线远远掉下绝壁，左门卫次郎则碰落了几处石头，被绝壁上的雀仔榕接了两次，大大减缓了落下去的冲劲，活着掉进了奔腾的鹭江，溅起好大一片水浪。

　　接下去七鬼想跟着纵身跳崖。

　　可是晚了！

　　哥哥左门卫太郎条件反射般一枪打过来，七鬼没来得及跳，两手一扬，向后倒下，半靠在岩画上。

　　二十七个鬼子惊醒过来，用日本话大喊大叫。

　　高个子中尉抓住七鬼的头发大叫："米歇尔在哪儿？"

　　七鬼喘息道："以，以为我骗你们吗？"他指指山下，"看，那里——"

　　中尉向七鬼指的方向举起望远镜，果然看到一个金头发的身影。他急急忙忙举枪，金头发的身影却抢先一步，一枪打来，把他半个脑袋打飞了。又一枪打过来，胸襟处喷出血水。高个子中尉那颇高的身躯俯身栽倒，掉下绝壁，挂在一块突出来的青石头上。望远镜在颈项的位置晃来晃去，眼镜打碎了，碎片也掉下悬崖。

　　七鬼两手挥起鼓槌，拼尽气力向长腰鼓打去。

　　"嘭，嘭嘭！"他打的腰鼓密码是："打，狠狠打！"

　　鼓声被岩画绝壁集中反射，变得震耳欲聋，向山下传去。

　　山民听到，百十杆火药铳一齐扣动扳机开火了。无数闪烁不定的火焰从女儿杉后，从雀仔榕后，从椰子树下，从乌榄林里喷射出来。那是奔突的地下火，是喷发的火山口，是电闪雷鸣，是漫无边际的星海火原！

　　几十支梭标枪狠狠猛掷过来，一支刺中了一个鬼子的脊梁。

　　鬼子倒下好一大片。

　　左门卫太郎对准七鬼，开枪怒射。七鬼倒在血泊里，不动了。

左门卫太郎大叫："撤退！"

但是无路可退。百十杆火药铳带着复仇的火焰，暴风雨般扫了过来。

鬼子又倒了几个。

这时，倒在血泊里的七鬼像白裤瑶祖先那样，两只鲜血如洗的手撑着双膝，吃力地站立起来。鲜红的血水在白裤子上再一次印出五道清晰的红指印。

雀儿山的后来人不会忘记：白裤瑶的白裤子上那五道红纹是如何来的！

此时此刻，新房前的妮妮与女伴再次欢呼："打！狠狠打！鬼子中埋伏了！"

左门卫太郎拼尽最后一口气力，向七鬼又开了两枪。

你晓得绝壁上的岩画是怎么成此奇观的吗？那就看吧——

七鬼的鲜血迸射到山壁上，溅开，淌下，流成了一个岩画图形——变成一个栩栩如生的岩画武士！

他又中了一枪，挺住未倒。殷红的血水再次喷到绝壁上，汇注流下，又勾画出了一个挥刀舞人！

左门卫太郎再向他开枪。

七鬼再次中弹。在他第三次将倒未倒的时候，强撑着浑身是血的躯体，顽强地向前趔趄了两步。这一来，他就冲到了悬崖绝壁的尽头了，左门卫太郎怕他跳崖逃脱，再次举枪向他射去。

七鬼腿上又中了一枪，他单腿半跪下来，先是咬紧牙关，后是冷冷一笑，拼尽最后一口气力，两手再次撑着膝盖站起，那是祖先留下的遗产：死也要撑起身子站着死！

他两手沾满了自己的血水，十个指头在白裤子上留下了十道殷红的指印！——举起鼓槌，用力向长腰鼓击去："咚！咚咚！咚！咚咚！"

山下的兄弟听清了，听懂了：七鬼发出的腰鼓密码是："狠狠打！狠狠打！"

大家竟立起身子开枪！一排爆豆般的铁弹、铁砂飞向左门卫太郎和所有的鬼子，左门卫太郎身中一大片铁砂，打成了几十个砂眼！他两手一扬，死了！

小福仔的阿爸开炮怒射！小福仔那颗跳动的心在火膛里燃烧，古老的三眼铳发出千古不哑的怒吼！一排霰弹铺成一个扇面，带着仇恨的旋风扫向敌人。

鬼子们污浊的血浆喷到绝壁上，幻化成岩画上的虎豹、豺狼，他们逃不出雀儿山了！

一股殷红喷到了七鬼的长腰鼓上，又溅上石壁，两道殷红叠合，恰到好处合成一个岩画铜鼓。

七鬼高傲地一笑，断断续续说了最后一句话："眼见你们狗日的下场，我这个杂种，知足了……"

话没说完，一头向悬崖绝壁的尽头倒了下去，翻了个跟头，栽到绝壁之下。

绝壁之下是渺无崖际的茫茫云海，厚厚的云层一望无垠，直通辽远的云天尽头。七鬼落了下去，苍劲的罡风吹着他那白裤瑶特有的宽大的白裤子和他在夏日特地换成的白色贯头衣，白色的衣襟被山风撕开了，犹若一对白色的羽翼。

他落进云层里，雪白的云层包裹着他。

这一刻，又一个不可思议的画面出现了：七鬼那染满鲜血的躯体落进云层后，竟消失了！彻底不见了！

在最后一瞬，那白色的贯头衣与白色的白裤瑶大裤子倏然一闪，羽化，变成了两个展开的翅膀，和一个鹭妮妮织布机上那梭子型的白鹭身躯。围在颈项上的妮妮绣的鹭仔巾两头飘舞着，幻化成小白鹭枕后那两条醒目的婚翎——那只矫健的白鹭不太熟练地把云层一拨，扇动着刚刚会用的翅膀，昂起头，伸直颈项，飞向蓝天的尽头，与云层上一群等着它的鹭仔鸟和众多别的雀仔汇合了。小白和它的伙伴在那里等他，他和它们排成一行，一起斜斜地昂然冲霄，然后又一起向下俯冲，一起一泻如注地随着他投向林海，然后颈项向上一翘，奋然鼓动双翼，在碧绿的林涛翠浪间滑翔。

林涛在它们翱翔的群翼下翻滚，呐喊，咆哮如雷！绿色的精灵仿佛听到了白裤瑶琴那迷人的旋律，都在飞翔的音符中伴随它翩然起舞！在飞翔的音符中，那行白鹭犹如在林海的碧绿波涛上游泳。

领头的那只是一只后枕部位已经生出的两条"婚羽"——雀儿山叫"婚辫子"的成年白鹭。这不奇怪，鹭仔七已经理所当然该有"婚翎"了。它穿过纱幔般的山岚，颈项上仿佛飘荡着飞天女神的飘带。它迎着浩荡的江风斜着翅膀掠过乡亲们跪别的地方，恋恋不舍一声低鸣，向新房的方向飞去。

那里，妮妮眼巴巴地看着岩画山，看到了深情飞来的白鹭群。

领头的那只向她抛落了一根洁白的翎毛。

那根雪片一样白灿灿的翎毛旋转着飘下，落在妮妮掌心上。妮妮衔在唇间，两臂高擎，伸向鹭仔鸟。一行热泪闪耀着露水般的晶莹夺眶横溢："小白吗？看见七鬼了吗？"

群鹭翱翔。低时擦过梯田，高时也不离林梢，舞态迷人。

那是从敦煌壁画里破壁而出的飞天舞！是从鹭江岩画中破壁而飞的蓝天芭蕾！是从《过山榜》与《撩歌》里飞出的音符与诗魂！

画山江岸，两三百乡亲一齐向白鹭跪拜。

鹭仔七，鹭仔七，我终于明白你为什么叫鹭仔七了！山里人说这都是命中注定的！这都是命！我也突然间明白了法国教堂的安琪儿为何总有双雪白的翅膀，也明白了中国仙人为什么总是乘鹤而来，驾鹤而去！我甚至也明白了为什么鹭江会叫鹭江，鹭湖会叫鹭湖！雀儿山会叫雀儿山！鹭妮妮要叫鹭妮妮，你七鬼要叫鹭仔七了！我更明白了，原来世上的死亡只属于假丑恶，在真善美的人世间并无死亡存在。凡真的生灵、善的灵魂、美的精英永无死日！他们的精、气、神绝不会真的泯灭，而是羽化、幻化，或成林海，或变山峦，或成飞鸟，或入乐章！

关于七鬼，山里人说法多多：一说他化成岩画精灵；二说他羽化白鹭；三说他向后一靠，成了雀儿山的一部分！而他的鼓声化成了摇动南海、震撼天庭的雷鸣。以后，天上一打雷，山里人就说：鹭仔七又在天上播腰鼓了。连山谷的回声与岩洞的共鸣，大家都说是七鬼腰鼓的回声。还有的说他化成了林曦，每天早上都会探访山里的每一户人家。春芽萌动的季节，他会问候每一个山里人，林海里的一片绿叶就是他的一封绿色的信笺，他在叶脉上密密麻麻写满问候！花儿绽放的日子，他会伴着蜜蜂、蝴蝶访遍百户千家，每朵花蕊上都有他梦一般的微笑，每一股馨香馥郁里都有他的气息，每股季候风里都有浸着他浓郁的汗味儿……

鹭仔七！鹭仔七！我怎么可能不记下你，不写你呢？但对不住了！我又怎么可能写好你呢！我又怎么可能记全你呢！米歇尔主席，我抱歉了，请原谅我！excusez-moi, et je suit désolé...（法语：很抱歉，请原谅我！）我只能记下这茫茫群山的一块英石！我只能记下这浩荡林海的一片绿叶！我只能掬起滔滔鹭江的一捧浪花！

可是七鬼在岩画深处宽厚地对我笑了！那么憨厚！那么纯粹！甚至那么……粗鄙，和那么……丑！

岩画山打伏击，鬼子除了左门卫次郎，只逃出来五个人，有三个还缺胳膊少腿。

安南那边过来的鬼子的援军被"粉枪阵"和"腰鼓雷"吓住了，逃到界河那边隔岸观火，早早先撤了。

日军华南派遣军近卫混成旅团的一位将军，因为这次失利被撤换了。日本"笔部队"称这个"事件"是"岩画山之耻"。

67. 白鹭归来

妮妮身穿大红色的婚袍，凤冠霞帔，端端正正坐在披红挂彩的马上：马头系着大红络缨，一旁是绣着大红双喜字的迎亲彩旗和喜气洋洋的迎亲锣鼓；妮妮腰上又系着白麻腰带，大红喜袍外罩了一身白色丧服。一边是"金、蓝喜事"的大红帐，一旁是写着"魂兮归来""金七贵千古"的白灵幡。众多乡亲也是喜服、孝服混穿，喜眷和孝眷组成了奇特的迎亲兼送葬的队伍。

这是婚礼和葬仪合二而一的奇特仪式。

无忧界的羽族仿佛也来了，天上鸟鸣如潮。特别是仪仗，与无忧界曾经准备过的几无二致：最前边是几十面红牌彩旗，接着是乐队开道。三十面铜鼓敲得山响，震得老榕树仿佛也在婆娑起舞。六堂芦笙吹得天边的云彩也飘飘欲飞，不可或缺的白裤瑶琴拨动了人们的心弦……

十八寨的乡亲也都来给他们的马锅头送行：十八寨的人都扛着鸟嘴铳，小福仔的阿爸还扛着一把木柄三尺长的大砍刀。乡亲们身着喜服和孝眷的标志，孝带上都系着腰鼓，鼓声如沸。

女伴们把喜糖、米花糕抛给大家。

师公身着法服，戴着法冠，指挥乡亲们牵来一头水牛。师公手中的法铃高高举起，摇动不停，按古老的习俗，给七鬼砍牛祭葬——那条漆黑的老水牛被牵到前边，小福仔的阿爸举起那把木柄三尺长的大砍刀，只见银光闪闪的刀光向上一闪，又向下一落，水牛的头颅便沿着颈项干净利落地掉了下来，那老树干粗的身躯颓然倒地，驮着七鬼的魂魄一起去阴阳分界的"忘川河"和"孟婆渡"了。黑压压的人群跟着师公一起大声颂起了《过山榜》，祭告列祖列宗：七鬼没辱没先人的英魂！

法国教堂的神父和牧师也来了，在给七鬼祈祷，画十字架。教徒们带来了西洋乐器，有管有弦，并不齐全，但也是珍贵的东西合璧了……

马背上，妮妮想起牢房里他和七鬼讲的最后两句话：

"妮妮，你到底走出来啦！"

"七鬼，你也成正果了！"

马背上的妮妮已经不再哭泣。她安静甚至安详：她身体里已经有了七鬼的骨血，老金家不会无后，她不慌了！七鬼，你不会死的，你在天上、在林子里安详地飞吧！

米歇尔也在队伍中。他手捧鲜花，一路在胸前画着十字。他哭了。

该下葬了，棺木放到了墓穴里。

还没加第一铲土，一个人突然扑到棺木上，呼天抢地哭起来。他不全是做样子，想起七鬼为人，他哭得很动情，抽咽得几乎要背过气去："七鬼，我的好兄弟啊！我的好兄弟啊！我对不起你呀！你莫走啊！"

哭者竟是桑康。

糍粑三把他扶起来，拔出枪，对天放了三枪。

百十杆鸟嘴铳一齐对天鸣炮。

铁铲铲土，填坟，一抔之土耸起，六尺之身还安卧。师公诵经。

花炮弥漫，回声不绝……

白花花的冥币在鹭江上漂……

喜糖、米花糖和漫山缤纷的落英一起在空中飞翔。

长腰鼓鼓声如沸。

七鬼安睡在王圣岩。

这里有老药王死不了的英灵，有小福仔一颗永不停跳的心，有老马踏破千山的破皮靴和被妮妮补过无数次的破西服，现在鹭仔七也来了。乡亲们说七鬼是鹭王托生的，羽化后又回归天上。王圣岩说到底还是和鸟族有关。

又起风了，把女儿杉和雀仔榕组成的绿海合诵的赞美诗深沉的传送过来，那是林海的波涛，是天堂的回响，飞入空阔无边的苍穹，落入人心，安然若虚，不染纤毫尘埃。

"嘎——嘎！"在高亢的鸣叫声里，一行白鹭款款飞来。

是的！在深情的鸣叫声里，一行天使般的精灵出现在蓝天上，一共是七只白鹭。

鹭江上清晰地映射出它们的身影。

碧绿的波涛上，米歇尔开着他随飞机带来的"中国公主号"游艇，经过杏花渡，沿鹭江回到雀儿山。船头激起了飞扬的水沫，犹若天街小雨，映出一道道转瞬即逝的彩虹……

《上前一步是幸福》节目组的主持人孟裴陪伴着他。我与女友当然也同行。

米歇尔是来寻找当年他深爱的鹭妮妮的，他的吉卜赛姑娘，他的巴黎圣母院里的艾丝米拉达！他带来特别的已经久经岁月磨损的长腰鼓。

已该是积雪盈头的鹭妮妮还在不在？来还是不来呢？

近乡情更怯，米歇尔甚至不敢再往前赶，想让船停一下，让他平静平静再往前走。但此时此刻，鹭江岩画山的山脊上响起似有若无的鼓声——

白鹭群飞……

鼓声激昂……

山下也响起了鼓声，节目主持人孟裴陪米歇尔到了岩画山山脚，山间持续不断传来十八寨齐敲的鼓声——

"妮妮来了，妮妮来了，妮妮来了，妮妮来了！"

白鹭鸣叫："嘎嘎，妮妮来了！妮妮来了！"

山脚下，一辆"雀儿山药材公司"的两用小皮卡汽车开来，下来一群人，急急忙忙向岩画走去。

　　山腰上，岩画前，出现了一行人影，中间那位老妇银发如雪，却身板笔直，风骨犹存……

　　让人再熟悉不过的，是她那虽已春秋厚积但仍独有的风韵，犹若一株饱经风霜但仍高指苍穹的女儿杉。

　　开车的是个已过中年的汉子，不太高，一米六七，结结实实，长得酷似七鬼。他衣着不再有多少民族风格，T恤时尚，牛仔裤，波鞋。他赶上去搀扶着老妇人，不用我写，您一定猜得到：那是金小鹭了！

　　米歇尔泪水横溢，大步迎了上去……

　　两位白雪盈头的老人在山脊会合了，握手。

　　妮妮犹若不胜重荷，两腿一软，跌坐在地上。

　　我惊奇地看到，米歇尔像佩剑绅士那样，在妮妮面前单腿跪了下来。

　　我吃惊：米歇尔在干什么？是搀扶妮妮，还是……

　　我看到他从怀里摸索出那个精心包裹的小首饰盒，打开来，深情款款取出那枚钻戒。我知道，上面镂刻着米歇尔家族的族徽。他是把戒指戴到了妮妮左手的中指上，还是左手无名指上？

　　——我知道，戴到中指上和无名指上含义是截然不同的。

　　可是，我却未及看清，金小鹭侧身时把我视线挡住了。他把两个老人拉起来，三个人紧紧拥抱。

　　岩画上的武士若隐若现……

　　漫山一片沸腾的鼓声，雀儿山回声袅袅。

　　此时此刻，七只白鹭排成一行，斜斜地飞入画面，款款飞上蓝天……

　　"嘎嘎"，鹭鸣如潮……

附录：《王圣赋》

（拟汉赋）

桂子飘香，月飞光之望日始过，匹练横陈，星汉灿之佳时复来。喜遇神州盛典，众成城而洽洽兮；志在华夏绮梦，万旌奋而熙熙焉。远驿扬歌兮，迎嘉宾于四海；贺州披彩兮，聚瑶胞于五洲。八桂泛光兮，庆大典而欢聚；九韶高奏兮，祭盘王而嵩呼！

颂其耕山、播海、御风、柔远四而合一，与天地兮比寿，与日月兮齐光！颂其立终古而无愧，面万世而无悔，运璇玑①而追尧舜，穷纬编②而慕仲尼！盘王者何？华之祖、夏之魂也！瑶人者何？东方之子，继往开来之圣裔也！

夫盘王者，刚毅之圣王也。忆昔洪荒远古，妖逆作祟，龙犬献功于战阵，穷奇③获情于公主。遂绵延千代，耕织万州。勉瑶、排瑶、蓝靛瑶，隐深山兮年复年；布努、拉珈、白裤瑶，耕幽谷兮恬复恬。虽贪吏索命，驱熊罴扑地而来，瓠王笑对，率子弟应变于险隘；纵山官敛财，策虎豹饕餮而至，百姓从容，随盘祖藏机于危峦。凌山之阿，铿铿锵锵；过水之湄，浩浩荡荡。朝伴太乙兮夕侣长庚，足履八荒而汗育金穗；冬沐冰霰兮夏负金乌，肩挑奇峰而血沃春华。进德修业，精诚贯通于十二脉④。饮冰砺节，克己复仁于万千家。

夫盘王者，坚韧之贤王也。胸襟阔而罗十万山，目光远而穿三千瘴。纵屡遭横噩，而万难不辞，遂书《过山榜》之至嘱；虽几死一生，而宏愿弥坚，乃传"千家峒"之远图⑤——"信歌"唱，"女书"写：路漫漫兮，当上下而求索；野茫茫兮，齐冰炭而弥坚！惊虎啸兮，击长鼓而过山；讶鲲搏兮，乘木筏而泛海⑥。四洋寻觅桃源境，五洲探秘伊甸园。耕美播欧，密洛陀皆星娥电女，漂洋涉水兮，布洛西尽风魄电魂⑦。抱一守诚兮，忠贞不逊于南越王⑧；辉今映古兮，赤心比肩于厄尔特⑨。瑶瑶皆圣裔兮，在在效贤王：子民愿在亩而为稻，

① 亦作"琁玑""璿玑"，指北斗前四星，称魁星，也泛指北斗。运璇玑，指掌握全局，驾驭天下。
② 纬编：孔子喜《易》，读致韦编三绝。
③ 瑞兽，天狗。
④ 盘王和三公主婚后生下六男六女，各赐一姓，成为瑶族最早的十二姓。
⑤ 瑶族神话里有"过山榜"及"千家峒"的传说。
⑥ 瑶族古歌有《盘祖漂洋又过海》，瑶族徙美现已达五万人。
⑦ 密洛陀、布洛西，瑶族创世神话里的女性和男性主人公。
⑧ 南越王，赵佗，汉时在岭南维护了祖国统一。
⑨ 厄尔特：乾隆年间厄尔特人从沙俄回归华夏。

承汗露之醇芳，观瓠王之力行兮，知粒粒之蕴藏；愿在海而为筏，驭惊涛而远航，明苗裔之远志兮，知圣胄之刚强；愿在天而为斗[①]，随火箭而遨游，探河汉之清浅兮，知嫦娥之必往[②]！愿在丝而为绣，焕瑶锦之堂皇，织大同之彩图兮，绘世事之新章！

夫盘王者，藏锋之哲王也。享圣功之茂而不张兮，成王业之基而不扬。大象无形，大音稀声，大智不锋，大慧无芒。自刀耕火种兮而探秘广寒，固桃李不言，而汗青可照历历；自寮居峒藏兮而摩天广厦，纵低眉信手兮，而百代必铭桩桩！夫尧之都，舜之壤，禹之封，有葱之岭、岱之铭、衡之秀。虽太庙无盘王之伟阙，正史无盘王之世纪[③]。而王功也海纳，然置身愈低；绩虽盈谷，而挈柄愈谨。其瑞兽腾跃之初，即藏锋收芒；穷奇受符肇始，即敛迹韬光。抗倭无大篆之勒石[④]，保边无无字之高碑[⑤]，遗旧无羊城之古墓[⑥]，布新无木府之森殿[⑦]。然黎庶铭心于五内，青史刻功于金鼓。天道益谦兮，否者由斯而泰；韬光蛰存兮，屯者自此而亨[⑧]。拜盘王，效处下之韧，以斯奉世；效先哲，悟韬晦之功，以斯待时。上善若水，极刚至柔，能信能诎，能亢能晦，则洞幽烛微兮，宁静致远也！

呜呼！盘王者，圣也，忠也，先哲也！盘王者，坚也，韧也，韬晦也！念兹在兹，纪兹在兹！甲子壬申[⑨]，云灿星辉。万邦共举，奏长鼓而定佳节，五洲来王，挥铜钹而确大典[⑩]。祭盘王，长铭《过山榜》之至嘱；祭盘王，永记"千家峒"之远图；祭盘王，承其不怒而威之仁；祭盘王，宏其不疾而速之智！祭盘王兮，敬天而明其晦；祭盘王兮，祀地而继其昌！

噫！拜圣哲兮，齐奉瓜箪酒！敬祖先兮，共聚耍歌堂[⑪]！祭盘王，继万代；祭盘王，承万代！祭盘王，破壁飞；祭盘王，凌霄汉！千家峒之宏愿可现，而桃花源之伟图可追，而庶几可近道矣①！

乙未年辛巳月辛卯日颂
2015 年 1 月 19 日广州天河
（选自上海人民出版社出版的同名小说）

① 庶几：古语，差不多。

走方调

于力 著

长篇小说《走方调》的单行本由上海人民出版社出版

于力作品选

Y

YU LI ZUO PIN XUAN

电影剧本

半边渡

静静的相思河，蜿蜒流过半边渡这个小镇。

从古色古香的屋脊上望下去，是镇边的小埠头。

一个衣衫单薄、神情胆怯的山区妹仔找到码头，对两个山区妇女喊道："四姨、七妹！"

两个山区妇女行色匆匆，是打算回乡的。

妹仔："把这，带给我妈，让她……别想我，我挣够了还债的钱就回去……"

从衣襟下掏出包钱的小手绢，打开来，是极少的几张十元的及一些散钱。

又嘱咐："让我妈，多歇歇，这也给她——"

是两瓶药。

要走的中年妇女（四姨）忍不住探问："那，你跟那个开家私厂的五、五、五魁吧？还……"

妹仔神色一沉，口齿嗫嚅："我妈要问，你们就说见到五魁了，三十多岁，跟我挺配的。"

四姨："那，你还回村干吗？"

女子勾着头，半天无话。

传来一个汉子粗俗的呼唤声："细——柳——！"

妇人一怔："是五魁喊你？"

女子支吾，似乎怕同乡看到，匆匆欲走，临行，又脱下腕上一只小银镯："把这也让我妈卖了吧……"

四姨："这个我不带走，是你妈传给你的！"

汉子又在喊，女子慌忙走了。

镇上。来购货的家私厂老板五魁喊细柳。

他不只三十多岁，分明已经五十开外了，穿着不土不洋，是个精明与"土冒"的混合体。

他等不耐烦了。女子快快走来。

五魁不耐烦地说："快提了货上船！"

他把大包小包塞给女子，又引她穿街而过："快点！"

中心街。

五魁显然是老顾客了，各个摊档、店铺讨好地和他打招呼。

人们的注意力其实在他身后——

妹仔低头走着，朴素的衣着却遮不住姣好婀娜的身材，透着胆怯的秀气也愈显超凡脱俗，一抹阳光恰到好处地打在她略略发黄的发轮上，打了一圈轮廓光。

两个店家窃窃私语："这妹仔……是谁？"

另一个满有文章地用眼神指指五魁。

一个老相识迎上五魁："五老板，又赚了几方砖呵？"说着神秘地低声探询："这妹仔……您又……呵？"暗暗一笑。

五魁踌躇满志地沉吟不答。

招摇过市，满面春风。

钟表店。

五魁站定，拦住女子，指指手表店，粗喉大嗓："挑一个！"

妹仔怯生生地进店，抬头看到：各……式……各……样的手表。

标价。

她吃了一惊，又一惊。

五魁大大咧咧扫了一眼日历坤表："这个可以，就是它吧！"

标价：800元。

妹仔恍若梦中。

店主递过表，女子不敢接。

五魁："戴上！"

接过表，女子的表情瞬息万变——

始而惊愕凝视；

继而兴奋。

最后悟到什么，用眼角扫扫五魁，目光黯淡下来。

缓缓把金表放下。

低低道："我不要。"

五魁一怔。

女子提上大包小包，碎步趔趄，逃似地赶快走了。

五魁跟出，满脸不快："真别扭！"

女子转了向。

五魁："哪儿去！回船！"

船边。

妹仔跟着五魁，蹒跚走回。

一抬头，愣住了。

一个宽肩细腰、肌肉发达的后生撑篙站在甲板上："老板，要打工仔吗？"

这是金仔。他望了望五魁身后的女子。

女子一双慧眼低垂着，那两道深入鬓边的秀眉却足以让人心醉。

五魁不快，好一番打量："哪儿来的？"

金仔："江那边……"

"过江仔！"五魁哼道："识水吗？龙王爷的钱不好挣！"

说罢，把一瓶酒丢进江中。

小伙子冷冷看了一眼，跳下水去，不见了。

半天不上来。

女子担心。

离船几丈处，金仔出水，高举酒瓶。

柳沙娘险滩。

金仔下水扛船。

船吃水极深，不时擦在礁石滩上，发出刺耳的划水声："哧——嚓——"

金仔这才瞄了一眼船上的载物：半船是装在木箱里的电锯、电刨，及开边机，半船是叠得老高的红木条子、纤维板。

五魁撑左篙，女子撑右篙。风来，露出苗条的腰肢。

她显得更沉默了，始终没抬眼看金仔一眼。

船行进艰难。

五魁用沙哑的豆沙喉唱起了古老的、粗俗的撑船号子：

> 我撑船汉子爱发颠，
>
> 一脚偏踩几只船，
>
> 有钱使得龙推磨，
>
> 脚底生根船不翻！

金仔蹬塌了一块礁石。

船几乎不动了。

"扑通"一阵水响，女子下"海"推船，走到金仔身边。

于是，她和他的躯体，在水上水下时断时续触碰着——

肩膀触上了肩膀；

脊背挤到了脊背；

水下，两双拼命后蹬的脚也时时碰撞着。

金仔，瞳仁里闪过一阵激动。

他向旁边躲了躲。

女子却又无邪地靠了靠。

五魁用肩顶篙，身子与船平贴了，却侧过头，虎视眈眈斜睨着。

江中。

另一条下水船在礁石丛搁浅了。

船上装满花草树苗。

五魁幸灾乐祸的目光。

船主是农妇满嫂，两手合成喇叭筒："大佬，唔该来帮下手呵！"

五魁装作没听见，自语喃喃："黄牛过江，各顾各吧！"

金仔一身大汗。

女子也浑身湿透了，衣襟束出分明的曲线。

两个人的汗滴在一起。

船终于过了柳沙娘。

金仔默默向河中间走去。

女子注视。

礁石丛中。

金仔过来帮满嫂扛船。

女子也不声不响跟来了。

远远的，五魁啐了一口。

满嫂谢了又谢，表错了情："大哥大嫂，唔该了！"

两个年轻人羞涩地对视了一眼。

女子脸涨得绯红，垂下眼睛。

满嫂却乱点鸳鸯谱："你们两口子心真好，河神保佑你们生个靓仔！"

女子赧然，向金仔低眉一瞥，不禁抽了口冷气——

金仔右胸脯上，被船尾擦出了三道伤痕。

血水缓缓沁出，流下来。

半边渡。

五魁的船上。

女子手忙脚乱地翻船板。

找出一瓶万花油。

替金仔搽伤口。

五个小巧的手指轻轻抚在伤痕上。

金仔一阵微颤，连呼吸都屏住了。

女子小臂上一层稚嫩的茸毛，在夕照中清晰可见。

他沿着胳膊看上去，那张朴实而秀丽的面孔，正嵌在又大又红的落日中间。

暮色苍茫，漫天是变幻不定的绚丽色彩。

船头上，五魁戒备地斜睨。

女子却旁若无人。

五魁一腔怨愤都压在两个字里："做饭！"

火焰飞舞。

油热了。

女子麻利地从舱盖下取出四个鸡蛋，正要磕皮——

五魁的大脚把蛋踩住了。

他放回蛋，跳下船，两手摸出一捧鹅卵石，搓了搓，向油锅里一撒——

"哧"，一股热气，加盐，食油，飞快地盛到盘子里。

"吃！炒春卵！"五魁径自夹了一颗，津津有味地嚅了嚅，噗的一声吐进河里，抄起酒瓶子，灌了几大口。

女子端来三碗白米饭。

五魁话多了："咱们这半边渡，乾隆年间是个大埠呢！云南的烟土，贵州的兽皮，都从这儿下海……现在，又热闹了！"

对岸，隐约可见工棚一片接一片。

金仔默默扒饭。

五魁踌躇满志："八仙过海，各显神通吧！"

他丢下饭碗，嘴角斜斜地叼上一根牙签，这是他一个习惯动作。

峨眉子弯月挂在榕树梢头。

半边渡浸沉在古老的梦中。

电影剧本

船上，睡觉次序严格地排列着：五魁居中。

他呼呼大睡，鼾声若雷。

金仔睡不着，睁大眼睛望着舱顶。

静极了，一江好月亮。

船底有汩汩的流水声。

岸上有辽远的蛙鸣。

船头一声轻若蚊蚋的抽泣声。

金仔一怔，撑起身子——

只见女子抱膝坐在船头，面对月光，呆呆地远望。

清冷的月光勾出她秀美的轮廓，两行泪水晶晶闪亮。

峨眉子月在江心好奇地注视着。

暗夜里，两个年轻人，谁也没睡。

五魁呼噜变得如两冲程的小铁牛。

两个年轻人终于有了讲话的机会。

金仔："怎么回事？你叫什么？"

"我叫细柳。"说完，女子却沉默了。

金仔："他是你阿爸，还是你……男人？"

女子深深地低下头，似乎有难言之处。

沉默良久，眼睛却红了。

金仔："是你亲戚？"

依然不答。

金仔："你……"想再问，欲言又止。

又过了好一阵，细柳细若游丝地乞求道：

"大哥哥，哪儿还有招工的？你带我走吧！"

金仔颇觉意外，怔了好一会儿。

细柳却已激动地站起，正想跨步。

一只手伸过来，仿佛无意地，却又结结实实地压在她脚踝上。

五魁坐起，眼睛像两把利刀似地直逼金仔，好一阵子，一语不发。最后，对金仔勾了勾食指："出来！"

他把金仔叫上岸，塞给金仔一点钱，用下巴向岸上一指："走！"

金仔想说什么，却欲言又止，回头看看船，细柳沉沉地埋着头。

金仔略略停了瞬间，低头向岸上走去。

脚步声惊动了细柳，她急忙抬头。

五魁却像门神似地守在船头。

她目光顿时暗淡。

金仔的上衣忘在舱里，肩头分明破了一角。

细柳想喊，又忍住，黯然目送。

她又抱膝在船头坐下。

细柳心声："我们家没男孩儿，阿爸一过世，我就成了家里的顶梁柱，可我还是出来了，想趟一条路子，可没想到一脚上了五魁这条船！我真想家，也真想离开五魁……"

对岸。

古老的石牌坊，镂刻着"相思河"三个字。

苔痕斑驳，给人以深沉的沧桑感。

石柱上有"推进改革开放""办好乡镇企业"的标语。

街景：是个历史上曾经繁华过的小镇。古老的祠堂式建筑物上嵌满了瓷塑人物，起伏的女儿墙中，新式楼房也三三两两，星罗棋布，沿江一带挤满工棚，多数是制作家私的专业户。

可以看出，是一个摆脱了传统小农模式，在商品大潮中正迅速起步的乡村老街。

街景。

另一条街是花花绿绿的塑料棚，有小食档、酒烟棚、理发摊。

一间大排档外，开小食店的肥婶正挂标语牌，上写："欢迎卫生检查团。"

她四十出头，开心果模样。

金仔上岸，怅然若失地回望。

细柳的船已淹没在一片雾霭中。

金仔走过一片相思林。

林子长得极好，染绿了江水。

工棚中人群醒来。

逆光中，一个小伙子在河边洗脸。

金仔见到，一脸兴奋："阿球！"

小伙子也又惊又喜："金仔！"两个人显然是同村的。

阿球："我在这里找到工作了，你是来找你表弟华仔的吧？"

金仔失望地摇摇头："他去广州了。"

阿球："那，也到我这儿来吧！"

说着，他跑进工棚："阿火，再收一个吧，我们是一块的！"

阿火来了，是个管事的女子，二十四五岁。

阿球："金仔是高中生呢！"

阿火把金仔认真打量了一番："活儿可累，干得了吗？"

金仔："干过。"

阿火："在这当木工吧。"

金仔放下小包，和阿球一起干起活来。

阿火长得丰满而性感，感兴趣地从背后打量着金仔。

阿球对金仔悄悄议论："瞧这个阿火，胖得够味儿吧！"

他又忍不住回头窥望，对阿火讨好地笑笑。

阿火瞪了他一眼，阿球赶快扭回头去。

金仔从窗口打量村容，幢幢的新楼从旧村中崛起。

金仔："这地方不赖，拼三年，你也起一栋！"

阿球："我可没这本事！"

金仔不以为然地斜了他一眼。

领工九叔喊话："接船，老板回来啦！"

金仔接船，怔了，就是昨天那条船。

细柳也看到了他，激动地迎出来，未及说话，就僵在甲板上。

五魁冷冷斜睨。

阿火跑过来，指着金仔："爸，又招了一个。"

五魁脸色阴沉。

细柳瞳仁里跳跃着激动。

夜，工棚外，月色如水。

细柳怯生生地走来，拎一小包。

她先到一个大一些的工棚外听了听，门缝中，可以看到五魁正和几个人赌"番摊"。

细柳又悄悄走到另一个工棚外，传来阿火与几个青年男子的嬉闹声。

细柳悄悄走到第三个工棚，是男工宿舍。

可以看到，金仔与几个小伙子正酣睡。

细柳悄悄走进去。

男工宿舍内。

细柳走到金仔床前，欲呼又止。

想推醒他，她的手却于近在咫尺处停了下来。

金仔在梦中松弛地微笑。

细柳把小包打开，里边是金仔遗忘在船上，已经被细柳补好的衣服。

还有四个煮好的鸡蛋，一瓶万花油，轻轻放下。

远处，传来五魁赌钱的呼叫声，一个工友动了动。

细柳像个受惊的小鸟，又怯生生地离去。

一个工友起身夜溺，把放在金仔床头的衣服、鸡蛋、万花油碰掉了。

他拾起来，胡乱放在相邻的阿高床上。

次日。

邻床的阿高起床，见到衣服、鸡蛋，纳闷地大叫："出田螺女了！给我送了鸡蛋！"

小伙子们嘻嘻哈哈地分而食之，抖开补好的衣服："这是什么？嗨！"

不屑一顾地胡乱一扔。

金仔看到，悄悄拾起，细柳已经把破处补好。

床脚，他见到一瓶万花油，心头一震。

拾起来，放在手心细细端详，瞳仁间泛起一种说不清的暖流。

十指收拢，药瓶在他手心慢慢握紧了。

家私厂工棚，关帝像前香烟缭绕。

九叔在指挥安装开料机，一扳开关，机器毫无反应。

金仔看看线路图，钻进机器底下，拨弄了几下，站起来："试试看！"一扳开关，机器飞快地旋转了。

阿球等人啧啧称赞。

细柳在远处给家具上着油漆，她停下手，关切地望着这边。

金仔回过头来，与细柳深情的目光不期而遇。

就在四目相交的一霎间，细柳心中涌起一股莫名的慌乱，她忙躲开金仔的目光，低头上漆——油漆却涂错了地方。

五魁冷眼看到这一幕，气不打一处来，对站在一边的阿火低声道："把他退掉！"

阿火却用充满好感的目光打量着金仔："退了金仔，以后谁给你安机器呀？阿爸，人家喜欢他在这干吗！"语气近乎撒娇。

五魁愠怒地走去，阿火对金仔的目光却让他慢慢又站住了，一个主意打定，他眯起眼睛："阿火，你和金仔送货去！"

阿火兴奋道:"好!金仔,跟我送货去。"

五魁:"九叔,你带阿柳去看看我的新屋!"声音很大,显然有意说给金仔听。

五魁新屋,门外一棵盘根错节的古榕。

九叔引路:"来来来,这新屋简直是咱们老街的皇宫!"

细柳快快走来。

新居俗不可耐,但宫殿式的门楼与花园也确实豪华得让人吃惊。

门洞里有五魁捐资盖小学校舍的奖状。

细柳表情麻木。

柳沙娘险滩。

金仔撑船送货,阿火押船。

只有两个人。

江上很静,一只水鸟在夕阳喋血的黄昏中鸣叫。

阿火从舱板下取出准备好的卤猪脚、白切鸡和一瓶酒:"吃了夜饭再走吧!"

五魁新居。

九叔洋洋得意地把阿柳引入常青藤掩映的三层楼,一楼大厅上是电子神龛,电蜡烛与电子香大放光明,连神位也电子化了。

两侧是宾馆化的厢房。水银灯照在金鱼池上,恍若梦中。

九叔指着一个席梦思床:"你先歇歇!"

他给细柳倒茶,自己也端上一碗,劝道:"快去补领个结婚证,和五魁一本正经把事情办了吧!要不,会有人抢这个新房呢!"

细柳不吭声。

他悄悄退出。

细柳始而新奇,继而恍惑,似梦似幻,不无好奇地到席梦思床上试了试,躺在床上呆想。

屋子里的福、禄、寿瓷塑笑眯眯地看着她。

窗外传来年轻人在河中游泳戏水的打闹声。

她冲上阳台。

从阳台鸟瞰村落:新楼幢幢,与村中的旧屋争夺着空间。

村边河中间,一群小伙子正在比游泳,大喊大叫。

阳光中一个个都像大卫雕像,充满青春活力。

细柳怔住了,仿佛大梦初醒般打量着阳台。

恍若有失。

快快回身。

望着阳台上一只鸟笼，怔了一下，快步回房。带上自己的小包，踉跄下楼，逃似地走出门。

柳沙娘险滩。船上。

阿火："听阿球说，你发誓要在这儿起一栋新屋？"

金仔没答话。

阿火："有志气，够条汉子！"

金仔依然沉默。

两人吃饭。

阿火一仰脖子，把酒灌了几大口，乘着酒力，叫了一声"热！"便脱去外衣。

紧身内衣下，丰满的曲线诱人地袒露出来。

她把酒瓶递到金仔手上，用身子撞了撞他："干吧！"

金仔灌了几口酒，把饭扒完："赶路吧！"

他把外衣小心地脱在船头，下水推船。

阿火瞟了一眼他酱紫的胸肌，慵懒地躺在甲板上："累死了！"

她四肢大开，瞟着金仔。

金仔把衣服往肩上一搭，向岸上走去。

金仔在树丛深处躺下来。

阿火看到，失望中透出愠怒，找上岸来。

"衰仔，你哪儿躲？"

风来，林涛起伏。

家私厂工棚。

五魁指挥工人们干活，一个工人镶木板镶不好，五魁接过锤子，只略一敲打便严丝合缝，把锤子往地下一丢。

金仔正在给一个大立柜抛光。从衣柜的镜子里，看到细柳在另一边上油漆。

心心相印的目光，在镜子里相遇了。

五魁冷眼目睹，走到细柳身边："以后你不用到厂里来，每天在新屋浇花、喂鱼。"

细柳不吭声，头也不抬。

五魁："听清楚没有？"

阿球揶揄道："哟，老板，这是您女儿，还是您孙女呀？"

工人们哄笑。

五魁恼怒："吵什么？谁嫌这不好就另谋高就！"

工人们不再说笑了。

细柳快快退下。

金仔怅然若失。

颞骨铁铸般咬紧了。

卡车声，门市部来运货，工人们装车。

金仔挑衅地走过去，挑出一件次品折叠椅。

五魁又把椅子塞到车上。

阿球："次品！"

五魁："我这里没有什么次品！"

阿球："人家该退货了！"

五魁："大不了多给几个回扣！捧上猪头还怕找不到庙门儿！"

金仔看了五魁一眼，没理他，又挑出一件次品，众目睽睽。

五魁勃然作色，"崩"的一声把那张椅子扔回车上："这儿，谁说了算？"

金仔："良心！"

五魁冷笑："良心几个钱一斤？下次再这么弄，你就给良心打工去吧！"

说罢，欲走。

金仔把手中椅子一摔："站住！"

五魁气势汹汹站住。

金仔也够冲："没什么下次！给我算工钱！"

五魁反倒呆住了，工人们都没想到。

阿火闻声进门："金仔！"

金仔头也不回地走出去。

阿球有点负疚地："金仔……"

大雨滂沱，华仔的家私厂到处漏雨。

华仔："表哥，你不嫌我们穷，就到我们这儿来干吧！我们这两个月可穷得连工资也发不出了！我到广州就是去借钱的！"

专业户甲："生意都让人家抢去了！"他用下巴指了指对门儿的五魁家私厂。

专业户乙："咱们也不懂用猪头去拱庙门儿！"

金仔环视工棚，场地狭小，设备简陋。

专业户丙："……厂子办不下去了呀……"

金仔沉默，把倒塌的木料一一扶好，终于发话了："大家要是信得过我，厂子让我来办吧！"

华仔担心地道："是让你来背债啊！"

金仔注视华仔的眼睛，他看到了一片真诚。

金仔："大家看得起我，咱们一块背！"

华仔："斗得过人家吗？"

金仔："土帮土成墙，穷帮穷成王，让阿球几个也过来干！脱了斗笠才见高低呢！"

雷声，芭蕉树上滴着雨。

金仔和工人们冒雨补好漏屋，挂上简陋的厂牌："青春家私厂。"

阿球、阿高、糯米也来了。

阿球在一块木牌上写下歪歪扭扭的两行字：

"工人语录：青春家私厂，领导世界新潮流！——阿球。"

阿高也挂上自己写的"开拓、创新、兴利、求实——阿高"几个字。

十分寒酸，却也十分有趣。

几个人都淋透了。

雨停了，一条彩虹挂在天边。

老街。

月色如银。

小舟靠岸，细柳悄悄走上码头。

她穿一件红底白花的衬衫，四颗红色纽扣。

苇丛中，一个人发现了她，悄悄跟踪。

华仔工厂男工宿舍。

她怯生生地从窗口窥望。

看到金仔那件上衣挂在一个床前。

她蹑手蹑脚走进去。在金仔床头上悄悄放下两本家具图册，又掏出四个煮熟了的鸡蛋。

悄然离去。

一推门，门却推不开了。

门外，跟踪她的人恶作剧地把门拴上。

是阿球。

门里，细柳急得团团转，想跳窗子，又上不去。

门外却突然喊声大作——

传来阿球戏谑的声音："田螺女又来啦！"

门内。

男工门闻声惊起，打开电灯。

金仔急止，却来不及了，只见细柳双手捂着脸，不胜娇羞地坐在窗下。

金仔呆住了。

男工们却一齐起哄："田螺姑娘来找谁呀？"

"你的田螺壳呢？"

一个小伙子嘻嘻哈哈地把细柳的两手从脸上挪开，却慢慢怔住了——满脸泪水。

金仔震动，走过去，四目相遇。

半天没说话。

江边，皓月将圆未圆。

金仔送细柳回去。

一望无际的相思林。

风来，林涛起伏，林声喧哗。

未圆的月牙儿在树后，仿佛人间的什么东西。

细柳纯情的眼睛。

金仔："你阿爸活着的时候，为了一笔债，就把你许了五魁？"

细柳低下头："别怪阿爸，是我自己……"

金仔："嗯？"

细柳："阿爸是开粉坊亏了本才一病不起的，本钱是借五魁的，那时候五魁好像挺义气，让我阿爸别急。阿爸不知怎么谢他，临终留下话让我过来……"

金仔："这不是变相买卖婚姻吗？"

细柳的眼睛忧郁地一闪："我自己也点头了……"

金仔："嗯？"

细柳："我想出来见见世面，为几个妹妹找条路。"

金仔："找着了吗？"

细柳暂时忘了不快："这儿的人可真会赚钱，连脚趾头都能打算盘。我看，这儿到处是花木公司和柑橘园，这两样，我们山区也能！"

金仔："你自己呢？"

细柳伤心地望着月亮。

金仔："跟他一刀两断！"

细柳痛苦地沉默着。

金仔："那……认命啦？"

细柳也不吭声。

好一阵沉默。

相思林摇曳，月光筛下来，婆娑弄影。

她低头望着地面：

"认识你没几天，可跟认识了几生几世一样！我有句话……"

风来，林涛海浪般涌动。

传来五魁喊细柳的声音，若断若续。

金仔期待着下文。

她的声音如梦如幻：

"五魁要我给他生个儿子，我，我就是生，也绝不给他生，大哥哥……"

硕大的月儿映出娇小的身影，她仿佛依在月亮的桂树上，低下头，一副天真无邪的娇憨神态，单纯有如孩子："大哥哥……你要是不嫌我，月亮圆的时候，我，我就在这儿等你……"

说完这句话，她两手一捂脸，不胜羞报地跑了。

林涛汹涌，金仔呆了，痴了，傻了。

公路两侧，是搭在水塘上的家私门市部。每店长达十米，又亮又宽敞，十分气派。店店相连，长十余里，门楣相接，栉比鳞次，豪华家私一字排开，堪称奇观。

街尾，一个新的门市部正在装修，是华仔当老板，金仔当厂长的青年家私厂的门市部，门楣上写着"青春家私厂，精品屋家私城"。

正面是企业精神标语牌："自强！团结！开拓！兴利！"旁边是工人语录——

"让老街成为世界的家私城——阿球"

"木成器，人成器！——华仔"

"咱就是金神——糯米"

华仔用一部寒酸的摩托车驮金仔回到门口，年轻人围上问着什么，立刻欢腾起来。

"好，金仔谈成了一大笔生意，九都商场的！"

街对面是五魁的"中泰家私门市部"，他坐在宽敞的展销厅里，斜眼觑着金仔一伙，眼露讥诮。

"花王"来送花，五魁讥讪："你是花王，以后人家就是家私大王！"

花王向对面看看："那个小仔，那天和细柳一块在河滩上嘀嘀咕咕……"

五魁一愣，沉默良久，瞳仁阴褒地迷细了。

青春厂门市部。

年轻人兴高采烈地布置门楣，远处却传来五魁粗喉大嗓的叱骂声。

阿高气鼓鼓地走来。

金仔："谁这么扯旗放炮？"

阿高嗳嗫，犹豫了片刻，突然暴发地："五魁灌了二斤头曲，又乘着酒疯骂人！说我们一帮人是什么花心萝卜，勾引他的女儿又勾引他的女人。"

众人不吭声。

华仔对众人："来咱们厂入股前，谁跟五魁借钱了？"

又是片刻沉默，阿球站起："干什么？"

华仔："他放出口风，只要我们厂的人敢挑他夫妻不和，他就逼我们马上还债！三分利要滚成五分利！"

阿球不服道："细柳跟他叫夫妻呀？"

阿高："这家伙可说得出做得出！都谁借了？"

几个人立刻蔫了。

华仔："我借了他两万。"

阿高："我借了他一万。"

另一个："我借了一万五。"

金仔埋头干活，一声不吭。

华仔："都夹着尾巴做人吧！有钱的王八大三辈，真把那老鬼惹急了，咱们这个门市部就别开张了！"

金仔干活的手停了。

阿球暗暗打量他。

金仔背过身去。

大排档。

九都商场的郝科长和五魁在肥婶的店里吃饭，两个人嘀嘀咕咕。

五魁给他夹菜。

五魁："你给了他们一单生意？"

郝科长："你说金仔？都是你不接的料活。"

五魁埋怨地看了他一眼。

郝科长不安地笑笑，知道做错了事："那……"

五魁不再理会。

肥婶上菜。

五魁顺势在肥婶背上摸了一把："哟，大妹子吃了什么减肥药？苗条多了！"

肥婶多情地往里靠了靠。

五魁品汤："鲜！以后谁娶上大妹子，可有口福呵。"

肥婶眉开眼笑，话里有话："要是你爱吃，以后天天给你做。"

五魁："那敢情好！"说着，又顺势在肥婶的背上拍了拍。

郝科长，心神不宁地向青春厂的方向望去。

火炉，火焰彤红。

金仔、阿球在铁砧上锻打铁件。

金星四溅。

阿球看出了什么，暗暗打量着金仔。

炉火把金仔映得通红。

红色溢满画面。

远处，皓月欲圆。

阿球有意暗暗配合：

"明晚我有事，别加班了！"

月亮圆了。

江水倒映着月轮，好大。

一叶小舟驶进江底的月亮。

细柳如期而至。

她穿的那件红底白花的上衣，四个红纽扣。

鬓边插了一朵小花。

望着江水中的倒影，她时而羞涩地闭上眼睛，时而殷殷地抬头望月。

她的心在唱歌，歌声仿佛从极远的水面上飘来：

> 八月十五月亮圆，
>
> 妹看月亮成半边，
>
> 哥也只见半边月，
>
> 你我团圆月就圆。

歌中，相思林，似有灵性。

细柳看到了什么，孩子似的眼睛变得澄澈而炯然，向远方望去——

金仔英俊的身影在月下出现。

他打着赤膊，肩上搭着上衣，大步流星走来。

江畔，林涛仿佛也期待着这一时刻，激动地起伏。

月轮也愈发贴近，好大，好近，仿佛人间的什么东西。

细柳却突然心怯地跌坐在船上。

金仔站住，四顾无人，面无表情。

在硕大的月轮前，细柳的身影终于出现了，她缓缓站起，仿佛从月宫走来。

金仔注视。

两个剪影在硕大的月轮上终于合二而一了。

她陶醉在他的粗犷的拥抱里。

苍天为盟，皓月为证，他们喃喃低语着相拥在一棵相思树下。

细柳伏在他宽大的胸脯上。

"大哥哥，满嫂说过，我们俩心好，河神会保佑我们生个靓仔的！"

金仔感动地望着他。

细柳："给孩子起什么名字呢？……叫芦芦或者苇苇吧，这芦苇滩就是我们的媒人啊！"

金仔捧起她的面颊，久久注视。

细柳承受着他的注视，相拥着倾斜下去。

激动得连呼吸也急促了。

她慢慢解开自己的上衣，三个纽扣都解开了，第四个却被线缠住。

她狠狠一拉，"啪"的一声，第四颗纽扣被扯飞了，弹在相思树上，好响。

于是，除了一件薄薄的内衣，那匀称而诱人的胴体便横陈在天地之间了。

世界上一切都消失了，大千世界倏然退去，大野变成一片混沌的乳白色。

远山、近川、林莽、树丛，都虚化了，只剩下纤尘不染的乳白色烘托着两个青春的胴体。

她闭上眼睛，娇憨地一动不动，只留下起伏的曲线下那幸福的喘息声。

期待着，期待着，却久久不见回应。

她终于睁开眼睛——魔幻船的乳白色倏然退去。

她看到金仔正跪在自己身边，像个裸体的塑像，一双深邃的眼睛正注视夜空，注视深湛的银河。

细柳勾着他的双肩："看什么？"

金仔目指银河："那儿，有个人。"

细柳吓了一跳，撑起身子寻视，看了一周，扑哧一笑："哪儿有人？天上一条银河，水里一个月亮，还有就是你和我了。"

金仔目指银河畔："那儿——"

细柳纯情道："那是牵牛星！"

金仔低低地，痛楚地道："那是华仔的眼睛……还有我们厂二十几双眼睛……

他变得分外冷静，换成坐态，出语内疚："细柳，全怪我不好，我对不起你，我不该来，忘了我……忘了我吧！"

细柳的表情倏然之间凝固了，也坐了起来："你嫌我？"

金仔："你是个好姑娘，心像一块金子，可是五魁……"

两个人痛苦地跪着。

金仔："五魁放出风来，我要是敢碰你，他就逼我们厂的人加利还债。有三个人一共欠了他四五万呢！利滚利可受不了，别让我一个人害了我们一个厂……"

细柳想说什么，又什么也说不成。

金仔负疚地望着她，艰难地站起来，强迫自己披衣，欲离去。

细柳一匍匐，伸手死死拉住他的脚腕，几乎是跪在他的脚下，哀求道："别走……大哥哥，我知道你嫌我，我，我是不值得你喜欢，我不想求你什么，只求你一件事。"

他的身影投在她的面孔上，月华无声地流下来。

她仰视月华，仰视西南方："只求你到我老家去一趟，让我妈妈看看你，你就跟我妈说，你就是五魁，成吗？"

一双孩子似的眼睛。

金仔沉默了很久，终于点点头，穿上衣服。

细柳如释重负，哭了。

她拾起地上落下的红纽扣，放在金仔手心里："拿上吧，留个纪念，我……也要一个……"

她伏在金仔的衣襟上，用中国妇女特有的断线方式，咬下一颗扣子。

珍惜地捧在手心里，两手一合，头伏在双膝上，抽泣着："你走吧，我一辈子谢你！"

金仔僵在那里。

他尽力安慰："我现在好歹也算个厂头了，凡事不能不做个好样子，再说……"他嗫嚅了一下："五魁好歹有个厂子，有栋房子，你先……安分两天……"

细柳打了个冷战，突然不哭了："你说我这是不安分？"

起风了，一阵沉默。

林子海涛般起伏。

她寒心地侧过头："你……走吧！"

金仔感觉到了什么，缓缓跪下，捧起她泪痕犹在的面孔："好妹妹，别恨我，现在开放搞活，钱路有的是，他五魁能发，我金仔就不能发？等我站住脚，会帮你的……"

她却推开他："谢谢你的好心。"

说罢，她两手一捂脸，踉跄跑远了。

他却呆呆地站在那里，激动的风吹乱了他的头发。

手心里，一颗纽扣仍在。

天上，彤云涌来。

月亮几被吞噬。

争吵声：

郝科长："不行不行！怎么说也不行！"

华仔："五魁厂出的还不如我们哪！"

郝科长："人家是人家！"

郝科长正在青春厂验货，目光挑剔："看看这漆！"

阿球争辩："多亮，给猪八戒照镜子都可以了，不信您照照！"说着把郝科长一推。

郝科长怒了，把门一摔，走了。

对面，五魁胸有成竹地隔岸观火，和郝科长默默交换了一个眼神儿。

青春厂仓库，家具山积。

金仔与华仔按计算器，满脸愁容。

入股的年轻人懒散地歪在一边，一地烟头。

甲："不是我不讲义气，五魁催我还钱，我只好退股……"

阿球："你小子，向来是见好就钻，见难就窜！"

"胡说！"两个人打了起来。

阿高劝架："算了算了！"

乙："他没说假话，五魁逼的不止他一个！"

第三个："也逼我呢！"

第四个："还有我！"

一时又七嘴八舌。

华仔也颓丧地埋着头。

金仔站起，众人静场。

他间歇良久："我金仔，没本事，对不起大家了！要退股，退吧！"

他径自走出。

大门吱呀一声，自动掩上。

又是一个卖家私的旺季。

五魁的门市部披红挂彩，门口停了几辆运货车。

他抽着竹烟筒，藐视地斜睨着街对面。

青春家私厂。

人去厂空，金仔形只影单地站在门边。

他也准备走了，挎上木工袋，背上牛仔背包，回身向厂房投去痛苦的、难以描摹的一瞥，走出。

锁上工棚的草席门，大锁晃了两下，不动了。

村边。

迟重的脚步走上石桥。倒影：他。

村人目睹他的行状，投来讥诮的目光。

相思树。

触动了心事，金仔从颈项上抽出一个悬挂的物件：

一枚红纽扣。

他向远方望去。

一个花圃。

细柳正和一群女花农谈花经，品花事。

满嫂也在。

金仔走来。

细柳佯装不见。

满嫂看到金仔，明知故问："找谁呀？"

金仔："瞧瞧花。"

满嫂打趣："对，我们这儿有天下最好的一朵！瞧瞧——"

另两个女青年也取笑："我们这儿有花仙子！""别让花香熏昏了！"

众笑。

细柳躲到一角去剪花枝，眼角却注意着这边。

金仔向她投去深深的一瞥。

细柳急忙收回目光。

满嫂见到金仔的行囊，一怔："哟！这是……鸣锣收兵？"

金仔拎了拎牛仔包，似乎默认了。

满嫂斜睨："认输？"

金仔干咳了一下。

"咔嚓"一声，那一边，细柳剪错了一个花株，把手弄伤了。

满嫂激将，把金仔向外一推："滚滚滚！别把晦气带到这儿来！——你够条汉子吗！"

金仔表情顿变严肃，向细柳又投去深沉的一瞥。

细柳却不见了。

风来，花树摇曳，花枝在苗圃上弄影。

他怅然若失，心绪全乱了。

走出。

老街尽头是江边，密密的相思林。

江边有苇丛。落日。

小路。金仔。胸前悬挂的红纽扣。

前边，斜阳把一个长长的影子投在小路尽头。

金仔抬头，看到一双水汪汪的眼睛。

细柳。

两个人定定地站着，半天无话。

她终于开口了："走？"

他沉默。

她："不留句话？"

他低下头去。

她："真认输？"

他依然浑厚地沉默着。

泪水无声地流下来，她哭了。

越哭越伤心，坐下来，伏在双膝上，双肩耸动："想不到你……骨头这么软！"

两颗又大又亮的泪水洒到苇叶上。

他被这两颗泪水深深震撼了，呆呆注视了良久。

他慢慢地道："我不认输。"

抽泣停了。

金仔："山不转水转，桥不转路转，我再去趟趟路子，我发誓要办个比五魁的厂子还要大的厂子，起一栋比他的房子还要高一匹砖的新屋！"

她不哭了，抬头仰视，有若孩子。

他蹲下去，两张青春的面颊近在咫尺。

他："可是……把我忘了吧！"

细柳："嗯？"

金仔不敢看她的眼睛。胸前，红纽扣荡来荡去。

他："谁知道路还有多长，也不知道下一脚是深是浅……我怕你……受苦呵！"

沉默下来。

她："人过一世，怕也是一百年，不怕也是一百年！我也起誓——"

他："嗯？"

她："总有一天，我要办个自己的花木公司！"

他没吭声，似乎不太有信心，背上行囊，一句话也不再说，默默地告别。

她心犹未已地目送。

走了几步，神差鬼使，恰在这时，村里传来五魁喊细柳的呼叫声。

两个人同时一激灵，双双站定在原处。

又是一声。

两个人双双向声源望去，又双双互视了一眼。

良久。

刹那间，许多担心，许多同情，都在这默默的一视中表达了。

他慢慢回身。

对视，许多许诺，也在对视中应允了。

她如临深渊般后退了两步，又突然身子一挺，不顾一切地向他跑过来，扑进他宽阔的保护伞似的胸膛里。

他把行囊狠狠一摔，拉上她，向苇丛深处走去，愈走愈快，终于跑起来。

没有娇羞，没有迷乱，一切都那么水到渠成，绿浪掩映了他们。

绿浪深处，相思树起伏。在夕阳的抚慰下，他和她完成了一个男人与一个女人的全部故事。

苇丛外，五魁找来。

看到金仔的牛仔包，他刹那间全明白了。狠啐了一口，瞬间成了一头暴怒的狮子，咬牙切齿追进苇丛。

一双脚踏得苇子哗哗作响。

脸，汗水。

喘气儿也粗了。

大骂："不要脸的骚货，滚出来！"

无人回应。

五魁："出来！"

依然无人回答。

五魁的眸子冷冷一闪，歹毒地一笑，转身向回跑。

越跑越快，恶狠狠地笑出声来。

跑出苇丛，掏出打火机烧苇子。

烧不着，一把扯开金仔的牛仔包，拉出两件衣服，把衣服点着，再烧苇丛。

苇子终于起火了。

五魁又赶到另一处去点火。

终于把苇丛四周都点着了。

大火熊熊，卷着火舌腾空而起。

五魁疯狂地、餍足地笑了。

火舌旋转，把他映成了古怪的金黄色。

大叫："烧！烧！"

转瞬之间，突然一怔，变了腔调："你出不出来？"

火声山响，无人应答。

五魁抽了口冷气，慌了，声音开始发颤："细柳！等死呵！"

没有回应。

变成大叫："细柳！"

依然无声。

绝望地狂喊："细——柳——！"

他沿着苇丛四周狂跑。两边是江，一边是工厂长长的围墙，四边是没遮拦的水田，年轻人是跑不出来的。

五魁害怕了，拔下一棵小树，疯狂地抽火。

踏火。

老泪纵横了。

哭腔："细柳，细柳，我可不是要烧死你呀……"

抽不动了，跪在一处灰烬上，头伏到地，嘤嘤地痛哭。

火烧到江边，慢慢熄了。

浓烟滚滚，万籁俱寂。

浓烟深处，一件被烧残的女人衫。

五魁五官错位，满脸惊愕。

他抓起残衫，仔细一看，又狠狠一丢，向回飞跑。

石桥。

飞跑的脚。

老街。

脚。

五魁新居。

猛然推门，怔了——

只见细柳正安安静静坐在窗前，仔细审视双手捧着的一颗黑纽扣，平静地回过头来，淡淡地看了他一眼。

仿佛什么也没发生过。

她："吃饭了。"

她把黑扣子小心翼翼收起。

慢慢走到大厅，揭开桌上的纱罩——

一桌饭菜腾起热气。

五魁恍若梦中。

花开花落。季节与岁月在推移。

青春家私厂重新开张。门楣换了三次，一次比一次气派。

细柳的声音：

"那一场大火，没把我和金仔烧死，却把我们的志气烧旺了。日子一晃又是一年，金仔终于算闯出了路子，厂子又办了起来，而且他真的发了！这一年，我也悄悄学会了花木公司和柑橘园的全套技术，这些，在我们山区全能用得上。"

啪的一声，一扎钞票拍在五魁桌子上，金仔："还钱！"

五魁正在门市部忙合，鄙夷地回过头："还什么钱？"

细柳闪出来："我阿爸的借据呢？"

五魁十分意外，很长时间竟无反应。

他机械地拿起那沓大钞，一沓沓粗点了一下，冷冷一笑："才够一半儿！"

两个年轻人被打了一闷棍，匆匆对视了一眼，慌了。

细柳："胡、胡说……"

五魁也重重一拍，啪的一声把借据拍到台面上。

细柳看借据，顿时颓丧下来，哭了。

五魁好像挺委屈："哭什么，又没逼你还。"

金仔死鸡撑硬颈，话却有筋无骨："另一半儿，明年还清……"

五魁冷笑："要充好汉，就一次两清。拿不出，请一二一开步走，这个门儿里的事以后不用你代劳。"

金仔半天回不上话。

五魁胜利地活动活动手脚，对细柳下令："回去做饭吧。"说罢，径自站起，收借据。

金仔不甘心地按住借据，拿过又看。

只因为这一看，形势又发生了一百八十度的逆转。

他神色为之一变，怕自己看错了，又看了一遍，低声与细柳说着什么。

五魁逐客："细柳，洗菜淘米！"

金仔回身，反败为胜地大叫："要吃饭自己动手吧，细柳不伺候了！"

五魁："嗯？"

金仔把借据啪的一声拍回："没错儿，是还欠一半儿，可这上面明明写着三年还清！另一半儿，明年一定如数奉还！"

五魁抓回借据，做贼心虚："我跟他阿爸生前谈定了，细柳搬过来，我们两清！"

金仔戳指："什么年月了，还想买卖婚姻！"

五魁嗫嚅："细柳自己也愿意……"

细柳："我……"

金仔把细柳一拉："走！到法院去告他！"

不由分说，把细柳拉出到门口。

细柳站住，回身："大叔，我不告你，可这个门里，我一天也忍不下去了，我要去满嫂那里办花圃了！剩下的钱，我挣了再还你。"

金仔不等她说完，把她拉到街上。

五魁呆了。

摩托发动声。

五魁倏然跳起，追出门："细、细柳——！"

摩托车已开上小桥。

五魁边追边喊："跟了他，没房没户口，住工棚呵？"他怒不可遏地抄起一块石头。

金仔刹车："放心，房子，会有！户口，会上！我的新屋发誓要高过你一匹砖！"

五魁："做梦！走着瞧吧！"把石头狠扔下桥，溅起一片水花。

天高云淡，鸽哨。

老街镇笼罩在树海中，新楼叠起，一派生机。

远远的，透过一株古榕，可以看到一栋小楼正在翻修。

金仔忙出忙进，拿着图纸向工人布置。

细柳的声音：

"山不转水转，桥不转路转，金仔一顺百顺，碰到有人折价急售一栋旧楼，他就一路顺风地买到手了。为了让我惊喜，他开始还瞒着我——"

花圃。

细柳与满嫂一起种花。

门前是花摊，销路不旺。

细柳的声音：

"我的路可不太顺，和满嫂一块儿办花木公司，总竞争不过对面的花王——"

对面，六十来岁的花王支起广告牌大喊大叫："贱卖了，贱卖了，价钱最平！"

几辆购花的小卡车均停在花王门前。

细柳一筹莫展望着自己的花摊。

她走回办公室，给金仔打电话："金仔吗？我们这资金紧，你周转一下吧……下了班在老地方等你。"

金仔不知答了一句什么，她怔了一下，稍稍有些失望，慢慢放下电话。

肥婶小食摊。

金仔和细柳一起吃米粉，肥婶远远打量着这两个人。金仔把一扎钱交给细柳。

金仔心情正好，吃得山响。

细柳心绪不宁："听说你要买房？"

金仔神秘地一笑，不置可否。

细柳："别白忙一场——户口入不上，买了也得卖。"

金仔："你这个人，怎么老说丧气话？镇上那几位菩萨我都摸准了——有钱能使鬼推磨！"

细柳还想说什么，又不愿扫金仔的兴致。

金仔打量她："怎么还一肚子心事？"

细柳："我们村……"

她咬住话尾，没说出口，茫然望着河面。

金仔看着她："嗯？"

细柳："我想花点钱，把我们村几个人接出来看看这儿的花圃……"

金仔眼巴巴看着她，迷惑不解："……"

细柳："种花儿倒是我们那儿行得通的一条路子。就是头三脚难踢，没钱。"

金仔明白了细柳的心思，垂下眼睛，没贸然同意。

细柳看着金仔，等着他发话。

金仔满脸为难，把眼睛转向别处。

赌桌上压着一张纸，上书歪七扭八的几行大字：

　　张长弓，

　　骑奇马，

　　琴瑟琵琶，

　　八大王王王在上，

　　袭龙衣，伪为人，

　　魑魅魍魉，

　　四小鬼鬼鬼居边。

五魁抓起一把玉米粒，财大气粗地："押三鬼！"

花王向他"汇报战果"："一连几个市都没让她们痛快过，有次一盆花也没卖！挤得她们够喝一壶的！"

几个赌友笑着喝彩："干！亏了，算五魁大叔的！"

五魁把一把玉米粒豪爽地往花王赌注上一摊，分明充作奖励。

暴风雨。

细柳、满嫂抢救花苗。

对面，花王的席棚被掀翻了。

细柳急忙跑过来帮忙。

花王意外："我自己来，我……"

细柳顾不上回话，雨打在她脸上、头上，她吩咐一起跑过来的女工："回去拿几条绳子！"

绳子有了，细柳指挥自己的姐妹七手八脚帮花王固定好花棚。

花王感动，看看对面，惊道："呀！你们的花圃……"

花圃一片狼藉。

青春家私厂。

雨霁。阿球进门，对金仔报急："细柳的花圃又完了！"

金仔灰心丧气："完了也好，省得她不死心！"

阿球："嗯？"

金仔："不是实心树，还非去挑大梁。让她逞能吧！"

电话。

阿球接电话，递给金仔："细柳的。"

金仔厌烦，低声道："错不了又是借钱，有多少钱也不够她往水里扔呵！——你说我不在！"

阿球却对电话道："你等等，他就来！"强行把电话塞给金仔。

金仔压着情绪，对电话谑道："你们这些半边天，又塌下来了吧？"

细柳的声音："嘿嘿，塌不了！有你们就塌不了！"

金仔明知故问："让我们怎么样呵？"

细柳："还能怎么样？再拉一把吧，吃了饭，我在老地方等你！"

相思林。

细柳等金仔。

日光从叶隙中筛下来，极美。

她向路口殷殷翘望。

有人，似乎是金仔。

她兴冲冲地迎上：发现认错了人。

日光。叶隙。弄影。

殷殷的目光。

金仔却完全忘了约会。

工地。

三层小楼在翻修。

金仔拿着图纸，兴高采烈地跑进跑出。

虽说是旧楼翻新，因为翻得精巧，此刻看上去十分新潮。

阿球几个伙伴正给他帮忙，在天台上砌花栏杆。

金仔又向五魁新居瞄了一眼："天台加高一层，一定要高过他五魁一匹砖！"

相思林。

日影把细柳的影子拉长。

路口又来了一个人，细柳迎上。

却是五魁，正指挥手扶拖拉机倒车。

目光对视，各有内容。

五魁："花圃办得挺红火吧！"

细柳："会红火的。"

五魁阴阳怪气："是呵，该有人帮你了嘛！"

细柳不再理睬。

五魁："怎么不说话，只怕人家心思不在你这个花圃上吧！"冷笑一下上了手扶拖拉机："可别靠山山崩、靠水水流呵！"

细柳气得说不出话。

五魁车开，临走留下一句话："有难处只管开口吧，咱们路遥知马力！"

车走远。

细柳等得有些烦了。

工地。

阿球干得满头大汗。

金仔："明年，你也买一栋来翻新！"

"我？"阿球自卑地摇摇头："我答应华仔了，分了红，我那份留在厂里，合伙添条生产线。"

金仔心事重重地道："他总想把摊子铺大，还能让你真把厂子办大当资本家？"

阿球却信心十足："顺德、东莞那边，厂子办得大着呢！"

金仔："摊子大了风险也大，赔进去，什么都完了！"

阿球忽然想起："细柳不是说今天等你去嘛？"

金仔记起："哟！"

急忙跳上摩托，埋怨道："她们，可真是……'西瓜皮擦屁股'！"

阿球："什么？"

金仔："——没完没了！"

众人哄堂大笑。

金仔车开走了。

相思林。

摩托高速驶来。

细柳已经走了。

花地。

劫后余生的花圃恢复了生机。

金仔开着摩托寻来，看到一辆轻型卡车停在门口，上写"温泉别墅"。

细柳正与来采购花木的人员谈生意。

开场时出现过的四姨、七妹也风尘仆仆地在一边观看，显然是来取经的。

别墅人员挑花，细柳看到金仔，故意矜持地佯装未见。

别墅人员："我们要一些罗汉松，越老越好。"

细柳要让金仔看看自己的能力，高声道："有。有。我们老家也想办花木公司，深山里有的是几十年的罗汉松。"

说着，介绍别墅人员与四姨、七妹握手。

别墅人员："还有树桩盆景……"

细柳两手一拍："太好了！"对乡亲笑道："咱们那里老树兜可满山都是！"

四姨、七妹也兴奋不已。

四姨："这事白手起家，得借笔钱呢！"

细柳想到什么，态度不再矜持，向金仔转过身去，刚想开口——

金仔却抢先道："我是来打个招呼：我马上要进城去开展销会了。回头见。"

他匆匆上了摩托，赶快避开了。

展销会。青春厂的摊档门可罗雀。

华仔一脸愁云，金仔也脸色愤愤。

华仔："郝科长放风，说咱们的家私木料有假。"

阿高："又是五魁跟咱们斗法！"

不远有五魁的摊档，生意火隆。

金仔两眼喷火，冷冷抄起一把斧头。

众人一惊。

金仔走到门前，拉过一张写字台，对过往的顾客喊道："请大家来检查检查木材的质量——"

说罢，斧头高举，寒光一闪，斧头劈下，嗙的一声。

桌面被劈成两半。

露出断面：货真料实。

顾客立刻云集，均啧啧称赞。

终于卖出了一张。

金仔恨恨地盯着远处向这边张望的五魁。

五魁也针尖对麦芒地盯着他。

金仔的目光突然一闪，见到细柳领着几个山区的乡亲走过展销会，像是来找他的。

他不动声色地躲进了另一个摊档。

可是，细柳没找他，只是与四姨几个指指画画地选择摊位，好像要卖什么。

龙母诞。传统的"五桄比赛"。

百船列阵，金仔几个打扮成龙子，五魁一伙也上阵了，两拨人好胜地互相打量。

香烛。彩幡。锣鼓。舞龙。

细柳碰上金仔，急不择言地说着什么，金仔反应冷淡。

不远的地方，四姨几个人满怀期望地等着金仔的答复，见此表情，她们知趣地走了，也没和细柳告别。

细柳金仔、四姨两头顾，顾此失彼。

金仔为难地道："我是心有余而力不足，自己还没站稳哪！"

艇上，伙伴催金仔："快来快来！"

金仔匆匆跑下码头，临走丢下一句安慰的话："过两天，到我那儿再说吧！"

鞭炮，比赛快开始了。

金仔的船与五魁的船互相充满敌意地准备着。

一群姑娘赶到金仔船旁助威。

金仔回以微笑。

细柳怏怏。

一声枪响，争夺开始。

金仔的船与五魁的船斗得难解难分。

细柳心事重重，无心观战。

阿球手上包着纱布，没有参赛，远远窥视细柳，走过劝道："别不开心，金仔要让你大吃一惊哪——"

金仔新居，铁狮门缓缓开启。

细柳惊愕的眼睛。金仔胸有成竹地引路。

园林化的庭院：荷池一小桥、凉亭、鹅卵石小路……

细柳半天说不出话："……你的？"

金仔："你的！"

细柳兴奋，在凉亭中坐下，瞬间有点眩晕。

金仔："怎么？"

细柳一笑："像做梦，有点晕。"

金仔："傻姑娘，不是梦，诺——"

递过钥匙，用下巴指指三层小楼的楼门。

细柳怯生生地开门。

门开，装饰一新，但还没摆家具的新屋。

大理石地面。

护墙板。

水晶吊灯。

细柳又是一阵惊讶接一阵惊讶："哗……"

金仔踌躇满志地说："先别'哗'，好戏还在后边呢，等家具一摆上，让他五魁看吧！"

细柳轻松不下来："家具能不能……慢点打？"

金仔："嗯？"

细柳："我们村的花木公司……"

金仔把话岔开："你说，彩电置几寸的？"

细柳闷闷不乐。

金仔："你不高兴？"

细柳强打精神："……高兴。"

几辆人货两用的轻型卡车停在路口，镇干部打开车门挥手："参观的快上车吧！"

细柳带四姨等人抢先上了车，在条凳上为四姨找了座，自己也找了个座位，正想坐，见五魁和阿火也上了同一辆车。

细柳和四姨正兴高采烈地说着什么，见五魁没座位，犹豫了一下，最后大大方方地站起："大叔坐吧。"

五魁尴尬地僵了会儿，阿火把他强按坐下，车开。

细柳向四姨介绍："今天可要开开眼！看看人家是怎么干的！"

阿火醋意地问细柳："怎么没和金仔一块来？"

细柳苦笑了一下，算是回答了。

阿火却使劲盯着细柳，好像要探个究竟。

五魁也从眼角注意他们的谈话，细柳却让四姨注意参观三角洲的新村：在这一带，乡村已经很城市化了。

四姨与细柳啧啧称奇的目光。

容奇。

新颖而极现代化的建筑群。

细柳拉着四姨跑来跑去，不胜兴奋，眼花缭乱了。

四姨:"这儿也叫乡镇?"

细柳:"快,再去看看那儿?"她拉上四姨小跑,因为开心,顺手把阿火也拉去了。

几个人轻快地赶到众人前边。

花王也来了,与五魁同行,目送细柳一伙,感叹:"到底是年轻人呵!跑得快!"

五魁感情复杂地叹了口气:"是呵!跑得快!"

参观者又到了陈村花地。

花海,日出。

细柳与姐妹们在花丛中穿梭,笑声恬淡。

人影渐显,中间还有花王。

细柳指着盆景架:"您教教我们吧,咱们五五分成……"

花王终于动手干了,一种自然和谐油然而生。

风来,花海起伏。

开场时的半边渡小镇,古色古香的屋脊。

金仔开着摩托从渡船开上岸,后边坐着细柳。

摩托车开过街市。

两个人一前一后顶嘴。

金仔一脸不快:"你顾好自己就不错了!"

细柳:"总不能六亲不认呀……"

金仔:"是你妈你妹,我破产也要管;八竿子打不着的亲戚,哪儿顾得过来!我又不是开银行的!"

细柳委屈道:"人家都替你答应了!"

红灯,金仔急刹车,回头说话,态度僵硬:"让她们找信用社去贷款!"

半边渡。

静静的相思江。

车开过,两个人无话,一前一后从眼角扫着对方,互相怄气了。

钟表店。金仔停车,找到五魁看过的金表。

金仔财大气粗地掏钱:"就这只吧?"

店主拿出金表。

细柳心不在焉,推回,淡淡地说:

"我不要……"

又是碎步走出。

金仔也是那句话："真别扭！"

他匆匆买下那块表，追出。

手表到底戴在细柳手腕上。

花圃宿舍。

姐妹们正强行帮细柳打点行李，揶揄打趣："人家彩电、窗帘都买了，催你去布置新房哪！"

把行囊使劲往细柳怀中一塞："滚滚滚，这儿不是你的窝了！"

细柳不太踏实地看看满嫂，像在等满嫂帮她拿主意。

满嫂从花棚中直起腰，捶捶背："看我干吗？"

细柳目光又变得怯怯的了。

满嫂挥挥手："去吧！哪条江是直的！扛上自己的脑袋走吧！"

细柳心定了，情绪上升，提上小包上路。

花丛摇曳，纷纷为她送行。

小包在新屋的一角缓缓放下。

新屋其实早已布置停当。

金仔胸有城府地沉默着，踌躇满志地引细柳进楼。

一楼：雕花天花板、枝形吊灯、精致的墙板与风景画。二十五寸大彩电与高级音响增加了现代感。一套新潮家私堪称绝活儿。

金仔瞟了细柳一眼，等她品评。

细柳却吃惊得说不出话。

她又露出了山里人的憨态：高兴、恍惚与梦幻感都浮现在脸上。

侧门：灶间。

电子炉具，煤气罐，抽油烟机，爱妻号洗衣机。

细柳兴奋："哗！"她奔上楼梯。

二楼：卧室。

席梦思床，皮沙发。

青春厂出的高档家私。

梳妆镜。

细柳在镜中看到自己，又感到一阵眩晕。

细柳抚额："像做梦……"

金仔得意："梦也不会比这更好了吧！上！"

他引她上三楼。

三楼。

风格为之一变：二楼为西式，三楼为中式：门上吊着一对宫灯，窗前摆着偌大一具唐三彩，而电子神龛与福、禄、寿三星与五魁的厅堂几无二致。

金仔："这还要摆几个花瓶，等一下送货来！"

一角，两盏水银灯照在室内金鱼池上。

一切都酷似五魁的厅堂，犹如一滴水同另一滴水！

金仔得意非凡："我这三楼比他五魁还高出一匹砖哪！"

听到这话，细柳似有不快："干吗老提他！"

脸上的兴奋，开始淡化了。

她似乎想起了什么，眼神儿渐渐失去了焦点。

巧！连她走上三楼的步态与神情，都恍如她初入五魁的新居。

连金仔的腔调也有点五魁味儿了："以后，你每天每晚，就在新居浇花、喂鱼！"

细柳眼神骤然一暗。

半天无话。

窗外传来年轻人的喧闹声。

细柳冲上阳台。

自由的风扑过来，激动地撩拨着她的秀发。

她奔到阳台上，向喧闹声望去——

楼下，河中。

年轻人在游泳嬉戏。

满日的余晖洒在青年人裸露的胴体上，简直像一群活着的雕塑。

楼下有人喊："金仔，收货！"

大门口，定购的大花瓶由手扶拖拉机送到了。

金仔迎下，边走边指着灶间吩咐细柳："做饭！"

金仔的模样、神气，甚至连腔调都有点像五魁喊她做饭的神情了。

细柳触动，默立良久。

快快下厨，淘米。

院子里。

姑娘的笑声。

细柳探视——
金仔正和司机在门前说话，几个过路的妹仔品评花瓶，和金仔说笑。
金仔笑脸相迎，财大气粗地向灶间喊："细柳，多下点米！"
却没听到回答。

树丛。树影掠过。
细柳在林中快快走去。
远处金仔在送客。
风起，林涛喧哗。

金仔新屋。
他站在空落落的大厅中，怔怔地看着屋角。
细柳带来的小行李包不见了。
金仔："细柳！"
没人回应。
心神不定地跑上楼，又跑下楼，又跑上楼。
神龛。他看到那个坤表端端正正放在那里。
一旁还放了一个小小的物品：
一枚黑扣子。
拿起黑扣子，呆看良久。
突然悟到什么，浑身震动。
跑出："细柳！"
没有回应。
门外水塘上，几只白鹅悠然游过。

门外。
金仔寻上小桥："细柳！"
没人回应。
水色碧绿，白鹅远去。
社公祠快落成了。
一些人围观。
金仔寻来，
没人。

被大火焚烧过的苇滩。
急匆匆的脚步。

金仔在苇丛中疾走。
呼叫："细——柳——！"
风来，苇浪起伏。
一束束苇叶激动地飘舞着。
"细——柳——！"
风把声音也吞没了。

金仔冲上红土岭。
岭上，古榕。
金仔大叫："细——柳——"
红土岭回荡起悠远的回声。
金仔在回声中疾跑。
相思林。
金仔在相思林中疾走。
呼唤："细——柳——！"
相思树摇曳。
似乎向他扑来。
又似乎均远远离开他。
他奔跑，追赶。
相思树却一株接一株远远离去。
他已经跑到江边，一个熟识的所在——
柳沙娘。
一条船正缓缓上滩。
月升。

是细柳的亲戚四姨、七妹在推船。
金仔意外地发现：细柳也在水中推船。
还有满嫂。
金仔跳下水，急忙迎去。

又是船尾，又是两个人并肩推船。

细柳却低着头，始终没看金仔一眼。

在众目睽睽下，金仔也不好说话。

他有意向细柳靠了靠。

细柳却向外躲了躲。

金仔向她投去目光。

她却侧过脸去看岸上。

她好像又触动了记忆。

风来，相思林激动地喧哗。

船泊，夜饮。

金仔捧起河卵石，向锅里一丢。

炒春卵！

他要唤回什么。

细柳却默默躲到姑娘群中，走开了，仿佛走进硕大的月轮。

满嫂走来，冷言冷语："炒春卵？自己吃吧？"

金仔："她呢？"

满嫂爱理不理："我怎么知道！"

金仔："她闹了点……小性儿！"

满嫂："不是小性子，她嫌——"想了一下。

斩钉截铁地说："她嫌你穷！"

金仔："穷？"

满嫂："穷！"

金仔："……"

满嫂："人哪，有了金山银海，有了纱帽龙袍，就真富了吗？只要还缺一样，那就还是天下头一号的穷鬼！"

金仔不快："你明说吧！"

满嫂："自己想想吧！穷不穷再掏掏这儿！"她拍拍胸口，站起，走了。

金仔："……你们，去哪儿？"

满嫂故意刺他："找五魁借钱去！"

金仔："找他？"瞪大了眼睛。

满嫂又半嗔半谑："别把眼珠子瞪出来！——你没有，还不许人家借！"说罢，离去。

金仔："细——柳——！"

满嫂远远地说："甭喊？要找，去她老家找吧，只要她妈肯认你！"

九分石头一分土的偏僻山乡。

屋宇简陋原始。

从一个倒塌之后又用石头垒起的门口望进去，屋里除了三块石头支起铁锅组成的火塘、小凳之外，几乎没有更多的东西。

人畜混杂，一头猪从人住的房子里旁若无人地走出来，在街头痾粪。两个孩子拎着粪箕争猪粪。

穿过一堵倒塌的石头墙，有人走来。

一个小伙子领着风尘仆仆的金仔来到门外。

是一栋简陋的老式瓦房，倒塌之后，重新搭起的草寮。

小伙子："细柳妈在家吗？有客来！"

母亲的声音病弱喑哑："谁呀？"

小伙子："细柳她男人来了，五、五魁大哥！"

他显然不熟悉这个名字，金仔也无心更正。

房子里一阵急切的窸窸窣窣声，母亲拄着木棍慌忙迎出。

病态苍黄。

金仔迎上："妈——！"

四目相对，妈妈对他打量了很久，目光中充满惊疑和意外。

妈妈："老天爷保佑，阿妹，看样子，你姐没嫁错人呀！"

她哭了。两个小妹妹跑出，胆怯地畏缩在妈妈身边。黄头发大眼睛，却怕见生人。

妈妈没头没脑来了句："卖树蔸的事，怎么样啦？"

金仔不知所云。

阿妈却心切神急："全村人天天问，正要派人去找你们呢！"

引路的小伙子对村中高喊："细柳派人来了！"

一霎时，村里的房门一扇又一扇匆匆推开了。

一个又一个匆忙的、殷殷期待的身影闪出。

一张张善良的，然而又是憨憨的，甚至是呆滞的面孔，衣衫褴褛，却都殷殷期待着什么。

姑娘群：多数也是憨憨的，也在期待着什么。

孩子们憨笑着，有的拖着鼻涕，有的吸着蕨根，苍蝇追叮着，却也跃跃欲试地想上来问什么。

老村长先说："细柳捎信说，这山里的花花草草和老树蔸也能卖钱？我们送了一船去……"

金仔茫然，又不忍心让他扫兴，应承着："是，是……可以开木料……"

老村长一怔："她是说，做什么树根盆景……"

金仔总算听明白了一点："呵！……"

老村长打了个手势，人们便哄的一声，抢先引路，带金仔向山上走。

山上，到处是盘根错节的老树蔸。

茶籽树、藤萝、龙爪木，以及一树成荫的古榕……

虽然砍伐过甚，却仍伏一线生机。

村中老小争先恐后地一路小跑，引金仔上山。

细柳的声音：

"妈，四姨、七妹：我总算给村里找到一条路，这里大棵的杜鹃花卖到四百元！山茶也能卖钱，金花茶就更贵重了！咱们山上那些树都有用，可别当柴火烧了或是喂了牛呀……"

这里虽是穷山恶水，却也独具风韵。

"还有，温泉宾馆向海外出口树桩盆景，咱们后山的老树蔸能做这个，让大家凑几个钱，办花木公司吧……"

展销会。

细柳与四姨几个摆了一个盆景鲜花摊档。旁边竖字牌："义卖。"

另一个标语牌上写："支援山区开发，欢迎买花赞助。"地上，一个收钱的小纸箱。

鲜花摊旁，还放了一只小小的银手镯，是细柳从家乡戴出来的。压着一张标价纸：三十元。

五魁远远看到，逡巡走近。见此情景，有所触动。欲走又回，丢下五十元，要拿走银镯。

细柳站起，制止的表情。

五魁："嗯？"

细柳的表情：那手镯你别买！

五魁笑笑，放下手镯，抱起一盆花，走了。七妹追上，找回四十五元。

细柳的声音：

"阿蓉和七妹写信问我：是不是自己找了好人家，就把她们忘了？……她们说错了——"

乡亲们引金仔上山鸟瞰，登上山脊。

激动的风。

静静的群山与云海。

舒云在脚下翻卷。

细柳的声音：

"我就是走到天涯海角，也走不出你们的心。告诉她们，我永远不会忘了一块咬菜根的乡亲，我正帮她们找路子，这得要技术，要资金，别急，路子总会找到的。实在没钱，我就横下一条心再去借，我现在也不怕借钱了……"

金仔在赤贫的村落中走着。

一栋栋破旧的吊脚楼仿佛迎面压来。

脚。

楼。

他的目光变得深沉而冷峻。

花地。

五魁与花王来看细柳的花圃。

花圃花事正繁，一派生机。

五魁环顾花海，面露感慨："想不到，她真闯成了……"

花王："我劝你别再打她的主意了，你拴不住她，我看金仔也未必拴得住她！"

五魁："这只野猫子，没人拴得住！"

花王："也未必，我看她母亲、她四姨、她七妹，倒一直拴在她心上。她还托我帮她们村借钱办花木公司。……你掏一点吧！"

五魁大觉意外："肯向我借？"

花王："是我让你掏，这个丫头，心善哪！"

五魁半天不说话，蹲下来瞄着花坛。

痛苦地用手捂住脸盘，良久才说："我后天请生日酒，她肯当着众人面敬我一杯，借钱的事儿，好说！"

花王："算了，人家肯来？"

海鲜馆。肥婶主人似的迎客。

细柳竟来了，带来一盆石山盆景。

她的装束也城市化、现代化了，再不是那个怯生生的山妹仔。

老练地敬酒："山里贷款难，难得大叔为我们老家慷慨解囊！就冲这一条——"说着，把盆景在桌上摆好："祝大叔寿比南山！"说罢举杯。

众人举杯。

五魁又尴尬又感动，举杯一饮而尽，又径自连灌了两杯，立刻露了酒意。

花王圆场："江老板，您这个侄女，成！女大十八变呐！"

细柳："你们也越变越年轻了！"

五魁又招摇地掏出一个红包："来，大叔也给你一份生日礼——"

细柳打开红包，一怔。

竟是那张借据。

她把借据慢慢推回，神色郑重："不，好借好还，这钱我是一定要还的。"

"啪"的一声，五魁打着了打火机，把借据递到火上。

很快变成一束火焰。

细柳却沉着地面对火光，慢慢道："烧了，我也要还，账，都记在山里人心上。"

火苗燃烧，把借据烧化。

码头，金仔从山区归来。街市。

和金仔初到相比，街景呈现出明显的变化：一幢极气派的茶色玻璃墙大楼矗立街中，两侧楼宇群集，已经完全摆脱了乡村格局，邮局、医院、税局布列。马路正在加宽，一辆轧路机远远驶过。

长达十里的家私街上，彩旗飘扬，气氛热烈。

鼓乐声中，新建成的社公祠开光迎客。

门开，人们在神龛上供上自己的偶像。

老人们供的有社公、关帝、雷公、打鬼钟馗，两位老人抬上偌大一块"社公石"。

年轻人供的则无奇不有：有港星，有三毛，还有雷锋、周恩来、焦裕禄。

竟然还有陈佩斯！

阿球供上有"金神之位"的大卵石，又在石头上贴了几个人的合影："我就供自己！"

收录机指示灯一闪一闪，年轻人在焚香膜拜的老人们中间穿来穿去跳"迪斯科"。

缭绕的香烟和闪烁的收录机灯占据着画面。

阿球跳累了，把社公石搬下来当凳子坐。

老人们大惊小怪地推开他，把社公石抬回神龛。

烟烛鼎盛，音乐疯狂。

金仔拎着行囊经过。

一个后生："金仔，供你的偶像吧！"

另一个打趣："把细柳的相片供上！"

第三个："你可别让五魁再夺回去，诺——"他指指海鲜馆的方向。

海鲜馆。

金仔在门外窥视。

看到细柳与五魁正碰杯，人群叫好。

他转身离去，又听到细柳的话尾："我永远把您当成大叔……"

他合上眼睛，默默良久。

江边。

相思林。

天光从叶缝中射下来，光斑点点。

林涛低语，如泣如诉。

林莽、苇丛、码头，历历在目，每一处都有难忘的过去。

他坐下，从行囊中掏出一瓶酒，咕咕灌了两口。

神色凄然。

歌声，如梦如幻：

　　八月十五月儿圆，

　　哥看月亮成半边……

相思树摇曳，一切如在梦中。

林涛逶迤，起伏远去。

林涛尽头，是静静的相思江拐弯处。

一条船，一个熟识的背影：细柳走上船来。

金仔恍若梦寐，默视良久。

船上装了各式各样的树桩盆景，细柳正背对渡口整理花盆。

金仔走去。

细柳没有发现他。

金仔停步。

弯下腰，拾起一块尖石头。

一把扯开上衣，袒露出胸脯，把石头尖向胸脯割去。

一下。

二下。

三下。

三道深深的血痕出现在胸脯上。

血水立刻流了下来。

他拎着酒瓶，向船走去。

沙滩上，印下深深的脚印。

水响，细柳回身。

惊愕的目光。

慧眼涌出的先是湿润，然后却是冷静、自尊的火焰。

金仔静静忍受。

良久，金仔："有万花油吗?"

细柳看到血水淌下，神色有些惊惶。

慌乱地从船舱板下找出万花油。

抬起头。

递过去。

金仔没有接。

分明在期待她为他搽伤口。

她把万花油倒在纤指上，手指有些发颤，终于为他搽到伤口上。

一阵激动，酒瓶从手中掉下来，摔碎了。

他的大手一按，把她的小手紧紧按在胸脯上。

万籁无声，音响消失。

酒瓶摔碎……

他的大手把她的小手按在胸脯上……

酒瓶……

手……

滚烫的嘴唇向她寻去。

她却没有接应。

一瞥，他看到一双冷静的眼睛。

四片嘴唇僵持在一个距离中。

他："嗯?"

细柳痛苦地，却又是决绝地摇摇头。

推开他，上船，撑船。船缓缓离岸。

金仔茫然呆立。

细柳的声音：

"相思江差不多是我第二个故乡了，可是家里离不开我，我得回去……再说，金仔混到这一步，也不容易了，我不想拖累他。看来，我们那点缘分，已经随着静静流去的相思江流走了，也许一去不回头了……"

金仔新居。

他踽踽走回。

一个身影在厅里忙着，正帮他摆茶具。

是阿火。

金仔依在门框上，呆呆看着。

他看到阿火扫落了一个东西：一个小小的黑纽扣。黑纽扣滚到桌下。

金仔大步走过去，把桌子一掀。

桌上的茶具、座钟、大花瓶、计算器、摩托头盔，哗哗啦啦掉在地上。

茶具碎裂，座钟碎裂，花瓶碎裂。

阿火惊愕。

金仔从桌下找到那枚黑纽扣，珍贵地捧起，跑出。

相思江。

细柳的船依稀可见，快拐弯了。

金仔冲下码头，跳上一条船。

摇橹。

动作夸张，充满力度。

江上，落日正红。

金仔的船向细柳的船追去。

两条船渐近，平行了，双双嵌在落日中间。

船，波光粼粼。

芦花飞扬，温馨如梦幻。

江面上，夕阳中，漫天是梦幻难测的色彩。

落日的倒影，好大，好红，好圆。

1986 年 5 月初稿

（广西电影制片厂拍摄）

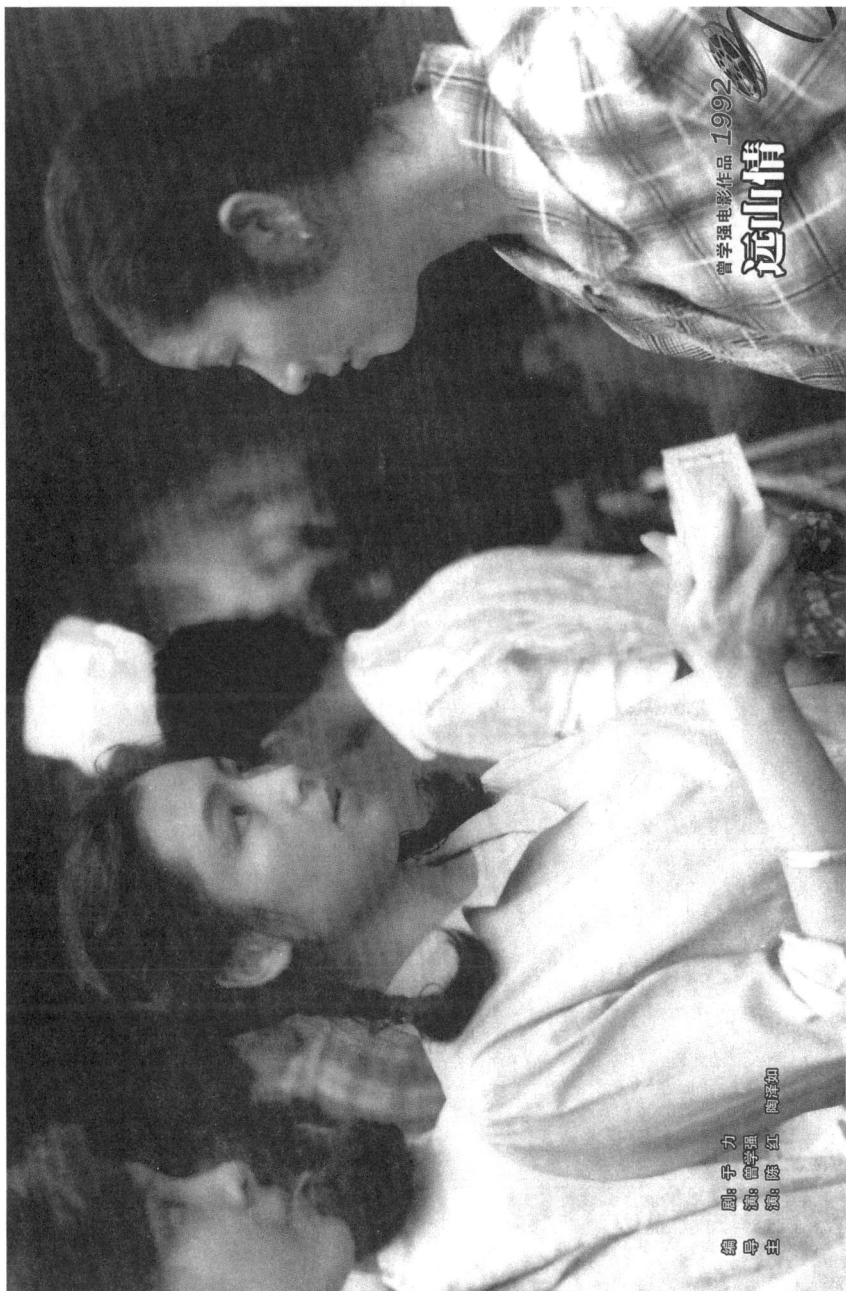

曾学强电影作品 1992

远山情

电影剧本《羊边渡》由广西电影制片厂拍摄成电影《远山情》

编 剧：于 力
导 演：曾学强
副 导 演：腾 红　陶泽如
主 演：王

忘　年

谨以此片献给新西兰、美国等国在华任教的老师们，本剧根据他们在中国的真实经历加工而成。

演职员表——滑稽的动画。

讲故事人的画外音：

"天下事儿无奇不有。您听说过两个不同肤色的人同时觉得一个人长得像他家的亲人吗？没听说过？那就听听哈小闹的故事吧——

"哈小闹是谁？人家原名叫哈小乐，哈小闹是大家给他起的外号。瞧见没有？这就是他了——"

序一：

一双调皮的、鬼头鬼脑的大眼睛窥视着什么，把一只肉乎乎的虫子偷偷塞进了女同桌的铅笔盒。

瘦弱的女孩子艾文文打开铅笔盒，不禁惊跳起来——

捣乱鬼故作"英雄"状："这也怕！瞧我——"故作勇敢地拿起虫子，大模大样往窗外一甩，没想到却甩到了自己的脖子上，他顿时大惊失色："呵！呵——呵——！"

全班哄堂大笑。

序二：

服饰稍变：另一天上课前。

胖姑娘蛮蛮在邻座上吃早餐，瓶装牛奶上有"无糖"字样。

哈小乐递过一本新出的漫画："喂，漫画迷，新出的《大神布朗》！"

蛮蛮好奇地翻看《大神布朗》，哈小乐趁机把一小块方糖塞进蛮蛮的牛奶瓶。

蛮蛮插上吸管，喝了一口，眉头紧锁："又错拿甜的了！"

哈小乐忙添油加醋："不要紧，再胖点也没什么！你看香港的肥肥……"

蛮蛮被戳到了痛处，恨恨地一撇嘴。哈小乐故作闭嘴状，又摆出一副学雷锋的模样："那，别浪费，我帮你喝吧？"

蛮蛮推过奶瓶，哈小乐做个鬼脸，津津有味地喝起来。

序三：镜头翻转360度。

讲故事人的画外音：

"就在哈小乐骗牛奶喝的时候，有一个人也在吃东西，不过是吃药——这是麦尔克，一个后来和哈小乐有了不解之缘的美国老师——"

海关入境处。麦尔克入境，到自动水箱前接水吃药。

他略显憔悴。

讲故事人的画外音：

"不用多久，他就会被哈小乐搞得哭笑不得了！"

序四：

讲故事人的画外音：

"论捣蛋，哈小乐绝对能得100分，论功课，对不起，那就只能拿五六十分了！他人不大，忘性可不小——"

新沪英语实验学校三年级一班。

班主任、英语老师陈曦正给大家上课，她长得挺美，眼睛又温柔，又充满青春活力和现代感。

陈曦："大家读：GOLDEN！——金子！"

大家跟读："GOLDEN！——金子！"

陈曦："哈小乐，你来带大家一起读——"

哈小乐站上讲台，吭哧了半天读不出来。

陈曦提示："GOLDEN！"

哈小乐："GOLDEN！"

全班跟读。

陈曦提示："——什么意思？"

她的意思是让哈小乐带大家说"金子"，可没想到哈小乐竟不动脑筋地跟着说："什么意思？"

全班大笑。

哈小乐走下讲台，英语书却忘在讲台上。

讲故事人的画外音：

"瞧！怪不得爸爸说他是'健忘俱乐部'的常务理事了！"

序五：

讲故事人的画外音：

"哈小乐对谁都敢闹，就对这位陈曦老师从来不闹。他倒不是怕陈老师，是打心眼里喜欢她。为什么呢？这话说来可就长了——

"哈小乐四岁的时候妈妈不在了，爸爸想再找对象哈小乐就大哭大闹，闹到爸爸一直找不成。后来出了一个怪事：哈小乐突然间对爸爸说，他发现一个人长得跟过去的妈妈一模一样，爸爸要找对象就只准找这个'新妈妈'，他认可的这个人就是陈老师——"

随画外音出一组短镜头：

放学了，陈曦带哈小乐等同学过马路，分手时叮咛又叮咛；雨天，陈曦打着伞到公交车站去接哈小乐等的同学，积水太深，她把哈小乐背在身上；课外活动，哈小乐腿摔破了，陈曦抱他跑去医务室，哈小乐在陈曦怀里感动地望着她……

序六：镜头翻转360度。

火车站。麦尔克换乘火车。

对中国的一切他都感到新奇。

他的背包里露出一个布袋木偶。

序七：

哈小乐家，父子俩正吃晚饭。

哈小乐："爸，我越看陈老师越像我妈！"

爸爸是物流公司的老板，刚打完手机，儿子的话让他听糊涂了。

哈小乐："咱们把她娶家里来吧！"

爸爸终于听懂了，佯怒："小歹徒！不许乱讲！"

儿子："真的！我，我……我给你当……那玩艺儿叫什么来着？对——当婚姻介绍所吧……"

"小歹徒！再乱说我就——"爸爸十指在嘴巴上哈哈气，做出要"咯肢"他的模样。

哈小乐吓得哈哈大笑。

这对父子不像是父子，打打闹闹的倒像两兄弟。

见爸爸不把他的话当回事，儿子眼珠一转，拿过手机："哈经理，星期天我得带上手机，陈曦老师要带我们班去旅行！"

出片名，儿童笔体：忘年。

（春天）

上海郊区，田野

列车横过绿茵如画的地平线。

春天的田野，万木欣欣向荣。

风来，每一片新芽都激动得发颤。一角出小小字幕：

　　　春天，一个新绿如烟的春天。

列 车 内

新沪英语实验学校三年级一班旅游归来的孩子们吵吵闹闹挤在车厢一角。

有人在听 MP3，有人在做游戏。哈小乐躲在一角，从背包里取出手机和爸爸悄悄通话："哈经理，我拍几张照片，你看她长得是不是特像我妈！"

手机里爸爸的声音："拍谁？"

"还有谁？她呀——"儿子向车厢另一处看去

在车厢远处站着陈曦，她今天身着校服，像个中学生。

不知爸爸在电话里还说了些什么，哈小乐捂着手机低声辩解："她发现不了！"

结束了通话，哈小乐把手机暗暗对准陈曦，正想拍照，一个布袋木偶的脑袋却挡住了镜头——背行李包的麦尔克向陈曦那边走过去，他的背包口上露出一个小木偶。

哈小乐举着手机等老外离开，麦尔克却在陈曦旁边发现了一个空座位，停了下来。

麦尔克和陈曦同时走向空座，同时一怔，又同时谦让。

他："您请。"他讲英语。

女老师也用英语流利地回答："不，谢谢，我不想坐。"

他卸下行李包："啊！您的、英语、很、标准！"他不太熟练地讲起了汉语。

她："过奖了！啊，您会讲中国话！"

这边，哈小乐把手机再次悄悄对准陈曦。

麦尔克弄行李包，又把镜头挡住了——

说不清麦尔克的年龄，虽然高大英俊，眉宇间却透出几分虚弱。

孩子们争看他行囊上贴着的航班英文地名，问："这是哪儿？"

麦尔克用蹩脚的汉语回答："猜吧，远了！"

哈小乐不耐烦了，忍不住凑过去，语带嘲讽："有多远？火星还是木星？"

麦尔克和陈曦都笑了。

麦尔克的视线落在师生运动衣式的套装上，上边有中英文双语印的新沪英语实验学校的字样，他好奇地问陈曦："您还在……上学？"

孩子们笑，陈曦调皮地说："对！"

他："高中？"

她："我那么老吗？——小学三年级！"

孩子们大笑："OK！OK！"

麦尔克："你们的英语怎么那么好？在哪儿学的？"

她恶作剧地模仿他刚才的口吻："猜吧，远了！"

这次连故作老成的班长杨阳也笑了。

麦尔克打量着陈曦，仿佛发现了什么，有一种按捺不住的激动。

谁也没注意到：从麦尔克一出现，就有一中一外两个可疑的家伙远远跟着他，坏蛋 B 盯上了他的背包。

坏蛋 B 蠢蠢欲动，陈曦却警觉起来，坏蛋 A（外国人）鄙薄地瞪了坏蛋 B 一眼，似乎在埋怨他不该管不住自己。

麦尔克靠在椅背上，慢慢捂住了眼睛，整个体态透出了一种衰弱。

哗啦啦一声，他的行李包掉在过道上，背包掉出那只布袋木偶（"鼻拉长"）。

麦尔克倒了下来。

铁路医院

医生为麦尔克检查。

陈曦、哈小乐像大姐姐和小弟弟似的呵护着他。医生看病历："麦尔克？家在哪儿？"

麦尔克："美国。"

陈曦、哈小乐和医生都挺惊奇。

医生："要做 CT。"

麦尔克却挣扎着坐了起来，躲闪着："不，不用。"

逃似的向外走了。

走得太急，他错拿了哈小乐的背包。

哈小乐家

哈小乐家的"生物角"。哈小乐边看青蛙边耍弄麦尔克的布袋木偶。老保姆用虫子喂青蛙。

外面是客厅。

爸爸正兴致勃勃地打电话："成交！我派车发货！"

正要再谈下去，感觉到什么，按住话筒，追问刚刚走出来的老保姆："王奶奶，小乐是不是又——？"

保姆王奶奶："嗨！不要紧，他喜欢木偶就让他玩会儿吧！"

爸爸一愣，正色放下电话。

生物角。爸爸责备："小歹徒，早说过让你别沾木偶！你怎么又……"

哈小乐委屈："凑巧有这么一个，先耍耍！我们班同学都羡慕我会耍木偶，是人家的特长嘛！"

爸爸："不错，你是挺有灵气！要在以前你准能成班子里一个好角儿！可现在，没什么人佩服耍木偶戏的了，木偶剧团在城里连学员都招不到！只能到山区去招人。好在老爸现在再也不是小镇来的木偶佬了！是堂堂正正的物流公司大老总了！可是，人家要是知道你老爸、你爷爷都是木偶佬出身，我在老板圈子里还怎么混？"

儿子不以为然地撇撇嘴，用布袋木偶"鼻拉长"的鼻子顶爸爸的鼻子。

爸爸搔了一下儿子的小鼻子："小傻瓜！就是你喜欢的那个什么陈老师，也不会乐意嫁给一个耍木偶戏的呀！"

一听这话，儿子愣了。

新沪英语实验学校

周一，升旗仪式，少先队员们对国旗行队礼。

因为是英语学校，处处是英文指示牌和英文标语。校长用英语对大家讲话。

升旗仪式结束，上课前的准备铃响了。朝霞金粉似的洒在校园里。

高跟鞋声，小池塘浅浅的涟漪上现出陈曦匆匆的倒影。她换了一身端正的衫裙，与火车上判若两人。

一个客人正与门卫交涉什么，陈曦望过去，颇觉意外。来人竟是麦尔克。

看到陈曦，麦尔克的目光充满激动。

不速之客却让女孩子戒备起来："您？有事吗？"

麦尔克的讲话在全剧里全部是英汉混杂，越往后汉语的成分越多，讲得也越好。剧中对话用英语时加中文字幕。

他举起错拿的哈小乐的背包，汉语夹带着英语："在医院多亏你们关照，非常感激。很抱歉，在车上我拿错了这个——"

"噢——"陈曦恍然大悟，"我上课时间到了，您能等一节课吗？"

"完全可以！"麦尔克对女孩子已经很有好感，"您是老师？在火车上还以为您是个学生呢！"

陈曦边走边笑："对！小学三年级！"

麦尔克急跟了两步："我在美国也是老师！"诡谲地试探，"既然要等一节课，能听听你们上课吗？"

四楼，三年级一班教室

麦尔克已经坐在最后一排静听。

哈小乐频频回头，对麦尔克的出现有本能的敏感。

讲台。陈曦在黑板上画出漫画人头像："我们是英语学校，下学期就要用英语讲课了！有些同学的听力可还是不行！"陈老师讲评试卷："有些同学的听力测验真是吓人——把鼻子和耳朵都弄糊涂了——"

她找出两份试卷念道（英语）："哈小乐这份是：'在公园我们用耳朵闻闻花儿，用眼睛听鸟叫'！"

同学们乐了。

"大家别笑！哈小乐一定能记住！"她用鼓励的目光看着哈小乐，哈小乐的眼睛里充满感激。

"不过发音大家都还不太准。"她向教室后面看去，"坐在后边的是美国来的麦尔克老师，请麦尔克老师为大家纠正一下发音好吗？"

"好！"孩子们投去好奇的目光，齐声回答，课堂一下静下来。

一声"OK"，麦尔克大大方方站起，原地领大家发音。

领着学生们说了几遍五官的英语名词，他来神了："我们做个游戏好吗？"

"好！"孩子们很兴奋。

麦尔克兴致勃勃走上讲台，打量了一下讲桌，竟一抬屁股坐了上去。

同学们笑了起来，议论纷纷。麦尔克来劲儿了，打了个响指："大家都站到椅子上，我用英语说眉毛，大家要指耳朵，说耳朵大家要指嘴，说嘴大家要指脚——"

游戏开始了，一阵阵哄堂大笑——

同学们洋相百出，一声"耳朵"，有的指嘴，有的指手，有的竟然指向了肚皮。

陈曦看着麦尔克，充满好奇。

麦尔克也得意地看看她。

哈小乐敏感地窥视两个老师。

学校林荫道

陈老师送麦尔克走出："您的课上得很活！"

麦尔克颇为得意，情不自禁表现出进攻性："我在美国当了好多年老师，教学是有些经验，您如果在教学上有什么问题，以后……可以一起多商量。"

陈曦矜持地笑笑。

校门口到了。

麦尔克突然说："您看……我能在贵校找一份工作吗？"

陈曦意外，愣了一下："您？……这得问问校长……"

"OK！"麦尔克满怀期望。

"还有……"麦尔克吞吐起来，"哪里有……中国医生？我是说……中、中医？"

陈曦纳闷："您……要看病？"

麦尔克躲闪："不，……是一个朋友托我问问。"

陈曦："您的朋友要看什么病？"

麦尔克不太确定地说："……肿、肿瘤吧？"

陈曦一惊："那，去肿瘤医院中医科吧！要不要我带他去？"她流露出真诚的关切。

哈小乐家

哈小乐给爸爸看他用手机偷拍的陈曦的相片。

爸爸端详照片："吆！模样还真有点像你妈！挺漂亮，像个电影演员！人家黄花姑娘怎么能看上你老爸呀?"

哈小乐单纯地说:"你又会跆拳道,又是大老总,够酷了!"

"小歹徒!"老爸其实有点动心了:"咦? 开家长会我怎么没见过她?"

哈小乐:"那时候她不是班主任!"

"她现在是了?"爸爸一笑,想入非非起来,"你们学校下次家长会什么时候开?"

陈 曦 家

家里挂着京剧脸谱。一桌饭菜早已经摆上了桌面,母亲看看钟,显得不耐烦了。

钟打晚7时,女儿才匆匆进门。

母亲一边接过女儿的提包一边唠叨:"快三十的人了,整天疯跑,自己的事儿一点也不知道着急!"

女儿不耐烦了:"人家跑的可是正事! 求校长帮一个外国先生安排工作!"

母亲听到"先生"二字,立刻眉开眼笑:"啊? 是位'先生'? 还是个外国专家! 哪儿的? 多大岁数了?"

女儿眼皮一垂,语带埋怨:"人家多少岁与我有什么相干?"

母亲:"他能找到工作吧?"

英 语 课

上课铃声。

三年级一班。孩子们紧张而兴奋地正襟危坐。

麦尔克谋职成功,来上课了。他今天穿得特别醒目,色泽鲜艳而热烈,走上讲台:"早上好!"

他用英语:"现在我们上课——"又一屁股坐上了讲桌,"谁带了吉他?"

同学们愕然。坐在最后的校长、陈老师和陆老师也颇感意外。

麦尔克:"先唱一支英语歌吧,大家会唱什么?"

孩子们:"《友谊地久天长》。"

麦尔克:"好极了,就唱它!""啪"地打了个响指。

发声,起头,孩子们唱起来。

歌声高昂。

麦尔克越发"人来疯"了,看到墙角有个新扫把,抄起来搂在怀里,充作吉他弹起来。

孩子们边唱边笑。

在第一排的艾文文一直没开口，样子极腼腆。

麦尔克打开花名册，按照座次表查到艾文文的英文名是戴安娜，悄悄走过去："戴安娜，大声点！"

艾文文的脸更红了。

一曲唱罢，麦尔克在黑板上飞快地画出飘带似的五线谱，眉飞色舞道："现在我们再学一首《可爱的小猫咪》，我在美国住的地方，男孩子一到十岁就会唱起这支歌找女同学开玩笑——"

他向着艾文文看了一眼，大声唱道："喵喵喵，咪咪咪，小猫咪，我爱你……"

麦尔克打起拍子，笑声变成合唱。歌声里，麦尔克走到艾文文座位旁，单腿下跪，做抚摸小猫状。

笑浪轰鸣，同学们开心极了。艾文文羞得连脖子都红了。

坐在最后一排的校长和陈、陆二老师摇着头，大笑不止。

歌罢，麦尔克站起，一脸认真："哪个同学愿意独唱？"

几个男同学勇敢地举起手，麦尔克挑了哈小乐和胖猫王钢："愿意像我这样来唱吗？"

满场活跃。哈小乐和胖猫犹疑了一下，也走到艾文文前边唱了起来。同学们情不自禁地鼓掌打拍子。

唱毕，麦尔克对两个男同学说："既然唱了这支歌，就如实说说她有哪些可爱的地方吧！"

两个男孩子面面相觑，屈指列举艾文文的优点，哈小乐粗喉大嗓地用汉语嚷："她功课特好，学习特认真，英语特棒！"

麦尔克："英语！英语！"

胖猫（英语）："她是班上的学习委员……"

哈小乐低声嘟囔："她还是小乖乖协会的常任理事！"（汉语）

全班笑。

哈小乐愈加得意了："她还从来不随地大小便！"（汉语）

全班大笑。

班长杨阳又举手，满脸兴奋地站起："她的画儿在市里得过奖，作文也登过墙报！"（英语）

哈小乐又嚷："还有，她、她、她和蛮蛮都肯让我喝她们买的牛奶！"

同学们嚷起来："你骗的！骗喝的！"

全班大笑。麦尔克满脸激动，轻轻对艾文文说："戴安娜，你看，你有这么多优点都被大家看在眼里了，以后不要再腼腆了！再唱歌的时候大点声，好吗？"

艾文文深深地点了点头。

麦尔克又对大家："大家发现没有，刚才你们在讲很棒的英语！——OK！"他伸出大拇指。

同学们怔了一下，继而得意忘形地"嗨嗨"几声，自豪地笑起来。

麦尔克也咧嘴笑了："下一课，我们学演木偶戏。"他想起了什么，双目炯炯有神，"大家爱木偶戏吗？"

孩子们："爱！"

麦尔克："如果有一个木偶公园，把全世界的木偶都集中在那里，再有一个木偶剧团，给全世界的孩子到处去搞跨国演出，你们说好不好？"

孩子们："好！"

麦尔克打了个响指："会有的！所以，大家回去搜集一下你们知道的关于木偶戏的资料，然后我们和这个可爱的木偶皮诺曹一块儿上课——他的中国名字叫'鼻拉长'吧？有哪个同学会耍木偶戏？"

他从桌子下面拿出那个从国外带来的木偶"鼻拉长皮诺曹"，套在手上一弄，鼻子还会一伸一缩。

孩子们立刻活跃起来，哈小乐也笑了。

麦尔克："哈小乐，听说你爷爷……是搞木偶艺术的？"

听了这话，哈小乐本来颇自豪，可分明又想起了爸爸的话，突然间清醒过来，笑容从他脸上慢慢飞走了，斜睨着讲台，半天没说话。

胖猫王钢立刻望过来喊："哈小乐爷爷在乡下是演木偶戏的！他爸和哈小乐也会演木偶戏，哈小乐演的木偶还会抽烟，鼻子里还能喷出烟来呢！"

麦尔克满脸兴奋："呵！太好了！太好了！下堂课哈小乐来表演木偶戏……"

哈小乐却矜持地扭过头，压低声音："我、我不会……"停了一下，他声音提高了八度，委屈地说，"我爷爷和我爸也从来没演过木偶戏！"

胖猫惊奇："咦？麦尔克老师，他不演，我演！"

下课了。

陈曦老师走过来，和麦尔克说了几句看病的事，递过一个写有医院地址的便签。麦尔克看陈曦的目光充满感激。

哈小乐看到，愈发不快，翻起白眼向麦尔克瞥了一下。

麦尔克发现哈小乐有点异样，安慰他："没关系，下堂课你和王钢一起演……"

哈小乐脖子一扭，真的顶牛了："我不！"

麦尔克很为哈小乐的反常感到奇怪。

学校楼上

透过四楼的盆花，哈小乐发现麦尔克正在楼下等陈曦。

麦尔克居然还一本正经拿着一束花。哈小乐终于再次升起了敌意。

一眼瞥见浇花的喷壶——

他左右窥视了一下，把喷壶的进水口倒过来向楼下一扣——

楼　下

陈曦拿着一张纸从办公大楼跑出来，麦尔克迎上去。陈曦："这是上海地图，医院就在这儿——"

话没说完，一瓢冷水哗的一下浇到陈曦头上。

楼　上

哈小乐见浇错了人，吓坏了。慌忙逃走。

哈小乐家

哈小乐嘭的一声撞开门："爸——！"

保姆王奶奶："你爸还没回来，有急事呀？"

哈小乐："特急！"把书包一个抛物线扔到沙发上，自言自语，"不能等下次家长会了，得让爸立刻去学校！"

又自言自语："……怎么才能让老爸尽快去呢？"

他努力想招儿，边想边喃喃自语："明天麦尔克上会话课……我如果挨罚？让陈老师把老爸叫去……"他兴奋得一甩手，"那就成了！"

又看看"生物角"的青蛙，玻璃瓶里的蚱蜢，不禁暗自坏笑起来，竟然捂着嘴把腰都笑弯了——

新沪实验学校三年级一班

英语会话课之前。

一个粉笔盒放在讲桌上，哈小乐偷偷摸摸塞了些什么，离开后还回头频望，又不时窥视王钢，王钢的书包里放着麦尔克给他练习木偶戏用的木偶"鼻拉长"。

上课铃响了，孩子们入座，看看窗外低声议论："麦尔克怎么还没来？"

门开，进门的却是陈曦。

哈小乐大为意外，变得如坐针毡。

陈曦老师开始上课："这一节英语口语课，我来替麦尔克老师上，他……去医院了。"她看看教案，又看看大家，"这节课，先演木偶戏是吗？"

孩子们："是！"一齐向王钢望去——

王钢兴奋地走上讲台，开始演木偶戏。

他刚把右手伸进布袋木偶，意外地感觉到什么，手又像触电一样抽了回来——一只蚱蜢从布袋木偶里跳了出来，把他着实吓了一跳。慌乱中，布袋木偶掉在地上，他又一脚踩上去，小木偶"鼻拉长"的鼻子被他一脚踩扁了。

与此同时，陈曦老师打开粉笔盒，嗖的一下，一只青蛙蹿了出来，扑到老师脸上，还在她衣服上撒了一泡尿。另两只癞蛤蟆也爬了出来。

同学们哗然。陈曦老师惊愕地跌坐在椅子上。

陈曦："恶作剧！谁搞的？"

胖猫："我知道！——哈小乐！"

陈曦不相信地看着哈小乐。

哈小乐无可奈何地站起来，口齿嗫嚅："我，我不是要捉弄您……"

陈曦愕然："你要搞谁？……捉弄麦尔克老师？"

哈小乐沉默，等于默认了。

陈曦痛心地沉默了良久，难过地说："你们这些小皇帝呀，哪一天才能懂事呢？"她想说什么，却犹豫再三，最终还是下定决心，"有件事，麦尔克叮嘱我不要跟你们说，可是，我不得不说了——"

（闪回）麦尔克宿舍

陈曦的画外音：

"几个星期前，麦尔克来到我们学校工作，我们帮他布置宿舍——"陈曦等几个老师帮麦尔克搬行李，摆家具，布置房间。

校长给了麦尔克一枚校徽，还带给他一个礼物："麦尔克，这是东方文化——"他从挎包里取出一本中国传统的月份牌。

麦尔克不知道这是什么："这……？"

校长："中国的日历——月份牌，给你用的。"

大红封面，财神爷像。

麦尔克看看："啊，好好，谢谢。"他看明白了，脸上却掠过一道阴影。下意识地把一本日历仔仔细细分成两半，把撕开的后半本还给校长。

校长纳闷："咦?"

麦尔克故作轻松地一笑："先用这半本吧!"他忽然发觉自己失态了，掩饰地把小半本日历挂在墙上。为了冲淡大家出现的怀疑，他又打开音响，音箱传出热烈的音乐。

陈曦的画外音：

"麦尔克为什么要把日历撕下一半？直到吃晚饭我才明白——"

音乐热烈，笑声盈耳，锅盆碗盏组成的炒菜声。大陆老师切菜，炒菜，操刀的神情又可笑又吓人，陈曦惊叫："大陆做菜，简直像是……"

麦尔克："中国功夫。"

他妙语惊人，大家笑。

饭桌。

陈曦举酒："来，祝贺麦尔克迁入新居!"

几个人碰杯。

大陆对麦尔克："你给三年级一班上口语课，别的孩子都好说，就是那个哈小乐，难点儿!"

麦尔克："嗯?"

大陆："健忘俱乐部的常务理事！英语老是二三十分！有一门儿倒能得一百零一!"

麦尔克："哪一门?"

大陆："——调皮捣蛋!"

麦尔克："能怎么调皮?"

大陆："靠一张嘴能把女同学吓得不敢喝牛奶，心甘情愿把牛奶让给他喝!"

麦尔克："是吗？那我得跟他学学——我也想喝牛奶呀!"

大家笑。

大陆："我本来是他们的班主任，今年知难而退了！由陈曦——"

陈曦："我也没什么好'辙'，只是觉得这孩子还行。"

麦尔克，"我倒喜欢这样的学生，有几个这样的活跃分子课堂就活泼了!"

大陆："那可够受的!"

麦尔克："大陆老师大概忘了自己也曾经是个孩子。"

大陆辩解："——同学们不叫他哈小乐，叫他哈小闹！"

麦尔克："那我就当哈大闹！"

陈曦："那我就来个哈二闹！"

大陆："好，那我也学当哈三闹、哈四闹了！这回真可以大闹天宫了！"

几个人哈哈大笑。笑着笑着，麦尔克捂上了眼睛。

他依然好像在笑，笑得浑身颤抖。

两行眼泪却从指缝间淌了下来。

陈曦挺纳闷。她把麦尔克的手从脸上挪开，发现麦尔克竟一脸泪水。

他的笑容不知何时飞走了，笑声变成了抽泣声。

校园林荫路

聚餐结束。陈曦陪麦尔克走出。

麦尔克失态，还攥着空酒瓶，带着醉意说了实话："到了中国，快活极了！可是我……活不久了……"

尽管有思想准备，陈曦还是惊呆了。

他："我得了肠癌，懂吗？已经快……"他没有说下去又灌了一口酒，醉醺醺地打了个快上天的手势。

她镇定了一下："那你还喝！"她抢过酒瓶子，"你怎么不……留在美国抓紧治疗！"

他："美国？美国就有好法子？美国大夫说我还能活三个月……三个月过了就上……天堂！哈哈！"

他想要回酒瓶，陈曦坚决不给："今天您太累了，快回去休息！"

麦尔克："休息？医生也老这么说！让我躺下来等死？"

"别太悲观……"陈曦真切地说，"可以想办法治啊！你家里人来了吗？您妻子呢？"

一阵沉默。

麦尔克的眼睛浸沉在往事里，一席话似乎唤醒了他美好的回忆："我妻子，她，真是好啊！"他赞叹，"她也是个中国姑娘，对，有点像你……美极了，她会演布袋木偶戏，哈！她演的木偶还会中国功夫！她说她在中国的老家，家家都会演木偶戏。……我们本来约好一块到中国来，一块去看她的老家，可是……"

"她没陪您来？"陈曦好奇地追问。

麦尔克没正面回答，显得更加忧郁。他醉得两脚趔趄，两个人在石椅上坐下来。背景上，可以看到高层建筑工地闪光的灯火，远处摩天楼群顶上的探照灯群在夜空有规律地交叉晃动着。

他醉得口齿不清了："我在洛杉矶唐人街听说……中医也许能让奇迹出现……"

她安慰他："对！中医会有办法！你别太伤心，更别悲观……"

他："不，我不伤心……来中国上上课，病好像一下轻了好多，我还想……"他升起倾吐欲，"我还想趁我还跑得动，要找到妻子的老家……那是个——"他选择着中国语汇，"木、偶、之、乡……我只知道那里有很多大榕树，叫西黄村，我希望在有生之日……"

陈曦："好，你一定能找到！"面对朋友的危难，她一下变得像个大姐姐，轻轻鼓励道："别相信医生的胡说八道！什么三个月？中国好多癌症患者都创造了生存奇迹，麦尔克，我们也一块儿创造奇迹吧！"

她把他的酒瓶坚决地扔进了垃圾箱。

（闪回结束）

课　堂

陈老师痛心地说："麦尔克怕影响他和你们的交往，要求我不要对你们讲他的病，可是看样子我必须对你们讲了！"

全班震惊。几十双眼睛瞪得大大的，哈小乐的瞪得最大。

镜头长时间停在这双眼睛上。

陈老师的话成了话外音："给你们上课，成了麦尔克有生之日唯一的乐趣，和你们一起消灭不及格，成了他人生的最后一个奋斗目标，你们明白吗？你们是三年级的大学生了，应该知道怎么做人了！"

静安寺对面的街心花园

静安寺古刹的宝顶与远景上的蓝色玻璃墙摩天楼和谐地叠印，最古老的与最新潮的造型一起融合在晚霞中。

下班高峰期，车流人流。

三年级一班的一批孩子在路边商量什么。

班长杨阳："大家好好准备，下周的英语口语听力测验要确保每个人都在65分以上，让麦尔克高兴高兴！"

胖猫王钢："对！要不太对不起麦尔克了！"

连胆小的艾文文也说："陈老师说，这就是麦尔克最好的药！"

各位同学众口一词："就这么定了！""一定争取做到！"

唯独哈小乐没吭气。

班长杨阳："哈小乐，你成吗？"

哈小乐："我……"不太自信地把话咽了回去。

蛮蛮："我帮你！"

王钢打趣："再给他带瓶无糖牛奶。"

三年级一班教室

又一次英语听力测验。

麦尔克从讲桌上"变"出一个小木偶——一个中国的孙悟空，由孙悟空给大家发试卷。

身后，小木偶皮诺曹坐在讲桌上笑眯眯地看着大家。

麦尔克讲几组英语，孩子们笔译。麦尔克边说边巡视，发现同学们笔译迅速，正确，又意外，又兴奋，小声赞道："OK! OK!"

蛮蛮答毕，她向哈小乐的试卷扫了一眼。看见哈小乐的试卷还空着一大片，有几道题目分明答不上来，她十分焦急。她向哈小乐使眼色，又轻轻叩叩桌面，哈小乐终于听到了。

仅凭口形也能看出，他无可奈何地说："我忘了！"

蛮蛮跨出半步，想和哈小乐说话，麦尔克恰好巡视过来，蛮蛮急忙正襟危坐。

机会终于出现了，趁麦尔克转身之际，蛮蛮把一个纸团扔了过来。

哈小乐看纸条，上面写着"二、四、五题你×了！"

麦尔克看到了哈小乐看纸条。

另一边，胖猫王钢也向哈小乐扔了一个纸团。纸团却滚到了麦尔克的脚下。

麦尔克打开纸团，脸色变得十分难看："谁在作弊？"

哈小乐沉默。

班长杨阳欲言又止，犹豫不决。

蛮蛮举手，麦尔克却没看到。

"没人承认？你们这样，我就……"他很冲动，激动得有点失态，卷起书本想离开课堂。

哈小乐站起来："是我……"他低下头。

麦尔克痛心地说："我们相互间都严格要求，好吗？否则我们这里出不来爱因斯坦和牛顿！"他停了一下，"如果我不能让你们成为诚实的孩子，英语学得再好有什么用呢？难道学好英语去骗人吗？"

皮诺曹从讲桌上往下滑了滑，变成跪态。

麦尔克指着皮诺曹："皮诺曹有过说谎的历史，鼻子就变长了，你们看他听了我的话都惭愧得下跪了！"此情此景触发了麦尔克，他也向孩子们上前一步道："今天，我也向你们下跪，不是为了祈求你们的好成绩，而是为了你们成为诚实的人！"

说罢，他向孩子们单腿跪了下去。

孩子们怔了。哈小乐呆了。

暮色中的学校

大雨滂沱，一个孩子打着伞，艰难地看路，在麦尔克宿舍楼前停下。

是哈小乐。

麦尔克宿舍

麦尔克开门，吃了一惊。

只见哈小乐半身湿透，站在门口，欲言又止，趔趄不前。

麦尔克赶快把哈小乐拉进来，用毛巾给他擦湿衣服："别感冒！"

哈小乐："麦尔克老师，我来向您道歉……上英语课我……"

麦尔克："我把你们说重了！陈老师说你们是为了让我高兴好减轻病痛，想在考试中消灭不及格，才互相递纸条的……"

哈小乐惭愧地说："不，以前我也作过弊。……以后，我不作弊了，您相信吗？"

麦尔克："我相信！你是诚实的好孩子。"

哈小乐口齿嗫嚅，半吞半吐，最后终于鼓起勇气："不，麦尔克老师，我不诚实，我对您说过假话！"

麦尔克："是吗？"

哈小乐较真地说："您问我会不会耍木偶，我不承认，那是假话……"

麦尔克好奇："怪！你为什么不肯演木偶戏呢？"

哈小乐为难起来，半天回答不了，脸憋得像个紫茄子："我……我……"

麦尔克不想让哈小乐为难："不好说就不用说了。我可是喜欢木偶戏，特别是中国木偶！"

麦尔克拉开抽屉，好家伙！抽屉里摆满了各种各样的中国戏曲木偶。

哈小乐："呀！您怎么会有这么多……"

麦尔克："说起来话长了！我的妻子，一位可爱的第五代华裔女性，家里前四代人原来就是到旧金山唐人街演木偶戏的，到了她上两代，不演了，可是她研究中国木偶戏！"

哈小乐的眼睛睁大了，出神地定定地看着麦尔克。

麦尔克对哈小乐反常的注视感到很纳闷："你，看什么？"

哈小乐："呀！原来您有老婆啊！我们还以为……"他长长松了口气，嘿嘿地傻笑起来。

"我有妻子很可笑吗？"

哈小乐："不不不……很好，大大的好！"他竟学起了老外的腔调。

麦尔克话回正题："同学们说你们家……是搞木偶戏的？"

哈小乐又为难起来，犹豫不决地说："我，我告诉您一个人，您可别告诉别人，特别不准告诉陈老师！"

麦尔克，"好，我不说。"

"您发誓。"

麦尔克："发誓？"忍不住一笑。

哈小乐："我也发誓呀！我发誓以后对您、对大家绝不再讲假话，您呢，只保证帮我保密就成了！"

麦尔克笑着点头。

哈小乐伸出右食指与麦尔克拉钩，有节奏地说："好！来，拉——钩，上——吊，一百年不许变！"

麦尔克笑看拉过钩的右食指。

哈小乐终于放心地剖白："是啊是啊，我爸过去就是演木偶戏的，我爷爷也是！我爷爷的爷爷也是！我们家来上海前在苏北，那地方过去特苦，特特特特苦！从爷爷的爷爷起都是一到冬天农闲就进北京、天津、上海'耍猴利子的'——也就是演木偶的！"

麦尔克："谢谢你把你们家的秘密告诉我。你爷爷现在在上海吗？"

"不，他不肯搬来，还住在苏北。"

麦尔克："还演木偶戏？"

"爷爷老了，不演了，带徒弟！我们老家那里，一代传一代，家家会演木偶戏，听说都两三百年了，特棒！……"

麦尔克顿时升起期望，眼睛睁大了："你们老家是不是叫西黄村？"

哈小乐茫然道："不知道。"

麦尔克失望："你能回家打听一下吗？这对我很重要！"

哈小乐："我去问我爸！"

麦尔克："一定问呀！"

哈小乐："一定！"

麦尔克："还有，我上一堂课上话说重了，有点……有点失态，你别介意呀！"

哈小乐："嗨！早忘了，忘了一百年了！按我爷爷说的早抛到爪哇国去了！"

麦尔克笑了，高高举起手，啪的一声，哈小乐的手与老师响亮地拍在一起。

雨过天晴

天宇娟然如拭，一条美丽的彩虹挂在黄浦江上。

浦东八百伴大商厦里的健身房

爸爸在沙袋前练武功。他半裸上身，一身腱子肉，散打身手很了得。

哈小乐背着书包来找爸爸。

爸爸兴高采烈："刚开了家长会，见了你们陈老师了！她可真像个……你们陈老师夸奖你各方面很有进步！"说罢，结束散打，带哈小乐去退买得不合适的衣服。

两个人边从自动扶梯走下来边说。哈小乐多动症似的趴在扶手上滑滑梯。

"你们陈老师真该去当电影演员！"爸爸兴致勃勃地追上他，"她真的是单身？"

哈小乐："是！"

爸爸不放心地问："你怎么知道？"

哈小乐："咳，这点事我还看不出来？星期六她老和女老师一块儿出去，要不就家访！而且我们班的女孩子知道得更清楚，说陈老师本来有爱人，可结婚不久男的就去了法国，俩人就分手了。"

爸爸兴奋："啊！"拉他向一家时装店走去。

哈小乐见爸爸对陈曦有好感，便吹起牛来："哼，我们陈老师，是这个——（他伸出大拇指）本来我想等我长大了我娶她的！可看在你给我买了蛤蟆、逮了蚱蟆的份儿上，就让你娶吧！"

爸爸又"呵呵"手做状要胳肢他："这个小歹徒又满嘴跑舌头了！"

"哈哈哈！我不了！"哈小乐赶紧求饶，"本来我还以为陈老师也许要跟麦尔克'拍拖'——"

爸爸一惊，紧张起来："老外要抢?!"不禁站了下来，睁大眼睛等听下文。

哈小乐："哈！没关系，他说有妻子了！"

爸爸焦急："谁有妻子了？你说谁？说清楚点儿，别稀里糊涂！"

哈小乐："麦尔克老师呀！他有妻子！我本来还以为……他也想追陈曦老师呢！可今天我终于听清楚了！他有老婆了！对，老爸，咱们老家是不是叫西黄村？"

爸爸："问这个干什么？"

哈小乐："听说麦尔克要搞个木偶博览公园，我把咱们家演木偶戏的事告诉麦尔克了！他说……"

爸爸一愣，把小乐轻轻一推："你真稀里糊涂一锅粥！说这个干吗？就算他不追你们陈老师，陈曦要是从他嘴里知道了我们家的老底儿不也完了！连她本来那个去了法国的大小伙子她都不要，能要我这个江北来的木偶佬?"

哈小乐眼睛瞪大："啊?"

两个人找到一家服装点退衣服："对不起，上次买大了！"

服装店的老板瞪了爸爸一眼，好像在埋怨什么。

换了一件小码的，走出。

爸爸："不瞒你说，我开完了家长会，倒觉得你那个陈老师对你我还真挺合适的！你又肯接受她！这多不容易！她要是肯到我们家来，对咱们好处可太多了——至少不会老买错衣服了！"两父子正好走到设在商厦的一家旅行社门前，爸爸看这花花绿绿的旅行广告畅想起来，"陈老师能来，白天带你一块儿去学校，放了假我们一起去西湖啊，苏州无锡啊，普陀山雁荡山啊……"

哈小乐抢着插嘴："还有游乐园！坐过山车！到香港迪斯尼！"

爸爸："对，还有游乐园，坐过山车！去迪斯尼！可您哈小闹这么一小广播，闹得满世界都知道你老爸原本是江北耍木偶戏的，人家陈老师还肯来?!"

哈小乐傻眼了。

校 园

住宿的同学已经熄灯就寝。

校长在宿舍楼巡视，麦尔克迎上。

校长："没睡？"

麦尔克："睡不着。"

两个人一起巡夜。

一个高年级的高个孩子坐在路灯下，在双膝上写着演习题。

校长与麦尔克远远走来，孩子钻进花丛，不见了。

麦尔克感慨："中国孩子，太用功了。"

校长发现了什么——

洗手间—走廊

高个学生在洗手间的灯下背功课。没发现校长与麦尔克已经悄悄站在他身后。

校长："在复习什么？"

同学："物理。"

麦尔克用英语问："明天考试？"

同学："代表我们班参加全区物理知识竞答。"他的英语也很流利。

麦尔克："再给你 30 分钟，然后就回去睡觉，好吗？"

同学："60 分钟吧！"

麦尔克看看校长，校长犹豫了一下："好吧！"

校长做了个手势，把孩子让到校长室，帮他打开灯。

孩子想起什么，对校长："'后卫'，够意思。"

校长会意，笑笑，做了个打篮球扣篮的动作，关上门，带麦尔克蹑手蹑脚走到走廊。

麦尔克好奇："他叫您'后卫'？什么意思？"

校长："我跟他们一块儿打篮球，我打后卫他打中锋。"说罢，满意地回味，"这帮孩子不光是我的学生，还是我的……忘年小友。懂这句汉语吗？"

麦尔克摇头，显然不懂。

"慢慢会懂得的。"校长亲切地说，"您回去休息吧！"

麦尔克："您不走？"

校长："我等他。"他指指房间里的同学。

麦尔克："我也等。"

音乐。两个人坐在长椅上。校长拿出一册线装的古诗默读，麦尔克好奇地凑过去看，茫然摇头："我想学点儿……中文。"

校长："好啊，以后一天学两个汉字。"

走廊上贴着"安静"两个大字。

麦尔克："先教我那个字吧！"

校长："念'安'。意思是——"

他拿出笔记本和钢笔，先写了一个宝盖头。

校长："汉字是象形文字，这叫宝盖头，你看像不像一个门，或者像一间屋子。"

麦尔克点点头。

校长："屋子里有个女人，家中有女为安，这是安静的安。"

麦尔克眼睛突然地睁大了："怎么会是安静？"

校长又纳闷地看看麦尔克："那……？"

麦尔克："屋子里有个女人，只会惹出麻烦来！"

校长捂住嘴，噗的一下笑出声来。

麦尔克宿舍

一个大大的"安"字贴在墙壁正中间。

麦尔克望着宝盖头下的"女"字出神，喃喃自语："家中有女为安？"他兀自一笑，摇头。

想起什么，打开笔记本。里边有他画的一个少女头像，画的分明是陈曦。

他扯下这一页，代替"女"字，贴在宝盖头下，端详着。

敲门声。他有点慌，忙用窗帘布遮住陈曦的画像。

开门，是哈小乐。

哈小乐显得心事重重，魂不守舍："麦尔克老师，有件事——"却欲说又止，半吞半吐。

麦尔克："说吧！"

"就是，我爸说，我爸说，他，他不是演木偶戏的！"他用孩子特有的方式笨拙地更正，重音放在"爸"字上。说罢他长长松了口气：似乎强调了这样的重音就算自己没说假话。

麦尔克："好，明白。那，西黄村——"

哈小乐："我问我爸了，我们老家现在不叫西黄村。"

麦尔克："噢……"他显然有点失望。

哈小乐："可是过去叫不叫西黄村我爸也不清楚，得问我爷爷。我爸说过几天接我爷爷过来，让他教您'喊音太极'！"

麦尔克："'喊音太极'？"

"是。我爸说'喊音太极'对治您的病有用——"

浦东郊区小树林

天色微明，东方刚泛出鱼肚白色。

传来挺吓人的呼喊声："呵——呵——呵——呵——"

树林深处——

哈小乐的爷爷专程从乡下来教麦尔克学"喊音太极"。

老人与麦尔克各对一棵大树做虚抱状，用尽丹田之气高喊。

老人喊，麦尔克也喊。

哈小乐远远好奇地注视。

空　镜　头

日出。

瑰丽的朝霞洒下树林。

背景有金融大厦和东方明珠。

画面光斑陆离，色彩夺目。

远处车流繁忙，城市生机勃勃。

林　　地

爷爷与麦尔克练完了"喊音太极"，在林中边走边谈。

爷爷："我们那儿好几个地方都是木偶之乡，有没有您要找的地方还真说不准，您找个星期六去看看不好吗？让哈小乐带您去！"

麦尔克与哈小乐商量："我们下一个星期六和陈曦老师一块儿去？"

哈小乐为难的："您怎么忘了，咱们拉过钩了！"

麦尔克一拍脑门："啊！对！'对谁也不能吐露你的秘密'！那就不邀请她！"

哈小乐仰起面孔，放心地一笑。

爷爷的画外音：

"我还可以让我那帮小徒弟到药王山帮您采点草药——"

苏北药王山山景

群山中的药王山——有三个摩崖石刻大字。

爷爷已经带麦尔克和哈小乐到了药王山。哈小乐拉麦尔克上山。

爷爷已经早到了，正带山区的孩子给麦尔克采药，迎上来："咱们先采药，下午再去找几家老木偶戏班子问西黄村。"

哈小乐带麦尔克跑到山边上，山谷对面是耸入云霄的主峰。

哈小乐与孩子们对主峰高喊："药王山……"

回声："药王……药王……"

孩子们："你好!"

回声似在作答："好……好……"

孩子们："请给麦尔克老师一些好药!?"

回声："好药……好药……"

孩子们："给不给?"

回声回答："给……给……"

哈小乐乐得嘻嘻哈哈:"听——给!给!"

大家四处采草药。

山上,一重又一重浓荫。一棵大榕树赫然入目,爷爷指指,麦尔克眼睛一亮。

村里。

爷爷带麦尔克来到一家。一个老艺人津津有味地对麦尔克介绍木偶戏班子过去的情况:"……到了冬天,手冻僵了,耍不了木偶,怎么办?苦呵,到外面装几桶雪,硬是把手插到雪里,冻木了,再练,就这样把手指练活!"

另一个拿出几个"提线木偶":"刚拜师的时候练'提线',没钱买木偶,就用一根竹棍插上大芋头代替,苦啊……"

麦尔克拿出小录音机录音,可以看到他背包里有一些老照片。

另 一 家

麦尔克满怀希冀让一群老农看有"卖猪仔"字样的老照片:几十个打赤膊的清末农民准备出洋卖猪仔的合影,每人身上都别着一个写有阿拉伯数字编号的小布条,其中有拿着布袋木偶的"布袋戏班子"。

"西黄村?木偶戏班?"老农纷纷摇头。

麦尔克失望。

爷爷安慰:"到江北再找!会找到的!"

什么地方传来了山歌声。歌声里,老农捧来玉米、土豆。爷爷升火。

麦尔克吃烤土豆,低语:"我一定要找到,要把它的陈列品摆在未来的木偶公园里!这才对得起我天堂里的中国妻子!"

哈小乐品味麦尔克的话,过了一会儿才明白过来,不禁愕然,半截烤玉米停在嘴巴边:"——天堂里的中国妻子?您是说……"

麦尔克满脸悲戚，回忆往事："五年了，车祸……"他低下身子，头埋在双掌里，"抢救了三天三夜，可是她还是……"

哈小乐愣住了，呆了瞬间，整个表情显得失魂落魄。

麦尔克抬起头，见哈小乐有如此这般的悲哀状，感动地看着他。小乐却背过脸，躲到一边。

爷爷拿着烤土豆寻来，小乐不接，满脸痛苦与担忧，声音压抑而失落："原来他，没妻子了……"

（夏）

延安中路广场公园

陈曦陪麦尔克来练"喊音太极"。

麦尔克两手抱树："呵——"

陈曦也学做："呵——"

日出，漫天朝霞从淮海路两侧的楼群后横溢。罕见的铁树林和矮树林垂青散紫，已经是绿肥红瘦的季节。

湖面上，天宇湛蓝，一群燕子掠过，蝉声悦耳。

一角出小小的字幕：

　　　夏天和虫鸣蝉唱一起大喊大叫地走来了。

麦尔克的房间

中国月份牌。

最后一页——麦尔克留下的前半本的最后一页，撕完了。

一片黄叶醒目地、孤零零地贴在月份牌底板上。

麦尔克把黄叶撕下，自豪地对它笑笑，用火柴把它点着，黄叶变成了一片小小的灰烬，麦尔克走到阳台，把灰烬吹落。

灰烬缓缓飘落。

敲门声，陈曦走进："知道你今天需要一样东西，喏——"

她把一件有鲜红封皮的东西从身后取出，是另一本中国的老式月份牌。

麦尔克眼睛一亮。

金老师的声音："这回麦尔克能开日历店了！"

他也送来一本老式的月份牌。

几个孩子叽叽喳喳："要我的！要我的！"

哈小乐、胖猫、班长杨阳、艾文文、蛮蛮走进，也各送来一本。七八本中国老式日历挂在麦尔克的房间，风来，月份牌一齐飘动，也成了个小小的奇观。

远郊湖滨

天色绝佳，麦尔克、陈曦在晨光中慢跑。早晨的太阳把两个人的身影在草地上拉得很长很长。

两个人边跑边谈。

麦尔克："看样子我的病……被我压下来了！"

陈曦鼓励他："你的病当然好了！瞧你多棒！"她拍拍他的宽肩。

麦尔克得意地跳了几下。

他想说什么，欲言又止，却又欲止复言："想问你个假设的问题，行吗？"

陈曦："问吧！"表情是有什么不行？

麦尔克："假设，有个不错的男士来到你身边，什么都好，可就是个老外，你……爱得上吗？"

陈曦羞涩一笑，不说话。

麦尔克穷追不舍："嗯？"

两个人慢跑到湖边，湖边一片芦苇。

陈曦："打水漂吧，能跳起来三下就告诉你！"

麦尔克捡了块小石片，认真地对石片呵了口气，对着水面瞄了瞄，还匆匆在胸前画了个十字，把石片向水面打了出去——

一下，两下，沉了下去。

麦尔克注视，表情一沉。

芦苇丛里，却突然惊起一群水鸟，扑棱一声飞上蓝天。

水鸟翱翔，在远方鸣叫："爱！爱！爱！"

麦当劳餐厅

麦尔克领孩子们进门。

艾文文却悄悄走了。

麦尔克发现："她怎么走了？"

蛮蛮："她怕花钱，她爷爷长期住医院。"

麦尔克："……讲好了我请客嘛！"他追望着艾文文远去的背影，怔了很久。

柜台。一群外国留学生来这里当服务员，练习汉语。

麦尔克交钱，嘱咐留学生服务员："请你们跟我的学生讲英语，不讲英语就别给他吃！"

留学生服务员笑了，用英语讲"OK"。

几个女留学生服务员端来快餐和孩子们讲英语。

孩子们程度不同地用英语应付。哈小乐讲中国话，要薯条，餐厅小姐摇摇头，不给。

麦尔克："英语！英语！"（英语）

哈小乐想改口讲英语，舌头动了动，却苦于讲不了，想蒙混过关，便胡编乱造地乱诌了一通谁也听不懂的"英语"。

餐厅小姐以为是自己水平不行："不好意思，我没听懂您讲什么。"正歉意地想把套餐端给哈小乐，麦尔克却走过来问哈小乐："查尔斯，你刚才那几句说了些什么？"

哈小乐为难了，表情像拉不出屎似的："嘻嘻，我，我，我乱编的！"

"噢！是'哈小乐语'啊！"麦尔克宽容地打趣，小声耳语，"忘了我们拉过钩吗？——一个绝不讲假话，另一个绝不把两个人的秘密对第三个人说？"

调皮捣蛋的表情瞬间即逝了，哈小乐一愣，点头称是。又结结巴巴地、比比划划地讲起了真正的英语："我、想、要、那个——"

他终于得到了薯条。

麦尔克莞尔微笑："抓紧时间，我们还要去英语角！"

他们没注意到：在火车上出现过的两个坏蛋又出现了，在远远地盯着麦尔克。

静安寺英语角

这里是民间自发形成的英语角。一个精通英语的老爷爷正和一个五岁的幼儿园小女孩一高一低用英语对话。

一些英语爱好者在互相对话，也有外国人参加，麦尔克带孩子们来练习英语口语，孩子们不好意思地上前介入。

麦尔克鼓励大家："今天来找人练口语，勇敢点儿，大家抓紧时间！"

班长杨阳、蛮蛮几个人已经勇敢地出动了。哈小乐选中了一个对话人，他走上前去问候了一句，用极其蹩脚地英语说了一句，他发音太差，对方听不懂，他尴尬地躲开。

麦尔克发现了，大声道："查尔斯，别溜，快去找人对话！"

哈小乐支吾："我……在找……"

他终于找到了对话人，结结巴巴地说起来，比在快餐店有进步。

两个坏蛋躲在教育家陶行知铜像的后边远远地盯着麦尔克，给国外打手机："恩古鲁曼西特吗？麦尔克家族的老底摸清了没有？能挤多少油水？——还没弄清？笨蛋！我们从南太平洋就跟踪他，你们快点儿……"

麦尔克宿舍

敲门声，陈曦："麦尔克！给你送药来了！"

麦尔克慌忙取下"安"字上陈曦的头像，开门。

陈曦拎着小保温瓶进，倒药。

麦尔克呷了一口，苦得五官错位。

陈曦做了个碰杯的姿势，鼓励道："为了健康，干！"

麦尔克又呷了一口，还是没喝。

陈曦看到大大的"安"字，颇觉奇怪。

麦尔克讲解："家中有女为安……"

陈曦大笑，又催麦尔克："药凉了，快喝吧！"

麦尔克："你知道吗？你长得很像我过去的妻子……"

陈曦听出了什么，打断他："快喝药吧！"

麦尔克突然变得像个孩子，撒娇："喝了，给我一个奖励！"

陈曦："奖励？奖什么？"

麦尔克调皮地斜看着陈曦，笑眯眯地低语："吻我一下。"

陈曦羞涩地一笑："先把药喝了！"

麦尔克来劲儿了，鲸吸牛饮，一口气把中药喝了个底儿朝天，抹抹嘴，缓缓闭上眼睛，满脸沉浸在幸福的期待中："吻我吧！"

陈曦忍住笑，悄悄推开门，走了。

门外，哈小乐恰好走来。

麦尔克仍然闭着眼睛："吻我……"

哈小乐听到，想想似无不可，便踮起脚尖，凑上去，啧儿的一声，结结实实吻了麦尔克老师一下。

麦尔克大吃一惊，睁开眼，忙做欢迎状。

（秋）

延安中路广场公园

陈曦陪麦尔克来练"喊音太极"。

麦尔克抱树："呵——"

陈曦："呵——"

哈小乐远远看到，表情复杂。

日落景色。

铁树林变为深绿色。绿地则略略开始发黄。雁唳。

湖面上，秋宇深湛，一群大雁从容飞过。

一角出小小的字幕：

　　秋天了，又见南来雁；秋深了，又闻雁唳天。

麦尔克房间

哈小乐进，是来给麦尔克送草药的："我爷爷带给您的，他问草药您喝了没有？"

麦尔克："真苦啊！告诉你爷爷我喝了，草药中药都喝了！"

他递给哈小乐一个大苹果，又从药壶里斟了半杯草药："喏——"

当场喝给小乐看，然后到洗手间漱口。

哈小乐接过苹果，正想吃，却突然停住了。他的视线落到墙上，像看到了恐怖怪物似的——

墙上是那个"安"字与麦尔克画的陈曦的铅笔画像。

哈小乐又吃惊又紧张，把画像看了又看。

他立刻变得忧心忡忡。

麦尔克漱了口，从洗手间走出，发现哈小乐不见了。

他不辞而别了。给他的苹果一动未动放在桌上。

麦尔克房间外

哈小乐踉踉跄跄走出来。适逢陈曦来找麦尔克，哈小乐躲闪到树后。

可以听到陈曦进房之后的说笑声。大概她看到了"安"字下自己的画像，大笑道："天啊，我就是这么一副尊容啊！"

麦尔克和她开心地大笑。

哈小乐愈加失落，逃似的跑远。

哈小乐家

哈小乐对爸爸伤心地哭诉。

爸爸无奈地说："傻小子，你以为你想挑谁当你的妈就能要谁吗？"

哈小乐哭，肩膀和腰一块儿扭，蛮不讲理地说："不，我就要！就要！"

爸爸："唉……怪你爸爸不争气！如果我是个大学教授，怎么也不怕一个老外来竞争！"

哈小乐哭："不，我就要！就要！"

他哭得一把鼻涕一把泪。爸爸也一脸的失落感。

三年级一班教室

麦尔克举起那叠醒目的绿叶信笺。

麦尔克："今天，我们讲一个绿叶信的故事。"他用英语和汉语把这句话重复了一遍。

在黑板上挂起自己画的连环画，连环画上画的是一个美国渔民在海上遇难，漂流到荒岛，死里逃生的故事。

他的讲话声成为话外音：（英语，中文字幕）

"一个打鱼人船翻了，侥幸逃生到一个荒岛上，严冬已经临近，他必须赶快逃离，可是，无法和岛外联系，唯一的希望，是发现了一个空酒瓶，他决定做个漂流瓶，岛上的篝火余烬里有木炭，可以当笔用，可是，用什么当信纸呢？"

孩子们齐声回答："用树叶！"

麦尔克："OK！一封装着绿叶信的漂流瓶就这么做好，投进海里，哈！居然真被人发现了，他终于获救了！"

他走下讲台，把绿叶形的信笺发给每个同学，边走边说："回去，你们每人也写一封绿叶信，能写多少算多少，设想你们也漂流到了荒岛上，SOS，放漂流瓶呼救！"

走到哈小乐面前，他把最后一张绿叶信发给了他。

哈小乐心事重重，怏怏不快。

城隍庙、淮海公园与卢湾公园

到处悬挂着"群众艺术节"的横额。

一个应邀前来的剧团正上演《长生殿·酒楼》一折。

陈曦陪麦尔克观看。

龙套上场，锣鼓打"急急风"。

麦尔克："这是什么音乐？好听！"

陈曦："京剧锣鼓，急急风。"

生上，韵白："整顿乾坤济时世，此时方表是男儿！"

麦尔克看得很投入，边看边问陈曦："你看得懂吗？"

陈曦一笑："别忘了我妈妈是在京剧团唱青衣的！"

麦尔克满脸钦佩："呵！你能教我吗？"

城隍庙外的街边公园

陈曦教麦尔克学京剧"亮相"和"起霸"的动作，纯情如小女孩。

麦尔克学做，动作忽而像美国拳击，忽而像跳探戈舞，煞是可笑。

陈曦笑得前仰后合。索性拉上麦尔克跳起了探戈舞。麦尔克也笑，仿佛两个大孩子。

陈曦："星期天去我家，让我妈妈教你。"

一群年轻人正放音乐。两个人变成了慢四步。

麦尔克动情地说："跟你在一起，总那么愉快！"

陈曦歪着头，纯情地、得意地点了点头。

麦尔克带她旋转，陶醉地把脸慢慢向她靠过去。

她无邪地笑起来，把脸躲开了。

陈 曦 家

陈母一边做烙饼一边又在数落女儿："整天工作工作！好像除了学校除了班级就没别的了！"

女儿噘嘴："那当然没别的了！还能有什么？"

妈妈："还有自己的事啊！也不知道出去应酬应酬！对！你们班哈小乐的爸爸来电话，说他要带他的物流公司去广州，往返十几天！问能不能把哈小乐放到我们家？"

陈曦感到意外："您怎么说？"

陈母："我答应他了！"

陈曦："这个哈经理！老要来点事儿……我让他碰了几次软钉子了！"

陈母："为什么？我觉得这个哈老板挺不错！待人满实在，自己又是老板！虽说结过婚，可你也……"

陈曦："别说了，吃了饭我还要去麦尔克那里研究英语节目汇演呢！"

陈母不快："麦尔克麦尔克！一大把岁数，又活不了几天，你还真让他把你拴死啊！"

女儿不想听，拿上一块饼边吃边走了。

三年级一班

麦尔克和陈曦一起走进班级，两个人又拿来几个木偶。

麦尔克："我们下两课，学演木偶戏，当然是用英语对白。"

陈曦："年底用排的木偶戏参加区里各学校的英语汇演。"

麦尔克："谁乐意当演员？"

胖猫王钢等几个同学举手。

陈曦拿起一个中国戏曲木偶："这一出是中国的经典剧目《七品芝麻官》，有点戏曲动作，挺难演，得找一个能耍戏曲木偶的……"

胖猫看着小乐，想推荐，哈小乐神情紧张。

麦尔克看出了哈小乐的紧张，向哈小乐暗暗伸出食指做拉钩状，忙解围道："哈小乐的爸爸是开物流公司的，大概开着车带他到各处去看过木偶戏吧？"

这样说既推荐了他，又没犯他的忌讳，哈小乐放松地长长出了一口气，满脸感激。

陈曦："哈小乐演县太爷，王钢演衙役，好吗？"

大家："好！"

小 菜 场

哈小乐家的老保姆王奶奶提着菜篮来买菜，碰到也来买菜的陈曦的妈妈，两个人显然挺熟。

王奶奶："呦！这不是陈老师的母亲吗？我上次……"

陈母也想起来了："对，上次哈小乐来我们家补习功课，您来接他。"

王奶奶："陈老师好吧？"

陈母叹了口气："唉！老姐姐，我正想找个人吐吐苦水哪！"她拉王奶奶在路边的长椅上坐下，唠叨不止，"不提她我不来气！快三十的人了，自己的事一点也不知道张罗，整天跟一个得了绝症的老外泡在一起……"

"呦！那怎么成！"王奶奶也按捺不住了。

陈母："以后你们也帮我劝劝我那傻丫头！还有，你们要是见了那个美国来的麦老师，也帮我求求他，让他别再看我们曦曦犯傻了……"

"按说多嘴也轮不到我，可我觉得有桩事也只能我说……我们家哈小乐他爸，也是个王老五，每次开家长会回来都一个劲儿夸你们家陈老师人品好呢！"

陈母极敏感，马上兴奋起来："啊，哈小乐他爸我也见过，人是挺不错……"

"说的是啊！哈经理每次开家长会回来，都一个劲儿夸陈老师！我看……"王奶奶见陈母的表情一下说不清，忙打住，欲言又止："唉，我、我、我还是别多嘴……以后再……"

她匆匆站起，摆摆手，强迫自己走了。

"唉，老姐姐……"陈母感情复杂地目送她，"见到那个麦老师你该替我说的话可得说啊，拜托你了，老姐姐！"

哈小乐家

敲门声，王奶奶开门。哈小乐带麦尔克进来。

哈小乐："王奶奶，我爸呢？麦尔克想问问他过去演木偶戏的事……"

王奶奶掩饰道："你爸也不知道什么木偶戏！他不会说的！"

"那……我爷爷给麦尔克老师送来的草药呢？您能教教麦尔克怎么煎药吗？我问我爸什么时候回来。"

哈小乐到一边打电话，王奶奶到厨房教麦尔克煲草药。

厨房里，王奶奶又忍不住多嘴了。她按中国人的习惯，叫麦尔克时一会儿是"麦老师"，一会儿是"老麦"。

麦尔克："哈经理不在？"

王奶奶夸张地说："去拍拖了！懂吧？就是找女朋友——去陈老师那儿了！"

麦尔克愣了瞬间才听懂："您是说，我们学校的……陈老师？"

王奶奶："对！就是陈曦老师！我昨天还碰到陈老师的妈妈，陈妈妈跟我唠叨了半天！"

一阵沉默。

王奶奶倒药，麦尔克发愣。

犹豫了一下，王奶奶终于开口了："麦老师，有些话，我本不想说，可是，说出来对大家也都有好处……"

麦尔克想喝药，举杯又止："什么？"

王奶奶不看麦尔克的眼睛："陈家妈妈说，陈曦虽说都快三十了，可还是个大孩子！跟男士们交往也不懂个亲疏远近，几次给介绍男朋友，都让不相干的人冲跑了……她这个大孩子也真是什么都不明白……"

麦尔克思考着这一番话的潜台词。

王奶奶躲开麦尔克的视线："可是，她不懂，您应该懂，您麦老师海内海外的见了那么多世面……"她艰难地选择语汇，"陈家妈妈说，陈曦老这么缠着您，搞得您也不能静下心来养病，您跟她，是闹着玩儿的；可她对您，我们看，有点儿上心！不，是犯糊涂！老麦，我直话直说，您在中国待不长，您的身体又……您和她这么你来我往，能有个什么结果？"

麦尔克缓缓收回了视线，望着地面。

王奶奶艰难地把话说完："麦先生，您以后别再让她缠住您了，这对您、对她，都好……"

麦尔克轻轻点点头。沉吟良久，才低声地说："我懂了。"

他艰难地、内疚地替自己辩解着："我是不应该……我也没想到我会……"他从皮夹子里拿出妻子过去的照片，"哎，真怪！您看陈曦长得像不像我以前的妻子？"

他递过去，王奶奶看了一眼，话不投机："你心理作用吧！哪像啊！一点都不像！"

麦尔克苦笑了一下，收起照片，微微欠身，告辞。

哈小乐跑出来："咦？您这么快就走？不等我爸了？"

黄昏落日中的延安中路广场公园

湖畔，一湖晚霞，流金荡赤。黑白天鹅悠然自得地游过。

几个老人在湖畔喂天鹅，下棋。

麦尔克穿着运动装走来练"喊音太极"，却打不起精神。

见到拳友，麦尔克会心地点点头，在他们中间默默坐下。互相默默笑笑，就有说不尽的东西在沉默中交融了。

麦尔克指指一只黑天鹅，一个老人把面包掰给麦尔克一半，两人会心地喂天鹅。

陈曦也穿着运动装沿湖畔跑步,她没看到他。

麦尔克却看到了她,但没叫她。

他忧郁地背过身子,陈曦跑远。

三年级一班教室

又一次口语测验。

麦尔克让艾文文帮发试卷,他宣布:"答完卷同桌的同学互改试卷,互相打分。"

麦尔克口语,同学们笔译,哈小乐咬笔思考,已经写了不少。

班长杨阳窥视哈小乐,满怀希冀。

考毕,互改试卷,班长杨阳为哈小乐改卷。

哈小乐有了进步,意外地得了 60 分——刚刚及格,班长杨阳兴奋得做鼓掌状。

麦尔克巡视,满脸喜悦:"今天我们可以自豪地宣布,我们消灭不及格了!这才是——"他在黑板上写了一个大大的 GOLDEN!又歪歪扭扭写了两个汉字:金子!

班长杨阳看着这个单词,却神色不安。

他小声问哈小乐什么,哈小乐眼睛睁大了。

麦尔克愕视。

班长杨阳站起:"麦尔克老师,刚才,我判错了卷了,哈小乐写错了一个字母,把黄金——GOLDEN 中间的 O 写成了 E 了!"

麦尔克找出哈小乐的试卷。

试卷上那个 O,又像 O 又像小写的 E。

麦尔克疑惑:"不,没写错,是 O!"

杨阳庆幸地闭上眼睛做双手合十状。

哈小乐却站起,诚实地:"不,麦尔克,我是写错了,那个字母是 E 不是 O……"

杨阳不太情愿地嗫嚅:"那……只能得 59 分……"

哈小乐遗憾地嘟囔:"是,只得 59 分……"

麦尔克眼睛雪亮,在黑板上的 GOLDEN 单词下重重地画了一横:"OK!查尔斯是只能得 59 分,可是他的诚实和萧伯纳的认真,都应该打 100 分!这才是真正的 GOLDEN!金子!"

他带头高诵:"GOLDEN!"

同学们齐声："GOLDEN！"

哈小乐家

爸爸不在家，王奶奶和哈小乐一块儿吃晚饭。

王奶奶料事如神地问："这几天，你们那个麦老师离陈老师远点儿了吧？"

哈小乐不解地看着王奶奶。

王奶奶不无得意地对哈小乐道："哼，为了你爸和陈老师，也为了麦先生自己好，我对你们麦老师多了个嘴！"

她几乎是咬着耳朵小声表白了一番。

哈小乐颇意外："您、您、您怎么对麦尔克说这些啊！"

王奶奶："啊？！"

"您干吗说这些啊！您、您……"他把饭碗一推，哀叫起来，"这该让麦尔克多难受啊！他本来就有病！"

王奶奶对哈小乐的神情也大为意外："咦？那你……？你是盼陈老师和你爸成呢，还是盼那个老外和陈曦老师……"

哈小乐不知该怎么回答，显得万般无奈，把碗又使劲一推："我、我不知道！我盼他们三个都好……"

"唉！你犯迷糊了！"王奶奶把碗又放到他面前，"小孩儿别管闲事了，吃！"

哈小乐把碗又一推。

王奶奶："不舒服？"

哈小乐痛苦不堪，呻吟起来："王奶奶！你真是的！"

王奶奶没了胃口，把碗也推开："唉，我真是好心弄成了驴肝肺，要不……"她边揣摩哈小乐的心思边掐指一算，"要不这样：后天是观音菩萨生日，咱们到静安寺去帮他们进香求平安吧！"

哈小乐："'他们'是谁？"

王奶奶："愿意'他们'是三个人，你就为三个人求，要不，就为你爸和陈老师求……"

静安寺外英语角

王奶奶拿了一束花、一把香，带哈小乐走来。

哈小乐不太自信地说："世界上真有神吗？"

王奶奶："嗯，有。"

哈小乐不太相信:"你又没见过他们!"想了想,脚步放慢,嗫嚅道,"陈老师说,小学生不该迷信……"

王奶奶:"那,你去对面英语角练口语吧,在那儿等我。"

王奶奶一个人进了静安寺,哈小乐目送她进了庙门,愣愣地兀自出神。

庙里梵音袅袅。又有些善男信女进出。

哈小乐躲在花树丛后,左顾右盼了一下,躲开人,面对庙门,闭上眼睛,两手合十,讷讷默念:"不管你是谁,不管你是什么,是漫画里的大神布朗也成,如果你真有本事,就帮我保佑他们三个吧!让他们都好好的,求求你了!"

英语教研室

麦尔克给艾文文补课:"今天我给你补课,你带补课费了吗?"

艾文文惊奇:"补、补课费?"

麦尔克又按了一下腹部:"对。"

她手忙脚乱地翻衣袋,只找了五角钱。

麦尔克:"好,你交五角钱可以了。"

他不客气地取过那五角钱,放进自己的荷包里。

艾文文用眼角窥视着,不敢看他收钱的那一脸认真。

教学楼楼梯

麦尔克扛着自行车,吭哧吭哧上三楼。

走到二楼,就力不胜任了。他跌坐在楼梯上,按着右腹,气喘吁吁,大汗淋漓。

自行车一脱手,便哗哗啦啦向楼下摔去。

他喘息片刻,咬了咬牙,重新站起,重新扛起自行车,一步一步往上走。

突然,陈曦不知从哪里闪出来,从他手里接过车,一声不吭帮他搬上三楼。

然后,也不看他一眼,一声不吭走下楼。

麦尔克感情复杂地目送。

教　室

自行车摆在讲台上。

麦尔克:"我需要一个同学来做助手,把我讲的英语译成汉语,谁来?"

有几个同学举手，麦尔克挑了艾文文。麦尔克指着每一个部件，讲英语名称。

艾文文说出汉语名称："车轮、车座、链条……"

宿　舍

艾文文帮麦尔克把单车推到宿舍门口。

这里比较清静，没有旁人。

麦尔克从口袋里取出五十元钱："这是你帮我上课的工资。"（他讲英语）

艾文文挺意外："不，不，怎么能收钱！"

麦尔克："我帮你补课，我收钱，应该！你帮我上课，你收钱！也应该！收下！"

他用普通话一个字一个字地强调着，把钱轻轻塞进艾文文书包里，接过自行车。又对艾文文讲："你应该乐观一些，星期天，找同学一起登山！"

郊　野

麦尔克和同学们骑车野游。蛮蛮坐在班长杨阳的车后座上，艾文文坐在哈小乐的自行车后座上。

十字路口，红灯，却没别的车。

一群男孩子不顾一切地闯了过去，回过头来向麦尔克招手。麦尔克不愿闯红灯。

几个人使劲招手，激将："哈大闹！加油！哈大闹！加油！"

麦尔克孩子似的好胜，一激他就来劲儿，也低头闯了过去，哈哈地大笑不止。

孩子们也大笑。师生们骑车远去。

麦尔克发现哈小乐显得有心事，拍拍他："嗯？不舒服？"

哈小乐还是那句话："不知道……"

麦尔克敏感道："小乐，放心吧，一切都会好的！"

哈小乐："嗯？"

麦尔克神秘而肯定地眨眨眼。

十岁的孩子很快就被哄过去了，哈小乐立刻轻松了许多。

燕子在水田上低低掠过。

三角洲独特的小舢板在密如蛛网的河道上划桨而行，载着一船船秧苗下田。

野花把田野装扮得姹紫嫣红。

蛮蛮又埋怨哈小乐骗她的牛奶吃，哈小乐："八百年前的事了，您老人家怎么还记着哪！"

麦尔克："对呀，该忘就忘！要抛到爪、哇、国去……"他想卖弄一句中国俗语，孩子们哄笑。

哈小乐也暂时忘了他对麦尔克难以说出的不快。

歌声：《忘与记》，关于旅程，关于人生，关于友谊：

　　该忘的就忘，抛到比爪哇国更远的地方，

　　该记的记牢，像年轮一圈圈刻在心上，

　　忘掉肤色记住友谊，

　　忘掉病痛记住健康，

　　忘记疲劳记住我们手挽手的旅程，

　　忘记争吵记住我与你真挚的目光……

　　啊！该忘的就忘，像春潮卷走浮萍与泡沫，

　　该记的记牢，像海底牢记深深的海洋！

艾文文变得勇敢了，声音最大。

孩子们一张张充满活力的、红扑扑的面孔。山野的气息仿佛就是从这一张张面孔里边喷溢出来的。

麦尔克却落在后边，慢慢倒了下去。

瑞金医院急诊室

孩子们俯身在毛玻璃上焦急地向里探视，有的眼泪盈眶，急于进去。

哈小乐焦灼万分，好像麦尔克倒下责任在他。他看到了陈曦，不敢看陈曦的眼睛。

陈曦把满眼泪水的艾文文拦住。

艾文文懂事地忍住哭，慌忙把眼泪擦干，却抽泣得更伤心了。

陈曦把艾文文搂在怀中，帮她把眼泪擦干。

医院急诊室内

心脏监护仪，绿波渐趋正常。

麦尔克在急诊台上疲惫地醒来，他看到了陈曦和哈小乐。

医生："必须住院。"

麦尔克望着陈曦不吭声。

医生："听清楚了吗？必须马上住院。"

麦尔克："在美国，医院早已宣布了我的死刑，护理得好也只能活三个月，现在已经超过六个月了。"

医生一惊："那你还到处乱跑。"

麦尔克反问："难道要我躺在床上等死吗？"

医生："……"

麦尔克："住院的话，能不能让我继续为孩子们上课？"

医生爱莫能助地摇摇头。

麦尔克："那我还剩下什么乐趣呢，我不住院。"

一阵沉默。

麦尔克："医生，您就不能给我两句鼓励吗？"

医生看看他，故意逗乐地说了几句宽心话。麦尔克立刻不顾医生的劝止，跳下床，打开窗，恳求医生："把鼓励我的话对我的孩子们说吧！"

医生犹豫了一会，宽心地说："你们的老师这么乐观，乐观的人往往是会有奇迹发生的！"

孩子们立刻欢呼起来。

夜　　晚

下起了雨。

喧闹的城一下变得清静了。

陈曦没有带雨具，一手提着两袋中药，一手在头上遮着雨，匆匆过街。跑到立交桥下，脱下外衣给中药袋遮雨，又匆匆打手机。

麦尔克宿舍

电话铃声，麦尔克拿起听筒，传来陈曦的声音："喂——！"麦尔克犹豫瞬间，还是把电话挂了。

电话铃声顽强地响着。

他激动地看着电话，不接。

电话铃声响个不停。

他突然像练"喊音太极"一样，对着电话，抱着虚拟的大树，声嘶力竭地大喊："啊——啊——！"

他这一声足足拖了两分钟。

门一下被撞开了，陈曦吓得五官变形，气喘吁吁地冲进来。

"吓死我了，以为你——你怎么不接我的电话？

麦尔克不吭声。

沉默。

他这才发现，陈曦的连衣裙紧贴在三围曲线上，因为淋湿而显得更窈窕动人。

她哼了一声，示威似的，目光逼人，凛然如一尊女神。动作夸张地把用外衣包裹的中药慢慢打开，重重往桌上一放："先生，来给您送医生给您改了的药，说您胆囊也有点不正常！"

说罢，把自己的外衣使劲一抖，穿上，砰的一声，把门重重一关，走了。

麦尔克宿舍

雨停了，窗外仍电光闪闪。麦尔克躺在床上没开灯。

他睡不着，他拿起电话，想拨，却未拨。

他把电话放回了。

呆呆望着天花板。

教　室

黑板上写着"麦尔克饭店"中英文字。

课桌摆开，布置成了一间餐厅，一边放着炊具。

一个报纸折的厨师帽占满银幕。麦尔克做早餐，他按了一下腹部，明显憔悴了一些。

麦尔克摘下厨师帽子，和同学们一起吃完了西式早餐，一边收拾炊具，一边说："今天这堂课我们讲了餐厅用语。知道今天为什么请你们吃早餐吗？"

同学们茫然无语。

麦尔克从柜筒里变魔术似的变出一叠"绿叶"："这里是大家写的'绿叶信'——共四十三封，其中，有四十二封写得都很好！"

他把绿叶信一一发给每个人。大部分都得了八九十分。

唯有哈小乐的没有发。他有些不安。

同学们不敢看他，都同情地回避目光。

麦尔克在众目睽睽之下举起最后一张"绿叶"，提高了音量："刚才发了四十二封，都很好，而这第四十三封，有十三处差错，还有十几处用画图画取代文字的地方，可是我还是要说——"

他的目光变得雪亮，几乎是喊起来："这第四十三封是：特——别——好！"

同学们瞬间变得惊奇和意外。

麦尔克："十三个差错，我给他改了，画画儿的地方我也帮他填充了，改正之后是这样——"

麦尔克情不自禁手持哈小乐的绿叶信朗诵起来：

亲爱的麦尔克老师：

  我漂到荒岛上，在这里发现一座宝石山，对它喊"芝麻，开门吧！"大山就开了门。呀！里边神奇的宝藏真多哦！有《疯狂英语》《小学生学英语》《趣味英语》和英语动漫游戏，麦尔克，你快带同学们到荒岛来取宝吧，我扬起一封绿叶信做信号旗等你们的船。

查尔斯

念罢，一片寂静。麦尔克："好不好？"

同学们："好！"

胖猫："哈小乐现在是小乖乖协会的常任理事了！"

大家笑，情不自禁鼓起掌来。

一双双灼热的眼睛投集到哈小乐身上，唯有麦尔克没有鼓掌。

他一步一步向哈小乐走去，站定、立正，缓缓举起手，对哈小乐恭恭敬敬行了一个少年先锋队的队礼。

哈小乐却感情复杂，显得内疚而饱含歉意，低下头去，叫了一声"麦尔克老师……"嘤嘤地哭了。

麦尔克宿舍

喜气洋洋的大"寿"字占满画面。

一个"木偶"式的演出正在进行——哈小乐和胖猫演"小人戏"《孙悟空》。

两个人都变成只有半截高的"木偶人"了——他们用两张床单拼缝做幕布，中间站着他们两个侏儒般的小矮人，幕布后边还有两个人，分别把双手从前台演员的脖子两侧伸出去，权充前台演员的两条胳膊，而前台演员的哈小乐和胖猫两条胳膊伸进演出服的裤腿里充腿和脚。这样人就变得很矮了，四个人配合默契，十分好笑。

月份牌上贴着寿星公，四面墙上都贴了大大的"寿"字。音乐热烈而欢快，屋子里谈笑风生。

木偶演出：孙悟空对猪八戒道："猪老弟，麦尔克老师过生日，咱们送什么礼物呢？"

猪八戒："人参果！"

孙悟空："你以为谁都爱吃你猪八戒的人参果呵？看我的吧——"孙悟空来了个七十二变，大叫一声"变！"

瞬间，一个礼品盒被孙悟空从身后捧出来。

孩子们神秘地叽叽喳喳，让麦尔克闭上眼睛，又七手八脚从礼品盒里取出一顶漂亮的假发戴在麦尔克头上，再捧来镜子："睁眼看，生日礼物！"

麦尔克睁开眼睛，看着镜子里的自己，变得十分年轻，十分英俊了。

大家一起拍手："麦尔克老师，酷！帅呆了！"

大家一口一个"麦尔克老师"，麦尔克："今天就叫我的名字，别忘了你们不光是我的学生，更是……校长说的是什么来着？对！——忘……年……小……友！就叫我麦尔克！"

孩子们取第一个音节的谐音改成中国家喻户晓的维吾尔族名字："不，叫买买提！"

班长杨阳正规化地说："麦克尔·买买提。"

笑声里，客人到了。

第一批到的是校长、陈曦和英语组的老师们，同事们用中国古老的作揖方式一齐报拳，又用古老的提盒提来长寿面和大寿桃："祝寿星福如东海，寿比南山！"

校长："长寿面是外校的英语老师专门为你定做的——几个学校的老师要求听您的公开课呢！"

话没说完，第二批客人又到了：竟是一大批，医生、江滨晨运的拳友，哈小乐的爷爷和爸爸也到了，他们给麦尔克带来一组木偶之乡各村的照片资料。

大家唱生日歌。

麦尔克放音乐，拉着戴安娜跳起夏威夷土风舞。江边出现过的老年朋友也纷纷上场。

蜡烛，月影，舞步。

麦尔克拉哈小乐跳舞。哈小乐说："买买提，有句话我要更正。"

麦尔克："嗯？"

哈小乐："您第一次批评我时说的话，我安慰您说已经忘了一百年了，这是假话。"

麦尔克："哦？"

哈小乐："其实我不会忘，一百年也不会忘！"

麦尔克："好吧，该记的是要记牢，那就记一百年吧！"

音乐。

哈小乐的爸爸与陈曦各在一端，都形单影只。

麦尔克悄悄对哈小乐道："让你爸爸邀陈曦跳舞。"

麦尔克的态度让哈小乐再次意外。他的眼睛再一次睁大了，睁圆了，愣了一会儿，表情复杂得与年龄几乎不相称。

他又感动，又痛苦，又遗憾，喃喃自语道："要是能让他和我爸合成一个人，该多好啊！"

麦尔克微笑，放开哈小乐，走过去把音响开大。

哈小乐的爸爸却敏感地告辞了。

陈曦拉哈小乐跳起舞来。

麦尔克等他们跳完，递给陈曦那个"鼻拉长"木偶，轻轻道："不要在这儿看，回去再打开。"

他回去和朋友们跳起拍手舞。

陈曦抱着"鼻拉长"呆呆地看着屋里。

舞蹈节奏强烈。

陈曦发现"鼻拉长"底下有一张生日卡。

黎明　湖畔

是陈曦和麦尔克跑步经过的那个水鸟栖息地。

陈曦一个人慢慢跑来。

画外响起麦尔克的声音：

"陈曦，我的生日，我却要反常地给你送一张卡，想给你写几句话。有些话只有像我这样临近生命的终点时才能悟到：我们过去只知道追求，却不懂得舍弃，过多的，不必要的追求，让我们浪费了多少生命啊！——"

画外音中，陈曦气力不支地放慢脚步。她落泪了。

抽泣了一下，在湖边停下。

麦尔克的画外音继续：

"如果我们早在年轻时就懂得人生真正该追求的其实只有那么一点点，我们该省下多少宝贵时光。

"希望你理解我的话，珍惜生命！勇敢地去追求新的幸福！

"我永远深深地感谢你！"

最后一句画外音结束时，她拾起一块小石片，打水漂，狠狠地，发泄地向水面投去。

惊起一群水鸟。

水鸟鸣叫："爱！爱！爱！"

外滩，澄明的秋空

一群大雁排成人字形队伍缓缓南飞。

（冬）

满眼青翠的南国冬日

圣诞临近，外滩与淮海路愈加变得流光溢彩，五星级宾馆和各个大厦都披上了节日盛装。灯饰把南京路一带装扮成了水晶宫似的魔幻世界，黄浦江变得飞珠溅玉。

一个大厦上有霓虹灯窜成的圣诞老人和"新年快乐"四个字。

一角出小小的字幕：

冬天。不！绿叶和流光溢彩的一切作证，这绝不是冬天！

层层叠叠的石库门民居

什么地方，传来隐约的放电子爆竹的声音，很长，很热烈。

节日的气氛越来越浓了，窗下，远处，有人在耍龙灯，舞狮子。

麦尔克宿舍

晨起，麦尔克照镜子。头发一摸掉了一大把。

他又按了一下腹部。

理 发 店

麦尔克坐在理发椅子上。在火车上出现过的一中一外两个坏蛋在窗户外又发现了他。

理发师："您是说，剃光头？"他帮麦尔克脱下假发，不禁一振，"哟，您这是……化疗烧秃的吧？"

店外，哈小乐隔着大玻璃窗也发现了麦尔克，停下滑板车细看。

在火车上出现过的两个坏蛋看到哈小乐的校服和胸章，凑上来问："他是你们的老师？我们在车站见你跟他一块儿上车……"

哈小乐有口无心地说："啊，是帮麦尔克老师找木偶之乡。"

两个坏蛋相视点头，目送哈小乐滑滑板远去，低低道："好极了……"

理发店里，麦尔克所剩无几的头发终于被理发师剃光了。

麦尔克端详着镜子里的自己，发火了："你，你怎么剃的！"

理发师挺委屈："您不是说，全部清除吗？"

教　室

麦尔克戴运动帽走上讲台。

他放下讲义，低着头，帽子欲摘又止。

他一抬头，眼睛直了——

班上有七八个男同学和他带着一样的运动帽。

麦尔克意外，有些尴尬，感到一种压力："你们——"

他脱帽，露出一个大光头，没有人笑。

那七八个男生也先后脱下帽子，先是哈小乐、胖猫，接着第三个、第四个……

几个人都剃成了光头。

麦尔克愣了很久，声音有些发抖："今天我接到一封英文信，谁来翻译？"

他把信给了哈小乐。

乌　镇

哈小乐翻译英文信的画外音：

"尊敬的麦尔克先生：知道您在寻找木偶之乡，我们发现我们住的乌镇这一带就是您要找的地方，欢迎您这个周末到我们这儿来，我们在码头等您。老刘、老李。"

画外音中，橹声欸乃，河道纵横，一条一手摇橹一脚蹬桨的小船来到码头，哈小乐陪麦尔克来找木偶之乡。两个人上了码头左右寻看，不见发信人。

麦尔克见河边有不少布袋木偶卖，大为兴奋，买了好几个，还买了一个特大号的鬼脸面具。哈小乐看到木偶摊上有可以让木偶"抽烟"的细铜管卖，内行地让麦尔克也买了几条，与木偶一起放进一个塑料袋里。

发信人终于划着另一条乌篷船左顾右盼地出现了，是那一中一外两个坏蛋。

两个人故作热情地迎上来，把师生二人接到他们的乌篷船上，划走了。

农民屋（破旧的老洋房）

哈小乐一双小脚丫被牢牢捆在椅子上，一把大鬃刷在使劲搔他的脚心，哈小乐笑得死去活来，连封嘴的胶条都绷断了。

中国坏蛋 B 操着大刷子用刑："知道什么是黑手党吗？听说过什么是教父吗？"

老外坏蛋 A 叼着烟斗，餍足地看着哈小乐受罪。

麦尔克的嘴上贴了封条，两手反绑，他看到哈小乐受此酷刑，挣扎着用表情表示：有事找我，别难为孩子！

坏蛋 A 便用尖刀对准麦尔克："那你就给美国打电话，讲清楚你放弃家族的继承权！也放弃你那个搞什么木偶剧团去各国义演的计划！"

麦尔克："木偶剧团一定会开办的，因为孩子们需要它！"

见麦尔克一脸无畏神情，坏蛋 A 冲上去使劲摇麦尔克。哈小乐大叫："有什么冲我来，别难为麦尔克，他有病！"

那把尖刀又搁在哈小乐的脖子上，坏蛋 B："好啊，听话就留你一条小命，要不就不光是挠脚心了——哼！"那把刀的刀尖向前一推，直逼哈小乐的喉咙，"让他老老实实配合我们！先给我们老大划赎金！否则就别想活！"

坏蛋 A 同时拿出一份英文打字件，往麦尔克前边一拍："先看看这个！签字！"

麦尔克愕然。

坏蛋 A："你想把家族的基金献出去搞什么世界木偶公园？想过别的持股人吗？"

麦尔克："一切按法律办事！"

坏蛋 A 冷笑："法律？"他把刀往前一逼，"这就是我们的法律！"他塞过一部移动电话，"来，打电话，先要赎金！告诉他们别报警！我刘易斯不算什么，我们老板可是个重量级的黑老 K！——闹遍几个大洲没翻过船！"

坏蛋 B 一边说一边用大刷子拍哈小乐的脑袋："我们摸清了：麦尔克家族在美国的家产 12 个亿！我们老板的老板派人从南太平洋就跟踪他，进了我们老板的老板的眼里就别想跑掉！你和他都给我放老实点，否则先拿你小丫开刀——"

坏蛋 A："听好，让麦尔克家族把一个亿划到我们已经提供的列支敦士登的账号上！否则，哼——"他把尖刀砰的一下插在椅子上。

坏蛋 A 说不清人种，甚至说不清肤色，一派黑社会气质，颐指气使地低声吩咐坏蛋 B 打电话："告诉恩古鲁曼西特，赎金到手就买飞机票！东京、香港和拉斯维加斯哪里的珠宝展先开幕就先飞哪里干！"

破旧的老洋房

夜。麦尔克与哈小乐被五花大绑，嘴上贴了封条，关在阁楼上。

楼下是几间互相联通又有门窗相隔开的厢房。大门上锁着特号大锁。一个窗口可以通外边，坏蛋 B 却警惕地守在窗口边。

呼噜声如雷贯耳。坏蛋 A 呼呼大睡。当看守的坏蛋 B 最后也顶不住了，拆下阁楼的活动梯子，坐回窗口边打瞌睡。

哈小乐探头，看到他们装木偶的袋子挂在一边。

麦尔克碰碰他，用眼神示意。两个人互相凑在一起，背对背抠绳子。

电灯突然关闭，屋子里霎时漆黑一团。远处传来狗吠声，坏蛋 B 惊醒，感觉到异常，发现黑暗中东厢房的窗口内影影绰绰站着一个怪物：身子不足一米高，两手奇长，脖子奇短，戴着鬼脸，两条短腿蹬在窗棱上，龇牙咧嘴地向他吐出长长的舌头。坏蛋 B 疑似梦中，揉揉眼睛，吓得大叫，坏蛋 A 也惊醒了，睡意朦胧中本能地转身就跑。两个人你撞我我碰你，双双摔倒在对面的窗口下。刚刚喘息方定，不料这边窗口里却也探出一个怪物：只有几寸高，却面目狰狞地抽着烟斗，还从鼻孔喷出一股黑浓烟。怪物发现了他们，猛地一低头，把浓浓的烟雾喷在他们脸上。两个坏蛋的眼睛瞬间睁不开了，捂住眼睛大叫。

趁两个家伙没反应过来，在里面耍木偶的哈小乐与麦尔克跳出来，冲到外间，推开窗户想逃。两个家伙清醒了，一拳把麦尔克击倒。哈小乐冲上去抱住坏蛋 A 的胳膊，吭哧就是一口，坏蛋 B 刚想挥刀，几个身影却大喝一声，天兵似地跃进窗口，为首的是哈小乐的爸爸和几个武警。哈小乐的爸爸使出散打的招数，飞起两脚，只听两声惨叫，两个坏蛋已经四脚朝天了。

两副手铐铐在了坏蛋的手上。

哈小乐高兴地操起刚才用过的怪物木偶、烟斗，示威地把烟喷在坏蛋脸上。原来，他把细铜管从颈部通到木偶鼻子部位，抽了烟通过铜管从木偶鼻孔喷出来的。

哈小乐的爸爸扶起麦尔克："您受惊了！"

麦尔克："没什么！我和小乐玩了场木偶戏！不过我得快回学校，我该上公开课了！"

公开课教室

还没打上课铃，百多位外校老师及全班同学都已经入座了，连校医也来了。

只有哈小乐的位子还空着。

麦尔克还没来。

陈曦看看表，十分不安，走出教室。

麦尔克宿舍

陈曦冲进门，只见麦尔克躺在床上，一手按腹，满头大汗。

他挣扎坐起："对不起，我迟到了，昨天被两个坏蛋……"

吃药，挣扎站起。

却一个踉跄，跌坐在床上。

陈曦："……别去了。"

麦尔克："认输？"坚决摇头。

他想站起来，但气力不够。

她扶住他，两个人的手拉在一起。

他大汗淋淋，喘着粗气。

她故作轻松地一笑，用京剧韵白："这回方表是男儿！"

两人的手握得更紧了。他想说什么，嘴唇动了动，欲言又止。

她的目光充满同情和鼓励，像大姐姐，甚至像母亲那样，把他的手使劲摇了摇。

两只紧握的手。

陈曦俯下身去，想用吻来鼓励他。

他拦住她。

她："我刚刚知道，我母亲对哈小乐家的王奶奶说了一些不该说的话！王奶奶对您也传了那些不该传的话！"

麦尔克言不由衷地："嗨，这事早忘了，像哈小乐说的，早忘了一百年了！"

她："不……我爱你！"——她表情复杂，三个字说得很真挚，但后面分明还掺有同情，友谊，甚至还有安慰。

他不自信地摇摇头。

她表演式的："不，我爱！"

他摇头。

他："你相信吗？我认识你好像也有一百年了！"

她："我信！"

四目相对。

陈曦俯下身，在他额头温存地亲吻。像电流通过，他浑身一震，生命力重新回到他身上。他终于站了起来。

幻想中响起了京剧锣鼓，急急风。

泪水涌上了他的眼角。

急急风继续。

一组短镜头

校园。碧绿的阔叶林。（仰拍）

风来，数不清的绿叶在激动翻飞。

急急风继续。

教室。

同学们做准备上课的各种小动作：

放笔。

放书。

一双双眼睛正视前方……

急急风继续。

他和她。

泪水。相握的手。

急急风。

阔叶林，激动的风。

急急风。

孩子们做准备动作。

急急风。

激动的绿叶。

急急风。

麦尔克宿舍。

她努力做出一个微笑，牵着他的手，做了一个双人舞的旋转动作。

四目对视。音乐：《友谊地久天长》。

她用手指把他脸上的泪水用力抹去。

他挽上她，挺起胸，出门。

校 门 口

《友谊地久天长》旋律渐大。

哈小乐进门，冲向教室，额上还有前一天与坏蛋搏斗的伤痕。

上课铃准时响了。

公 开 课

麦尔克走进教室。

几十个孩子都深深舒了一口气。

麦尔克拿出一卷挂画，坐在第一排的艾文文立刻默契地帮他把挂图挂上黑板。

封面是一只叫不出名的鸟。

麦尔克提问："今天我们上一堂关于鸟类知识的会话课，大家说说，我们都知道一些什么鸟？"

唰的一下，课堂上或前或后陆续举起了几十双手。

十几个孩子陆续说出一些英语鸟名，麦尔克立即译成汉语：孔雀、企鹅、白天鹅、喜鹊、鸵鸟、鸳鸯、鸽子、云雀——

麦尔克："好。我让大家找关于鸟族的汉语绕口令，有谁找到了吗？"

唰的一下，又有十几个孩子举手。

哈小乐站起说绕口令："鹅过河，河过鹅，鹅过河，鹅多河阔，河过鹅河阔鹅多……"

同学们笑了，听课的老师也笑了，满场活跃。

胖猫王钢也站起："东边庙里有个猫，西边树梢有只鸟，庙猫树鸟天天闹，不知猫闹树梢鸟，还是鸟闹庙里猫……"

哈小乐低语："猫说猫。"大家更笑了。

来听课的老师们兴奋。陈曦紧张地远远看着麦尔克，又暗暗合计。

麦尔克满意地掀开第一页挂图："好了，大家回去争取把绕口令翻译成英文，看看谁翻译得最好。让我们从鸟族中挑出云雀来谈谈……"

第一页是云雀图，从小到大排成几排，每只云雀下写着英文表示大小的不同用语，一共有十几个。

麦尔克："谁愿意做云雀球队的总领队，给这十几个队员点点名。"

几十个同学都举手抢答，艾文文也勇敢地举起了手。

麦尔克对艾文文微笑着歪歪头表示欣赏，用手按了一下心脏的位置表示鼓励，请她站起来发言。

艾文文讲英文中表示大小的十几个用语，开始还有些胆怯。麦尔克用眼睛鼓励她，艾文文越来越自信，讲完坐下。

讲桌后，麦尔克用一只手按住左腹，越来越使劲。

他拼尽气力，大声讲课：“我有时觉得，小鸟比我们人类还懂得生活，还要快活……”

他的头上渗出了大颗大颗的汗珠，脸色变得越来越苍白。有点失去自控，语言凌乱了：“下边……我们……欣赏英文儿歌《小云雀》——”

他朗诵起来：

“你早你早小小鸟，你在唱歌问我好……”

开始一句他尽量平衡，到了第二句声音开始颤抖了，五指痉挛地抓住讲台，竟抠出了五个深深的指痕。

最后，他的声音变调了，几乎是拼命喊着朗诵以下的诗句——

“我想和你一块飞，唱着歌儿去学校！”

课终于讲完了，下课铃声响了。

听课的老师掌声雷动，麦尔克用尽最后的力气，努力做出了一个感激的微笑：“谢谢，谢谢！”

然后，他像一棵被暴风连根拔起的大树一样，前倾着身子向讲台倒下去。

陈曦和校医一左一右冲上讲台，他倒在两人的臂弯里。

医　院

哈小乐穿过人群向医生挤了过去，对着医生大叫大喊：“你们骗人！你不是说麦尔克没事了吗？你们骗人！”

陈老师赶快把哈小乐拉开。

哈小乐一边被人拉走还一边大叫：“骗人！骗人！”

麦尔克疲惫地醒来，喃喃道歉：“对不起！对不起！我……”

校长：“麦尔克，回美国吧，你哥哥让你赶快回去做激光治疗，马上去给你订机票！”

麦尔克却痴痴地望着窗外：“回去？我还要去找西黄村呢！”

黎明之前，从层层叠叠的老石库门民居到机场路

行囊醒目地占满画面。校长、陈曦送麦尔克去机场。哈小乐的爸爸开车。

汽车上，几个人都不说话。

城市还没从睡意中醒来，路灯依然亮着。下起了蒙蒙细雨，到处是圣诞老人灯饰。

雨刷在车前窗刷过来，又刷过去。

录音机传出轻柔的京剧音乐：《长生殿》。戏曲声中，黎明前的街道在车窗外一一掠过。

黄浦码头，轮船鸣笛。

崛起的浦东。东方明珠、金融大厦……

拆迁工地，古老的乡村街巷继续在巨变。旧村的屋舍正被巨大的推土机推倒，山崩地裂般地扑向镜头。

尘土飞扬。

老屋邨：古老的屋檐的石雕，屋饰。

面包店卖点心；卖咸豆浆和糍饭的摊档；小菜市正批发青菜；花农在布置花市；小报亭在分拣报纸；晨运的人们已开始各就各位……

路灯熄灭。

校长向麦尔克说了句什么，麦尔克没搭话，他看到了一片老树：一棵，两棵，三棵，好多！

麦尔克像发现了新大陆！

浦东街边公园

麦尔克看到公园斜坡的绿草坪像个大舞台，在"舞台"的顶端赫然挺立着一排排郁郁葱葱的古榕！

哈小乐的爸爸停了车，麦尔克缓缓走下。

雨停了，曙光从天幕上射下来，古榕树如梦如幻。

榕树林里有人在练太极剑，有人在慢跑。

他拿上一瓶矿泉水，缓缓走上草坡，喃喃自语："我还找什么西黄村呀？这儿不就是我的西黄村吗？我妻子的老家、我的第二故乡！"

他走上前去，拧开矿泉水，细心地浇在古榕树的树根上。

抬头仰视树冠，数不清地气根帷幔似的垂下，他慢慢张开双臂，最后一次在这里做"喊音太极"，声音不大，但充满感情："呵……呵……"

似在应答他，林鸟被唤醒了，几百只……不，几千只林间小鸟一齐叽叽喳喳地叫起来，声音海涛似的从树冠扑面而来。

仿佛是无伴奏合唱。

如果说，此前的"喊音"是对忧郁的一种发泄的话，此时的"喊音"，则是对故乡，对生命的咏叹调。

树冠的霞光越来越分明了。

凝视着一切，他怀着复杂的心情和古树告别。

悄悄抬手，对古榕、对晨练的人群，暗暗做着告别的手势。

歌声。

古榕郁郁葱葱。

浦东上海国际机场

麦尔克下车，歌声渐大。雨又下大了。

麦尔克的眼睛睁大了：他看到窗外凭空多了一排绿树，一丛丛绿叶间向他深情摇摆。

孩子们早来了。在风雨中等着给他送行。

每个人都拿着一束绿叶，都不打伞。

风横雨狂，丛丛绿叶摇摆。

每个孩子都从自己的绿叶丛中抽出一张绿叶——一封绿叶信。

上边写着给麦尔克的祝福。

麦尔克的表情：悲凉、伤感，甚至是永别，一切都浮在脸上，一切又都压抑着。孩子们也一样，每张脸都强忍伤感，"笑靥"相迎。

麦尔克走过去，一一拥抱。

孩子们的泪水再也忍不住了。

拥抱，班长杨阳的泪水还噙在瞳仁边。

拥抱，蛮蛮的泪水已泉水般涌出。

拥抱，艾文文——麦尔克的戴安娜，这一次也不再羞涩，深情地吻了麦尔克，哭得像风中瑟瑟的一片树叶。（无声）

唯有哈小乐没有眼泪，他的面孔有如石像，拎着麦尔克带来的大行李，帮麦尔克收同学们送的其他礼物。

大都是些自己做的礼物：有歌星照片，有剪纸，有小布猫，有邮票，吉祥符，纪念币——

麦尔克最后和哈小乐拥抱，压抑着伤感提醒哈小乐"男子汉，别哭……"

哈小乐果然没有落泪，他低低道："我一定把我考试扣下来的一分补上来！"

两个人长时间拥抱。

校长、大陆与麦尔克握别。最后轮到陈曦，陈曦帮他整整衣领，四目对视，她声音轻若蚊子："等你回来。"

他一句话也没说。

什么地方响起了《忘与记》的旋律。

他看着她怔了很久，突然转过身去，逃似的离开。

边 检 站

检查人员伸手要他的护照，一抬头，被麦尔克的表情惊呆了。

他看到麦尔克昂起头的脸上，两行泪水瀑布似的、默默无声地垂落下来。

登 机 坪

飞机起飞，飞向天空。

这时哈小乐突然冲出人群，向天空张开双臂，大喊一声："麦——尔——克——"

一边疯狂地追逐飞机，一边洪水出闸似的放声大哭起来。

飞机远去。

他奔跑。

一个踉跄，他跌倒在地。

他趴在雨水里，哭得双肩耸动，完全成了一个泪孩子。

葳蕤的林木

绿烟如画，绿浪浩森。

风来，碧波起伏。

出麦尔克的画外音：

"校长、陈曦、大陆和所有的朋友们：

"我亲爱的查尔斯、戴安娜、珍妮、萧伯纳，药王山的同学们，以及我所有亲爱的孩子们：

"此刻，我们共同度过的每一天，都悠然飞越时间的深渊，泉水般涌现到我的眼前，用浓重的色彩在我心上刻下四个字：我爱你们。

"跟你们在一起，我学会了忘与记：忘了病痛，忘了年龄，忘了肤色，忘了国籍！却记住了愉快，记住了健康，记住了友谊！记住了爱心！……"

湖 畔

水鸟腾起："爱！爱！爱！"

水鸟翱翔。

音乐：《忘与记》。

长途电话站

孩子们给麦尔克打长途电话。

哈小乐："每个人打十秒！"他先拿起话筒，"哈罗，麦尔克吗？你要顶住！"又带着颤抖，"我考了七十三分！"

艾文文："麦尔克，我们和你在一起。"

山区的一个孩子："麦尔克，药王山建起第一座乡镇制药厂啦！"

班长杨阳看表："电话费还够！"

哈小乐："一起给麦尔克唱支歌，来！"他带头唱起，孩子们不太整齐地唱起来。

歌声：《忘与记》。

药王山　林海

歌声《忘与记》继续。

混播京剧锣鼓。

孩子们的歌声和京剧锣鼓久久回荡。孩子们给麦尔克采草药。

校长办公室

校长与陈曦在电脑前收电子邮件，发出电键敲击声，英文显示，叠中文字幕：

请保留我的教职，明天请接机。——麦尔克。

校长与陈曦兴奋而惊奇。

校　园

可以看到大门外停着大客车。校长坐在副驾驶席上，物流公司哈经理亲自开车。

陈曦拿着电子打印件上车，全班同学都在车上，她把下载的电子打印件看了又看，孩子们闻讯激动不已，争先恐后地抢问：

"麦尔克活着？他来电子邮件了？"

"他没……"

"他要回来吗？"

陈曦表情复杂："不知道。"

孩子们愈发不安了，叽叽喳喳吵成一锅粥："哎呀！怎么不知道呀！哎呀！急死人了！"

陈曦用手势让大家安静下来，周到地叮嘱："我们去机场接飞机，大家要做好各种思想准备，有两种可能呵！"

哈小乐躲在最后，偷偷摸摸做合十默祷。

（字幕）想象中的结局之一

讲故事人的画外音：

"他在求漫画里的大神布朗帮他们看到奇迹，可是，哈小乐也许会见到这样的结局——"

哈小乐和孩子们高举一张张绿叶信，用绿叶组成的字牌上写着："欢迎我们的买买提！"

大家屏息注视——

一架波音757正在降落。

机门打开。

走出一个中年人，麦尔克的哥哥。他胸前佩戴着麦尔克戴过的新沪英语实验学校校徽。

他走出机场到达厅的出口，看到了孩子们，招手："我是麦尔克的哥哥，我来继续给孩子们上课！"

哈小乐和孩子们招手，一片绿叶的海："麦尔克呢？麦尔克在哪儿？"

化：远山，大榕树及林海，无边的绿色。

《忘与记》旋律久久回荡。

讲故事人的画外音：

"当然，结局也有第二种可能——"

（字幕）想象中的结局之二

麦尔克的哥哥一个人提着小皮箱向孩子们走来。

哈小乐愕视，一颗晶莹的泪水滚过面颊。

突然，孩子们叽叽喳喳，神秘地后退了。

木偶"鼻拉长"伸进画面，调皮地在哈小乐额角上顶了一下。

他侧首愕视，眼睛惊讶地睁圆了。

疑似梦中，眼睛使劲眨了又眨。

一个高大伟岸的宽背遮住了镜头。哈小乐和孩子们兴奋地高叫："麦——尔——克——"

真的是麦尔克！

他身后是两个美国客人。

麦尔克介绍："我的美国医生，专程来了解中医和'喊音太极'，太神奇了，我的病灶居然消失了。"

哈小乐呵的一声扑倒在麦尔克的双臂间。

《忘与记》旋律加大。

讲故事人的画外音：

"我们的故事没讲完，结局究竟是哪一个呢？让我们以孩子的名义，一齐为他们祝福吧！"

去浦东机场的公路上

大客车箭似的射向地平线。

湛蓝的天宇上，一行大雁排成人字形的队伍款款北飞。

湖畔，水鸟："爱！爱！爱！"

远去的大客车融合在山光水色中。

（剧终）

2004 年深秋，上海——英格兰伯明翰

2006 年中秋，广州——夏威夷火奴鲁鲁

2014 年五一节，广州——美国凤凰城

（初稿获首届夏衍电影文学评委奖，《电影创作》2002 年第 2 期以《四季》为题发表，韩国海纳公司与长影第 10 工作室 2012 年合拍，题为《云朵上的羊角花》）

云朵上的羊角花
CLAW FLOWERS ON CLOUDS

主演 Cast

彼特--曹操（美国）
Peter--Caocao(American)

燕子--高婷婷
Yanzi--Gao Tingting

泰冉冉--彭翰斐

导演：姜中元 李亚霖
Director:Jiang Zhongyuan, Li Yaning

摄影：孙允圣
Photographer Sun Shengyun

编剧：于力 于馨宇
Scriptwriter:Yu Li, Yu Xinyu

长影集团有限责任公司/长春电影制片厂Changchun Film Studio Group Co.,L
吉林海纳影视有限公司　Jilin Haina Media Co.,Ltd.

电影剧本《忘年》由长春电影制片厂拍摄成电影《云朵上的羊角花》

詹 天 佑

1. 片头

古色古香的老相册。封面为暗红的金丝绒，正中有一行镶嵌式镀金英文：BASEBALL。

封面缓缓开启：

主创人员名单。天蓝色的字幕。

隐约而间断的各种撞击音响。

字幕结束，老照片式的单色画面切入：

铿然一声，一只棒球被击上天空；更有力的一声，一根道钉被钉入枕木；金属撞击声，一组挂钩牢牢地撞合；轰然一声，黢暗的隧道被凿穿。

机车长鸣，背镜冲出隧道口，视野豁然开朗。辉煌的音乐。画面渐变为彩色：无边无垠的北国群山；朝霞中的长城；烟岚缭绕的长城；蓝色暗夜中的长城……

音乐：《天使的车》

出片名：《詹天佑》

2. 北京　　中南海内　日　春

一角出小小的字幕：1919 年，中南海。

时值春雪之后，两个即将赴海参崴参加"国际联合监管远东铁路会议"的中国代表走出殿门，一边穿过花园向院门走来，一边焦急地议论。

甲："大总统说了，能在技术方面代表中国参加这个铁路会议的只有詹天佑！"

乙："可他病成这样，没法儿去呵！"

甲："大总统刚给他往汉口发了电报，等消息吧！"

两个人匆匆走出院门。

3. 汉口　　日　春

报童卖报，叫卖声盈耳。

市民买报。标题醒目：《巴黎和会昨日继续》。

一辆老式的汽车开过坑坑洼洼的泥路，向詹宅驶去。

4. 詹家门前　　日　春

詹天佑的老同学邝孙谋、学生张鸿诰和医护人员把官员拦在房门口。（人物字幕）

邝孙谋忧心忡忡："眷诚怎么出得了门儿！"张鸿诰惴惴不安地对官员解释："先生已经病得……"

官员甲歉意地说："知道先生身体欠安，可是……"他谈起事情的原委，"中东铁路原本是中俄两国合作修筑的，现在俄国国内混战，对外无力顾及，日本人虎视眈眈，想趁机霸占！"

官员乙："各列强也趁机主张国际共管，决定在俄国海参崴谈判。美国的技术代表是设计巴拿马运河的司蒂芬森，大总统希望我国派一个同等重要的人物去，这就非先生不可了！"

医生为难，小心翼翼把门关上。

可是，房门深处却传出一个细若游丝的声音。

极弱，却分外清晰："不用争了。"邝孙谋吃了一惊，轻轻推开门——

5. 詹天佑的卧室　　日　春

詹天佑正在输液。

听到门外的声音，他竟然从病榻上坐了起来。自己动手把针头拔掉，把体温计取下，下床披衣。

医护人员急忙拉他。

6. 列车长鸣　　北去

林海雪原，无涯无际。

7. 车内包厢　　日　春

詹天佑已经换上崭新的老式西装，十分绅士。

他神情凝重，判若两人。

这一年，他五十九岁。

仪态敦厚，神情率真，一直摆脱不了在美国留学养成的天真。

詹天佑鸟瞰雪原，表情深沉。

他的心声："人们渐渐把'詹天佑'三个字看得不寻常了，可詹天佑算老几呐！"

他苦笑摇头。

8. 长城下的原野　　日　春

车渐慢，在长城边一个小站停下。

詹天佑挂着手杖走下车来。

医护人员想拦他。

张鸿诰理解而体谅道："让他走走吧……"

詹天佑仰望长城及铁路。

他向一片白雪覆盖的麦地走去。

9. 雪地

手杖粗粗的一头在雪地上写了一行英文字母："B……B……"

两个学生小声议论："老师写的什么字？"

詹天佑回看雪地，神情激动。他的思绪飞得很远……

心声：

"当留学时第一次看到横贯美国的大铁路，我像只荒原狼一样仰天嚎叫起来：何年何月中国才能铺起这样长长的铁轨呢？我焦灼异常，回国后只盼望快做些什么。可一直到二十年过去，我满眼看到的不是长长的铁轨，却仍是无处不在的长长的辫子——"

一条条又长又粗的男人辫子纵贯银幕，占满了画面。

10. 京张路工地　　日　春

起伏的群山。吹哨声。

一连串惊心动魄的爆破声，半座石山被炸飞了。

辫子的影像却更加清晰了，一个个拖着长长辫子的筑路者闪过画面，其中一个留辫子的人转过身来，竟是詹天佑。

詹天佑正挥旗指挥。张鸿诰随后。频频吹哨。

这一年，詹天佑四十五岁。

一组特写：

眼睛。侧。正。

八字胡。

有棱有角的嘴唇及下颌。

目光深沉。表情刚毅。着清末铁路工作服，排纽紧身衫。马裤。太阳帽。

字幕："一九〇五年（清光绪三十一年）举世瞩目的京张铁路开始动工了，这是一条不聘用任何外国员工、完全由中国人自建的、詹天佑任总工程司（那时对工程师的称谓）的旷世险工……"

硝烟还未散尽，三个人就飞跑而来，为首的是英俊的青年工程司陈西林。

詹天佑愕然："张鸿诰，那是谁?"

张鸿诰："陈西林!"他冲上去拦截，"陈西林，你们不要命啦!"

青年工程司气喘吁吁，举着一份紧急文书："紧急文书，袁世凯大人紧急召见老师!"向后一指，两个戈什哈紧随。

文书上标明："十万火急。"

詹天佑接过文书，一愣。

11. 马蹄飞奔　　日　春

两个戈什哈骑马引一辆马车飞奔入关。

雄壮的居庸关高插入云。城门洞下，厚厚的大石块路被千百年的碾压轧出深深的车辙。

车轮颠簸，滚过车辙。

12. 车内

詹天佑表情沉郁，有一种大任在肩的静气。他已经换上了官服。

戈什哈在马背上催促年轻的马车夫："快，天黑前要赶到秋操行辕！"

13. 京张路工地 日 春

大路上反向腾起一阵烟尘。

又有几匹马飞奔而来。

几个衣着鲜亮的戈什哈引一个太监赶到，急询张鸿诰："詹大人呢？"

张鸿诰判断了一下："什么事？"

太监："靖王爷和涟贝勒在三贝子花园设宴，请詹大人去有要紧事商量。"说罢，拿出请帖。

张鸿诰："不行，袁宫保刚刚把詹会办叫走。"

太监一怔，对几个戈什哈一挥手："追！"

14. 马车飞驶 日 春

半个车轮占满画面。车辙深深。

詹天佑的马车扬鞭驶来。

军都山逶迤入画。

长城蜿蜒，雉堞与烽火台轮廓清晰。

城下，形形色色的怪石。

云层开阖不定，阳光神秘地一闪。

鞭声响亮。

15. 古道

王爷和贝勒爷的人马扬鞭追来。

太监在马背上擦汗："快！"

16. 云台

石座上的佛像石雕苔痕斑驳，透出浓重的岁月沧桑感。

王爷府的人马终于把詹天佑的马车拦住了。

太监躬递请帖。

詹天佑看罢，颇觉为难："得向王爷府告罪了，天佑公务在身，实在去不了！"

太监再次躬身："詹大人，都齐了，就等您赏光了！"

詹天佑："天佑的公务关系到京张铁路，山洪一来，天不等人呀！请开恩准假，天佑实在不恭了！"

太监只好吐露实情："王爷有要紧事，好像要给您提个醒儿，京张铁路干下去有点麻烦……"

詹天佑一怔，判断了一下："那见了袁宫保，天佑立刻去王爷府求教。"草草一揖，又匆匆上车。

太监哼的一声眯起眼睛阴鸷地目送。

17. 直隶省彰秋　　阅兵场辕门外　　日　春

数十排龙旗猎猎飘动。

什么地方传来新军秋操的喊杀声、炮声。

两位外国嘉宾从辕门旁的休息室姗姗走出，是英国工程界的代表人物喀克斯与一位胖胖的日本外交官雨宫。（人物字幕）

雨宫："这么精彩的新军操练喀克斯不感兴趣？"

喀克斯："不，很精彩。可是等一下我要汇合一位中国工程界的同行，去三贝子花园饮酒。"

雨宫警觉起来："詹天佑？"

喀克斯："对，詹天佑。"

雨宫："——你们英国人还忘不了京张铁路？"

喀克斯："当然。让中国人修成一条路事小，可是让他们为讨好俄国就无视大不列颠帝国修筑京张路的愿望，能忍受吗？况且，让中国人在工程界坐大，你们大日本帝国又能忍受吗？"

雨宫："您以为詹天佑真能把京张铁路修成吗？"

喀克斯拿出一张英文的《东方泰晤士报》，指着一行红线标出处："这就是我们的判断——"

雨宫看报，忍不住哈哈大笑起来。

喀克斯也共鸣地大笑，连眼泪都笑出来了。

雨宫眯起小眼睛："我国剑豪宫本武藏有一句名言：要气吞对方，必有出人意表的战略!"

喀克斯："不必讳言！敝国是有些想法。按我们两国的秘约，贵国是要全力支持我们的!"

雨宫："大日本帝国向来是讲信用的！但必须先知道你们的打算。"

喀克斯靠近："他们的皇亲国戚为了争夺新军的控制权，和袁世凯几近火拼了！您当然知道那些王公贵族不甘心让袁世凯再控制一条有战略意义的铁路!"

雨宫："您的意思是……"

喀克斯："我找了袁世凯的这些死敌，"他指指几辆装饰着黄色绫罗的皇族马车，"让这些王爷钳制袁世凯，为我们……"做了个夺回来的手势。

远方烟尘腾起处，马车驶来。两人向远方望去——

詹天佑下车。

喀克斯上前打招呼，意味深长地一笑："詹姆斯，您好!"

詹天佑不卑不亢："您好。"他指向门内，"有公事，抱歉不能久陪了。"

喀克斯一笑："请。我们还有的是机会!"

几个殷殷久盼的戈什哈上前，引詹天佑匆匆进入——

18. 辕门内　　日　春

脚步声。

大门。脚。

二门。脚。

三门。步履。

四门。——一座小型的城门洞，脚步声引起共鸣。

五门。

19. 演兵场　　日　春

杀声盈耳。

数千新军正在秋操大演习，动作齐整，蔚为壮观。

阅兵台上，袁世凯一身戎装居左。（人物字幕）

十几个腰系黄带子的贵胄云集台上，居右。

领头的王爷对袁世凯侧目而视。

袁世凯感觉到了他们的目光，挑战似地对远方一挥手：炮兵排炮齐发。

王爷们吃惊地愕视。

喘息声，刚才追赶詹天佑的太监满脸汗水地抢先赶到，低头对王爷道："詹天佑不来——"他用眼神指了指袁世凯。

此时，北洋重臣徐世昌迈着小碎步驱而过台，赶到袁世凯身侧低低道："詹天佑来了。"袁世凯立刻起身，向亲王一揖，匆匆离场。几位腰系黄带子的皇族，悻悻地目送袁世凯的背影，窃窃私语起来。

甲："袁世凯明里要修京张铁路，暗里是想靠这条路控制蒙古的边防，再抢一块地盘儿！"

乙："路一通，他为北洋新军买枪买炮就更有理由要钱了。"

丙："他叫唤着靠国人修京张铁路，这个风头出成了，他甩开的就不仅是外国工匠，首先是您几位亲王了！"

丁："依靠国人？谁？说来说去不就是詹天佑几个吗？他詹天佑修得成吗？"

甲："没那么神！修这路连西洋各国都头痛，他詹天佑就三头六臂？"

为首的王爷："这小子还留过学呢！又呆，又木，官场上的事儿狗屁不通！这不，（他用下巴努努走下台的太监）靖王爷和涟贝勒受英国人之托，想把难处给他挑明，他还不来！"

另一个："不识抬举！"

几个人众口一词："走着瞧吧！好戏在后头呢！"

阅兵场上，排炮齐发。

20．阅兵场议事厅　　　日　春

袁世凯的背影正对镜头，凛凛然俯瞰——

詹天佑进堂，整袖，下跪。

袁世凯把詹天佑认真打量了一番，很久，突如其来地发问："京张铁路你造的预算是白银七百多万两，英国人才报五百万两，怎么回事？"

詹天佑一怔，直来直去，却官话生涩："英国人为何才报五百万两，卑职不知。要问，去问英国人吧！"

袁世凯不怒而威："嗯？"

恭立一侧的徐世昌（人物字幕：北洋新军咨谋、巡警部尚书）用眼神暗示詹言语已有冲撞，转圜道："再去复查一次线路，一截儿一截儿的、一项一项的细算!"

詹天佑虽官话不佳，却胸有成竹："卑职一共测了七条线路，关沟一线已测勘了八次。全线 360 大清里，干线用地 10763 亩，共需 281620 银两，车站车场用地 960 亩，共需 13500 银两。石方 1219600 立方，要 234920 银两，石灰每担 350 大钱，碎石 150 大钱，小工每人每日 150 大钱，石木工每人每日 200 大钱……"他说着，时不时迸出一两个英语单词。

在侧的还有冯元直——袁世凯的远亲及幕僚，他一脸阳刚之气。听了詹天佑的回话，轻轻吐了一口气。

袁世凯却打断詹天佑："好了好了!"他有些意外地又认真打量了一下詹天佑，停一停问，"为什么英国人说你干不了?"

詹天佑没有抬头，却一字一顿："我们完全可以修通此路，至于外国人为何说中国人干不了，卑职不知，要问，请大人还是问英国人吧!"

徐世昌吃了一惊，不无紧张地窥视袁世凯。

袁世凯脸色愈变愈阴沉，一双眼睛阴鸷地眯细了，眉宇间透出一股杀气。

徐世昌好心地提示："你到底干得了干不了? 实在干不了，还是找外国人吧! 这个风头你就别出了!"

袁世凯强忍愠怒，用铜包头的藤手杖戳着地面："自己揽下来又干不下去，到时候再请洋人可就丢脸了!"

詹天佑一怔，脸色也变得不好看了，不知深浅地顶撞起来："现在去请洋大人就不丢脸吗? 卑职可以不干，但是中国不能丢这个脸! 宫保大人您也不能丢这个脸!"

袁世凯一双眼睛可怕地眯细了，眉心渐蹙，他快要发作了。

徐世昌屏住了呼吸，垂下眼睑，不敢看袁世凯。

"哇哈哈哈!"袁世凯却爆发出一阵大笑。

"好! 丈夫不狂妄为人! 本部堂主新政、练新军、开学堂、办电报要的就是这点儿气概! ——你有把握干下去?"

詹天佑："卑职正在干。"他声音不高，态度平实，抬头启目，一脸敦厚。

21. 辕门外的马车上　　日　春

袁世凯与一位王爷共一辆马车回京。

王爷话里藏锋："宫保大人练兵有方，可喜可贺!"

袁世凯略一哈哈，不动声色。

王爷渐露锋芒："不过，大人想由中国人自个儿修京张铁路，这可有点悬呐!"

袁世凯面无表情："没办法！英、俄两国都争着修，摆不平，只好自己干。"

王爷一笑："佩服！佩服！"又突然收住笑容："可是，要干，也只能按英国人报的价，五百万两！工期也得从七年压为四年，这可是太后的懿旨！不是说着玩的！"

王爷直视袁世凯，车使劲颠簸了一下。

袁世凯愕然。

22. 北京詹天佑宅　　日　春

詹天佑心事重重地回到家中，豆蔻年华的女儿蓉蓉迎出："爸，您那几个老同学又来看您了——"

妻子谭菊珍："你在美国留学时候的那位房东诺索布夫人的儿子也来了！"

谭菊珍温柔贤惠，一种沉静的美也许只有古画才能画出来。（人物字幕）

客厅里四个人正在看老相册，他们是胖胖的邝孙谋（绰号弥勒），有棱有角的吴金科（绰号仙鹤），官威十足、保养得极好的杨逊（绰号伯爵），还有美国来的弥尔顿。（人物字幕）

詹天佑与弥尔顿热烈拥抱："离开你们家整二十二年了！真想念你母亲！"（英语、中文字幕）

邝弥勒："眷诚，几个老同学都为你担心——京张铁路我看知难而退吧！"他指着客厅墙上的地图，"军都山这么一大片崇山峻岭，路怎么修？爬坡太陡！绕圈儿太长！打隧道又太深！"

仙鹤态度激烈："又压工期又压银两，让王公贵胄这么一压，袁世凯也往回缩了！只知道讨好老佛爷，这宫保大人什么东西！"

杨逊侧目："唉唉唉，平心而论，袁宫保对京张路的安排算得上周到细致了，你别骂人家！"

仙鹤："是'周到细致'，我还真怕有一天眷诚被袁世凯的周到细致给坑了！弥尔顿，你任职的英国公司怎么才估算五百万两？"

弥尔顿有难言之隐："我去英国公司之前，我的前任喀克斯早已经报了五百万。为什么报这么少，我不便乱猜！"

詹天佑："我听说，喀克斯报五百万是为了把中国工程司吓回去，有这回事儿吗？"

弥尔顿："那么，我说几句我本来不应该说的话：五百万两，机车预算和其他预算都不在内，似乎还要追加二百八九十万两！"

邝孙谋的眼睛睁大了。

詹天佑目光锐利："光看筑路费，喀克斯比常规少了几十万两，可加上机车费，喀克斯比常规反而多报了一百万两！这完全是一种迷惑人的策略！"

弥尔顿叹了一口气："詹，接这条路，我劝你慎重。工程难度大大超出我的预料！真要接，须用足够的银子买专用设备，特别是开挖山洞的压缩空气机械设备，好控制地下水，而且必须采用外国包工。"

詹天佑："太后和袁总督决定，这条路不用外国人员。"

弥尔顿："可是，筑路大军你怎么出？靠一群农民？"

一阵沉默。

弥尔顿："我妈妈也劝你别去京张铁路！"他拿出一个大信封。

詹天佑惊喜："诺索布夫人有信给我?!"打开信，有诺索布夫人的半身相片，一个慈祥的美国老妇。

弥尔顿："她一蒸布丁就念叨你，哦，还为你搜集了一些有关京张路的欧美报纸，喏——"他抽出几张外报，摘念："京张铁路这样的旷世险工，在欧美各国也只有大师级的人物才敢于接受挑战！"

又找出一份英文的《东方泰晤士报》，看了一眼，躲躲闪闪地想往信封中藏："这一份，太不像话，不必看了……"

詹天佑却好奇地伸出手，平静而坚决："不，给我看看！"

弥尔顿："不，太不像话，太侮辱人！……"

詹天佑："我倒很想听一些刺耳的评论，特别是英语评论！"他把那张报纸拿过来，看了一遍，冷冷反讽："有见解！话说得一针见血！"

三个同学："怎么说？"

詹天佑克制着激动，良久不语。

仙鹤拿过报纸念道："在中国，能修京张铁路的工程司还没有降生呢！"读罢，仙鹤、邝弥勒，甚至包括杨逊都大叫起来："太侮辱人了！""太过分了！"

谭菊珍与蓉蓉端进一大盘热气腾腾的炒河粉："好热闹呀！都饿了吧？来，尝尝我们广州家乡的炒河粉！"蓉蓉摆上碗筷，给众人盛粉，詹天佑也来帮忙，却越帮越忙，差点儿把碗弄到地上。

谭菊珍："瞧你！大老爷，等着吃吧！"

邝孙谋："菊珍嫂真厉害呀！眷诚是得有人管一管！"

谭菊珍："弥勒嘴里没好话！"

蓉蓉："对，对，邝伯伯最坏！"众笑。母女二人走出。

几个同学一边吃又一边议论正事。

"不必理会那类攻击！"弥尔顿指着詹天佑："工程司这不是早就有了吗！只是专门设备捉襟见肘，筑路大军也不是一朝一夕之间能一蹴而就的！"

詹天佑："那我们就练出一支筑路大军吧！既然华工卖猪仔到密西西比大铁路能干得不错，在中国也应该可以吧！"

詹天佑打开老相册，翻到一页，那是三十多年前詹天佑在美国时，中国留学生棒球队的球装合影。都是十四五岁，一个个风华正茂，单纯而自信。

小天佑尤其可爱。

詹天佑对弥尔顿："还记得上中学时我们打的那场棒球赛吗？"

弥尔顿："六比四，中国留学生棒球队把美国学生队打败了。"

詹天佑："谢谢你。我总觉得自己好像还在球场上，特别忘不了老校长诺索布先生为我们喊加油！"

23. 幻觉镜头：黑白片

铿然一声，一个棒球被击上蓝天，化——

24. 工棚　　詹天佑办公室　　夜　春

詹天佑放下他刚刚写完的一封英文信。

再一次打开老相册，耳畔响起老父亲在远处呼喊的声音："眷诚，你一个人出门在外，要多加小心呐！……"

老照片：

三十个中国学童，身着清代冠袍，出发前列队照相。

小天佑也在其中。

画外传来父亲具甘结的声音：

"具甘结人詹兴洪。兹有子天佑，情愿送宪局带往花旗国肄业学习机艺……倘有疾病，生死各安天命，此结是实……"

詹天佑看着老照片，泪眼模糊了。

又翻到一页，是一百二十个学童留学归来，却像囚徒一样被押进书院的老照片。

画外传来绿营兵千总的发令声：

"归国的学童共一百二十人，统统押解到粤华书院，在外边学了十年都成了不安分的假洋鬼子，一个也别让他们乱跑！"

詹天佑合上老相册。走在地图前，把泪水缓缓抹去。拿起笔，在原来的线路图上打了个大大的×。

桌子上是他给诺索布夫人写好的回信。

出汉语心声：

"亲爱的诺索布夫人，京张铁路您劝我小心，我父亲也劝我凡事谨慎，可是我别无选择，只能前往。如果现在我退缩，那不仅仅说明我个人无能，而是让全体中国工程司和全体中国人都蒙上羞耻！我决计知难而上！"

画外心声中他全神贯注地改图。

化——

25．军都山脉

两把镰刀在荆棘丛中开路。

詹天佑率几个工程人员再次复勘线路。

几个人登上一座陡峭的大山。

在峭壁上支测量仪，险些摔倒。

一件仪器滑落深涧。

詹天佑透过测量仪看大山的南侧——南侧有农田。他眉心紧蹙，又转望大山的北侧。

他的眉峰又跳了一下，离开测量仪远眺——

在视野可及的地方，隐约有一座王陵。

詹天佑回身对部下商量："如果把盘山道改成'之'字形，工期、银两都可以大大节省。"

他用草棍在地上绘图，一个"之"字形路线恰好把一座大山绕开。

张鸿诰担心地说："可是坡度太大呀！"

另一英俊的青年工程司用望远镜向刚才滑落仪器的山涧望去——

涧底。摔到山底的仪器，已经成了碎片。

26．鸡鸣驿　　夜　春

风声尖厉，城楼破败。

27．鸡毛小店　　夜　春

几个人睡在土炕上。

张鸿诰一觉醒来，发现外间亮着马灯。

詹天佑还在披衣计算。

张鸿诰："您，还没睡？"

詹天佑一脸兴奋："睡不着！你们都别睡了，快起来，有办法了！"

几个部下兴奋地凑过来。

詹天佑举灯凑近地图："我算了一下，坡度为千分之三十三，可以用'之'字形线路！"

他迅速翻开几本英文工程书："看，南美洲的森林铁路在这种坡度就用过'之'字形！"

陈西林："可那是森林铁路呀！"

詹天佑："对！可是美国在北美干线上也用过！而且，这么一来，八达岭山洞缩短近一半儿！"

几个人越说越兴奋！

詹天佑："天快亮了，带上仪器，再上山看看！"

28. 山中　　黎明之前　春

晨光熹微中，几个人再次来到八达岭。

支起测量仪，詹天佑兴奋地指点："铁路从山那边沿'之'字形的第一笔铺上来，再从山这边走'之'字形的第二笔，山就这么绕过去了，然后再走第三笔，继续前进！"

几个人大声喊："对！""好！""妙！"

群山回声袅袅。惊飞了一群夜鸟。

天亮了，天边出现一抹红霞。

几个部下看山南："第一笔沿那一侧走。"

詹天佑："不，那里有农田。你们看……"

他指向另一边的王陵。

张鸿诰担心地说："那边有王爷坟，让过吗？"

詹天佑："为了大清的中兴呀！王爷有灵，也会含笑九泉的！"

几个部下又大声喊："对！"

回声四起。

29. 山中

詹天佑兴奋地唱起歌来：《飞下来吧，天使的车》。

晴空万里，一只鹰在蓝天翱翔。

从鹰的角度俯摄：茫茫大山。

远山在云霭中若隐若现，雄奇而妩媚。

歌声中，几个人摊开了工程图。

詹天佑拿起红铅笔，把环山道改成"之"字形。

八达岭山洞也改了位置，标出的 6000 英尺被粗大的"×"号画掉，改为 3450 英尺。

30. 天津直隶总督府花厅　　日　春

一个围棋盘，两盅香茗，花厅条案上有一个八音钟。

袁世凯和徐世昌在花厅对弈。冯元直在远处的池畔观鱼。

徐世昌边下边说："詹天佑的报告来了。"

袁世凯布子，不语。

徐世昌："他倒是挺有办法，南口至岔道城一段路线，没力量按原计划环山走了，改为直上直下走'之'字形。"

袁世凯捻起一子，思谋着："……成吗？"

徐世昌："您吩咐好另批两百万两银子购机车，我跟他一说，他劲儿更足了，说能这样他保证五百万两拿下全路，四年完成！"

袁世凯没吭声，落子。须臾间，低声道："得派个人去盯着他。"

徐世昌："让您这位远亲去？"他用眼神示意冯元直。

袁世凯仍不吭声，似乎是默认了。

冯元直缓缓走过。

徐世昌一边落子一边对冯元直道："元直兄，得派个人去京张路管管詹天佑，您出山怎么样？"

冯元直异常清高："对詹天佑，辅助则可，监视、管制则不可。元直难以从命。"他缓缓走远。

袁世凯鄙夷地摇头。

八音钟开始报时。

袁世凯："你替我把那座钟赏给詹天佑，这是太后赏给我的。要他心里有数！"

八音钟里走出一个小人，敲钟。

31. 工地全景

星星点点的小旗，工棚时隐时现地掩映在烟岚中。

32. 山脊

詹天佑的特写与爆炸画面交替——

詹天佑两手一抡，做了个击棒球的姿势："开始!"

"轰轰轰!"——惊天动地的爆破声和回声。

远山腾起股股硝烟，一串爆破，一排大山在碎石升空、烟雾冲腾中被炸飞了。

詹天佑："关沟逐段垫高!"

部下打旗语。

山下回旗语。

詹天佑："第二炮!"

他又举起手，再次一抡。

又一次爆破，硝烟腾天，歌声——《飞下来吧，天使的车》。

詹天佑唱着歌向更高处走去。

33. 山中工地　　日　夏

祁立勋带喀克斯到工地参观，通译跟随。

祁立勋一副脑满肠肥的模样。喀克斯面对工地，挑剔地冷笑。正逢工地在悬崖上打一排炮洞。

十个炮洞打好，工程学员马荣清从悬崖上吊下往炮洞里塞炸药包。最后一个炮洞也塞进了炸药包，祁立勋卖弄地下令："点炮!"马荣清还没来得及沿原路攀回崖顶，来路上的一个炮洞竟开始爆破了。

马荣清被堵到绝路上，他只好就地向上攀。

山面光滑，他怎么也登不上去。

十个炮洞都每隔几十秒就炸一个，很快就要炸到他脚下的炮洞了。

工人们吓呆了。

马荣清急中生智，索性跳回到最后一个炮洞，把洞里的炸药包掏出向山底一抛，自己躲进了炮洞。

爆炸已经轮到这里了。

轰的一声惊天动地的巨响，硝烟弥漫。

人们惊呼："马荣清!"

硝烟散开，却不见他的身影。

喀克斯冷笑。

突然，悬崖上传出一句英语问好声："喀克斯先生，您好！"

只见马荣清从那个已扔掉炸药包的炮洞里钻出，向喀克斯招手。

34. 关沟　日　夏

亲贵们视察关沟。但见重峦叠嶂，沟深壑险。

几个王爷、枢要咋舌不止，连连摇头。杨逊前前后后地忙活着。

一位王爷抬头看山，仰头过甚，连顶戴都从脑后掉了下来：

"非要逞能！不找洋人！这以后自己能修吗？"

沟边。袁世凯、徐世昌看得惊心动魄，频频拭汗。

袁世凯藤条手杖敲了敲岩壁，一串碎石轰隆隆滚了下去，惊道："这，这……"

徐世昌："这山怎么过？"

詹天佑指着远山："通车后须多备一辆机车，以便上下坡时前拉后推。"

徐世昌："成吗？"

詹天佑："我已经致函美国波德温工厂和倍尔皮克公司，以及德、日、法、意几家公司，广泛征求适合大坡道上运行的机车类型。我倾向于马莱机车，它功力大，额定引力为四万二千公斤！"

他一派视野开阔、全局在胸的风度。又道："不过，这些都好办，真正的困难在那里……"

他向八达岭指去："我们经费不足，无法多买专用设备。"

袁世凯走到一座山前仰视，表情愈显不安："实在不行，还是请英国人来吧……"他抬头过分，帽子也掉下来。

詹天佑为其拾帽，掸掉土，自信地说："不用，我们能想办法！"

35. 北京詹宅　日　夏

一盆米兰摆在詹宅的客厅正中。

蓉蓉陶醉地闻着香气，眯起了眼睛。

詹天佑与邝孙谋进。见到米兰，詹天佑疑惑地打量："米子桂？谁送的？"

蓉蓉："俩包工头。"

詹天佑警觉："谁？"

蓉蓉："俩人不肯留姓名，我给银子他们也不收，只说是您平日常派工给他们，以后接着再派，就全有了。"

詹天佑不快："那你就收了？糊涂！"

女儿委屈地说："银子人家不要嘛！还说一盆花算什么，又没人知道……"

詹天佑不快："没人知道？天知、神知，你知、我知，怎么说没人知道！"

邝孙谋和稀泥："好了好了，下不为例，这盆米子桂，我要了！"

他想把米子桂搬到窗下，一端花盆，"嗬！"表情是真沉！

邝孙谋狐疑地找来一根通条，掘起土来。

蓉蓉心疼地说："别挖，伤了根儿……"

邝孙谋却挖到了什么："不挖才伤根呢！"

一使劲，掘出一个硬物——竟是一根金条。

再掘，又挖出九根。

邝孙谋："好家伙，金条！一百两！真阔呀！这俩包工头想干吗？"

"想干什么？不外是利用工程敲骨吸髓！"詹天佑怒责女儿："看看！你收下了什么！快叫人来，把花盆退回去！"

女儿想去叫人，邝孙谋叫住她："别！别！黄澄澄的金子，不要白不要！我那个工程正缺进口钢筋的银子呢！一百两黄金，我们粤汉铁路笑纳了！"

说罢，到书案上磨砚铺纸，写了偌大一张收据。

仆人进报："公司会办祁立勋大人有急事求见。"

祁立勋带了两个包工头进。

祁立勋来送报表："京张铁路零公里在丰台，进北京还得租英国关内外铁路公司从丰台到柳村的一段铁路，这是英国公司造的租金报表……"

詹天佑看报表，火了，把报表往桌上狠狠一拍："讹诈！用这租金够修一条铁路了！"

两个包工头好像也有话要说，詹天佑询视："嗯？"

包工头："事儿挺急，只好赶来报告，打山洞动了龙脉，龙王爷往洞里吐仙气，差点儿没熏死人！"

詹天佑一怔："仙气？……不是什么龙王爷的仙气，是地下的瓦斯气！"

包工头乙："詹大人，快买专门儿的通风设备吧！要不山洞没法儿打呀！"

詹天佑为难："可银子……"

祁立勋旁敲侧击："磨刀不误砍柴工，这些专门设备，该买还是买吧！"说罢，与包工头交换了一下眼神儿，两个包工头又一句追一句连连应声。

邝孙谋目光敏锐地一闪："祁立勋，您看哪一国的通风设备最好？"

祁立勋："当然还是英国洋行的。他们还递了话，买英国洋行的设备，柳村铁路的租金可以压下来。"

詹天佑认真起来："压多少？"

祁立勋："六折。"

詹天佑心动了："这些设备中国工人掌握得了吗?"

祁立勋："咱们的民夫恐怕干不了,需要让熟悉操作的英国工程司参与——喀克斯先生说很愿意效劳。"

詹天佑醒悟了："已经定了,这条路不用洋员!这个口子一开,中国人自建它不成了空话!"

他把报表退给祁立勋:"把报表退给他们!跟他们说,租金不压下来,我们的钢材也不从他们那儿进口了,这叫——"

邝孙谋:"以其人之道,还治其人之身!"

祁立勋与两个包工头姗姗欲下。

邝孙谋叫住他们,指指那盆米子桂:"这花儿,是你们送的吗?"

两个包工头不吭声。

邝孙谋把写好的"收据"递过去:"听说是两个包工头送来的,你们回去,替我把这个告示贴出去,谢谢他们——"

他把偌大一张"收据"递过去,自己念道:

"某义士捐黄金百两及米子桂一盆儿,托京张铁路公司转赠敝公司购钢轨用,敝公司深致谢忱,特表敬意——粤汉铁路公司。"

祁立勋与两个包工头接过收据,面面相觑,闷闷走出。

詹天佑、邝孙谋与蓉蓉,都忍不住哈哈大笑起来。

36. 工地一隅   日 夏

祁立勋正陪喀克斯参观工程。

喀克斯仰视八达岭,俯视关沟,按捺不住惊奇,讷讷自语:"呵!简直是在修一条新的长城呵!"

通译与包工头、监工在后边小声议论什么,走上来用英语对喀克斯道:"水泥工、小工一天才150大钱,木工也才200大钱……"

喀克斯摇头:"简直是白干!怪不得詹天佑五百万两能拿下来呢!"

两个人小声嘀咕了一番,通译又回去与包工头窃窃私语:"把你的人拉到关内外铁路去,工钱少说加一倍!"

包工头将信将疑:"小工三百?"

通译:"木工四百!你发下去当然用不着这么多,老兄又可以捧个聚宝盆回家呀!"

包工头嘿嘿一笑。

前边，喀克斯仍然很绅士地与祁立勋边走边谈，他的目光漫不经意地向这边一闪。

通译神秘兮兮地压低声音："给你们把话挑明，中国人想自己修成这条路？没门儿！喀克斯先生早做准备了，英国公司指不定哪天就来接管这些工地了！"

37. 桥梁工地   日 夏

蝉声聒噪。张鸿诰和陈西林在山涧中捡雨花石。

詹天佑匆匆走上一个刚砌成的混凝土桥。

陈西林、张鸿诰小跑着跟上他。

陈西林："先生，您听，知了叫了……"

詹天佑一挥手："没工夫听这些！"

张鸿诰："先生，给蓉蓉捡的雨花石！"

詹天佑脚步停了，接过雨花石，会心一笑，又匆匆赶到桥面，检查质量，这儿敲敲，那儿看看。

包工头甲与监工乙提心吊胆地看着他。几个民工尾随。

包工头甲："大人，放心吧，这回绝没偷工减料！"

监工乙："大人，放心吧，我们监工都仔细验过了！"

包工头甲："都是按您要求配的料，一样儿也没敢马虎！"

监工乙："您甭查了！放一百个心吧！"

詹天佑拿出放大镜，审视细部。

放大镜下出现可疑处："水！"

两个民工默契地挑来两担水。

詹天佑亲自舀水，缓缓浇在桥面可疑处。

桥面底下悄悄渗出水来。

他的脸色骤变，愠怒升起，直视包工头："'——放心吧！放心吧！'亏你说得出口！"

包工头："这……"

他又怒视监工："'——甭查！甭查！'你这个监工，怎么当的?！"

监工："我……"

詹天佑盛怒："说！"他讲起了英语。

包工头和监工勾着头，说不出话来。

民工们也被詹天佑的盛怒惊呆了。

詹天佑："国内国外，有多少人，在等着看我们的笑话，在盼我们这些桥，这些涵洞，一个接一个垮下来，盼这条路修不成！你们……懂吗？"

他开始时说官话，接下去，越说越激动，中国话、英语一齐上了。

詹天佑一把扯下自己腰系的放大镜，朝桥下面一放："下边，考试！考对了有奖……混凝土的配合比，是多少？"

包工头与监工面面相觑。

民工中，聪明伶俐的戚小福子暗暗给两个人打手势。

詹天佑："别装哑巴！……水、灰比又是多少？"

监工头上冒汗了，斜着眼向戚小福子求救。

戚小福子在石壁上悄悄用老式的中国数码写了"一、二、四"和"一、六"两组数据。

詹天佑终于发现戚小福子在"作弊"，愈怒："谁作弊？你，什么人？"

戚小福子："……小工。"

詹天佑纳罕："你懂？"

戚小福子不吭声。

詹天佑："说！"

戚小福子："配合比是：一份儿水泥，两份儿细料，四份儿粗料；水灰比是：一袋九十四磅的洋灰，用六加仑水，约摸两斗半……"

詹天佑颇为惊奇，"你怎么会记得？"

戚小福子："大人白天讲，小的晚上回去就悄悄记下来了……他指指对襟衣袋里插的一本线装书。

是一本线装的蒙书，中缝被裁开，纸背面，密密麻麻记着一些蝇头小楷，全是工程数据。

詹天佑对包工头和监工掂着线装书："看看，还比不上一个小工！……这儿的混凝土是按章程配的吗？"

包工头、监工不吭声。

啪的一下，詹天佑用锤子从桥面上敲下一块石头："瞧瞧，这儿的粗料加的是什么？——二类风化石！"

众人哑然。

詹天佑："我早说过，风化石，是糠心萝卜，中看，不中用！石头哪儿采的？"

工头嗫嚅："我说了，采石到老龙背去采，可那离王爷坟太近，王爷府的人不让动……"

监工："风水先生也说了，动了老龙背，伤了龙脉，这条路就别想修成！"

詹天佑："哪儿的风水先生？我倒想请教请教！"

包工头："祁会办祁大人说过，八九不离十就成了，只要过得去……"

詹天佑眼睛睁大了："祁立勋？"

几个民工和监工、包工头不吭声。

詹天佑："那，我不是亲自对你们讲过规程吗？"

众人嗫嚅，戚小福子替监工辩解："大人，您的话太深了，一会儿英国话，一会儿广东话，不好懂……"

詹天佑："你怎么懂？"

监工委屈地说："戚小福子念过私塾！"

詹天佑恨铁不成钢地说："啧啧啧！下边要打山洞了！再这么干，怎么得了……以后再这样，就打屁股！"

他下令："返工！推倒！重来！"

监工嘟囔："返工也没办法，咱们中国人干不来这些洋玩意儿……"

詹天佑正欲下桥，听这话又折回，严厉道："你说什么？"

监工不吭声。

詹天佑怒气冲冲："你，不配干监工！免职！监工由他来！"他指指戚小福子，把那个放大镜郑重地放到戚小福子手里。

38. 伙房内外　　黄昏　夏

工人们围着灶头吃饭，张鸿诰、陈西林也在这里就餐。

被免职的监工闷闷不乐，低头喝闷酒。

两个工人为他叫屈："为一句半句话，詹督办干吗发那么大的火？真是！"

陈西林解释："詹督办听不得泄气话！特别是说中国人不成的话！"

张鸿诰："棒球不是洋玩意儿？詹督办他们'留学'时跟美国人比赛，愣赢了！——中国人心齐了，能成事儿！"

在一边吃饭的包工头冷冷一笑："心齐？"他向一个带木工工具的师傅看了一眼。

木工悟到了什么，走上前来大声请假："头儿，我家里有事儿，得把活儿辞了！"

包工头看看张鸿诰，张鸿诰："那，去吧。"

没料到，又有两个木工站起。

甲："我也有事儿，家里麦子得收了。"

接着，又有两三个技工也请起假来："我也有事儿……"

张鸿诰与陈西林愕然："都走了，工地怎么办？"

39. 居庸关隧道工地　　日　夏

戚小福子率三丑等工人扛着工具从竖井上下到隧道接班。

看看隧道深处，小福子一怔："人呢？怎么都没影了？灯怎么——"

隧道内一片昏暗，湿漉漉的岩壁上唯一的一盏马灯也已熄灭。

工人甲："还没接班，怎么都撒丫子了？"

小福子："今儿个都中什么邪了？"命令式地："三丑，你把灯点上！"

三丑恨恨地瞪了他一眼，扭身走开。

小福子："干什么？"他火了。

三丑："神气什么？才当了几天监工？有本事冲槐花儿撒气去！"

两个人吵成一团，最后竟动起手来，连防塌架也被撞倒了。

工人甲怒止："别打了，这儿不对劲儿！"指地下。

几个人赶快点灯。

在昏暗的灯光下，可以看到地下有嘶嘶喷出的山水。

小福子："哪儿来这么多水？"

三丑："尿！跟犯邪的一块干活就屎多尿多！"他开始打钎干活。

岩壁下出水处松动了，轰的一声，冲出一个大洞。

地下水变得汹涌了，工人们终于察觉："冒水了！冒水了！"戚小福子大叫："快排呵！快接水管！"

水越冒越凶，隧道顶部也开始往下掉石头。

一个老工人："不对劲儿，大伙快！"打架的人往外逃。

戚小福子想往外跑，忽又想起："不成呵，里边还有没用完的炸药！"他又往里跑。

三丑发现了他："炸药？对！快扛炸药呵！"

他也往隧道深处跑。

此时，轰然一声巨响，洞顶塌方了。

戚小福子和三丑被埋在了洞中。

40. 关城城楼　　日　夏

城楼上的大钟被轰然撞响。

震人心脾的钟声在塞外群山和长城上回响。

人们向隧道涌去。

41. 工棚　詹天佑办公室门外　　日　夏

钟声传来，詹天佑闻声走出："敲钟？怎么回事？"

他正要前往，传来一阵马蹄声，一个工人惊慌失色地跑来报讯儿："王爷坟那儿打起来了！"

詹天佑临危不乱，吩咐张鸿诰、陈西林："你们两个到敲钟的地方去看，我带护兵去王爷坟！"

他翻身上马。

42. 靖王陵工地　　日　夏

十几辆空马车和一群民工被拦在陵门外。

家丁："到王爷坟的风水山上来采石？谁的主意？"

守坟的家丁头目凶神恶煞般挥舞着大片刀，喊直了嗓子："站住！哪个想让王爷陵搬家，老子先让他脑袋搬家！"

工人甲："山洪快到了，你们别耽误了我们的工期！"工人们刚上前一步，两个家丁就冲过来，冲着人群就是两刀。

一个工人受伤倒下。

"砰砰"两枪，詹天佑率十个骑着马的护兵赶到。

他威严地逼视家丁头目，鞭梢遥指："拿下！"

兵丁把行凶的家丁缴械锁下，其他家丁和守坟垢佃房立刻软了，一个老佃房哭着跪了下去："大人，王爷说了，我们守不住坟，就别想在这儿种地了！"

佃户们都跪了下去。

詹天佑动容，也跪了下去，低沉地问道："知道老王爷为什么选这儿做墓地吗？他做鬼也要在这儿守长城！修路是为了大清的中兴！老王爷有灵，不会怪到各位头上的！"他摘下顶戴道："朝廷有令，工期不得延误！关沟的'之'字形线路，必须经过这里！王爷坟，北迁！天大的事儿，我去北京告罪！"

这时，邝孙谋引一位身穿八卦服的风水先生飘飘欲仙地赶来。家丁头目如遇救星："公孙先生，您拿主意吧，您说过伤了龙脉要犯冲！"

风水先生胸有成竹，放下罗盘，念念有词："无碍无碍，贫道又校了一下子午经，龙脉在走，京张铁路正合了九五之形，该是有凤来仪，辅佐龙尊，紫气东来，大吉大利呀！"

詹天佑忍住笑，站起身两手抡起，做了个击棒球的姿势："迁坟，开山！"

远山，轰的一声巨响，半座山被炸飞。

43．隧道塌方处内外　　日　夏

詹天佑指挥抢险，他看到工人们正把铁管强行插入塌方处右侧准备向内送风，冲上去大喝一声："停止！"

众人愕然。

詹天佑："都忘了？右侧埋着几包没用完的烈性炸药，稍有不慎就不堪设想！把送风管撤出来，从左边插入送风！"

工人们一一照办。

他又沉着下令："把水管通过来，接抽水机！"

一条长长的管道从蒸汽机房通过来。

蒸汽机房的水管道立刻排出汹涌的浊流。

詹天佑："这边土松，不能挖超前导坑，大家集中力量到另一端去挖！岩层还剩下十余尺，大家分几班抢挖，凿通岩壁，尽快救人！"

他急得讲起了英语。

张鸿诰喊着对大家翻译。

陈西林率抢险队赶到隧道的另一端。

44．塌方洞内　　夜　夏

两个人感觉到死神临近。两人互相鼓励。三丑对戚小福子说："你要挺住，槐花儿还等你回去成亲呢！"戚却说："甭！槐花喜欢的是你！"两个人听到外边抢救的开挖声，也拼命迎着声音从里开挖。戚小福子昏倒，三丑抽他耳光："软蛋！孬种！醒醒！给我醒醒！"鼓风机终于又送风了，戚小福子在千钧一发之时活转过来，三丑抱着他高兴得失声大哭。两个人耳贴洞壁，听洞外最大的开挖声音在山洞的上端，两个人便迎声对挖。

45．隧道另一端　　夜　夏

詹天佑亲自抢锤打钎，一连打了几十锤。

他大汗淋漓，额上青筋暴跳，身子趔趄了一下。

工人们夺过锤，强行把他换下。

他忙不择物地用手刨碎石，刨得十指鲜血淋漓。

他突然一怔——在刨出的碎壁上发现了风化石。

46. 塌方洞内外　　清晨　夏

洞内。升起了奇异的光斑，为两个人镀上了一层梦幻般的轮廓光。

突然，一阵钉子似的刀子风打进山洞，把三丑的帽子"突"的一下打飞了：山壁凿穿了一个小洞！

风从小洞吹进来，比十二级风暴还要锐利。

洞口扩大，一只五指滴血的大手伸进洞来，把两个年轻人的手紧紧握住了。

两个年轻人大哭。

47. 洞内洞外　　清晨　夏

欢呼声。

洞内大放光明，抢救者高喊着涌入。

几十双手把戚小福子和三丑抬起，沿着已经贯通的隧道走向洞口，但见群山逶迤，长城蜿蜒；关隘千叠，气象万千。

詹天佑感到极度疲惫，虚脱似地跌坐在洞口。

陈西林发现了，赶过来扶他。

詹天佑挥挥手："去，把我的棒球棒取来！"

戚小福子与三丑也发现了他，先后跑过来，跪下来扶他。

詹天佑声音极低，却充满恨铁不成钢的威严："走开！"

两个人吓了一跳，讪讪站到一边。

陈西林把棒球棒拿来。

詹天佑站起，拎过球棒，怒视两个打架者："我没工夫跟你们生气！说！你们架打够了没有？没打够，用这个，接着打！"

他把球棒重重戳到二人面前。

两个人不吭声。

詹天佑："不想打了，那，面壁，罚站！"

众人愕然。

两个人怏怏面壁。

詹天佑："知道为什么罚站吗？"

戚小福子："不该在干活的时候吵嘴打架……"

三丑："不该在工地上讲什么讨媳妇儿……"

詹天佑举起一块风化石："还有，我一再唠叨，给洋灰加料，特别是砌山洞，绝对不能用风化石！可大伙看看，这是什么？这是糊弄谁呢？能这么干活吗？"

戚小福子大叫："他们骗了我！"

众人一时哑然。

詹天佑指着东方："知道吗？卖猪仔到美国修密西西比大铁路的华工，是怎么干活的吗？在那儿，每隔一百公尺就埋着一个中国华工的尸体！埋在那儿，连尸首都找不回呀！"

他的声音发颤了："现在，我们给咱们大清国自己干，不会那么死人了，就能这么干活吗？"一顿，悲哀地，"中国人真的不配修铁路吗？"

他抽泣了一下，哭了，指着居庸关城楼："就真的只配坐马车，在那么几寸深的车沟儿里挨颠吗？"

他的悲哀变成了愤怒，把泪水狠狠抹去，拎回球棒："我说过，再这么干活，我就打人！你们犯了规矩该打！我没带好你们，也该打！祁会办说什么干活八九不离十也过得去，也得打！"

众人愕然。

詹天佑看看球棒——太粗了，口气渐和："说吧，认罚，还是认打？"

张鸿诰："罚，一个人扣一个月饷银；打，一个人挨一球棍！"

三丑嗫嚅："那……打吧……"

詹天佑看到洞口有个小土包，便走到二人身后，狠狠抡起了棒。

两个人吓得捂着屁股又跳又叫："棍子太粗啦！"

詹天佑却大喝一声，球棒在半空画了一道弧线，一声响亮，狠狠地打下去。

一声震响，洞口外山坡上的小土包被打飞了。

球棒原来打在土包上。

一个大土块儿被凌空打飞，在半空画了一个半圆，落到对面的山坡，溅起一路飞尘。

惊起一天云雀。

众人吃了一惊，戚小福子与三丑后怕地捂着屁股闭上眼睛。

詹天佑拎着球棒："你们俩这一棒，先存着，再犯，打双倍！"又道，"可我这一棍，不能免！（对张鸿诰）你通知会计：扣我一个月俸银！祁立勋，也扣一个月。"

众人窃窃私语。

詹天佑："我们不但要修京张路，还要带出一支能修铁路的民工队！"

陈西林问众人："大家说，在理不在理？"

众人："在理！"

山间，回声四起，经久不散。

一个木工突然哭着冲了上来，拉住詹天佑："詹大人，我浑，我对不住您！"

詹天佑："嗯？"

木工泣不成声："山洞冒顶，是人手不够！都赖我……我们头儿拉我跳槽，到英国人的关内外铁路去，说那儿给的工钱多！我、我、我就编个瞎话想走，我对不起您呵！"

他哭跪在地。又有七八个技工围了上来，纷纷自责："我也浑！""还有我！"

木工最后狠狠地抹去眼泪："詹大人，以后，别人就是给我一座金山，我也不走啦！"

几个技工："我们都不走啦！"

詹天佑拉住几个人的手："好了，中国人心齐了，能成事儿！咱们一定要拉出一支能修铁路的新军！懂吗？新军！"

群山回声："新军……新军……"

48. 路基　　日　夏

一排刚刚栽下的路树吐出绿芽，生机勃勃。

风来，一望无垠的路树随风摇曳，绿烟如画。

路树尽头是刚刚完工的青龙桥车站。

绿烟深处传来汽笛声。

49. 已经完工的青龙桥车站　　日　夏

机车长鸣，车身上有一条飘舞的红布标语："庆祝京张铁路全线贯通。"

（定格，拍照声，黑白老照片）

无边无际的群山上插遍了彩旗，欢呼声山摇地动。

百姓们在村边路口，在田头地脑，甚至漫山遍野的到处焚香燃烛，供的都是关公像，关公像上都插着火红挂旗，上面均书"一路顺风"四字。

惊天动地的威风锣鼓，上千个鼓槌上均系红绸，挥舞起来，一片起伏的红波红浪。

一排蒙古喇嘛穿上法衣，戴上法帽，仰天吹起长长的法号。

上百人的唢呐队蔚为壮观。

几个观礼的贝勒、贝子正眉飞色舞地小声议论："王爷到底把袁世凯扳倒了！""让他回河南老家钓鱼去了！这辈子东山再起？除非他也当革命乱党去一块儿造反！"

一个贝子嘘了一声，示意不要再谈，他用眼神指指一个角落，那里站着冯元直。

老贝勒爷："谁?"

贝子："他叫冯元直，袁世凯的亲戚！"

两辆马车驰来，老王爷下车。

詹天佑随众人迎上。

老王爷格外兴奋，下车就对詹天佑叨叨："你看，我叫你花五百万两，这不五百万两成了吗？我叫你四年，这不是四年成了吗！他袁世凯就成不了器，你詹天佑就成！"他一边向彩棚走，一边愈发踌躇满志地叮嘱："你听我们的就对了！老佛爷和光绪皇帝归了西，你以后就为咱们宣统皇帝和摄政王多争点儿气呵！行！咱们中国人就是有种！"

王爷的一个随员叮嘱詹天佑："你一会儿演讲的时候，得把王爷对京张铁路的大恩大德好好称颂称颂！"

50. 庆典会场　　日　秋

詹天佑正在台上致辞。他讲得十分笨拙，断断续续，一头大汗。

他的三个同学在台下：杨逊、吴金科、邝孙谋。

几位腰系黄带子的王公贵戚、上百个文武官员均在嘉宾席上。

老王爷在随员的簇拥下，正襟危坐，满脸是丰功伟绩受之无愧的春风得意。

詹天佑在致辞中却别有襟抱："追溯英国人斯蒂芬森在公元一八二五年九月二十七日建成的世界第一条铁路，京张路已经晚了八十四年零五天，（改为英语）中国确实进步迟缓……"（中文字幕）

他开始讲的是官话，后来讲起了英语，显得词不达意。

三个同学很为他着急。杨逊："让眷诚上台致辞，比让他打山洞都累！"

老王爷听得不耐烦了。

几个随员察言观色，冯元直不动声色，其他人窃窃私语起来。

随员甲："这个书呆子胡扯一些什么！老王爷对这条铁路的远见卓识、运筹帷幄，宵旰勤劳，怎么一个字也没提！"

随员乙："连官话都讲不利落，不是丢人现眼吗！"

杨逊听到了随员的私议，忙向詹天佑打手势，指指观礼台上的王爷。

詹天佑却不明所以，继续讲下去："大家要记住一位外国人的评论：'能修这条路的中国人还未出世！'每个人都要格外留意，日求精进！以后每届一年认真考察，写出评语呈报总工程司，优等的嘉奖提升；劣等的，训斥降级！"

老王爷面无表情。

随员甲按捺不住了，回身对杨逊低声道了一句什么，杨逊走上讲台："我替詹督办把广东话和英国话翻译一下。"他不由分说站在中央，把詹天佑挤到了一边。詹天佑如释重负，擦擦汗，躲到了一边，深深松了一口气，台下的目光同情地看着他把汗水擦了又擦，都笑了。

杨逊借翻译之机，发挥起来："京张路建成，首赖皇恩浩荡，新政英明；也赖老王爷运筹得当，奋发自雄……"

詹天佑本木木地呆看地面，听到这里，却愕然抬头，睁大了眼睛，忍不住大声更正："老王爷对此路固然功劳盖世，可现在没工夫谈这些！我刚才是说，全路的奖励制度和员工的升转章程，这个，很重要，请杨逊先生讲一讲……"

台下大笑。

老王爷正襟危坐，面无表情。

冯元直却带头鼓掌，全场向詹天佑鼓起掌来。

詹天佑惶惶然。

51. 试车车站　　日　秋

会场的掌声继续。

车站人山人海，争看发车，弥尔顿和喀克斯也在场。

所有的目光都辐射到披红挂彩的机车旁，那里，詹天佑正发试车信号。

他两手做了个棒球击球的姿势，提起虚拟的球棒高高抡起，对着看不见的棒球狠狠一击，高喊："发车！"

机车长鸣，启动。

工人们追着机车飞跑。

祁立勋被远远甩在后边。

车加速，向镜头驶来。

车过居庸关。

52. 八达岭隧道

轰的一声，列车冲出八达岭隧道口，视野豁然开朗。

53. 原野　　蓝天

车身上的庆典标语在罡风中激动地飘舞。

蓉蓉伴妈妈坐在列车车厢里，如梦如痴："爸爸，这不是做梦吧？"

詹天佑："这不是梦，梦，也不会这么美呵！"

笛鸣。

他靠在椅背上闭目遐思："菊珍，我还欠你和孩子们一笔账呵！"

谭菊珍不解："账？什么账？"

天佑："我还要带你们南下回广州，那儿也要修铁路，把从北京到汉口、从武昌到广州的南北大干线贯通——呜——，到广州了！"

母女俩听出了神。

天佑的画外音：

"呵，王老吉凉茶，阿二靓汤，艇仔粥，和味田螺……"

他从陶醉中睁开眼睛，侧望窗外——

笛声。

瞬息万变的塞上风景。

长城蜿蜒，在朝霞中，在烟岚中，在蓝色月夜中变幻远去……

恢宏的音乐：《飞下来吧，天使的车》。

54. 镜头又回到古香古色的老相册

一组有关京张铁路的老照片刚刚翻过。

下边是广州五层的老照片。

再一张是四川成都保路运动、清军开枪镇压的漫画画报照片。

詹天佑的心声：

"陡峭的军都山终于匍匐在中国铁路民工的脚下，京张路机车的轰鸣声融入了我心跳的节拍。我一心想把这个势头推向全国，全国也掀起了商办铁路的热潮，我同时在四个铁路工地上担任六个职务，要前往广州开始建贯穿南北的粤汉铁路——"

55. 广州长堤　　夜　夏秋之交

珠江上，大花艇内笙歌竞唱，灯光通明。

卖艇仔粥的、卖龙虎会、卖和味田螺的、卖阿二靓汤的在小艇上争相招睐顾客。

一顶竹轿穿过长堤，前边导行的仆人打着灯笼，上书"杨府"二字。

祁立勋迎上，轿停，走出官服鲜亮的杨逊。

祁立勋："花艇订好了，詹天佑人还没到。"

杨逊："詹大人是工科状元、当朝大吏，一切都要到位，怠慢不得……"他的话没说完就停了，吃惊地向江边望去——

江边的一个小摊档上，詹天佑正津津有味地在吃田螺。

詹天佑也看到了杨逊，把一个小板凳往旁边一放，向杨逊招手道："来来来，好久没尝到家乡味儿了，我要好好品一品！"

杨逊皱眉，哭笑不得。

56. 大花艇　　夜　夏秋之交

造型奇特的象拔蚌摆上花艇宴桌。赴宴的有几位老同学和粤汉路几位股东。

杨逊指着满桌海鲜让客："来来来，惭愧了，无可下箸处！"

说着，把一个鲍鱼夹给詹天佑："吃啊，今天可不是 AA 制，我听说眷诚回到国内跟人喝咖啡还按美国的 AA 制习惯各付各的款，有这回事吗？"几个同学都笑了，詹天佑不说话。

四个同学均在，从服饰、神色看，分明已各有襟抱了。

祁立勋对杨逊讨好地说："为收回粤汉路改为自己商办，杨督办跟美、比两国的财团代表磨破了嘴皮，劳苦功高了！来，为杨督办回天有术干杯！"

两巡酒下肚，众人都喊起热来。杨逊对手下人一挥手："送风！"

霎时，一股清风从宴桌下徐徐吹出。

詹天佑纳闷地探视桌下，发现舱里有镂空的龙凤纹。

杨逊得意地看着他。

57. 隔壁小间

两个丫环正在拼命摇木风车鼓风，风从舱下管道通向宴客处。

58. 宴会厅

杨逊："土风扇，比不上美国，却也别有韵味！"

詹天佑不无小小的惊奇。

邝孙谋暗对詹天佑目示，指指杨逊渐渐隆起的大腹，再指指桌上桌下的安置，嘲弄地做点头佩服状。

吴金科早按捺不住了："伯爵越来越是货真价实的伯爵了！听说尊驾又在活动去当驻美公使？"

杨逊颇觉意外："你消息怎么这么……"

吴金科："伯爵登龙有术，谁人不知，哪个不晓！"

众股东立刻交头接耳，惶惶不安了："杨督办好不容易赎回了粤汉路，干吗又走呵？"

杨逊："我也不会马上走！"然后对仙鹤反唇相讥："你老兄，又是黄马褂，又是军功章，不也正紫气东来吗？"吴金科笑笑，把军功章拿出往桌上一拍："黄马褂，马尾海战后早就被台风卷到东海里了！军功章倒还在这里！有人想要吗？"

无人应答。

他拿起军功章："是呵，谁要这个！"向窗外手一扬，狠狠扔进了江中。

众惊。随之是不安的沉默。

吴金科满脸沉痛："马尾之战、甲午之战连续惨败，连续订丧权辱国的条约，何功之有？"

杨逊急止："哎，莫谈这些！"

吴金科冷笑："时局动荡，广州不稳，你便想一走了之，反拉眷诚来给你当垫背的，聪明呵！"

杨逊："哪里如此？眷诚乃国家之宝，我们是抢来的！"又指着座上一位英俊青年："我还特地请来这位后起之秀王金职先生，都是为了来粤汉路点石成金！"

王金职站起向众人鞠躬。

詹天佑谦让道："惭愧！我们只要不误了事儿就好！"

他沉浸在崇高的憧憬中："修通粤汉路，贯通南北大干线，再把洛潼路、川汉路、陇泰、豫海几条干线都修起来，此生也算没有虚度！"

吴金科苦笑，沉吟片刻才道："眷诚，心气儿不要太高吧！"

众人都为吴金科的不和谐音而惊奇。

吴金科："不是我故意扫你的兴，你给那帮家伙捧什么场？捧来捧去也没你的好儿，弄好了风光的是人家，弄砸了挨骂的是你！"

一阵冷场。

吴金科带着三分酒意："眷诚，你记住：既不要给京城什么人当垫背的，也不要给广州什么人当垫背的！哪怕是老同学！"

邝孙谋："仙鹤，你喝多了！"

吴金科："我真能长醉不醒该多好！——眷诚，你那座珐琅宝贝还随身带？"

詹天佑看着自己，莫名其妙。

吴金科："我是指你家那座珐琅八音钟，新易线铁路修通后袁世凯替你向老佛爷要的赏赐！"

詹天佑："那钟……"

吴金科："扔了它！军功章我都不留，别让这样的钟拖着你倒着走！"

突然，西关的方向传来惊天动地的爆炸声。

霎时，岸上路人奔跑，店铺关门。

吹哨声、马蹄声、枪声，立刻响作一团。

清兵缇骑捕人。

邝孙谋问两个匆匆躲进花艇的客人："什么事儿？"

客人："听说革命党私制炸弹，走火了！"

吴金科一听，冲到岸上，飞身上马，向爆炸声传来的方向扬鞭欲去。

邝孙谋高喊："仙鹤，你去哪儿？"

吴金科却并不答话，夹马跑远。

目送其背影，邝孙谋叹息："仙鹤，深水难测呵！"

詹天佑感叹，疑惑地摇头。

59. 广州詹宅书房　　夜　初夏

詹夫人把一盘西瓜悄悄放到圆桌上，轻轻走出。

詹天佑正伏案写信。

心声：

"亲爱的诺索布夫人：

我们已经回到我的家乡广州，弥勒又应聘到北京去建造张家口到绥远的铁路了，我正策划修造广州到汉口的粤汉路，把它和京汉路连接起来，就可以形成贯通中国南北的大干线……"

窗外传来远远的枪声。

詹天佑一怔。

詹夫人及蓉蓉惊慌地走进："眷诚！""爸！"

詹天佑静静地侧耳聆听。

詹天佑继续写信。

心声：

"但是，命运却常常要捉弄人，正当全国民众掀起了商办铁路热潮之际，朝廷却突然下令，把商办铁路收归国有。人们评论说，此举是为了用铁路做抵押以大借外债，以筹款来挽救经济危机和镇压革命党人……"

60．无声画面

广东督署前，人们围观告示。

化——

成都督署，字幕。

人们围观告示。

心声继续：

"现在，四川、广州等地民众已纷纷起来抗议，要求朝廷取消铁路收归国有的命令——"

成都督署二门外院内。

数百请愿民众，捧着香烛和光绪皇帝的灵位下跪。

灵位木牌上写着："先帝御旨恩准，铁路准予商办。"

心声继续：

"四川总督赵尔丰，竟下令枪杀请愿的民众——"

无声画面：

督署：门前高高的台阶。

四川总督赵尔丰坐在太师椅上，身旁是扈从和卫兵，机关枪架在殿门的高台上。

赵尔丰环顾广场，猛地起身，下令开枪。

心声继续：

"制造了血流成河的惨案！"

无声画面：

赵尔丰的背影一闪。

院内的请愿群众惨叫，倒下。有的冲上来夺机关枪，也被纷纷击中。

61．广州粤汉铁路公司　　日　夏

"粤汉铁路公司"六个大字在门楣上十分醒目，总理兼总工程司的詹天佑怒容满面地向门外走来。

他一路大叫："把《大清律》给我找来！《大清律》！"

怒冲冲地走到门口，一左一右两支长枪却伸进画面，交叉着把他挡住了。

三个戈什哈在门口把门。

头目点头哈腰地解释："总督大人有令，让您按上边儿的意思出个文告，劝众位股东交出粤汉路的股票，您要是还没弄好，就先在府上忙这个，不许……不，就别出门。"

詹天佑一怔："软禁，凭什么？"他执意要出去。

头目却纹丝不动地堵在门口，苦苦哀求："您就给小的一点儿面子吧，您要是出去，小的不好交代！"

正为难，来了几个人，一个威严的声音责难戈什哈："怎么不伺候好詹大人？"

头目对詹天佑："总兵大人和总督府的祁大人、冯大人来看您了！"

来的是总兵，四十六七岁的模样。还有祁立勋与冯元直。

祁立勋揖手道："詹总理息怒，总督大人也是无可奈何。朝廷要收回商办铁路押给外国银行，谁敢不办？成都川汉路的股东，不肯交出股票，还聚众闹事，这不，开枪镇压了！听说您给四川保路乱党拍了电报，说什么粤汉路要与川汉路同进退，这就不知好歹了！"

詹天佑不说话。

冯元直也一直不说话。

祁立勋："您最好再给四川保路乱党打个招呼，要他们好自为之！"

詹天佑："我兼的是川路的总工程司，怎么管得了川路股东会的事？"

祁立勋："那就发个文告，让粤汉路的股东同意交出股权！听话没事儿；不听话四川的情形就是下场！"说着又递上一把扇子："詹总理，张总督可一直惦记着您呀！瞧，还亲自给您写了一把扇子——"

詹天佑把扇子推开："我去找张总督，有话要说！"他不由分说地往外走。

总兵威风凛凛地把他拦住："不能出门儿！"

詹天佑："我是朝廷命官，谁敢拦我！"硬要出门。

咣当一声，总兵把詹天佑用力一推，他向后摔倒了，两手撑在地上支起上身："你们……"

听见声响，妻子和女儿跑了出来："你们干什么?!""他犯什么罪了？"

冯元直同情地看着他，与谭菊珍、蓉蓉一起上前将詹扶起。

总兵："别敬酒不吃吃罚酒，再不懂事儿，就不客气了！"

祁立勋："您再给四川拟个电报稿，我等一下儿来拿！"说罢，一行人走出。

冯元直也跟着走出。过了片刻，却一个人悄悄折回，掩上门，对詹天佑高高地作了个敬天揖，低声道："惭愧，我冯元直爱莫能助，先生多多保重呵，后会有期！"再一次长揖倒地。转身出门，却与一个来者撞了个满怀。

来人竟是杨逊。

杨逊一副风尘仆仆的样子："眷诚！嫂夫人！蓉儿！"

詹天佑意外道："你怎么……"

杨逊："是总督府拍急电要我赶来的。"

詹天佑："来当说客？"

杨逊："眷诚，圣命难违啊！你是朝廷捧起来的红人，食君禄，报皇恩，你别再犯书呆子脾气了……"他对菊珍、蓉蓉说："嫂夫人，劝劝眷诚……"

蓉蓉："劝爸爸什么？你干吗不去说说戈什哈！"

母亲忙把女儿抱在怀里。

门外传来争吵声，邝孙谋欲进。戈什哈持枪拦住。

邝孙谋脸一沉："谁敢拦本官？"

戈什哈："您、您是哪一位？"

邝孙谋："本官是谁，到京城去打听吧！"把戈什哈一推，进了门。

邝孙谋："洋人是夺路以瓜分中国，朝廷是借款以镇压乱党！都是妙棋呀！"

杨逊："眷诚，识时务者为俊杰，我们几个老同学一块儿漂洋过海，不会害你！"

张鸿诰："简直官逼民反！四川来的三个保路代表说四川的百姓已经反了，各县正成立保路军攻打成都！"

杨逊站起，伸出两手做平息手势："莫谈这些！这三位代表早被总兵抓了，马上就要正法！"

詹天佑听到这里，挨烫似的说："有马荣清！"他把对襟马褂向两边愤然一扯，十个铜纽扣全扯飞了。

一颗铜纽扣弹到门口的戈什哈脚下。

62. 郊外荒野　　日　深秋

三位四川护路代表被押来，为首的是马荣清。

行刑官："案犯就地正法！"

三名死囚的头颅被按到地面。刽子手拉直了其中两个人的辫子，高高地举起了大刀。马荣清闭上了眼睛。

寒光一闪，刀落，鲜血溅满镜头。

马荣清未行刑，仍被绑在刑柱上。行刑官拿过刀，把绑绳一刀砍断："放你一条生路，马上回四川报告，再捣乱就是这个下场！"

63. 詹家客厅　　夜　深秋

"老师……"马荣清前来告别，詹天佑也恍若隔世地望着自己的学生。妻子、女儿、王金职也在场。

半晌，詹天佑为马荣清整了整零乱的头发，用力摇着他的胳膊："没想到让你到四川去吃了这么大的苦！"

马荣清："老师，您……多保重，我走了……"

两个戈什哈押他走出。

詹天佑含泪望着学生的背影，呆若石刻。

女儿抓着爸爸的手，低声啜泣，不知所措地说："爸爸，他是去……"母亲拦住了她。

詹天佑徐徐站起来，梦魇般向书房走去……

64. 书房　　夜　深秋

詹天佑拎起工程用的帆布包，把一摞摞标着"粤汉铁路"字样的工程资料扫进帆布袋。

把计算尺、放大镜、笔、墨、纸、砚，也扔进帆布袋。

最后拿起一叠厚厚的卷宗，封页上大书"粤汉铁路施工总图"，另一个封页上写着"构想说明"。卷宗里是英文文稿和画好的图纸。

他两眼一闭，一咬牙，把文稿与图纸也扫进了帆布袋。

王金职和两个学生看得发怔："老师，你……干吗？"

詹天佑站在书桌前，一手提着帆布袋，一手按在胸口，使劲摇着头："一场梦！这些资料还有什么用？想搞粤汉铁路？"他苦笑，头颅深埋在手掌里，泪水一大颗从指缝里滴落下来。

女儿、王金职和两个学生："别难过了，时局不会这样下去的！"詹天佑却由悲凉而愤怒，抬起头，拖着帆布袋，大步向后门走。

夫人、女儿、王金职与两个学生："您去哪儿？"

他到了后院，进了小灶间，把帆布袋兜底提起，一股脑儿倒进了灶口。

众人大吃一惊，扑上去："不能！不能啊！"

妻子、女儿用力抓住他的臂膀："爸……""眷诚！"

他却任性地把女儿、妻子和学生一起推出灶间，把门狠狠一插。

点火。擦了好几次火柴才擦着，小小的火苗跳动了一下，把第一张图纸点着了。火焰慢慢升起。

火光映着他那张布满愤怒的面孔，他睁大眼睛望着火焰。

火焰正把一本工程资料吞噬。

他木然呆看。妻、女和学生在外面摇着柴门。

火焰又把那一摞卷宗点着了。黑烟袅袅升起，火舌也袅袅轻舞。

嘭的一声，柴门被蓉蓉推开，她扑向灶口。

65．客厅　黄昏

光线极暗。

詹天佑躺在躺椅上，无力地问妻子："菊珍，立秋了吧？"

妻子："立秋早过了！"

詹天佑用下巴指指守门的戈什哈，面无表情地吩咐妻子："跟他们说，放我们走。放我们走！"

妻子："走？去哪里？"

詹天佑："十二甫。"

女儿："去十二甫？干吗？"

詹天佑："像爸爸一样，种菜、卖菜、代写书信，以前我一直没时间陪你，以后可以了。"他拍拍妻子的手。

谭菊珍吃惊地看着他，不知说什么好，把他的头搂在怀里。

他硕大的头颅，偎依在妻子温暖的怀抱里，苦苦自嘲："诺索布夫人还盼望我成为中国的瓦特和司蒂文森，现在我才明白，我只能去……种菜……"他痛哭起来，像个受委屈的孩子。

妻子像呵护孩童似的给他拭泪："会好的，会好起来的……"

他痛苦地摇头："我不该去留洋，不该去美国！如果没看到人家是什么样，心里不着急，也不会这么痛苦！不知道什么是瓦特和司蒂文森，心里也不会这么难受！我……我不该去美国！"他强忍住泪水，化成了全身一阵痉挛和战栗。

66．窗外　一阵惊雷

大雨如瀑，大地呜咽。

一排大树被风暴蹂躏。

他极目望去，愕然——

67．幻觉　隧道　黝暗而没有尽头

镜头推进、推进，雷声一声紧似一声。

詹天佑焦灼地冲向洞口，寻找出路。

分明透出一丝亮光的洞口突然耸起粗大的长辫子，石壁般顶天立地挡住了去路。

换一个方向。又看到光亮，跑过去，又是石壁般的粗辫子。

第三处、第四处……

最后，无数粗辫子泰山压顶般迎面而来，压下，压下。

突然，一团霹雳电火，隧道尽头闪出一片光明。

隧道出现了出口。洞内浮起一团团幻光，无数个五颜六色的光圈梦幻般在洞体上浮动。

镜头推进，推进，幻光变得灿烂而不可直视。

68. 天色熹微

还是詹家。

风暴已经过去，屋檐滴着雨水。

一只麻雀传出第一声鸟鸣。

詹天佑在长椅上和衣而卧，一阵急促的马车声和脚步声把他惊醒。

杨逊连门也没敲，一脚踹开门，连声调都变了："快！快！马上走！"

詹天佑木木然："哦？"

杨逊："你还蒙在鼓里？乱党拿下武昌了！广州的乱党也攻进督署了！"

詹天佑："啊？！"

杨逊催促："你我都是朝廷的人，革命党来了不会放过我们的，得去避一避，快，马车就在外边！"

詹天佑如在梦中，门外传来马嘶声。

这时，闪进三个人影，一只大手啪的一声重重拍在杨逊肩膀上。杨逊吓得惊叫了一声，差点儿没跪下去。

来人哈哈笑道："怕成这样？我都不在乎，你们怕什么！——大清国早该寿终正寝了！"

来人是冯元直和王金职、张鸿诰。冯元直递过报纸。

标题赫然：《革命党攻克武昌》。

《汉口清军与武昌革命军对峙》《两广总督张鸣岐连夜逃亡》。

杨逊窥视来人，愈显心虚，低低地催詹天佑："快，快点儿……"

妻子、女儿已经提来小皮箱。

杨逊接过小皮箱，拉上詹天佑匆匆欲出。

詹天佑却仍然未动："我走了，公司怎么办？工地怎么办？工程怎么办？家小怎么办?"

杨逊:"嗨!……"低头把詹天佑往外拉。

詹天佑挣开杨逊:"不,我不能走,不能丢下粤汉路!"

杨逊比了个杀头的手势:"乱党来了……"

詹天佑心里没底儿地说:"唉……天老爷保佑,豁出去吧……"

杨逊叹了口气,径自走了。

冯元直作了个敬天揖:"保重!"

69. 广州街市　　　日　夜　秋

大沙头码头:权贵们带着细软争相逃上一条香港班船。

广三火车站:票房挂出停运的招牌,走不成的权贵们暴跳如雷。

街市:店铺关门,粉店把火扑灭……

北门——五层楼下,几辆出逃的马车、官轿争路,各不相让……

70. 粤汉路黄沙车站　　　日　冬

售票窗口吃力地关上,一个旅客用力敲窗板。

员工:"都往我们这儿涌怎么成?还有广三路和班船呢!"

旅客七嘴八舌:"都停了!就剩你们粤汉路了!"

詹天佑闻声走来,问一个员工:"站长呢?"

员工:"站长逃了。"

詹天佑:"司机匠呢?"

员工:"也跑了。"

詹天佑当机立断,此时此刻一点儿也不木讷了:"站长,我来顶,你通知,剩下的员工,马上集合!让公司办公厅的员工也来!"

员工去找人,詹天佑上前维持秩序。大声喊话,仍被乱糟糟的人声淹没。

他看到警卫,过去拿过毛瑟枪,对天"啪啪"连打了几枪。

人声被镇住了。

詹天佑站上一个高处:"我是站长,诸君请排好队购票,我保证发车!"购票的旅客终于排成了队,他到售票窗口下令:"卖票!"

小窗口重新打开卖票。

71. 车站停车处

集合好的员工听詹天佑派工，张鸿诰、陈西林、戚小福子、工人甲、工人乙也在其中。

72. 铁路道口　　夜　冬

詹天佑和陈西林用红灯打信号，扳道岔。

人影憧憧，几个人走来，挡住了信号灯。

詹天佑发火了："NO！NO！起开！起开！"

来人让到一边。

道岔扳好。

火车开过，远去。

他擦了把汗，深深松了一口气，陈西林递过水壶，他贪婪地喝了几口。按按腹部，似乎不太舒服。

这时，刚才妨碍了工作的来人从黑影中走出，竟是吴金科。

詹天佑如在梦中："仙鹤？"

吴金科："是我。我给你带来一个人——"

他刚想介绍，来人却抢出一步，背影入画："医生，鄙姓孙。"

詹天佑不耐烦地说："这会儿我没工夫陪客！"

医生："你气色不大好，想给您看看病。"

詹天佑："我也没工夫看病，罢了，罢了！"

吴金科："还是看看吧，名医呵！"

医生仍是背影，不由分说拉詹天佑在路边坐下，为詹天佑号脉，幽默地说："先生您肝火上升，六神不宁。"又指着铁路道，"主脉不畅，三焦不通呵！"

吴金科："对！对！看得太准了！"

医生掏出纸、笔，马上开了个处方："喏，处方在这里！"递过处方，笑笑："不打扰了，您正顶班！"欠欠身，告退了。

詹天佑疑惑地看处方，字很潦草，看不明白。

吴金科随医生走了几步又折回指着处方一笑："英文呵！——喏，铁路，二十万里！这一下能治好你的病了吧！"

詹天佑愈发糊涂："这医生是谁？"

吴金科一笑："你还没认出？大总统孙中山呵！"

詹天佑吃了一惊，急忙举目望去——

灯火亮处，传来一片欢呼声。

"呜——"所有的列车一齐鸣笛。

73. 越秀山　　夜　春

越秀山上排成了高与天齐的彩灯鳌山，组成"共和万岁"四个大字。

地上，是堆积如山的长辫子。

74. 詹家后园　　日　春

曾经焚稿的旧灶间。

詹天佑赶来，匆匆打开灶门，用铁条钩出灰烬——似乎想找回当年绝望时焚掉的图纸与报告书。

然而，眼前全是灰烬。他久久没站起来。

不知何时，妻子、女儿和王金职已站在他身后，蓉蓉一脸得意、调皮的微笑，手里提着一个纸包。她把纸包放在灶台上，慢慢打开——

一卷已经烧焦了毛边的图纸和报告书在女儿手中慢慢展开：《粤汉铁路构想图》《粤汉铁路施工总图》……

詹天佑使劲眨眨眼，不敢相信自己的眼睛。

王金职笑了。

75. 粤汉铁路公司调度室　　夜　春

孙中山与詹天佑畅快地晤谈。（定格，拍照声，成老照片）

詹天佑已换上了西装，显得精神抖擞。

两个人谈起了都经历过的美国留学生活。

孙中山："忘不了美国人的热情和友好，檀香山的大学老师常约我去家里做客……"

詹天佑："我在威士哈芬小学，就住在校长诺索布先生家中！"

孙中山又表情变化："也忘不了有人常揪住我的长辫子开玩笑，骂我是中国猪……"

詹天佑扬眉吐气地说："在威士哈芬希尔豪斯中学，我们中国学童组成的棒球队，把美国学生队击败了！六比四！"

孙中山孩子似的大声叫好。

詹天佑被感动了，哼了一句英语歌，两个人便大声合唱起《天使的车》。

孙中山："你该出山啦——强国端赖实业，而交通乃实业之本，铁路乃交通之本！我马上去北京找袁世凯，总统让他去当，我和你一门心思修铁路！我当铁路总督办，你呢，当副督办！"

詹天佑又是点头，又是摇头，最后叫着"NO，NO"连连摆手，弄得孙中山莫名其妙。

詹天佑："我常讲，如要做官，就不能做事，想做事，万不可做官。可是在清朝，没有朝廷给你一顶乌纱帽，就没有地位，也就没有人把重要的事给你做！所以嘛，过去是官不可做，又不可不做！现在嘛，不同啦！共和啦！我现在就想一件事：赶快修铁路！何必还去做官！"

他把《粤汉铁路施工总图》兴奋地递给孙中山。

孙中山伸长双臂迎了过来，啧啧赞赏笑道："好，我不勉强你，可你必须随我北上去见袁大总统！"

76. 北京中南海宴会厅　　夜　春

袁世凯大张盛宴欢迎孙中山和詹天佑，环桌可睹全身佩绶的北洋诸将。

一轮碰杯方罢，双方谈兴正浓，孙中山一句话刚讲了一半："……我专门去修全国的铁路网！"

袁世凯故做吃惊状："这岂不是置我于火炉之上烘之烤之，而先生自己落得个逍遥自在吗？"

孙中山严肃地说："不，您当练成精兵一百万以御外侮，我当造好铁路二十万里以兴中华！"

詹天佑补充道："特别是，先要修通粤汉路这条南北大干线！"

袁世凯兴奋得无以复加，站起身引吭高呼："孙中山先生万岁！詹天佑先生万岁！"

袁世凯与詹天佑碰杯："我们再修它十条八条让世人瞠目的京张路！"

转身之时，袁世凯脸上浮起了笑意——是那种猎人目睹猎物走向陷阱的阴鸷之笑。

77. 北京欧美同学会大礼堂　　日　春

横额醒目："中华工程师学会迁京首届年会"。

詹天佑演说："我莽莽神州，岂会长久贫弱？求中华之富强，首赖工学！司蒂文森、瓦特、富兰克林这样的科学巨子，只能出在西方吗？否！中国也应该出现！"他又兴奋得一头大汗，后边的话，一口气用英语讲完："我詹天佑愿为大家做基石做桥梁！明天，我就要随中山先生踏勘全国的路网！"（中文字幕）

78．画外音与音乐声中的一组短镜头

京张路。两条铁轨从遥远的地平线伸向镜头，一辆轨道车驶来。

车上，孙中山与詹天佑正襟危坐，张鸿诰与陈西林压"杠杆"。戚小福子与三丑惴惴不安地屹立在车尾两旁。

詹天佑对孙中山侃侃而谈："当前最急迫的是修好南北大干线，我看川汉路、粤汉路合并成一个汉粤川铁路公司吧！"

长城，鬼斧神工。

轨道车缓缓停下，孙中山向长城一指："赛一赛，一、二、三，上！"

几个人嘻嘻哈哈向长城跑去，都变成了孩子，开始登长城比赛。

三个民工一口气冲到了最前边。

张鸿诰与陈西林紧随其后。

孙中山与詹天佑步履蹒跚，互相提携还是落在了后边。

孙中山哲人般莞尔："加油！"

他的喊声变成残响，在群山中久久回荡。两个人登上城顶。

79．江边

画面仍有些朦胧，但已接近清晰。

几把镰刀刷刷地在荆棘丛中开路，山鸟惊起。

几双脚在长江三峡踏勘。

江岸鬼斧神工，岩层酷似老人的额纹。

纤夫拉纤。

七八个纤夫都赤裸着身子，四肢着地，野兽般拉着纤绳。他们一丝不挂，松垮的生殖器在两腿间绵软地甩来甩去。

汗水滴在一个个石窝窝上，几近石穿。

詹天佑几个人踩着石窝窝走过，在江边支好测量仪。

测量。

心声："我当了汉粤川铁路会办兼湘鄂局总办。自汉口至广州的南北大干线

终于开工了！民国财力不足，延用以前清廷与德、法、英、美四国银行签订的湖广铁路借款修筑。四国银行派欧美总工程司控制关键工程，派来的总工程司竟是喀克斯。真是冤家路窄呵！"

80. 汉粤川铁路总公所督办办公室　　夜　冬

一份英文函件推到詹天佑面前。

德国工程司雷诺满脸不快："我奉喀克斯总工程司之命来通报：您给我们安排的中国工程司胜任不了工作，必须当机立断调换成欧洲工程司。"

写有督办席标牌的桌子后边，坐着督办冯元直，与坐在一侧的顾问席上的弥尔顿小声商量什么，不快地向雷诺斜了一眼。

詹天佑看罢函件，看看冯元直，冯元直用眼色示意他决断。

詹天佑："函中说中国工程司不行，具体是指什么？"

雷诺："工程不合标准。"

詹天佑："请举具体事例？该换的可以换，但也只能由中国工程司接替！"此刻他变得犀利而敏捷。

对方语塞。

他把函件退给雷诺："笼统说中国工程司不行是不成的！洋工程司的工作也未必都是合格的！"（英语）

冯元直："我完全赞成天佑先生的决断！"

雷诺冷笑摇头，悻悻退下，弥尔顿追出。

冯元直把炭火拨旺，不无得意地望着詹天佑，两个人围炉而谈，炭火把两个映得满面红光。

冯元直："以前我老觉得自己是个废物，到了你这儿，发现我虽不是学铁路的，可跟你在一块儿也许还有点用！"

詹天佑不无担忧："元直兄，你是督办，不能像我这么刚直……"

脚步声，两个员工跑来，门开，冲得炭火直打旋："南津港路基又塌了！"

众人愕然，冯、詹二人同时抓起帽子。

81. 南津港工地　　日　冬

塌陷地段。大段路基陷在湖水中，詹天佑和督办冯元直匆匆赶来查看。

喀克斯正嗤之以鼻地训张鸿诰："您是个工程司，不是一年级的小学生，难道还要从 ABC 教起吗？"

张鸿诰:"总工程司阁下,我们是严格按照您的要求施工的。用片石填塌方先里后外,必然屡填屡塌。施工之前我就建议过,先后次序您弄颠倒了。"

喀克斯:"无知和自信是一对双胞胎!我早就建议过,这里应该全部换用欧洲工程司!"

张鸿诰:"塌陷究竟是谁的责任?不要把这个事故当成排挤中国年轻工程司的借口!"

喀克斯恼羞成怒,神色尴尬:"粗鲁!野蛮!"

此时,詹天佑满身泥泞地从塌方处走来,喝住张鸿诰:"张工程司,处理事故要紧!先不要争论是谁的责任了!"

张鸿诰强忍下来,低头收拾图纸文具。

詹天佑对喀克斯:"我们尊重您请雷诺先生转达的意见,让张工程司先去其他路段吧!这里安排别的中国工程司来接替他。原因很简单:我们必须让中国的铁路新人上阵。"(英语,中文字幕)

喀克斯:"可是,不止一个张!不止一个!我们已经把我们的想法用函件正式送给您了!"

詹天佑:"对不起,不能接受。"

喀克斯耸耸肩:"很抱歉,不撤掉中国工程司,我无法保证工程的质量,还是请您总办先生带着您的中国部下来吧!"

詹天佑还想转圜:"喀克斯先生……"喀克斯却拂袖而去。

冯元直担心地看着詹天佑。

詹天佑泰然地说:"自己干?可以!正好让我们的年轻人施展才华!"

冯元直:"只怕他们会告到交通部去,四国银行未必同意我们自己干呀……"

82. 岳阳海关大楼　时钟报时

唱喝声:"秘——书——长——到——!"

跑步声,先是四名警察列队门口站岗。

接着是几个随从在前边开道,不由分说地推开好奇涌上来围观的群众。

再由秘书跑在前边拉开会议室的厚门。

一根文明棍,一双锃亮的皮鞋走在地毯上,派头十足。

围观者啧啧窃议:"啧啧啧,派头比总统还大!"

叼着雪茄,戴着金丝边眼镜,目不斜视地步入会议室,那根雪茄上,英文的金纸环十分耀眼。——秘书长竟是杨逊。

83. 会议室内

冯元直发言："……塌陷不断，责任确实在喀克斯的总设计上！"

杨逊讥讽："想不到冯督办对铁路也成内行了！"他斜了一眼詹天佑，恶意挑拨，"看来詹总办过去对您的专业水平的担忧是多余的了！"

詹天佑极不自在，想解释什么。杨逊用手势制止他，对冯元直脸一沉："工程上的岔子要喀克斯负责，那你这儿从上到下这么乱哄哄的，也要人家喀克斯负责吗？"

冯元直接道："事故原因，一是一，二是二，不能当谦谦君子，更不能调和折中！"

杨逊怒："冯先生，对您专业上的无能我们可以原谅，詹总办也会谅解，可对您这份刚愎自负无法再听之任之！让您来，本是让您站在中外之间调和折中！（他看了一眼詹天佑）你处处听下边的，岂不成了傀儡？"

冯元直："我宁当中国员工的傀儡，不当喀克斯的傀儡！"

杨逊怒气冲冲："简直像闹义和团！四国银行的人要亲自来巡视，人家提出不愿见你！洋工程司也认为与你无法合作！冯先生，袁大总统说了，我们不能总是为你一贯的傲慢、一贯的刚愎、一贯破坏与外国友邦的合作负责！你……被免职了！"

全场震惊，一片哑然。

冯元直刚烈异常，愤然站起，低低说了声"谢谢"，抓起帽了走出。

詹天佑愕然目视，吃惊地半站起。

那个青年工程司追了一步："冯督办……"

大门一响，冯元直走了。

84. 湖畔大堤　　日　春

春寒料峭，朔风扑来。大堤无际，天长水阔。

冯元直向前走去，微若蝼蚁。

詹天佑冲出会议室，追上他，两个人在远景上激动地说着什么。

马车铃叮当一响，轻蹄得得，杨逊的西洋马车在近景处扬鞭驶过，扬起一阵烟尘。

一根长长的、抽了没有几口的雪茄烟从窗口丢出，雪茄上的英文金纸环分外耀眼。

85．工棚

张鸿诰正捆一个小小的藤条箱，身边的行囊已打好。

詹天佑匆匆赶来："怎么了，怎么了？"

张鸿诰不吭声，良久乃道："我正想找您和冯督办去告别，有些人明明是想整你们，不能因为我害了您和冯督办！他们想逼我走，我就走吧……"

说着又捆箱子。

詹天佑心情激动，不知该说什么，他一下坐到藤条箱子上："走？认输了？"

张鸿诰使劲摇头，带着哭声："老师，我对不起您，可是我，不能留在这儿了……"

詹天佑："我这个老师也无能，保护不了你们……"

张鸿诰再也按捺不住了，扑进詹天佑怀里，孩子似的哭了起来，呜咽道："当中国人，真窝囊，为什么咱们老得让别人骂来骂去呀……"

詹天佑拍着学生的脊背，声音也发颤了："得咬着牙挺呀！地基能塌，这儿（他指心口）可不能塌呵！"

一阵慌乱的脚步声，那个青年工程司匆匆冲入，脸色铁青，连说话都结巴了："老、老、老师不不不好，冯、冯、冯督办寻短见了！"

詹天佑忽一下站起。

86．冯元直住处　　黄昏　春

墙上、地下、桌脚、床围，到处是血。

一把菜刀扔在地上，刀口上尽是血。

詹天佑冲进门，怔了一下，扑过去，抱起倒在地上的冯元直。

血水从他的手腕上汩汩涌出。

詹天佑本能地把冯元直呵护在臂弯里，伸手去捂他的伤口，殷红的血水又从他指缝里涌出来。他又站起，冲出门，慌乱地大喊："来人呵！快找医生呵！"一个部下在门外喊："医生马上就来！"

詹天佑大哭："元直呵，你这是干什么！干什么！"

冯元直拉着詹天佑的手，泪水横溢，挣扎着说："我想起喀克斯的笑脸就寝食难安！处在这样的世界，我们没法儿再活下去！生不如死，生不如死呵……"

詹天佑内疚地："是我害了你！可我对你业务能力的评论是无心的啊！杨逊说……"

冯元直："我不相信他的挑拨！对你……"他谅解地拍拍朋友的手，"我现在才明白我是个怯懦之徒，我是个弱者，你不要学我……"

医生来了，匆匆急救。

冯元直使劲喘气，抓住詹天佑不放："我与袁世凯沾亲带故，才又被安插到你这儿……可我，我跟袁世凯不一样，到哪儿都忍、忍不住……我们中国人无路可走，我们中国人……活着不如死了好……"

他身子一挺——

那只手血已干涸，在詹天佑臂弯里慢慢垂了下来。

詹天佑痛苦地大叫："元直！元直！"

87. 海关钟楼

大钟撞击。

88. 墓地

冯元直下葬。旁边是一穴空地。

谭菊珍、蓉蓉焚烧纸钱、经幡，詹天佑默立，一只手捂住眼睛，泪水从手掌后无声地垂落下来。

杨逊默默鞠躬。

詹天佑手捂眼睛，泪水……

喀克斯与雷诺也参加了葬礼，两个人低低议论。

喀克斯神色疑惑："这个民族是个神秘的群落，做出的事情常常不可想象的，因此这也是个危险的民族！"

詹天佑仍然手捂眼睛，泪水淌下。风来，纸钱变成了漫天灰烬，愈显凄凉。

雷诺："冯是第一个死者，下一个你看是谁？"

喀克斯："……"

一行人前行，詹天佑与杨逊走在一起。

杨逊："眷诚，谁可接替冯元直？"

詹天佑沉默。

杨逊："不容易，不但要有能力，还得不怕晦气……"

詹天佑站定，声音低低地说："我。"

杨逊也站定，对老同学愕视良久："说实话，我是希望你这么回答的，可没想到你回答得这么干脆！可你跟他们能相安无事吗？能吗？……能吗？"

詹天佑回身遥指："我连坟穴都看好了，就在冯元直旁边，那块空地上！"

杨逊叹了口气："所以，这事儿不得不再妥善考虑，你真这样，我也保不了你呀！你暂时顶一下吧，好好渡过这个难关，我回去跟国务院再商量商量。"

詹天佑："我干！我能干！"

杨逊一阵沉默，"搞铁路不是搞义和团，只能平心静气。与洋人共事不能不委曲求全，这还是李文忠夫子总结出的古训。"

詹天佑气不打一处来："古训？"

杨逊有所触动。

詹天佑："伯爵，别让秘书长那顶乌纱，把你压弯了腰呵！"

杨逊叹息："唉，当中国人，是委屈……那你就接替冯元直见四国银行的人吧，你能说服他们吗？"

89. 岳阳海关钟楼

大钟撞击。

指针一跳，九时正。

大门口一排欧式马车。

90. 海关大楼会议厅

环形会议桌上插着四国小旗，坐满了四国银行的代表及其他中外与会者，气氛紧张。

詹天佑不卑不亢："该撤换的，我们一定撤，不姑息迁就。……不过，未必以国籍划分！"

一阵沉默。

弥尔顿站起："我同意这个判断：我想起两笔账目：在川汉路，一位马虎的美国工程司居然弄错了一清里与一英里的换算比例，按他的预算要多花上百万英镑！再一笔是我过去主持的关内外铁路（他尽量不去看喀克斯，喀克斯却马上变了脸色）不称职的英国工程司无法解决滦河大桥桥墩的浇筑，白白浪费了十几万英镑！两个谬误，最后都是一位中国工程司发现和纠正了，我说的是詹天佑先生！"

弥尔顿的发言引来了全场的热烈鼓掌。四国银行的代表中，除了英国汇丰银行的代表，也都跟着鼓掌了。

杨逊赶快圆场："中外来宾的掌声，说明了中外嘉宾的信任。从即日起，由詹天佑先生荣任汉粤川铁路的督办!"

更加热烈的掌声。

喀克斯坐不住了,恨恨地瞪了弥尔顿一眼,站起退场。

91. 岳阳海关咖啡厅

会后,詹天佑与同仁们一起喝咖啡助兴。

他古板地对众人大声道:"今日搞 AA 制,各位付款自理!"

众人望了一眼詹天佑,友善地笑了。

海关一个仆人走来,递给詹天佑一封英文短函。

詹天佑打开,出弥尔顿的画外音。

　　詹姆斯:

　　没有想到,会议一结束,我就被英国银行辞退了,我今日就随船到汉口回国。

　　您曾经建议参考中国传统的水利技术来防治南津港的塌陷,我以为这不失为一种明智的考虑,祝您成功。

　　我和我的母亲永远想念你。

您忠实的约翰·弥尔顿

詹天佑怔了一下,匆匆走出。

92. 大门外

詹天佑与张鸿诰跳上一辆四轮马车。

车夫不知哪里去了。

詹天佑跳上车夫席,亲自驾车,扬起马鞭。

车夫从大门里走出,发现车被赶走,追了几步,车已飞奔而去。

93. 湖畔大堤

马车飞驰。

清脆的鞭声在湖面上炸开。

詹天佑、张鸿诰跳下马车,直奔码头。

汽笛声,一艘班船已经离岸,正加速远去。

詹天佑向一条小汽艇招手,两个人跳上。

他向水手指指远方的班船。

小汽艇全速离岸。

94．湖上

风大浪高，小汽艇颠簸。

两条船的距离却越拉越大了。

张鸿诰脱下上衣向远方挥舞，高叫："停下来！停船！"

班船已融入远天的烟雾。

95．詹宅　　夜　夏

屋子里还残留着新房的气氛：红双喜字贴在正中。

陈西林来访，又带来一些雨花石。

陈西林："先生，去株洲至韶关踏勘，怎么派您新婚的女婿王金职去？"

詹天佑："公司就这么几个工程司，不派他去派谁去？"

陈西林："他和蓉蓉刚结婚，席子还没睡热，就逼人家离开，太不近人情了！……换我去吧！"

詹天佑："不，工地离不开你，再说……"他欲言又止，欲止又言："苦差事不让亲友先去，怎么服得了人？"他接过雨花石，示意陈西林退下，小心翼翼推开女儿房门。

蓉蓉正帮王金职打点行装。

詹天佑把雨花石递过去。谭菊珍脸上愠怒。

詹天佑解释："不是万不得已，爸爸不会派金职这个时候出去的。"

王金职与蓉蓉很体谅爸爸："爸爸，我们懂。"

谭菊珍却忍无可忍："你什么时候为家里想过！正应了杜甫两句诗：暮婚晨告别！席不暖君床！"

詹天佑内疚地说："就剩株韶路这一段儿了，这段一修通，南北大干线就全通了！金职该是头等功臣！那时我给金职放三个月的假！"

王金职面色兴奋。

谭菊珍不相信地哼了一声。

蓉蓉苦笑："爸爸，不用了……"

詹天佑却更加内疚地望着妻子、女儿和女婿，不知所答。

96. 岳阳楼内外　　日　夏

门口有标语牌："中华工程师学会年会。"

楼内会员云集，气氛热烈。詹天佑却落寞地独坐一隅，心里还在为女儿而内疚，远望水天，深深叹息。

几个老工程司来拉他，热烈的气氛终于感染了他。

戚小福子也早早到了，换了件西装，却穿龙袍不像太子，手脚没处放。

詹天佑看到他，高兴地点点头。

一位中国老工程司热情地拉着詹天佑的手说："您提出用都江堰古老的杩槎法来防塌陷，我们几个人认为是合适的！"

詹天佑："再辅以高强度的混凝土板块，美国密西西比沿岸就是这样做的。"

岳阳楼二楼，在范仲淹《岳阳楼记》的大字屏风旁，放着一块大黑板，上面贴着几张不同的施工方案图。

戚小福子与一位中年的工程司指着杩槎图商量："这里还可以加上一道防滑沟，也填上古笼卵石，这样可以防止滑坡，截断溜滑的路基。"

其他几位工程司欣赏地看看戚小福子，有的提出："可是路基的顶部呢？……"

在议论声中，陈西林走来，向詹天佑："喀克斯不肯来，说他生病了……"

一旁的张鸿诰："什么病？肝火太旺吧！"

詹天佑宣布开会："本次年会，一是请诸君赐教研究南津港治塌的方法……"刚说一两句，他又开始擦汗了，接着向戚小福子和另一位技师投去一个微笑，"第二个议程，是接纳两位预备会员，一位是戚、戚小福子——"

戚小福子赶紧更正："戚美！"

詹天佑怔了一下，也改口道："戚美技师。另一位是张有方技师。这两位技师，读过私塾，干过木匠、石匠、司机匠，打过山洞——洞洞都合格。都成技师啦！可是现在，还不能成正式会员，因为二位一直学不会英语，会员不能这样……笨！"最后一个"笨"字，把所有人都说笑了。

戚小福子——戚美不再拘束了，灵活地站起来辩解。"詹督办，您连国语都讲不好，我们讲不来英语，有什么奇怪呀！"

众人大笑。

戚美满意："您要是能讲一句顺顺溜溜的国语，我就能讲英国话！"

众人又大笑，有的还拍手。

詹天佑"较真"起来："好，来吧！"

他看看影壁上的《岳阳楼记》，指着那一句名句念道："先天下之忧而忧，后天下之乐而乐！"

发音准确，相对流利。众人鼓掌，对戚美激将："好，轮到戚美君了，讲英国话吧！"

戚小福子憋了好一会儿，突然伸出大拇指向詹天佑面前一举，用英语喊道："OK! ——好，我也讲英语了！"

笑声。

笑声中，与会者俯案研究治塌图。

音乐起，窗外渐渐暗了下来，有人送来了汽灯。

从窗外望进来，工程师们还在热烈讨论着。

詹天佑欣慰地望着他们……

97. 工地住地　　日　夏

喀克斯身着睡衣在窗前徘徊。

护士送药："喀克斯先生，吃药了。"

喀克斯发火："不要！"

另一护士："先生，午饭……"

喀克斯粗暴地："不要！"他赶走护士，奋笔疾书。

又是敲门声。

喀克斯头也不回："不要！不要！！不要！！！"

敲门声却礼貌而顽强。

喀克斯回头，那个衣着已变洋气的中国翻译（过去那位通译）引雷诺走进，喀克斯便把蘸水钢笔掷飞刀似的往桌上狠狠一戳，笔尖深深戳进了桌面，扎在那里。

雷诺挂好外衣，坐下，等翻译走出，平静地说："国内召我回去，我是来向你告别的。"

喀克斯惊奇："你们日耳曼人一向是个高傲的民族！对这么一个东方人，你低头退出？"

雷诺："那阁下呢？缩在病榻上……"

喀克斯："问得好！所以我——"他拿过刚写罢的信让雷诺看。

雷诺："致四国银行团？……"边看边摘念，"必须不与詹天佑合作，不承认其总负责人的地位，要求中国国务院同意督办换为贷款国的代表……"

喀克斯又把钢笔拔出，递过："谅中国政府也不敢不应！签字吧！"

雷诺恨恨地吐了一口长气，解恨道："好！"他签字。

98. 岳阳海关咖啡厅　　夜　夏

灯光黝暗。

那个衣着洋气的翻译和交通部处长祁立勋在一起喝咖啡。翻译把喀克斯的信递过去，低声道："喀克斯先生是四国银行指派的，怎么得罪得起！祁处长你说是不是？"

祁立勋喷喷点头："交通部对詹大督办也有微词！他眼里有谁？！"

翻译又神秘地在香烟盒上用火柴头写了个数字，耳语道："已经把这个数划到秘书长的账上了，对老兄您的酬谢也当然不在话下！"

祁立勋道："啊，受之有愧！"停了一下又立竿见影地报效："秘书长说了，电告詹天佑马上返回开会！"

99. 汉口总部会议厅　　日　夏

一个让人感到山雨欲来的会议马上要开始了。

与会者颇有来头，有政、绅各色人等。杨逊出席，祁立勋主持会议。詹天佑匆匆走进，张鸿诰陪同。

杨逊站起来，想了想，又坐了下去，公事公办道："眷诚赶到了，开会吧。"他举起一本《铁路汇报》："看到这样的汇报，上峰震动，只好请你回来。你先看看吧。"他把《铁路汇报》递给詹天佑，暗自叹息了一声。

詹天佑浏览。看了两眼，眼睛立刻睁大了。

祁立勋："刘秘书，你念给大家听听。"

秘书捧起另一本念道："汉粤川路之督办垄断路务，刚愎自用，排斥洋员，延误工期……"

全场哗然，秘书念不下去。张鸿诰条件反射似的站起来，想说什么，又强忍住坐下。

詹天佑脱口而出："造谣……"他声音不大。

刘秘书不念了，看看杨逊。

杨逊展开喀克斯的信："我知道此文所言也许莫须有，可是毋庸讳言，汉粤川路与各国的工程司合作得非常不愉快，我苦口婆心可无济于事！四国银行坚持督办换人，国务院也爱莫能助。……祁处长帮汉粤川路督办处拟了个《全体辞职书》，请诸君研究一下是否可行？"

祁立勋清清嗓子，捧读："辞职声明……"

张鸿浩再次站起，判断了一下，大步走出会议厅。

100. 会议厅外　　日　夏

天上阴云密布，雷声隐隐。
张鸿浩大步向工程司室跑去。

101. 会议厅　　日　夏

祁立勋把《全体辞职书》念完："……鉴于前鉴，为敦睦友邦，促进工程，天佑与全体同仁决定从即日起全体辞职。"

詹天佑被这突如其来的袭击打懵了，半天说不出话。

祁立勋看看杨逊："若无异议，散会吧？"

与会者纷纷站了起来，只剩下詹天佑一个人孤零零地坐在原处。

喀克斯的翻译也来了，躲在一角，幸灾乐祸地目睹这一切。

一切似乎都成定局了，这时，突然冲进来八九个年轻的中国工程司，为首的是张鸿浩。

一个青年工程司把要走的人堵回："慢！"

张鸿浩大喊："我们不辞职！"

祁立勋安抚："总工所原督办辞职，新督办来了还是要聘用各位的！"

青年工程司甲："不！要詹督办辞职，我们就都辞职！"

说话间，又涌进一批工人，为首的是过去在京张路想跳槽而又未走的工人甲、乙。

工人甲一叉腰："话说清楚！詹督办要是走，我们大伙儿都走！"

工人乙："五千个民工，几百个技工，都走！"

祁立勋怒："反了！"

陈西林带几个记者悄悄入场。

张鸿浩："谁反了，让各报的记者评评理吧！"

詹天佑这时终于回过神来，像个受委屈的孩子似的扑向自己的学生，三四个学生拉住他的手，他终于有了力量。回身直视祁立勋，走上去拿起《铁路汇报》，提高音量用蹩脚的国语接念："用人轻率，不听忠告，账目不清，中饱私囊……好！哪儿印的？我自费，加印五千册，全路每个站、每个工段都发到，让每个员工都读读！"

祁立勋干咳了一声，反而答不上话了。

张鸿诰走上前去，他此时的神情、动作甚至语言，与老师在喀克斯面前袒护他时如出一辙，他质问祁立勋："中饱私囊？请问究竟在哪个工地，在什么项目上中饱私囊？"

祁立勋："会查清的！"

几个青年工程司："没查清为什么就让詹督办辞职？"

詹天佑却把《铁路汇报》举起："是君子，就再写一篇文章，把哪些账目不清，一一标出：哪些中饱私囊，也一一清算！岂不是更可把第二个冯元直置于死地吗？"

他不像个雄辩家，更像个受了冤屈的憨厚长者。

祁立勋语塞，他环视与会者，用目光寻求支援，他的眼睛找到了喀克斯的翻译，翻译却低下头，回避他的目光。祁立勋把目光失望地收回，改口道："部里也并不轻信，否则也不会提升詹督办改任交通会议副议长了！"

张鸿诰愤然："改任交通会议副议长？！不是明升暗降、变相革职吧？"他掂掂《铁路汇报》："这篇文章呼吁把汉粤川路换成外国督办，可是此君大概忘了民国政府延用前清《汉粤川铁路借款合同》定的第十七款：此铁路管理之权归中方，各国总工程司必须听命于中国的督办大臣及总办或其代办！这还是清廷定的，我们民国竟连清廷还不如吗？让詹督办辞职，就先修改第十七条吧！"

这时，张鸿诰暗暗地捅捅工人甲、乙，甲乙二人叉腰高喊："洪水说到就到，把人都逼走了，洪水冲了工地算谁的？"

全场哑然。

詹天佑："南津港治塌防塌现在正值紧要关头，我，不能辞职，不该辞职！也不会辞职！"

102. 镜头拉出——日 夏

治塌工地，高亢的打夯号子声中，工人们用小冲锤砸铁桩，詹天佑与工人们商量投入杩槎；

一排杩槎在路基边耸立；

编石笼；

马车运卵石；

船队运来洋灰……

路基夯实，铁轨铺就。

英俊的青年工程司率工人扳道岔。

一个又一个道岔扳好。

一盏又一盏信号灯亮。

一面又一面信号旗举起。

一声又一声哨音传递。

一列列车已经在远方升火待发，传来隐隐雷声。

陈西林把"试车看台"的牌子摆上月台。

103． 路基上

一双脚在飞跑，是张鸿诰："老、老师……"

詹天佑："什么事？慌慌张张的？"

张鸿诰惊恐得话都连不成句了："土、土、土匪送来了这个，金职……"他递过一个粗布包。

詹天佑打开，布包里有一把匕首、一张草纸。草纸上歪歪扭扭写着：

王金职：赎金十万银元。

三丑：一万银元。不交赎金，十日撕票！

詹天佑双眉紧锁，思考片刻："哪一天试车？"

陈西林："明天。"

詹天佑："试车之后我和你去找他们。在此之前不要在工地声张，尤其不要让你师母和蓉蓉知道！"吧吧嗒嗒，几滴雨点落到草纸上，詹天佑向天，"苍天保佑，明天试车可千万别下雨呀！"

104． 乌云密布的天空

一阵雷声，在天上炸开。

风横雨狂，雷电交加。

湖面浪如山立，恶魔似的向路基扑来。

站台上刚立的"试车看台"的牌子被风掀上天。

祁立勋等人脸色阴沉地站在席棚下等看试车。几个随员心怀叵测地小声与他交头接耳，他不动声色。

蓉蓉由谭菊珍扶着，打着伞站在人群后，她已经快做母亲了。

詹天佑和张鸿诰沿枵槎地段最后巡视一遍，他没着雨衣，任风吹雨淋。

张鸿诰赶来为他支伞，风把雨伞撕裂了，詹天佑拿过雨伞，扔到一边。

他发现了妻子、女儿也在人群中，不安地向她们投去一瞥。

妻子、女儿发现了他，故作宽慰地一笑。

他按捺内疚，心思又回到了试车上，双臂习惯地举起，奋力"击球"："试车!"

张鸿诰吹哨，用风灯打讯号。

远处传来高亢的机车鸣笛声。

105．工地住所　　日　夏

喀克斯听到鸣笛，敏感地冲到窗口倾听，他推开窗子，全然不顾雨水飘进窗沿。

106．试车工地　　日　夏

列车轰鸣着驶向塌陷地段。

洪峰也恰在这时扑向塌陷地段。

雷声、雨声、风声、浪声。

水下，枵槎、石笼、卵石。

水上，恶浪拍天。

107．看台

一双双关注的眼睛，表情各异、心情各异。

108．路基旁

詹天佑似胸有成竹，又似惴惴不安。

汗水、雨水、湖水，布满在他身上、脸上。

张鸿诰站在他身旁，全神贯注着远来的列车。

列车隆隆驶上塌陷地段。

一声霹雳，天空撕开一道银色的缝隙。

詹天佑眼角一跳。

109．幻觉

黑白片：啪的一声，一个球棒击球上天。

110. 列车飞驰

111. 幻觉

黑白片：少年时代的棒球场，跨国棒球赛，詹天佑抡棒击球冲刺，跑全垒。

112. 列车隆隆驰过

湖浪拍岸，铺天盖地。

113. 幻觉

黑白片：棒球场，詹天佑奔跑的脚。

脸上布满汗水。

114. 风声、雨声、雷声、机车声

詹天佑刚毅的面孔，汗水、雨水。

列车驶近塌陷地区。

看台附近。

蓉蓉发现了什么，向母亲一指，谭菊珍一惊，几个人离开人群赶到路基附近。

她们发现了一个令人心悸的情况：这一带枊槎投放得没到位，恶浪扑向路基，道砟被卷进大浪。

"哗啦"，滑下一串道砟。

"哗啦啦"，又滑下一串道砟……

恶浪扑上铁轨。

蓉蓉喊叫："爸——"

谭菊珍："眷诚——"

风声、雨声、车声、浪声，却把她们的声音吞没了。

詹天佑在远处指挥，全然没顾到她们。

列车隆隆驶近。

谭菊珍和蓉蓉惊呆了。

蓉蓉捂上眼睛不敢看，谭菊珍合十祈祷。

列车驶近。

道砟纷泻，情境甚危。

谭菊珍、蓉蓉的目光最后落到路基一处。

她们发现被洪水冲塌的碎石、夯土下，裸露出一层坚实的水泥护板。

一块块排列齐整，坚如磐石，稳固地护卫着路基。

蓉蓉突然闭上眼睛，咬紧了嘴唇。

她双手紧紧捂住了肚子。

谭菊珍抱住她："蓉蓉，你怎么了？你怎么了？"

蓉蓉直摇头："没，没什么！"她呼出一口气，睁开眼睛。

"妈！快！快告诉爸……"她双手按腹，呻吟着慢慢蹲了下去……

列车正慢慢通过险段，遮住了母女的身影。

一声长长的笛鸣，列车又恢复了常速。

轰的一声——

列车冲了过去。

轮子。路基。护板。轮子。路基。

115. 幻觉

黑白片：棒球场上，少年詹天佑冲刺。

116. 路基险段

机车长鸣，终于驶过险段。工人们欢呼，在大雨中追车奔跑。

祁立勋被远远抛在后边。

117. 工地住所 日 夏

喀克斯听到机车冲过险境之后的长鸣。他明白自己失败了，狠狠关上窗子。

用力过猛，六扇窗玻璃全被震落了，摔成碎片。

118. 冯元直墓前 日 夏

古木森森。

詹天佑、谭菊珍、蓉蓉、张鸿诰在墓前肃立。

一串鞭炮高高挂起无声地炸开，纸钱无声地抛起，飘落。

詹天佑心声：

"元直，南津港路段，在中国铁路工程司和员工努力下终于通车了！元直，你不该走！不该走呵！今天，我要到株洲去，金职和小福子、三丑下落不明，生死未卜，我去找他们……"

画外传来呼喊声："老师——！"

众人愕视。

只见三匹马从地平线上飞奔而来，为首的是陈西林。

王金职与戚小福子紧随陈西林扬鞭而来，他们衣衫破败，满身伤痕，王金职下马深深一躬，对詹天佑及谭菊珍："爸、妈……"

小福子扑通一声跪了下去，嘤嘤而泣。

众人惊愕。

王金职从怀里掏出一张叠起的测绘图，捧给詹天佑，颤声道："这是我作的《株韶路测绘草图》，那边土匪多，我们被绑架了，前天夜里逃出来，三丑为从土匪手里抢这张图，就……"

叠皱的图上血迹斑斑。

詹天佑接过图，下意识地向前走了几步，一拳打在一棵树上。

呼啦啦一声，一群林鸟从树上惊飞。

林鸟掠过林海。

詹天佑心声：

"三丑，你不愧为我们中华铁路新军的一员，这幅《株韶路测绘草图》是你用性命换来的，天佑誓将修成株韶路，贯通粤汉南北大干线！"

119．北京京绥工程局　　日　秋

桌上摆着烫金的飞龙大红请帖。

吴金科哧哧冷笑，嗤之以鼻："眷诚呵眷诚，你这个时候来找袁世凯，他哪有心思见你，人家现在想的是黄袍加身，你这不是自找没趣吗？"

邝孙谋反问吴金科："那你说，株韶路的资金怎么办？"

吴金科："你问我，我问谁？"

邝孙谋看看杨逊："伯爵，你去给袁世凯提一提吧。"

杨逊踌躇，吴金科大笑，点着桌子上的烫金飞龙请帖："伯爵是要去进言，可是到安福胡同去劝袁世凯赶快登基？"

詹天佑和邝孙谋吃惊地看着杨逊。

杨逊神色尴尬，却故作庄严："讨论国体，也是为了复兴国家！"

吴金科更是哈哈大笑，足足笑了一分钟："伯爵啊伯爵，再怎么潇洒，也别当帮凶啊！"

杨逊急于回避，门外传来马车铃铛的催促声，他看看怀表："车催我了！"他戴上帽子急忙要走了。

吴金科又打趣地问邝孙谋："弥勒，你怎么样？还那么知足常乐、笑口常开，半掩庙门儿当弥勒吗？"

邝孙谋两手一摊："还能怎么样？只好肚大能容了！"

吴金科苦笑："可这样的事你容得了吗？——宋教仁被暗杀，孙中山先生被通缉而再次流亡海外！辛亥革命的功臣一个接一个被除掉！眷诚呀，该明白了！袁某人他过去支持京张路，无非是要扩大自己的势力，一旦不为他所用了，他才不管你什么株韶段贯通不贯通呢！"

詹天佑仍然心存幻想："……为这样一小段铁路，他总还会念念旧情吧……"

门口，杨逊的车夫抱着一个包袱来催促杨逊，杨逊对詹天佑道："眷诚……你也走吧。"

詹天佑意外："我？"

杨逊："要资金，递呈折，这是个机会。"

吴金科讥讽："对对对！对洪宪大皇帝三跪九叩，山呼万岁，是得赏银的时候！"

邝孙谋替詹天佑抱不平："仙鹤，你嘴上积点儿德！"

杨逊："行百里者半九十！南北大干线就差株洲至韶关这么一小段了！不能让眷诚功败垂成！"

吴金科："路修不下去，天塌不了，人死不了！"

邝孙谋："此言差矣！西人笛卡尔云'我思故我在'，眷诚则是'我修路故我在'。路要是修不下去，'眷诚'两个字，也就该羽化登仙了！"

吴金科："那也不能当小人呀！"他跨出门槛，把车夫抱着的衣包一抖，掉出一套祭天服，看看！这是什么？眷诚去不得，去了，会遗臭万年！"

詹天佑万般无奈。

120. 天坛南门　　日　秋

沿途地面加铺了黄土，此乃皇帝出巡的礼节。

钟鸣十二响，"洪宪皇帝"头戴爵弁，下系紫缎裙，身着十二团大礼服，在天坛南门外走出装甲汽车，换乘礼舆——双套马的朱金轿车，四角璎珞垂下，至门前又换乘竹椅显轿，进入天坛。

杨逊高冠博带，在皇帝左右扶持。

天街两侧，禁卫模范军戒备森严，从天坛南门一直排列到望不到尽头的天际。

吴金科，化装成禁卫模范军的军官，衣下手枪一闪，沿着路边快步尾随，几个密探盯上了他。

詹天佑来到南门外，不太自信地茫然四顾。

突然，他发现一双锐利的眼睛，向他刺来——仙鹤！

又见几个人影一闪，几个密探一拥而上围捕吴金科："抓刺客！"

詹天佑轻声喊出："仙鹤！"他下意识地冲上去两步。

杨逊也回头看，三个同学同时出现在一个画面里。

只见吴金科挣脱了暗探，巡警开枪，吴金科还击。吴金科且战且走，想翻过围墙冲进天坛，一排枪声，吴金科倒下去，不动了。

一团血红色溅满了镜头。吴金科怒眼望天。

詹天佑双眼圆睁，目眦欲裂。（定格，良久）

121. 天坛内　　日　秋

洪宪祭天的定格照片。

画面却被血水染成了暗红色。

长长的黑片……

122. 汉口车站礼堂　　　日　秋

锣鼓大作。庆典。横额："武长线通车庆典茶会"。

耍狮子、赛龙舟、跑旱船、踩高跷。

会场设在露天搭的席棚里，颇有规模。

人声鼎沸，笑语喧哗。有人在窃窃私语："袁世凯做了八十三天皇帝梦，到头来落了个遗臭万年！"

司仪宣布："茶会开始，请詹督办演讲！"

掌声、笑声、鼓乐声。

恰在这时，戚美带一个护士狂奔着冲进会场，边跑边喊："詹、詹督办……"

张鸿诰在门口拉住了他们。

戚美："快，蓉蓉，蓉蓉，不行了，难、难产！"

张鸿诰回头，看到詹天佑正开始演讲。"我，谢谢各位同仁，感谢各国朋友……"他举起茶杯。

张鸿诰怕影响詹天佑的演讲，忙把戚美和护士向门外一推。

詹天佑却看到了这个细节。

他很敏感，停顿了一下，强打精神把祝词讲完："君子之交，清茶一杯，来，干！"他用蹩脚的国语将话说完。

这句话却把众人逗笑了，他也强迫自己勉强做了个笑容，放下茶杯。

陈西林："试车吧？"

詹天佑又习惯地做了个用棒球击球的动作："试车！"

"呜——"

列车长鸣声，始发车启动。

鞭炮声大作。

他按捺着不安，穿过放鞭炮的烟雾，跟跟跄跄向家中赶去。

123. 铁路医院产房　　日　秋

蓉蓉难产逝世。

詹天佑赶到，床头柜上摆着挂着黑纱的女儿照片和水仙盆中的雨花石。

不远的车站正传来喜庆的音乐，詹天佑颓然跌坐。

床上一片空白，女儿已经羽化。

洁白的床上传出女儿天真的声音："爸爸，这不是做梦吧！"——是八达岭通车典礼上的声音。

爸爸的声音："这不是梦，梦也不会这么美呵！"

音乐：《天使的车》。

詹天佑僵坐不动，犹若岩石，额纹如岩纹。王金职低泣着在他身边陪侍，而他却一滴泪也没有，只是呆视空床，低语喃喃："蓉蓉，爸爸要给金职放三个月的假，让他好好陪陪你……"妻子与女婿忍不住哭出声来，他缓缓捂住了眼睛。突然，向后一靠——他昏倒了。

谭菊珍与王金职急扶："眷诚！""爸——"

124. 幻觉

音乐继续。

形形色色的岩纹，岩石。

古老的居庸关，古道。

石头上的车辙印被压得更深了——几乎深不可测。

古道。西风。瘦马。

马车颠簸着驶过古道，车轮滚过车辙，一个趔趄，马车终于歪倒、倾覆。

车轮空转，叠化——

"格尔尼卡"式的当代人物抽象画组合。被肢解的人物局部。

组合旋转。

空轮旋转。

一只大手捂住一切。

125．汉口詹宅　　日　冬

詹天佑捂住眼睛斜在竹椅上。医生救护。

邝孙谋："你要挺住，凡事得看开点儿！"

詹天佑欲哭无泪，把内心的苦水一股脑儿都倒了出来："说到根上，我们不该漂洋过海，不该去留什么学！不知道国外科学那么进步，也不会着急中国这么不争气；不知道密西西比大铁路那么气派，也不会为中国修路这么艰难……痛苦！不知道外边天那么大，海那么宽，也不会明白中国的路这么窄，心这么黑！……仙鹤也不至于……死得这么惨！你我，也不至于……碰得这么头破血流！伯爵也不至于……下作得这么厚颜无耻！我也不至于……这么，呜——"

詹天佑颤抖得像一片树叶。

邝孙谋感慨："你我之辈，要么别修路，要么就装疯卖傻充弥勒！就装孙子！充傻子！当疯子！一个书呆子，在中国又要做点儿事，又要当君子，不易呀！"

詹天佑沉默下来，不再说话。

张鸿浩："老师毕竟修成了那么多铁路，让世界明白了中国人不笨，中国也有人才！"

陈西林："又带我们制定了周密的铁路法规，给后世的中国铁路规范了运作，老师是当之无愧的中国铁路之父！"

几个前来看他的"中华工程师学会"的代表也接道："又成立了跨学科的中华工程师学会，全面培养中国的科技人才，先生的功绩有目共睹！"

一老工程司："世界学术界对你也推崇备至，又有几个学会选你当会员！"

护士进，捧进一大摞邮件。

邝孙谋看到一份电报，示意护士勿语，急忙藏进怀中。

詹天佑却忍着病痛："电报？"

邝孙谋遮掩，拿起另一份："是。耶鲁大学邀请你回校参加校庆，全校上下很为你自豪。"

詹天佑："不是这个,还有一份儿呢?"

邝孙谋一捂胸口："没有,没有……"

詹天佑声音很弱,却不容讨论:"拿来!"

邝孙谋:"电报是我几天前让人发到总工所的,我们那条张绥路资金枯竭,面临停工。"

詹天佑不动声色,闭目思索,片刻,又启目,声音不高:"发行换路债券。"

邝孙谋:"会有人买吗?"

詹天佑吩咐张鸿诰:"把我所有的积蓄都拿出来,全部买债券!"

邝孙谋感动,忍不住把老同学抱住了。两个老同学互相拍着背,老泪纵横。在场者无不落泪,纷纷道:"我也买!""我们都买!"

谭菊珍从内间捧一小首饰箱走出:"这是我结婚时的嫁妆,东西不多,也不值钱,都给换债券吧!"说着,把手上唯一的手镯也脱了下来。

詹天佑感动地望着妻子。

门又开,杨逊进。

詹天佑看了他一眼,厌恶地把脸转向另一边。

杨逊俯身探视詹天佑:"好一些了吧?"

詹天佑突然转过脸来,指着门口:"我没工夫和你说话! 出去!"

杨逊:"啊?!"

詹天佑:"仙鹤是怎么死的? 袁世凯是凶手,你也是! 出去!"

杨逊尴尬地摇头,苦笑,告退,在门口趑趄一下,走出。

桌上八音钟报时,一个小人出来打钟。是当年袁世凯的赠品。

詹天佑指着桌上那只珐琅八音钟,低声吩咐妻子:"扔了它,给我扔了它!"

谭菊珍望着他不动。

詹天佑手指着窗外大声道:"扔下去,扔下去!"

谭菊珍终于拿起钟,向窗外扔去。

楼下,院中。杨逊刚刚走过。那只钟落在他身后不远处,后盖脱掉,滚了几个圈子,倒下不动了。

杨逊狼狈而去。

126. 东北大平原　　日　春

雪国。

机车飞驰。

笛鸣。

127. 车内　　日　春

一颗硕大的头颅占满画面。

去海参崴参加会议的詹天佑靠在包厢上。

一颗滚烫的泪水晶莹一闪。

他把泪水狠狠抹去。

张鸿诰进，拿进一份电报："中南海电报，大总统让我们把发言提纲电告北京。"

詹天佑挥了一下手："发密码电报。"

"保路"运动中险些被杀的马荣清也来陪同，他走近："准备一下吧，海参崴快到了。"

128. 海参崴　　日　春

车站。

两个俄国士兵（白军）、几个俄国车站人员正准备接车。

出席国际联合监管远东铁路会议的美国代表之一约翰·理查兹与中国驻海参崴领馆人员也来接车。（人物字幕）

理查兹五十九岁，手持一张发黄的老照片。不无得意地对中国领事介绍："瞧，这是我在中学时和詹姆斯赛棒球的老照片，我们是老同学，三十八年不见了！喏，这是他，这是弥尔顿——"

照片中，美国少年棒球队正与中国学生代表队比赛。小天佑依稀可辨，理查兹站在击球的位置，画面上还有小弥尔顿。

出席会议的英国代表也来了，竟是喀克斯。而日本代表竟是雨宫。

从中国来的列车进站。

理查兹兴奋地迎上。（下边的对话，由领事做英、汉翻译）

车停，詹天佑下车。

他推开想搀扶他的学生，坚持独行。却毕竟显出病容。

理查兹上前。

两个老同学互相看了很久，终于相互认出了，紧紧拥抱。

理查兹："母校为你而骄傲！我们的校训是——"

詹天佑："'实践中求希望'（英语，中文字幕）——我一直认为，我的一切成功都是母校的成功。"

理查兹："都盼你回校看看！"

詹天佑："我……"

理查兹："想不到你……病成这样！"他眼睛湿润了，充满感情，心疼地说，"你如果留在美国，身体不至于这样……"

詹天佑微笑，淡淡地说了两个字："我值。"

詹天佑看到了理查兹手中的老照片，拿过来细看，又激动，又平静地说，"就像当年我们赛棒球，我摔伤了一样。"

理查兹感动，把詹天佑更紧地搂了搂。

喀克斯与雨宫上前握手，语带讥诮："詹姆斯，你怎么还来？应该休息！你是中国的国宝呀！"又对中国领事夸张地、阴阳怪气地说，"我们都太不懂爱惜人才了！詹是工程界的一代天骄呀！让这样的天才活长一点儿比什么都重要！"

詹天佑气喘吁吁，莞尔一笑，淡泊而宁静："我活长一点、短一点，无关紧要，只要中国的铁路，能长一点，再长一点，就成了！"

129. 宾馆　　夜　春

第一场在中南海前出现过的两位中国铁路代表及中国领事，正拿着北京的电报与詹天佑商量。

代表甲："北京的回电认为您的发言提纲太激烈了，要忍让含蓄。"

代表乙："这是北京拟的提纲。要点是广结与国之欢心。对美国要和，对英国要谦，对俄国要让，对日本要冷静……"

詹天佑闭目不语。

领事担心地说："天佑先生身体如此，明天能发言吗？"

130. 国际会议大厅　　日　春

讲坛上，詹天佑却判若两人。

他发言——声音不高，却胸有成竹，神态憨厚，却绵里藏针："日本代表称中国没有能力管理满洲铁路，根据是什么？"

雨宫举起一份文件："请阁下看看我们散发的技术说明吧！中国有这个能力吗？包括技术力量和军事力量！"他神色咄咄逼人，"南满铁路的混乱秩序，既然俄国无法管，英美不该管，中国没有能力管，请问，现在还有谁能维持此路的正常运行？我大日本帝国理所当然当仁不让，担负起保护满洲铁路的光荣职责！"

各国代表哑然。

詹天佑看看中国首席代表，首席代表不愿抬头，却把北京的电报提纲向他推了推。

詹天佑忍不住把电报慢慢推了回去。他指着雨宫面前的文件："贵国的技术说明拜读过了，这只能说明雨宫先生无知！"

他用柔和的腔调说出了尖锐的"无知"二字，让中国首席代表吃了一惊，便急忙碰了碰翻译。

翻译会意，在把这段发言译成英文时，有意把"无知"二字改成"误会"。（中文字幕）

詹天佑却书呆气十足地把翻译打断："不，您翻译错了！——是'无知'，不是'误会'！"

他质问雨宫，态度却依然平实："你们在技术方面陈述的第一个理由是中国铁路用的是标准轨，而中俄合修的中东路用的是俄式宽轨，中国不具备管理宽轨铁路的技能，可是这恰恰暴露出雨宫先生对铁路管理缺乏常识！各国技术代表都可以证明：这两种轨道的工程管理技术是相通的，中国不存在技术困难！"

中国代表鼓掌。

詹天佑："雨宫先生还认为中东铁路穿过东北的严寒地带，中国工程司缺少防治铁路冻害的经验。这更不通！中国的京张铁路就恰恰行经塞上的高寒地区！通车整整十年了，从未发生过因冻害而停运的情况！"

中国代表与一些欧美代表都鼓起掌来。

他像询问不相干的第三者，笑眯眯地问雨宫："雨宫先生，您说，这是不是更属无知？"

他的神态真诚而憨厚，直视雨宫，满脸是孩子式的真诚与单纯，这种傻傻的神态与那种尖锐语言形成奇妙的反差，反差愈大，他的大实话也就愈显力度。结果把所有与会者都逗笑了。

雨宫欲怒不能，欲罢不能，十分尴尬。

喀克斯终于受到震撼，感慨地对中国领事道："难为他了！过了整整十年，他居然一点儿没有学乖，还和京张路典礼上的发言如出一辙，也算东方的一大怪人！"

语未毕，詹天佑却突然孩子气全无，正色道，"至于中国有无军事力量，让……"他看看中国代表团中的武官。

中国武官虎虎然站起："我们绝不会把中东路的保护权拱手让给别人！"

武官与日本代表四目对峙。良久。

会议主席用木槌敲了敲桌子："我建议由中国军队行使中东铁路的军事保护权，请表决——"

131. 东北大平原　　日　春

阔野千里，列车缓缓南驰。
詹天佑侧首遥望窗外……

132. 窗外　　日　春

一队队威武挺拔的中国士兵荷枪走来，与护路的俄国路警敬礼换防。
中国的五色旗飘扬在铁路两侧的路树中间，路树冰雕玉砌，瑰丽如幻境。
与会的中国武官在车厢衔接处对士兵打手势。
士兵队长发令："敬礼——！"
队长对詹天佑的包厢敬礼。
士兵对天鸣枪致敬。

133. 车内　　日　春

詹天佑微微一笑。
车长终于认出了这几个人是谁，殷勤得无以复加，又是端水，又是送果盘，忙不迭地笑道："还以为是做梦呢！没想到还真是詹大工程师！您给我们铁路立了多少大功呀！这回在老毛子那儿又立了大功！"
詹天佑摇手，平淡地说："詹天佑不行！"
车长纳闷，吃惊地微张着嘴巴："您说啥？"
詹天佑："他算老几！从美国留学回来，肚大贪心地想建什么铁路网，结果连南北大干线都没修成！多可怜！詹天佑算老几！"

134. 长城脚下的小站　　日　春

又到了詹天佑下过车的小站。
詹天佑平静地望着北国原野，一个人缓步走上长城。
辽阔的北国群山在视野里展开，火树银花般的路树在风中起舞。
詹天佑望着塞外雄岭，呈现出一种无今无古、无生无死、犹若海之默、犹若山之静的安详。
几个学生又看到了老师北上时在麦田的积雪上用手杖柄写出的一行英文。

白皑皑的雪地上，那一行裸露出麦苗的英文显出青翠的碧绿色，一行绿色的英文在一片白茫中依稀可见轮廓。

几个学生竞猜："那是什么单词?"

几个人翻《英汉大词典》。

戚美手持放大镜快速浏览。几个学生相继说出一些"B"字开音的词句，又都摇头。

放大镜最后落到一个词语上："BASEBALL"。

张鸿诰、戚美及另几个人几乎是同时认了出来，喊道："棒球!"

135. 天空

棒球过天，缓缓旋转。

136. 长城

八达岭长城高插云际，化——

137. 蜿蜒的京张路

一声长鸣，机车驶过。

列车冲出隧道，视野豁然开朗，塞外群山与蜿蜒的长城扑面而来，大地旋转。

日出。音乐：《天使的车》。

在詹天佑心脏的搏动声中，列车驶上京张路"之"字形路轨，突突地喷出白色水蒸气，与詹天佑依然沉稳而有力的心脏搏动声同步。

詹天佑心声：

"生命有长短，命运有沉升。初建路网的梦想破灭让我抱恨终天，所幸的是我的生命能化成匍匐在华夏大地上的一段铁轨，也算是我坎坷人生中的莫大幸事了!"

火车爬坡，铿锵有力，汽笛长鸣。一阵塞北的风沙弥漫，遮盖了画面。化——

138. 一组老照片式的棒球赛画面

高速摄——

遥远的上一个世纪，中国留学生棒球队与美国中学生棒球队比赛。

几个中国学童击球，慢动作。

冲垒，慢动作。

小天佑击球，慢动作。

小弥尔顿击球，慢动作。

小理查兹击球，跑垒，慢动作。

小天佑守一垒，抢险球，前冲，低首，双手接球，接球抱胸，前滚翻，起立，举球。

是一个漂亮的高难度动作，全身擦伤，鲜血渗出，把对手"击"下。

全场观众惊叹。

中国拉拉队欢呼。

小天佑击球，全垒打。

棒球过天，慢动作。

字幕升起："时至今日，京张铁路与粤汉铁路仍在忠实地为祖国效力。"

139．老相册

相册缓缓合上。镶嵌式的镀金英文：BASEBALL。化——

青龙桥。

詹天佑铜像。

一双深邃的眼睛仍深情地注视着山川大地。

字幕："1919 年 4 月 24 日，詹天佑病逝，享年 59 岁。"

"又过了短短的十天，五四运动爆发，中国的莘莘学子又走上了新的探索之路。"

詹天佑铜像深情地注视着今天。

（《电影创作》2000 年第 6 期发表，上海电影制片厂拍摄）

电影剧本《詹天佑》由上海电影制片厂拍摄成电影

张　　衡

一

破败的河伯庙，帷幔飘零。

青铜香炉上，夔龙浮雕面目狰狞。

威严的河伯神。

墙上彩绘斑驳——

怪兽：獬豸，血口大张；

怪兽：穷奇，腾空欲飞；

怪兽：辟邪，仰天长啸；

怪兽：飞廉、飞虎，破壁欲飞……

壁画：《玄鹤图》。一个巨大的头影投在图上。

地上一堆炭火，烟雾迷离，头影在火光下闪动。

火光投在一张面孔上，鼻梁与眉峰曲线占据了大半个银幕。一双深邃的眼睛注视着矮几上的"候风地动仪"模型出神。

这是个青衿仕子。他慢慢抬起头，向《玄鹤图》投去深沉的一瞥——

突然，玄鹤从《玄鹤图》上破壁而飞，仕子凝视玄鹤远去。推出片名——《张衡》

在飞鹤与怪兽壁画交替出现的背景上，叠片头字幕。

败落的河伯庙内，一切都恍若梦境。

秋虫呻吟。

帷幔后藏着一个人，他从缝隙里窥望张衡，半是疑惑，半是好奇。

铜仪……

眼睛……

一切都沉浸在静谧而玄妙的色泽里。

张衡的睫毛一眨不眨，突然他眉峰耸起，双目如炬……

〔幻觉〕地震，地光奇幻。

屋倒房塌，车羽家前横陈一尸，儿媳恸哭，孙女奴辜扑到母亲身边痛哭："娘——"又扑向车羽，"爷爷——！"

车羽——老匠人，双眉凝聚，欲哭无泪。

村庄里，灾民呼天抢地……

张衡凝视着炭火。

一双麻鞋围着张衡走了一圈——

窥视者走出帷幔——他也是个仕子。

张衡仍然默视出神。

仕子见他瑟缩双肩，便脱下青衫为他轻轻披上。张衡惊醒，慌忙避谢。

仕子笑笑，跳上神龛，向河伯神大大咧咧作了个揖："怠慢了！"他一把扯下帷幔，披在身上。

他就是后来成为张衡毕生好友的崔瑗。

崔瑗审视"地动仪"模型，神几上一折《太玄经》掉下来，飘出一张枫叶。

张衡激动。他正欲拾起，风来，把枫叶吹到断壁之外。

张衡急忙追出。

庙门前，崔瑗纳闷地双眉微蹙。

月出。

枫叶飘下山岩……

张衡追下险石……

枫叶飘进溪流……

张衡踏水追去……

他终于把枫叶拾回，月色如银。

二

晚霞。

张衡、崔瑗负囊在原野上赶路的剪影。

枫林在望。

张衡激动，载欣载奔地走到林下。

枫叶如茶，张衡如醉。

崔瑗欲折，张衡心疼地拦住，默默摆首，似护亲人。

崔瑗询视沉思："嗯……"

两个人仰天躺下。张衡凝视枫涛。

枫叶。流云。

〔画外〕崔瑗："为什么你见到枫叶就这么出神……"

张衡一声轻微而沉重的叹息……

〔回叙〕枫林似火。

南阳西鄂，冯家后园。

两双脚踏着枫叶默默走来。

枫林深处，张衡与一个少女默立。

她神色抑郁，长长的睫毛环绕着一对惆怅凄凉的大眼睛。

这是张衡指腹为媒的未婚妻兰竹。

小丫环奴辜，眉清目秀，眉心上长了一颗妩媚的朱砂痣，正在拣枫叶。

她首先打破了沉寂："你们的婚事，小姐的亲生父母从小就给你们定下了！现在老爷怎么总不提呀？公子都快走了！"

张衡郁郁。

兰竹凄然。

沉默。

张衡愤懑地揪住一枝枫叶。

兰竹拉住他，心疼地把枫枝扶回原处。

奴辜："哼！我看老爷是嫌公子……"她看了张衡一眼，把话停住了。

风来，枫涛澎湃。

一叶红枫飘然落下。

兰竹拾起，默默地递到张衡手中。

四目相对。

张衡似有所悟，兰竹微笑……

途中枫林。张衡沉浸在回忆里。

崔瑗仍在询视："后来呢？"

张衡惊醒："呵……"

崔瑗把落叶扫拢，燃起篝火。

〔画外〕崔瑗："后来你去提婚了吗？"

沉默。

火光时明时暗。

〔画外〕张衡："她的养父，嫌我是个白丁，想逼兰竹退婚，就在这个时候，发生了一件事……"

〔回叙〕銮铃震耳。

南阳郡城楼下。

邓骘大将军的仪仗浩荡而来。前有百数匹"导骑"开路，后有百数匹"从骑"荷戟扈从。中间是红紫缤纷的彩旗队、鼓乐喧阗的骑吹队，两行步卒簇拥着一部华丽的驷马鞍车，身披金甲的上蔡侯邓骘大将军端坐其上。他五十余岁，两撇短须，肥硕无朋，踌躇满志。

南阳郡太守率从属匍匐两侧，焚香迎接。

远处是争相围观的人山人海，兵丁抢枪使棒，把人群向后驱赶。

鞍车前的八匹白马配着红缨，十分英武。

冯府门前，八个白马武士簇拥着门下功曹驰进双阙。冯公执帚迎门。

奴辜向后园奔跑，一路高叫："小姐！小姐！"

平子读书台。冯少卿献媚地跑来："平子！平子！"

冯家后园。奴辜伴兰竹兴冲冲地奔出。

枫林。张衡神采奕奕随冯少卿走来，按捺着兴奋。

冯家正厅。冯公正招待邓骘的门下功曹和随从，殷勤得无以复加，催仆人——时称伍伯献酒。

门下功曹向冯公递上一个红缎包裹，打开来，是一帧木札。

门下功曹："上蔡侯邓骘大将军已到南阳郡，现在在太守府等候张公子的回音。这是大将军给张公子的尺牍。"

冯公诚惶诚恐地读简，不禁笑逐颜开。

张衡随冯少卿进门。

门下功曹略略欠身："张公子吗？"

张衡以礼相待。冯公捧简奉上，脸上是讨好的神气，殷勤了许多。

张衡捧读邓骘的书简。

奴辜和丫环们欣喜地互递神色。

冯少卿羡慕而庆幸的神情。

冯公踌躇满志地捻须。

奴辜两手合十，默默地祈祷上苍。

枫林的掩映后，兰竹一双期待的眼睛。

张衡阅札，眉峰慢慢蹙起。

门下功曹察颜观色，颇为纳闷，唯恐张衡不明内情："邓骘大将军是当今太后的胞兄呵！"

丫环们闻之惊讶。

冯少卿愈发羡慕。

冯公更加踌躇满志。

门下功曹："公子到将军府上，无非是为图谶①、神文做注，一般的方士都做得了，未必比公子写《二京赋》更难吧！"

张衡把幕僚送上的佩绶缓缓退回。

冯公大感意外！

冯少卿疑惑不解……

奴辜焦急："公子……"

枫林，一棵粗大的枫树旁，兰竹的眼睛却出奇的沉静。

奴辜跑向兰竹："图谶神文？就是方士编造的那些预卜吉凶的预言吧？"

兰竹冷笑了一下，没有说话。

正厅，张衡缓缓退出，门下功曹颇觉尴尬，冯公愠怒。冯少卿打圆场："大人旅途劳顿，先早一点歇息吧……"

门下功曹："好，邓将军还在太守府等候，我今夜就在府上候张公子的回言吧！"

兰竹绣楼。冯公手执一个玉佩，暴跳如雷："太不识抬举了！他不应召去做官，明天就退婚，把这个定亲玉佩……"他把玉佩狠狠往兰竹的绣几前一拍，"退给他！"

兰竹在几前默坐，面无表情。

---

① 图谶，东汉国典，是巫师或方士制作的一种宣扬神学迷信的隐语或预言。

冯公："别人的话他不听，你就不会去劝劝他？"

兰竹一语不发。

冯公："你倒是说话呀！"

兰竹偏过头去不看他。

冯公大怒，举起玉佩欲掷。

奴辜扑上欲抢玉佩，冯公把奴辜一掌打倒在地上，把玉佩狠狠摔在青砖地上。玉佩铮铮，丝毫未损。

枫林中，兰竹在一棵枫树上题诗……

平子读书台。油灯边摆着地动仪模型。

矮几上排开木简，张衡正给邓骘大将军写复简："上蔡侯邓骘大将军麾下……"

琴声。

他提笔又止，心情矛盾。

他侧耳聆听——

旋律深沉……

枫林深处，绣楼。兰竹操琴。

奴辜手执红枫，用犹带童声的声音随琴吟唱。

绣楼外的枫树林里，张衡听歌，在兰竹题过字的枫树干上看到四句诗：

> 枫遇霜兮其色愈丹，
> 松遇雪兮其志弥坚。
> 梅遇寒兮其花犹艳，
> 兰遇风兮其香益远。

兰竹弹琴的身影远远映在镂花木门的素绫上。

张衡眼睛湿润了。

他提起刻刀，在题诗旁刻了两个大字："铸情"。

枫林。

秋风萧瑟，落叶飘零。

张衡身背行囊，与兰竹作别。

他努力做出一个笑容——然而是苦涩的。

她也努力回报一个笑容——然而是酸楚的。

兰竹倚在题诗的枫树上，仿佛时时都会倒下去……

秋风……

落叶……

张衡心如刀割。他嘴唇翕动，讷讷欲语，却又一个字也没说出来。

归鸦……

落日……

黄叶……

一双脚踏在黄叶上，他终于上路了，走了几步再一次回头……

兰竹倚树而望，柔若弱柳，见张衡回首，再也按捺不住了，扑过去，倒在张衡怀里，泪如雨下。

秋风……

落叶……

最后，她用颤抖的声音说出两个字："……珍……重！"便回过头去，再也不敢看张衡上路了。

张衡远去，琴声仿佛又起……

日落。归鸦。

枫树干上，"铸情"两个字在夕照中分外醒目。

……

篝火跳动。途中。

张衡手捧枫叶诗："琴声就这样送我上路了……"

崔瑗焦急："那……兰竹姑娘呢？"

张衡叹了口气，神色茫然。

崔瑗捧过枫叶诗默读："你上路是去——"

张衡："去洛阳找桓震夫子请教天文数术，顺路再去探望奴辜的爷爷车羽师傅。我爱上机仪制作，车羽师傅还是我的启蒙恩师呢！"

三

南阳地震灾区。

墙倒屋塌，瓦砾无际。倒塌的粥店旁，临时搭起一个粥棚。

粥棚老父对张衡、崔瑗说："你们说的是那个能工巧匠吗？"他瞪大了眼睛，左顾右盼了一下，"你是他什么人？"

张衡："他孙女在我们那里当婢女。"

粥棚老父神色黯然，默默指了指城堞颓陷的东门。

东门外，旌旗。

高约丈许的祭神台上，一个驼背方士手托耳杯，口中念念有词。他含口酒向西北方向喷去，轻喊一声："疾！"

四个力士，手执铜耜，在祭神台西北方向挖出石牛一头。石牛嘴里有一叠绿色的图谶《会昌符》。

台下百姓惊骇不已，纷纷顶礼膜拜，在陶盘内献钱。

力士在百姓中散发《会昌符》，张衡也得到一卷，驼背方士展开"图谶"，舞动拂尘："图谶预言：地震连年，原因非一，一因神牛翻身，二因妖人作祟！"他向台下示意，四个刽子手推上一木笼车，车内囚着一个人。

张衡大惊："车羽师傅！"

一个长着络腮胡子的校尉高喊："斩！"

刽子手开木笼，没料到车羽师傅膂力过人，他挣开木枷，冲上祭神台，劈胸抓住方士："你，你这个贼子！"

随着一声尖叫，方士被推下祭神台，车羽飞起铁脚，踢倒几个兵丁，抢过一把环首长刀，跳下祭神台逃走。

张衡惊讶地注视着车羽，他那把长刀寒光一闪。在树林里不见了。

崔瑗："好一个壮士！"

两个朋友默默地走过地震区。

浓云似狰狞的怪兽奔涌而出。

一只长嘴鸟在枯树上惊魂未定地呼唤着，一棵老槐树从根部裂开……

灾民欲哭无泪，一个被压伤左腿的老妇在路边乞讨。

车羽的儿媳向河岸奔去，把怀中的孩子丢进河里，然后投水……

张衡、崔瑗欲跳水抢救，无奈已经晚了，但见浊流滚滚，冲向远方。

他们在岸边忧郁地坐下。

崔瑗："你快把地动仪琢磨出来吧，这比出将入相都强！"

四

繁星点点，洛阳伊阙龙门山。

遥遥可见皇城"庭燎"火光灿若白昼，而南市一带的平民之家，则寂无灯光。

张衡神色郁郁。

崔瑗叹息："夫水所以载舟，亦所以覆舟！"

张衡愕视崔瑗。

崔瑗："这不是你《二京赋》里的名句吗？——百姓像水，朝廷像船。我哥哥读到这两句时就连声长叹，担心大汉这条船会在老百姓的洪水暴发中翻掉！"

张衡："令兄现在在哪里？"

崔瑗："因为诋毁图谶，被奸人……陷害了！"

沉默。

崔瑗："我把仇人宰了！就这么逃了出来！"

张衡惊讶而敬佩的神情。

下弦月边，一眼清泉。

崔瑗跳下去，掬起一捧泉水："我与尊兄，不是同月同日生，但愿同月同日死！如兄！"

张衡掬起一捧泉水："如弟！"

二人在皎月旁双双跪下。

张衡："姓张，名衡，字平子。"

崔瑗："姓崔，名瑗，字子玉。"

二人望天："我二人，不以仕进为荣，但以寡学为耻！愿结为兄弟，共报圣上！"

二人把掬起的泉水一饮而尽。

大上，有一对星星格外明亮。

张衡："双子星出来了。"

崔瑗："那是一对吉祥的星。"

双子星闪烁。

五

南市。冯少卿与两个太学生走出酒肆。市中叫卖声盈耳，百物杂陈。

冯少卿的眼睛突然一亮，他看到张衡与崔瑗正在买胡饼。

冯少卿欣喜异常："平子！"

张衡："是你？……"

冯少卿："你怎么不辞而别呀？搞得邓骘大将军大为不满！"

张衡笑笑。

冯少卿踌躇满志："你走之后，会昌侯窦诵大人在京师也荐我进了太学！"

他讨好地凑上来，"你也总算来应召了，明天我一定随你去见见邓骘大将军！"

张衡微微皱眉。

冯少卿大失所望："你还不回心转意呀！你不知道这些日子兰竹为你受了多少苦！要不是我为你说话，父亲早让她退婚嫁人了！"

张衡神色郁郁。

说话间，崔瑗掏钱买饼，从行囊中一下掏出了驼背方士送的《会昌符》，他顺手丢进烤胡饼的火炉里。

冯少卿大惊，忙把《会昌符》从火中抢出："这，这是国典呀！"

崔瑗与太学生争执起来。

不可一世的旗亭官从旗亭上走下："谁这么大胆？"

太学生："他们！"

亭长："拿下！"

两个亭卒冲过来拿人，正在此时，两匹白马"导骑"引一辆双马盖车驰过，车上立一皓首老儒。车路被衙役挡住，盖车停下，老儒："何事喧哗？"

亭长因为挡道而吓坏了："回太史令大人，他们竟敢烧图谶！"

老人捻着银须，对太学生们斜睨了一眼。望了望张衡和崔瑗，向随从示意："把他们带进灵台！"

冯少卿顿足摇首，焦急异常。

六

双阙雄峙，灵台孟春门。

石道如矢，广场坦荡。回廊环绕着二十四间大殿，中间是山岳般危耸的灵台。

灵台高入天穹，视界无垠，星垂四野，圭表高立，四条龙柱撑起可拟星象的浑仪。皓首老儒一边以管窥天，一边向台角瞟了一眼。那里，张衡、崔瑗身背行囊，不安地恭立。囊中露出了地动仪模型。

老儒看看地动仪："那是什么？"

张衡："弟子想做一部测地震的候风地动仪。"

老儒略一沉吟："'候风'？也就是候气了，你的意思是说地震是地气变动的结果？"

张衡："对。"

老儒对张衡审视起来，神色威严地："为什么烧图谶？"

张衡："弟子无知，只觉图谶之说，颇多可疑……"

老儒一愣："光武大帝中兴大汉，用图谶让天下归心，诋毁图谶国典，当杀头灭族！"

气氛紧张。

老儒大手大脚把地动仪的一个杠杆从机仪上拆下，咔叭一声，他把地动仪的杠杆撅断了。

崔瑗吃了一惊，想去制止。

老儒用撅断的杠杆指了指年轻人，语重心长地说："太莽撞了！"

那语气、那神情，使僵持的空气一下子松弛下来。

老儒把撅断的杠杆重新装上，模型的龙头灵活多了。老儒得意地摆弄着，让龙口一张一合不停地表演："中间还应该有个都柱吧！嗯？"

张衡眼睛骤然一亮，疑惑地望望老人，不禁喜形于色："您就是桓震大人吧？"

老儒并不答话，眉飞色舞地看着一张一合的龙头："先要算准圆周，牙机和都柱才能安准。"

张衡和崔瑗相视而笑，向老儒纳头便拜。

窗外的夜空，群星闪耀，双子星显得特别明亮。

七

傍晚，观天窥管对准了早出的双子星。

桓宅听月楼的观天台上，一个表情开朗的少女正在观星象。她的美，也许可以用洞箫吹出来，用古筝弹出来，却很难用语言确切地表达出来。

从这里可以看到院落。

院中，莲池澄碧，一对丹顶玄鹤在池畔高视阔步。

双子星的倒影，莲叶上有两颗露珠，莲花池里，一朵睡莲，绽开了花瓣。八只石蟾蜍在池畔吐水，水珠溅到莲叶上纷纷散落。

这是桓震的私宅，小巧幽雅。两栋草庐，一个观天楼，楼门上高悬"听月楼"横匾。

桓震领着张衡、崔瑗走进听月楼。一个檀木雕花屏风，把楼下分成内外二厅，内厅墙上高悬一块直径约两尺的大铜镜。外厅卷册琳琅，竹简盈架，半墙琴剑，机仪彼彼。

张衡走到书卷和机仪前面，贪婪地看着。《历谱》《九九歌》《史记·天宫书》《论衡》以及《墨子》《荀子》《管子》《庄子》……争相跃入他的眼帘。

桓震从书架上抽出一卷《周髀算经》递给张衡："算圆周率，古人说'径一周三'，算得也太马虎了。"

张衡展卷。

崔瑗扑到琴剑前，抚剑拨弦，爱不释手。桓震拔剑出鞘，递给崔瑗。

是一柄玉首青锋剑，但见寒光闪闪，光可鉴人。

条几上，摆着黄道铜仪，原始的浑仪模型。张衡目不暇接，他顺着楼梯走上听月楼，看到一个观天窥管，最后他看见那个观天少女的背影，颇觉尴尬，正欲下楼，桓震领着崔瑗缓步走上。老学者对张衡的失礼没有责备："噢，这是小女桓娥。"

桓娥略略欠身，羞涩地退下楼去。

张衡望着窗口边的观天窥管，凑上去好奇地观方位。

桓震深深受感动："有志天文数术，好极了！要记住孔子的话：'逝者如斯夫'，光阴似流水，治学也就要逆水行舟啊！"

张衡和崔瑗相视而笑。

桓震："不过，没钱也难求学，眼下我们灵台正缺个待诏，太学府也缺个抄书的清客，不知二位公子肯不肯屈就？"

张衡和崔瑗相顾欣然。

桓震目视二人："好极了。你们就住在这里吧，看书听经，有暇再帮我绘观星图。"

八

音乐声中的短镜头：

太学府内，张衡抄书，冯少卿远远苦笑……

灵台圭表后，崔瑗观日影、量长度……

桓宅，张衡、崔瑗与桓娥观桓震饲鹤。

桓震："我仰慕玄鹤的高洁，更喜爱它们皈依春天。他们为追求光明，迢迢万里，冬去春来，不避风雨。"他引学生进听月楼，"希望你们也像这玄鹤，不飞则已，一飞冲天！"

听月楼。桓夫子向张衡、桓娥讲星座分布。

天上，河汉迢迢……

〔画外〕桓震："那是牛郎织女，七夕他们又要重逢了……"

星光映着张衡入神的眼睛。

桓娥望望牛郎织女星，又望望师兄，想到了什么，羞涩地一笑。

月光下，莲池畔，那一对丹顶玄鹤相依而眠。

桓震在一旁注视着张衡和桓娥，一丝不易觉察的笑容，在他眉宇间掠过，流露出这个老学者深藏在内心的隐秘……

张衡敏感地垂下眼睛，躲闪地："天快亮了，我，我该去太学府抄书了，子玉呢？他也该去灵台了吧？"

桓娥："他还在书房看书呢，说要悬梁苦读！"

桓震书房。崔瑗头枕矮几酣然入睡，鼾声如雷。

张衡与桓娥进来，相视一笑。

桓娥用拂尘搔其鼻，崔瑗喷嚏大作。

三人大笑。

九

太学府。讲经堂前，人声嘈杂，门吏唱喝声："会昌侯宣诵大人到！"顿时一片肃静，太学生们拥向门侧，鹄立恭候。

宣诵长着一双鹰隼般的眼睛，他官服致美，鲜冠利剑，着"谒者仆射"佩绶。他缓缓登台，冯少卿迎上去搀扶。他忽然瞧见放在讲经堂一角的地动仪模型，不禁问道："何物？"博士祭酒："一种测地震的机仪。"宣诵双眉微蹙，柔中有刚地说："堂堂太学府，容此妖器，成何体统！"

博士祭酒气急败坏地对门吏下令："快，搬下去让张衡烧掉！"

宣诵："张衡？写《二京赋》的张衡吗？"

博士祭酒："正是。"他目示侧门，张衡走来。

门吏拟捧走机仪，张衡愤然上前。

宣诵目止门吏："慢！"他打开机仪，欣赏再三。

张衡向门吏怒目，又感激地望望宣诵。

宣诵分开众人，向张衡走去。

太学生们众目睽睽。

冯少卿诚惶诚恐，预感大难临头，紧张得不知如何是好。

宣诵："张公子吗？"

张衡以礼相待："张衡。"

宣诵礼贤下士："此器甚妙啊！"说罢又和蔼可亲地，"仪器的圆周算准了吗？"他俯身审视，披肝沥胆地，"公子能到敝府小坐吗？"

张衡踌躇。

亶诵："老夫愿闻公子的计算方法。"

十

听月楼。夜。

桓震父女与崔瑗计算圆周率，把"算筹"摆了一地。

桓震："古人说'径一周三'，计算方法大部分是实测的。"

灵台传来报时钟声：一更。

桓娥："师兄天天准时回来，今天怎么啦?"

十一

"候风地动仪"图在亶诵手中展开。

亶诵挥手，帷幔掀起，一席盛宴。

这是会昌侯亶诵府邸的内厅。

亶诵向张衡躬身："请。"

张衡："不，学生是来请教天文数术的……"

亶诵愈发慈祥："总不能饿着肚子啊!"

张衡踌躇，勉强入席。陪客中有冯少卿。

十二

听月楼。桓震父女和崔瑗仍在计算。

桓震露出倦意，桓娥："爹爹，您睡吧!"

桓震看看滴漏，桓娥眺望门外。

灵台钟声：三更了。

崔瑗："平子怎么还不来? 我该去灵台候星了。"他匆匆揖退。

十三

亶府。帷幔升起，一队歌舞伎翩翩起舞：《七盘舞》。

两伴舞者半裸，妖冶异常。

张衡如坐针毡。

亶诵看到歌舞，面有愠色："张公子岂是醉心声色之辈? 撤下!"

歌舞伎下。

宣诵："书房伺候！"

书房。两个妖冶的丫环捧来熏炉。

熏香袅袅，一幕僚引张衡、冯少卿走进。

张衡："宣大人如无暇赐教，学生告辞了。"

幕僚："告辞？这儿就是你的新居了！"撩开门帘，内室漆床上花团锦簇。

张衡："宣大人对我……为何如此错爱？"

幕僚莫测高深地微笑："张公子的《二京赋》誉满海内，宣大人是想要您这支笔，为图谶作注啊！"

张衡愕然。他厌恶地站起："失陪，学生要回去了。"

冯少卿体己地目止："平子！"他压低声音，"你静候佳音吧！宣大人要入朝保奏你做郎中呢！"

书房二堂，一个身穿武士盔甲的"公子"，飘然走过——一望便知是女扮男装的。

冯少卿与她显然是相熟的，慌忙站起长揖，她却哼了一声，不屑地转过头去。看到张衡，她玩世不恭地冷笑："又来了一个神仙？"

幕僚惶惶然站起介绍："这位是张公子，这位是宣诵大人的独生千金——"

她不愉快地更正："宣大人的独生公子——宣赢！"向张衡投去深深地一瞥，张衡垂下眼睛。

她感到自尊心受损，冷笑了一声："'非礼勿视'呀，哼！"抓起桌上的酒杯一饮而尽。飘然离去。

冯少卿目送她，眸子眊焉。

宣赢在路上频频回视，问同行的丫环："这个张公子是哪儿来的？"

丫环："听说是从南阳来的。"

宣赢站住："就是那个写诗的张衡吗？"

丫环："大概是他。"

宣赢再一次回视，心事重重。

她来到水池边，低头顾盼自己的面影。

一张干瘪丑陋的面孔映在水中，表情惆怅。

她叹了口气，心烦地把池水拨乱。……

十四

听月楼。只剩下桓娥一个人了，她一边摆算筹，一边记录，时时眺望楼下，站起看看门外。那对丹顶鹤扇翅睡醒了，相邀而行。

灵台钟声：五更。

遥远的鸡啼声。

钟声袅袅……

十五

南宫，朱雀门内。

钟楼鸣钟，早朝之前，天色朦胧。

宫门内，"庭燎"万点。羽林卫士，一手执戟，一手执火把，但见烛光冲天。

"庭燎"辉映着左右铜驼，中复道的"庭燎"连成数十行，左右掖门上的"庭燎"灿如烽火。

早朝就要开始了，黄门鼓吹奏起了庄严肃穆的宫乐，百僚在却非殿前执笏恭候，屏息而立，一切都沉浸在庄严的期待中。

突然，却非殿上传来婴儿的啼哭声。

金碧辉煌的南宫却非殿。

黄门唱班，百官早朝。

和熹太后与生始百日的小皇帝刘隆分登东、西二陛。

和熹太后四十余岁，风韵犹存，大将军邓骘与大长秋郑众仵立身侧，小皇帝在龙榻的襁褓中啼哭不止。

公卿百僚，列班早朝。

桓震出班，执笏跪奏："南阳郡张衡，精通五经六艺，尤擅天文数术，微臣特荐张衡到灵台制作候风地动仪，乞圣上及太后恩准。"

太常卿杨震："张衡才名出众，堪当此任。"

邓骘听到，微微一怔，冷笑自语："他到底来了！"

宣诵听罢，微笑出班："太常卿杨大人，张衡已到小侯之府，助微臣注释图谶了……"

桓震奇怪地询视宣诵，宣诵佯装不见。

邓太后望望桓震，眼露不快，邓骘近前低语："张衡名动海内，入朝可助天下之归心……"

　　和熹下诏："两位大人的保奏都准了，赐张衡郎中之职。制作地仪，兼注图谶。"

十六

　　亶府。张衡惶惶然："我，我怎么会给图谶作注？"

　　幕僚只是玩世不恭地微笑："明白了其中的奥妙，老弟就游刃有余！"他压低嗓门说，"当今是太后临朝，废掉了皇太子，另立了小皇帝，这是天意！对这些，一些书呆子爱指东道西，我们要在国典图谶中驳斥那些狂妄之徒！"

　　张衡默然。

　　幕僚引张衡到书斋外间："你看，这都是京师仕子为图谶作的注和为经书作的纬注，单是给《春秋》作的纬注，就有这么一书架！"

　　书架上：《演孔图》《元命苞》《运斗枢》《感精符》《含诚图》《考异邮》《保乾图》《汉含孳》《潜潭苞》……

　　幕僚见到窗外一方士走过，一边打招呼一边说："这有什么可为难的！你看这位颖大人，一年之前还是个穷孝廉，去年来到亶府，今年就平步青云了！"

　　窗外路过的方士走来，笑容可掬地与张衡隔窗致意。

　　张衡看呆了，他发现颖大人就是在南阳见到的驼背方士。

　　颖大人笑容渐失，他发现张衡脸上渐起怒容。

十七

　　桓震私邸，"算筹"摆了一地。

　　张衡正向桓震怒诉在亶府所见："他们想用这套温柔富贵把我套住，那个颖大人在南阳谋财害命，车羽师傅早就说过他……"

　　〔回叙〕岔路口，皂隶筛锣："亭长有令，行人听清，蒲山有妖，客官绕行！"

　　告示："蒲山有妖，逢晚出潭，图谶有言，大凶之兆……"

　　崔瑗："我们俩这二百斤，够妖怪吃了吧！"

　　张衡："去看看！把它画下来！"

　　二人相伴而行。

蒲山。落日。

坟场，雾霭蒙眬。

两个朋友隐没在树丛中，张衡两手揪住野藤，用脚执笔，铺帛于地，准备画妖。

一黑影摸上山来，在坟前拾起供果就吃，崔瑗把一块石头蹚下山去，黑影立刻操刀扑来。

张衡："车羽师傅！"

来人正是车羽。

车羽："公子？"他扑过来，涕泪交加。

张衡："这到底是怎么回事？"

车羽："那个石牛是我雕的，驼背方士让我埋在祭神台下，他骗了钱，还想杀我灭口！"

桓震私邸。张衡讲罢，桓震震怒："竟有此事？我明天就上奏！"

桓夫人担心地："事关国典，三思而行吧！"

桓震怒不可遏："头颅一掷轻，国事千钧重！桓震冒死也要奏本！"他慨然站起，把挂在墙上的古琴愤然一拨，四弦齐鸣，声如裂帛。

十八

琴声中，宫门铺首衔环在晨光中闪着光，朱雀门缓缓开启。

桓震轩然入宫，衣袂飘飘。

宫道。桓震手提衣裾昂首徐行，风徐徐拂动银髯。

辇路两侧，石兽与铜兽面目狰狞——

血口大张的怪兽辟邪；

金刚怒目的怪兽獬豸；

扑面而来的飞廉、飞虎；

仰天长啸的穷奇、熊罴；

石虎、石龙、石牛、石马；

腾空欲飞的青铜夔龙。

重重门阙，重重殿宇，檐角的风铎在风中微鸣，连声音也那么庄严、肃穆。

桓震步履从容，目不斜视，面对左右铜驼走去……

十九

听月楼，桓夫人神色不安。

观天管旁，桓娥却按捺不住内心的兴奋："这口气今天总算要出了！"

张衡看看师母，也有些不安。

桓娥："爹爹的奏本一上去，看亶诵之辈如何下台？太后纳谏之后，师兄的抱负也可以施展了！"她望着一碧如洗的蓝天，淡淡地一笑。取出张衡做的自飞木鸢，"师兄，试一试你新做的自飞木鸢吧！"她取出良弓搭上，嗖的一声，木鸢脱弦飞去……

木鸢穿过缕缕纤云，在霞光中翱翔……

桓娥仰视着木鸢，霞光洒在她幸福的笑脸上，张衡也暂时忘却了不安，舒心地笑了。

木鸢轻盈地穿过梨园，追逐着呢喃的紫燕。

梨园里，那一对丹顶鹤也好奇地睁大圆眼。

迎着缤纷的梨花，穿过绿茵茵的草坪，师兄妹欢快地追逐着木鸢跑来。

窗口，桓夫人有一种不祥的预感，频频向官道眺望。

霞光万道的地平线上，出现了一个小黑点，那是轺车的影子，桓震入朝回来了。

张衡、桓娥发现轺车，相视一笑，向轺车奔去。瑰丽的霞光，映衬着他俩奔跑的身影。轺车的辚辚声愈来愈清晰了。

倏然，张衡那双深邃的眼睛使劲地眨了眨，惊愕地越睁越大了。桓娥赶上前来，也惊呆了。

桓震坐在轺车上，表情麻木，他身着重枷，额上一道伤痕，殷红的血水，仍向外渗着。

张衡痴痴地望着轺车。轺车的辚辚声渐大，变成雷霆般的残响。浓云吞没了朝日，天色骤暗，长嘴鸟在树上不安地叫着。狂风卷起，落叶和飞枝打在张衡、桓娥惊愕的脸上。

轺车后，五个御林军荷戟押送。

桓娥伸开双臂冲去，低声惊叫了一声"爹爹"，一下子昏倒在官道旁。

丹顶鹤吓得惊惶逃匿。

张衡扑过去，把桓娥的头架在肘弯上，巨大的车轮，从桓娥身边滚过，车轮和御林军的毡靴，践踏着路边的小草。

在雷霆和车轮、马蹄的响声中，透出邓太后凶神恶煞的声音："诋毁图谶，诽谤圣人，利口乱国，死有余辜！现免你一死，发配六安。"

〔闪回〕桓震在却非殿叩头流血。

马车走过去了，张衡望着车上那木然的背影，迷惘的眼睛，凝聚着悲愤。

木鸢静静地躺在官道上，辒车巨大的车轮，把木鸢碾碎……

二十

洛阳平城门外，桓震发配远行，他手着木枷，由两个公人押送上路。

张衡、崔瑗持酒为老师饯别。桓娥母女拭泪。桓震前视妻荸，欲语无言，把桓娥腕上的玉镯缓缓取下，避开众人，把张衡引到河堤上，眺望着高山大川，心胸开阔地说："人生在世，但求浩然之气长存天地间，七十老翁，夫复何求！我只有两件事还要拜托平子。"

张衡："恩师尽管吩咐。"

桓震："你不肯为图谶作注，本会获罪，多亏杨大人为你斡旋。以后你会更艰难了……"他十分担心地说，"地动仪，一定要造出来呵！"

张衡："恩师放心！……第二件呢？"

桓震口齿嗫嚅："第二件，老夫不知该不该讲！"他沉默有顷，把桓娥的玉镯珍重地递到他手里，"平子，老夫年逾七旬，膝下只有一个小女。模样虽说平常，自幼却也颇喜天文数术，平子如果不嫌弃……"

张衡手捧玉镯，进退维谷，面有难色，缓缓垂下了眼睛。

桓震见状，又把话咽了下去，知趣地说："是啊……我是个戴罪之人，只恐玷辱了你！"说着欲把玉镯收回，却被公差拉下。

张衡像被针扎了似的，抬头仰视桓震："恩师，我……"欲上前去，却被公差挡住。

桓震被拉上小船。小船顺流而下。

扁舟在风浪中剧烈地颠簸。

张衡和崔瑗望着扁舟，追送到长堤的尽头。望着小船在河弯消失，一颗眼泪滚出张衡眼角。

二十一

听月楼。张衡的身影映在绢窗上。

在桓震过去读书的矮几前，张衡在研制地动仪。一枝苇烛，越燃越短了。

火苗沿烛泪烧到了张衡的衣袖，他完全没有感觉到，衣袖冒出了青烟。他终于闻到了煳味，唔了一声，却四处寻看。

倏地，他手忙脚乱地拍打起肘部来，他脱下长衫，对窗一看，袖子上烧出一个大洞。从破洞望去——

远天，晨光熹微。

秋天了。

他依窗而望，西山一片枫树林，叶子又红了。

他像在自言自语："枫叶又红了！"他提笔写《定情赋》。

崔瑗进来，递过木简："驿卒捎来一封急信！"

张衡打开木简默念："逼嫁速归！"

木简中夹着一张小小的枫叶。

崔瑗："你快走吧！算圆周率的事交给我！"

二十二

奔马，夜色。

张衡策马驱车，向南阳星夜兼程。

马跑得大汗淋漓，马蹄在山路上磕出一路火花。

驿站。门悬纱灯，灯上写"南阳府白河驿"。

驿卒接马，心疼地："啧啧，跑成这样！您也快歇歇吧！"

张衡："换一匹马，我马上走！"

他换了马，纵马而去。

驿卒："前边是地震灾区，您小心哪！"

原来那匹马忽然倒在地上。

驿卒向驿站内大喊："马跑死一匹！"

二十三

奔马。凌晨。

地震灾区，屋倒房塌。

张衡驱车驶过地坼形成的壕沟，马失前蹄，连张衡一起摔在坑边，张衡奋不顾身，拉起马，复又赶路。

奔马……

张衡心急如焚。

枫林在望。

二十四

仍是那片枫林，枫叶欲燃。

枫树干上，"铸情"二字上长满了青苔。

几兜楠竹，风中摇曳；两丛兰花，白蕊初吐。

在枫林之下，在兰花簇拥的花丛里，一座刚刚培好的新坟。

奴辜泣不成声："小姐就是在这儿吊死的……"

张衡目眦欲裂。

奴辜哭诉："听说您要回来，老爷就逼小姐嫁给朱家的三公子，她就……呜——，呜呜——！"

张衡闭上了眼睛。

他手中色泽犹存的枫叶。

枫叶上叠印：

兰竹赠给他枫叶……

枫涛，兰竹操琴，奴辜执叶而歌……

天旋地转，枫叶从张衡手中滑落，向远方飘去。

秋风掠过，枫涛澎湃，无边落木，萧萧而下。

奴辜声泪俱下。

张衡剥开枫树干上的青苔，露出"铸情"二字。

歌声：

　　枫遏霜兮其色愈丹，

　　松遇雪兮其志弥坚。

　　梅遇寒兮其花犹艳，

　　兰遇风兮其香益远。

歌声中，镜头掠过似熊熊烈焰的枫林之海，飘落着红叶的新坟前，张衡移出一丛兰花、一兜幼竹，用素练裹起。

奴辜捧着一捧碎玉，依稀可辨是张衡与兰竹定亲的玉珮。

张衡把碎玉分成两份，一半埋在坟前，把比较完整的半块放进怀里。

张衡在风中疾走。

奴辜："公子，我要跟您走！"

沉默。

奴辜："小姐留下一句话，让您一定要把地动仪造出来……"

张衡："你爷爷有消息吗？"

奴辜肝肠寸断："爷爷……被抓住了！这几天在城南修白河大堤……"

张衡眉峰如削。

二十五

秋雨缠绵，道路泥泞。

在深没脚踝的泥路上，张衡一行艰难跋涉。

大堤。

镣铐啷当的囚犯，负石上堤，伍长挥鞭怒打，一囚犯血水迸溢。

张衡在镣铐声中奔上大堤，但见堤下浊浪翻滚，惊涛裂岸，他向伍长询问什么，伍长好奇地打量着他。

风雨飘摇的工棚里，几个犯人正干木工活。

张衡盯着一个脸色惨淡的老木匠，愣住了，吃力地辨认着。

他正是车羽，头发剃光，颈箍铁圈——已受髡钳刑。

张衡扑过去："车羽师傅！"

车羽迟钝地抬起头，麻木地看着张衡。

张衡："我是张衡！小时候跟您学做木工的……您还教我做……"

车羽仍无反应，像个没有生命的石像。

张衡从随从手中取过包袱，地动仪模型出现在车羽眼前。他浑身一震，双目圆睁，颤巍巍地站起来，激动得扑了过去，把机仪搂在怀里，摸个不停："你，你还在琢磨这个……"他手忙脚乱地抹着混浊的老泪。

张衡："在琢磨，有门道儿啦！"他打开草图，"中间，还应该有个都柱，您看该怎么做？"

车羽捧图审视，双目炯炯。被污辱与被损害的形象刹那间无影无踪，他眉飞色舞："好！好！好！"

这时张衡才发现他额上刺字："诽圣枉法。"

车羽思索片刻："三天之后来找我。"

二十六

平子读书台，草舍。

奴辜："爷爷……怎么样？"

张衡安慰她："爷爷……还好……"

奴辜长长松了一口气，拿出一双鞋："可惜不许去探监，请您把这双鞋带给爷爷。"

二十七

大堤。张衡一行在镣铐声中冒雨登堤。

大雨如注，浊浪排空。

张衡淋着大雨找到伍长："车羽师傅呢？"

伍长："死啦！"他指指堤下一个坟坑。

张衡奔去，惊呆了。

坟穴内横陈一尸，一铲土刚把脸埋上。

尸上压一刻字砖："髡钳犯车羽，南阳人……"

张衡僵立，任暴雨浇淋，他从怀里缓缓拿出奴辜的鞋，仔细给尸体穿在脚上，他蹲在尸体旁边久久站不起来。

一个憨厚的青年木匠拖着脚镣上来，递过一张麻布草图，张衡打开审视，图上写了几行歪歪扭扭的大字。

青年匠人："车羽师傅前几天交代，让您去请教几个匠人，地址都写在这图上了。"他还有话要说，见伍长走来，只得退下。

张衡眺望着雨中白河。拍天的浊浪，奔腾、咆哮、呐喊。他心中升起低沉而凝重的吟诵声，《四愁诗》：

> 我所思兮在泰山，
> 侧身东望涕沾翰。
> 我所思兮在桂林，
> 侧身南望涕沾襟。
> 我所思兮在汉阳，
> 侧身西望涕沾裳。
> 我所思兮在雁门，
> 侧身北望涕沾巾。

《四愁诗》吟诵声继续。

湖波浩渺，中砌石路，张衡孑然走去，持车羽师傅留下的麻布草图，向一个修桥匠人请教……

采石场，被劈开的大山势若鬼斧神工。张衡手执麻布草图，找到一位石匠，两人切磋……

平子读书台，草舍。张衡拖着疲惫的脚步走回。奴辜迎出："鞋给爷爷送到了吗？"

张衡沉默良久："……送到了。"

奴辜显出抚慰的表情："今年冬天爷爷不会冻脚了。"

二十八

洛阳桓宅，张衡居室前。张衡把从兰竹坟前移来的兰花和竹子种在花坛里，桓娥和奴辜浇水。

崔瑗望望张衡，又望望桓娥，低头思考。

二十九

听月楼。张衡和崔瑗用"算筹"计算圆周。

崔瑗深沉地说："天涯何处无芳草，我看桓娥就是第二个兰竹。"

张衡摆"算筹"的手停了，一声压抑的轻叹。

崔瑗从袖子里掏出那只玉镯，悄悄放在矮几上，那是桓震临别时留下的："你托我的事，我没办，要退你自己退吧！"

桓娥像往常一样，用托盘捧着莲子羹，姗姗上楼。

崔瑗悄悄退下。

桓娥低着头默默把莲子汤捧给师兄。

张衡把莲子羹默默端起，看了看师妹，又轻轻放回托盘。他压着内心的感激，木讷地说："我，我不想吃……师妹，你以后……不要再给我煮莲子汤了！"

桓娥全身一震，抬起头来望着师兄。

张衡躲闪着桓娥的目光。拿起玉镯，艰难地放在托盘上："这是恩师临走时留给你的……"

桓娥拿起玉镯，注视良久，端着托盘，转过身去站了一会儿，默默走出楼去。她神志恍惚地走下楼梯，哗啦一声，托盘失落在地上，碗碎得四分五裂。

张衡想冲下楼来，又十分矛盾地站住了。

桓娥慢慢拣起玉镯，一大颗泪珠，滴在托盘上。

三十

洛阳闹市，锣鼓喧天。

旗亭上贴出诏书："皇帝改元，大赦天下……"

人们奔走相告："大赦了！大赦了！"

张衡拉崔瑗挤到旗亭下："恩师可以回洛阳了！"

崔瑗失望地说："这儿写着，钦犯不在此例。"

张衡："恩师是太后生前定的罪，不能算钦犯吧？"

欢天喜地的"鱼龙漫衍"，"戏车"与"雀戏"热闹非常。

龙灯舞上叠印：

张衡为桓震赦回四处奔走……

他拦住一帷车，向太常卿杨震慷慨陈词……

他走进一朱门，向大将军邓骘挥泪泣诉，敬呈一札——《请特赦桓震疏》。

杨震在一侧说着什么，满脸堆笑。

邓骘勉强地说："既然是圣上有召，邓骘自然从命……"

三十一

琴声、笑声。伊水欢快地流过伊阙山峡。

轻舟似箭，张衡、崔瑗远迎桓震归来。

桓震笔立船头，表情深沉。

两个学生抑制不住内心的喜悦。崔瑗操琴，笑声不绝。

流水，倒影如画。

天上，云雀在飞。

十里长亭。

一小僮在岸上奔跑："桓夫子回来啦！"

惊起一滩鸥鹭。

岸上，两只丹顶鹤扇翅向岸边相邀跑来。

三十二

听月楼。桓震奔入，拨琴，眉飞色舞。

桓夫人惊定拭泪："这不是梦吧？"

张衡："这不是梦，梦哪有这样美啊！"

桓娥亦喜亦悲，涕泪交加。

桓震走到放机仪的条几前，深情抚摸："就是在梦里，我想的也是这些机仪！"他看到地动仪模型，"地动仪怎么样了？"

张衡："困难重重，还没成功，圆周率也没算准，倒先做出了其他几种机仪。"

崔瑗指着几部机仪："这是平子这两年研制的流水钟、计里鼓车和相风铜鸟！"

桓娥递过另一部模型："师兄还在做一部模拟星象变化的浑天仪！"

桓震玩赏再三，激动不已："多难兴邦，人也一样！"他走到窗口，从观天窥管望去……

莲池畔交颈而眠的丹顶鹤……

迢迢河汉边的牛郎织女星……

桓震："又快七夕了……"

崔瑗望望凭窗望月的张衡与桓娥，语带双关："你们俩仔细看看，牛郎织女应该团聚了！"

桓娥敏感地退到内厅去。

内厅摆着的那面多边菱花弧大铜镜，仍光洁照人。

张衡转过身去，看到内厅的铜镜，抑郁的眼睛突然一亮。桓娥和他的视线在铜镜里相遇了。

张衡出神地看着，讷讷自语："这回……这回可以看仔细了！"说着，他大步向内厅走去。

桓娥有些惊慌。

桓师母满意地注视着，崔瑗也憨笑可掬。

张衡走到铜镜前，用一根细绳精心量起圆周率来，他量量多边菱花弧的切边长，比比直径，又耐心地数着边数，最后满意地点头，走出来，"这回我可看准了！"

崔瑗憨笑着点头："你呀，早该看准了！"

张衡："咱们把边数再增加两倍，多边形边数越多，量出来就越准！"

崔瑗莫名其妙："什么？"

张衡："用这铜镜测圆周率呵！"

崔瑗大为失望："真笨！"

张衡大彻大悟，以手加额称庆："笨！笨！总以为远在天边……"

"其实近在眼前！"崔瑗以为他真开窍了，转恼为喜地笑了。不料张衡指着铜镜说："一会儿就测吧！"

崔瑗又百思不解了："什么？"

张衡："量圆周呵！"

崔瑗哭笑不得："算了算了！吃吧吃吧！"他指着厅里的宴几说。

桓夫人设好便宴，张衡也不谦让，端起酒杯，向桓震及桓夫人敬了一下，兴奋地一饮而尽。

桓夫人黯然神伤地看着他，目光里含着责备。

桓震不无遗憾的表情，淡淡地笑笑。

铜镜里，桓娥那一双明亮的眼睛，充满了怅惘，也更加充满了尊敬。

三十三

桓震、张衡、崔瑗与匠人一起在木工棚用竹木做地动仪模型，一起研究牙机，面有难色。

崔瑗望望匠人，心有所动："平子，记得你说过，你小时候，车羽师傅带你去看水车……"

张衡豁然开朗："你是说，效法水车带动皮橐的做法……"

崔瑗："对，这样来制作牙机！"

张衡惊喜站起："这样都柱就可以倒悬在横梁上……"

桓震用两个竹棍模拟："一旦地震，都柱摆动，触动牙机，龙头吐珠！"

三人齐笑："对！"

一双双手在锯、刨、锤、钉……

一个地动仪模型渐露雏形……

一个铜铸的地动仪在铜作坊铸成。

突然，三个龙头一齐吐珠。

桓震、张衡、崔瑗吃了一惊，颇觉失望。

三十四

驿马飞驰。驿卒在灵台孟春门下马，进呈一札："上个月巴蜀地震！"

三十五

亶府内厅。亶诵正和一个宦官玩"六搏"，冯少卿与驼背方士作陪。

亶诵掷骰子。骰子为多面形，上镌"福、禄、寿、喜、安、泰、吉、祥"

等字。

宦者："这一次，正好利用巴蜀地震把太子废掉，要在图谶中点明这是天意！"说罢又压低嗓子，"这是皇后亲口嘱咐的。"

驼背方士一点就通："是啊！太子又不是皇后亲生的，外边又传说太子生母李氏是皇后害死的，不把太子废掉，将来难免不和皇后争权哟！"

宦者瞪了驼背方士一眼，他不再吭声了。

亶诵胸有城府地说："亶诵自然会体察圣意，请皇后放心吧！"说罢，他又嘱咐驼背方士，"有劳颖大人再到嵩山去辛苦一趟，一定要稳当一点呀！"

驼背方士躬身。

三十六

桓宅，张衡居室。桓娥端进莲子汤。

张衡大口大口吃莲子汤，他的眼圈熬黑了。

桓娥："又一夜没睡！"

张衡端着莲子汤在矮几上画图示意："巴蜀地震那一天，地动仪吐珠不准确，西南、东北、正东三个方向的龙都吐珠了。搞不清地震在哪一边！"

他画的龙图活灵活现。

桓娥望着他，心事触动，慢慢低下头去，想了想，把一个贮水器轻轻捧起。

张衡书房前，竹子亭亭玉立，迎风成韵。幽兰也抽薹了，月移花影，含苞欲放。

两只素手，把贮水器的清水深情地洒在竹子和兰花上。

张衡从砌花隔墙的空隙后默默注视，大为动容。

他轻轻走近，桓娥并无觉察，他们中间隔着竹丛。

桓娥捧着含苞欲放的兰花，深情地自语："兰竹姐姐，你为殉节殉道而死，桓娥也应该为卫节卫道而生！请你在天之灵，天天来和师兄做伴吧！伴他把地动仪做成功，以报圣恩！"

张衡万分激动，哗啦一声分开竹丛，从修篁之后走了出来。

他们僵立着，满腹的话儿，不知从何说起。

张衡下意识地抚摸着花台上的铜贮水器。

桓娥那双明眸坦白而透明，她低下头去细心地、深情地给兰花洒水。

两朵兰花，沐浴着晶莹的水珠，迎着皎洁的月色，舒开了花瓣，扬馥吐芳……

三十七

南市。张衡陪桓夫子在铸铜作坊里研究地动仪的都柱。

一挈八卦旗的卜相公把张衡打量了一番："张公子吗？"

张衡："你……"

卜相公："您一位好友在洛水边等您。"

张衡惘然，卜相公神秘地眨眨眼。

三十八

洛水畔，苇丛深处。一个蒙面方士把帻巾除掉。

张衡定睛一看，扑了上去："车羽师傅！您，您没死？！"

车羽笑吟吟地："地动仪还不曾造出来，我怎么能死呢？一个犯人在临死前和我换了腰牌，我逃了！"

张衡："我去叫奴辜！"

车羽："不！到时候我会去接她。实不相瞒，我从大牢里逃出来，在嵩山落草为寇！"

张衡："这……"他茫然地摇摇头，"这……行吗？……您向朝廷归顺吧！"

"归顺？"车羽一撩额发，露出"诽圣枉法"的刺字，"您看！我马上走，我是来给您送两样东西的。"他从竹篓中掏出一张麻纸、两个牙机，"圆周率算到几了？"

张衡："在三一四和三一六之间。"

车羽："好！下一步，要把牙机弄准，我做的这两个您看看！"

张衡看了又看："真是雪中送炭！您带来的另一样东西是什么？"

车羽神秘地笑笑："我们在嵩山拦劫的两个过路客商！"

张衡："啊？！"

车羽："可惜跑了一个。"

芦苇丛中，一双窥视的眼睛，面有刀伤。

车羽师傅把一个缣囊解开，露出一张惶恐万状的面孔，竟是驼背方士！

车羽："他带人到嵩山碁母石下暗埋石牛，石牛嘴里又塞了几卷图谶，正好让我们几个兄弟碰上！"

张衡接过车羽递过的图谶，但见天干地支，排列齐整。他把驼背方士嘴里塞的草团取出："你们又想借巴蜀地震散布什么谣言？"

驼背方士大叫："把我放开！我是朝廷命官！"
车羽师傅又狠狠堵上他的嘴。

三十九

听月楼，桓震拍案而起，怒不可遏。

张衡义愤填膺："拿了驼背方士，正可将计就计！"

桓震："这一次，一定要置宣诵之辈于光天化日之下！"

一仆役向张衡禀报："一位公子求见。"

张衡："谁？"

仆役："他不肯说姓名。"

张衡走进桓宅书房。

宣嬴坐在矮几前等候，她今天不同寻常地穿上了新铠甲，头盔还插着光闪闪的红缨。矮几上放着一个光可鉴人的三足铜豆。

张衡："不知小姐有什么吩咐？"

沉默了很久。

宣嬴："兰竹小姐夭折，我听到之后也很伤心。"

她拭泪了。

张衡："人固有一死，或重于泰山，或……"

又是沉默。

张衡："如果没有吩咐，张衡失陪了。"

宣嬴："小弟就那么令人生厌么？"

又是难堪的沉默。

宣嬴深深地叹了一口气："冯少卿就像鬼一样缠着我，还百般讨好家父，看来我的命运……"她翻起眼皮，用央求的目光注视着张衡。

张衡低下头，惋惜地："爱莫能助呵！"

宣嬴失望地："我知道你为什么对我这么冷淡，是不是为了图谶？"

张衡默然。

宣嬴委屈地落泪了，走到窗口暗暗拭泪："我也看不起我的父亲，可是，我终于渐渐明白了……明白了一点他的苦心……"她心酸地跌坐在席子上。

〔回叙〕宣诵内厅。

宣诵："你看不起你的父亲，可是你明白父亲的苦心吗？"他颓然坐在木榻

电影剧本

上，一反常态，显得苍老和虚弱，"我也是为了效忠汉室呵……"

宣嬴满腹委屈地说："那一夜，我才明白……"

张衡轻蔑地淡淡一笑："获益匪浅。"

宣嬴深感受辱，一扭头，看到自己的面容映在锃亮的三足铜豆上，铜豆的圆形弧体扭曲了她本来已十分丑陋的面孔。她向铜豆投去愤怒的一瞥，抄起几上的熏炉，向铜豆狠狠一击。

铜豆铿然碎裂。

她被自己的失态吓了一跳，很快冷静下来："呵，请海涵……"

仆役来报："冯公子到。"

宣嬴急急回避："他来了？哼！……如果尊兄知道天意在哪里，就请代我问一问，为什么天让我生为女儿，却又不肯给我女儿的命运！"她翻起眼睛飞快地瞥了张衡一眼，羞涩地垂下眼睛，带着芳华虚度的惆怅，匆匆离去。她头盔上的红缨失落在地上。

冯少卿入，满面春风地说："小弟特来报喜，我快到宣府当女婿了！"

张衡面无表情。

冯少卿长吁短叹："兰竹夭折，实在让人痛心……可是我们的郎舅关系，应当依然如故呵！"

张衡淡然。

冯少卿体己地："我这么一连亲，尊兄与宣府的关系，也就非同寻常了，你今后就是不愿为图谶作注，与宣大人也以礼相待吧！"

张衡依然沉默。

冯少卿："眼下皇帝病危，太子体弱，图谶表明，巴蜀地震实为另立太子的先兆，皇后临朝实乃天意。希望尊兄告诫桓震夫子，遵照天意行事吧！"

张衡实在按捺不住了，拍几而起："那帮小人的奸佞之心就要大白于天下了，这才是天意！"

冯少卿悟出了什么，暗暗吃了一惊，打了一个冷战。他的眼睛突然盯在地上宣嬴失落的红缨上，向张衡投去充满敌意的一瞥。

四十

宣诵大吃一惊，失手把葫芦掉在地上，葫芦里的灵丹妙药撒了一地。在芦苇丛中出现过的、面有刀痕的方士，惊魂未定地恭立一侧。

宣诵府邸炼丹房，密室里摆着炼丹炉、铜鼎、罐筛……烟雾缭绕，玄妙莫测。两个方士摇动羽扇，正在炼丹。

冯少卿："听张衡的口气，他们要下毒手了！"

亶诵面露惶恐，思索了很久，阴鸷地眯起了眼睛。

四十一

灵台。张衡兴冲冲地奔来："恩师，我把做地动仪的牙机安到浑天仪上，浑天仪倒先做成了！"

桓震按捺着内心的激动："马上对照天象检验。"

激昂的音乐声中，张衡奔下灵台。

桓震和崔瑗手持浑天仪窥管，对准西天的河鼓星，向玄武殿喊道："河鼓星！"

玄武殿，浑天仪高八尺，下半部遮在方形密箱中，但见天球上星辰点点，流水催着浑天仪缓缓旋转。

张衡在浑天仪上找到河鼓星，大声报位："牛宿五度，去极度约九十五，在西天。"

灵台上。桓震与崔瑗审视浑天仪窥管所指刻度，两人眉飞色舞："呵，一分不差！"

桓震拉动窥管，对准东天王良星，大声唱喝："王良星！"

玄武殿。张衡："去极约三十五度十五分，壁宿零度。"

灵台上。窥管指针正指同一刻度。

崔瑗惊喜的眼睛，桓震仰天大笑。

笑声惊动二十四间大殿内的众待诏。

一双双惊奇的眼睛。

听月楼上。奴辜、桓娥、桓夫人望着远远的灵台欢笑。

灵台上。桓震弹琴而歌，无词有韵。

张衡、崔瑗在琴声中双双舞剑。

桓震歌罢，扬眉吐气地拂髯："后天大宴群儒，当众表演浑天仪，请众儒商讨地动仪，同时，也让全灵台四十一名待诏和京师名流，见识见识受宣诵之命伪造天意的驼背妖人！"

语罢，桓震挥指拨弦，声如裂帛。

四十二

灵台上张灯结彩，风拂旌旗，五光十色。喜气洋洋的鼓乐。

浑天仪摆在正中，几十个宴几分列两侧。

京师的名儒、仕子，一齐向桓震、张衡、崔瑗师生三人举杯祝贺，其中也有宣诵府上的幕僚。

黄道旋转。

斗转星移。

一张张兴高采烈的面孔。

觥筹交错，一派欢腾。

琴、瑟、箫、鼓，仕子们慷慨作歌。

崔瑗提起"白毛笔"："平子，再吟一首诗吧！"

张衡大笔淋漓，在矮几的白帛上写下"请禁绝图谶疏"一行标题。

桓震慷慨陈词："写得好！虚伪之徒用这些东西骗取名禄不说，还把这些妖言进给圣上！今天请各夫子光临，一为观赏浑天仪，二请各位开开眼界，看一个把图谶从'天上'带到人间的大活人！"

从双阙传来门吏唱喝声："大长秋江京到！"

鼓乐骤止。

一彪人马，"导从"一辆黄盖车驰来，大长秋江京持节走下。

灵台上，众儒屏息静候。

江京傲慢地走上灵台："张衡接旨！"他清了清嗓子，捧旨宣诏，"张衡受太后之命，尽机仪之妙，特迁为太史令，并赐黄金玉帛各五十！"

诏罢，鼓乐大作，崔瑗与仕子百儒齐呼："皇帝万岁！万万岁！"

张衡呼未毕，突然清醒过来，脱口问道："让我做太史令？那桓震恩师呢？"

江京脸色一沉，向桓震喝道："桓震，你知罪吗？"

桓震愕然。

张衡愕然。

崔瑗愕然。

桓震不知所答，沉吟有顷，木木摇头："桓震不知罪。"

江京喝道："桓震领旨！"

仕子百儒鸦雀无声。

江京抖动圣旨，宣诏："察太史令桓震，遇赦归来，不思图报，诽圣枉法，诋毁图谶！桓震罪孽，当灭九族！念为前朝旧臣，特为愍之——"

江京抖动圣旨的窸窣声。

张衡与崔瑗震动。听到"愍之"二字，二人又长长松了一口气。

江京瞟了桓震一眼，提高嗓门再读："制怒减刑，仅诛一人。皇恩浩荡，特赐桓震一死。"

众儒惊讶不已。

一个小黄门，奉尚方宝剑一口，白练一条，走到桓震面前。

张衡吃惊的目光里，饱含愤怒。

桓震缓缓抬起头。

听旨的过程中，他的表情变化是激烈的：由意外而震惊，由震惊而委屈，由委屈而愤怒，由愤怒而不顾生死。此刻，他终于明白了这旨诏后的阴谋。他没有谢旨，也没有接尚方宝剑和白练，站起来，目光锐利地看着江京，一字一板地慢慢说道："事不避难，臣之职也；死不忘忠，臣之义也！桓震纵然凌迟万段，也要让真相大白于天下！左右，带驼背方士！"

无人回应。

桓震双眉一竖，声若雷霆："带驼背方士！"

一待诏上前禀道："启禀大人，驼背方士吃了今天的酒肉，突然暴疾而亡！"

大家都愣了，崔瑗跳起大喊："中了奸计！"

听了这话，桓震犹如承受一击万钧之棒，突然静了下来，他在众仕子面前呆立了很久，仰望星空，长叹一声："苍天哪……"

咣当一声，他跌坐在青砖地上。

哐啷一声，江京把尚方宝剑和白练扔到桓震面前，向百官喝道："这席酒宴也该散了！"

寂静之中，爆发出一个声音："慢——！'

张衡冲到前边，怒目圆睁。

江京："张大人，有什么指教吗？"

张衡嘴唇颤抖："我……我不能当太史令！"

江京微笑："张大人向冯公子告发桓震，功劳可谓大矣！不必过谦吧！"说罢，他从容走下灵台。

崔瑗用意外的目光愕视张衡。

张衡咀嚼着江京的话："我向冯少卿告发恩师？"他突然回忆起什么——

〔画外〕回忆中的声音，张衡对冯少卿发怒："那帮小人的奸佞之心就要大白于天下了，这才是天意！"

张衡不禁倒抽了一口冷气。

冠带缙绅之士，投去怀疑的目光，一个个冷眼离去。

台下，江京率人马离去。

空荡荡的灵台上，只剩下三个人：

一个是跌坐在尚方宝剑旁的桓震；

一个是刚刚清醒过来的张衡；

一个是慢慢升起怀疑的崔瑗。

桓震缓缓把尚方宝剑捧起来，抚摸着剑上的花纹。

张衡把剑按住："恩师，不！"

崔瑗扑过来，抓住张衡的双肩，双目如炬，审视张衡的眼睛。

老人平静地笑了："就是到了九泉，桓震也不会相信他们的挑拨！"

张衡痛苦地呜咽："恩师！是我不慎！是我害了您呀！"

崔瑗双眉怒耸，大喝一声，把张衡推倒在地上。

桓震呆若石刻。

张衡奔回抱住桓震，像野兽一样大嚎一声，又立刻忍住，想起已是迫在眉睫的时分，拭泪站起："恩师，学生纵冒杀头之罪，也要为您申冤求情！"

桓震举起白练，迷惘地苦笑："天命在此，圣意难违啊！"说罢，他慢慢抽出尚方宝剑。

张衡简直发怒了，把剑夺过来："老师，你，你不能受这不白之冤！"

桓震一字一珠："桓震恨奸佞而不能诛之，恶谶纬而不能禁之！复有何面目见宗庙社稷，见列祖列宗，见日月星辰呢？"

崔瑗："恩师蒙此奇冤，学生岂能偷生！纵使千刀万剐，我也要冒死奏本！"说罢欲走。

张衡追到旋梯口："我去！我去！"

桓震走到台边，面北而跪，望着皇宫，遥遥拜道："臣，叩谢圣恩！"说罢，他抽出身佩的玉首青锋剑，刎颈自杀。

张衡回过身来，大吃一惊，扑过去，把老师抱在怀里。

崔瑗扑回，慌忙去捂老师的伤口，血水从他指缝中喷出。

桓震一只手从张衡怀里缓缓滑下，一双锐眼还圆睁着，仍迷惘地凝视苍穹。

天上，两只玄鹤掠过，声声悲鸣。

张衡抱着桓震软绵绵的尸体，鲜血汩汩喷涌着。

鲜血，一直喷到浑天仪上，打湿了张衡的绣服。

玄鹤悲旋，两片雪白的翎毛，落在桓震身上。

四十三

亶府内厅，一阵放肆的笑声。亶诵、江京、冯少卿正在吃宛洛名席"牡丹宴"。

亶诵："奸佞已除，海晏河清。请！"

三把铜匙伸向"牡丹仙子羹"，一朵牡丹形佳肴马上破碎了。

四十四

朔风刺耳，蹂躏着萧瑟的荒原。

大雪纷飞，混沌一片。

在视野可及的山边上，像烟一样飘动着一个瘦弱的身影，踉踉跄跄，时奔时走，跌跌撞撞，如痴如梦。

高冠失落、衣带飘零的张衡，迎着镜头走来，他踏过不冻的山涧，登上绝顶。

他目光呆滞，脸如石刻，麻木不仁地走着，似乎疯狂了。

四十五

听月楼。墙上琴剑，皆系素绫。

人去楼空，桓夫人站在琴前，孑然一身，哀痛欲绝。

风拂素绫，凄然飘动，拨琴有声。

旋律悲怆，声如裂帛。

四十六

夜，火把点点。崔瑗和几个仆役擎着火把，登山疾呼："平子——"

空旷的山谷，响起回音："平子——"

四十七

听月楼。风拂素绫，拨琴有声，琴声如噎。

四十八

桓娥和奴辜，挣扎上山。桓娥："师兄——"，撕裂人心的声音颤抖着。

雪山把她颤抖的声音吞没了，连回声都没有。

桓娥忽然一怔，仿佛听到了什么，她不顾一切地朝山洼奔去。

山洼里，一丘新坟，简陋的石碑上，用汉隶刻着："汉故太史令桓君之墓"。

张衡抱着坟头失声痛哭，痛不欲生："恩师，我害了你啊！我有罪！我有罪！"

桓娥伸开双臂，扑向张衡，紧紧地抓住他，生怕他会飞走似的："平子，平子！"

张衡毫无反应，除了这座新坟，整个世界都不存在了。他看到了桓娥，浑身颤抖了一下。

四目相对，万籁无声。

他突然抓住师妹的双臂，侧过头去，委屈而悔恨地："我……有罪！"

桓娥一只手轻轻堵住他的嘴，深沉地摇了摇头。

张衡凝视着她，泪水如注。

桓娥目光里透出了成熟："该死的时候，要为殉道而死，该活下去的时候，也要为卫道而生啊！"

张衡在坟前深深跪拜，目光决绝。

桓娥："回去吧，母亲在等你呵！"

张衡："我对不起师母，请告诉她……把我忘掉吧！"他推开桓娥，踏雪走去。

桓娥："你，你去哪里？"

四十九

听月楼。风吹素绫，拂琴欲狂，琴声似瀑。

五十

杨震府邸。张衡缓缓除下进贤冠，决然地递给杨震："张衡有负大人厚爱，乞自去史职！"

杨震："你……你去哪里？"

五十一

桓宅，莲池。

兵丁查抄听月楼，两个兵丁看到丹顶鹤，馋涎欲滴，奔来捕捉，桓夫人抢过来一只，放到天上。

丹顶鹤凄厉地长鸣，飞天离去……

另一只受伤了，桓夫人在兵丁面前拼死护住，抱着不放。

五十二

云海，南岳衡山。春。

一只丹顶鹤悠悠掠过云岫。

〔画外〕张衡忧郁的吟诵声：《思玄赋》——

"我化作九天的玄鹤，渺渺兮，悠悠兮，飘零四方……"

吟诵声中，张衡登南岳，观日出。

天色如晦，半日如血……

丹顶鹤疲惫地掠过……

五十三

洛阳，杨震府邸门前。

崔瑗和桓娥焦急地询问："平子去哪儿了？"

杨震茫然。

五十四

嵩山，夏。

古藤盘结，一瀑如练。

荒冢下露出半个骷髅。

张衡凝视骷髅，怅然发问："你……是上智？还是下愚？是女子？还是丈夫？是华年夭折的仕子，还是安享天年的老儒？"

〔幻音〕瀑声中，骷髅似在作答，一切都恍若梦寐："我乃庄周，宋国人……"

〔残响〕

张衡愕然逼视："庄子？我祈祷神明为你招魂，让你还魂再生，你……你愿意吗？"

骷髅："不，不愿意！死，乃舒适的休息；活，乃痛苦的劳役！"〔残响〕

张衡双眉深锁，拿出竹简，刻字赋诗：《髑髅赋》。

五十五

洛阳南市。崔瑗、桓娥在篷车边向亭长询问，亭长摆摆手。

五十六

凄风苦雨，浊浪滔天。秋。

张衡笔立海角，手执《髑髅赋》。

海风吹起一张渔网，抽打着张衡的面颊。

他昂首问天："活，是痛苦的劳役吗？"

海浪。

海风。

抽打着张衡的一角渔网……

心声："回去，归田吧！归田吧……"

五十七

洛阳，伊阙石崖。

崔瑗和桓娥向樵夫询问张衡行迹，樵夫摇首。

五十八

张衡浪迹江湖，回到故乡南阳郡西鄂县。已蓄微髯。

河伯庙，愈加败落。

一老父出庙，策杖跛行，惊视片刻："……公子？"

张衡："你是……粥棚老父？"

老父："是呵，是呵！"

张衡看着他的瘸腿："您的腿……"

老父："上个月，又震啦！我一家五口……"他语断泣下，看到张衡书童挑着的素绫包裹，眼睛一亮，"地动仪您造出来了?!"扑过来打开包袱——一捆竹简。

竹简上标题怵目：《髑髅赋》。

张衡不敢看老父失望的眼睛。

他走进庙门，壁画扑面而来——

怪兽：穷奇、辟邪、飞廉、飞虎……

《玄鹤图》已经剥落……

五十九

听月楼。桓娥与桓夫人相抱大恸。

桓娥走进平子居室。

人去室空。

屋外，竹影杂乱，兰花凋零。

幸存的那只丹顶鹤孤寂地站在竹林中，形影相吊。

天上，双子星忧郁地眨着眼睛。

六十

地震灾区。张衡在瓦砾堆上疾走，远望故土——

荒冢累累……

尸横盈野……

他痛苦地捂住了眼睛，跌坐在瓦砾堆上。

一个声音把他唤醒："大人!"

是当年修河的青年匠人，现已中年。

张衡："呵，是你?"

青年匠人身后还有一群形销骨立的灾民。

匠人："大人，听说造地动仪朝廷不肯出钱。我们……我们凑了点!"

他身后，灾民中的父老、孩童、妇人纷纷捧来一小捧、一小串，乃至一两个五铢钱。

张衡感动："不，不，是张衡不努力，辜负了父老乡亲!地动仪要造出来，一定要造出来!"

父老纷纷把钱堆在他面前。

张衡："这钱……我不能带去，我已经不在灵台了……"

一老叟：“咦？前天大司徒杨震大人亲自来过，说朝廷要召回您去再做太史令！”

张衡意外。

天上，鹤唳过空。

六十一

洛阳。桓宅，张衡过去的居室前。

桓娥给竹子和兰花浇水，时光流逝，但她风韵犹存。

竹子和兰花复又生机盎然。那只幸存的丹顶鹤翘首望天，似有所期。

天上，澄碧如洗，一朵纤云。

六十二

南阳。枫树上，群鹤过天。

张衡仰望，大为动容。

〔心声〕轻若游丝：“呵……玄鹤，久违了！你们皈依春天，一飞冲霄，万里迢迢，去追逐光明。而我……现在在追求什么呢？”

鹤唳过顶，张衡伸开双臂，向飞鹤追去……

玄鹤鼓翼。

张衡奔跑。

充满生命力的鹤翅……

在枫林中紧追的双脚……

鹤鸣……

张衡充满哲思的面孔……

一棵枫树把他拦住了，——树干刻字分明：“铸情”。

刻字旁的题词已经被岁月冲淡。

树下，兰竹的坟前长满了荒草。

张衡凝视，僵立了很久，然后把荒草慢慢拔去。

张衡插枝为香，默祷：“兰竹，我辜负了你的芳魂！你宁为‘玉碎’，我却在苟求‘瓦全’啊！”

他把《髑髅赋》抽出，折断，在坟前火化，深沉地捧起坟前一抔泥土。

他拔出刀，把枫树上的刻字加深：“铸情”。

六十三

清晨，鸟鸣悦耳，满目鹅黄嫩绿，又是一春。

桓宅，张衡把那一抔土培到竹子与兰花上。

桓娥浇水，崔瑗和奴辜拔去杂草。

桓夫人在窗口注视，默祷上苍。

遥远的云际，鹤唳。那只离去的丹顶鹤千里归来了！

竹林里的丹顶鹤狂喜迎去。

音乐。众人望鹤。

桓夫人热泪盈眶……

崔瑗热泪涌出……

桓娥热泪落下……

张衡热泪横溢……

六十四

听月楼窗前，烛影摇曳。

两个仆役轻轻走到窗下，向窗洞里窥望。

张衡手持都柱，凝神苦思，他两眼深陷，消瘦多了，几上放着地动仪模型和一碗莲子羹。他站起身来，走到挂在一侧的铜镜前量周、径。

向窗里窥视的仆役向另一仆役耳语："三天三夜没睡了！"

"不，今晚是第四夜了！"

六十五

离灵台不远的树林里，冯少卿骑马伴夫人亶嬴驱车走过，亶嬴已换上了妇人装束，他们望见一个老者走进前面一座草庵。

冯少卿眨眨眼睛，翻身下马，蹑手蹑脚溜到草庵前窥望。门缝里可见车羽师傅正对着地动仪草图削都柱，奴辜正给爷爷比画鞋样："这一回，爷爷可以穿上我做的鞋了！"在灯光映照下，冯少卿清楚地看见车羽额上的刺字"诽圣枉法"。

冯少卿转身上马，匆匆而去。亶嬴向门缝里一看，吃了一惊。

六十六

桓宅门前。亶嬴急如星火般走来。

仆役把她拦住："大人有话，这几天杜门谢客。"

亶嬴急不可待："我是冯夫人，有急事……"

仆役："地动仪正在节骨眼上，天王老子来了也不能见！"

亶嬴："事不宜迟啊！"

仆役厌烦："我进去通报一下。"

张衡的身影映在书房绢窗上，他拿着都柱正在苦思。

仆役的身影走进，也映在绢窗上。

〔画外〕仆役："冯夫人来访……"

〔画外〕张衡："说我不在。"说罢又凝神苦思。

仆役走出，对亶嬴不耐烦地："大人不在！"

亶嬴深感受辱，正在进退犹豫之际，冯少卿已率兵丁呼啸而至。他在此时此地看到此情此景，不禁妒火中烧："你？你在这儿干什么？"

亶嬴："我要看一只狼怎么吃一只玄鹤！"说罢，向着门内疯狂地苦笑起来。

冯少卿并没听懂，对两个兵丁："送夫人回府。"说罢上前搀扶亶嬴。

亶嬴上车，在欲走之际，她高高抡起马鞭，向身后的冯少卿啪地狠抽一鞭，一路大声疯笑而去。

冯少卿捂着脸上的鞭痕，又恨又恼，以牙还牙地吩咐兵丁："留下四个看住这里，我先去抓老东西！"

四个兵丁封住大门。

六十七

听月楼。张衡的剪影还是那样纹丝不动。

突然，屋里爆发出一阵狂笑："哈哈哈哈！对！对！就这样！成啦！成啦！"剪影狂舞。

张衡打开房门，高举都柱，对着空落落的院子大喊："成——啦——！"他冲下台阶，跑到大门口，要去崔瑗和车羽师傅那里报喜。

门外，两对长戈，张衡跑出。

伍长欲拦，张衡却大步冲出，向崔瑗住处猛跑，一个趔趄，他的芒鞋跑掉了一只，兴奋得顾不得拣鞋，一路冲去。

石径上狂喜的脚，一脚着靴，一脚跣足。

张衡冲到崔瑗的卧室，嘭的一声把房门踢开，高举都柱，快乐地大叫："成了！成了！"

崔瑗不知所以，惊奇地从头到脚打量着他。

"过去吐珠不准，毛病就出在'倒悬'上！"张衡冲过来，抓起一支毛笔做横梁，比比画画地解释，"你看，这是横梁，我们一直把都柱悬在横梁上。都柱这么摆过去，扣住龙头，龙头就口吐铜球，都柱再摆回来，这边也吐铜球，就不准了。现在改为立摆！你看——"

崔瑗接过都柱审视，连连点头，试了几次，非常灵验，大喜："妙！妙！我还以为，还以为你真气疯了呢！"

张衡："气疯？哈哈哈！还记得你我结义时候的盟誓吗？"

崔瑗："不以仕进为荣，但以寡学为耻。"

张衡："对！还应该再加两句，不以身家为忧，但以社稷为重！"说着，手执都柱击缶声声，二人慷慨而歌。

六十八

桓宅。仆役焦急地向桓夫人和桓娥报告平子的险境："羽林军把大门口封住了！"

桓夫人慢慢站起，脸上没有表情。

门外的丹顶鹤不祥地叫着。

桓夫人和桓娥向书房赶去。

六十九

林中草庵，兵丁用铁链套住车羽师傅的脖子，拉出门来。

冯少卿撩开盖在老木匠脸上的短发，见到刺字，狞笑着："你这个刺字囚犯，你说，你是来投奔谁的？是谁把你窝藏在这里的？"

张衡、崔瑗赶来，见状大吃一惊。张衡挺身欲出，崔瑗一把把他拉个趔趄，来不及说什么，一下把手中的都柱紧紧压在张衡的掌心上。压在一起的两只手，共同夹着都柱。崔瑗望着张衡，仿佛在向他吐露："为了地动仪，你不能啊……"

冯少卿指着车羽师傅："你说！"

老木匠对冯少卿轻蔑一笑。

冯少卿气急败坏，兵丁抓着车羽师傅拳打脚踢。

崔瑗从容上前，挥手喝道："慢！"气宇轩昂地抓住兵丁："不用打他，是我把他留在这儿的！"

冯少卿意外地一愣，看了张衡一眼，对崔瑗说道："你犯不上替别人去掉脑袋！"

崔瑗："你们不是正为宣诵大人修建'功德碑'吗？他是我特地找来做'功德碑'的匠人。"说罢又轻轻加了一句，"拍马屁好过求图谶嘛！"

冯少卿："崔大人，现在可不是开玩笑的时候！"他在人群中发现了奴辜，灵机一动，微笑道，"奴辜，你爷爷是投奔谁来的？说了实话，你爷爷和崔大人都有救！"

崔瑗冷笑道："好汉做事好汉当，走，去见司徒大人！"

冯少卿逼视奴辜："嗯？"

奴辜咬紧嘴唇，昏了过去。

张衡冲上前来，紧紧抓住崔瑗，两人相望，万感交集。

崔瑗仰望天空，双子星闪耀，耳畔回响起和平子结义时的话音：

"看，双子星出来了！"

"那是一对吉祥的星！"

双子星闪耀，一颗美丽的流星从银河边划过。

张衡嘴唇在颤抖。

崔瑗向张衡平静地一笑："太史令大人，原谅职下知法犯法，卑职别无所求，但求大人为卑职击缶送行！"

张衡的嘴唇咬破了。

车羽摇醒奴辜："孩子，去嵩山给你的叔叔伯伯们做鞋吧！"

崔瑗扶起奴辜："跟着大家，为我唱歌送行吧！"

奴辜抱拳唱歌：《枫叶诗》。

张衡紧紧咬住的嘴唇在抽搐。

〔闪回〕汉画：獬豸、辟邪、飞廉、穷奇……

歌声中，崔瑗、车羽昂首上路，镣铐啷当。

张衡手挥都柱，奋力击缶。

崔瑗嬉笑自若，和众待诏笑揖而别。

张衡手握都柱，拳头越攥越紧，咔吧一声，都柱被攥断了。

七十

咔吧一声，桓夫人站在听月楼厅中，把手中的"白毛笔"撅断，丢进火盆里。

哀莫大于心死。她又拿起张衡写的《灵宪》，寒心地翻了两页，要往火盆里丢。

桓娥大吃一惊，扑到母亲面前乞求："娘，不，不能啊！"

风像醉汉一样摇撼着窗子。

桓夫人颤抖地推开女儿，默默地把张衡的著述送进火里。抨击图谶的《请禁绝图谶疏》《思玄赋》《应闲》也化成一缕浓重的烟雾。

《算罔论》《京师地震对策》《黄帝飞鸟历》《地形图》及《二京赋》《定情赋》《南都赋》等，也被一古脑儿丢进火盆里。火快被压灭了，桓母把火拨旺，卷册被跳动的火舌吞噬。

桓娥惊呆了，一缕青丝从刘海上垂下来，大火熊熊，映着桓娥凄凉的眼睛。

铺采摘文的《扇赋》《同声歌》也开始着火了。

桓母又起身走向条几，把竹制的小浑天仪模型搬过来。

桓娥像被火烫了一样，扑过去拦住，惨叫了一声"娘——"欲语无言。

桓母："不这样，平子就要走上你爹爹的绝路！"

桓娥泪如泉涌，咬着嘴唇点了点头，看着母亲把小浑天仪模型丢进火里。

桓母又把凝着张衡多少心血的地动仪木模型也搬了过来。深情地抚摸着它，止不住老泪纵横，看了看，想了想，毅然放进火里。

地动仪在火里不屈地坚持了一会儿，终于底部冒出了火苗。

张衡跟跟跄跄推门而入，望到盆里熊熊燃烧的大火，木然站住了。他眨了眨眼睛，望着地动仪，眼睛睁大了，睁圆了，似乎快要睁裂了！他轻轻惊叫了一声，张开两臂，向大火扑了过去。

桓娥拦住他，望着他那张失常而吓人的面孔，不由得跪了下来替母亲解释，用悲怆凄厉的声音哭诉："师兄，您再不能和他们作对了，要不，我爹爹的昨天，就是师兄您的明天啊！"说罢，抱着张衡的双膝失声痛哭。

张衡完全没有听到桓娥在说什么，他抓住桓娥的肩膀，用尽平生之力，把她推出两丈之远！

一声巨响，桓娥被推倒在墙角上，撞翻了茶几上的彩陶鱼缸，清水四溢，红鲤鱼在青砖地上蹦跳。

张衡一步扑到火盆上，双手抱起大火熊熊的地动仪，飞舞的火舌，烧焦了他的上衣。

他望着地动仪，发现还没有烧着内部，高兴得失声狂笑，发疯似的喊道："好极了！还没有烧坏！还没有烧坏！哈哈哈哈！"他神态失常了，一个趔趄栽倒在青砖地上，昏了过去。

地动仪像个火球在地上滚动着。

七十一

烛影摇曳。病榻上，张衡昏迷不醒。

桓娥喂他喝水，他不知开口，水流到颈项上。

桓娥想了想，毅然走到琴几前，噙唇拨弦。

熟悉的旋律，声如裂帛。

张衡微微欲目，讷讷梦呓："恩师，你，你，你带我去王道乐土吧！带我去王道乐土吧！"

桓娥："平子，你醒醒！"

张衡："恩师，为什么直如弦，死道边；为什么曲如钩，反封侯啊！"

桓娥："平子，平子，我是师妹啊！"

张衡惊奇地坐起："师妹？我……我这是在哪里？"

桓娥捧过一碗药，张衡看到桓娥头上被茶几碰的伤痕，呆住了，心疼地伸手去抚摸："你……痛吗？"

桓娥平静地摇摇头。

斜月晶莹，投影落在两人的脸上，增加了静谧的氛围。

张衡："师妹，你，原谅我……你……你回去吧！我……我这不是挺好吗？"

桓娥把药递上。

张衡推开药碗，凝视桓娥，激动万分："师妹，你对我，别……别这么好！我不能！我不能啊！"他说得很不明白，又很明白，声音越来越小了，最后像在讷讷自语，"我这一辈子，不会仕途通达，也不会光耀门庭！我只会像恩师那样碰得头破血流！我是一个灾星，谁和我沾上边，谁就会把灾难和横祸引进家门！流放的流放，被抓的被抓，杀头的杀头啊！"他的声音从激昂的顶点突然变低了，最后像是从心底传来的一缕回声，"我不能，我不能啊！我这颗灾星不能再给你和师母带来不幸了！桓娥，你……你回去吧！我这不是……挺好吗？"

桓娥凝视着张衡，眼睛雪亮："难道我就是一颗福星吗？我不但是天尊和玉帝的叛逆之子，而且是不折不扣的钦犯之女啊！我这颗灾星，也许更会给人带来双倍的不幸吧！"她拭了拭泪，语趋平静，"可是，这又何妨，我死为殉节殉道而死，生为卫节卫道而生！让我帮着师兄把地动仪造出来，献给千秋万世的后人吧！"她再一次把药碗端过来，腕上玉镯滑出袖口。

张衡的目光落在玉镯上，神色异常。

桓娥放下药碗，急忙把玉镯向袖口里掖藏，她不愿让师兄看到自己的感情，掩饰地向窗口走去。

窗外，竹影摇曳。

传来张衡的声音："……给我……"

她慢慢转回身，只见张衡支起虚弱的病躯，伸出一只手踉跄走来。

桓娥迎上去扶住他，他抓住桓娥的手腕，捋开她的袖子，珍重地取下玉镯，看了又看，紧紧按在胸口上。

桓娥泪如雨下，羞涩地，又是苦涩地笑了……

敲门声，仆役进门："铜匠来了！"

听到这话，张衡突然病态全无："快把他们请进来！快！快！"

三个铜匠闻声走了进来。

张衡："地动仪铸完了吗？"

一个老匠人："回大人，铜料不够用！"

张衡："我不是让你们到大司农的铜库去领吗？"

老匠人："司农库不拨。"

张衡："不拨，我们有。"说着，他操起一把铜锤，走到那面铜镜前，铿锵一声，把铜镜砸碎了。接着，又把屋里的铜壶、铜鼎、铜灯、铜瓶、铜觥、铜豆尽行打烂，他撑着虚弱的身体，大汗淋漓，气喘吁吁地问老匠人："够了吧？"

七十二

铜作坊里，正在化铜。

四个匠人一起拉大风箱，哼起号子：

> 日出而作，嗨唷吭唷，
>
> 日入不息，吭唷嗨唷，
>
> 寒来暑去，嗨唷吭唷，
>
> 受饿忍饥，吭唷嗨唷！

张衡在烘炉边指点，被炭火烤得汗水涔涔。

火光熠熠，铜水滚沸。

一行汗珠从张衡脸上淌下……

铜水倾泻下来，浇铸……

汗水……铜水……

张衡突然惊奇地睁大了眼睛——

光彩夺目的铜水中，出现了桓震夫子、车羽师傅与崔瑗含笑的面容。在他们的笑容里，一座光华四射的地动仪叠印出现了。

七十三

一枝红叶在白云间摇曳，雁侣成行。

地动仪高高耸立在灵台上，它像个大酒樽，径八尺，高约两丈。樽的顶上有凸起的盖子，樽面饰山、鸟、兽纹饰和篆文，八条腾空欲飞的长龙排列八方。

〔画外音〕："这是世界上第一个地动仪，它诞生在华夏，诞生在黄帝子孙的手里，诞生在一千八百多年前。"

突然，一龙吐珠，落到樽下承珠的铜蟾蜍口中，声如霹雳。

暨景待诏冲下灵台，急报张衡。

张衡赶来审视，思索片刻，斩钉截铁地说："西北方向有震！快报圣上！"

七十四

一局"投壶"赌酒玩得正酣。

亶诵府邸，侍郎冯少卿在亶诵身旁"踞坐"。

亶诵边掷箭边说："且看看这位用地动仪测地震的神人如何出丑吧！"

祝阿侯张贤淡淡地一笑："要是地动仪真能远测地震，我看亶大人正可凭地动仪早报图谶，图谶就更会灵验如神了！"

亶诵被说到痛处，尴尬难言，转移话题："我看，让张衡这种人掌握灵台总是个祸害！让他出京吧！"

浮阳侯孙程阴柔地一笑："亶大人果真是深谋远虑啊！难怪圣上要为您在太学立功德碑了！"

七十五

洛阳南郊太学。方坛四陛，上有祠舍。鼓吹，舞人尽立陛前。亶诵执宝剑拂尘，在坛上念念有词。他正受命为消除地震祭神。

百官鹄立坛下，手持"七经纬"之类。黄门鼓吹奏起了庄严的《摩诃兜勒》古曲。

一排编钟，似鸣佩环，琮琮琤琤，如莺如燕。

鼓吹十二：金钲、大鼓、拊搏、排箫、笳、笛、竽、籁、敔、柷、磬，交响轰鸣。

坛之东南，给亶诵立的"功德碑"也拟在今日"酢酒"告成。

亶诵摇动法铃，把剑向西南方向掷去，剑落坛下，插进土里。

四个虎贲御林军，立刻荷耜前来掘土。掘着掘着，当啷一声，掘不动了。和当年"南阳祭神"一样，又掘出一只四脚朝天的石龟。

虎贲翻过石龟，百官皆惊。

一辆木笼车推过来，木笼里又囚着一个"妖人"——车羽师傅！

亶诵："灾异不断，一因神龟翻动，二有妖人作祟！问斩！"

车羽被推到坛下，刽子手挥刀砍去。

张衡和晷景待诏从远处赶来，看到躺在血泊中的车羽师傅，惊叫一声，昏倒在地。

七十六

长秋宫。张衡跪伏阶前，慢慢抬起头来，目光如炬，语言犀利："大长秋大人，方士之中，有人暗埋石兽，欺世惑众，杀人灭口，欺君罔上！他们生为天下所咀嚼，死为海内所欢欣！"说罢，从袖中掏出一轴长卷递呈孙程，"此疏请奏圣上！"

孙程接卷展视，标题怵目：《请禁绝图谶疏》。

《请禁绝图谶疏》在顺帝刘保手中打开，顺帝时年十一岁。

金碧辉煌的却非殿。躬立一侧的孙程怒容满面。

亶诵跪伏丹墀，落井下石："诋毁图谶，侮谩天尊，罪臣不诛，天伐将至！"

浮阳侯孙程、祝阿侯张贤、将作大匠翟酺纷纷出班："此言甚确！张衡当诛！"

杨震拖着老迈的身躯出列保奏："历世之患，莫不以忠正获罪，以阿谀获福。念张衡当今奇才，祈万岁息怒。"

亶诵："请问杨震大人，他算什么'奇才'？"

杨震双目炯炯，侃侃而谈："张衡经学上是一代名家，天文上是一代宗匠，数术演算堪称天才，机械制作号称'木圣'，绘画是四大名笔之一，地理上他绘制了《地形图》。更别忘了他的诗歌家喻户晓，广传海内……"

杨震的雄辩中，叠印：张衡挥笔著述：《灵宪》《灵宪图》《太玄经注》《思玄赋》《算罔论》《黄帝飞鸟历》《二京赋》《归田赋》。

张衡制作的"瑞轮冥荚"（流水钟）、计里鼓车；浑天仪、地动仪、相风铜鸟、自飞木鸢……

杨震："这么博学多能的人物，举世无双啊！"

亶诵："就算如此，也非朝廷之福！凡人若识天机，地动仪若测地妙，神威何在？天威何在？圣上之威又何在？"

小顺帝慢慢地听懂了，把《请禁绝图谶疏》狠狠掷到王陛之下。

七十七

灵台。地动仪一龙吐珠。

值班的待诏奔下灵台，边跑边喊："地动仪又报警了！有地震！"

张衡冲上，观测再三，斩钉截铁："肯定是陇西方向。"

待诏："小震闹，大震到。京师会不会也……要让京师父老多加小心哪！"

张衡正欲走下灵台，却见孙程和冯少卿走来。

张衡上前，对孙程揖道："骑都尉大人，地动仪又报警了，快报给圣上和京师百姓吧！"

孙程含而不露地："张大人，地动仪果真可靠吗？万一报错了，欺君之罪非同小可啊！"

张衡："又是西北方向，数日前的地震，不日之内当有来报！"话刚说完，一匹驿马从南直官道飞驰而来，驿卒翻身下马，冲上灵台，向张衡跪呈一札："陇西地震！"

众待诏闻声赶到，互相奔告："地动仪测准了！"

张衡伸手去取驿报，孙程拦住："把驿报交给冯大人吧，冯大人遵旨来接任太史令！"

众人愕然。

冯少卿踌躇满志地抓过驿报，略略一看，交给随从："不必大惊小怪，我昨观图谶，陇西地震早有预料！"

众待诏目视张衡："张大人……"大家欲言又止。

祝阿侯张贤由"导骑"簇拥而来："张衡接旨！"

孙程做作地向张衡一笑："张大人荣升了！"

张贤宣召："令张衡即日出京，调任河间相，此诏。"

张衡跪伏灵台，沉默良久，压下愤懑："臣，谢恩领旨。"

他穿过座座机仪，默默走下旋梯。

每一件机仪，都仿佛在向他告别。

七十八

洛阳平城门外，张衡调职远行。

路树怒耸，戟指苍穹，张衡负囊下堤。此情此景，正是桓震发配时的再现。

十里长亭。杨震与十几个前来送行的父老等了很久了。

张衡与杨震执手无言。

大河滚滚，浪尖儿上飞来一只小船，船家大呼："等一等，我们来接张大人！"

张衡愕视，来人竟是南阳灾区的粥棚老父和修过河堤的青年匠人，船上还有一童子。

老父："听说地动仪做成了，我们南阳百姓接您去造个地动仪。"

张衡感动。

青年匠人："铜料我们都买来了！"

船舱里，盛满了铜器。

张衡千言万语并成两个字："谢谢！"

銮铃声。

一辆布幔藩车驰来，车后奴辜策马相随，她手持一个小包。

布幔打开，桓娥扶老母匆匆走下："师兄，我们和你一起去！"她满含深情将蒲包里的竹子和兰花递给张衡。

张衡眼睛湿润了，他深邃地注视着这个心地透明的姑娘，良久，摘下腰条的半璧玉佩，挂在桓娥颈项上。

两双深情的眼睛，晚霞，剪影。

岸上，两只玄鹤相邀赶来。

张衡搀着桓夫人："奴辜，上船！"

奴辜："我把这双鞋送到嵩山去……去找爷爷的结义兄弟。"她打开小包，里边包着她给车羽做的麻鞋。

张衡感情复杂地："这……不——"

桓夫人拉住张衡："让她去吧！"对奴辜深情地，"珍重！"

奴辜策马而去。

白马在晚霞中变成一个光斑。

马上。奴辜策鞭，刚毅的眼睛，妩媚的朱砂痣。

两只玄鹤立在岸上，依依惜别。

櫓声欸乃。

船上。张衡打开行囊，又是开场时河伯庙中出现过的候风地动仪模型："真像一场梦。"

桓娥重复他说过的话："梦怎么会这样美呵！"她指着满船铜器和摇船的老父、匠人，"民心可昭日月，民气可鉴兴亡……梦……哪有这样美呵……"

张衡突然看到了什么，钻出船舱："呵！它们！"

两只玄鹤站在岸上，不安地扇翅。

突然，长唳过天，它们鼓翼飞来，尾追行船。

扁舟鼓浪……

玄鹤鼓翼相随……

（《电影新作》1982 年第 1 期发表，上海电影制片厂拍摄）

張　衡

上海电影制片厂摄制　彩色宽银幕故事片

张衡是我国古代东汉时期的伟大科学家。他发明制造的地动仪、浑天仪，在世界科学史上占有重要地位，影片通过复杂尖锐的矛盾，描写了他为科学事业衡而不舍的献身精神。

电影剧本《张衡》由上海电影制片厂拍摄成电影

浅谈文学与影视的优势互补（代后记）

（在《新世纪文坛报》"文学现场"的讲话）

时间：2015 年 6 月 17 日上午

地点：广东省作家协会

我本来是一个作家，写诗歌，写散文，写小说，后来搞起影视，发表过 20 多个剧本，拍了 12 部电影，8 部 200 多集电视剧，所以是个"两栖动物"，两方面都涉足，就有一些交叉性的体会。关于文学和电影之间的关系，影视如何向文学学习，文学又该如何向影视学习，在多元化的艺术世界如何取得优势互补？这方面有些体会。

无论文学还是影视，当下都存在着某种危机，文学与影视如何通过互相学习来改变自己的现状，是个非常切中时弊的好论题。

一个编剧该如何向文学学习，一个作家又该如何向影视学习，这两方面我各概括了八个字，我先谈前面八个字。

文学历史悠久，影视比较年轻，这两个艺术门类各有特点，各有优长。相比之下，我觉得影视可以向文学学的东西有四个方面特别重要：第一个是要学文学的立场；第二个要学文学的人性挖掘；第三个要学文学的变形能力；第四个要学文学的哲思。

先谈谈关于学文学的立场，这里我要谈一部澳大利亚电影《死亡诗社》。编剧是汤姆·舒曼，导演是彼得·威尔，主演是罗宾·威廉姆斯。影片给人印象至深。它大概是说一个英国贵族学校的一个叫基丁的老师和几个同学之间的故事。这是个贵族学校，但基丁老师偏偏要向贵族教育挑战。上文学课，讲英国诗歌，基丁老师让大家把序言撕掉："诗歌怎么能这么说呢？"他让旁边一个叫托德的小同学上来，站到讲台上去。一个很严肃的讲台，托德惶惶然不敢上，基丁几乎是把他托了上去，说你现在感觉怎么样。托德站上去很吃惊，说站上来一切感觉都不同了，太新鲜了。"对，写诗就要这样，读诗也要这样，这就是诗歌!"他不光是这样讲课，也这样教学生做人，组织大家成立了一个业余社团，舍弃表面光鲜而实际已经死亡的庸俗追求，过自己真正值得追求的生活，社团起名叫"死亡诗社"。后来学生和贵族家长矛盾激化，一个孩子竟因家长的粗暴而自杀。校方恼怒，逼同学们写一个要求基丁辞职的信，让最胆小的托德带头签名，基丁老师在无奈的情况下只好离开学校。他走的时候，托德万般内疚，高喊："基丁老师，是他们逼我签的名!"校长也喊起来："不要说话，不要说话。"托德却忍不住了，他一直很胆小，这时候却砰的一下站到了自己的书桌上，用基丁老师教过他的这一动作表达内心。他这么一站，全班一大片同学都站到了桌子上。校长气急败坏，基丁老师非常感动，他离开了，你可以说他是一个失败者，但也可以说他是一个成功者。这里面让我很震撼的是，这个老师教学生一定要找到自己的讲台，一定要站上去，一定要取得一个全新的视角，我觉得这就是影视首先应该向文学学习的。我们的文学家在寻找自己的落脚点，在寻找自己的讲台上，做得比影视家要好。从最古老的《国风》《离骚》，从李白、杜甫、曹雪芹开始，一直到今天，都很明晰，很有特点。

反过来看我们的影视，我觉得有一个很大的问题，就是编剧也罢，导演也罢，都主宰不了自己。长期以来，从国外带进来的是导演中心论，导演说了算，现在是改为制片人说了算，但实际上谁说了算呢？我觉得是老板说了算，而老板是跟着行情走的。这不是我说的，是以前的老电影人、名导演谢添说的。他说，电影艺术是谁的艺术？有人说是演员的艺术，有人说是导演的艺术，实际什么都不是，他说中国电影是人事的艺术。我觉得说得非常深刻。中国电影要想上去，影视家就要向文学家学习，能够站上自己的课桌，有自己的立场和独特的视角来观察社会，剖析人生，而且有智慧坚持真理，这是第一个方面。

影视应该向文学学习的第二个方面是什么呢？是对人性的挖掘。文学源远流长，对人探索得非常广、非常深，从我们的老祖宗屈原、《诗经》开始，对人性的挖掘就非常深，《天问》直到今天看还是终极天问。西方，例如歌德的《浮士德》，例如陀思妥耶夫斯基、雨果，都特别看重对人的二重性的挖掘，挖得深极了。他们挖掘二重性、真善美与假丑恶是人与生俱来的，在一定条件下互相转化，谁也离不开谁。文学作品歌颂一个人的真善美，要写深就离不开挖他的另一面。没有假丑恶就没有真善美，真善美永远是与假丑恶相比较、相联系而存在的。每一个人，包括我自己与生俱来都有两个面，都有二重性。在某一种规定的条件下善良的一面主导了你，但是在某一个规定情境下你可能成为了一个恶人。所以我们要做一个好人就要注意自己脚下的土壤，主动向善，而不要同流合污。这个方面，文学不是简单的魔鬼＋天使，不是这么一种简单的加法，比如说《浮士德》就挖掘了人的二重因素在什么情况下变动改组，在什么情况重新组合，特别是这个"在什么情况下改变"，对人尤有启发。我们常讲影视的"四化"——奇观化、陌生化、寓言化、造型化，这"四化"说到底该怎么做？奇观化并非总得靠题材猎奇，靠耸人听闻，最本质的奇观是人性的奇观，这个挖掘深了，那就是一种奇观化，也是一种陌生化了。我在改自己的长篇小说《走方调》时，如何强化"奇观"？我做减法，把人物拉低，让他人性的阴暗面冒出来，令他做了一些出格的事。后来他重新战胜了自己，实现了人性的升华。这种"奇观"就很生活。如果你再找到一种很有视觉效果的外在形式，那这个造型也就有内涵了，它的危机，也就是人性的危机也激化了。这种"四化"在观众这里会有更深的共鸣。我觉得这是影视可以向文学学习的第二个方面。

第三个是文学的变形能力，莫言说影视现在发展得很厉害，文学描述了半天，影视一个镜头就把你描写的全部囊括了，所以现在影视留给文学的空白之一是写气味，他主张作家一定要多写气味。这句话很有见地，但是我不完全同意，为什么？因为文学的叙述跟摄像机的叙述是完全不同的，文学家的叙说是带着一种主观色彩，是变形的。正如照相机与徐青藤、齐白石的区别一样。日本的诺贝尔文学奖获得者大江健三郎发展了西欧作家巴什拉的变形理论，提出什么叫想象力。想象力不是复原生活原型的能力，想象力是改变形象的能力。这个改变形象不光是总体上改变，也包括一些细部的变形（如曹雪芹、莆宁），包括他的叙说。他写阳光，他写森林，他写流水，他写飞鸟，和别人写得不一样，和生活不一样，是一种变形的，这种变形就是一种美，一种独创，就足以欣赏。我觉得恰恰是我们的影视，如果在变形上不更自觉的话，很可能就完全交给摄影机了，这是不行的，我觉得这是影视可以向文学学习的第三个方面。

第四个方面就是要学文学的哲思。好的文学作品我觉得都是二重结构，这一点从黑格尔开始论述之后，现在余秋雨也在谈，对于他们如何评价，我不做结论，但是我觉得这个观点非常好。就是一个好作品总在表层结构下隐藏着一个深层结构。它不封闭于一个结论，也不封闭于一种伪解决状态，一直到最后它也还处在一种两难的状态。能设想宝黛结合吗？难以想象！大观园的爱情总是出路两难！这种两难状态从过去一直延续到今天，一直留给我们去思考，从而把我们每个人都卷进去了。一个作品如果它建立不封闭的状态越彻底的话，这个作品的涵盖量往往就越强越伟大，这是影视应该向文学学习的第四个方面。

八个字——立场、人性、变形、哲思，这是影视应该特别侧重学习文学的东西。

反过来文学我觉得也应该向影视学，这里我要说一句，无论文学界也罢，影视界也罢，都有一种不太自觉的傲慢，一种唯我独尊，说得难听一点一种坐井观天。实际上文学它有很多东西是有自己的弱项的，它是一个古老的艺术形式，有很深刻的积累，这是它的强项。同时跟影视相比，跟微信相比，跟网络、手机等一些新的传媒形式相比，它就显得太古老了，它需要让自己更加年轻化，更加当代化，这个方面它就需要向影视学。

它如何向影视学，我也概括八个字：立场、叙事、造型、节奏。

先说立场。就影视而言，影视更注重接受美学，就是更注重观众的接受与参予，特别是戏剧更注意接受美学，注重观众的参与、观众的投入，包括一些网络文学，为什么它的点击量那么高，就是他一边写读者是一边参与的，是共同完成的。这个方面我觉得文学就很值得向影视、向网络学习，这是第一点，也是一个立场问题。

限于时间，下面的三点无法多说了。影视叙述是一种双线以上的复调式叙述，节奏快而力度强，三秒钟一个小刺激，十秒钟一个中刺激，一两分钟一个强刺激。抓不住观众，观众就要跑，看电视就要转台。这些方面文学很有提升自己的空间。比如说今年我的那个长篇小说前面有点沉闷。怎么改？我就把编剧的经验拿过来，编剧注意动作，动作反动作，这么一捋，小说的毛病就捋出来了。我立刻强化反动作，前面的可看性就增加了，这就涉及影视叙事学。另外就是强化它的造型性，我在小说里面加强了蒙太奇构思，就是它不但有情绪高潮，有戏剧高潮，同时还有造型高潮，这三个高潮我努力做到了同步，这样它就造成了一个很奇特的效果。有个老编辑看过之后说你这个作品像小说与剧本的融合，我思考了一下，我觉得这未必是我的缺点。如果我完全回归到传统小说，第一我做不到，第二也未必是我的强项。我奢望找到一种小说、诗歌与电影剧本杂交的文本，我应该沿着现在这个道路前进。为什么？就是我觉得今天艺术世界更加多元化了，文学今后需要向新传媒学，向通俗里面取经，两个要有一个恰当的结合点，一个合适的分寸。实际上，福克纳、加西亚·马尔克斯乃至村上春树的小说，都有丰富的影像空间，他们也都有曲折的"两栖"经历。今后的文学跟过去传统文学应该不一样，生活节奏如此快，时间如此宝贵，文学必须有一个全新的面貌，否则它就会继续被边缘化。影视与低俗不是同义语，例如陌生化，文学也很值得向影视学。跟生活要拉开距离，要寓言化，好的影视不是生活简单的照搬，它里面有很深的寄托，表意，寓言化。这几个方面文学要好好放下身段，向影视学习的，取得优势互补。基于这一点，我尝试找到一种小说与电影剧本相结合的小说文本。这方面上海人民出版社的张晓玲编辑给了我许多鼓励与启发，对此书中收录的《走方调》的面世她当然还做了许多其他方面的工作，尤其是她对此作的慧眼独具。

两个姊妹艺术，通过互相取长补短，可以取得杂交优势，让自己更加年轻化、更加当代化、更加适合观众的口味。要想尽一切办法向姊妹艺术学习，来永葆文学和影视的青春。

一切都会过去，只有真理留下。时光终将流逝，而美的记忆长存。我想起一位诗界前辈的名言："一个人必须得到了审美的自由，才称得上完整的生命。"就引此语来结束这个发言吧！

谢谢！